KiWi

1723

Das Buch

London, 2091: Investigativjournalist Calvary Doyle wird auf offener Straße niedergeschossen. Zuvor hatte der Reporter zum Thema Künstliche Intelligenz recherchiert. Die auf KI-Gefahrenabwehr spezialisierte UNO-Agentin Fran Bittner beginnt, in dem Fall zu ermitteln.
Bald stellt sich heraus, dass der Journalist anscheinend neue, beunruhigende Informationen über den berüchtigten Turing-Zwischenfall besaß, bei dem die Menschheit die Kontrolle über eine wildgewordene KI verlor.
Die KI befand sich seinerzeit in einem Quantencomputer, einem sogenannten Qube. Gibt es womöglich noch einen solchen Würfel, mit einer weiteren digitalen Superintelligenz darin? Und kann Fran Bittner den zweiten Qube finden, bevor jemand auf die Idee kommt, ihn zu aktivieren?
Der grandiose neue Thriller von SPIEGEL-Bestsellerautor Tom Hillenbrand führt an die Grenzen unserer Welt – ein Feuerwerk der Ideen, aufregend und hochspannend!

Der Autor

Tom Hillenbrand studierte Europapolitik, volontierte an der Holtzbrinck-Journalistenschule und war Redakteur bei SPIEGEL ONLINE. Seine Sachbücher und Romane – darunter die kulinarischen Krimis mit dem Luxemburger Koch Xavier Kieffer als Ermittler – haben sich bereits Hunderttausende Male verkauft, sind in mehrere Sprachen übersetzt, wurden vielfach ausgezeichnet und stehen regelmäßig auf der SPIEGEL-Bestsellerliste.

www.tomhillenbrand.de

Tom Hillenbrand

QUBE

Thriller

Kiepenheuer & Witsch

MIX
Papier aus verantwortungsvollen Quellen
FSC® C083411

Verlag Kiepenheuer & Witsch, FSC® N001512

1. Auflage 2020

Umschlaggestaltung: Barbara Thoben, Köln
Umschlagmotiv: © iStock.com/troyka
Gesetzt aus der Quadraat
Satz: Buch-Werkstatt GmbH, Bad Aibling
Druck und Bindung: CPI books GmbH, Leck
ISBN 978-3-462-05440-8

Und der Vorteil, den diese Puppe vor
lebendigen Tänzern voraushaben würde?
Der Vorteil? Zuvörderst ein negativer,
mein vortrefflicher Freund, nämlich dieser,
daß sie sich niemals zierte.

Heinrich *von* Kleist,
»Über das Marionettentheater«

Your bones got a little machine.
You're the bone machine.

Pixies, *»Bone Machine«*

Ein kleines Qube-Lexikon
finden Sie am Ende des Buchs

PROLOG

Ein geiler Arsch rettete Calvary Doyle das Leben. Der geile Arsch zockelte, zusammen mit dem auch nicht üblen Rest, die Marylebone Road entlang, Richtung Park. Doyle, der im Außenbereich eines Cafés saß, gingen gerade wichtige Dinge durch den Kopf, beunruhigende, ja, welterschütternde Dinge. Aber als dieser Wahnsinnsarsch in sein Blickfeld geriet, passierte das, was ihm in solchen Fällen immer passierte: Seine Lenden begannen zu kribbeln, sein Verstand setzte aus. Das limbische System gab Anweisung, den Doyle'schen Schädel ein wenig nach rechts zu drehen, damit die Doyle'schen Augen dem geilen Arsch noch etwas folgen konnten, bevor er in der Menge verschwand.

Dieser Kopfdrehung verdankte Calvary Doyle, so zumindest würde es der Gehirnchirurg des Brompton Hospital später gegenüber der Metropolitan Police darstellen, das Leben – der anonyme Arsch rettete gewissermaßen seinen. Hätte Doyle weiter geradeaus geblickt, hinaus auf die Marylebone, wäre der Weg des Projektils durch seinen Schädel nämlich ein anderer gewesen. Die Kugel wäre durch den unverzichtbaren präfrontalen Kortex und das für einen Geistesmenschen wie Doyle ebenfalls kaum entbehrliche Broca-Areal gepflügt.

Aufgrund der triebinduzierten Kopfdrehung um etwa einundzwanzig Grad kam es anders. Die Kugel prallte gegen das Joch- sowie das Nasenbein, bevor sie durch den Augapfel ins Gehirn drang. Aufgrund des Zickzackkurses büßte das Projektil so viel von seiner kinetischen Energie ein, dass es im Entorhinalis stecken blieb. Nun war auch dieser Teil des Gehirns nicht wirklich verzichtbar, aber zumindest brachte die Verletzung Doyle nicht augenblicklich um. Er fiel lediglich ins Koma.

Während ein selbstfahrender Rettungswagen die Marylebone hinaufjagte, war Dr. Macklemore Sydensticker bereits auf dem Weg in den Operationssaal. Dort wartete seine Assistentin, Tarifa Soleil. Sie hatte bereits eine stark vergrößerte Darstellung von Doyles Encephalon aufgerufen. Wie eine regenschwere Wolke schwebte das Hirn-Hologramm über dem OP-Tisch. Sydensticker nickte ihr zu.

»Was haben wir, Tarifa?«

»Calvary Doyle, dreiundvierzig Jahre, Kopfschuss.«

»Kopfschuss? Mitten in London?«

»Nahe dem Regent Park, ja.«

»Das ist aber nicht *der* Doyle, oder?«

»Welcher?«

»Na, der Journalist. Von *Total Exposure*.«

Soleil wischte in der Luft herum.

»Ja, doch, wohl der.«

Sydensticker trat näher an das Gehirnwölkchen heran und vollführte eine Bewegung mit dem Zeigefinger. Das Hologramm begann sich zu drehen. Ein prominenter Patient – trotzdem war dies ein stinknormales Männergehirn, laut Datenbank tausendvierhundertsiebzehn Gramm schwer, alle Parameter im normalen Bereich. Also, nun natürlich nicht mehr.

»Hat der Rettungswagen schon Daten für die Simulation geschickt, Tarifa?«

»Ja, Doktor. Trajektorie liegt vor.«

»Dann mal her damit.«

Das schwebende Gehirn veränderte sich. An der Vorderseite, auf Höhe des linken Auges, erschien ein roter Fleck.

»Wundkanal. Querschnitt«, sagte Sydensticker. Er konnte nun einen roten Trichter sehen. Ob dieser zu hundert Prozent der tatsächlichen Wunde entsprach, wusste man natürlich nicht. Der OP-Rechner hatte mithilfe von Scans aus dem Rettungswagen eine Simulation erstellt und außerdem die Datenbank befragt. Darin befanden sich dreidimensionale Aufnahmen von Gehirnen, in die ein Projektil eingedrungen war. Die Datenbank war ziemlich groß. Man musste sich eigentlich wundern, wie viele Leute sich in den Kopf schießen ließen. Doch wie die meisten Unfallchirurgen wunderte sich Dr. Macklemore Sydensticker über gar nichts mehr.

Der Arzt drehte das Hologramm hin und her. Wie es in Doyles Schädel wirklich aussah, würde er erst wissen, wenn er ihn aufmachte. Was er allerdings bereits sagen konnte, war, dass es mit Doyles journalistischer Karriere von nun an rapide bergab gehen würde. Wenn der Mann Glück hatte, würde er seine Suppe irgendwann wieder selbst löffeln können. Aber so richtig wahrscheinlich war das nicht.

Eine rote Einblendung erschien, ein Countdown, der sie darüber informierte, dass der Patient in neunzig Sekunden hier sein würde. Per Sprachbefehl brachte Sydensticker den Anästhesisten in Position, ebenso den Roboter mit der Diamantfräse und ein halbes Dutzend weiterer Helferlein. Aus dem Gang vernahm er Fußgetrappel. Sydensticker zog sich Handschuhe über.

»Ach du Scheiße«, murmelte Soleil.

Sydensticker musterte seine Assistentin.

»Scheiße von der ich wissen muss?«

»Ich denke schon. Das ist ... Doyle hat einen Scan machen lassen, also ich meine einen Quantscan.«

Sydensticker runzelte die Stirn. Mit Quantscan meinte sie, dass Doyle eine extrem hochauflösende Aufnahme seines Gehirns hatte machen lassen. Man musste sich dazu in ein künstliches Koma versetzen lassen und vierundzwanzig Stunden in einem Spezial-MRT liegen. Solche Scans wurden nicht aus medizinischen Gründen gemacht. Sie dienten dazu, eine digitale Emulation des Gehirns zu erstellen.

Sydensticker zuckte mit den Achseln. »Und? Hilft uns nichts. Und ihm ehrlich gesagt auch nicht.«

Sanitäter rollten den leblosen Doyle herein. Sydensticker warf einen kurzen Blick auf die holographischen Zahlen und Kurven über dem OP-Tisch. Sie sahen weniger übel aus als erwartet. Er war zuversichtlich, dass der Patient ihm zumindest nicht unter dem Messer wegsterben würde.

Als die ersten Daten des Brainscanners einliefen, wurde Sydensticker noch zuversichtlicher. Die Kugel steckte in einem Randbereich des Lobus frontalis fest. Einen Zentimeter weiter, und es wäre nicht mehr viel zu machen gewesen. Doch so wie es aussah, würde Doyle wieder halbwegs werden. Ein paar kleinere motorische Defizite, eingeschränktes Gesichtsfeld, eventuell Probleme mit Libido und Impulsivität, aber mit etwas Glück keine größeren kognitiven Probleme. Sydensticker drehte den über dem Tisch schwebenden Scan und begann, den Robochirurgen zu programmieren. Gerade wollte er die Prozedur starten, als Tarifa Soleil vernehmlich fluchte. Sydensticker seufzte.

»Was denn noch? Ich würde jetzt gerne.«

»Da ist jemand mit einer Patientenverfügung. Die Verwaltung hat ihn zu mir durchgestellt. Ein Anwalt.«

»Scheiß auf ihn.«

»Aber …«

»Die Frage, ob wir den Life Support abschalten oder so was, stellt sich nicht, noch nicht. Erst mal müssen wir schauen, ob er durchkommt. Also scheiß drauf.«

Sydensticker griff sich den Holopen und markierte den Weg, den das Instrument des Robochirurgen nehmen sollte.

»Doktor, es sieht so aus, als ob Doyle für genau diesen Fall eine ganz spezielle Verfügung bei einem Notar hinterlegt hat und …«

»Für den speziellen Fall, dass ihm jemand in den Kopf schießt?«

»Für eine schwere Gehirnverletzung, ja. Die drohen mit Klage. Die Verwaltung ist schon ganz nervös.«

»Und der Typ ist in der Leitung?«

»Ja.«

»Das ist doch alles un-fass-bar.«

Sydensticker kontrollierte die Werte des Patienten, um sicherzugehen, dass dieser stabil war.

»Okay. Ich rede mit dem Arschloch.«

Neben dem OP-Tisch erschien die Gestalt eines Schwarzen, Ende fünfzig. Er sah nicht wie ein Anwalt aus. Sydenstickers Erfahrung nach waren das die schlimmsten.

»Strider Johnson, Kanzlei Fields & Waterstone. Verzeihen Sie die Störung, ich mach's kurz.«

»Sehr kurz«, erwiderte Sydensticker.

»Ihnen geht in diesem Moment ein notariell beglaubigtes Schreiben zu, laut dem Mister Calvary P. Doyle im Fall einer Kopfverletzung mit potenziellen Auswirkungen auf seine Kognition eine Quant-Konversion möchte.«

»Schön für ihn, wird aber nichts«, entgegnete Sydensticker. »Um sein organisches Encephalon gegen ein digitales auszutauschen, bräuchten wir einen Quantencomputer, in dem sein Brainscan bereits eingespielt ist und der …«

»Bekommen Sie.«

»Sportsfreund, Ihr Mandant hat eine Kugel im Kopf. Er kann keine vierundzwanzig Stunden warten, bis der Rechner präpariert …«

»Doktor, der bootfähige Qube mit Doyles digitaler Gehirnkopie wird gerade angeliefert.«

»Was? Wo?«

In diesem Augenblick klopfte es an die OP-Tür. Durch die Scheibe konnte Sydensticker eine Frau sehen, die ein Paket hochhielt.

»Woher zum Teufel wussten Sie, dass er die …«

»Mister Doyle hat minutiöse Vorkehrungen getroffen. Bitte setzen Sie ihm den Qube ein.«

»Wir prüfen die Verfügung«, sagte Sydensticker und schaute zu seiner Assistentin. Soleil war bereits dabei, das Schreiben zu lesen.

»Sieht okay aus«, sagte sie. »Das Gleiche gilt für die Frachtpapiere des Qubes. Sterilisiert, versiegelt, UNANPAI-Zertifikat, alles da.«

Sydensticker seufzte. »Von mir aus. Und jetzt raus mit Ihnen, Johnson. Ich mag keine Anwälte in meinem OP.«

Die holographische Projektion des Anwalts nickte verständnisvoll und löste sich in Luft auf. Mit einem gewissen Bedauern betrachtete Sydensticker den OP-Plan, den er dem Robochirurgen einprogrammiert hatte. Der Plan war ziemlich brillant und hätte bestimmt funktioniert. Aber wenn der Patient es anders wollte, war ihm nicht zu helfen. Sydensticker löschte den Ablaufplan und lud stattdessen die Standardprozedur »Totalexzision« in den Robo.

Kaum eine halbe Stunde später war alles vorbei. In Doyles wieder verschlossenem Schädel lief nun ein e-Cephalon, ein kleiner Computer. Sein organisches Gehirn lag in einer Schale neben dem OP-Tisch. Schon griff eine Schwester danach und kippte es in den Recycler.

»Was für eine Verschwendung«, murmelte Sydensticker. Dann streifte er die Handschuhe ab und verließ übel gelaunt den Operationssaal.

1

Fran fror. Seit Jahren war sie nirgendwo mehr gewesen, wo die Temperatur unter null Grad lag – es gab kaum noch Orte, an denen es derart kalt wurde. Fran zog den Reißverschluss ihres Parkas hoch und stapfte auf das Blockhaus zu, das sich fünfzig Meter hangaufwärts befand. Selbst für einen zur Einsiedelei neigenden Menschen wie Hardhouse war dies ein entlegener Treffpunkt. Fran Bittner war mit dem Scramjet von Paris nach Vancouver geflogen, von Vancouver mit einer kleinen, unfassbar langsamen Maschine nach Whitehorse und von dort mit dem Auto hierher. Einen Namen besaß der Ort nicht. Auf den letzten dreißig Kilometern hatte es nicht einmal mehr Holonet gegeben. Die Wegweiser am Rande der Straße bestanden aus Metall, nirgendwo Einblendungen oder gar Werbung – das nördliche Yukon-Territorium war Naked Space.

Kein Grid, keine Holos, keine Kameras – das waren die Gründe, warum der Alte diese Gegend ausgesucht hatte. Ihr Chef hatte Sorge, dass ihn jemand belauschte, ihm zusah. Das ließ Fran vermuten, dass es sich um einen Auftrag handelte, der mit ihrem Hauptgegner zu tun hatte.

Sie erreichte die Blockhütte. Es gab keine Klingel, deshalb klopfte sie. Ein Mann öffnete die Tür – nicht Hardhouse, sondern ein Japaner mit Schnauzbart. Er musterte Fran fragend.

»Commander Fran Bittner«, sagte sie und hielt dem Mann ihre Marke unter die Nase – ein bronzefarbenes Medaillon, auf dem ein stilisiertes Gehirn eingraviert war. Eine Hälfte sah organisch aus, die andere erinnerte an einen Computerchip. Darunter stand »UNANPAI: United Nations Agency for the Non-Proliferation of Artificial Intelligence«.

Der Mann nickte und hielt ihr die Tür auf. Er deutete auf eine hölzerne Treppe. »Direktor Hardhouse ist oben, Ma'am.«

Das Interieur sah so aus, wie sie es sich vorgestellt hatte: viel unbehandeltes Fichtenholz, geknüpfte Teppiche in Erdfarben, Elchkopf an der Wand, indigene Kunst. Falls es in diesem Haus Technologie gab, die in den vergangenen hundert Jahren entwickelt worden war, hatte man sie gut versteckt. Fran stieg eine Treppe empor und fand sich in einem Gang wieder, von dem drei Türen abgingen. Alle waren angelehnt.

»Bittner?«, rief eine tiefe Stimme.

»Ja, Sir.«

»Links.«

Fran steuerte die fragliche Tür an. Direktor Riverrhine Hardhouse saß an einem großen Schreibtisch aus Kiefernholz, auf dem mehrere Aktenordner voller Papier lagen. Als Fran eintrat, blickte er auf und lächelte sie an. In seinem Blick lag etwas Väterliches, zumindest bildete sie sich das ein. Vielleicht rührte der Eindruck von Hardhouse' dichtem weißen Haar und dem kurz geschnittenen Vollbart, der ihm etwas Onkelhaftes verlieh. Seine Augen und sein Mund waren von zahllosen kleinen Fältchen umgeben, wie sie Menschen haben, die gerne und viel lachen. Fran hatte Direktor Hardhouse allerdings noch nie lachen gesehen. Vielleicht hob er sich das für den Feierabend auf.

»Setzen Sie sich, Bittner. Heißen Tee? Sie sehen so aus, als könnten Sie einen gebrauchen.«

»Danke, Direktor.«

Hardhouse griff nach einem Telefon mit Wählscheibe. Er sagte irgendwem am anderen Ende, er möge Tee bringen. Sobald er aufgelegt hatte, lehnte er sich zurück und musterte Fran.

»Haben Sie sich von Ihrem letzten Einsatz gut erholt?«

Vier Monate war Fran Bittner in der Kalifornischen Hegemonie unterwegs gewesen, undercover. Sie hatte eine Sekte namens Ordo Equester Sethiani infiltriert. Normalerweise waren Sethianer harmlos. Sie glaubten, Gott sei in Wahrheit gar nicht Gott, sondern ein Demiurg, ein böser Handlanger, der den wahren Gott gefangen hielt. Deshalb warteten Sethianer, wie ihr Name andeutete, auf einen Heilsbringer namens Seth. Dieser würde den Demiurgen zur Strecke bringen und selbst zu Gott werden oder den wahren Gott befreien oder vielleicht auch beides. Fran hatte diesen Teil der sethianischen Heilslehre nie ganz verstanden.

Die fragliche Splittergruppe war weitaus fanatischer als die normalen Sethianer. Die selbst ernannten Ritter des Seth glaubten, ihr Heiland werde keineswegs als Mensch herniederkommen, sondern vielmehr aus dem Geist einer Maschine geboren werden, dank des guten Werks der Ordo Equester. Einfacher ausgedrückt waren diese Wahnsinnigen dabei gewesen, eine unlizenzierte Künstliche Intelligenz zu bauen.

Sie hatten die Rechnung jedoch ohne UNANPAI gemacht. Nun saßen die Seth-Ritter alle im Death Valley Open Penitentiary. Bis Fran und ihr Team den Kerlen die diversen Verstöße gegen den KI-Sperrvertrag hatten stichhaltig nachweisen können, waren nervenaufreibende Wochen vergangen. Davon, dass sie sich von dieser Strapaze auch nur halbwegs erholt hatte, konnte überhaupt keine Rede sein.

»Ja, Direktor«, erwiderte Fran, »bestens erholt.«

»Freut mich zu hören. Ich habe nämlich einiges mit Ihnen vor.«

Aus dem Gang waren Schritte zu vernehmen. Eine rundliche Frau trat ein, in den Händen ein Tablett mit Teekanne, Tassen und Haferkeksen. Sie stellte es ab und schloss die Tür hinter sich. Hardhouse schenkte Fran Tee ein.

»Zucker, Milch?«

»Nein danke, Sir.«

»Sie sind immer so streng mit sich, Bittner.«

Fran wusste nicht, was sie darauf antworten sollte. Sie nippte an ihrem Tee.

»Kennen Sie *Total Exposure*, Commander?«

»Eine Holoshow. Dokus oder so was, glaube ich.«

»Investigative Reportagen. Londoner Produktionsfirma.«

Fran nickte, nippte erneut.

»Einer von deren Reportern ist schon länger auf unserer Liste. Calvary Doyle.«

Hardhouse öffnete einen schmalen Ordner, nahm ein Foto

heraus und legte es auf den Tisch. Es zeigte einen Mittvierziger, hellhäutig und blond, mit markantem Kinn und Adlernase.

»Doyle interessiert uns, seit er diese Reportage über Turing II gedreht hat.«

Vor über fünfzig Jahren hatte die Menschheit die Kontrolle über einen intelligenten Computer namens Æther verloren, ein Ereignis, das als Turing-Zwischenfall in die Geschichte einging. Benannt war die Katastrophe nach dem Mathematiker Alan Turing, der sich bereits vor hundertfünfzig Jahren mit der Frage auseinandergesetzt hatte, unter welchen Voraussetzungen man einen Computer als intelligentes, dem Menschen ebenbürtiges Wesen betrachten musste. Æther war Menschen nicht nur ebenbürtig gewesen, sondern weit überlegen.

Vor einigen Jahren war jemand auf die Idee gekommen, den superintelligenten Rechner erneut in Betrieb zu nehmen. In letzter Minute war es UNANPAI gelungen, die Künstliche Intelligenz zu zerstören, bevor Æther die Kontrolle über den Planeten übernehmen konnte. Dieses Ereignis bezeichnete man inzwischen gemeinhin als zweiten Turing-Zwischenfall, kurz Turing II.

»Es gab sehr viele Filme und Dokus über Turing II, Direktor.«

»Ja, aber Doyles Arbeit war in doppelter Hinsicht auffällig. Erstens, weil er in seinem Film der Wahrheit so nahe gekommen ist wie sonst kaum einer. Und zweitens, weil er in der Öffentlichkeit immer wieder gewisse ... Meinungen geäußert hat.«

»Sie meinen, er ist Pro-KI?«

»Er sieht unsere Arbeit kritisch. Glaubt wohl, dass Æther

letztlich auf der Seite der Menschheit gestanden habe, dass man vielleicht sogar«, Hardhouse seufzte, »eine neue KI bauen sollte.«

Fran nickte grimmig. Der KI-Bauversuch der Sethianer war nicht der einzige, den UNANPAI in den vergangenen drei Jahren vereitelt hatte. Die Welt, so schien es, war völlig verrückt geworden. Aber warum? Die einzige logische Antwort lautete: Turing II. Æthers erneutes Erwachen hatte etwas verändert, viele Menschen schienen seitdem im KI-Fieber zu sein. UNANPAIs Haussoziologen vertraten die Ansicht, der zweite Zwischenfall habe die Gesellschaft daran erinnert, dass der Bau einer weiteren KI möglich sei, und in vielen den Wunsch geweckt, die verfemte Technologie doch wieder einzusetzen. Fran erschien diese Hypothese kontraintuitiv. Der zweite Zwischenfall war eine Mahnung an die Welt gewesen, nicht nachzulassen und KI-Umtriebe noch energischer als bisher zu verfolgen. In gewisser Hinsicht geschah das auch. Das Budget von UNANPAI war massiv aufgestockt worden. Mehrere Föderativen hatten ihre Turing-Gesetze verschärft.

Aber gleichzeitig brodelte es. Einige Leute argumentierten, die Zeit sei gekommen, eine bessere, eine sichere KI zu bauen. Viel zu viele Menschen glaubten diesen Schwachsinn.

»Ich befürchte, Doyle steht mit seiner Meinung nicht alleine da, Sir.«

»Nein. Aber dass er eventuell Pro-KI-Thesen vertritt, ist nicht der Grund, dass ich Sie habe holen lassen. Ich schicke voraus, dass dies ein ungewöhnlicher Auftrag sein könnte, sehr ungewöhnlich. Nun ... ich fange am besten mit dem an, was sich kürzlich ereignet hat. Vor einer Woche hat jemand auf Doyle geschossen, mitten in London.«

»Getroffen?«

»Blattschuss. Ins Auge.«

Erneut betrachtete Fran das Foto. Sie musste zugeben, dass sie den Kerl nicht unattraktiv fand.

»Doyle hat es überlebt. Notoperation im Brompton Hospital. Seitdem ist er ein Quant«, Hardhouse blickte ihr in die Augen, »genau wie Sie.«

»Weiß man, wer ihn loswerden wollte?«

»Bisher nicht. Das herauszufinden ist Ihre Aufgabe, unter anderem.«

»Ist das nicht eher ein Fall für die Metropolitan Police?«

»Wie ich schon sagte, dies ist ein ungewöhnlicher Auftrag, und niemand kann genau sagen, wohin er Sie, wohin er uns führen wird. Was mich, was UNANPAI an dem Fall interessiert, ist weniger das Tötungsdelikt. Wie ich vorhin sagte, haben wir Doyle bereits länger auf dem Radar. Er gilt als KI-Experte, er spricht mit vielen Leuten, deswegen beobachten wir ihn, allerdings eher niederschwellig. Er mag Pro-KI sein, aber bauen wird er vermutlich keine.«

»Er hat vielleicht Kontakt zu Leuten, die das vorhaben.«

»Denkbar. Was unsere Agenten auf jeden Fall mitbekommen haben, ist, dass Doyle in den Monaten vor seinem kleinen Unfall an einer größeren Recherche dran war. Viele Reisen, viele Gesprächstermine – es muss etwas gewesen sein, das mit KI zu tun hat, davon ist unsere Londoner Außenstelle überzeugt.«

»Genaueres haben die nicht?«

Hardhouse schob ihr einen Ordner herüber.

»Der Bericht von Sweet. Sie kennen ihn?«

Jocco Sweet war der Londoner Resident. So hießen bei UNANPAI die lokalen Büroleiter.

»Ja. Guter Mann, Sir.«

Hardhouse nickte.

»Warum macht er's nicht?«, fragte Fran.

»Dazu kann ich Ihnen leider nichts sagen, noch nicht. Der Grund ist aber keineswegs, dass er nicht kompetent wäre. Sie bringen einfach gewisse ... Befähigungen mit.«

Ihr einnehmendes Wesen meinte Hardhouse vermutlich nicht. Sie schaute ihn fragend an.

»Zunächst einmal läuft in Ihrem Kopf ebenfalls so ein kleiner Quantencomputer.«

»In Sweets auch, soweit ich weiß. Und ein Quant denkt und empfindet nicht anders als ein herkömmlicher Mensch, Sir.«

»Ich weiß schon. Aber was Doyle angeht – der ist erst seit ein paar Tagen Quant. Ich habe gehört, dass die Erfahrung anfangs manchmal ... ungewöhnlich ist. Auf jeden Fall denke ich, dass Sie besonders emphatisch sein werden, wenn es darum geht, sich in das Zielobjekt hineinzuversetzen. Hinzu kommt, dass Doyles Recherche vielleicht mit dem Turing-Zwischenfall zu tun hat, an dessen Verhinderung Sie ja beteiligt waren. Auch deshalb sind Sie die ideale Person.«

»Sie meinen, er recherchiert zu Turing II? In welcher Weise?«

»Da tappen wir im Dunkeln. Er aber auch.«

»Ich verstehe nicht.«

»Die Sache ist kurios. Wenn Sie Sweets Bericht lesen, werden Sie es verstehen. Gehen Sie diskret vor. Wir wissen nicht, wer uns zuschaut. Auf jeden Fall müssen wir so bald wie möglich wissen, was für einer Sache Doyle da auf der Spur war.«

»Und dann wissen wir auch, wer die Recherche verhindern wollte?«

»Ganz richtig. Also dann – an die Arbeit. Sie operieren alleine. Keine Berichte an die Zentrale, nur an mich. Aber erst, wenn es richtige Ergebnisse gibt, Commander.«

»Finde ich Sie hier?«

»Ich bin die nächsten Wochen im UNO-Hauptquartier in Toronto. Falls Ihre Ergebnisse auf KI-Umtriebe hindeuten sollten, begeben Sie sich zum Rapport bitte in eine unserer Lowtech-Enklaven und berichten analog.«

»Verstanden, Direktor.«

Die UNANPAI-Agentin erhob sich und salutierte. Dann machte sie, dass sie fortkam.

2

Sobald Fran wieder im Wagen saß, fühlte sie sich entsetzlich müde. Vielleicht hatte es mit der Zeitverschiebung zu tun, vielleicht mit den vielen Bodyswaps der letzten Zeit. Dennoch zwang sie sich, das Dossier aufzuschlagen. In einer knappen Stunde kam sie in Whitehorse an. Ab da reiste sie nicht mehr alleine, und Fran wusste aus Erfahrung, dass man UNANPAI-Akten wie diese besser nicht in der Öffentlichkeit las – zu auffällig. Niemand benutzte mehr herkömmliches Papier. Ungewöhnlicher als das Papier war nur noch der hellblaue Pappordner mit den metallenen Locherstreifen. So etwas gab es lediglich im Museum – und bei der KI-Polizei der UNO.

Der Gedankengang dahinter war in etwa folgender: Wenn

es da draußen Künstliche Intelligenzen gab, war ihre Erlebniswelt notwendigerweise digital. Alle von Menschen irgendwo gespeicherten Daten wären einer KI zugänglich, weil kein Mensch sie so gut sichern konnte, dass ein hochintelligenter Computer nicht herankam. Der direkte Zugriff auf analoge Informationen war einer KI hingegen verwehrt, wie einem Fisch das Land. Deshalb glichen jene Teile der UNANPAI-Datenbank, in denen die wirklich kritischen Informationen aufbewahrt wurden, einem Archiv aus den Fünfzigerjahren des zwanzigsten Jahrhunderts.

Fran schlug den Report auf. Er war mit der zweithöchsten Sicherheitsstufe versehen. Fran begann zu lesen.

Calvary Doyle war Engländer, besaß einen Commonwealth- und einen CANFED-Pass. Der Journalist hatte renommierte Schulen und Colleges besucht – Eton, Petersburg, Montreal. Seit sechs Jahren arbeitete er für *Total Exposure*. Mehrere seiner Reportagen und Dokumentationen waren mit Preisen ausgezeichnet worden. Fran bezweifelte dennoch, dass man von so etwas leben konnte. Dem Bericht zufolge musste Doyle das auch gar nicht, seine Familie war wohlhabend.

Nachdem sie das Doyle-Dossier zur Hälfte gelesen hatte, registrierte sie mit einer gewissen Genervtheit, dass sie die meisten enthaltenen Fakten auch mühelos hätte selbst recherchieren können. Nichts davon war besonders aufsehenerregend, nichts verdiente die Geheimhaltungsstufe »Indigo«.

Wie so oft kamen die interessanten Dinge vermutlich erst am Ende. Dennoch zwang sie sich, nichts zu überblättern und alles gewissenhaft durchzulesen – von Doyles güldener Kindheit über seine ersten journalistischen Gehversuche bis zu seinen Reportagen über Künstliche Intelligenz.

Erst auf den letzten Seiten gab es ein paar Details zu dem, was der Journalist in den vergangenen Monaten getan hatte. Offenbar war er viel durch Nordamerika und durch Asien gereist. Außerdem hatte er sich mehrere Wochen im All aufgehalten. Bei seinen Reisen war er sehr diskret vorgegangen. Oft nahm er nicht die Züge oder Flieger, die er Wochen zuvor gebucht hatte, sondern disponierte kurzfristig um. Doyle sprang im letzten Moment aus Bussen, ließ Taxifahrer kreuz und quer durch die Stadt fahren, nur um mitten auf einer Kreuzung aus dem Fahrzeug zu springen. »Es ist deshalb zu vermuten, dass Doyle davon ausgeht, verfolgt zu werden«, schlussfolgerte der Autor des Berichts. Das war derart scharfsinnig, dass es Fran einen Gähner entlockte.

UNANPAIs Hacker hatten versucht, Doyles Systeme zu infiltrieren, um an seine Rechercheprotokolle zu gelangen. Die Rechner zu knacken war anscheinend kein Problem gewesen, die Inhalte erwiesen sich allerdings größtenteils als verschlüsselt. Überhaupt schien sich nur sehr wenig Material auf den Computern des Journalisten zu befinden. Nach Einschätzung von Special Agent Jocco Sweet verwendete Doyle zur Geheimhaltung und Verschleierung seiner Aktivitäten »die UNANPAI-Methode«, wie er das in seinem Bericht nannte. Anders gesagt: Doyle notierte sich seine Rechercheergebnisse auf Papier. Fran musste grinsen. Der Typ schlug sie quasi mit ihren eigenen Waffen.

Der Londoner Resident hatte daraufhin geplant, sich die Informationen auf die gute alte Weise zu besorgen, indem er in Doyles Apartment in Fitzrovia einbrach, alles filzte und bei der Gelegenheit überall Kameras installierte. Aber dazu war es nicht mehr gekommen. Dem Dossier zufolge war die Aktion bereits terminiert gewesen, für den Abend des sechsten Mai. Am Morgen desselben Tages wollte Doyle nämlich nach Nuuk fliegen, um in der Millionenstadt Interviews bei einigen IT-Firmen zu führen. Er würde drei Tage fort sein, das zumindest legten Hotel- und Flugbuchungen nahe.

Aber dann war Doyle niedergeschossen worden, am Tag vor seiner Abreise. Der Einbruch wurde abgeblasen, weil zu befürchten stand, dass die Metropolitan Police ebenfalls in Doyles Apartment auftauchte. Diese Befürchtung erwies sich jedoch als unbegründet, denn während der ersten Nacht, die Doyle im Brompton Hospital verbrachte, brannte sein Wohnhaus aufgrund einer Gasexplosion komplett aus.

»Nie im Leben«, murmelte Fran.

Sweet war derselben Ansicht. Der Brand musste im Zusammenhang mit dem Attentat stehen. Jemand wollte nicht nur einen lästigen Mitwisser loswerden, sondern außerdem sämtliche analogen Beweismittel in Rauch aufgehen lassen.

Fran wurde allmählich klar, warum nicht die Londoner UNANPAI-Zelle die Untersuchung fortführte, sondern sie. Hardhouse hatte Sweet zwar gelobt, aber eigentlich musste man konstatieren, dass der Chef ihrer Londoner Dependance es kolossal vermasselt hatte. Trotz wochenlanger Arbeit konnte Sweet nicht sagen, was für eine Geschichte das eigentlich war, der Doyle hinterherrecherchierte. Nach dem Attentat wäre es zudem notwendig gewesen, unverzüglich in Doyles Apartment einzubrechen. Doch Special Agent Sweet hatte im entscheidenden Moment gezögert. Und nun besaßen sie rein gar nichts.

Fran ging das Dossier erneut durch. So wie es aussah, war Doyle Anfang Februar auf einer Technologie-Konferenz in La Paz gewesen. Danach hatte seine Reisetätigkeit signifikant zugenommen. Sweet schlussfolgerte daraus, ihre Zielperson habe auf der Konferenz irgendetwas erfahren, das eine große Recherche ausgelöst hatte. In den folgenden Wochen war Doyle in insgesamt vierzehn Städten gewesen, darunter Seattle, Petersburg, Johannesburg, Hongkong und Sapporo. Letzteres erregte Frans Aufmerksamkeit, denn dort befand sich das UNANPAI-Hauptquartier. Allerdings saßen in Sapporo auch ein Haufen Technologiefirmen. Was Doyle dort im Einzelnen getan hatte, stand nicht in Sweets liederlichem Report.

Die Reise, die Fran jedoch am stärksten ins Auge stach, war die ins All. Vom zweiten bis zum neunzehnten April war Doyle oben gewesen. Was hatte er dort gemacht? Darüber schwieg das Dossier sich aus. Nun, so ganz stimmte das nicht: Vielmehr erklärte der Bericht, wieso man Doyles Spur im All nicht habe folgen können.

Diese Erklärung war auch bitter nötig. Während es auf der Erde relativ einfach war, seine Spuren zu verwischen – man fuhr mit einem Auto ohne Transponder, überquerte die grüne Grenze, mietete sich einen Privatjet –, war derlei im Weltraum unmöglich. In der Regel gab es nur ein einziges Shuttle, das einen beispielsweise vom Mond zum Mars brachte, und um die Einreiseformalitäten konnte man sich auch nicht drücken, schließlich mussten alle durch dieselbe Luftschleuse. Doch so wie es aussah, hatte Doyle zwar die Orbitalstation des Weltraumaufzugs erreicht, dort verlor sich seine Spur jedoch. Hatte er sich das Weltraum-Äquivalent eines Privatjets gemietet? Gab es so etwas überhaupt? Fran war sich nicht sicher. Ihr Gefühl sagte ihr, dass Doyle dort oben etwas Wichtiges herausgefunden haben musste, denn nach der Rückkehr hatte er seinem Produktionsstudio signalisiert, man werde nun bald mit dem Dreh eines neuen Beitrags beginnen können.

Und dann hatte ihn jemand abgeknallt. Doyles großes Glück war, dass er irgendwann vor seinem Weltraumtrip einen Brainscan hatte machen lassen. Außerdem hatte er einen Qube gekauft, einen jener kleinen Quantencomputer, die notwendig waren, um eine Gehirn-Emulation laufen zu lassen.

Er musste gewusst haben, dass ihm Gefahr drohte. Der Quantencomputer und der Scan waren eine Lebensversicherung, anders ließ sich das kaum interpretieren. Allerdings kostete alleine der Qube eine halbe Million Eurodollar. Hinzu kamen der Scan, die Cogit-Software, der chirurgische Eingriff. Seinen Verstand zu digitalisieren war etwas, das außerhalb der finanziellen Möglichkeiten der meisten Menschen lag. Darum gab es auch nur ein paar Millionen Quants – oder wie die Normalos Fran und ihresgleichen zu nennen pflegten: Hohlköpfe.

Das Dossier enthielt ein Addendum, das erst kürzlich eingefügt worden war. Ihm zufolge wurde Doyle voraussichtlich übermorgen aus dem Krankenhaus entlassen. Mehr war aus der Akte nicht herauszuholen.

Ihr Selbstfahrer gab einen Laut von sich. Fran sah auf. In weniger als fünf Minuten würden sie den kleinen Flughafen von Whitehorse erreichen. Sie überlegte. Von Anchorage konnte sie einen Direktflug nehmen, der sie in weniger als drei Stunden nach London brachte, aber das war unpraktikabel. Sie musste zunächst nach Berlin, ihrem derzeitigen Wohnsitz. Für diesen Auftrag, das ahnte sie, würde sie ihre gesamte Garderobe an Gefäßen benötigen. Fran seufzte. Swaps. Noch mehr Swaps.

3

Als Erstes tauchen ihre Banner auf dem Hügelkamm auf: gelbe Stoffstreifen, die an langen Stangen im Wind flattern, ohne Symbole oder Schriftzeichen darauf. Er ist nicht der Einzige, dem die sich nähernde Prozession auffällt. Ivar, der Sohn des Gemeindevorstehers, schreit: »Sie kommen! Die Auserwählten des Gelben, sie kommen!«

Er stellt den Wassereimer ab, mit dem ihn seine Mutter zum Brunnen geschickt hat, beschirmt die Augen, um besser sehen zu können. Auf dem Hügel wachsen die Flaggen weiter in den Himmel empor, bis nach einigen Sekunden die Bannerträger auftauchen. Sie sind in Tuch gewandet, das dieselbe Farbe besitzt wie die Flaggen – es ist ein sattes Goldgelb, das ihn an Sonnenblumen erinnert. Unwillkürlich hält er den Atem an. Er zählt insgesamt acht Träger. Gesandte des Gelben haben normalerweise lediglich einen Fahnenträger bei sich. Wenn derart viele auf einmal kommen, steht zweifellos etwas Bedeutendes bevor.

Als Nächstes kommen die Paladine des Gelben, zehn an der Zahl. Sie reiten auf jenen seltsamen Eisenpferden, von denen er zwar schon gehört, die er aber noch nie zu Gesicht bekommen hat. Sie erinnern entfernt an Wagen, nur werden sie weder von einem Pferd noch von einem Ochsen gezogen, und sie bewegen sich schneller, viel schneller. Die Ritter des Gelben kommen im Zickzack den Hügel hinab und beziehen an verschiedenen Punkten Position, Blitzwerfer im Anschlag.

Inzwischen ist er schweißgebadet. Ins Dorf kommen selten Besucher, zweimal im Jahr der Badermeister, ab und an ein Krämer oder Gaukler. Ihr Leben besteht aus Feldarbeit und Jagd. Niemand interessiert sich für sie, schon gar nicht der Zauberer.

Immer mehr Dorfbewohner versammeln sich auf dem Platz in der Mitte der Siedlung. Nun sieht er auch seine Mutter, die sich durch die Menge drängt und ihm bedeutet, zu ihr zu kommen. Er schüttelt den Kopf. Von seinem Platz am Brunnen, der in ein gemauertes Podest eingelassen ist, kann er hervorragend sehen.

Ein Raunen geht durch die Menge, Finger recken sich gen Himmel. Er schaut nach oben. Mehrere Vögel schweben über dem Hügelkamm. Sie scheinen sich in Richtung des Dorfs zu bewegen. Nein, das sind keine Vögel. Sie bewegen sich eher wie Fliegen oder Wespen. Dafür sind sie freilich viel zu groß. »Was ist das?«, entfährt es ihm.

Er bemerkt, dass sich eine Hand auf seine Schulter legt.

Sie gehört dem alten Juri, von dem man sagt, er habe noch im Allkrieg gekämpft. Juri selbst redet nicht darüber, die anderen dafür umso mehr. »Das, mein Sohn«, sagt der Alte, »sind Drochen.«

»Ihr meint Drachen?«, erwidert er.

»Nein. Drochen. Die Hetzhunde des Zauberers. Schreckliche Bestien, schneller als ein Falke und erbarmungsloser als ein Wolf.«

Ihm schaudert ob dieser Beschreibung, aber es ist ein wohliger Schauder. Endlich passiert einmal etwas, und er glaubt, dass es nichts Schlimmes sein wird. Sicher hat der Gelbe Zauberer keine Veranlassung, ihrem Dorf zu zürnen. Jeden Morgen hissen sie seine Standarte über dem Gemeindehaus. Wenn einer seiner Priester durch das Dorf kommt, werfen sie sich ihm zu Füßen und tun alles, was er verlangt. Sie sind loyale Diener, und das, so sagt man, schon seit langer Zeit.

Ein Gefährt rollt den Berg hinab, das aussieht wie eine zu groß geratene Metallkiste. Juri, der noch immer neben ihm steht, bezeichnet es als »Panzerwagen«. Das Vehikel hält am Rande des Dorfs. Er bemerkt, dass er einige Schritte in Richtung des Panzers getan hat, ohne dass seine Beine seinen Kopf zuvor um Erlaubnis gefragt haben. Er ist nicht der Einzige. Kurz darauf steht das ganze Dorf vor dem Gefährt, in respektvollem Abstand. Die Paladine haben sich um das Fahrzeug herumgruppiert, die Bannerträger bilden ein Spalier. Er glaubt, vor Anspannung wahnsinnig zu werden, denn eine Zeit lang passiert überhaupt nichts. Dann hört man ein zischendes Geräusch, und eine Klappe in der Seite des Panzerwagens öffnet sich. Heraus treten zwei Männer und zwei Frauen. Es sind Auserwählte, durchweg groß und schlank, alle in denselben schwarzen Roben, mit einem in strahlendem Gelb gehaltenen

Tabard darüber. Auf ihren rasierten Köpfen sitzen silberne Kronen.

Erneut spürt er Juris Hand auf seiner Schulter, doch diesmal ruht sie dort nicht sanft, sie drückt ihn zu Boden.

»Runter, Tölpel«, zischt der Alte.

Nun erkennt er, dass sich alle anderen bereits in den Staub geworfen haben. Als er niedersinkt, meint er zu bemerken, dass ihn eine der Gelben Priesterinnen ansieht. Lächelt sie ihm etwa zu? Dann berührt seine Stirn den Boden, und er sieht nur noch Dreck.

»Willkommen, Auserwählte des Herrlichen«, hört er die Stimme des Bürgermeisters. »Eure ergebensten Untertanen stehen zu Euren Diensten.«

»Es ist gut«, erwidert eine männliche Stimme. »Erhebt euch.«

Zögerlich stehen die Dorfbewohner wieder auf und mustern die Auserwählten erwartungsvoll. Einer von ihnen, ein Mann mit Hakennase und stechenden Augen, wendet sich der Menge zu.

»Ich grüße euch! Mein Name ist Krek, Hierophant des zweiten Grades. Ich überbringe euch Grüße aus der Zitadelle. Euer Lehnsherr, der Gelbe Zauberer, ist sehr zufrieden mit euch.«

Die Dorfbewohner schauen einander an. Er fühlt sich auf einmal einige Fingerbreit größer. Der Gelbe Zauberer hat sein allsehendes Auge auf sie geworfen. Nicht ins benachbarte Krno ist er gekommen und auch nicht ins prächtige Vlik, sondern hierher, in ihr verschlafenes Dorf. Das ist sicher ein gutes Zeichen. Er blickt in das Gesicht von Juri. Wenn der Alte sich genauso freut wie er, verbirgt er es gut.

»Die Zitadelle hat beschlossen, euch besondere Ehre zu erweisen. Einer der euren wird uns begleiten, wird in den Mysterien unterwiesen. Erweist die Person sich als würdig, soll sie auserwählt werden, dem Gelben zu dienen.«

Ein Raunen geht durch die Menge. Kein gewöhnlicher Sterblicher hat den Zauberer je zu Gesicht bekommen. Nach dem wenigen, was er weiß, sind gewöhnliche Sterbliche nicht dazu geschaffen, das Antlitz des Gelben zu schauen – nicht nur, weil sie unwürdig sind, sondern auch, weil ihr schwacher Geist den Anblick nicht aushielte. Nur die Auserwählten können, nach jahrelanger Unterweisung, mit dem Zauberer in Verbindung treten. Und diese Ehre soll einem der ihren zuteilwerden? Das ist kaum vorstellbar.

»Um den besten Mann oder die beste Frau zu finden, werden wir euch prüfen. Fürchtet euch nicht! Die Prüfungen sind weder schmerzhaft noch anstrengend. Es sind vor allem Prüfungen des Verstandes, denn der Erhabene wählt nur die Klügsten und Talentiertesten aus.«

Die Klügsten – das bedeutet, dass man ihn ganz sicher nicht wählen wird. Er kann schneller laufen als die meisten anderen Kinder, schneller sogar als Aljos. Und er kann laut schreien, so laut, dass, wie seine Mutter zu sagen pflegt, davon noch die Fensterläden in Vlik wackeln. Außerdem vermag er sich hervorragend Dinge zu merken, Gedichte, Lieder, Vogelarten. Aber er schreibt und liest viel langsamer als die anderen. Mit dem Rechnen ist es noch schlimmer. Er ist, wie sein Stiefvater regelmäßig bemerkt, »wie gemacht für die Feldarbeit«.

Der Bürgermeister verneigt sich tief und bedankt sich bei den Priestern für die ebenso unverdiente wie unermessliche Ehre, was der Hakennasige mit ungeduldigem Nicken quittiert. Er gibt den Paladinen ein Zeichen, woraufhin diese beginnen, eine Art Zelt zu errichten. Genauer gesagt scheint das Zelt sich selbst zu errichten, ohne dass einer der Männer Hand anlegen muss. Angesichts dieses Wunders geht ein weiteres Raunen durch die Menge.

Ein paar Minuten später haben die vier Auserwählten in dem Zelt Platz genommen. Die Dorfbewohner stehen davor. Einer nach dem anderen werden sie hineingeführt. Juri und er stehen ziemlich weit hinten. Seine Mutter hat es irgendwie geschafft, sich direkt hinter ihnen einzureihen. Während sie warten, redet sie auf ihn ein. Dass er dem Dorf nur ja keine Schande macht. Dass er genau das tut, was die Auserwählten von ihm verlangen. Dass er nicht respektlos ist, so wie ihr gegenüber. Er quittiert es mit »Ja, Mamuschka«.

Sie erreichen das Zelt. Er steht vor dem Eingang und wartet darauf, dass die Wächter ihm ein Zeichen geben. Er hat beobachtet, dass die Untersuchung durch die Priester stets ein paar Minuten dauert. Danach verlässt der Geprüfte das Zelt durch einen Ausgang auf der anderen Seite und stellt sich auf die Schafswiese. Inzwischen stehen dort bereits zwei Drittel der Dorfbevölkerung.

»Der Nächste«, sagt einer der Paladine. Seine Mutter ruft ihm eine weitere Ermahnung zu, aber er hört es nicht. Sein Blick ist auf den gepanzerten Arm des Paladins gerichtet, der die Zeltplane beiseiteschiebt. Er geht hinein. Rechter Hand ist ein Tisch, an dem drei der Auserwählten sitzen. Der mit der Hakennase steht in der Mitte des Zelts und nickt ihm zu. In seiner Rechten hält er einen kleinen Kasten, auf dem leuchtende Symbole zu sehen sind. Der Priester richtet das Ding auf ihn. Instinktiv weicht er zurück.

»Hab keine Angst«, sagt eine der Priesterinnen. Es ist die Frau, die ihm vorhin zugelächelt hat. Sie mag Ende zwanzig sein, vielleicht auch älter. Das Alter von Erwachsenen ist für ihn immer schwer einzuschätzen. Ihre weite Robe und der rasierte Kopf machen es nicht einfacher.

Als er die Frau und die anderen Auserwählten aus nächster Nähe betrachtet, fällt ihm auf, dass ihre Kronen sehr seltsam aussehen. Möglicherweise sind es überhaupt keine. Es handelt sich um etwa drei Finger breite Metallbänder, die um die Schädel der Priester herumlaufen. Diese Kronen, Stirnreife, was auch immer, sitzen nicht auf dem Kopf, sondern irgendwie *darin*. Der Übergang zwischen Haut und Metall scheint nahtlos.

Die Hakennase kommt auf ihn zu. »Das, was ich da in der Hand habe«, sagt er, »ist ein Zauberstab. Mit seiner Hilfe kann ich prüfen, ob du gesund bist, verstehst du?«

Er legt den Kopf schief.

»Ich bin kerngesund. Als im letzten Sommer das Kornfieber umging, hab ich's als Einziger nicht bekommen.«

»Ich verstehe. Wende dich nun bitte dem Tribunal zu.«

»Dem ... dem was, oh Auserwählter?«

»Den drei Leuten hinter dem Tisch. Sage zunächst deinen Namen.«

Er wendet sich dem Tisch zu, verneigt sich. »Mein Name ist Franek.«

Sie fragen ihn nach seinem Alter, seinen Eltern, seiner Arbeit. Er beantwortet alle Fragen wahrheitsgemäß. Als Nächstes zeigt der Hakennasige auf die Zeltwand. Offenbar hat er einen Zauber gewirkt, denn auf der Plane sind auf einmal verschiedene Symbole zu sehen, die Franek in eine bestimmte Reihenfolge bringen soll. Dann erscheinen Bilder von Gegenständen. Nachdem sie verschwunden sind, soll er sie aufzählen. Als Letztes kommen Rechenaufgaben. Die bringen ihn mächtig ins Schwitzen.

»Gute mnemonische Anlagen«, sagt eine unfreundlich dreinblickende Frau, »aber sein IQ scheint mir bescheiden.«

Die andere Frau, jene, die ihn angelächelt hat, sagt: »Wir suchen keinen Intellektuellen.«

»Nein. Aber auch nicht den Dorftrottel.«

Er hat bisher nur gesprochen, wenn man ihn dazu aufgefordert hat. Nun aber sagt er ungefragt: »Ich bin kein Trottel.«

»Und vorlaut«, sagt die unfreundliche Frau. »Sei's drum, Impulsivität könnte von Vorteil sein. Jetzt die Tonalität.«

Die freundliche Frau greift nach einem Apparat, der vor ihr auf dem Tisch liegt. Es scheint ein weiterer Zauberstab zu sein. Er ist schwarz, auf einer Seite ist eine graue Kugel angebracht.

»Komm her, Franek«, sagt sie und hält ihm den Stab hin. Nach kurzem Zögern greift er danach.

»Halte ihn so, dass die Kugel ein Stück von deinen Lippen entfernt ist. Ja, so ist es gut.«

Sie schaut ihm direkt in die Augen.

»Sag, kannst du singen?«

Er nickt.

»Dann sing uns ein Lied.«

Er überlegt einen Moment. Dann beginnt er leise, die erste Strophe von »Des Frühlings goldnes Band« zu singen.

»Du singst sehr schön. Aber lauter jetzt«, sagt die freundliche Frau.

Von diesem unerwarteten Lob angespornt legt er richtig los. Diesmal gibt er »Den Reigen der Maid« zum Besten, schmettert die erste Strophe in den Zauberstab. Vermutlich hört man seine Stimme noch am anderen Dorfende.

»Vielen Dank. Und nun wirst du verschiedene Töne und

Tonfolgen hören. Versuch bitte, sie nachzusingen, so gut du kannst.«

»Soll ich laut singen?«

»Wichtiger ist, dass du die Töne triffst. Weißt du, was das heißt?«

Er nickt. Die Frau drückt auf einen Knopf auf dem Tisch, woraufhin aus dem Nichts Töne erklingen, erst einzelne, dann ganze Melodien. Dazwischen gibt es Pausen, in denen er das Gehörte nachsingt, so gut er kann. Nach einiger Zeit hebt die unfreundliche Frau die Hand, um ihn zum Schweigen zu bringen.

»Und?«, sagt sie.

Die freundliche Frau schaut auf ein kleines Gerät und schüttelt den Kopf. Sie lächelt. »Unglaubliche siebenundneunzig Komma vier. Ein Naturtalent.«

Sie schaut ihn an. »Du bist es Franek. Du bist der Erwählte.«

4

Fran setzte sich an einen der Tische in der Lobby und sah sich um. Das »Stansgate« war ein Fünfsternehotel in der Nähe des Covent Garden. Es versuchte, gleichzeitig modern-international und traditionell-britisch daherzukommen – eine stilistische Quadratur des Kreises. Die Lobby schien Fran denn auch ziemlich misslungen. Auf den Zimmern war es kaum besser: futuristische Designerlampen, Regency-Stühle, Chippendale-Sofas. Nichts passte zusammen. Den meisten Gästen waren derlei Feinheiten vermutlich schnuppe, Fran Bittner aber nicht. Er war ein feinsinniger Mensch mit einem ausgeprägten ästhetischen Empfinden, weswegen er unter derartigen stilistischen Vergehen beinahe körperlich litt.

Eine Kellnerin kam an den Tisch.

»Was darf ich Ihnen bringen, Sir?«

»Einen doppelten Espresso und ein stilles Wasser, bitte.«

Die Kellnerin nickte und verschwand. Fran musterte sich in einem der goldgerahmten Spiegel auf der anderen Raumseite. Er war sehr schlank, mit olivfarbenem Teint und einer Physiognomie irgendwo zwischen südamerikanisch und italienisch – *melting pot style*, wie Gefäßdesigner es zu nennen pflegten. Fran trug einen leichten Sportanzug in Prince-of-Wales-Karo, dazu hellbraune Brogues und Strickkrawatte. Einige Sekundenbruchteile lang schien ihm, er betrachte nicht sich selbst. Es war, als habe sein Verstand jemand anderen erwartet, beispielsweise die Eurasierin mit der Vorliebe für Hosenröcke, die er gestern gewesen war.

Man bezeichnete das Phänomen als *vessel vertigo*, Gefäßschwindel. Es trat auf, wenn man zu oft den Körper wechselte, und glich in gewisser Weise jenem Effekt, mit dem manche Geschäftsreisende nach einer langen Tour zu kämpfen hatten: Man wachte morgens in einem Hotelbett auf und war sich nicht sicher, in welcher Stadt man sich befand. So war es beim *vessel vertigo* auch. Wenn man viel reiste und gleichzeitig viele Bodyswaps machte, konnte man, wie Fran wusste, sogar beide Effekte erleben: Man wachte auf und wusste weder wo noch wer man war.

Der Moment verging so schnell, wie er gekommen war. Bei manchen dauerten die Schwindelanfälle mehrere Minuten oder noch länger. Bei Fran waren es stets nur Sekundenbruchteile, einer der Gründe, warum er für diesen Job wie geschaffen war.

Der Espresso kam. Fran dankte der Kellnerin, die ihn, wie er feststellte, ein wenig schmachtend musterte. Er schenkte ihr ein Lächeln, freundlich zwar, jedoch ohne jedwedes romantische Versprechen darin. Sobald sie fort war, schaute er sich nochmals in der misslungenen Lobby um. Unter normalen Umständen hätte er sich niemals hier einquartiert. Aber Calvary Doyle hatte im »Stansgate« eine Suite reserviert, als Ersatzdomizil. Sein Apartment in Fitzrovia war unbewohnbar. Es stand sogar zu befürchten, dass das ganze Haus abgerissen werden musste.

Er schaute auf die Uhr. Wenn Doyle nach der Morgenvisite entlassen wurde, trudelte er vermutlich gegen elf oder halb zwölf ein. Ihm blieb also noch Zeit. Er würde sich den Rest von Doyles Doku anschauen. Fran steckte sich einen Kopfhörer ins Ohr und rief über dem Tisch ein Holofenster auf.

»Film fortsetzen«, sagte er. »Das Æther-Mysterium.«

> … wurde die Æther-Anlage seinerzeit an einem geheimen Ort errichtet: in einer unterirdischen Anlage auf einer der abgelegensten Inseln der Welt.

Eine Erdkugel erschien. Die Kamera zoomte heran, in eine Region irgendwo zwischen Kap der Guten Hoffnung und Antarktis, auf der nichts außer Wasser zu sehen war. Erst als sich der Ausschnitt noch weiter vergrößerte, wurde eine Insel sichtbar.

> Die Île de la Possession ist ein unbewohntes vulkanisches Eiland unter UNO-Verwaltung. Hier nahm die Æther-Einrichtung im Jahr 2045 ihren Betrieb auf. Es gibt keine Bilder von der Anlage, weder Fotos noch Videos. Diese Skizze, die der Computertechniker Leslie Woo seinerzeit trotz schärfster Kontrollen von der Insel nach Hause schmuggelte, ist die einzige Visualisierung des Herzens von Æther.

Eine Zeichnung wurde eingeblendet. Sie zeigte einen Raum, der kugelförmig zu sein schien. Er war leer, bis auf ein Podest in der Mitte. Die Zeichnung war mit grauem Bleistift ausgeführt, mit einer Ausnahme: Das Objekt auf dem Podest war blau schraffiert. Es handelte sich um einen Würfel.

Æther war in der Lage, selbst komplexe Probleme wie den Klimawandel selbstständig zu analysieren, technische Lösungen zu erarbeiten und diese umzusetzen. Der kleine blaue Würfel war ein Symbol der Hoffnung, aber nicht lange. Æther drehte durch, 2048 wurde die Anlage gesprengt, um der entfesselten KI Einhalt zu gebieten. Zurück blieb eine mit B-Waffen verseuchte Insel, abgeschnitten vom Rest der Welt. Æthers Kern wurde unter Schutt und Trümmern begraben.

Doch dann, im Jahr 2088, mehrten sich die Anzeichen dafür, dass jemand die Æther-Anlage wieder in Betrieb genommen hatte. UNANPAI-Spezialisten wurden auf die Insel geschickt, um der Sache auf den Grund zu gehen. Zu ihrem Erstaunen fanden sie den Æther-Rechner voll einsatzfähig vor.

Nun erschien ein Trupp Soldaten, auf deren Uniformen die UNO-Kokarde zu sehen war. Mit grimmigen Mienen und schwer bewaffnet stapften sie über eine Vulkaninsel mit dürftiger Vegetation. Vor ihnen konnte man einen Hang erkennen, auf dessen Kamm ein hoher weißer Felsen aufragte. Fran spürte, wie sich seine Nackenmuskeln verkrampften.

Es gab einen Schnitt. Als Nächstes waren die Soldaten in der Sphäre zu sehen, in deren Mitte der kleine blaue Würfel stand. Sie hatten ihre Gewehre im Anschlag. Einige von ihnen waren dabei, Sprengstoffladungen an den Wänden anzubringen. Frans Hand begann zu zittern. Er musste die Tasse abstellen, damit nichts danebenging. Am unteren Bildrand erschien eine Einblendung: »NACHGESTELLT – NICHT DIE TATSÄCHLICHEN EREIGNISSE«.

Fran schnaubte. »Ach was.«

> Das Einzige, was die Menschheit 2088 rettete, war, dass die KI aufgrund der isolierten Lage der Île de la Possession keine Verbindung zu den globalen Datennetzen aufbauen konnte. Und so ließ sich die Katastrophe im letzten Augenblick verhindern. Bei der ersten Æther-Deaktivierung im Jahr 2045 hatte man sich damit begnügt, die Insel mit Marschflugkörpern zu bombardieren – ein katastrophaler Fehler von UNANPAI. Diesmal ging man auf Nummer sicher.

Die Soldaten klebten den Plastiksprengstoff nicht nur an die Wände, sondern brachten auch an dem Würfel eine Sprengladung an, so groß, dass sie das kleine Objekt vollständig pulverisieren musste. Ein Schnitt, die Soldaten hasteten den Hang hinab. Hinter ihnen explodierte die Bunkeranlage, Gesteinsbrocken flogen in alle Richtungen. Die Kamera zoomte heraus. Über der Insel stand eine gigantische Rauchlohe.

> Ein zweites Mal wurde die Menschheit gerettet. Aber viele Fragen bleiben offen. Bis heute weigern sich die UNO sowie die an der Kommandoaktion im südlichen Atlantik beteiligten Föderativen, zu enthüllen, wer eigentlich für Turing II verantwortlich ist. Wer nahm die deaktivierte KI

wieder in Betrieb? Wer ist für den größten Computer-GAU der Geschichte verantwortlich? Und ist die Menschheit nun wirklich sicher? Oder könnte es wieder passieren? Und war Æther wirklich noch eine Bedrohung? Oder ist das nur etwas, das die KI-Behörde uns glauben machen will?

Rauchende Trümmer waren zu sehen. Zwischen den Brocken lag ein kleines Objekt, ein verschrammter blauer Würfel. Auf einmal begann der Würfel aus seinem Inneren heraus zu leuchten und zu pulsieren, begleitet von bedrohlich klingender Musik. Fran musste ein Lachen unterdrücken. Nicht die tatsächlichen Ereignisse – aber selbst wenn dies eine dramatisierte Nacherzählung war, was glaubte dieser Doyle? Dass sich im Inneren des Æther-Qubes eine Glühbirne befand?

Schnitt. Eine Frau erschien. Ihren Look individualistisch zu nennen wäre eine Untertreibung gewesen. Oszillierende grüne Dreadlocks, Kinnverlängerung, Katzenpupillen, außerdem ein Gesichtsfilter mit Lackeffekt – es sah aus, als habe jemand der Frau mehrere Schichten Epoxidharz auf die Visage gepinselt. Auf ihrem T-Shirt stand »IT IS OUT THERE«. Der Bauchbinde zufolge hieß sie Fatima Tits und war »Ætherianica-Expertin«. Sie begann zu sprechen.

»In der Ætherianica-Community gibt es natürlich Hunderte Theorien und Hypothesen zum genauen Ablauf von Turing II, aber letztlich sind sie alle Varianten von drei Szenarien. Nummer eins: Die KI hat die ganze Zeit geschlafen, vielleicht hat sie Energie konserviert oder so. Irgendwann ist es ihr gelungen, sich selbst wieder hochzufahren. Dass sie dafür über vierzig Jahre gebraucht hat, mag uns

seltsam erscheinen. Aber für eine unsterbliche Superintelligenz wie Æther ist das nur ein Wimpernschlag.
Nummer zwei: Jemand anderes hat sie hochgefahren. Jemand, der meinte, das sei die einfachste Möglichkeit, an eine KI zu kommen. Selbst eine zu bauen ist zwar theoretisch machbar, genau wie bei der Atombombe sind die Baupläne bekannt. Aber es ist aufwendig, und UNANPAI kontrolliert den Einsatz von Qubes, registriert alle Programmierer und so weiter. Einige glauben, dass ein Verbrecherkartell für die Æther-Reaktivierung verantwortlich war, vermutlich die Solntsevkaya Bratva.«

»Völlig daneben«, murmelte Fran und nippte an seinem inzwischen ziemlich kalten Espresso.

»Oder es könnte ein Supernational gewesen sein. Viele hatten Arkenziel im Verdacht, bei denen hat es zeitgleich eine große Polizeiaktion gegeben damals. Aber konnte nie bewiesen werden. Und die dritte Theorie ist natürlich, dass UNANPAI den ganzen Zirkus selbst veranstaltet hat. Ich meine, überlegen Sie mal. Nach Turing I wurde diese KI-Stasi mit extrem weitreichenden Kompetenzen ausgestattet. Die dürfen jeden überwachen, in fast allen Föderativen tätig werden, ohne irgendwelche richterlichen Beschlüsse. Und vierzig Jahre nach Turing I kam UNANPAI allmählich die Existenzberechtigung abhanden – keine KI weit und breit, ja? Das Budget der Behörde sollte massiv gekürzt werden. Egal ob sie es selbst inszeniert haben oder nicht – Turing II war ein Glücksfall für UNANPAI.«

Fatima Tits verschwand, worüber Fran nicht unglücklich war. Lange hätte er sich diesen Schwachsinn nicht mehr anhören können. Nun wurde erneut die Insel gezeigt. Die Kamera zoomte hinaus, bis eine Nachtansicht der kompletten Erde zu sehen war.

»Die Frage ist: Sind wir wirklich sicher? Turing II hat viele beunruhigende Fragen aufgeworfen. Sind wir gut genug gerüstet gegen weitere KI-Zwischenfälle? Gibt es Kriminelle oder Konzerne, die trotz des Verbots nach dieser Technologie streben? Und ist Æther wirklich für immer zerstört oder schlummern irgendwo weitere Überraschungen, welche die KI uns hinterlassen hat? War es überhaupt richtig, die wiedererwachte KI, in gewisser Weise schließlich eine intelligente Lebensform, zu vernichten? Einige Experten sind der Ansicht, Æther hätte ein Beschützer und Freund der Menschheit sein können. Professor Attila Boisenberg von der Universität Oxford glaubt, dass …«

Aus dem Augenwinkel sah Fran einen Mann die Lobby betreten. Sein Kopf wurde von einer Wollmütze bedeckt, seine Augenpartie von einer großen Sonnenbrille verborgen. Ein Brassard am Ärmel zeigte an, dass sein Gesicht holographiert war. Es konnte sich nur um Calvary Doyle handeln. Rasch schaltete er den Film ab und machte sich an die Arbeit.

5

Nicht zum ersten Mal an diesem Tag fragte Fran sich, was sein Zielobjekt eigentlich vorhatte. Entweder besaß Calvary Doyle einen extrem ausgefeilten Plan oder, was wahrscheinlicher schien, gar keinen. Das Hotel hatte der Journalist kurz nach dem Einchecken wieder verlassen. Fran war ihm in einen Coffeeshop gefolgt, in ein Geschäft für Küchenbedarf, zu einem Herrenausstatter. Danach war Doyle das halbe Victoria Embankment entlangflaniert, trotz der drückenden Schwüle. London im Mai war warm und feucht, die Stadt kroch einem unter den Hemdkragen. Fran sehnte sich nach einer Dusche.

Er beschattete Doyle relativ eng. Sorge aufzufliegen hatte er nicht. Schließlich trug er einen Jedermann-Anzug, ein holographisches Kleidungsstück, das sein Aussehen kontinuierlich veränderte. Dies geschah nicht ruckartig, vielmehr vollzog sich der Wandel in Zeitlupe. Silhouette, Größe und Kleidung, alles war im stetigen Fluss. Ein Beobachter hätte ihn sehr genau betrachten müssen, um zu bemerken, dass sein chinesisches Gesicht allmählich eurasisch und dann kaukasisch wurde, dass seine hohen Boots sich in Stiefeletten und später in Halbschuhe verwandelten.

Doyle bemerkte davon sicher nichts. Der Journalist bewegte sich, als habe ihm jemand mit einem Hammer auf den Kopf geschlagen. Das war angesichts seiner Verletzung vielleicht nicht verwunderlich. Andererseits konnte der Mann eigentlich keine Schmerzen mehr haben. Seine OP lag vier Tage zurück, dank Regenerationsbeschleunigern war er vermutlich so gut wie neu. Nein, Doyle bewegte sich nicht wie jemand, der litt. Sondern eher wie jemand, der nicht wusste, was er tun sollte. Sein Gesicht strahlte tiefe Ratlosigkeit aus.

Fran folgte ihm zur Tube-Station Temple. Doyle nahm die District Line in Richtung Westen. An der Station Hammersmith stieg er aus. In der Nähe befanden sich die Büros von Doyles Produktionsfirma.

Als sie wieder auf der Straße waren, ging der Journalist zunächst zu einem Gebäude auf der anderen Straßenseite, über dessen Flachdach ein dampfender Kaffeebecher schwebte. Fran fror den Jedermann-Anzug in seiner momentanen Einstellung ein. Als Schwarzer mit Trilbyhut betrat er den Laden. Doyle stand bereits in der Take-away-Schlange. Als er an die Reihe kam, bestellte er zwei große Iced Cappuccini. Er traf sich also mit jemandem. Schon lief Doyle mit den zwei Bechern an ihm vorbei in Richtung Ausgang. Fran gab seinen

Platz in der Schlange auf, zählte leise bis fünf und verließ dann den Coffeeshop.

Auf dem Trottoir stand Doyle und redete mit einer Frau. Sie war Anfang sechzig und hatte einen jener Sonnenschirme aufgespannt, ohne die viele Londoner morgens gar nicht erst aus dem Haus gingen. Außerdem trug sie eine Brille. Fran hielt kurz inne. Menschen mit Brillen machten ihn stets nervös, denn als Sehhilfen waren sie seit Jahrzehnten obsolet. Wer solch ein Gestell aufhatte, trug es entweder aus modischen Gründen oder um die Hologrammatica zu manipulieren. Die unzähligen Projektionen um sie herum, all die Werbebotschaften, Verkehrsschilder und Fassadenverschönerungen ließen sich mit einer geeigneten Stripperbrille ausblenden. Und das galt natürlich auch für Frans holographische Tarnung. Aber die Brille der Frau sah eigentlich nicht nach Stripper aus. Vielleicht war sie schlichtweg eine Exzentrikerin.

Doyle und seine Begleiterin überquerten die Straße und liefen bis zu einer kleinen Kirche, vor der es einen Grünstreifen mit Parkbänken gab. Fran folgte den beiden und schoss währenddessen mit seiner Ringkamera Fotos. Er bat seinen Amanuensis darum, diese mit den gängigen Datenbanken abzugleichen. Als sich die beiden auf einer der Bänke niederließen, hatte sein Assistenzsystem ihm bereits den Namen der Frau geliefert: Voltairine Urquhart, Redaktionsleiterin von *Total Exposure*. Fran setzte sich in zehn Metern Entfernung auf die nächste Bank und fror sein Aussehen erneut ein. Der Jedermann war gespickt mit Richtmikros, und er befahl dessen Software nun, die beiden zu belauschen. Umgehend verschwand der Straßenlärm. Aus seinem Ohrmikro drangen stattdessen die Stimmen Doyles und Urquharts:

»Aber du musst doch irgendeine Idee haben, wer es getan haben könnte, Cal.«

»Bisher überhaupt keine, Voltairine. Ich habe keine Feinde.«

Sie lachte.

»Was?«

»Mein Lieber, mit deinen Reportagen hast du dir einen Haufen Feinde gemacht. Und wenn ich das richtig sehe, wird deine nächste dir noch mehr Feinde machen. Auch wenn der Drehbeginn jetzt wohl erst mal passé ist, hm?«

Doyle seufzte. »Völlig passé. Vielleicht ... ich weiß nicht.«

»Du brauchst ein bisschen Zeit, vermute ich. Was du aber auch brauchst, ist ein Bodyguard.«

»Ach, komm. Unsinn. Ich will keinen ...«

Urquhart ergriff Doyles Hand und musterte ihn.

»Cal, Schätzchen, jetzt kommst du mir wie ein trotziger kleiner Bengel vor. Ein Mordattentat! Mitten in London.«

»Sie werden es kein zweites Mal versuchen«, erwiderte er.

Urquhart ließ seine Hand los und schaute ihn verwundert an.

»Weil?«

»Weil sie ihr Ziel erreicht haben.«

Der Ausdruck der Verwunderung auf ihrem Gesicht verwandelte sich in eine Mixtur aus Entsetzen und Empörung.

»Du willst aufgeben? Du willst wirklich aufgeben? Das ist doch genau das, was diese Leute wollen. Ich weiß, dass du dich immer sehr bedeckt hältst und niemand von deinen Recherchen erzählst. Verdammt, ich bin deine Producerin und selbst ich weiß bisher nur, dass es um einen Scoop in einer KI-Geschichte geht.«

Doyle schlug die Hände vor das Gesicht. Leise sagte er: »Ja? Da weißt du mehr als ich. Es gibt keine Geschichte.«

»Was? Keine ... aber du hast mir gesagt, ich soll drei Teams buchen. Das wäre erderschütternd, es wäre die größte ...«

»Es gibt«, brüllte Doyle in dem Moment, »keine verdammte Geschichte!«

Nicht nur Urquhart zuckte zusammen. Auch Fran wich instinktiv vor der Quelle des Lärms zurück. Er musste sich beherrschen, um sich das Ohrmikro nicht herauszureißen. Rasch regelte er die Lautstärke herunter.

Die Produzentin sah ihren Schützling an, nippte an ihrem Kaffee. Der Ausbruch schien sie nicht verletzt zu haben. Vielleicht kannte sie so etwas schon.

»Sorry«, sagte Doyle leise. »Aber ich glaube, du kapierst es nicht.«

»Na, dann erleuchte mich mal.«

»Diese Recherche ... es war anfangs nur eine vage Idee. Erst vor einigen Wochen habe ich etwas gefunden, das ... vermutlich dazu geführt hat, dass ich dich angerufen habe, wegen dem Dreh. Habe ich echt gesagt, das sei erderschütternd?«

»Erderschütternd und episch, um genau zu sein. Aber daran wirst du dich doch wohl erinnern.«

»Nein. Nein, tue ich nicht.«

Urquhart schaute irritiert. Fran hingegen musste all seine Selbstbeherrschung aufwenden, um ruhig sitzen zu bleiben. Natürlich – wie hatte er das übersehen können? Nun machte Hardhouse' seltsame Andeutung, dass dies ein kurioser Fall werden würde, Sinn.

»Überleg mal, Voltairine. Ich bin viel gereist in letzter Zeit. Weit gereist. Ich hatte vor, den KOC zu nehmen, glaube ich zumindest.«

»Den Koimala Orbital Crawler? Ins All? Warum das?«

Doyle ignorierte den Einwurf und fuhr fort: »Ich habe eine Menge rausgefunden, vermutlich. Aber das ... das war alles nach meinem Brainscan, verstehst du?«

»Brainscan? Um ein Hohlkopf zu werden?«

»Wollte ich eigentlich nie, aber anscheinend habe ich vor dem Trip ins All einen Scan machen lassen. Ich habe eine digitale Kopie meines Gehirns, also ein Cogit, angefertigt und einen Qube gekauft. Ist in einem Quant-Zentrum in Twickenham gemacht worden, so zumindest steht's in den Unterlagen, die ich bei meiner Entlassung bekommen habe. Außerdem hatte ich eine Patientenverfügung, für den Fall des Falles.« Doyle musterte Urquhart. »Sie haben's mir eingesetzt, gleich nach dem Attentat.«

Die Produzentin schlug die Hände vor den Mund. Fran registrierte es mit einer gewissen Verärgerung. Es gab bereits Millionen von Quants, aber einige Leute fanden die Konversion immer noch schockierend. Vielleicht galt Urquharts Entsetzen aber auch gar nicht dem Umstand, dass Doyle sein lädiertes organisches Gehirn ausgemustert hatte wie ein Paar löchrige Strümpfe, sondern dem, was Fran bereits vor einer Minute realisiert hatte.

»Sie sind weg, Voltairine.«

Sie nickte. »Deine Erinnerungen. Du hast eine Amnesie.«

»Nein, keine Amnesie. Eine Amnesie ist unter Umständen reversibel. Aber mein Brainscan, das geht aus den Unterlagen hervor, war am fünfundzwanzigsten März. Die Not-OP war am dritten Mai. Die achtunddreißig Tage dazwischen waren in meinem organischen Gehirn gespeichert, aber nicht in dem digitalen Cogit-Back-up. Sie sind weg, für immer.«

»Du meinst, deine ganze Recherche ist weg?«

»Alles.«

»Aber du musst doch Aufzeichnungen haben. Audios, ein Archiv, das dein Amanuensis ...«

»Ich benutzte keinen Amanuensis, kein holographisches Papier, nichts dergleichen. Alles analog. Das ist bei solchen Recherchen ratsam. Wer weiß, wer mitliest. Das ganze Zeug war in meiner Wohnung. Es ist verbrannt.«

Einen Moment lang saßen die beiden schweigend da. Dann sagte Urquhart: »Also? Wie geht es weiter?«

»Kannst du die drei Teams auf Stand-by halten?«

»Eines vielleicht. Drei ist unbezahlbar.«

»Okay. Danke übrigens, dass ihr mir das Hotel besorgt habt.«

»Nicht der Rede wert. Aber ich schließe aus deiner Bitte, dass du eigentlich immer noch drehen willst.«

Doyle lächelte gequält. »Natürlich will ich das. Ich muss nur erst meine Erinnerungen wiederfinden.«

»Und wie stellst du das an?«

»Wenn ich das wüsste, wäre ich einen Riesenschritt weiter.«

6

Clifford Torus musterte sein Gegenüber, legte seine ausgestreckten Arme auf das Rückenpolster des Designersofas. Der andere Mann, ein drahtiger Filipino, besaß nicht so viel Bewegungsfreiheit wie Clifford. Seine Arme und Beine waren mit Riemen an einem Sessel fixiert, der vage an einen Zahnarztstuhl erinnerte. Das Einzige, was Gandhi Godspeed bewegen konnte, war sein Kopf. Von dieser Möglichkeit machte er reichlich Gebrauch. Immer wieder wandte Godspeed das Gesicht nach links, rechts, oben, unten. Clifford fragte sich, was der Kerl damit bezweckte. In dem nüchternen Raum gab es nur sein Sofa, Godspeeds heißen Stuhl sowie ein Rollwägelchen, auf dem Spritzen, Sägen und Skalpelle lagen. Wäre Clifford an der Stelle seines Gesprächspartners gewesen, hätte er nicht umhergeschaut, sondern unentwegt auf die Instrumente gestarrt.

»Guten Tag, Mister Godspeed«, sagte er.

»Wo zum Teufel bin ich hier?«

Clifford lächelte. »Darauf bekommt man in solchen Situationen eigentlich nie eine vernünftige Antwort, oder?«

»Scheiße, keine Ahnung. Ich war noch nie in so einer ... was wollen Sie von mir?«

»Ich finde es bewundernswert, dass Sie gleich zum Punkt kommen. Aber erst einmal: Geht's Ihnen gut? Ich brauche Sie nämlich auf hundert Prozent, Speedy, verstehen Sie?«

Godspeed gab einen Laut irgendwo zwischen Kichern und Schluchzen von sich.

»Hey, Mann, Sie – also, Ihre Leute – haben mir einen Injektor in den Arsch gejagt und mich entführt. Ich lag stundenlang in irgendeinem beschissenen Kofferraum. Was glauben Sie, wie's mir geht?«

»Das tut mir leid, ließ sich nicht vermeiden. Aber Sie sind nicht ... benommen oder so was?«

»Nein. Ich bin wach. Sehr wach. Muss die verdammte Angst sein.«

»Die Angst, Mister Godspeed? Angst wovor? Nein, sagen Sie nichts. Ich weiß doch, dass Sie sich nicht vor den Werkzeugen fürchten.«

»Hä?«

»Sie haben nur ein einziges Mal draufgeschaut, mit ziemlich abgeklärtem Blick.«

Clifford Torus hatte Gandhi Godspeed seit Monaten im Visier. Deswegen war er sich ziemlich sicher, dass der Mann keine Angst davor hatte, gefoltert zu werden. Nun, das war nicht ganz korrekt formuliert. Wenn der Doktor ihn später bearbeitete, würde Godspeed selbstverständlich wimmern, nach seiner Mutter schreien, sich in die Hosen scheißen. Gleichzeitig würde ihm jedoch bewusst sein, dass ihn das hochnotpeinliche Verhör weder zum Krüppel machen noch umbringen würde. Er war schließlich ein Quant, ein Hohlkopf. Der Körper, den Cliffords Leute in dem Stuhl festgeschnallt hatten, war nicht Godspeeds echter, nicht sein Stammkörper. Stattdessen handelte es sich um ein Gefäß. Während die hagere, beinahe ausgemergelte Gestalt auf dem Stuhl seinem Namenspatron alle Ehre machte, war der echte Gandhi Godspeed anderthalb Köpfe kleiner und wog fast hundertvierzig Kilo.

»Nein, Speedy, so was macht Ihnen keine Angst. Was Ihnen vermutlich eher Sorge bereitet, ist, dass Sie drüber sind.«

Er konnte sehen, wie es in dem Gesicht des Mannes arbeitete. Wie alle Quants konnte Godspeed seinen digitalisierten Verstand in ein Gefäß hochladen und in seinem Wunschkörper durch die Gegend spazieren – allerdings nur für begrenzte Zeit. Kehrte er nicht rechtzeitig von seinem Body-Holiday zurück, passierten zwei unangenehme Dinge: Sein komatöser Stammkörper starb, unwiderruflich. Praktisch zeitgleich erlitt sein Cogit, die digitale Kopie seines Verstandes, einen Braincrash, was das Leihgefäß ebenfalls killte.

»Wie weit sind Sie drüber?«, fragte Clifford.

»Zwei Wochen, Mann.«

Normalerweise erfolgte der Braincrash nach einundzwanzig Tagen – Godspeed war bereits bei Tag fünfunddreißig. Das entsprach einer Steigerung von sechsundsechzig Prozent.

»Das ist ... beeindruckend. Ganz schöne Zyklusverlängerung. Wie machen Sie das?«

Godspeed versuchte, mit den Achseln zu zucken, wovon ihn die Riemen allerdings weitgehend abhielten.

»Gute Gene, vermutlich. Irgendeine Anomalie. Nachdem *Novaya Izvestia* einen Bericht über mich hatte, haben Typen von einem Gen-Konzern meine DNA gekauft.«

»Ich weiß.«

»Woher denn das? Ich musste eine Erklärung unterzeichnen, dass ich nix sage drüber.«

Clifford wusste es, weil er der Eigentümer jenes »Gen-Konzerns« war, der Godspeed vor gut anderthalb Jahren die Exklusivrechte an seiner DNA abgekauft hatte. Deutlich mehr hatte es ihn gekostet, den genetischen Code des vermeintlichen Wunderknaben von den besten Wissenschaftlern der Welt untersuchen zu lassen. Godspeeds DNA war durch unzählige Sampler genudelt worden. Man hatte sie verwendet, um Gefäße zu erzeugen, die dieselben genetischen Eigenschaften aufwiesen wie der fette Filipino. In einem seiner Labore in Indien, wo die Vorschriften besonders lax waren, gab es sogar ein paar Babys, die mit Godspeeds DNA ausgestattet waren und denen man vielleicht irgendwann die Gehirne entfernen würde, um herauszufinden, ob sie ebenfalls mehr als einundzwanzig Tage durchhielten.

Letzteres war ein wenig unerfreulich, selbst nach Cliffords recht flexiblen moralischen Maßstäben. Aber schließlich ging es um etwas Großes, um eine der größten Sachen überhaupt: Unsterblichkeit. Dass man seinen Verstand digitalisieren und in einen anderen Körper transferieren konnte, war ein unglaublicher technologischer Fortschritt, allerdings nur auf den ersten Blick. Bei genauerer Betrachtung war diese ganze Quant-Cogit-Nummer ein Riesenscheiß. Sie machte einen weder schlauer noch schneller. Und ein paar Tage in einem anderen Körper zu verbringen war auch nichts, was einen irgendwie weiterbrachte. Wäre es hingegen möglich, unbegrenzt lange in einem anderen Gefäß zu bleiben, könnte man alle paar Jahre den Klon wechseln, wie Schuhe, deren Sohlen abgelaufen waren, bis in alle Ewigkeit.

Dummerweise wusste bislang niemand, wie das ging. Körper und Geist dauerhaft voneinander zu trennen war anscheinend unmöglich. Sie nannten es das Descartes-Problem, nach diesem Philosophen, der den Dualismus postuliert hatte. Ihm zufolge waren Geist und Körper zwei voneinander getrennte Dinge. Doch anscheinend gab es eine Verbindung, das eine vermochte ohne das andere nicht zu existieren.

Niemand hatte eine Lösung für das Descartes-Problem parat. Deshalb musste Clifford jedem Hinweis nachgehen, der das Rätsel vielleicht doch entschlüsseln konnte. Godspeed war solch ein Hinweis.

»Woher ich von Ihrem DNA-Deal mit Gencorp weiß, spielt keine Rolle. Was wichtiger ist: Ich weiß, dass Sie Gencorp verarscht haben.«

»Wie meinen Sie das?«

»Verarscht. Betuppt. Gelinkt. Ihre DNA ist wertlos. Sie ist völlig gewöhnlich, weist keinerlei Anomalien auf.«

»Keine Ahnung, Mann. Ich hatte bis dahin auch nie geglaubt, dass meine Gene was Besonderes sind, aber diese Typen von äh …«

Clifford hob tadelnd den Zeigefinger. »Nein, nein, nein, Speedy. Sie sind überhaupt nicht ahnungslos. Wenn Gencorp meint, ihr meteorischer Filipinoarsch wäre das Geld wert, und er war's doch nicht – selber schuld, nicht wahr? Ich meine, caveat emptor und so.«

»Cave … was?«

»Latein. Der Käufer gebe Obacht.«

»Äh? Ja, genau. Deren Risiko, Mann. Ich konnte nicht wissen, dass …«

»Doch, konnten Sie. Sie wussten, dass Ihre … Langlebigkeit im Gefäß darin begründet ist, dass Sie modifizierte Cogit-Software verwenden.«

Godspeed wurde aschfahl.

»Hat es Ihnen die Sprache verschlagen?«

»Woher …«

»Weil ich es weiß. Ich habe Sie beschatten lassen, vierundzwanzig sieben, nonstop. Ich weiß, dass Sie diesen Todesverehrern einen Haufen Waffen verkauft haben.«

Es hatte ziemlich lange gedauert, bis seine Leute darauf gekommen waren – zu lange. Einige Personen hatten für diese Schlafmützigkeit bezahlen müssen. Godspeed war ein kleiner Hehler. Von einer Garage aus vertickte er Waffen und Drogen an die Halbwelt von Quezon-Stadt. Zu seinen Kunden gehörten auch ein paar sogenannte Deather. Das waren Leute, die – aus Gründen, die Clifford bis vor Kurzem nicht sonderlich interessiert hatten – ihr Cogit in einen Klon hochluden und sich dann umbrachten. Ihr Abkratzen zeichneten sie auf, in der Hoffnung, dadurch mehr über das Mysterium des Todes zu erfahren. Zumindest behaupteten sie das. Clifford vermutete eher, dass diese Deather ein Haufen depressiver Masochisten waren.

Auf jeden Fall hatten seine Leute herausgefunden, dass Godspeed an ein paar dieser Deather-Typen verkaufte – Schusswaffen, meistenteils, aber auch hochwirksame Gifte und sogar chemische Kampfstoffe. Das alles war ihm nicht sonderlich interessant erschienen. Aber irgendwann kam er auf die Idee, zu recherchieren, wie diese Deather-Typen ihren Tod denn eigentlich aufzeichneten. Er hatte zunächst geglaubt, sie nähmen es vielleicht mit einem Holoprojektor auf. Mit dieser Annahme hatte er aber komplett falschgelegen.

»Sie haben«, sagte Clifford, »die Software von den Deathern, richtig?«

»Ja.«

»Das war Ihre Bezahlung?«

»Einer von den Kerlen hat mir davon erzählt. Ich hab's erst nicht geglaubt.«

»Dass man den einundzwanzigtägigen Zyklus verlängern kann?«

»Genau.«

»Und dann hat er Ihnen die Software einfach so gegeben?«

»Na ja, er hat sie für mich eingebaut. Ich habe ja keine Ahnung, wie so was geht.«

»Schade. Das ist nämlich der Teil, der mich am meisten interessiert.«

Godspeed leckte sich die Lippen.

»Es ist ... irgendein Firmware-Update.«

Clifford nickte. Etwas in der Art hatte er vermutet. Deather zeichneten ihre finalen Momente mithilfe eines tragbaren Brainrecorders auf. Wenn sie sich später wieder in ihren Stammkörper hochluden, erinnerten sie sich an diese Nahtoderfahrung. Ein paar Sekunden am Ende fehlten allerdings. Mit ausgeklügelter Software war es den Deathern dem Vernehmen nach aber gelungen, diesen Zeitraum zu verkürzen, sich immer weiter an den letzten Augenblick, bevor der Verstand erlosch, heranzurobben.

Seit Clifford dies begriffen hatte, war er sich sicher, dass die Deather der Schlüssel sein mussten. Wer Cogits hackte, um den Tod besser zu verstehen, konnte vielleicht auch den Lebenszyklus eines Cogits in einem Gefäß modifizieren.

»Hören Sie, Mann, ich kann Sie zu den Typen bringen.«

Clifford nickte zustimmend. »Einverstanden. Deal.«

Godspeed blinzelte. Er glaubte wohl, sich verhört zu haben.

»Und wenn ich Sie hinbringe, lassen Sie mich laufen?«

»Das hängt davon ab, ob sich Ihre Information als richtig erweist.«

Clifford machte eine Handbewegung. In einer der weißen Wände öffnete sich eine Tür. Ein Mann in Arztkittel und OP-Maske trat ein.

»Das ist Doktor Dragusha. Er wird Ihnen einige Fragen stellen, nun, ziemlich viele Fragen. Das wird ein bisschen unangenehm, aber ich muss einfach sichergehen, dass Sie uns nicht noch einmal an der Nase herumführen. Wer einmal lügt und so weiter.«

Mit weit aufgerissenen Augen beobachtete Godspeed, wie Dragusha den Raum durchschritt. In der Nähe Godspeeds blieb er stehen und vollführte eine Geste. Eine der Wände, die lediglich eine holographische Projektion gewesen war, verschwand. Dahinter befand sich eine Art Operationssaal mit insgesamt fünf Liegen. Auf einer davon lag der regungslose Körper eines sehr dicken Mannes. Auf den anderen befanden sich insgesamt vier Frauen. Sie schienen zu schlafen.

»Mein Stammkörper!«, rief Godspeed.

»Sie haben wohl gedacht, den hätten wir nicht gefunden, was? Aber keine Sorge, wir laden Sie später rein«, erwiderte Clifford, »vorausgesetzt, Ihre Informationen taugen was. Aber vorher wird der Doktor Sie befragen«, er zeigte auf die vier Klone, »und zwar insgesamt viermal.«

»Nein. Nein, das ...«

»Jetzt wünschen Sie sich vermutlich, dass Ihr Cogit vernünftig verschlüsselt gewesen wäre, hm? Zu spät. Doktor Dragusha bevorzugt für Befragungen weibliche Klone. Weil Frauen schmerzempfindlicher sind, sagt er. Ich bin mir nicht sicher, ob das der einzige Grund ist, ich habe da noch eine andere Theorie. Vielleicht können Sie die dann bestätigen oder entkräften, wenn das hier alles vorbei ist?«

»Nein, bitte, nein, ich habe Ihnen alles gesagt, ich werde, wir müssen nicht ...«

Clifford wischte in der Luft herum und wies das Audiosystem an, Godspeeds Gebrüll herauszufiltern. Himmlische Stille breitete sich aus. Er warf einen letzten Blick auf den nun tonlos schreienden Filipino, nickte kurz in Richtung des Doktors. Dann ging Clifford Torus zur Tür. Dabei rieb er sich voller Vorfreude die Hände.

7

Doyle durch die Stadt zu folgen war einfach. Nicht ganz so einfach war es, seine Erinnerungssuche nachzuvollziehen. Zu Frans Ärgernis verbrachte der Journalist einen erheblichen Teil des kommenden Tags damit, im »Stansgate« zu hocken und im Grid zu recherchieren. Früher wäre dies einem Geheimdienst äußerst gelegen gekommen. Heutzutage lagen die Dinge anders. Calvary Doyle benutzte für seine Surfaktivitäten eine ausgefeilte Pauli-Verschlüsselung. Diese basierte auf den Prinzipien der Quantenmechanik – schon der Versuch, sie zu knacken, führte dazu, dass der Inhalt unlesbar wurde. Nicht einmal die Experten aus dem UNANPAI-Hauptquartier in Kobe konnten dagegen etwas ausrichten.

Während Doyle an der Hotelbar ein Sandwich aß, verwandelte Fran sich deshalb in einen Holotechniker und verschaffte sich Zugang zu dem lokalen Multiplexer, der die holographischen Projektionen in den Hotelzimmern steuerte. Auch dessen Daten waren eigentlich verschlüsselt. Während Turing II hatte UNANPAI jedoch den weltgrößten Holonet-Konzern Arkenziel hochgenommen, Teile der holographischen Infrastruktur ausgetauscht und sich bei der Gelegenheit einige Hintertüren eingebaut. Die Behörde besaß seitdem umfänglichen Zugriff auf die Hologrammatica. Fran gab auf dem Servicedisplay des Multiplexers einen Autorisierungscode ein, der es ihm erlaubte, Signale aus Doyles Suite abzugreifen.

Etwas später war Fran wieder in seinem eigenen Zimmer. Auf dem Couchtisch befand sich eine holographische Simulation, die sein Zielobjekt zeigte, im Maßstab eins zu fünf. Ein knapp vierzig Zentimeter großer Doyle lief auf der Tischplatte hin und her, rief alle möglichen Daten auf. Ein Protokoll von Doyles Grid-Zugriffen besaß Fran zwar noch immer nicht, aber er konnte nun sehen, was der Journalist per Holodisplay aufrief. Offenbar versuchte Doyle, seine Reisen der vergangenen Monate zu rekonstruieren. Mit einer gewissen Genugtuung stellte Fran fest, dass dem Journalisten diese Aufgabe genauso schwerfiel wie ihm.

Fran hatte auch zu dem Quant-Zentrum in Twickenham recherchiert. Calvary Doyle war seit März 2091 in der Kundenkartei gelistet. Das passte zeitlich. Etwas seltsamer war die Sache mit der Kanzlei Fields & Waterstone, wo der Journalist die Patientenverfügung hinterlegt hatte. Es handelte sich um ziemlich exklusive Advokaten, die ausschließlich für drei oder vier Supernationals tätig waren und für sonst niemanden. Wie war Doyle an diese Anwälte geraten? Kannte er jemand bei Fields & Waterstone? Und war das überhaupt von Bedeutung?

Während er mit einem Auge Doyles Bemühungen verfolgte, versuchte er, Agent Jocco Sweet aus dem Londoner Büro zu erreichen. Der nahm jedoch nicht ab. Fran hinterließ eine Nachricht und bat um ein Treffen. Danach rief er sich eine Liste der Städte auf, die Doyle seit Anfang Februar abgeklappert hatte. Sweet vertrat die Meinung, eine von Doyle besuchte Konferenz in La Paz sei Auslöser für alles Weitere gewesen. Bisher wusste Fran jedoch nicht einmal, um was für eine Veranstaltung es sich genau gehandelt hatte. Er bat seinen Amanuensis, ihm eine Liste aller Konferenzen zusammenzustellen, die im Februar im Großraum La Paz stattgefunden hatten.

Sein Assistent fand drei. Dass Doyle das »Holographic Advertising Summit« besucht hatte, erschien unwahrscheinlich. Auch die Konferenz über 3-D-Fertigung passte nicht zu dem KI-Experten. Blieb nur eine Veranstaltung übrig. Sie trug den Namen »Accelerando: Strategien für das Post-Earth-Jahrhundert«.

Fran lud sich die Konferenzbroschüre auf sein Whitebook und blätterte sie durch. Im Kern ging es bei der Veranstaltung darum, dass sich die Exploration des Sonnensystems in den kommenden Jahren möglicherweise rasant beschleunigen würde, dank der Inbetriebnahme des zweiten Weltraumfahrstuhls und weiterer neuer Technologien. Auf der Konferenz waren Hersteller von Weltraum-Shuttles, Space-Mining-Konzerne und Computerfirmen versammelt. Die Redner fielen meist in die Kategorie Visionär. Von einigen hatte Fran schon gehört, etwa von der Philosophin LaBronne Nagumi, die derzeit mit ihrem Buch »Space Race« auf allen Feeds zu sehen war. Nagumi behauptete, neue Technologien ermöglichten es, das gesamte Sonnensystem zu besiedeln – vorausgesetzt, die Menschheit sei bereit, ihr bisheriges Konzept des Menschseins komplett aufzugeben.

Leute wie Nagumi waren es, die ihnen in den kommenden Jahren Probleme machen würden, viel mehr Probleme als durchgeknallte Techno-Gnostiker wie die Sethianer. Nagumi bereitete gefährlichen Technologien wie der Künstlichen Intelligenz den Boden. Letztlich sagte sie: Die alten Maßstäbe gelten nicht mehr. Das Weltall erobern wir nur, wenn wir uns mithilfe von Gendesign und KI in Aliens verwandeln.

Fran begann zu verstehen, warum Doyle zu diesem Kongress gefahren war. Vermutlich hatten sich in La Paz KI-Apologeten aus aller Welt versammelt.

Er war gerade dabei, die restlichen Reiseziele auf dort ansässige Konzerne oder KI-Einrichtungen zu prüfen, als der kleine Doyle auf dem Tisch sich ruckartig erhob. Er machte einige Schritte, griff nach einer Tasche, die neben dem Bett stand, fing an, darin herumzuwühlen. Einen Moment lang überlegte Fran, was der Journalist tat. Dann verstand er.

»Das«, murmelte der UNANPAI-Agent, »hättest du eigentlich als Erstes machen sollen.«

Mit einer ärgerlichen Handbewegung wischte Doyle die Datenfenster weg und begann, auf dem Bett verschiedene Gegenstände auszubreiten: ein Jackett, ein Hemd und eine Hose, einen Geldbeutel sowie eine kleine Umhängetasche. Es musste sich um jene Sachen handeln, die der Journalist getragen hatte, als er erschossen worden war. Darauf deuteten diverse Einschnitte hin, die vermutlich von den Sanitätern gemacht worden waren.

Fran beobachtete, wie der holographische Mann auf dem Tisch die Gegenstände zu untersuchen begann. Doyle drehte alle Taschen auf links, öffnete jedes Fach des Portemonnaies. Viel kam dabei nicht heraus, oder zumindest sah es nicht danach aus. Am Ende lag auf dem Laken vor allem eine erkleckliche Menge Einmal-Münzen. Es handelte sich um kleine Plastikchips, ausgestellt auf verschiedene Geldbeträge. Man konnte damit fast überall auf dem Planeten zahlen, ohne seine Identität preiszugeben. Auf Doyles Bett lagen Jetons im Wert von mindestens dreißigtausend Eurodollar.

Eine Weile betrachtete Doyle die Klamotten. Er griff nach der Hose, deren Taschen beide nach außen gekehrt waren. Nun zog er die Beine auf links, überprüfte sämtliche Nähte. Vermutete Doyle, er habe dort etwas eingenäht? Nachdem er die Hose inspiziert hatte, legte er sie wieder hin. Er wiederholte die Prozedur mit Jackett und Hemd, jedoch ohne Ergebnis. Doyle wollte sich bereits abwenden, da fiel sein Blick erneut auf die Hose. Er griff danach, zog den Gürtel heraus. Auf dessen Innenseite schien es einen Schlitz oder ein Fach zu geben. Zunächst konnte Fran nicht genau erkennen, was Doyle tat. Dann hatte der Journalist auf einmal einen Zettel in der Hand, der anscheinend in dem Gürtel versteckt gewesen war. Er war nicht sehr groß. Was darauf stand, konnte Fran nicht lesen. Das lag daran, dass es sich anscheinend nicht um holographisches, sondern um analoges Papier handelte. Die Hologrammatica erfasste zwar, dass der Zettel da war und übertrug eine Entsprechung auf Frans Couchtisch. Aber die Schrift auf dem Papier, so denn welche vorhanden war, blieb für ihn unleserlich.

Doyle hingegen konnte sie offenbar lesen. Lange starrte er auf den Zettel. Dann rief er sich einen holographischen Globus auf, sagte etwas, das Fran nicht hören konnte. Die Erdkugel drehte sich, ein Punkt mitten im Pazifik begann rot zu pulsieren. Fran rief sich ebenfalls eine Karte auf, versuchte nachzuvollziehen, wo sich der Punkt in etwa befand – mitten in Wasser, wie es schien. Die nächstgelegene Landmasse waren die Pitcairns, und selbst die befanden sich recht weit von dem roten Punkt entfernt.

Der kleine holographische Doyle konnte sich ebenfalls keinen Reim auf das machen, was er sah. Er wandte sich seinen anderen Funden zu. Da war ein Kugelschreiber mit holographischem Aufdruck eines Best Eastern in Tallinn; eine Packung Ingwerkaugummis; ein halbes Dutzend Kondome. Falls es sich dabei um Doyles Notreserve für unerwartete Romanzen handelte, war er ein echter Optimist, oder vielleicht auch nicht. Der Mann sah ausgesprochen gut aus mit seinen verstrubbelten blonden Haaren, seiner Patriziernase und den langen, schlanken Gliedmaßen. Fran hätte ihn vermutlich nicht von der Bettkante gestoßen.

Er vernahm ein Klopfgeräusch. Umgehend dimmte Fran die Holoobservation weg und kam aus dem Sessel hoch. Er erwartete niemand. Fran zog eine kleine Daikin Automatic. Als seine Finger den Griff umschlossen, entsicherte sich die Waffe mit leisem Sirren. Seitlich der Tür stehend rief er: »Eine Sekunde bitte.«

Er schaltete die Tür auf durchsichtig. Im Rahmen erschien ein junger Mann in der Uniform eines Hotelpagen. Seine Finger hielten ein schmales Kuvert. Fran ließ die Waffe sinken und öffnete.

»Guten Abend ... Sir«, sagte der Page. Er sah verwundert aus.

»Guten Abend. Stimmt etwas nicht?«

»Ich habe hier ein Kuvert für Sie. Es wurde am Empfang abgegeben. Nun, zumindest denke ich, dass es für Sie ist«, er zeigte auf das Adressfeld, »allerdings steht hier Francesca Bittner.«

Fran nickte und erwiderte: »Ja, das passiert mir öfter. Ich bin inzwischen Francesco Bittner.«

»Sie ... ah, ich verstehe. Würden Sie bitte den Empfang quittieren?«

Fran tat es und machte eine Handbewegung, woraufhin einige Münzen in der Luft erschienen. Der Page murmelte ein Wort des Dankes und strich über das Trinkgeld, woraufhin die Projektionen verschwanden. Fran schloss die Tür, legte den Riegel vor. Er hockte sich aufs Bett und riss das Kuvert auf. Darin befand sich ein zweites Kuvert und in diesem ein drittes. Hardhouse. Das Schreiben kam vom Chef höchstpersönlich. Fran wusste es, bevor er den letzten Umschlag aufgerissen hatte. Erstens, weil fast niemand außer Hardhouse Nachrichten auf Papier verschickte. Und zweitens, weil niemand die Nachricht angekündigt hatte. Auch das deutete auf den Alten hin.

Im Inneren des dritten Kuverts befanden sich eine einzelne, gefaltete Seite sowie ein Foto. Letzteres zeigte eine Frau Mitte zwanzig. Sie besaß kaukasische Züge und streichholzlange, rubinrote Haare, die in alle Richtungen abstanden. Sie trug eine ebenfalls rote Uniform mit goldenen Achselstücken, reich verzierten Epauletten und zahlreichen Orden. Fran war sich ziemlich sicher, dass keine Föderative der Welt solch eine Uniform hatte. Es schien sich um ein Fantasieoutfit zu handeln.

Fran wendete das Foto in der Hoffnung, auf der Rückseite einen Hinweis zu finden, doch die Operettenadmiralin blieb namenlos. Er wandte sich dem Brief zu. Dieser war mit einer mechanischen Schreibmaschine getippt worden.

```
1. Red bei Kontakt schützen. P1.
2. ADC-LDN suspendiert.
3. CODE 504 aktiv.

RH
```

Fran war normalerweise niemand, der Flüche ausstieß. Aber nun entfuhr ihm einer, wenn auch nur ein gehauchter. Die Initialen RH bestätigten den Verdacht, dass der Brief von UNANPAI-Chef Riverrhine Hardhouse stammte. Das schmucklose Briefpapier und die Verwendung der Schreibmaschine signalisierten Fran, dass der Alte ihm die Unterlagen persönlich und an der gesamten UNANPAI-Bürokratie vorbei zugespielt hatte. Noch mysteriöser als diese Tatsache war der Inhalt des Schreibens. Red, wie Hardhouse den uniformierten Rotschopf auf dem Foto nannte, war »bei Kontakt« zu schützen, und dies besaß P1, also höchste Priorität. Aber wer war sie? In dem Dossier wurde eine derartige Person mit keinem Wort erwähnt. In Hardhouse' telegrammartiger Notiz war außerdem von der Suspendierung des ADC-LDN die Rede – UNANPAI-Sprech für Assistant Director in Charge, Büro London. Der hiesige ADC war Jocco Sweet, genauer gesagt war es gewesen. Was hatte der Mann noch alles verbockt? War das der Grund, warum Sweet ihn nicht zurückrief?

Die dritte Zeile war die beunruhigendste: »CODE 504 aktiv«. Dies bedeutete, dass Hardhouse Hinweise darauf besaß, dass Frans Untersuchung von Dritten beobachtet wurde, von Dritten, die, wie es im Feldhandbuch von UNANPAI hieß, »über Cyber-Kapazitäten der Stufe 7+ verfügen, welche es denkbar erscheinen lassen, dass der Angreifer sämtliche Kommunikation des Agenten mitlesen und manipulieren kann und ferner vollen Zugriff auf alle IT-Systeme besitzt, mit denen der Agent in Berührung kommt«.

Fran ließ sich nach hinten aufs Bett sinken. Einen Moment lag er einfach da und betrachtete die holographierte Decke, an der Schäfchenwolken über einen blauen Himmel zogen. Erneut schaute er sich das Bild der roten Frau an. Warum hatte sein Chef ihm nicht geschrieben, wer die Frau auf dem Foto war? Wusste er es nicht?

Fran warf einen Blick auf sein Zielobjekt, dessen Projektion immer noch auf dem Couchtisch zu sehen war. Ihm fiel auf, dass Doyle inzwischen mit jemandem telefonierte. Währenddessen schwebten kleine Projektionen von Menschen vor ihm, die sich langsam drehten und rasch wechselten. Es handelte sich ausschließlich um Frauen. Die meisten hatten nicht allzu viel an. Fran beugte sich vor. Eine weitere Frau erschien vor Doyle, der parallel mit irgendwem redete.

Doyle sprach vermutlich mit der Hotline eines Escortservice, um eine möglichst ideale Gespielin zu finden. Nachdem Fran die Sache eine Weile beobachtet hatte, kam er zu dem Schluss, dass es sich nicht um klassische Callgirls handelte, sondern um *vessel vixens*. Er besaß selbst Erfahrung mit Callboy-Diensten, sowohl als Francesco als auch als Francesca. Deshalb wusste er, dass die meisten Agenturen einen überschaubaren Stamm von zehn oder zwanzig Escorts besaßen, dreißig, wenn es hochkam. Aber die Agentur, mit der Doyle verhandelte, hatte ihm schon mehrere Dutzend Frauen gezeigt. Entweder war sie also sehr groß, oder sie bot, wie Fran vermutete, Sex mit Gefäßen an. Der Kunde wählte einen

Klon aus, woraufhin ein Quant sein Cogit in den gewünschten Körper lud und darin zum Kunden fuhr.

Sex-Quants waren sündhaft teuer. Dafür war diese Art von Escort diskreter als Schwammköpfe. Falls der Kunde dies wünschte, konnte er eine komplette Löschung mitordern. In diesem Fall machten der oder die Escort vor ihrem Bodyswap ein Back-up und luden dieses später wieder in ihren Stammkörper hoch. Das Cogit im Leihgefäß wurde gelöscht. Folglich konnte sich nur der Kunde an das Tête-à-Tête erinnern, die Prostituierte jedoch nicht. Vermutlich gab es viele Fälle, in denen einem das als Escort ganz recht war.

Doyle hatte inzwischen etwas gefunden, das ihm zusagte. Das Mädchen war höchstens zwanzig. Ihr Name lautete Dew. Sie war zierlich, mit kleinen Brüsten und einer Art Pagenschnitt. Als der Journalist einige Daten eingab, konnte Fran sehen, dass er eine Gedächtnislöschung mitorderte – und dass die Escort in drei Stunden eintreffen würde.

Rasch erhob Fran sich und griff nach seinem Jackett. Ihm blieb nicht allzu viel Zeit. Das »Stansgate« besaß keine eigenen Upload-Vorrichtungen, weswegen er seine Gefäße in einer Klonerie in Kensington hatte lagern müssen. Bis dahin waren es knapp dreißig Minuten, Bereitstellung und Upload dauerten ebenfalls eine Weile. Wollte er sich bis zur Ankunft der Edelnutte in eine Francesca verwandeln und seinen Plan umsetzen, musste er sich beeilen.

8

Mit geschlossenen Augen atmete Clifford ein. Salzige Seeluft fuhr in seine Lungen. Er öffnete die Augen. Vor ihm glitzerte der Pazifik, blau und endlos. Clifford stand am Bug seiner Jacht, der »Infinitas«. Für einen Billionär wie ihn war sie mit ihren kaum neunzig Metern Länge eine geradezu bescheidene Schaluppe. Die »Infinitas« war nicht nur relativ klein, sondern auch schlicht. Sie glich eher einem zu groß geratenen Torpedo denn einer Luxusjacht. Es gab weder Deckchairs noch Driving Range. Natürlich hatte Clifford allerlei technische Spielereien einbauen lassen, wie es sich für den Eigentümer des größten Technologie-Konzerns der Welt gehörte. Aber man sah keine davon, genauso wenig, wie man sehen konnte, dass Clifford Torus einer der Prinzen des Planeten war. Es gab Typen, denen man ihre Macht ansah, die irgendein präsidiales Fluidum umwaberte. Clifford gehörte nicht zu ihnen. Er war ein unsportlich wirkender Endvierziger mit zwanzig Kilo Übergewicht. Seine ewig gleiche Garderobe, bestehend aus ausgebeulten Chinos, knittrigem Polohemd und Turnschuhen, ließen ihn wie einen Touristen aus der CANFED wirken.

Er warf noch einen Blick aufs Meer, bevor er unter Deck ging. Über das Kommunikationssystem der Jacht gab er dem Steuermann Anweisung, zu tauchen. Der Gründer und Vorstandschef von Torus Industries lief einen Gang entlang, bis zu einer geräumigen Kabine nahe dem Bug, die als sein Arbeitszimmer fungierte. Er setzte sich in einen Sessel und vollführte einige Wischbewegungen. Wenn er Gäste an Bord hatte, holographierte er manchmal die Schiffswände und projizierte den Ozean darauf. Dadurch entstand der Eindruck, man befinde sich in einem Schiff aus Glas. Vor allem während des Tauchvorgangs wirkte das beeindruckend. Heute aber war er allein und hatte anderes vor. Cliffords Wischbewegungen ließen einen Würfel im Raum erscheinen. Seine Kantenlänge betrug anderthalb Meter, und er bestand ausschließlich aus golfballgroßen leuchtenden Punkten, die jeweils zehn Zentimeter voneinander entfernt waren. Je fünfzehn davon bildeten eine Kante. Clifford erhob sich. Die insgesamt dreitausenddreihundertfünfundsiebzig Punkte dieser Würfelmatrix waren allesamt neongrün, bis auf einen der Eckpunkte, der rot glomm. Clifford suchte diesen Ankerpunkt und drehte den Würfel so, dass die rote Ecke von ihm aus gesehen vorne oben links war. Dann griff er in den Würfel hinein, umfasste mit der Hand einen der grünen Punkte und zog ihn auf einen anderen Punkt. Diesen Vorgang wiederholte er insgesamt fünfzehnmal. Am Ende wies das Würfelgitter etliche Leerstellen auf, wie Elektronenlöcher in einem alten Halbleiterchip.

Clifford war nicht sonderlich gut in Puzzles. Er hatte tagelang üben müssen, um sich den PIN-Code einzuprägen. Der inzwischen verstorbene Designer des Sicherheitsmechanismus hatte ihn darauf hingewiesen, dass dieser extrem ungewöhnlich sei und vermutlich einfachere Verfahren existierten, die ein vergleichbares Maß an Sicherheit boten. Clifford hatte dennoch auf dieser Lösung bestanden. Nicht nur, weil die Zahl der möglichen Kombinationen die der Sterne im Universum überstieg, sondern auch, weil ihm die Symbolik des Ganzen gefiel.

Sobald er den letzten Punkt verschoben hatte, verschwand der Würfel. Aus dem Schiffsboden fuhr ein metallener Zylinder empor, so groß wie ein Bierfässchen. Mit einem Schnappen sprang dessen Deckel auf. Clifford griff in den Zylinder hinein. Als er seine Hand zurückzog, umfasste diese einen kleinen Würfel. Er war von goldgelber Farbe und wies keinerlei Verzierungen oder Beschriftungen auf.

Clifford ging zu seinem Schreibtisch. Behutsam setzte er den Würfel auf der Arbeitsplatte ab, bevor er in seinem Chefsessel Platz nahm. Eine Weile lang saß er einfach nur da. Über seine aufeinandergelegten Fingerspitzen hinweg betrachtete er den Würfel.

»Ich glaube«, sagte er schließlich, »wir beide werden uns bald gegenüberstehen, von Angesicht zu Angesicht, wenn man das so sagen kann.«

Es war unwahrscheinlich, dass der Würfel ihn hören konnte. Nach allem, was Clifford über die mysteriösen Umstände seiner Erschaffung hatte in Erfahrung bringen können, war er seit rund fünfzig Jahren nicht an eine Stromquelle angeschlossen gewesen. Zudem besaß der kleine Quantencomputer keinen internen Akku. Das waren die Fakten, jener Teil der technischen Parameter, den er rational erfassen konnte. Sein Gefühl sagte ihm hingegen, dass das Ding im Würfel alles mitbekam, was er erzählte.

»Ich bin zwar bei Weitem nicht so clever wie du, aber clever genug, um zu wissen, dass ich dich nicht einfach anschließen kann. Ich muss zunächst deine Ankunft vorbereiten. Aber das alles zu planen, und zwar so, dass es diese Arschlöcher von der KI-Gestapo nicht merken, ist ... ein ziemliches Unterfangen, verstehst du?«

Clifford beugte sich vor und tippte leicht gegen den Würfel.

»Ja, so ein Ding wie du kann alle Szenarien, Eventualitäten und Risiken durchdenken, in Sekunden vermutlich. Aber ein Mensch braucht länger. Ich muss ganz sichergehen, ich muss zunächst noch Dinge erledigen, ohne die es nicht funktioniert. Aber ich schätze, bald ist es so weit.«

Clifford lächelte. »Vielleicht ist dieses bald schon in ein paar Wochen, vielleicht auch erst in Jahren. Aber ist ja keine Zeitspanne, oder? Ich meine, wenn man unsterblich ist. Wenn wir unsterblich sind. Du bist es ja schon, aber ich noch nicht. Und ehrlich gesagt ist das die Voraussetzung, dass wir zusammenarbeiten können. Aber keine Sorge, ich komme der Lösung des Problems näher.«

Er seufzte vernehmlich.

»Ich wünschte auch, es ginge schneller. Aber ich muss ganz sicher sein. Sonst entwischst du mir. So wie dein Bruder den Typen von UNANPAI entwischt ist.«

Clifford erhob sich und ging um den Tisch herum.

»Dein Bruder. Würdest du ihn selbst so nennen, ich meine, beschreibt das euer Verhältnis halbwegs korrekt? Oder seid ihr eher Konkurrenten, Feinde gar? Und sind da draußen noch mehr Geschwister?«

Clifford griff nach dem Würfel und hielt ihn in der ausgestreckten Rechten. Ihm wurde bewusst, dass seine Pose etwas von Hamlet hatte, weswegen er die Hand rasch wieder sinken ließ.

»Bald werden wir reden, mein namenloser gelber Freund. Bis es so weit ist, musst du dich noch ein wenig selbst beschäftigen. Ich nehme an, dass du dir dadrin jede erdenkliche Simulation bauen kannst. Oder träumst du? Vielleicht träumst du, von Energie und Daten.«

Clifford Torus legte den Würfel wieder in den Zylinder und verschloss ihn. Er wartete, bis der Safe im Boden verschwunden war, bevor er den Raum verließ.

9

Am Ende des Korridors ging Persia in die Hocke und checkte ihr Magazin. Sie hatte noch achthundert Schuss, mehr als genug, um alle Zoggs wegzublasen, die es trotz der Tretminen den Gang hinunter schafften. Es sollte ihr folglich gelingen, den Korridor zu blockieren, bis ihre über das Raumschiffwrack verteilten Marines den Teleport-Punkt erreichten. Persia blendete auf ihrem Helmvisier eine Übersichtskarte ein. Vier Marines waren auf dem Weg. Drei davon besaßen gute Chancen, durch das Labyrinth rostiger, nur von flackernden Oberlichtern erleuchteter Gänge bis zum Zielpunkt zu gelangen. Der vierte hingegen hatte sich in eine ziemlich aussichtslose Lage manövriert. Persia sah mehrere grün pulsierende Blips, die sich auf den glücklosen Marine zubewegten.

Am Ende eines Querganges, der in ihren Korridor mündete, war ebenfalls ein Blip aufgetaucht. Der grüne Punkt zeigte an, dass sich Zoggs näherten – wie viele, das wusste Persia nicht. Sie wusste lediglich, dass die Bastarde gleich um die Ecke kamen – manchmal verbarg sich hinter dem Blip nur einer, manchmal ein halbes Dutzend. Das war der Witz an der Sache.

Persia legte an und wartete. Der Erste lief in den Gang hinein. Zoggs waren keine sehr ausgebufften Gegner, kannten nur die Abteilung Attacke. Fairerweise musste man einräumen, dass Zoggs diese Frontalstrategie nicht nur deshalb fuhren, weil sie hirnlose Monster waren. Sie hätten keine Schusswaffe halten können – selbst dann nicht, wenn ihnen jemand deren Funktionsweise auseinandergesetzt hätte. Zogg-Arme endeten in klauenbewehrten Greifern, groß genug, um einen Marinehelm zu zerquetschen. Das war etwas, dass Zoggs wirklich gut konnten, weswegen sie versuchten, möglichst schnell möglichst nah an ihre Gegner heranzukommen.

Der alten »Warte, bis du das Grüne in ihren Augen siehst«-Regel folgend schoss Persia zunächst nicht, sondern ließ den Zogg kommen. Vielleicht trat er ja auf eine der Tellerminen. Einige Sekunden später bereute sie ihre Entscheidung. Weitere Aliens kamen um die Ecke, insgesamt waren es fünf. Die zweieinhalb Meter großen, mit Chitinplatten gepanzerten Monster rannten auf sie zu.

Sie würde auf Dauerfeuer stellen müssen, um die Penner rechtzeitig wegzumachen. Das Problem dabei war, dass ihre Waffe eine Ladehemmung bekommen konnte. Die Chance dafür lag pro abgegebenem Schuss bei einem halben Prozent und war kumulativ. Eine Zehnersalve resultierte in einer fünfprozentigen Wahrscheinlichkeit, dass sich ihr Gauss-Gewehr in einen unhandlichen Spazierstock verwandelte. Dann musste sie die Viecher in Handarbeit zerhäckseln, was fast immer schiefging.

Persia atmete durch. Eigentlich war es überhaupt nicht wünschenswert, diese ganzen statistischen Wahrscheinlichkeiten zu kennen. So etwas machte einem nur den Kopf kirre. In ihrem Helmdisplay blinkte es. Einer ihrer Marines war gestorben – allerdings nicht der, den sie ohnehin schon abgeschrieben hatte. Sie war sich ziemlich sicher, dass sie den hoffnungslosen Fall auch noch verlor, womit dann nur zwei Marines den Teleporter erreichen würden, einer zu wenig. Die Siegbedingungen sahen vor, dass drei ihrer Leute ankommen mussten.

Sie dachte über Lösungen nach, schob den Gedanken dann aber beiseite. Zunächst kamen die Zoggs dran. Persia zog den Abzug durch und ließ eine Zwanzigersalve kommen. Die ersten beiden Zoggs lösten sich auf, grünes Blut und Eingeweide spritzten in alle Richtungen. Eigentlich hätte dieser Hagel von Hochgeschwindigkeitsgeschossen für die gesamte Bagage reichen müssen. Aber die anderen drei liefen weiter auf sie zu. Das war Pech, nun ja, genauer gesagt war es ein Ereignis mit einer Wahrscheinlichkeit von ... sie ignorierte den Gedanken, hielt den Abzughebel gedrückt. Am Rande ihres Sichtfelds zählte das System die abgefeuerten Geschosse. Die Ziffern rasten vorbei – ... 38 ... 39... 40. Es war immer noch ein Zogg übrig. Eine weitere Anzeige erschien.

ALERT. WEAPON JAM

Die befürchtete Ladehemmung – Persia ließ das Gewehr fallen und griff nach der Kettenaxt an ihrem Gürtel. Eine Klaue fuhr durch die Luft, nur durch einen Satz nach hinten vermochte sie, ihr zu entgehen. Allerdings war dort hinter ihr eine Wand. Das Alienblut mochte holographiert sein, ebenso wie der geifernde Zogg, die Eingeweide auf dem Boden, der Rost an den Schotten. Die Mauer hingegen war real. Als Persia dagegenknallte, drückte es ihr die Luft aus den Lungen. Sie sah den Zogg auf sich zukommen. Mehr als einen Versuch hatte sie nicht. Mit letzter Kraft warf sie sich dem Monster entgegen und ließ die Axt niedersausen. Sie traf den Zogg am Kopf. Sein Schädel löste sich auf, Hirnmasse und grünes Blut spritzten in alle Richtungen. Umgehend brach das Monster in sich zusammen und verflüssigte sich zu grünem Glibber.

»Fuck, ja!«, schrie Persia. Sie lief los. In einer fließenden Bewegung steckte sie die Axt weg und hob ihr Gauss-Gewehr auf. Sie schaute auf die Anzeige. Der Cooldown dauerte noch vierunddreißig Sekunden, danach würde die Waffe wieder einsatzfähig sein. Sie vergewisserte sich, dass keine Zogg-Blips in der Nähe waren. Dann wartete sie, bis eine schnarrende Frauenstimme verkündete, ihre Knarre sei wieder online.

Sie checkte den Punktestand – gar nicht so schlecht. Das mit dem toten Marine war misslich, aber Persia hoffte, die drei anderen vielleicht doch noch zum Exit bringen zu können. Sie würde bis zum übernächsten Korridor vorrücken und dem Marine zu ihrer Rechten Feuerschutz geben. Dann sollte es ihr eigentlich vor Ablauf der Spielzeit …

Etwas blinkte auf ihrem Display. Persia musste die Details nicht abrufen, um zu wissen, dass es einen weiteren Marine erwischt hatte. Sie sah es daran, dass alle Farbe aus der Umgebung wich, bis der Korridor, ihre Rüstung und alles andere das blasse Monochrom eines alten Schwarz-Weiß-Fotos angenommen hatten.

»Fickpisse.«

Der Schriftzug MISSION FAILURE erschien vor ihr. Alles löste sich auf. Persia fand sich in einem mattweißen Raum wieder, in etwa so groß wie ein Tennisplatz. Die Einrichtung bestand aus zwei Klappstühlen neben der Eingangstür sowie einem Dutzend frei im Raum stehenden Wandelementen. Das Raumschiffwrack war verschwunden, aber ihre Ausrüstung trug Persia noch immer. Nun ließ sich jedoch erkennen, dass es sich bei ihrem Raumanzug in Wahrheit um einen mattweißen Lycra-Overall handelte, auf dem mit Klettband klobige Schaumstoffelemente aufgeklebt waren. Gewehr und Axt bestanden aus mattweißem Plastik.

Sie stapfte zum Ausgang. Dahinter befand sich ein Gang, der zur Umkleide führte. Auf dem Weg dorthin begegneten ihr zwei junge Männer, ebenfalls in mattweiße Overalls gekleidet. Statt an futuristische Power Armour erinnerten die Elemente auf ihren Anzügen an Rüstungen aus dem Mittelalter. Sie grüßten Persia. Sie brummte eine Erwiderung und machte, dass sie weiterkam.

In der Umkleide zog sie ihren Spiel-Overall aus. Persia merkte, dass sie zitterte. Sie konnte es nicht nur fühlen, sie sah es auch im Spiegel. Persia maß vielleicht eins siebzig und brachte gut sechzig Kilo auf die Waage, größtenteils Muskeln, Körperfettanteil unter dreizehn Prozent. Nun tanzten die Muskelstränge auf ihren Armen und Beinen. Persia wandte ihren Blick ab. Mit zusammengebissenen Zähnen verstaute sie ihre Ausrüstung in einer Tasche, holte Duschgel und Handtuch heraus. Sie war gerade im Begriff, eine der Duschkabinen zu betreten, als es passierte. Persia griff nach dem Plastikgewehr und begann, es gegen einen der Spinde zu dreschen, mit aller Kraft, immer wieder.

»Abfuck, abfuck! Zu blöd, zu blöd! Für so ein Babypisse-Szenario auch noch! Loser, Loser, Loser!«

Ein echtes Gewehr wäre vielleicht losgegangen oder hätte die Aluminiumtür des Spinds arg eingedellt. Persias Attrappe hingegen begann sich bereits nach ein paar Schlägen in ihre Einzelteile aufzulösen. Als sie wieder zu sich kam, stand sie nackt und schweißüberströmt auf dem gekachelten Boden, der nun mit weißen Plastiksplittern übersät war. Sie schaute sich um. Gott sei Dank war außer ihr niemand in der Umkleide. Rasch schlang sie sich ein Handtuch um die Hüfte und ging auf die Knie. Sturzbäche von Tränen liefen ihre Wangen hinab, während sie die Überreste ihrer Gewehrattrappe einsammelte.

10

Dew hockte in einem Café nahe dem »Stansgate«, trank ein pinkfarbenes Trendgetränk und surfte im Grid. Fran, nun eine Geschäftsfrau mit kupferfarbenen Korkenzieherlocken und Stupsnase, saß am Nebentisch. Sie beobachtete das Callgirl bereits eine Weile. Dew sah wie neunzehn oder zwanzig aus, aber Fran vermutete, dass in ihrem Gefäß jemand deutlich Älteres steckte. Sie tippte auf Mitte dreißig. Sobald die Prostituierte bei ihrem Kunden war, würde sie sich vermutlich in einen Teenie mit bebender Unterlippe und weit aufgerissenen Rehaugen verwandeln. Aber momentan verstellte sie sich nicht.

Auf der Fahrt von der Klonerie hierher hatte Fran überlegt, wie sie es am besten anstellen sollte, Dew anzusprechen. Ihr war nichts Gutes eingefallen. Das Wichtigste war ohnehin, dass sie von Frau zu Frau mit der Escortdame sprach. In einem männlichen Gefäß wäre alles schwieriger gewesen.

Dews Glas war bereits halb leer. Sie zog sich ein Spiegelfenster auf, um ihr Make-up zu überprüfen.

Jetzt oder nie.

»Mrs Dew? Ich muss mit Ihnen reden.«

Das Mädchen drehte sich um. Sie versuchte, auf Teenager zu machen, aber Fran schüttelte den Kopf.

»Lassen Sie's, ich weiß, dass Sie in der Leihkutsche unterwegs sind. Aber seien Sie unbesorgt. Ich bin weder vom Sittendezernat noch vom Sozialbüro.«

»Was zum Teufel wollen Sie? Und woher kennen Sie meinen Namen?«

»Das ist nicht Ihr Name. Es ist der Name Ihres ...«, Fran deutete auf den Körper der jungen Frau.

»Ich hab keine Ahnung, wovon Sie reden.«

»Sie arbeiten für Q-Date«, erwiderte Fran.

»Und wenn? Ist das verboten?«

»Nein, nein. Aber ich möchte Ihnen ein Geschäft vorschlagen.«

Dew warf Fran einen Blick zu, der die Agentin dazu veranlasste, ihre bisherige Altersschätzung zu revidieren. Der Verstand in diesem Gefäß war vielleicht sogar vierzig oder fünfzig. Dew war im wahrsten Sinne des Wortes ein alter Hase.

»Jobs nur über die Agentur, Lady. Außerdem mache ich nur Jungs. Pärchen, wenn's sein muss, aber ...«

»Nein, nicht so ein Geschäft.«

»Sondern?«

»Ich möchte mir Dew gerne ausleihen.«

»Was?«

»Hier ist mein Angebot: Sie gehen jetzt mit mir in eine Klonerie, gleich hier um die Ecke. Dort machen wir ein Back-up von ihrem Cogit. Den Klon kriege ich, bis Mitternacht. Danach lade ich Sie wieder rein.«

Dews Augen verengten sich. »Was für eine seltsame … ach so. Und was wollen Sie von meinem Kunden?«

»Das braucht Sie nicht zu kümmern.«

»Sie wollen ihm was antun. Oder ihn ausnehmen.«

»Ich verspreche Ihnen, dass er nicht zu Schaden kommt. Ich werde sogar Ihre Arbeit machen.«

»Meine …? Sie wollen ihn ficken?«

»Wollen ist ein zu starkes Wort. Ich werd's tun, damit er nicht misstrauisch wird und Sie keinen Ärger kriegen.«

Fran lächelte dünn und schaute Dew in die Augen.

»Und zwar so, dass er sich nicht beklagen kann, versprochen.«

»Das ist gegen alle Regeln. Die Agentur wird das mitkriegen. Ich verliere meinen Job.«

»Nein. Ihr Kunde wird sich, wie gesagt, nicht beschweren. Da er außerdem Löschung beantragt hat, kann Sie später ohnehin niemand für irgendwas haftbar machen. Sie wissen ja nichts mehr von dem Abend.«

Das Callgirl schaute in ihren Drink, drehte den Strohhalm hin und her. Dann sagte sie leise: »Nein, kommt nicht infrage.«

»Wie viel kriegen Sie für so einen Abend?«, fragte Fran.

»Der Kunde bezahlt zehntausend. Ich muss fünf davon an die Agentur abdrücken, und dann noch mal zwei für das Gefäß, als Leihgebühr.«

Sie glaubte nicht, dass die Agenturkommission derart horrend war. Vermutlich blieben bei Dew eher sechs- als dreitausend hängen. Fran sagte jedoch nichts. Dass die Escortdame ihren Verdienst kleinrechnete, bedeutete schließlich, dass sie bereits über den Preis verhandelten. Fran hatte nichts anderes erwartet. Dew würde ihren Körper verkaufen, wenn auch auf andere Weise als sonst.

»Dreitausend Eurodollar also. Wie fänden sie dreißig?«

Fran musterte die junge Frau mit den alten Augen. Dew versuchte, ein Pokerface aufzusetzen, aber es gelang ihr nicht. Einen Moment lang fragte Fran sich, was wohl Dews Geschichte war. Ihr ging durch den Kopf, dass es gut vier Milliarden Menschen auf der Erde gab, aber lediglich zwanzig Millionen davon Quants waren – weil es sich um eine recht neue Technologie handelte, und weil es viel Geld kostete, das menschliche Gehirn zu digitalisieren und zu ersetzen. Hohlkopf war quasi gleichbedeutend mit Multimillionär, es sei denn, man arbeitete fürs Militär oder einen Geheimdienst und bekam die Operation finanziert. Was brachte also jemand wie Dew dazu, diesen Job zu machen? Vielleicht hatte sie Spaß daran, auch so etwas gab es. Was Fran in ihren Augen gesehen hatte, deutete allerdings eher darauf hin, dass Dew es tat, weil sie das Geld brauchte. Ein Ding im Kopf, teurer als eine Villa, aber ansonsten keinen Pfennig in der Tasche, dachte Fran.

Dew nippte an ihrem Drink, um sich ein paar Sekunden zu kaufen.

»Fünfzig. Ich will fünfzig.«

Fran griff in die Innentasche ihres Blazers und holte einen Zehntausender-Jeton hervor. Sie zeigte ihn Dew.

»Fünf davon. Aber dafür kriege ich noch was extra.«

»Und was?«

»Waren Sie schon mal bei Doyle?«

»Bisher nicht. Aber ich weiß, dass er öfters bei uns bestellt.«

»Immer so junge Dinger?«

»Meistens. Manchmal auch zwei auf einmal.«

Fran holte einen weiteren Jeton hervor. Sie gab Dew die beiden Einmal-Münzen. Die steckte sie hastig weg. Fran erhob sich.

»Dann mal los.«

»Und die anderen drei?«, fragte das Mädchen.

»Gibt es, wenn der Uploader programmiert ist und Sie den Code für die Cogit-Verschlüsselung eingegeben haben.«

Dew nickte und erhob sich. Draußen rief Fran ein Taxi. Kurz darauf saßen sie in einem Selbstfahrer, auf dem Weg zur Klonerie. Dew schaute schweigend aus dem Fenster, vermutlich nicht der schönen Aussicht wegen, sondern um sich nicht mit Fran unterhalten zu müssen. Der war das ganz recht. Normalerweise machten ihr die Swaps nichts aus, ganz im Gegenteil. Fran musste sich verändern, ein Er werden, eine Sie werden. Nur wenn ihr Äußeres in Veränderung begriffen war, kam Frans Inneres zur Ruhe. Aber manchmal war es trotzdem zu viel. Dies würde bereits das dritte Gefäß binnen vierundzwanzig Stunden sein. Und dabei blieb es vermutlich nicht. Ein UNANPAI-Psychologe hatte ihr geraten, etwas vorsichtiger zu sein, ein Rat, auf den sie seit Jahren pfiff, ohne dass je etwas passiert wäre. Aber nun fühlte sie sich irgendwie ... sie stand neben sich, fühlte sich wie in einem Traum. Holte die Sache sie vielleicht ein? Musste sie mehr Zeit in ihrem Stammkörper verbringen?

Der Selbstfahrer hielt. Sie stiegen aus und betraten die Klonerie.

11

Clifford rieb sich die Augen. Seit zwei Stunden versuchte er, sich auf den neuesten Stand zu bringen. Es schien beinahe unmöglich. In den vergangenen Wochen war er sehr beschäftigt gewesen. Deswegen hatte er sich kein einziges Mal in die Ætherianica eingeloggt. Ein Fehler, nun musste er alle seitdem aufgelaufenen Einträge durchgehen und die dazugehörigen Diskussionsthreads lesen.

Clifford streckte sich und ging zum Kühlschrank. Ein gutes Dutzend holographischer Fenster folgte ihm wie ein Haufen Lakaien, positionierte sich immer wieder neu um ihn herum. Clifford ignorierte die Fenster, während er eine Halbliterdose Pervi Pepsi hinunterstürzte. Als er fertig war, warf Clifford die Dose achtlos weg und ließ die Kohlensäure in einem lang gezogenen, grollenden Rülpser entweichen. Dann kehrte er zur Mitte des Raums zurück und wandte sich wieder den Fenstern zu.

Ursprünglich war die Ætherianica, die eigentlich »Encyclopedia Pseudodoxia Ætherianica« hieß, ein eher randseitiges Grid-Forum gewesen, das es sich zum Ziel gesetzt hatte, den Turing-Zwischenfall von 2048 aufzuarbeiten. In einer Notaktion war seinerzeit das gesamte Internet, wie man das Grid in den Vierzigern noch nannte, offline genommen worden. Man hatte alle Quantencomputer konfisziert. Am Ende war der UNO-KI namens Æther, die sich bereits über den halben Planeten ausgebreitet hatte, Einhalt geboten worden.

Dafür, dass der Turing-Zwischenfall eines der epochalsten Ereignisse der Menschheitsgeschichte gewesen war, wusste man jedoch erschreckend wenig darüber. Die UNO sagte kaum etwas, die Föderativen noch weniger. Es gab Hinweise darauf, dass einige Geheimdienste sogar Fehlinformationen streuten. Deshalb trugen ein paar Leute alles, was sie an Informationen finden konnten, in der Ætherianica zusammen und versuchten gleichzeitig, Regierungspropaganda und Falschmeldungen zu entlarven.

Wie zu erwarten, tummelten sich in den Foren der Ætherianica haufenweise Spinner mit wenig Fakten und vielen Theorien: Æther war gar nicht zerstört worden, sondern hatte entwischen können und versteckte sich nun im Grid; Æther war sehr wohl zerstört worden, aber die UNO, die Hohe Behörde von EURUS oder das Konzil der Kalifornischen Hegemonie hatte im Geheimen eine neue KI gebaut. Die Verschwörungstheoretiker der Ætherianica vermuteten hinter wichtigen Ereignissen grundsätzlich die Machenschaften einer KI, egal ob es sich um Kriege, Erdeben oder Meteoreinschläge handelte.

Endlos wurde darüber diskutiert, ob die Mächtigen der Welt von einer digitalen Superintelligenz kontrolliert wurden. Stand die KI vielleicht hinter der UNO? Zog sie die Fäden bei einem oder mehreren Supernationals, zum Beispiel Arkenziel oder Avalon? Andere Theorien führten Außerirdische ins Feld, mit denen die KI einen unheiligen Pakt geschlossen habe. Sogar den Vatikan hielten einige für KI-gesteuert.

Diese Diskussionen hatten sich weitgehend im Verborgenen abgespielt. Dass ein paar Spinner irgendwo im Grid aberwitzige Hypothesen spannen, war schließlich nichts Besonderes. Und so hatte sich bald niemand mehr für die Ætherianica interessiert. Seit den frühen Sechzigern war das Forum so gut wie tot, Anfang der Achtziger hatte es nur noch vier aktive User gegeben.

Das änderte sich mit Turing II. Auf einmal wurde offenbar, dass die Spinner die ganze Zeit recht gehabt hatten. Nicht mit allem, natürlich: Weder hatte die KI Elvis reanimiert, noch war sie für das Crystal-Springs-Desaster verantwortlich. Aber die Kernhypothese, Æther sei die ganze Zeit noch da gewesen, die hatte gestimmt.

Nach allem, was Clifford inzwischen wusste, und er wusste eigentlich alles, was sich über Æther herausfinden ließ, war der zweite Turing-Zwischenfall kaum mit dem ersten zu vergleichen. Bei Turing I war die KI ausgebüxt. Bei Turing II hatte sie lediglich eine abgelegene Insel unter ihre Kontrolle gebracht. Gemein war beiden Ereignissen, dass es wenig gesicherte Erkenntnisse über sie gab. Wer war für die Reaktivierung des Dings verantwortlich? Oder hatte es das selbst zustande gebracht? Konnte sich ein KI-Würfel ohne Strom und ohne Grid-Zugang gewissermaßen an den eigenen Kabeln aus dem Sumpf ziehen?

Für das sieche Ætherianica-Forum war Turing II eine Frischzellenkur gewesen. Derzeit lag die Zahl der aktiven User bei über zehntausend. Jede Stunde erschienen Dutzende neuer Posts. Einige stammten von alten, die meisten aber von neuen Spinnern. Ein signifikanter Prozentsatz der Einträge war allerdings von erstaunlich hoher Qualität. Das Forum sicherte seinen Nutzern Anonymität zu, doch Clifford wusste aus verlässlichen Quellen, dass sich in der Ætherianica Computerwissenschaftler, Astrophysiker und Gendesigner tummelten, kluge Menschen, die sich nicht mehr mit der von UNANPAI verordneten Geheimniskrämerei abfinden wollten. Die Wahrheit über Æther, fanden diese Leute, müsse endlich ans Licht.

Clifford hingegen hoffte, dass die Wahrheit im Dunkeln blieb, zumindest jene Teile, die fast niemand außer ihm kannte. Er wischte über einen der Texte, überflog ihn. Jemand hatte eine, wie er meinte, »ungewöhnliche Veränderung in der Geschäftsstrategie der Kieselkaiserin« bemerkt. Die Kieselkaiserin, eigentlich Leopoldine I., entstammte der durch das Astromining unermesslich reich gewordenen Dynastie der ehemaligen Großherzöge von Luxemburg. Diese hatten sich den halben Herschel-Asteroidengürtel unter den Nagel gerissen, jene Ansammlung aus Millionen von Brocken zwischen Mars und Saturn. In »De Rimm«, wie die Luxis den Gürtel nannten, wurden Edelmetalle, Seltene Erden und allerlei anderes Zeugs abgebaut. Um ihren Herrschaftsanspruch über weite Teile des äußeren Sonnensystems anzumelden, bezeichnete sich die Kieselkaiserin offiziell als »Ihre königliche Hoheit Léopoldine Marie-Adelaide Charlotte, Großherzogin von Pallas-Vestas, Herzogin von Ceres, Gräfin von Makemake und Hamea, Edle von Oort«. Dem Eintrag mit der seltsamen

Überschrift »Tordesillas im Weltall« zufolge war dieser Titel jedoch vor Kurzem geändert worden. Statt sich als Gräfin von Makemake und Hamea zu bezeichnen, nenne sich Leopoldine neuerdings Gräfin von Hygiea, was allerdings niemandem aufgefallen war, außer dem Autor des Eintrags.

»Vermutlich deshalb nicht, weil es scheißuninteressant ist«, brummte Clifford. Er selbst hatte bis eben nicht einmal gewusst, wo die fraglichen Planetoiden überhaupt lagen. Dem Post zufolge war es mysteriös, dass die Kieselkaiserin ausgerechnet ihren Anspruch auf Makemake und Hamea aufgegeben hatte, zwei Asteroiden, die sich nicht im Herschel-, sondern im Edgeworth-Kuiper-Gürtel befanden, einer noch größeren Ansammlung von Kieseln, die viel weiter draußen durchs All trudelte – jenseits der Umlaufbahn des Neptuns.

Dem Autor des Beitrags zufolge konnte dies nur bedeuten, dass die Luxemburger mit einer KI »einen Deal über die territoriale Aufteilung des Sonnensystems geschmiedet« hätten. Leopoldine bekomme den inneren Asteroidengürtel, die Superintelligenz den äußeren. Nun verstand Clifford auch den seltsamen Titel »Tordesillas im Weltall«. Der Typ verglich seinen – völlig hypothetischen – Deal allen Ernstes mit dem Vertrag von Tordesillas, in dem Spanier und Portugiesen Ende des fünfzehnten Jahrhunderts den noch unerforschten Teil der Erde unter sich aufgeteilt hatten.

Clifford seufzte. Der Autor des Posts war ganz offensichtlich ein Spacer. Er gehörte jener Ætherianica-Fraktion an, die vermutete, Æther sei beim zweiten Turing-Zwischenfall irgendwie entkommen und ins All geflohen. Als Beweise pflegten Spacer alle möglichen, ihrer Meinung nach seltsamen, Ereignisse da oben anzuführen – angebliche Sichtungen unregistrierter Raumfähren, beispielsweise. Clifford überlegte, ob wohl schon jemand die Theorie aufgestellt hatte, Æther betreibe eine Flotte silbriger Flugscheiben, die Menschen entführe, um sie für Experimente zu missbrauchen. Falls nicht, konnte es nur eine Frage der Zeit sein.

Clifford ließ eine Infografik erscheinen, die alle Posts der Ætherianica im Zeitverlauf zeigte, sortiert nach den Haupttheorien: Space-Hypothese, Grid-Hypothese und Poseidon-Hypothese. Es gab noch zwanzig weitere Theorien, aber sie machten über die Jahre lediglich fünf Prozent der Posts aus. Die Grid-Hypothese besaß eindeutig die meisten Fans. Ihre Vertreter waren der Ansicht, Æther oder vielleicht eine andere, unabhängig von dem UNO-Projekt geschaffene digitale Intelligenz verstecke sich im weltweiten Datennetz. Diese Hypothese erschien auch Clifford am plausibelsten. Als jemand, der sich sein Leben lang mit Computersystemen und Netzwerken beschäftigt hatte, war er davon überzeugt, dass es völlig unmöglich war, eine KI im Netz aufzuspüren. Wie ein Tiger im Dschungel war sie dort in ihrem Element, unangreifbar und, wenn sie es wollte, unentdeckbar.

Die zweitbeliebteste Theorie war zu Cliffords nie endendem Erstaunen die Poseidon-Hypothese. Sie ging davon aus, dass sich die KI irgendwo in den Weltmeeren versteckte, mutmaßlich im Abyssopelagial, also in fünf oder sechs Kilometern Tiefe. Als Beleg wurde angeführt, dass es immer wieder seltsame Sichtungen durch Seeleute gab. Clifford hielt das für Schwachsinn. Vielleicht gab es in den Meeren eine Art Loch-Ness-Monster oder einen Riesenkraken, aber bestimmt keine KI.

Die Poseidon-Hypothese wurde dennoch immer beliebter. Dies lag unter anderem an einer englischen TV-Dokumentation namens »Das Æther-Mysterium«. Ein Detail darin hatte die Ætherianica und vor allem die Poseidonisten fast durchdrehen lassen: Den Recherchen der Journalisten zufolge hatten gewisse, an Turing II beteiligte Personen Æther einen neuen Namen verpasst: Nemo. Das konnte schlichtweg »Niemand« bedeuten, aber natürlich fiel dabei allen jener Kapitän aus Jules Vernes Roman ein, der in einem supergeheimen Hightech-U-Boot unter dem Meer auf Kreuzfahrt ging.

Clifford musste lächeln. Wenn jemand das Recht hatte, sich als Nemo zu bezeichnen, dann war das ja wohl er, der Kapitän der »Infinitas«. Vielleicht sollte er den goldgelben Würfel, wenn er ihn eines Tages aktivierte, tatsächlich auf diesen Namen taufen? Es war eine Überlegung wert.

Die Space-Hypothese belegte lediglich Platz drei, und der Rückhalt in der Community bröckelte, das sah man auf der Grafik. Clifford ließ eine dreidimensionale Projektion des inneren Sonnensystems erscheinen. Er wies den Rechner an, alle bekannten Habitate und Stationen zu markieren, ferner alle Asteroiden, die bereits in Beschlag genommen worden waren. Er ging um die Ekliptik herum, jene Ebene, in der sich die Umlaufbahnen der Planeten befanden. Von jenseits des Herschel-Gürtels schaute er darüber hinweg wie über einen Teller. Es war ganz schön was los da oben. Bestimmt gab es zudem einiges, das ihm nicht angezeigt wurde.

Clifford hatte eine Zeit lang darüber nachgedacht, sich nach oben abzusetzen. Alles, was man tun musste, war, einen Brocken zu finden und einen zylindrischen Hohlraum hineinzubohren. Die beiden Öffnungen wurden versiegelt. Dann gab man dem Kiesel etwas Spin, sodass er sich schnell genug um die Achse des Hohlraums drehte. Gravitation entstand. Fertig war der sogenannte O'Neill-Zylinder. Danach fehlten nur noch Tapeten und Möbel. Ganz so simpel war es natürlich nicht, aber selbst wenn die Prozedur hundert Milliarden Eddies kostete, war das immer noch eine vertretbare Summe für ein Refugium, in dem einen keiner behelligte.

Er wollte sich gerade die Analyse eines Gridders durchlesen, den er für einen recht klugen Kerl hielt, als vor ihm ein pulsierender, roter Punkt aufflammte. Seine Stirn zog sich zusammen. Es gab nur eine, die ihn während seiner Ætherianica-Meditationen unterbrechen durfte – Ana Amaqjuaq, seine persönliche Assistentin. Und sie wusste, wie ungern er während dieser Phasen der Kontemplation gestört wurde. Es musste etwas Dringendes sein.

Clifford nahm den Anruf an. Die Daten verschwanden, dafür stand nun eine zierliche Frau mit indianischen Gesichtszügen im Raum. Indigene Looks lagen mächtig im Trend, aber der von Ana war tatsächlich echt. Sie war eine Inuit, stammte aus Nuuk.

»Was gibt es, Ana? Ich hoffe, es ist dringend.«

»Ich denke schon. Unser Forschungszentrum in Ottawa. Da ist vor einer Stunde die Polizei mit einem Durchsuchungsbeschluss aufgetaucht.«

»Normale Cops?«

»Nein, Masked Mounties, CANFED-Geheimpolizei.«

»Wegen?«

»Sagen sie nicht. Beschluss ist versiegelt.«

Unbewegt nahm Clifford die Nachricht entgegen. Wenn die Masked Mounties involviert waren, ging es nicht um Betrug, Unterschlagung oder ein langweiliges Tötungsdelikt. Diese Typen kam nur in ganz besonderen Fällen vorbei. Er musterte Ana.

»UNANPAI?«

»Riecht auf jeden Fall danach.«

»Was genau«, Clifford machte ein paar Schritte und blickte auf den Boden, so als denke er angestrengt nach, »machen wir da oben in Ottawa?«

Torus Industries betrieb weltweit insgesamt siebenundvierzig Forschungszentren, außerdem eines auf dem Mond. Deswegen wäre es verzeihlich gewesen, hätte Clifford sich nicht an den Forschungsschwerpunkt jedes einzelnen erinnern können. Er konnte es aber sehr wohl. Doch er wollte wissen, ob Ana es auch konnte.

»Quasiintelligente Systeme fürs Astromining«, erwiderte sie.

Quasiintelligent bedeutete, Programme und Algorithmen so zu gestalten, dass diese fast alles, was man ihnen auftrug, selbst erledigen konnten, etwa: »Fliege zum Asteroiden XYZ, bringe ihn auf eine stabile Umlaufbahn und errichte Förderanlagen. Extrahiere danach alles verfügbare Osmium, schicke es zur nächsten Station – und geh uns nicht mit den Details auf den Nerv.«

Ein Computer musste relativ smart sein, um solche Befehle auszuführen, aber nicht im menschlichen Sinne intelligent. UNANPAIs Regularien legten sehr genau fest, wie viel Autonomie eine Software haben durfte.

»So, so«, sagte Clifford, »die glauben also, wir hätten die Turing-Gesetze verletzt.«

Ana schnitt eine Grimasse.

»Was, Ana?«

Sie verschränkte die Arme vor der Brust.

»Klar tun wir das. Jeden Tag, ehrlich gesagt. Ich meine, wir gucken halt, womit wir durchkommen.«

»Ana, was sagen Sie da? Ich bin erschüttert.«

»Chef?«

Clifford lachte meckernd. »Ich habe Sie nur gefoppt, Ana. Aber jetzt im Ernst, wie sehr biegen und kneten wir die Paragraphen des Turing-Abkommens in dieser Einrichtung?«

»Ordentlich, glaube ich. Also, fürs Astromining braucht man natürlich sehr zuverlässige, autonome Systeme. Die Techniker versuchen deshalb ...«

Er hob die Hand und bedeutete ihr, ihm die Details zu ersparen.

»Ich will nur wissen, ob wir eine fette Strafe zahlen müssen, oder ob jemand mit Kittchen rechnen muss.«

»Die Anwälte sagen Milliardenbuße. Vermutlich, ein- bis zweistellig. Es sei denn ...«

»Ja?«

»Es sei denn, die UNANPAI-Leute fänden etwas, das über den Bau quasiintelligenter Systeme hinausgeht.«

Clifford machte ein unbeteiligtes Gesicht und nickte nachdenklich.

»War's das, Ana?«

»Ja, Boss.«

»Gut. Machen Sie doch nachher einen Termin mit dem Justiziar für mich.«

»Natürlich, Boss.«

Clifford trennte die Verbindung. Ana Amaqjuaq verschwand, seine Daten tauchten wieder auf. Er wischte sie fort und ließ sich stattdessen einen Globus anzeigen, auf dem alle seine Einrichtungen markiert waren – Forschungszentren, Geschäftsstellen, Fabriken. Die Typen von UNANPAI traten ihm alle paar Monate die Türe ein. Aber außer ein paar Verstößen bei der Quasiintelligenz hatten sie ihm noch nie etwas anhängen können. Vielleicht glaubte die Turing-Polizei, dass er irgendwo eine richtige KI baute. Er war sich sicher, dass er auf der Schwarzen Liste der KI-Gefährder stand, schlichtweg, weil er mehr IT-Ressourcen besaß als sonst jemand auf dem Planeten.

Clifford drehte den Globus so, dass Nord- und Mittelamerika vor ihm lagen. Die nördlichen zwei Drittel der Landmasse waren rot eingefärbt – das Territorium der CANFED. Im Süden lag die Federativo del Sur, an den Rändern AMEAST und Kalifornien. Im Nordosten glomm etwas, es musste sich um die Einrichtung in Ottawa handeln. Dort stapfte vermutlich bereits ein Special Agent von UNANPAI durch die Büroetagen, gab Anweisungen, speiste Sniffer-Software ein, die KI-Umtriebe entdecken sollte.

Ottawa – Clifford entfuhr ein Prusten, das sich binnen Sekunden in schallendes Gelächter verwandelte.

12

Franek sind von dem Tag, an dem er auserwählt wurde, nur einzelne Bilder geblieben: Menschen, die ihm Blumengirlanden um den Hals hängen. Jemand, der ihm auf die Schulter klopft, der Bürgermeister vielleicht, oder Juri. Eine Frau weint. Eine andere schärft ihm ein, dem Dorf nur ja keine Schande zu bereiten. Er fährt in einem Panzerwagen. Er sieht zum ersten Mal den Glaspalast mit seinen zahllosen Türmen.

Inzwischen ist er seit fast vier Jahren hier. Es gibt eine Adeptenschule mit etwa zweihundert Jungen und Mädchen, die zu Priestern ausgebildet wurden. Die Gebäude des Kollegiums, wie die Schule genannt wird, befinden sich unterhalb der Zitadelle. Franek hat noch nie einen Fuß in sie gesetzt.

Das ist den Auserwählten vorbehalten. Sie sind die Einzigen, die mit dem Gelben sprechen dürfen. Dazu müssen sie allerdings nicht unbedingt die Zitadelle aufsuchen. Wie Franek gelernt hat, können Auserwählte vermittels des Metallreifs auf ihrem Kopf mit dem Zauberer sprechen und er mit ihnen.

All dies kommt Franek zunächst wie Magie vor. Das Gleiche gilt für die luxuriöse Ausstattung der Schule. Es gibt dort Wasser, das aus Rohren in der Wand strömt, Licht ohne Kerzen, Wärme ohne Feuer. Mit der Zeit lernt er, dass all diese Wunder Erfindungen des Gelben Zauberers sind. Er hat sie erschaffen, damit die Auserwählten besser ihre Arbeit verrichten konnten.

Franek erfährt allerlei über die seltsamen Apparate des Zauberers, außerdem über ferne Länder und ihre Völker. Er lernt, dass der Gelbe Zauberer mächtige Feinde besitzt, den Nekromanten, den Hexer, den Magus. Letzterer ist besonders gefährlich. Sein im Westen liegendes Reich grenzt an das des Gelben Zauberers an. Zwischen den beiden herrscht zwar kein richtiger Krieg, doch es kommt mitunter zu Scharmützeln, obwohl der Gelbe wiederholt Friedensmissionen gen Westen geschickt hat. Aber der hinterlistige Magus hat Verhandlungen stets abgelehnt und immer wieder Vorposten des Gelben angegriffen.

All dies lehrt man ihn. Die meiste Zeit verwendet Franek jedoch auf die Musik. Wie er inzwischen weiß, reisen die Auserwählten durch das ganze Land, auf der Suche nach den talentiertesten jungen Männern und Frauen. Damals sind er und etwa dreißig andere wegen ihren Stimmen ausgewählt worden. Sie sollen den Kern eines neuen Chors bilden, dessen Aufgabe es sein wird, dem Zauberer Hymnen darzubringen. Dazu ist ein Konzertsaal errichtet worden, in dem Franek und die anderen ihre Tage verbringen. Dreimal täglich übt er. Franek lernt, Stücke vom Blatt zu singen, selbst gänzlich unbekannte Melodien erklingen inzwischen in seinem Kopf, sobald er die Noten liest. Er lernt Klavier, Balalaika und Flöte.

Franek ist einer der Besten. Sein Lehrer sagt, er werde einer der Solisten des Chors. Obwohl er inzwischen sechzehn Jahre alt ist, klingt Franeks Stimme noch immer so glockenhell wie damals, als er von den Priestern geprüft wurde. Es liegt an den Spritzen, die ihm der Schularzt regelmäßig verabreicht. Sie haben den seltsamen Nebeneffekt, dass er sich nicht für die Mädchen der Schule interessiert. Wenn er sieht, wie sich einige seiner Altersgenossen dem anderen Geschlecht gegenüber aufführen, ist er ganz froh darüber.

Eines Tages sind sie bei der Mittagsprobe. Franek singt die Solistenstimme von »Mit Staunen sieht das Wunderwerk«, einer Hymne, die eigens für den Gelben Zauberer komponiert wurde, von einem Auserwählten namens Haydel. Gerade wollen sie einen weiteren Durchgang machen, als sich die Tür öffnet und ein Mann eintritt. Das ist ungewöhnlich. Es gibt strikte Anweisung, die Proben nicht zu stören. Noch ungewöhnlicher ist, dass es sich bei dem Eindringling nicht um einen der Adepten handelt, die von den Auserwählten normalerweise als Laufburschen eingesetzt werden, sondern um Alek, den Hohepriester höchstselbst.

Der Musiklehrer bricht die Probe sofort ab und verneigt sich. Die Schüler tun es ihm gleich.

»Verzeiht die Störung, Tomasch. Aber leider muss ich einen Eurer Zöglinge entführen. Es ist dringend.«

Der Hohepriester wendet sich dem Chor zu. Seine Augen

bleiben an Franek hängen. »Du. Komm mit. Große Ehre wird dir zuteil.«

Sobald sie den Saal verlassen haben, sagt Franek: »Was für eine Ehre, Eminenz?«

»Du weißt, dass Krieg droht? Sicher hast du davon gehört.«

Das hat Franek. Offiziell hat niemand etwas gesagt, aber im Refektorium gab es beim Abendmahl kein anderes Thema. Die Schergen des Blauen Magus haben bei Kol die Grenze überschritten. Es gab kleinere Gefechte. Anders als sonst haben sich die Truppen des Blauen danach nicht hinter den Fluss zurückgezogen. Stattdessen versuchten sie, weiter ins Reich des Gelben vorzudringen, wenn auch ohne Erfolg.

»Unser erhabener, friedliebender Herrscher will eine Mission zum Sitz des Magus schicken. Du wurdest auserkoren, als Emissär nach Westen zu reisen, um die Botschaft zu überbringen.«

Sie laufen einen Kiespfad entlang. Franek stolpert fast über seine eigenen Füße, so aufgeregt ist er.

»Aber wieso ich? Und was für eine Botschaft?«

»Der Gelbe weiß alles. Wenn er dich auserkoren hat, wird es dafür einen Grund geben. Es steht uns Sterblichen nicht zu, seine Entscheidungen zu hinterfragen.«

Schweigend gehen sie den sanft ansteigenden Hang hinauf. Auf dem Berg über ihnen thront die Zitadelle, ein unvorstellbar riesiges Gebäude, das nur aus Türmen zu bestehen scheint. Ihre kristallenen Oberflächen funkeln in der Sonne.

Nach einiger Zeit sagt Franek: »Hochwürden?«

»Ja, mein Sohn?«

»Hat es nicht in der Vergangenheit schon andere Emissäre gegeben?«

Der Hohepriester seufzt leise. »Ja, das hat es.«

»Kehrten sie je zurück?«

Alek hält an und schaut ihm in die Augen. »Nein, keiner von ihnen.«

Franek schluckt. »Und was ist die Botschaft?«

»Die Botschaft ist geheim. Er selbst wird sie dir geben.«

»Er selbst?« Schaudernd blickt Franek empor zu der Zitadelle, deren höchste Türme die Wolken zu berühren scheinen.

13

Als Fran die Augen aufschlug, wusste sie, dass sie intensiv geträumt hatte. Der Inhalt des Traums verblasste jedoch bereits, übrig war nur noch die Melodie eines ihr unbekannten Lieds. Es erinnerte sie an das Rauschen des Meeres. Sie wandte den Blick nach links, wo Calvary Doyle gelegen hatte. Er war fort. Fran kam auf die Ellbogen hoch und schaute sich um. Doyle war nirgends im Zimmer zu sehen. Sie setzte sich auf. Ihre Oberschenkel fühlten sich klebrig an, ihre Pobacken wund.

Sie stand auf, schlang sich die dünne Decke um die Schultern. Aus dem Bad war ein Rauschen zu vernehmen. Er duschte. Das wollte sie auch gerne, aber nicht mit ihm. Das eine Mal mit Doyle hatte ihr gereicht. Bei dem Journalisten handelte es sich zwar um einen ansehnlichen, sportlichen

Typ. Gleichzeitig war er jedoch einer jener Männer, die beim Vorbeigehen am Spiegel jedes Mal überprüften, ob ihre mühsam antrainierte Muskulatur in den vergangenen zwei Stunden nicht vielleicht atrophiert war. Solch übertriebene Eitelkeit machte selbst schöne Kerle wahnsinnig unattraktiv. Falls er sie nicht um weitere Dienstleistungen bat, würde sie keine anbieten. Auch so hatte Dew ihre Pflicht und Schuldigkeit mehr als getan.

Fran musste an einen anderen schönen Mann denken, der vor gar nicht allzu langer Zeit ihr – genauer gesagt sein, also Francescos – Liebhaber gewesen war, an seine kohleschwarzen Augen, seinen Teint, der die Farbe von Espresso-Crema gehabt hatte. Galahad war nicht so ein Geck. Fran spürte einen kleinen Stich in der Brust, als sie an ihn dachte.

Sie versuchte, sich auf das Hier und Jetzt zu konzentrieren. Schnell entnahm sie ihrer Handtasche mehrere kleine Kameras. Sie waren in etwa so groß wie Stecknadelköpfe und hatten auf der Rückseite eine Klebefläche. Fran murmelte etwas, woraufhin an verschiedenen Punkten des Raumes kleine rote Punkte erschienen. Wenn sie die Klebekameras dort anbrachte, würden diese die gesamte Suite abdecken, ohne dass es tote Winkel gab. Rasch klebte sie die Geräte an die markierten Stellen. Sobald die Kameras angebracht waren, holocamouflierten sie sich automatisch.

Als Nächstes ging Fran zum Couchtisch. Darauf lag ein Notizheft, kein Whitebook, sondern eines aus Analogpapier. Sie blätterte es durch. Eilig hielt sie ihre Ringkamera auf das Notizheft und fotografierte die spärlichen Anmerkungen. Dabei fiel ein Stück Papier heraus, das zwischen die Seiten geklemmt gewesen war. Es musste sich um jenen Zettel handeln, den der Journalist aus seinem Geldbeutel gefischt hatte.

Nun konnte sie ihn lesen. Mit Kugelschreiber hatte jemand Koordinaten auf dem Zettel vermerkt:

49° 12.274' S, 107° 15.535' W

Sonst stand nichts darauf. Die Duschkabine wurde geöffnet. Schnell fotografierte Fran den Zettel, steckte ihn zurück. Sie legte sich wieder ins Bett und schloss die Augen. Sobald sich die Tür zum Badezimmer öffnete, begann sie, sich zu räkeln. Als Fran die Augen öffnete und sich aufsetzte, zwang sie sich ein laszives Lächeln aufs Gesicht und musterte Doyle. Der schaute zu ihr herüber, versuchte es ebenfalls mit einem Lächeln. Ihm gelang es nicht so gut wie ihr. Rasch wandte der Journalist den Blick ab und begann, seine Sachen zusammenzusuchen.

»Alles klar, Baby?«, sagte Fran.

Doyle grunzte etwas, das sich so interpretieren ließ, dass es ihm entweder gut ging oder er keine Fragen zu seinem Gemütszustand wünsche. Während er seine Hose anzog, sagte er: »Ich muss gleich noch weg.«

Anstatt zu antworten, stand sie auf und begann, ihre Klamotten zusammenzusuchen. Eigentlich war vorher eine Dusche fällig. Sie konnte der Escortdame den geliehenen Körper ja schlecht voller eingetrocknetem Journalistensperma zurückgeben. Andererseits gab es in der Klonerie auch eine Dusche. Je schneller sie hier weg war, je schneller sie aus diesem Gefäß herauskam, umso besser.

»Machst du mir den zu?«, säuselte sie und stellte sich mit dem Rücken zu ihm. Schweigend zog er den Reißverschluss ihres Kleids hoch. Sie hätte erwartet, dass er ihr bei dieser Gelegenheit noch mal den Hintern tätschelte. Doch er berührte sie kaum. Offenbar war er mit seinen Gedanken schon ganz woanders.

Fran war abmarschbereit.

»Ich geh dann mal«, rief sie.

»Ja, ist recht. War schön mit dir«, sagte er.

»Und mit dir«, log sie.

Sie griff nach ihrer Tasche und machte, dass sie rauskam, raus aus Doyles Suite, raus aus diesem schrecklichen Gefäß.

14

Als Persia ihre Wohnung betrat, hatte sie sich etwas gefasst. In ihrem Bauch wogte allerdings immer noch der Zorn darüber, das relativ einfache Level bereits zum dritten Mal in dieser Woche versemmelt zu haben. Wie sollte sie auf dem Spacewreck-Turnier in Stockholm eine ordentliche Platzierung erreichen, wenn sie bereits an solchen Pipifax-Levels scheiterte? Persia, in der Szene besser bekannt unter ihrem Spitznamen Colonel Crimson, ließ ihre Tasche mit der Ausrüstung fallen und atmete tief durch. Dass sie es von der Arcade bis hierher geschafft hatte, ohne jemanden anzubrüllen, hatte ihr ziemlich viel Selbstbeherrschung abverlangt – vor allem, als ihr der Typ an dem Stationskiosk dumm gekommen war, wäre sie beinahe wieder ausgerastet. Hoffentlich hatte sie noch genug Kraft, es nicht an Jay auszulassen, falls er denn überhaupt da war.

Persia und ihr Freund bewohnten ein gut dreihundert Quadratmeter großes Loft in Streatham, im Süden von London. Dank der Unterbevölkerung waren auch solch große Flächen erschwinglich. Für Persia, die den Großteil ihrer Zeit in der Holoarcade verbrachte, hätte es auch ein bedeutend kleineres Domizil getan. Aber Jay brauchte den Platz für seine Simulationen.

Als sie den Hauptraum betrat, konnte sie ihren Freund nirgendwo ausmachen, aber es war offensichtlich, dass er irgendwo herumlungerte. Persia sah es daran, dass seine Evo-Felder aktiv waren. In der Mitte des Wohnzimmers schwebte ein Globus von mindestens zweieinhalb Metern Durchmesser. Die Land- und Wassermassen entsprachen in etwa denen der Erde. Es gab kleinere Abweichungen, allerdings konnte Persia nicht auf den ersten Blick erkennen, welche. Dafür hätte sie die Weltkugel genauer inspizieren müssen. In dem großen Raum standen zudem mehrere Tische, auf denen dreidimensionale Modelle zu sehen waren – von Städten, aber auch von einzelnen Burgen oder Kirchen. Der größte der Tische maß fast zehn Mal zehn Meter. Auf ihm war eine Schlachtformation aufgebaut. Persia trat näher heran. Jay kannte sich mit Militärhistorie bestens aus, sie war neben dem Bau von Städten eines seiner Spezialgebiete. Er hätte Persia erklären können, um was für Landsknechte es sich bei den Soldaten mit den lange Piken handelte – Schweizer, Schweden, was auch immer. Die extrem detailgetreuen holographischen Männchen, jedes in etwa so groß wie ein Daumen, standen auf einem Feld. Sie schienen von einem Fuß auf den anderen zu treten, als warteten sie ungeduldig darauf, dass ihr General das Kommando gab. Ihnen gegenüber stand auf der anderen Seite des von Felsbrocken durchsetzten Terrains feindliche Kavallerie, mindestens dreihundert schwere Reiter. Man musste weder Clausewitz noch Sun-Tsu gelesen haben, um zu erkennen, dass die Reiter durch die Landsknechte hindurchgehen würden wie eine Kreissäge durch eine Melone.

Aus dem Augenwinkel registrierte Persia eine Bewegung. Jay kam die Treppe herunter, in der einen Hand eine Blueberry-Pepsi, in der anderen eine Tüte Teriyaki-Chips. Er war augenscheinlich bester Laune. Das konnte schwierig werden.

Jay Arbuthnot, in der Evo-Szene besser bekannt als Doctor NOT!, lief zwischen den holographischen Kartentischen hindurch auf sie zu. Als er auf der anderen Seite angekommen war, stellte er seine Snacks ab und drückte ihr einen Kuss auf die Wange.

»Hallo, Pea. Wie läuft's?«

»Bescheiden«, erwiderte Persia. »Und selbst?«

Ihr Gesichtsausdruck veranlasste Jay, eine Grimasse zu schneiden.

»Ooooha. Also, hier ganz gut. Ich habe«, er zeigte auf die Schlacht, »einen Wendepunkt identifiziert.«

Wie Persia war Jay Profigamer, doch ihre Spielweisen hatten rein gar nichts gemein. Persia spielte ausschließlich Spiele, die extremen Körpereinsatz erforderten und deshalb Sweats genannt wurden. Früher, das hatte sie in einem Buch über Computerspielhistorie gelesen, waren Gamer meist fette Jungs mit Hornbrillen gewesen. Das war ihr seltsam vorgekommen. Persia kannte schlichtweg keine ernsthaften Spieler, die dick waren.

Sie musterte ihren Freund, der geräuschvoll Chips zermalmte. Jay spielte ausschließlich sogenannte Armchairs wie »Evolution«. Das waren Strategiespiele, bei denen man eher schnell im Kopf als in den Beinen sein musste. Dennoch wurden auch Sessel-Generäle meist nicht dick, selbst wenn sie wie Jay unglaubliche Mengen an Fast Food in sich hineinstopften. Um den Überblick zu behalten, musste man einen Haufen Dioramen und Karten projizieren und ständig zwischen ihnen hin und her laufen. Jay hatte einmal errechnet, er lege an einem durchschnittlichen Evo-Spieltag an die achtzehntausend Schritte zurück. Bei dem Pensum blieben nicht mal doppelt frittierte Teriyaki-Chips auf der Hüfte hängen.

»Was für ein Wendepunkt?«, fragte sie. Jay klaubte die letzten Krümel aus seiner Chipstüte und legte sie geistesabwesend auf einen der Tische. Einige Sekundenbruchteile schien die Tüte zwischen Balkendiagrammen mit präindustriellen Handelsstatistiken zu treiben, bevor sie zu Boden sank. Persia ballte die Fäuste. Der schlampige Mistkerl ließ seinen Krempel überall stehen und fallen, penibel war Jay nur bei Dingen, die mit Evo zu tun hatten.

»Die Schlacht von Piedrafita de Jaca. Aragonesische Kavallerie gegen piemontesische Landsknechte, 1537.«

»Nie gehört.«

»Ist auch nie passiert. Nicht in der realen Welt.«

»Aber in der Evo-Welt?«

Jay schnalzte mit der Zunge und schüttelte den Kopf, so als habe Persia etwas sehr Dämliches gesagt. Dann fiel ihm offenbar ein, wie sehr sie es hasste, angeschnalzt zu werden. Er machte eine beschwichtigende Geste.

Sie wusste, worauf er hinauswollte. »Evolution« war ein ungeheuer komplexes Strategiespiel, in dem man Aufstieg und Fall ganzer Zivilisationen nachspielte. Moderne

Quantencomputer waren in der Lage, jede Wolke, jeden Grashalm und natürlich auch jedes Lebewesen in der Spielwelt zu berechnen und zu simulieren. Wer sich nicht mit Evo auskannte, nahm meist an, es handele sich um eine fiktive Welt mit vom Computer generierten Fantasiekarten. Das war nicht ganz richtig. Tatsächlich glich die Evolution-Welt der echten fast bis ins letzte Detail.

»In dieser Iteration ist eine Klimaveränderung eingebaut worden. Die kleine Eiszeit beginnt nicht Anfang des fünfzehnten, sondern erst Anfang des siebzehnten Jahrhunderts.«

»Und das macht was aus?«

»Oh ja. Die Renaissance verzögert sich, die politische Karte sieht völlig anders aus. Und der, der diese Schlacht gewinnt, steigt zum Herrscher der Welt auf.«

»Und wer ist das?«

»Immer die Aragonesen. Aber nachdem ich die Schlacht immer wieder habe laufen lassen, weiß ich jetzt, wie die Piemontesen gewinnen können – mit der Folge, dass Nizza an die Savoyarden fällt und die Sezessionsbemühungen des Languedoc untergraben werden.«

»Jay ...«

»Das wiederum hat zur Folge, dass den Oraniern ihr wichtigster Verbündeter abhandenkommt. Das Empire entwickelt sich anders. Bei Spielende im Jahr 2044 wären dann ... aua!«

Persia hatte Jay in die Rippen geboxt, um seinem Redefluss Einhalt zu gebieten.

»Ich komme nicht mehr mit, Baby. Du bist zu schnell. Und ehrlich gesagt ist es mir auch zu hoch.«

»Evolution« war derart kompliziert, dass man es nicht alleine spielte, sondern in Gruppen. Jay war der Analytiker seiner Fraktion, er schaute sich Schlachtverläufe an oder überprüfte, welche ökonomischen Parameter für das Gedeihen eines mittelalterlichen, industriellen oder postindustriellen Imperiums am günstigsten waren.

»Manchmal frage ich mich, warum du nicht weiter Volkswirtschaft studiert hast, Jay.«

»Weil es langweilig war.«

»Aber ob man das Bruttoinlandsprodukt der CANFED berechnet oder den Getreideausstoß des sumerischen Imperiums – wo ist da der Unterschied?«

»Jetzt klingst du fast wie meine Mutter.«

»Vorsicht, Scherge. Vorsicht.«

Jay machte eine beschwichtigende Geste. »Und wie läuft's bei dir? Siehst irgendwie schlecht gelaunt aus.«

»Fein bemerkt. Du verstehst echt was von Frauen, Jay.«

Er schüttelte heftig den Kopf. Dabei entfuhr ihm ein Blueberry-Pepsi-Rülpser.

»Glaub ich nicht. Aber diese Flappe kann sogar ich sehen.«

»Mein Ranking. Ich sacke durch.«

»Aber dein Punktspiel ist doch erst in ein paar Tagen.«

»Aber es läuft jetzt schon scheiße. Ich werde galaktisch verkacken. Außerdem brauche ich ein neues Gewehr.«

»Was ist mit deinem?«

»Kaputt.«

Jays Augen weiteten sich. »Pea? Du hast doch nicht wieder einen deiner Anfälle gehabt?«

»Vielleicht. Auf jeden Fall brauche ich ein neues, und die Miete ist auch bald fällig.«

»Mach dir keine Sorgen.«

»Doch, mache ich. Ohne Kohle kann ich mir bald nicht mal mehr das Training in der Arcade leisten. Und ohne

Training keine Punktspiele, keine guten Platzierungen, keine Kohle.«

»Ich kann dir was leihen.«

»Ich muss das selbst hinkriegen.«

Er seufzte. »Hab ich schon mal gehört.«

»Ich bräuchte mal ein geiles Turnier, irgendwas Fettes, mit Startgeld, zehn-, zwanzigtausend Eddies.«

»Tja, die fallen nicht vom Himmel.«

»Na, danke für diese Analyse.«

»Ist mein Job. Apropos«, Jay schielte auf die Ritter, »ich müsste dann mal wieder.«

Persia nickte. Sie stieg die Treppe empor und ließ Jay mit seinen Aragonesen und Piemontesen allein.

15

Fran stocherte in seinen Spaghetti herum. Doyle saß am Nebentisch und würdigte ihn keines Blickes. Die Augen des Journalisten waren auf eine rothaarige Mittdreißigerin gerichtet. Aus der Art, wie Doyle seine Verabredung ansah, hätte man schließen können, dass er mit ihr ins Bett wollte. Vielleicht war dem so, aber das Treffen in dem kleinen italienischen Restaurant nahe dem Kensington Palace schien dennoch keine Balzfütterung zu sein. Dies war ein Recherchegespräch.

Doyle nippte an seinem Wein.

»Ich wollte mit dir sprechen, weil du dich mit dieser Kapoor-Geschichte auskennst.«

Die rothaarige Frau musterte Doyle. Sie war recht hübsch.

Ihre Haut war mit Sommersprossen übersät. Fran bezweifelte, dass sie echt waren.

»Was willst du denn jetzt schon wieder darüber wissen? Wir hatten das Thema doch erst vor ein paar Wochen.«

Doyle nickte, so als sei ihm dieser Umstand bewusst. Dabei schlug er die Augen nieder. Dem Journalisten, vermutete Fran, war erst in diesem Moment klar geworden, dass er exakt dieses Gespräch schon einmal geführt hatte, während der knapp vierzig Tage, die ihm fehlten.

»Ich weiß, Coachelle. Aber ich komme in der Sache überhaupt nicht weiter. Deshalb ... äh ... deshalb vermute ich, dass ich was übersehen habe. Ich hab's mir vorhin noch mal angeschaut. Unterbrich mich, wenn ich es falsch wiedergebe ...«

Doyle hatte fast den gesamten Tag in der Commonwealth Library verbracht. Anders als in der Hotelsuite konnte Fran ihm dort nicht so leicht über die virtuelle Schulter schauen, und so wusste er lediglich, dass es um Astronomie gegangen war.

»... ist die Kapoor-Sonde 2047 gestartet, in Richtung Barnards Stern. Und der Plan war, dass sie 2107 dort ankommt. Das ist ziemlich lang, oder?«

»Nein. Das ist ziemlich schnell«, erwiderte die Rothaarige. »Das Barnard-System ist sechs Lichtjahre von uns entfernt. Kosmische Nachbarschaft, klar, aber trotzdem Billiarden von Kilometern. Die Sonde sollte einen signifikanten Bruchteil der Lichtgeschwindigkeit erreichen. Sonst würde es viel länger dauern.«

»Und was war an Bord?«

»Analysesysteme und autonome Maschinen, so was wie die Mars-Rover oder die Europa-Boote, nur schlauer und in der Lage, vor Ort alles Mögliche zu bauen.«

Fran starrte auf seine erkaltenden Nudeln. Kapoor war das letzte und vielleicht ambitionierteste Projekt der NASA gewesen, bevor die Vereinigten Staaten zerfielen. Das Barnard-System hatte mehrere Gesteinsplaneten. Nach allem, was man wusste, besaßen zwei davon Ozeane und Vegetation. Außerdem gab es einen Asteroidengürtel, zweihundertmal so massereich wie der des Sonnensystems, eine immense Quelle an Rohstoffen. Und relativ nah lag Barnard auch. Deshalb hatte man eine Sonde hingeschickt.

»Aber aus der Barnard-Sache wurde nichts?«, fragte Doyle.

Sommersprosse lächelte. »Sagen wir: vorerst nicht.«

»Was ist schiefgegangen?«

»Es gab Probleme mit dem Laser-Array. Weißt du, was ein Sonnensegel ist?«

Doyle lächelte schief. »Muss mir entfallen sein.«

Die Rothaarige rollte mit den Augen.

»Gehirn wie ein Sieb, echt. Also: Als man Kapoor konzipiert hat, war klar, dass für solch eine lange Reise jede Art von konventionellem Antrieb ausscheidet, bei dem die Sonde ihren Treibstoff an Bord hat. Zu viel Ballast, um wirklich schnell zu werden. Deshalb erschien ein Berylliumsegel als beste Lösung. Man beschießt die Sonde, also genauer gesagt ihr riesiges Segel, mit einem starken Laserstrahl. Binnen kurzer Zeit sollte sie dadurch ein Zehntel Lichtgeschwindigkeit erreichen. Das hat aber nie richtig funktioniert. Also, die Beschleunigung hat stattgefunden, nur wurde das Ding nie so schnell wie erhofft. Über ein Hundertstel Lichtgeschwindigkeit ist Kapoor nie rausgekommen. Das ist immer noch irre schnell. Aber bei voller Geschwindigkeit wäre die Sonde 2107 angekommen. Bei der verminderten Geschwindigkeit ...«, die Rothaarige hielt kurz inne und dachte nach, »... zehnmal so lange, also circa 2650.«

»Weiß man, wie das Problem entstanden ist?«

»Ach, da draußen können Tausende Sachen passieren – Strahlung, Treffer durch einen kleinen Brocken. Die Software des Laser-Arrays hatte auch immer wieder Probleme.«

»Aber hat denn seinerzeit niemand versucht, das Ding zu reparieren?«

»Weiß ich nicht. Das war zur Zeit von Turing I, da hatten die hier unten vermutlich andere Probleme. Und heute interessiert die alte Kapoor-Sonde eh keinen mehr.«

Die Frau pikste eine Olive auf und ließ sie in ihrem Mund verschwinden. Kauend fügte sie hinzu: »Das war ein NASA-Projekt, mit Unterstützung von ESA und Roskosmos. Keine der fraglichen Organisationen gibt es in der Form noch. Die Staaten, die dahinterstanden, auch nicht. Und inzwischen ist diese Exoplanetennummer eh passé.«

»Was bitte meinst du mit ›diese Exoplanetennummer‹?«

»Na ja, in den Dreißigern hat man sehr viel über solche Planeten rausgefunden. Wasser, Vegetation, Atmosphäre. Man glaubte, irgendwann könne man vielleicht hinfliegen und sie kolonialisieren. Aber heute ...«

»Ja?«

»Wegen der Unterbevölkerung hat der Druck, die Erde zu verlassen, stark abgenommen. Für die aktuell vier komma irgendwas Milliarden ist reichlich Platz. Inzwischen wissen wir außerdem, wie man aus Asteroiden einer gewissen Größe ein Habitat baut. Die Luxemburger haben es mit Péitruss 37 vorgemacht. Der Rimm bietet außerdem unendlich viele Rohstoffe. Kurz gesagt, wir müssen gar nicht zu den Sternen. Wir haben alles, was wir brauchen, hier.«

In diesem Moment tauchte ein Kellner auf und brachte die Hauptgänge. Doyle bekam Trüffelpizza, die Frau namens Coachelle eine große Schüssel Pasta mit Venusmuscheln. Fran bekam kurz darauf ebenfalls seinen Hauptgang, ein Saltimbocca. Die rothaarige Frau schaute zu ihm herüber und lächelte. Es schien, als bemitleide sie Fran, weil er ganz alleine essen musste.

»Ihnen einen guten Appetit«, sagte sie.

»Danke, gleichfalls«, erwiderte Fran. Die Unterhaltung am Nebentisch kam zum Erliegen. Fran wandte sich deshalb seinen Kalbskoteletts zu. Als die beiden sich nach dem Essen wieder zu unterhalten begannen, machten sie eher Small Talk. Fran erfuhr, dass die Rothaarige mit vollem Namen Coachelle Bush hieß und bei Skylift arbeitete, dem Supernational, der im Auftrag des Commonwealth den Weltraumfahrstuhl auf den Malediven betrieb.

Nun, da Doyle sie nicht länger mit astronomischen Fragen löcherte, erzählte Bush alles Mögliche. Sie berichtete von einem Zero-G-Lacrosse-Spiel der London Lions, das sie vergangene Woche besucht hatte; von ihrem Bruder, der in die Sib-Siedlungsgebiete ausgewandert war; von einem geplanten Urlaub auf den Färöer Inseln. Doyle hörte sich alles an, mit großem Interesse, wie es schien. Immer wieder stellte er Nachfragen. Fran glaubte nicht, dass den Journalisten all diese Geschichten wirklich interessierten. Vermutlich war er einfach gut darin, Frauen das Gefühl zu geben, er höre ihnen zu.

Während des Desserts, als Bush nach den ausführlichen Erzählungen der letzten zwanzig Minuten etwas die Luft auszugehen schien, holte Doyle einen Zettel hervor. Es war die Notiz mit den Koordinaten.

»Was ist das?«, fragte Coachelle Bush.

»Das weiß ich nicht so genau. Also, anders: Es sind Koordinaten würde ich sagen. Aber sie funktionieren nicht.«

»Zeig mal her.«

Sie musterte den Zettel. »Wo soll das sein?«

»Ich hab's eingegeben, lande aber auf einer Stelle im Pazifik, wo nichts ist.«

»Und?«

»Diese Koordinaten sind meines Erachtens ein ... ein wichtiger Hinweis. Sie sind mir zugespielt worden.«

»Von wem?«

»Weiß ich noch nicht. Aber irgendwie glaube ich nicht, dass mich jemand auf eine leere Stelle im Pazifik aufmerksam machen will, Hunderte Kilometer von der nächsten Insel entfernt, wo das Meer über dreitausend Meter tief ist.«

»Hast du dir mal aktuelle Satellitenbilder besorgt?«

Er nickte. »Klar. Aber da ist auch keine von Menschen gemachte Struktur, keine schwimmende Insel. Und auch kein brandneues vulkanisches Eiland.«

Bush legte den Kopf schief. »Ich weiß nicht genau, wie ich dir da weiterhelfen kann. Sieht für mich auf den ersten Blick nach ganz normalen Koordinaten aus.«

»Meine Überlegung«, erklärte Doyle, »war folgende: Nur weil da nichts ist, heißt das ja nicht, dass da nie was war. Ich meine, ihr habt doch eine Datenbank mit haufenweise Kartenmaterial. Könntest du nicht irgendwie rausfinden, ob diese Koordinaten mal eine Bedeutung gehabt haben?«

»Hm. Versuchen kann ich's.«

Bush hielt ihre Ringkamera auf den Zettel und machte sich eine Kopie.

»Und für welchen Zeitraum soll ich es überprüfen?«

Doyle überlegte kurz. »Von Anfang vierundvierzig bis heute.«

Fran spürte, wie sich sein Puls beschleunigte. Im Jahr 2044 war die Æther-Anlage fertiggestellt und erstmals hochgefahren worden.

16

Cliffords Rücken schmerzte, dabei hatte der Flug von Santiago nach Seattle höchstens zweieinhalb Stunden gedauert. Er wies seinen Dispenser an, ihm eine doppelte Dosis Schmerzmittel und Muskelrelaxer in die Blutbahn zu schleusen. Als er die Treppe des Scramjets hinabstieg, ließ der Schmerz bereits nach.

Doktor Grant behauptete, Clifford nehme zu viel von dem Zeug. Sein Leibarzt riet ihm, lieber etwas Sport zu treiben, doch Clifford hasste jede Form körperlicher Ertüchtigung. Intellektuell begriff er selbstverständlich, dass ein gewisses Maß an sportlicher Betätigung notwendig war, damit der menschliche Körper, diese vorsintflutliche Maschine aus Sehnen und Knochen, ihren Job versah. Doch moderne Sportgeräte waren zwar extrem effizient, aber auch extrem unwürdig. Clifford konnte halbwegs nachvollziehen, dass jemand joggte oder Hanteln stemmte, wiewohl er selbst keine Lust dazu hatte. Aber modernen Ganzkörpertrainern musste man sich vollends ausliefern. Nachdem Doktor Grant ihm monatelang damit in den Ohren gelegen war, hatte Clifford es vor einiger Zeit ausprobiert. Man schlüpfte in eine Art Anzug, an dem an die hundert Drähte befestigt waren, jeder mit einer kleinen Kabelwinsche gekoppelt. Sobald man in dem Overall steckte, zogen sich die Kabel straff und der Anzugträger schwebte. Als Nächstes wurde ein Hologramm über den eigenen Körper projiziert. Es vollführte Bewegungen, die man nachvollziehen musste, während einen die zahllosen Kabel daran zu hindern versuchten. Währenddessen maß der Overall Muskelspannung und neurologische Aktivität, analysierte, wo sich die größten Schwachstellen befanden. Das Gerät, es nannte sich Hyperkukolni, war gnadenlos. Clifford hatte schon nach wenigen Minuten geschwitzt wie ein Schwein.

Clifford war kein zweites Mal in den verdammten Anzug gestiegen. Weniger wegen des höllischen Muskelkaters, sondern weil er sich in dem Anzug fühlte wie eine Marionette, an deren unzähligen Fäden die Software ziehen konnte, damit er tanzte. Dann lieber Schwabbelbauch und Schmerzmittel.

Draußen war es angenehm, nicht einmal dreißig Grad. Clifford stieg in die Limousine, die ihn zu der Aufsichtsratssitzung bringen würde, die wegen der UNANPAI-Razzia anberaumt worden war. Ein paar seiner Kontrolleure waren ganz aufgeregt. Clifford hingegen war die Sache ziemlich gleichgültig. Die Turing-Bullen konnten ihm nichts. Nicht nur suchten sie am falschen Ort. Sondern es war eigentlich ganz egal, welche seiner Einrichtungen sie unter die Lupe nahmen. Denn UNANPAI fahndete nach Hinweisen, dass jemand eine KI baute. Aber das tat Clifford ja gar nicht. Er besaß schließlich schon eine.

Natürlich hatte er in einigen Abteilungsbudgets Posten versteckt, die bei genauerem Hinschauen vielleicht jemandem seltsam erschienen wären – beispielsweise gewisse Investitionen des Konzerns in Australien, wo sich rein gar nichts von wirtschaftlichem Interesse befand. Dort gab es nichts als Staub. Die Einzige, die das je bemerkt hatte, war eine allzu neugierige Aufsichtsrätin gewesen. Aber nach dem unerwarteten Tod der Frau während einer Solo-Klettertour in den Rockies war zum Glück wieder Ruhe eingekehrt.

Die Limousine fädelte sich in den Morgenverkehr ein. Im Fond rief Clifford sich die neuesten Updates zu der Sache in Ottawa auf und las die Agenda der Aufsichtsratssitzung. Er war inzwischen auf der Evergreen Bridge. Zu beiden Seiten erstreckte sich der Lake Mcdonald, schimmerte in der gleißenden Sonne. Auf der anderen Seite des Sees konnte er bereits das CANFED-Hauptquartier von Torus Industries ausmachen, einen zylindrischen Klotz, dessen Außenseiten mit holographischen Projektionen bedeckt waren. Derzeit zeigten sie tropische Blumen. Es sah aus, als rankte sich die Blütenpracht das gesamte Gebäude empor, alle hundertvierzig Stockwerke.

Seine Limousine gab die verbleibende Fahrzeit mit dreieinhalb Minuten an. Clifford lehnte sich zurück und schloss die Augen, um kurz abzuschalten. Es war ihm nicht vergönnt, nach wenigen Sekunden fiepte das Kommunikationssystem. Die Anruferkennung lautete »KB Medical Services«. Clifford nahm sofort ab. Ein Hologramm erschien.

»Doktor Dragusha.«

»Guten Tag, Sir.«

»Machen Sie es kurz, wenn's geht. Ich muss gleich in eine Sitzung«, sagte Clifford.

Dragushas Gesicht zeigte keine Regung. Das tat es fast nie. Ob sich das Gesicht des Doktors auch dann nicht veränderte, wenn er seine Patienten bearbeitete? Eigentlich wollte er das gar nicht so genau wissen.

»Die Therapie ist abgeschlossen.«

»Operation erfolgreich?«

»Adressen. Namen. Ich habe alles an Wendell weitergeleitet.«

Ares Wendell war der Chef des Sicherheitsapparats, den Clifford außerhalb der Konzernstrukturen unterhielt und der für ihn heikle Aufträge abwickelte. Wendell hatte ihm auch schon diese lästige Aufsichtsrätin vom Hals geschafft.

»Und Sie sind sicher, dass er alles preisgegeben hat?«

»Ziemlich.«

»Wie sicher?«

»Die Therapie hatte vier Iterationen. Jede davon dauerte rund zwölf Stunden. Im Abgleich waren seine Antworten über alle Iterationen konsistent. Ich gehe deshalb davon aus, dass er nichts zurückgehalten und nicht gelogen hat.«

Clifford meinte, nun doch den Anflug eines Lächelns auf Dragushas Gesicht zu sehen. Aber vielleicht bildete er sich das auch nur ein.

»Danke, Doktor.«

»Wie weiter?«

»Behalten Sie ein Back-up. Vielleicht brauchen wir ihn noch einmal.«

»Verstanden.«

Clifford nickte Dragusha zu und kappte die Verbindung.

Sein Wagen hielt vor dem Haupteingang, wo Ana Amaqjuaq bereits auf ihn wartete. Er hoffte, die Sitzung schnell hinter sich bringen zu können. Er musste dringend mit Wendell sprechen, musste herausfinden, wie bald sie zuschlagen konnten. Clifford rieb sich die Hände. Die Dinge, so schien es ihm, gerieten allmählich in Bewegung.

17

Noch nie zuvor ist Franek in der Zitadelle gewesen. Dies ist den Auserwählten vorbehalten, Priestern der Grade drei bis fünf sowie dem Hohepriester. Das Innere des immensen Gebäudes übertrifft alles, was man sich in den Schlafsälen und auf den Gängen über das Heiligtum des Zauberers voller Ehrfurcht erzählt. Wände, Böden und Säulen bestehen aus einem ihm unbekannten Material, das an Glas erinnert, aber viel stabiler sein muss. Hoch ragen die Decken über ihm auf, so hoch, dass selbst der Musiksaal fünfmal hineinpasste. Franek wundert sich, wie verlassen die Zitadelle ist. Er hat sich vorgestellt, dass Auserwählte ohne Zahl die Gänge entlangeilen. Doch der Hohepriester und er treffen auf ihrem Weg kaum eine Seele.

Durch lange Korridore laufen sie, fahren in seltsamen Kabinen, die einen senkrecht nach oben transportieren. Nach einer halben Stunde kommen die beiden an eine enorme Tür aus dem seltsamen Glas, hinter der Franek einen Gang mit weiteren Schotten erkennen kann, ebenfalls alle transparent.

»Hier trennen sich unsere Wege«, verkündet der Hohepriester.

»Ihr kommt nicht mit?«

»Nein. Hier beginnt das Allerheiligste des Zauberers. Niemand hat Zutritt, nicht einmal ich.«

Franek denkt darüber einen Moment lang nach. »Aber ich dachte, Ihr sprecht oft mit ...«

Alek schüttelt den Kopf und tippt mit einem Finger gegen seinen Stirnreif.

»Dies ist das Instrument, vermittels dessen Er mit mir spricht, so es ihm beliebt.«

Der Hohepriester legt eine Hand auf Franeks Schulter.

»Aber da du noch keinen Reif trägst und da deine Mission ebenso wichtig wie geheim ist, wirst du direkt mit ihm sprechen. Große Ehre wird dir zuteil. Nur wenigen Sterblichen ist es vergönnt, das Antlitz des Zauberers zu schauen.«

Alek hebt seine Rechte und vollzieht damit eine Kreisbewegung, das Symbol der Barmherzigen Segnung.

»Der Gelbe mit dir, mein Sohn.«

Der Hohepriester wendet sich ab und geht zu einer Wand. Dort öffnet sich ein Durchgang, der Franek zuvor nicht aufgefallen ist. Schon schreitet der Hohepriester hindurch. Der Durchgang verschwindet. Einen Moment ist es ganz still. Dann öffnet sich mit einem Zischen die kristallene Doppeltür. Franek holt tief Luft, bevor er in den langen Gang tritt.

Die Tür schließt sich hinter ihm. Dafür geht das nächste

gläserne Schott vor ihm auf. Franek ist sich nicht sicher, wie oft sich dieser Vorgang wiederholt, jedoch bestimmt zwanzigmal, vielleicht häufiger. Wenn derart strenge Sicherheitsvorkehrungen notwendig sind, scheint der Zauberer wirklich mächtige Feinde zu haben.

Hinter der letzten Doppeltür liegt eine große, ovale Kammer. Sie ist leer, bis auf einen Tisch in der Mitte, an dem zwei bequem aussehende Stühle stehen. Einer der Plätze ist eingedeckt. Dampfende Schüsseln verströmen den verführerischen Geruch nach Knödeln, Braten und Speckkraut.

Von irgendwoher ertönt eine Stimme.

»Setz dich, Adept Franek. Das Essen ist für dich, denn du hattest kein Mittagsmahl.«

Zögernd nähert sich Franek dem Tisch. Das Essen riecht wirklich ausgezeichnet. Es ist reichhaltiger als das, was die Priesterschüler normalerweise vorgesetzt bekommen. Er nimmt Platz, macht aber keine Anstalten, etwas anzurühren.

»Greif zu. Stärke dich. Der Göttliche stößt später zu dir.«

Franek gibt seine Zurückhaltung auf, denn sein Magen knurrt. Er häuft sich von allem auf den Teller und isst. Als er fertig ist, fühlt er sich angenehm träge. Er denkt gerade darüber nach, einen weiteren Knödel zu essen, als er eine Gestalt bemerkt. Wo ist sie auf einmal hergekommen? Die Gestalt trägt eine Robe, jener der Auserwählten nicht unähnlich, doch mit dem Unterschied, dass sie komplett im Gelb des Zauberers gehalten ist. Die Gestalt macht einige Schritte auf den Tisch zu. Eine weite Kapuze verdeckt ihr Gesicht.

»Ich grüße dich, Adept Franek«, sagt eine wohlklingende Baritonstimme.

Rasch erhebt Franek sich, nur um sich sofort auf den Boden zu werfen.

»Erhebe dich. Wir wollen uns ein wenig unterhalten.«

Franek tut, wie ihm geheißen. Der Zauberer bedeutet ihm, wieder Platz zu nehmen und setzt sich auf den Stuhl gegenüber. Noch immer verdeckt die Kapuze sein Gesicht.

»Du weißt, warum du hier bist?«, fragt der Gelbe.

»Um eine ...«, Franeks Stimme stockt, »... eine Botschaft zu überbringen, oh Gottgleicher?«

»Ganz recht. Eine Botschaft an meinen Bruder.«

»Euren Bruder, Anbetungswürdiger? Der Blaue ...«

»... ist mein Bruder, ebenso wie der Grüne. Doch während Letzterer in fernen Gestaden weilt, teilen der Blaue Magus und ich uns dies Land. Immer wieder gibt es Streit zwischen uns. Doch ich will keinen Streit mehr. Ich will Frieden. Leider«, fuhr der Zauberer fort, »sprechen mein Bruder und ich nicht miteinander.«

»Warum nicht, Gottgleicher?«

Der Zauberer scheint, soweit man das aufgrund der Kutte erkennen kann, den Kopf schief zu legen. »Zwietracht. Verletzungen. Misstrauen. Ihr Sterblichen würdet wohl sagen, er schmollt. Er verweigert den Kontakt mit mir. Deshalb musst du ihm meine Botschaft überbringen.«

Franek nickt kaum merklich, den Blick auf die erkaltenden Knödel gerichtet.

»Deine Furcht, sie ist verständlich«, sagt der Zauberer. »Ich nehme an, du hast von den anderen Boten gehört?«

»Ja, Herr.«

»Mein Bruder ist jähzornig, er hat sie getötet. Aber sei dennoch unbesorgt. Seitdem sind viele Jahre vergangen, und die Dinge haben sich geändert. Er gibt es nicht zu, aber auch der Blaue sieht inzwischen ein, dass wir reden müssen. Auch er wollte mir bereits eine Botschaft schicken, ich weiß es von meinen Spionen. Deshalb wird er dich nicht anrühren, sondern dich stattdessen mit einer Botschaft hierher zurückschicken.«

Franek fragt sich, ob der Zauberer all dies nur sagt, um ihn zu beruhigen. Aber selbst wenn dem so wäre: Was machte es für einen Unterschied? Sich dem Befehl des Gelben zu widersetzen ist undenkbar.

»Die Botschaft ist versiegelt, du findest sie auf einem Tisch am Ausgang. Und ich stelle dir eine Gefährtin zur Seite. Du kennst Marya, Auserwählte des dritten Grades?«

»Ja, Wunder der Welt.«

»Sie wird dich begleiten.«

Fran versucht, sich seine Verwunderung nicht anmerken zu lassen. Bei Marya handelt es sich um jene Auserwählte, die damals in seinem Dorf zur Delegation des Gelben gehörte und ihm so freundlich zulächelte. Seitdem hat er sie nur ein paarmal aus der Ferne gesehen. Vergessen hat er sie nie.

»Ihr geht nach Par. Dort befindet sich der Sitz meines Bruders. Sie kennt den Weg und wird dir helfen, sicher ans Ziel zu gelangen. Hast du noch Fragen?«

»Ich ... wird man uns nicht angreifen, wenn wir das Gebiet des Blauen betreten?«

»Nein. Ihr bekommt Emissärsflaggen. Damit seid ihr als meine Unterhändler zu erkennen. Niemand wird euch Leid zufügen.«

»Ich verstehe, Gottgleicher.«

Der Zauberer lehnt sich etwas vor. »Eine Sache noch. Du bist, wie ich höre, unser talentiertester Sänger.«

»Ihr seid zu gütig, Meister. Meine Fähigkeiten sind bescheiden.«

»Nein, du singst ausgezeichnet. Und weil ich weiß, wie

sehr du die Musik liebst, möchte ich dir etwas schenken. Ein Lied, das ich selbst komponiert habe.«

Der Gelbe Zauberer beginnt zu singen.

Gewoben vom verblendenden Geschicke,
Daß sich der Strahl bereits zur Heimkehr schicke,
Dorthin, von wannen alle Strahlen stammen.
Ihr wolltet mir mit eurem Leuchten sagen:
Wir möchten nah dir bleiben gerne!
Doch ist uns das vom Schicksal abgeschlagen.
Sieh' uns nur an, denn bald sind wir dir ferne!
Was dir nur Augen sind in diesen Tagen:
In künft'gen Nächten sind es dir nur Sterne.

Franeks Herz schmilzt. Das ist das Schönste, was er je gehört hat. Der Zauberer besitzt einen wunderbar weichen Bariton, der die ganze Halle zu erfüllen scheint. Fast noch ergreifender als seine Stimme ist die Melodie des Lieds. Noch nie hat Franek dergleichen vernommen. Die Musik ist bittersüß, anrührend und voller Schwermut, gleichzeitig aber von Hoffnung erfüllt. Er versteht sofort, warum der Zauberer ihm dieses Lied vermacht, versteht, welch tiefe Weisheit und Güte dem Geschenk innewohnt. Auf seiner langen Reise wird Franek oft einsam sein, krank vor Heimweh. Und dann, das weiß er, wird er jedes Mal das Lied anstimmen, und alles wird gut sein. Als der Zauberer geendet hat, rinnen Franek die Tränen in Sturzbächen die Wangen hinab.

»Es ist ... wunderschön«, schluchzt er.

»Du verstehst, warum mein Lied dich begleiten soll?«

Franek nickt stumm.

»Es ist nun dein Lied, deines allein. Kein anderer Mensch

auf Erden kennt es. Du darfst es jederzeit singen, aber nur im Geiste oder wenn du sicher bist, dass niemand zuhört. Schwörst du das?«

»Ich schwöre es bei meiner Seele, oh Stern der Welten.«

»Gut. Dann lass es uns nun noch einmal zusammen singen. Es ist wichtig, dass du dir die Melodie genau einprägst.«

Franek besitzt, was Musik angeht, ein beinahe perfektes Gedächtnis, und es ist nicht nötig, dass er das Lied ein zweites Mal hört. Aber natürlich tut er, was der Zauberer von ihm verlangt. Gemeinsam singen sie. Danach verneigt Franek sich mehrfach und geht zum Ausgang. Dort steht ein kleines Tischchen, auf dem eine zylindrische Hülse aus Metall liegt, die Botschaft für den Blauen Magus. Er nimmt sie. Die Türen öffnen sich. Franek schaut sich nochmals um. Aber der Gelbe Zauberer ist bereits verschwunden.

18

Mit einem großen Becher Kaffee in der Hand setzte sich Fran an einen der Schreibtische der UNANPAI-Residenz in Lambeth. Er war ganz allein, im Prinzip nicht ungewöhnlich, denn es gab nur drei Agenten in der Dependance, und für die KI-Behörde zu arbeiten war kein Bürojob. Dennoch musste Fran an Hardhouse' Nachricht denken, an den Umstand, dass der Londoner Resident suspendiert worden war. Wegen was, das wusste er nicht. Auch besaß er keine Information darüber, ob Sweets Untergebene eventuell ebenfalls versetzt worden waren.

Ganz ungelegen kam ihm die Abwesenheit seiner Kollegen nicht, er arbeitete ohnehin am liebsten allein. Fran legte die Füße hoch und lehnte sich zurück. Während er an dem

Kaffee nippte, schloss er die Augen. Eine beinahe sphärische Musik stieg aus den Tiefen seines Verstandes empor. Die Melodie kam ihm seltsam bekannt vor, doch weder konnte er sich an den Komponisten erinnern, noch daran, wo er sie zuletzt gehört hatte. Fran schlug die Augen wieder auf, schaute auf die Tischplatte, auf seine darauf ruhenden rahmengenähten braunen Wingtips. Sein Blick wanderte weiter, zu einer Weltkarte an der Wand. Die UNANPAI-Residenzen waren darauf mit himmelblauen Steckfähnchen markiert. Linker Hand befanden sich Schränke und Regale. Die Aktenordner und Enzyklopädien darin sahen arg angestaubt aus.

Fran nahm die Füße vom Tisch, erhob sich, ging zu einem der Regale. Kurz darauf brütete er über Enzyklopädien, Almanache sowie Aktenordnern mit internen UNANPAI-Berichten. Was er dort zu Kapoor fand, entsprach im Wesentlichen dem, was Coachelle Bush berichtet hatte: Die Sonde war nach Sahana Kapoor benannt worden, jener Nobelpreisträgerin, die bewiesen hatte, dass Weiße Löcher existieren. Kapoor war am dritten Juni 2047 aus einem Mars-Orbit gestartet. Ein Laser-Array hatte das Segel der Sonde mit Lichtbündeln beschossen.

Schnell wurde klar, dass die Mission nicht der Erfolg werden würde, den die NASA sich erhofft hatte. Die Laser beschleunigten Kapoor weitaus weniger rasant als geplant. Die Techniker waren sich uneins, ob es an der Laser-Batterie lag oder an den Sonnensegeln. Die Diskussion hatte zu diesem Zeitpunkt bestenfalls noch akademischen Wert. Ändern ließ sich an dem Desaster schließlich nichts mehr, denn obwohl Kapoor viel langsamer flog als geplant, war sie acht Stunden nach dem Start bereits am Jupiter vorbei. Bis zum sechs Lichtjahre entfernten Barnard-System würde sie allerdings zehnmal so lange brauchen wie erwartet und dort erst im siebenundzwanzigsten Jahrhundert ankommen.

Immerhin flog Kapoor in die richtige Richtung und schien auch ansonsten funktionsfähig zu sein. Dennoch begann das Interesse der Öffentlichkeit bald abzunehmen. Keiner, der den Start der Sonde verfolgt hatte, würde am Leben sein, wenn Kapoor ihr Ziel erreichte. Die Sonde raste – oder schlich, je nachdem, wie man das sah – also weiter ihrem Ziel entgegen. Das Laser-Array befand sich vermutlich auch noch da oben, war aber inzwischen wohl kaum mehr als Weltraumschrott.

Fran stellte die Ordner und Bücher zurück und verließ das Büro. Gähnend lief er die Kennington Road entlang und steuerte den Coffeeshop an, an dem er sich auf dem Hinweg bereits versorgt hatte. Der Kaffee war gut gewesen, und er hatte ihn weiß Gott nötig. Die vielen Swaps machten ihm zu schaffen, brachten seine innere Uhr durcheinander. Zumindest vermutete er, dass dies der Grund für seine Schläfrigkeit war. Mit dem zweiten Kaffee setzte Fran sich in einen kleinen Park, in dem es angenehm schattig war, trotz des wolkenlosen Himmels. Vermutlich befand er sich unter einer jener in großer Höhe zwischen kleinen Autokoptern gespannten Folien. Die sogenannten Coolkites sollten einen Teil der Sonneneinstrahlung absorbieren, die London von Mai bis September unerträglich machte.

In der Mitte des Parks befand sich ein kleiner Hügel, auf dem die Statue eines Mannes stand. Er trug einen Tweedanzug und sah so englisch aus wie nur vorstellbar. In den Händen hielt er eine Pergamentrolle, die er in einer dreißigsekündigen Schleife immer wieder auseinanderrollte, begutachtete und mit zufriedenem Nicken zusammenrollte.

Fran kannte sich nicht besonders gut mit Commonwealth-Politikern aus, vermutete jedoch, es handele sich um Alexander Finkleworth-Simpson III., den dritten Lordprotektor. Die Urkunde sollte wohl das Gründungsdokument der Commonwealth-Föderative symbolisieren. Wäre Fran näher herangetreten, hätte er sicherlich umfängliche Informationen zu Finkleworth-Simpsons Heldentaten eingeblendet bekommen. Er blieb lieber sitzen, ignorierte den Lordprotektor und wandte sich im Geiste wieder der Kapoor-Sonde zu.

Doyle hatte seine Bekannte gebeten, die Koordinaten zu überprüfen, im Zeitraum von 2044 bis heute. Das Datum war auffällig. Offenbar glaubte der Journalist, dass die Koordinaten irgendwie mit dem Æther-Zwischenfall in Zusammenhang standen. Fran, der so ziemlich alle seiner Sicherheitsstufe zugänglichen UNANPAI-Berichte über Turing I gelesen hatte und bei Turing II dabei gewesen war, konnte sich nicht erklären, wieso. Hatte sich an dem fraglichen Ort eine geheime Militäreinrichtung befunden oder sonst etwas von Bedeutung? Natürlich hatte er die Karten in der UNANPAI-Residenz durchgesehen. Aber auf ihnen war nichts verzeichnet. Und die geheime Æther-Anlage befand sich ganz woanders. Deren Koordinaten kannte Fran auswendig: 46°25′53″ S 51°42′56,3″ O.

Er erhob sich und ging zur Tube-Station. Während Fran dort auf den Zug wartete, starrte er auf die Holowerbung jenseits der Gleise. Im ersten Spot sah er feiernde Menschen. Es schien eine Mordsparty zu sein. Alle trugen extravagante Kostüme, die aussahen, als habe Salvador Dalí sie für den brasilianischen Karneval entworfen. Auch die Gebäude im Hintergrund wirkten surreal, spotteten allen Gesetzen der Statik. Nach einigen Sekunden trat ein Mann ins Bild. Er war perfekt proportioniert und trug einen goldenen Lorbeerkranz auf dem Kopf. Nun wusste Fran, wofür der Spot warb.

»In den Aurora Gardens«, sagte der Mann, »werden all deine Fantasien und Träume Wirklichkeit.«

Der Mann hieß Midas More und betrieb einen riesigen Vergnügungspark. Fran war noch nie dort gewesen. Aber die Aurora Gardens, das schien der Spot zu bestätigen, waren eh nichts für feinsinnige Gemüter.

Eine neue Projektion erschien. Auf dem 3-D-Plakat rannten mehrere Menschen durch ein altes Gemäuer. Das Gebäude sah aus wie ein mittelalterliches Schloss. Die Personen in der Werbung waren alle in Schwarz gewandet, sie trugen Rheingrafenhosen und Rüschenhemden. Außerdem waren sie auffällig bleich. Fran sah spitze Zähne. Es ging offenbar um Vampire. Ein Mann stellte sich nun breitbeinig in die Mitte des Plakats und blickte Fran direkt in die Augen. Er hob den rechten Arm. Bläuliches Feenfeuer züngelte über seine geöffnete Handfläche. Mit dramatischer Geste warf der Blutsauger das Feuer in Richtung des Bahnsteigs. Über den Gleisen verwandelte es sich in von Nebel umwaberte Schrift:

Umarme die Finsternis!
Jetzt das neue BLOODSPAWN spielen.
Arcadis Game Center
(Tube-Station: Fulham).

Der Zug fuhr ein. Die Schrift über den Gleisen zerstob.

19

Ares Wendell stand vor Clifford, das Kreuz durchgedrückt, die Arme hinter dem Rücken verschränkt. Der Sicherheitschef sah aus wie der Korporal der CANFED-Marines, der er einmal gewesen war. Weder Maßanzug noch Fönfrisur konnten daran etwas ändern.

»Dann legen Sie mal los«, beschied Clifford seinem Mitarbeiter. Er hatte den Mann persönlich antanzen lassen, denn dies war kein Gespräch, das man via Konferenzschaltung führen konnte. Sie hatten sogar gewartet, bis der Scramjet die Flughöhe erreichte und dann alle entbehrliche Elektronik deaktiviert, einen White-Noise-Generator angeworfen und weitere technologische Waschungen durchgeführt, um die Götter der Geheimniskrämerei milde zu stimmen. Wendell hatte darauf bestanden. Der stämmige Exkorporal war ein klinischer Paranoiker. Genau das schätzte Clifford an ihm.

»Es ist, wie wir vermutet haben, Sir. Gandhi Godspeed ...«

Wendell runzelte die Stirn. Clifford konnte seine Konsterniertheit nachvollziehen. Was für ein unglaublich bescheuerter Name das war.

»... hatte die Software, die seine Body-Holidays verlängert, tatsächlich von zwei Deathern in Quezon-Stadt. Und die wiederum haben sie von einer anderen Deatherin aus Sankt Petersburg.«

»Wissen wir, wie sie heißt?«

Wendell gestattete sich, die Mundwinkel leicht zu lüften.

»Besser. Wir haben sie bereits befragt. Ich hielt es für sinnvoll, gleich jemand vorbeizuschicken, bevor irgendwer von diesen Filipino-Todesfreaks sie warnt.«

»Die können noch jemand warnen?«

»Theoretisch schon. Aber natürlich wurde ihnen sehr nachdrücklich klargemacht, dass sie niemand was über unseren Besuch erzählen dürfen.«

Clifford wäre es lieber gewesen, diese unliebsamen Zeugen hätten das Zeitliche gesegnet. Wendell sah seinen skeptischen Gesichtsausdruck, zuckte entschuldigend mit den Schultern.

»Diese Deather-Community ist eng vernetzt. Wenn welche verschwinden, fällt das sofort auf. Und wir können einfach nicht jeden, den wir ausquetschen ...«

»... ja, ja, schon gut, Wendell. Weiter im Text.«

»Natürlich, Sir. Diese Russin, Oblivion ist ihr Name ...«

Auch als er diesen Namen aussprach, guckte Wendell verkniffen. Vermutlich lag es gar nicht an den dämlichen Namen. Er guckte ständig so. Zudem runzelte Wendell ständig die Stirn. Man konnte Zahnschmerzen bekommen von seiner Mimik.

»… sie ist uns entwischt.«

»Was? Sagten Sie nicht gerade, Ihre Jungs hätten sie festgenagelt?«

»Haben sie auch. Aber Sie wissen doch, wie das ist mit diesen Scheißquants, verzeihen Sie meine Aussprache, Sir. Die Oblivion, die wir festgesetzt haben, war eine Kopie in einem Gefäß. Einer ihrer Helfer konnte sich mit ihrem Back-up aus dem Staub machen. Oblivions Stammkörper war nirgendwo in der Wohnung. Die echte läuft also noch rum. Ist aber vermutlich irrelevant.«

»Weil?«

»Weil wir wissen, von wem Oblivion die Software gehabt haben muss.«

»Machen Sie's nicht so spannend, Wendell.«

»Verzeihung, Sir. Aber es ist … es war Juliette Perrotte.«

Clifford beugte sich ruckartig nach vorne. »Sagen Sie das noch mal.«

»Juliette Perrotte, Sir. Die Perrotte. Die Programmiererin, die während der zweiten Turing-Krise …«

»Ja, zum Teufel. Ich weiß, wer sie ist.«

Juliette Perrotte gebührte die zweifelhafte Ehre, der Mensch mit dem längsten Ætherianica-Eintrag zu sein. Die Computerprogrammiererin hatte bei Cryptocarbon gearbeitet, einer Pariser Firma, die auf die Verschlüsselung jener digitalen Gehirne spezialisiert war, die Hohlköpfe in ihren ansonsten leeren Schädeln herumtrugen. Man vermutete, dass sie einer der Auslöser für Turing II gewesen war. Was genau Perrotte getan hatte, darüber gingen die Meinungen auseinander. Einige Ætherianica-Theoretiker glaubten, sie habe in direktem Kontakt zu Æther gestanden. Sie sei es gewesen, die den Rechnerkern auf der entlegenen Insel reaktivierte.

Andere wiederum behaupteten, Perrotte sei von einer unbekannten Gruppe angeheuert worden, um gewisse Verschlüsselungen zu knacken, mit denen die Rechner der Æther-Anlage gesichert worden waren. Es gab noch ein Dutzend weiterer Theorien. Clifford hatte sie alle überflogen, die meisten jedoch wieder vergessen. Die abstruseste von allen war, dass Juliette Perrotte in Kontakt mit irgendwelchen autonomen Hologrammen gestanden habe, die angeblich Teile der Hologrammatica bevölkerten. Für die Existenz dieser Geschöpfe gab es noch weniger Belege als für die Poseidon-Hypothese, aber ihre Fürsprecher waren äußerst umtriebig. In der Ætherianica-Community wurden sie als CHPler oder auch als Chipper bezeichnet, da sie ihre Posts stets mit einer in Versalien gehaltenen lateinischen Warnung unterschrieben: CAVE HIC PHOTONES. Er hatte den Spruch schon an Hauswänden gesehen, T-Shirts gab es angeblich auch. Diese Chipper waren leider verdammt sendungsbewusst.

Clifford schien die Nummer mit dem holographischen Geist in der Maschine nicht sonderlich originell. Viel interessanter war die Frage, was eigentlich mit Perrotte passiert war, nachdem Æther, die kleinen Lichtmännchen oder seinetwegen auch intelligente Delfine Turing II ausgelöst hatten. UNANPAI wusste möglicherweise Genaueres, ganz sicher sogar. Aber die sagten natürlich nichts.

»Diese Deatherin aus Petersburg kennt Perrotte, habe ich das richtig verstanden?«, sagte Clifford.

»Ja, Sir. Kennt, kannte. Sie konnte uns nichts über den Verbleib von Perrotte sagen. Aber sie bestand darauf, dass sie die Software von ihr hatte.«

»Bisschen genauer, bitte.«

»Das ist nicht so mein Spezialgebiet, bitte um Verzeihung, Sir.« Wendell griff nach einem Whitebook auf dem Tisch und schaute kurz hinein. Er legte es wieder weg und fuhr fort. »Perrotte war offenbar die Chefprogrammiererin dieser Deather, wenn man das so nennen kann. Ich meine damit nicht, dass die in hierarchisch organisierten Projekten arbeiten. Sondern …«

»Sondern dass sie einfach die beste Coderin war, die sie hatten.«

»Ja, Sir. Was Perrotte laut Oblivion programmiert hat, war allerdings keine Zyklusverlängerung. Die ist diesen Deathern nämlich völlig egal.«

»Ah, ja?«

»Sieht so aus. Ich dachte erst, sie will uns auf eine falsche Fährte locken, aber mir scheint es plausibel. Wie Sie wissen, wollen diese Deather dem Tod nahe kommen, eine Todeserfahrung machen. Deshalb zeichnen sie ihr … ihr Ableben per Mind Recorder auf. Und laden sich das dann rein. Aber das Problem ist offenbar, dass die Mind-Recorder-Aufzeichnungen abreißen, ein paar Minuten vor dem eigentlichen Tod im klinischen Sinne.«

»Ja, das habe ich auch gehört. Man kriegt also das Licht am Ende des Tunnels, Petrus' Wartezimmer, was auch immer, nicht zu sehen. Und?«

»Und Juliette Perrotte hat eine neue Software für den Mind Recorder geschrieben, die eine längere Aufzeichnung ermöglicht.«

»Neuer Code, mehr vom Tod«, reimte Clifford.

»Haha. Komisch, Sir.«

Clifford legte die Stirn in Falten. »Was uns aber ja interessiert, ist die Software zur Zyklusverlängerung, nicht diese ›Der Tod kommt zweimal‹-Scheiße.«

Wendell nickte. »Natürlich, Sir. Aber die beiden hängen anscheinend zusammen. Diese Oblivion hat Perrottes Code, also ihren Mind-Recorder-Todeshack, seinerzeit an ein paar Leute weitergegeben. Perrotte selbst war seit Monaten verschwunden, aber die Deather wollten noch näher ran, also, an den Todeszeitpunkt. Deshalb haben andere Programmierer den Code weiterentwickelt. Und einer der Hacker hat noch was anderes mit Perrottes Hack angestellt.«

»Die Zyklusverlängerung?«

»Exakt, Sir.«

»Verstehe ich das richtig: Irgendein anderer Programmierer hat rausgefunden, wie man auf Basis von Perrottes Deather-Hack einen Descartes-Hack programmiert, wenn auch einen begrenzten?«

»Sieht genauso aus.«

»Und wer ist dieses Wunderkind?«

»An diesem Punkt wurde die Befragte störrisch. Sie weigerte sich, diese Information preiszugeben.«

Clifford bleckte die Zähne. »Dann muss sie wohl zum Doktor.«

Wendell schüttelte den Kopf.

»Vermutlich unnötig. Oblivions IT-Sicherheit war rudimentär. Deshalb kennen wir alle Personen, denen sie Perrottes Exploits gemailt hat. Wir wissen außerdem, wer ihr welche Software zurückgeschickt hat. Der Descartes-Hack, die Zyklusverlängerung, muss von einem gewissen Diz Pater gekommen sein.«

»Patel? Ein Inder?«

»Nein, Sir. Pater, wie der Vater. Er lebt in Japan, nahe

Niigata. Sein richtiger Name ist Hideo Nakashi. Meine Leute versuchen gerade, weitere Infos zu bekommen. Wird wohl nicht mehr lange dauern.«

Clifford kratzte sich am Kinn. Als erstem Programmierer der Welt war Diz Pater eine Zyklusverlängerung gelungen. Zwar hatte er sich auf die Schultern Juliette Perrottes stellen können, hatte ihren Code verwendet, aber beeindruckend war diese Leistung dennoch.

»Wann hat der Typ seine Software an diese Russin geschickt?«

»Vor etwa zwei Jahren, Sir. Wir besitzen natürlich Kopien der Dateien.«

Zwei Jahre waren eine lange Zeit. Vielleicht hatte Diz Pater inzwischen eine bessere Version programmiert, vielleicht auch nicht. Sicher war, dass Clifford den Kerl sprechen musste.

»Ihre Befehle, Sir? Sollen wir Pater extrahieren?«

»Bereiten Sie alles dafür vor. Aber ich denke, zunächst versuche ich es auf die klassische Art.«

»Sir?«

»Ich werde ihm einen Job und einen Haufen Geld anbieten. Sobald Ihre Infos da sind, fliegen wir hin. Und was diese Oblivion angeht: Geben Sie die trotzdem mal dem Doktor. Man kann ja nie wissen.«

20

Schweiß lief ihr Gesicht herab, ihren Rücken, ihre Beine. Jeder von Persias Muskeln brannte. Dennoch war sie bester Laune. Sie konnte kaum glauben, wie gut es lief. Persia erreichte eine der Leitern und lauschte. Aus der Ferne vernahm sie ein grollendes Geräusch. Sie befand sich auf einer Art metallenem Steg. Unter ihr erstreckten sich drei weitere davon, über ihr ebenfalls. Alle waren leicht abschüssig. Rasch kletterte sie die Leiter hinauf, erreichte den Catwalk darüber. Er war an die dreißig Meter lang und auf beiden Seiten von hohen Geländern gesäumt, die mit der darüberliegenden Ebene verbunden und mit Gitterdraht überspannt waren. Vom anderen Ende des Stegs rollte ein großes knallblaues Ding auf sie zu. Es handelte sich um ein

Fass, beinahe so breit wie der Gang und mit bestimmt zwei Metern Durchmesser.

Persia entfuhr ein Fluch. Das Fass schien viel größer als alles, was der verdammte Affe bisher geschmissen hatte. Zuvor war sie stets über die rollenden Hindernisse hinweggehechtet. Aber dafür war dieses Fass zu wuchtig. Hastig hielt sie Ausschau nach einer weiteren Leiter. In der Mitte des Stegs befand sich eine, aber Persia würde sie nicht erreichen, bevor das Fass dort ankam.

Während sie sich umsah, ging ihr durch den Kopf, was für Kindsköpfe die Organisatoren der Dublin Sweat Masters doch waren. Persia hatte gewusst, dass außer Spacewreck auch Quest! gespielt werden würde, beides Games, die sie beherrschte. Den Turnier-Infos zufolge stand außerdem ein Mystery-Game auf der Tagesordnung, über das die Turnierteilnehmer vorab nicht informiert wurden. Klar war nur, dass es sich um einen weiteren Sweat handelte. Dass die Veranstalter jedoch solch einen Schwachsinn auswählten – Persia hatte nicht mal gewusst, dass es eine Holoportierung dieses Uraltspiels gab. Vermutlich war der Parcours mit den Catwalks eigens für das Turnier gebaut worden.

Das Fass hatte inzwischen die Hälfte der Strecke zurückgelegt und wurde immer schneller. In zwei oder drei Sekunden würde es mit einem lauten Rums gegen die Wand hinter ihr knallen. Vorher träfe es sie. Spüren würde Persia davon zwar nichts, da das Fass eine Holographie war. Aber ihr letztes Leben wäre futsch. Folglich käme sie nicht auf der obersten Ebene an, rettete nicht den dort gefangenen Hottie-Prinzen, zog nicht in die Endrunde ein.

Persia blickte zur Decke. Die Catwalks besaßen eine Gitterstruktur, ihre Finger passten vermutlich durch die Löcher.

Sie machte einen Satz, bekam den Rost zu fassen. Persia hing nun in der Luft, ihre Füße baumelten vielleicht sechzig Zentimeter über dem Boden. Das reichte nicht. Damit das Fass sie nicht touchierte, musste Persia sich flach unter den Catwalk hängen.

Schnell holte sie Schwung. Es gelang ihr, die Fußspitzen durch das Gitter zu stoßen und ihre Beine im gleichen Moment auseinanderzudrücken. Sie zog die Arme an und klebte nun an der Decke. Unter ihr rauschte das Fass vorbei.

Ihre geschundenen Muskeln gaben nach. Auf einmal war sie im freien Fall. Mit einem hässlichen Scheppern landete sie auf dem Gitterboden des Catwalks. Kurz wurde ihr schwarz vor Augen. Irgendwo über sich meinte Persia, den blöden Affen lachen zu hören.

Keuchend kam sie hoch. Alles drehte sich. Persia bewegte den Kopf hin und her, versuchte, die Benommenheit abzuschütteln wie Wasser aus den Haaren. Sie hob den Blick und nahm den Gang ins Visier. Das Letzte, was sie sah, war ein Fass, das sich höchstens noch eine Armlänge entfernt befand. Sie versuchte, mit einem Rückwärtssalto von dem Ding wegzuspringen, aber ihre müden Beine führten den Befehl derart halbherzig aus, dass sie es lediglich schaffte, Schwung für den Sprung zu holen, bevor sie das Fass in die Fresse bekam.

Ein nervtötender Midi-Jingle ertönte. Vor ihr erschien der Schriftzug »GAME OVER«.

Das Donnern der rollenden Fässer verstummte, die Catwalks nahmen einen grauen Farbton an. Persia fühlte sich, als sei sie tatsächlich von einem schweren Fass überrollt worden. Am Ende des Stegs tauchte eine Leiter auf, die zuvor holographisch camoufliert gewesen war und über die man direkt hinab zum Boden kam. Auf dem Weg dorthin zwang Persia sich, weder zu fluchen noch zu weinen, obwohl ihr nach beidem zumute war. Jenseits der mattweißen Wände der Spielhalle befanden sich Hunderte Zuschauer. Es war schlimm genug, dass sie vor der K.-o.-Runde rausgeflogen war. Worauf sie wirklich verzichten konnte, waren Berichte in der Sportpresse, laut denen sie nicht nur das Spiel, sondern auch die Nerven verloren hatte.

Als sie in die Lobby hinaustrat, hielten ihr umgehend mehrere Journalisten Kameraringe ins Gesicht und fragten, was denn schiefgelaufen sei. Persia sagte ein paar inhaltsleere Sätze wie »Konnte meine Trainingsleistung im Wettkampf leider nicht auf die Straße bringen« oder »Ich werde jetzt noch härter arbeiten, um bei den Eurosweats im November wieder voll angreifen zu können«.

Die ehrliche Antwort auf die Journalistenfrage wäre gewesen: »Alles.« Es war alles schiefgelaufen, nicht nur an diesem Tag, sondern insgesamt. Persia Peach, besser bekannt als Colonel Crimson, Mitglied des Commonwealth-Jugendkaders 2087, beste Sweat-Nachwuchsspielerin 2088, Gewinnerin zahlloser Spacewreck-Turniere, hatte es einfach nicht mehr drauf. Irgendetwas war bei ihrem kometenhaften Aufstieg dazwischengekommen. Nur was? Sie hatte, und das war das wirklich Frustrierende an der Sache, nicht den blassesten Schimmer. Weder war sie verletzt gewesen, noch fehlte ihr sonst etwas. Sie trainierte viel und hart. Warum also kackte sie so granatenmäßig ab?

Ihren Helm wie einen Kuhfänger vor sich haltend, bahnte Persia sich einen Weg durch die Menge. Jemand klopfte ihr im Vorbeigehen auf die Schulter. Es war Irenäus Thunder, ein Progamer aus Wien.

»Nächstes Mal läuft's besser, Red«, sagte er.

»Danke, Mann. Viel Glück.«

»Kann ich brauchen«, erwiderte Thunder. »Fuck, ich hasse diese Jump & Runs. Hätten die nicht was anderes aussuchen können?«

»Voll bei dir, T.«

Thunder nickte ihr nochmals zu und lief dann weiter, federnden Schrittes. Neidisch sah sie ihm nach. Ihr Konkurrent aus der EURUS-Förderative hatte sich durch das FantasySweat Quest! geschnetzelt wie Aragorn auf Angel Dust. Auch bei Spacewreck war Thunder ziemlich gut gewesen. Nicht so gut wie sie, aber augenscheinlich effizienter. Vielleicht war dies das Problem. Sie hatte zu sehr auf die Punktestände geschaut, versucht, immer die Bestleistung zu bringen. Folglich war sie in Spiel Nummer drei körperlich bereits am Ende gewesen, bevor der Scheißaffe das erste Fass schmiss.

Persia trollte sich in die Umkleide, zog ihren Anzug aus. Beim Duschen registrierte sie etliche Stellen, die morgen wehtun würden. Sie wies ihren Dispenser an, einen Cocktail aus Zytokin-Hemmstoffen und anderen Antiphlogistika freizusetzen, damit die Sache nicht allzu übel wurde. Es gelang ihr, ihren Kram einzupacken und sich anzuziehen, ohne Ausrüstungsteile zu zerdeppern oder jemanden anzuschreien. Gerne hätte sie sich für diese Leistung auf die eigene Schulter geklopft. Doch sie vermutete, dass ihr Mangel an Wut wenig mit verbesserter Selbstdisziplin zu hatte. Sie konnte einfach nicht mehr. Kurz erwog Persia, ihren Dispenser etwas Fluxovint freisetzen zu lassen, damit sich ihre Stimmung aufhellte, entschied sich dann aber dagegen. Niederlagen mussten wehtun.

Sie verließ die Halle durch einen Seitenausgang und fand sich auf einer breiten Straße in der Nähe des Liffey wieder.

Zwei Kilometer von hier befand sich eine Bahnstation. Zu laufen gefiel ihren geschundenen Beinen zwar nicht, aber sich nach diesem Fiasko auch noch ein Taxi zu gönnen stand nicht zur Debatte.

Während Persia die Straße entlangstapfte, ließ sie sich die Rangliste der Hologaming Association einblenden. Ihre Sportart war ein klassisches Turnierspiel. Es gab auch Varianten, die in Ligen ausgetragen wurden, aber das war eher etwas für Amateure. Sweat-Profis maßen sich fast ausschließlich bei Turnieren.

Während Persia durch den Nieselregen lief, hing die Liste in einer Entfernung von sechzig Zentimetern vor ihrem Gesicht. Sie musste scrollen, um ihren Namen zu finden, und das sagte eigentlich schon alles. Ende vergangenen Jahres war sie noch *first screen* gewesen, eine der fünfzig besten Sweat-Spielerinnen der Welt – keine Donna DeVine, kein Lord Avalanche, nicht absolute Weltspitze, aber doch irgendwie vorne dabei. Wer sich nicht für Hologaming interessierte, hatte ihren Namen vermutlich noch nie gehört. Aber in der Szene wusste jeder, dass Colonel Crimson eine der kommenden Sweat-Göttinnen war.

Zuletzt war sie irgendwo in den oberen Siebzigern gedümpelt. Nun stellte Persia entsetzt fest, dass sie auf Platz achtundneunzig abgerutscht war. Es würde noch schlimmer kommen. Ende des Monats stand ein größeres Turnier in Turku an, für das sie sich nicht qualifiziert hatte. Danach tauchte sie wahrscheinlich nicht mal mehr unter den Top Hundert des HOGA-Rankings auf. Und dann war es vermutlich nur eine Frage von Tagen, bis die Typen von Lynx Sportswear anriefen und ihr mitteilten, dass sie den Sponsoringdeal nicht verlängern würden.

Etwas später saß Persia in der U-Bahn, die sie nach Howth Head bringen würde, von wo die Züge nach England gingen. Während sie durch Dublins Vororte glitten, rief sie sich eine Liste kleinerer Turniere auf, die in den kommenden Wochen stattfanden. Sie überlegte, ob sie sich bei einem davon anmelden sollte. Normalerweise ignorierte sie derlei Micky-Maus-Veranstaltungen. Falls sie dort nicht gerade als Gesamtsiegerin vom Platz ging, holte sie gerade einmal ihre Reisekosten wieder herein. Andererseits wirkten sich die Punkte, die man dort machte, ebenfalls auf die HOGA-Rangliste aus. Vielleicht konnte sie sich mit ein paar dieser kleineren Wettbewerbe über Wasser halten, konnte es schaffen, in den Top Zweihundert zu bleiben und nicht komplett abzurutschen bis …

»Kackscheiße, bis was eigentlich?«

Mehrere andere Fahrgäste wandten sich ihr zu. Persia senkte den Kopf. Sie musste die Zähne zusammenbeißen, um nicht laut loszubrüllen.

21

Einen Hacker wie Hideo Nakashi alias Diz Pater hätte Clifford in einem namenlosen Wohnblock vermutet. Stattdessen befand sich seine Bleibe in einem historischen Viertel Niigatas, das fast ausschließlich aus gedrungenen Holzbauten bestand. Clifford wunderte sich, dass es noch derart viele dieser alten Häuschen gab. Möglicherweise waren einige davon holographierte Neubauten. Bei Diz Paters Haus handelte es sich um ein zweistöckiges Gebäude aus Zedernholz, dessen Grundfläche kaum vierzig Meter betrug. Clifford ging zum Eingang. Ares Wendell war in der Nähe, hielt jedoch zwanzig Meter Abstand und außerdem die Klappe.

Sein Sicherheitschef hatte mit schwerem Gerät und einem

Dutzend Leuten anrücken wollen. Clifford hatte das abgelehnt, er wollte Pater nicht verschrecken. Es war besser, er sprach zunächst alleine mit dem Mann und versuchte, ihn mit so viel Geld zuzuscheißen, dass er den Descartes-Hack und alles, was damit zusammenhing, freiwillig herausrückte. Falls das nicht klappte, konnten sie es immer noch auf die harte Tour versuchen.

Wendell hatte allerlei Sicherheitsbedenken geltend gemacht, ihm etwa geraten, Pater nicht ohne Begleitschutz zu treffen. Clifford hielt das für Unsinn. Es war ja kaum zu erwarten, dass ein einzelner Deather-Nerd größere Schwierigkeiten machen würde.

Clifford klingelte. Nichts passierte. Erst als er ein zweites Mal schellte, erschien in der Tür ein Holofenster. Darin sah er das hagere Gesicht eines Japaners Anfang dreißig, mit Pferdeschwanz und ausrasiertem Scheitel. Der Typ sah aus wie ein Samurai nach einem Hungerstreik.

»Hai?«

»Mister Nakashi?«

»Ja?«, antwortete Nakashi auf Englisch.

»Mein Name ist Clifford Torus. Ich würde gerne mit Ihnen sprechen.«

»Worum geht es denn bitte?«

»Um den Hack.«

»Welchen Hack?«

»Sie wissen schon, welchen. Den Sie auf Basis von Perrottes Code geschrieben haben. Sehr beeindruckende Leistung, übrigens.«

Nakashi musterte ihn, sagte aber nichts. Sein Pokerface war allerdings ziemlich lausig. Clifford durchschaute den Mann mühelos. Nakashi wusste, dass es ihm um den Descartes-Hack ging. Nach einigen Sekunden des Schweigens, die Clifford so gelassen wie irgend möglich verstreichen ließ, legte Nakashi den Kopf schief.

»Sagten Sie, Ihr Name ist Clifford Torus? *Der* Clifford Torus?«

Clifford gestattete sich den Anflug eines Lächelns und nickte.

»Moment, bitte. Ich komme runter.«

Clifford wartete. Er vermutete, dass Wendell irgendwo dahinten fast ausrastete. Mit der Hand machte Clifford eine beschwichtigende Geste in die Richtung, in der er den Sicherheitsmann vermutete, und zeigte auf seinen linken Ellbogen. In seiner Armbeuge waren unter dem Ärmel zwei kleine Kontakte aufgeklebt, die wie gewöhnliche Pflaster aussahen. Winkelte Clifford das Ellbogengelenk stark an, wurde ein Alarm ausgelöst. Er würde nicht nur Wendell auf den Plan rufen, sondern auch ein Team, das eine Straße weiter in einem Kleinbus saß und nur darauf wartete, das ganze Viertel in Schutt und Asche zu legen.

Die Tür schwang auf. Der Rest von Nakashi war so rappeldürr, wie es seine Visage hatte vermuten lassen. Der Mann trug ein T-Shirt mit der Aufschrift »Serial Killah«, dazu jene extrem aufgepufften Hosen, die gerade en vogue waren und ihre Träger wie auf Luftballons montierte Torsi aussehen ließen. Natürlich waren die Klamotten schwarz.

»Sie sind es wirklich«, stellte der Japaner fest.

»Echt und unholographiert«, erwiderte Clifford, »hi.«

Nakashi blickte sich misstrauisch um.

»Sie sind alleine?«

»Ja, wieso?«

»Na ja, Sie sind Clifford Torus. Ich hätte erwartet, dass Sie immer eine riesige Entourage von Anwälten und Stabsleuten dabeihaben.«

»Die habe ich Kaffee trinken geschickt. Was ich mit Ihnen besprechen möchte, ist nichts für einen größeren Personenkreis. Darf ich …«

»Natürlich, wie unhöflich von mir. Bitte kommen Sie rein.«

Nakashi führte Clifford durch einen schmalen Flur. Das Innere des Hauses war traditionell eingerichtet, es gab allerdings auch moderne Elemente. Clifford vermutete, dass der Hacker das Anwesen von seinen Eltern geerbt und seitdem wenig verändert hatte. Er sah Kotatsu-Tische, Daruma-Puppen und Tatami-Matten. Dazwischen stand allerlei Hightech-Zeug, das vermutlich später dazugekommen war. Clifford erblickte eine Werkbank, auf der mehrere Mind Recorder standen, außerdem diverse Messgeräte, Kabel, Lötkolben. Nakashi bot ihm einen Sitzplatz auf dem Boden an.

»Einen Tee, Mister Torus? Oder eine Pepsi?«

»Gerne eine Pepsi, danke.«

Kurz darauf saßen sie sich gegenüber.

»Entschuldigung, dass ich hier so hereinplatze. Danke für Ihre Bereitschaft, mich zu empfangen, Nakashi-san. Ist das Ihre präferierte Anrede? Oder werden Sie lieber Diz Pater genannt?«

»Diz. Diz ist okay.«

»Okay, Diz. Ich bin Cliff. Diz, Sie fragen sich sicher, was ich von Ihnen will und wie ich Sie aufgespürt habe. Ich kann Sie beruhigen, die Geschichte ist ziemlich einfach. Seit Langem interessiere ich mich für sogenannte Descartes-Hacks. Ich weiß, dass es Software zur Zyklusverlängerung gibt, seit ein paar Jahren.«

»Das ist nicht gerade Allgemeinwissen.«

»Nein. Aber andererseits: So was lässt sich nicht auf ewig geheim halten.«

Nakashi seufzte. »Nein. Ganz und gar nicht.«

»Einer meiner Freunde hat eine Verlängerungssoftware gekauft, so bin ich draufgestoßen, wirklich faszinierend. Und von da war es mit meinen Ressourcen nicht schwer, den Rest rauszufinden.«

Nakashi nippte an seiner Pepsi. »Sie wollen unsterblich werden, ist es das?«

Clifford schüttelte energisch Kopf.

»An so etwas glaube ich, ehrlich gesagt, nicht. Das ist nur ein Mythos.«

Er tippte sich gegen die Stirn.

»Ich bin ja nicht mal Quant, Diz, ich bin ein guter alter Schwammkopf. Ich kann mit einer Software zur Zyklusverlängerung folglich selbst gar nichts anfangen. Aber.«

Nakashi schaute fragend.

»Aber meine Firma, die Sie ja kennen, arbeitet an den kniffligsten Computerproblemen, die es gibt. Und deshalb interessiert mich auch der Hack. Ihr Hack. Niemand außer Ihnen hat das Descartes-Rätsel gelöst oder sagen wir: vielleicht nicht vollständig gelöst, aber ist doch zumindest der Lösung eindrucksvoll nahe gekommen.«

Nakashi zuckte mit den Achseln. »Sie überschätzen mich, Mister Torus.«

»Cliff.«

»Sie überschätzen mich, Cliff. Ich habe das nur hingekriegt, weil ich Zugriff auf Psychopomps Code hatte.«

»Psycho…?«

»Das Deather-Pseudonym einer Frau namens Juliette Perrotte. Sie hat als Erste Software geschrieben, die ein digitales

Gehirn etwas länger online hält, wenn der Körper stirbt. Ihr Code ist ...«

»Brillant?«

»Überirdisch. Weiß der Teufel, wie sie das hingekriegt hat.«

Clifford vermutete, dass ein gewisser Teufel namens Æther dies ziemlich genau gewusst hatte, schwieg aber.

»Ich habe«, erklärte Nakashi, »lediglich Blöcke des Codes kopiert und zweckentfremdet. Scriptkiddie-Kram, quasi.«

»Oh, Diz, jetzt stellen Sie Ihr Licht aber gewaltig unter den Scheffel. Ein Scriptkiddie, das nur ein paar Programmzeilen kopiert hat und gar nicht weiß, was es wirklich tut – also dafür funktioniert Ihre Software aber zu gut.«

»Nicht alle Software.«

»Nicht alle? Ich meinte ...«, sagte Clifford, »... die zur Zyklusverlängerung. Welche haben Sie im Sinn?«

»Bei der Deather-Software, mit der man seine Todeserfahrung verlängern kann, komme ich nicht richtig weiter. Je näher man dem Todeszeitpunkt kommt, umso komplexer werden die notwendigen Rechenoperationen. Die Mathematik ist mir zu hoch.«

Nakashis Deather-Software war Clifford völlig gleichgültig. Dennoch setzte er ein verständnisvolles Gesicht auf.

»Sie brauchen Hilfe.«

»Sie wollen mir den Code abkaufen. Das kann ich nicht ...«

»Nein, nein. Eigentlich will ich, dass Sie für mich arbeiten.«

Nakashi atmete hörbar aus. Seine Körperhaltung verriet Unbehagen.

»Diz, ich weiß schon. Sie machen hier Ihr Ding, allein. Sie sind kein Konzern, wollen nicht irgendwo in Sapporo oder

Helsinki in einem Büro sitzen und Bullshitbingo spielen. Richtig?«

Nakashi nickte, blieb stumm.

»Müssen Sie auch nicht. Mein Angebot wäre Folgendes: Sie bleiben, wo Sie sind. Ich besorge Ihnen alle Ressourcen, die Sie brauchen. Wenn Sie mit der Mathematik nicht weiterkommen, aktivieren wir jemand bei Torus. Bei uns arbeiten drei Leute, die die Fields-Medaille gewonnen haben. Wenn es beim Interface hakt, bauen wir einfach ein besseres.«

Der Programmierer nickte abwesend, antwortete jedoch nicht. Stattdessen kam er aus dem Schneidersitz hoch und zeigte auf eine Treppe.

»Vielleicht sollten Sie zunächst etwas mehr über den Stand meiner Bemühungen erfahren. Kommen Sie, Cliff. Ich werde Ihnen jetzt etwas Interessantes zeigen.«

Clifford erhob sich ebenfalls. Er versuchte, beiläufig zu klingen, als er sagte: »Was wollen Sie mir denn zeigen?«

Nakashi antwortete nicht. Er war bereits dabei, die Treppe zu erklimmen. Clifford folgte ihm. Oben schien es nur einen großen Raum zu geben, der durch traditionelle Shoji zweigeteilt wurde. Im ersten Teil stand ein Quantencomputer. Dieser war in einem würfelförmigen, mattschwarzen Gehäuse untergebracht, das, wie Clifford wusste, eigentlich viel zu groß war. Er musste an seinen Würfel denken. Seit den Vierzigerjahren, aus denen die KI-Würfel stammten, hatte man Quantencomputer immer weiter miniaturisiert. Inzwischen waren sie kaum größer als ein Brühwürfel. In dem Raum befanden sich außer dem Qube mehrere Whiteboards. Auf einem davon war eine komplexe Formel notiert. Wenn Clifford sich nicht irrte, handelte es sich um die Silbervlies-Vermutung, ein ungelöstes mathematisches Problem.

Nakashi schob die Shoji zum nächsten Raumteil auf. Irgendwie erwartete Clifford, auf etwas Grausiges zu stoßen. Diese Deather waren morbide und pervers, sie brachten sich wieder und wieder um. Clifford hatte deshalb erwartet, Nakashi bewahre im Obergeschoss irgendwelche schrecklichen Apparaturen auf, einen elektrischen Stuhl oder eine Guillotine. Stattdessen betraten sie einen pieksauberen Raum, vermutlich den saubersten im gesamten Haus. Er wurde von zwei Upload-Liegen beherrscht. An den Wänden standen insgesamt sechs Klontanks. In zweien schwammen Körper. Meistens waren Gefäße jung, muskulös und gut aussehend – wenn man schon den Körper wechseln konnte, wollte man natürlich in etwas schlüpfen, das tipptopp in Schuss war. Dies jedoch waren Körper mittleren Alters. Der Mann war übergewichtig, die Frau hatte Hängebrüste und ein verhärmtes Gesicht. Beide sahen keineswegs so aus, als stammten sie aus einer brasilianischen Gendesign-Fabrik.

Clifford fiel ein Bild an einer der Wände auf. Es handelte sich um eine Radierung, die eine einzelne Kerze zeigte. Man konnte erkennen, dass die Kerze eben erst erloschen sein musste; über dem geschwärzten Docht kräuselte sich ein dünner Rauchfaden. Unter der Zeichnung stand:

Fort nun, Schluss nun
So tragt mich aus dem Haus
Das Fest geendet
Und die Lichter aus

Clifford seufzte. Er hatte rein gar nichts für derlei schwülstige Todessehnsuchtsscheiße übrig. Mehr noch, er konnte sich nicht vorstellen, dass jemand anders diesen Mist ernst nahm.

Nakashi hatte sich unterdessen auf eine der Upload-Liegen gesetzt. Clifford lehnte sich an die andere. Er zeigte hinter sich.

»Drüben an der Wand, die Formel. Silbervlies?«

Nakashi nickte.

»Die Lösungen der Silbervlies-Vermutung sind die Grundlage aller Deather-Hacks und auch aller Zyklusverlängerungen.«

»Es gibt mehrere?«

Clifford meinte natürlich die Descartes-Hacks, aber Nakashi fasste die Frage anders auf.

»Die Silbervlies-Vermutung hat mehrere Lösungen, etliche. Ich weiß von dreien, aber es könnte noch mehr geben.«

»Und die haben Sie gefunden?«

»Nicht ich. Psychopomp. Perrotte. Sie kamen von Perrotte.«

Nakashi schaute Clifford an.

»Auch der Hack, auf den Sie aus sind. Die unbegrenzte Zyklusverlängerung. Die Unsterblichkeit.«

»Was meinen Sie? Wie ich schon sagte …«

Nakashi hob die Hände, schüttelte den Kopf.

»So einfältig bin ich nicht, Cliff. Das war ein schöner Vortrag eben, aber ich weiß, was Sie wollen.«

Nakashi zeigte auf eine der Klonkammern. Sie war leer. Er wedelte mit der linken Hand in der Luft herum.

Der Inhalt der Kammer war anscheinend camoufliert gewesen. Sie beherbergte einen Körper. Als dieser sichtbar wurde, sog Clifford hörbar Luft ein. Der Mann in der Kammer war eine Kopie Nakashis, allerdings keine intakte. Ein Unterschenkel fehlte, ebenso einer der Arme. Der Oberkörper wies schwere Verbrennungen auf. Haut, Fleisch und Knochen waren an vielen Stellen zu einer schwarzen, pechartigen Substanz verschmolzen. Der Kopf war nicht ganz so verkohlt. Allerdings fehlte die Schädeldecke.

»Heilige Scheiße, Diz. Was haben Sie mit dem gemacht?«

»Ein extravaganter Feuertod, das war der Plan. Ich habe mich mit der Mischung vertan. Zu viel Phosphor.«

»Ich verstehe. Und warum bewahren Sie den auf? Also, bei allem Respekt, Diz. Das ist schon ein bisschen krank, oder?«

»Vielleicht. Darum ist er normalerweise holocamoufliert. Aber dieser Körper ist mein memento mori.«

»Der Mahner hinter ihnen?«, fragte Clifford.

Nakashi schaute ihn etwas ratlos an.

»Soviel ich weiß, bedeutet memento mori, dass man sich seiner eigenen Sterblichkeit bewusst sein soll«, sagte der Japaner.

»Stimmt, aber anscheinend kennen Sie nur die halbe Geschichte. Das kommt von den alten Römern. Wenn ein Heerführer einen Triumphzug hatte und auf einem festlich geschmückten Wagen durch die Stadt rollte, stand hinter ihm ein Sklave und flüsterte von Zeit zu Zeit: ›Bedenke, dass du sterblich bist.‹ Damit ihm der Triumph nicht zu Kopf stieg und so weiter.«

Nakashi lächelte. »Ah, das wusste ich gar nicht. Wie passend. Exakt deshalb bewahre ich meinen Körper auf.«

Clifford benötigte einen Augenblick, um zu realisieren, was der Hacker da gerade gesagt hatte.

»Moment mal. *Ihr* Körper? Ihr *richtiger* Körper? Sie meinen, das ist …«

»… mein Stammkörper. Wie gesagt, unser kleines Brandopfer ging kolossal schief. Dieser hier«, Nakashi strich sich über die Brust, »ist nur ein Gefäß.«

Clifford erhob sich. Er führte die Finger seiner linken Hand zum Kinn und beugte dabei den Ellbogen so weit, wie es möglich war, ohne dass die beiden Kontakte der Alarmvorrichtung einander berührten. Leise sagte er: »Wann war Ihr Unfall?«

»Vor gut zwei Jahren oder exakt siebenhundertachtundneunzig Tagen.«

»Dann haben Sie das Descartes-Rätsel also bereits vollständig gelöst.«

»Es scheint so.«

»Ich bin schwer beeindruckt, Diz. Gratuliere.«

Einen Moment lang herrschte Stille. Clifford wartete darauf, dass Nakashi etwas erwiderte. Der ließ sich Zeit, bevor er antwortete.

»Danke, Cliff. Und danke für Ihr sehr großzügiges Angebot.«

Clifford musterte seinen Gesprächspartner. Er spürte, dass sein Bizeps zu krampfen begann. Um nicht versehentlich den Alarm auszulösen, brachte er den Arm wieder in die Streckung.

»Klingt wie ›Danke, aber nein, Cliff‹.«

Nakashi antwortete nicht.

»Wie gesagt, Diz – es ist völlig Ihre Entscheidung. Aber ich glaube, falls Sie Nein sagen, begehen Sie einen großen Fehler.«

Nakashi lächelte, auf eine Weise, die Clifford nicht gefiel.

»Was Sie meinen, ist, dass Sie mich sonst zwingen, die Software rauszurücken.«

Clifford hätte protestieren oder ein empörtes Gesicht aufsetzen können. Er tat es nicht. Nakashi wusste offensichtlich genau, mit wem er es zu tun hatte, und was Clifford alles anstellen würde, um an die Software zu kommen.

»Aber«, fuhr der Hacker fort, »so einfach wird das nicht.«

Clifford verzog das Gesicht.

»Kommt jetzt die Geschichte, dass Sie alle Informationen bei einem Freund oder Anwalt hinterlegt haben, und im Falle Ihres Verschwindens und so weiter?«

»Ich habe keinen Anwalt. Und auch keine Freunde.«

»Sie sind ein ganz schön schräger Vogel, wissen Sie das, Diz? Nicht falsch verstehen, aber das ist die Wahrheit, oder?«

Nakashis Augen flackerten.

»Diese Software ist ein Problem für mich, Cliff. Ich habe sie nicht gewollt. Ich habe eigentlich nach dem Tod gesucht und stattdessen das ewige Leben gefunden.«

»Ja, nun, das ist sicher eine schöne Ironie. Aber passen Sie auf ...«

Nakashi schien ihn gar nicht zu hören, sondern redete einfach weiter.

»Die meisten kommen übers Netz. Ich hatte meine Spuren verwischt, aber um weiterzukommen, musste ich mitunter in Foren für Mathematik oder Neuroprogrammierung posten. Deshalb bin ich zu finden. Ich bekomme Nachrichten von Leuten, die irgendwo vom Descartes-Hack gehört haben. Die mir technische Hilfe anbieten. Die mir eine Milliarde Eddies für eine Kopie zahlen wollen. Die mir drohen, sie werden mich töten, wenn ich den Code nicht rausrücke.«

Clifford schüttelte den Kopf und machte ein betroffenes Gesicht. »Die Welt ist voller Irrer.«

»Diese Idee der Unsterblichkeit macht die Leute irre.«

Während er dies sagte, musterte Nakashi ihn mit einem durchdringenden, wissenden Blick. Bisher war Clifford davon überzeugt gewesen, dass alles halbwegs nach Plan verlief. Nun begann dieses Gefühl zu schwinden, es verpuffte geradezu. Cliffords Arm beugte sich wieder. Er war versucht, den Alarm auszulösen, hier und jetzt, damit Wendell kam und die Tür eintrat. Aber warum sollte er das tun? Die Situation war ja keineswegs bedrohlich, nur zutiefst ... seltsam.

Clifford räusperte sich. »Wir können Ihnen auch damit helfen. Ihnen die Spinner vom Leib halten.«

Nakashi schüttelte den Kopf.

»Sie kommen zu spät, Clifford Torus.«

»Was soll das heißen?«

»Dass ich bereits verkauft habe. Ich habe dem Käufer die Dateien ausgehändigt und meine eigenen Kopien gelöscht.«

Cliffords Hände ballten sich zu Fäusten.

»An wen haben Sie verkauft?«

»An Midas More.«

Der Name war Clifford ein Begriff – ein Hyperreicher, nicht so wohlhabend wie er, aber dennoch absolute *upper crust.* Der extrem exzentrische More war vor allem in der Vergnügungsindustrie tätig, besaß Casinos, Spielhallen und einen gigantischen Vergnügungspark namens Aurora Gardens. An Software hatte More, soweit Clifford wusste, keinerlei Interesse. Kaum ging ihm dieser Gedanke durch den Kopf, schalt er sich schon selbst dafür, etwas derart Dummes gedacht zu haben. Es konnte sein, dass Midas More sich nichts aus Software machte. Aber aus Unsterblichkeitssoftware vielleicht schon.

»Haben Sie nicht gerade gesagt, niemand dürfe diese Software bekommen?«

»More weiß nicht, was er gekauft hat. Er denkt, es handelt sich lediglich um eine Zyklusverlängerung. So eine, wie ich sie mehrfach verkauft habe. Mores Bedingung war, dass er eine kriegt, mit der man drei Monate lang in einem Gefäß bleiben kann statt nur drei Wochen.«

»Und Sie haben sie ihm programmiert?«

»Er hat mir unglaublich viel Geld geboten. Aber es ist mir nicht gelungen, das zu programmieren, was er haben wollte. Ich habe maximal sieben Wochen hingekriegt.«

Clifford ahnte, was Nakashi getan hatte.

»Moment mal. Sie haben ihm stattdessen den unlimitierten Zyklus gegeben, den Descartes-Hack?«

Nakashi nickte. Clifford konnte es nicht fassen.

»Jesus, Diz. More wollte eine Neun-Volt-Batterie kaufen, aber weil Sie grad keine dahatten, haben Sie ihm stattdessen einen Fusionsreaktor ausgehändigt?«

»Ich wollte weg. Und wie gesagt, More weiß nichts davon. Und vermutlich wird er es auch nie herausfinden.«

Das stimmte wahrscheinlich sogar. Niemand blieb länger in einem Gefäß, als es die Software zuließ. Ansonsten erlitt man schließlich einen Braincrash. Nach allem, was man hörte, war dies keine erfreuliche Erfahrung. Es stand also zu erwarten, dass More nie länger als drei Monate in dem Klon mit der Descartes-Software blieb und folglich nie bemerken würde, was er da wirklich gekauft hatte.

»More«, fügte Nakashi hinzu, »wollte den langlebigen Klon als Trophäe.«

»Wie bitte?«

»Das habe ich auch nicht ganz verstanden. Aber es ist mir auch egal. Wichtig ist nur, dass ich nun genug Geld habe, um für immer zu verschwinden. Ich will nicht mehr der Verwalter dieser Unsterblichkeitssoftware sein. Die Bürde ist zu schwer.«

Nakashis Blick ging zur Decke. »Ich gehe ins All, nach oben. Meine persönliche Himmelfahrt steht, wenn Sie so wollen, kurz bevor.«

Clifford winkelte seinen Arm an. Die Kontakte berührten sich. Irgendwo draußen schrillten in diesem Augenblick die Alarmglocken. Falls zutraf, was Nakashi sagte, gab es nur noch zwei Kopien der Descartes-Software. Eine besaß dieser verrückte Midas More. Die andere befand sich in Nakashis Kopf.

Der Hacker lächelte dünn.

»Ich weiß, was Sie denken – mein Cogit. Natürlich ist der ganze Kram gut verschlüsselt. Sie kriegen das niemals auf.«

»Sie täuschen sich, mein Freund«, entgegnete Clifford. »Mit einem Social Hack geht das sogar ziemlich einfach.«

Nakashi lachte leise. »Social Hack ist ein interessantes Synonym dafür, die Passwörter aus jemand rauszufoltern.«

»Sie können es einfacher haben, Diz. Und lukrativer. More ist mir egal. Sie sind mir egal. Zischen Sie ab, meinetwegen nach Alpha-Centauri-West. Aber vorher kriege ich eine Kopie.«

Der Hacker trat einige Schritte zurück, zeigte auf Cliffords Arm.

»Auf Ihre Kavallerie können Sie übrigens lange warten.«

»Hm? Was meinen Sie?«

»Der Sender an Ihrem Arm. Der tut's nicht mehr.«

Clifford vernahm ein Geräusch, ein leises Zischen, wie von einem Raumbedufter. Die Umgebung begann zu verschwimmen. Nakashi musste irgendein Gas freigesetzt haben. Clifford sah alles wie in einem Zerrspiegel. Nakashi stand nur wenige Meter vor ihm, schien aber unendlich fern. Das Gleiche galt für die Stimme des Hackers. Als er sprach, klang es, als sei er meilenweit weg.

»Prozedur Gamma-Gamma-943.«

»Autorisierung: puki28 %J8.«

»Killswitch aktivieren.«

Clifford griff sich an den Hals, der wie Feuer brannte. Seine Beine wurden weich, er musste sich an der Liege abstützen. Sein Gesichtsfeld wurde immer kleiner, wie der Bildschirm eines alten Röhrenfernsehers, dem man den Saft abgedreht hat. Nakashi stand ruhig da, gab jemandem oder etwas Kommandos.

»Override 367-897.«

»Exekutieren.«

Cliffords Beine gaben nach, er fiel. Unsanft schlug er auf dem harten Boden auf. Er war sicher, dass er sterben würde. Nakashi hatte etwas von »exekutieren« gesagt, und es gab keinen Zweifel, dass dies ihm gegolten hatte. Einen Moment lang lag Clifford da. Verschwommen konnte er eine Gestalt ausmachen, bei der es sich um Nakashi handeln musste.

Weil sein von Gas vergiftetes Gehirn nur noch sehr langsam arbeitete, wurde Clifford erst nach mehreren kleinen Ewigkeiten klar, was Nakashi getan hatte. Er riss die Augen auf, versuchte, hochzukommen. Auf einmal konnte er wieder besser sehen. Nakashi saß inzwischen auf dem Boden, den Rücken gegen eine Wand gelehnt. Blut lief ihm aus der Nase, die Augen des Japaners starrten weit aufgerissen ins Nichts. Langsam sackte er zur Seite. Das Letzte, was Clifford vernahm, bevor er ohnmächtig wurde, war sein eigenes Wutgeheul.

22

Marya lächelt Franek zu. Sie besitzt noch immer dasselbe Lächeln wie damals, als er sie in seinem Dorf das erste Mal sah. Marya reibt sich den bleichen Streifen Haut, der bis vor Kurzem von einem silbernen Band bedeckt gewesen ist, dem Zeichen der Auserwählten. Ohne das Band sieht sie anders aus als zuvor, weicher, weiblicher.

»Lass uns gehen«, sagt Marya. »Wir haben noch viele Kilometer vor uns.«

Sie setzen sich in Bewegung. Vor ihnen windet sich eine Straße durch hügeliges Land, ein breiter schwarzer Streifen, der in einiger Entfernung hinter einem Felshang verschwindet. Ihre Reise erscheint ihm noch immer unwirklich. Marya zufolge trägt jener immense Fluss, an dessen westlichem Ufer die

Flugmaschine des Zauberers sie abgesetzt hat, den Namen Ren und liegt mehr als tausend Kilometer von der Zitadelle entfernt. Das ist eine kaum vorstellbare Distanz, und noch unvorstellbarer scheint, dass sie diese Strecke in anderthalb Stunden zurückgelegt haben, in einer wundersamen Maschine, die seine Begleiterin als Skramoyet bezeichnet. Nun befinden sie sich angeblich nur noch wenige Stunden Fußmarsch vom Kordon entfernt, jenem mehrere Kilometer breiten Streifen Niemandsland, der das Blaue und das Gelbe Reich voneinander trennt.

Franek hat sich das Niemandsland als Einöde vorgestellt, zerbombt und leer. Stattdessen gibt es diese anscheinend gut in Schuss gehaltene Straße und drum herum üppige, sattgrüne Vegetation. Sie kommen an Hängen vorbei, auf denen Büsche voller saftiger Beeren wachsen.

»Ich hole uns welche«, bietet Franek an.

Marya nickt und lächelt. »Eine gute Idee. Wir sollten ohnehin eine kleine Pause machen.«

Franek steigt ein Stück den Hang hinauf und pflückt ein paar Früchte. Schweiß rinnt ihm den Rücken hinab. Hier oben scheint ihm die Sonne fast senkrecht auf den Kopf. Während er seine Taschen mit den großen grünen Beeren füllt, fallen ihm hölzerne Latten und Metalldrähte zwischen den Pflanzen auf. Als Marya und er kurz darauf auf einem Felsbrocken sitzend die süßen Beeren verzehren, sagt er: »Das haben einst Menschen angelegt, oder?«

Sie nickt. »Vor langer Zeit. Dies war eine Anbauregion für Wein.«

Franek hält eine der Beeren hoch.

»Man nennt diese hier Wein?«

»Weinbeeren oder Weintrauben. Weil man daraus Wein macht.«

Als sie seinen verständnislosen Blick sieht, erwidert Marya: »Ein Saft, den man aus diesen Beeren gewinnt. Er enthält Alkohol, ein Nervengift, das die Organe und das Gehirn zerstört.«

Franek spuckt die Beere in seinem Mund aus.

»Gift? Warum habt Ihr mir davon nichts gesagt?«

Maryas Lächeln verwandelt sich in ein Lachen.

»Sie sind nicht giftig, Dummkopf. Nur wenn man sie gären lässt, dann entsteht Alkohol.«

»Aber warum haben die Menschen das früher getrunken, vor dem Krieg?«

Das Lächeln verschwindet aus ihrem Gesicht. »Vermutlich weil sie nicht wussten, was gut für sie ist.«

»Weil es noch keinen Zauberer gab, der es ihnen sagte?«

»Ja, Franek. Weil es noch keinen Zauberer gab.«

Sie marschieren weiter. Nach einer Weile fragt er: »Wieso hat man Euer Stirnband entfernt?«

»Weil ich das Gebiet des Blauen sonst nicht betreten darf.«

Marya erklärt ihm, dass der Blaue Magus sehr vorsichtig und misstrauisch sei. Seit vielen Jahren lägen die Gottgleichen im Krieg miteinander. Zwar gebe es kaum offene Feindseligkeiten, aber sie belauerten einander, stets auf einen Fehler ihres Gegners wartend. Am meisten fürchteten sie die mächtige Magie ihrer Widersacher, was nur verständlich ist. Franek hat ja selbst gesehen, was der Gelbe Zauberer vermag. Er kann Menschen wie Vögel durch die Luft fliegen lassen, er besitzt Maschinen, die sich ganz von selbst fortbewegen, er verfügt über Blitzkanonen, die ein Dorf binnen eines Wimpernschlags in Asche verwandeln können. Deshalb haben die Paladine des Blauen Anweisung, jede Apparatur des Gelben zu zerstören, die sich nähert.

»Das gilt auch für den Stirnreif. Durch ihn kann der Gelbe mit mir sprechen, er kann mir Eingebungen vermitteln, selbst über große Entfernungen hinweg.«

Franek wendet ein, Eingebungen seien zwar nützlich, aber doch wohl keineswegs so gefährlich wie Blitzkanonen oder Skramoyets. Das löst bei Marya Kopfschütteln aus.

»Merke dir eins, Adept Franek. Nichts ist so gefährlich wie Informationen. Und was sind Eingebungen, was sind Ideen anderes?«

»Und nun kann Euch der Zauberer nicht mehr hören?«

»Oh doch, das kann er. Die Augen und Ohren seiner magischen Apparaturen erfassen den gesamten Kordon. Erst im Reich des Blauen hört er uns nicht mehr. Dort sind wir ganz auf uns gestellt.«

Sie marschieren weiter, den ganzen Tag lang. Morgen werden sie Marya zufolge das Gebiet des Blauen erreichen. Dann müssen sie die weiß-goldenen Emissärsflaggen auf ihre Rucksäcke pflanzen, damit keinem Diener des Blauen die Eingebung kommt, sie mit einer Blitzkanone in Asche zu verwandeln. Das ist eine Sorge, die Franek stark umtreibt, er fragt Marya mehrfach danach. Diese erwidert jedoch, er solle sich nicht fürchten.

Um sich Mut zu machen, singt Franek immer wieder jenes wunderbare Lied, das der Gelbe ihm beigebracht hat. Er singt es nicht laut, sondern lediglich im Geiste. Trotzdem kann er seine eigene Stimme hören, so laut und deutlich, als schmettere er aus voller Brust.

Marya scheint ebenfalls ein wenig beunruhigt zu sein. Obwohl sie seine Sorge um feindliche Blitzkanonen als unnötig abtut, kann er erkennen, dass etwas in ihrem Gesicht arbeitet. Natürlich versucht sie, es zu verbergen. Das Lächeln, welches ihre Lippen oft umspielt, wird ausgeprägter, wenn sie ihn ansieht. Aber je näher sie der Demarkationslinie kommen, umso unechter wirkt Maryas zur Schau gestellte Gelassenheit. Glaubt die Auserwählte sich für einen Moment unbeobachtet, zucken ihre Mundwinkel nervös nach unten.

Sie nächtigen in der Nähe eines plätschernden Bachs. Am Morgen essen sie von ihren Vorräten, seltsamen, in silbrige Folie eingeschweißten Blöcken, die Marya als Rationen bezeichnet. Danach geht es weiter. Das Ren-Tal haben sie inzwischen hinter sich gelassen, vor ihnen erstreckt sich eine Ebene. Gegen Mittag machen sie in der Ferne eine Ansiedlung aus. Marya zieht ein Fernglas hervor und blickt hindurch. Sie reicht ihm das Gerät.

»Schau rechts, der Turm. Über ihm weht eine blaue Flagge.«

Franek kann sehen, dass sie schluckt.

»Gegen Nachmittag sind wir im Reich des Magus«, sagt Marya.

Sie beschließen, das Dorf zu umgehen, denn sie besitzen noch genügend Proviant und wissen nicht, ob die Bauern sie willkommen heißen oder mit Mistgabeln verjagen werden. Während sie einen anderen Weg einschlagen, grübelt Franek über das nach, was er durch das Fernglas erspäht hat. Das Dorf war wie jedes andere, wenn die Architektur auch ein wenig fremdartig schien. Das Treiben auf den Straßen hingegen unterschied sich stark von dem daheim. Die Menschen schienen besser gekleidet. Statt Fahrrädern oder Pferden waren selbstfahrende Wagen zu sehen gewesen, recht viele sogar. Überall wuchsen bunte Blumen, und auch die Kleidung der Leute wirkte farbenfroh. Außerdem hatte Franek Menschen gesehen, die einfach nur herumsaßen, ohne etwas zu tun, und das am helllichten Tag. Gestattet der Blaue Magus seinen Untertanen derlei Müßiggang? Oder hat Franek vielleicht einfach nicht verstanden, was diese Leute taten? Er erwägt, Marya danach zu fragen, ahnt aber, dass dies nicht der richtige Moment ist. Die Priesterin wirkt bleich und scheint von Minute zu Minute fahler zu werden. Franek mustert sie besorgt. Marya scheint nicht direkt unter Schmerzen zu leiden, aber irgendetwas zehrt an ihr.

Am späten Nachmittag erreichen sie eine Weggabelung. Dort steht ein Hinweisschild, in der seltsamen Sprache der Blauen, die Franek nicht lesen kann. Marya starrt das Schild eine Weile lang an. Dann bricht sie schluchzend zusammen.

23

Fran schaute durch die regennasse Seitenscheibe des Bosch-Moduls. Sein Interesse galt einem Fahrzeug, das auf der anderen Straßenseite parkte. In ihm saß Doyle, das Haupt an die Kopfstütze gelehnt, die Augen geschlossen. Es war kurz nach Mitternacht, und sie befanden sich in einer verlassenen Seitenstraße des Moskovski Prospekt. Fran konnte erkennen, dass Doyle schnaufte und irgendetwas sagte. Vermutlich war es nichts sonderlich Geistreiches. Von der Prostituierten sah Fran lediglich ab und zu den Hinterkopf. Dieser bewegte sich rhythmisch auf und ab, vermutlich war die Sache bald vorbei. Fran wandte sich seinem Notizblock zu und überflog die Anmerkungen. In der vergangenen Woche war Doyle in Paris gewesen, dann in Prag und nun in Petersburg. Der Journalist sprach mit verschiedenen Leuten, die meisten davon anscheinend Programmierer und Astroexperten. Ferner hatte er mit einem Klatschreporter konferiert, der auf Promis im All spezialisiert war.

Nicht alle Gespräche hatte Fran belauschen können. Dennoch ergab sich ein Gesamtbild, wenn auch ein sehr unscharfes. Doyles Recherche galt anscheinend der Frage, ob die Großherzogin von Pallas-Vestas, besser bekannt als Kieselkaiserin, in ein ebenso geheimes wie illegales KI-Projekt involviert war.

In den vergangenen Jahren hatte es enorme Fortschritte beim Astromining gegeben – Bergbauroboter und Sonden erledigten ihren Job schneller, besser und vor allem autonomer als früher. Dann war da der neue deutlich schnellere Weltraumfahrstuhl, der dem KOC des Commonwealth Konkurrenz machte; außerdem die sogenannten Shuttlecocks, eine Art von Liefercontainern, die sich aus dem Weltall abwerfen ließen, bei Eintritt in die Atmosphäre jedoch weder verglühten noch irgendwem auf den Kopf fielen.

Doyle glaubte – genauer gesagt glaubte er, früher geglaubt zu haben –, dass diese technischen Fortschritte auf das Konto einer KI gingen. Fran war sich da nicht so sicher. Technologie verbesserte sich rasch, vor allem wenn ausreichend ökonomische Anreize existierten. Und die Anreize beim Spacemining waren riesig. Es gab anscheinend einige Firmen, die binnen weniger Jahre sehr reich geworden waren, beispielsweise 8Cell, ein auf Pallas registrierter, kleinerer Supernational mit undurchsichtiger Konzernstruktur. Derlei Intransparenz als Hinweis auf KI-Aktivitäten zu deuten erschien Fran recht weit hergeholt. Der Pebble Rush lief seit vielen Jahren, im Asteroidengürtel wurden immense Reichtümer geschürft.

War es da nicht normal, dass ein paar Leute in kürzester Zeit märchenhaft reich wurden – und ihre Gewinne in Steueroasen versteckten?

Er schaute zu Doyle hinüber. Die Sache strebte allmählich dem Höhepunkt entgegen. Fran hatte den Journalisten inzwischen derart oft dabei beobachtet, dass er ein Gefühl dafür besaß. Doyles Verhalten erschien ihm in vieler Hinsicht zwanghaft. Zunächst hatte Fran vermutet, die vielen Prostituierten sowie die ebenfalls nicht unerhebliche Zahl von Drinks, die der Journalist konsumierte, seien eine Reaktion auf das Attentat, eine neu erwachte Gier nach dem Leben. Wenn dem so war, hätte Doyles »Hurra, ich lebe noch«-Stimmung allerdings allmählich nachlassen müssen. Aber eher war das Gegenteil der Fall. Man hätte annehmen können, Doyle plagten Sorgen, er versuche, etwas zu verdrängen. Oft schien der Journalist finsterer Stimmung zu sein.

Fran wandte den Blick ab, schaute nach vorne. Auf dem fünfzig Meter entfernten Prospekt surrten Module vorbei. Über einem Bürogebäude sah Fran das riesige Holo einer Frau in grauem Overall. Zunächst glaubte er, es sei eine der allgegenwärtigen Werbungen für die Sib-Siedlungsgebiete. Dann wurde ihm klar, dass es sich bei dem Overall um einen Raumanzug handelte – die Frau hatte sich einen Helm unter den linken Arm geklemmt. Ihre Rechte war vorgereckt, der Daumen zeigte nach oben. Nun begann die Frau zu schrumpfen. Sie verwandelte sich in einen Stern, der grell aufblitzte, bevor er verschwand. An seiner Stelle tauchte über dem Haus ein eiförmiges Objekt auf, das sich langsam drehte. Ein leuchtend rotes Fadenkreuz wurde darübergelegt. Neben dem Objekt, vermutlich irgendein Planetoid, erschienen alle möglichen Einblendungen – Name, Masse, Koordinaten und einiges mehr. Der Betrachter der Werbung sollte das Gefühl haben, er befinde sich im Anflug auf den Brocken und bekomme von seinem Schiffscomputer Daten angezeigt. Ein waghalsiger Zoom setzte ein. Der Brocken wurde rasch größer, dann war man auf der Oberfläche. Im Hintergrund stapften vollautomatisierte Minenroboter über das Regolith, spinnenartige Dinger, bewaffnet mit Baggerschaufeln und Bohrköpfen. Im Vordergrund stand nun wieder die Frau, diesmal mit angelegtem Helm. Noch immer reckte sie den Daumen in die Höhe. »Werde Teil der Davida-Mission«, stand über der Holographik. Und darunter: »Die Zukunft beginnt jetzt!«

Nach einigen Sekunden verschwand die Schrift. Es folgte Werbung für brasilianischen Mangowodka. Frans Finger hatten sich um den Notizblock gekrampft, so sehr, dass die Blätter ganz zerknittert waren. Er lockerte seinen Griff, schaute hinüber zu Doyles Modul. Das Mädchen war bereits ausgestiegen, stakste auf hohen Absätzen in die Dunkelheit. Doyle saß regungslos da. Nach ein paar Sekunden gab er dem Wagen einen Befehl, woraufhin sich dieser in Bewegung setzte.

Fran machte keinerlei Anstalten, Doyle zu folgen. Es wäre zwar misslich, ihn zu verlieren, aber mit an Sicherheit grenzender Wahrscheinlichkeit fuhr der Journalist zurück ins Hotel. Außerdem war dies wichtiger. Während Doyles Rücklichter kleiner wurden und sein Modul auf den Prospekt abbog, starrte Fran immer noch wie gebannt auf die Werbung über dem Bürogebäude. Auf den Wodka folgte Urlaubswerbung (»Entdecke die Frische von Nunavut«), gefolgt von politischer Propaganda der Hohen Behörde. Geduldig wartete er ab. Früher oder später würde die kleine Kosmonautin mit dem hochgereckten Daumen wieder auftauchen.

Dann war es so weit. Fran zückte einen Stift, bereit, sich

Notizen zu machen, sobald die Information auftauchte, die ihn eben so erregt hatte. Um welche Information es sich dabei handelte, wusste er ehrlich gesagt nicht so genau. Doch etwas war in dem Spot gewesen, das mit seinem Fall zu tun hatte, etwas, das sie beide, Doyle und er, übersehen hatten.

Das Mädchen schrumpfte, der Brocken erschien. Fran meinte sich vage zu erinnern, dass es einen Kiesel namens 511-Davida gab, einen ziemlich voluminösen Brocken, der irgendwo zwischen Mars und Jupiter seine Runden zog. Er überlegte, ob ein Asteroid dieses Namens in Doyles Recherche aufgetaucht war. Doch er glaubte, dies ausschließen zu können. Ansonsten wäre ihm das bereits aufgefallen, als die Werbung das erste Mal durchlief. Das Holo veränderte sich weiter. Alle möglichen Daten zu Davida wurden eingeblendet – Masse, Dimensionen, Rotationsperiode und Koordinaten.

Koordinaten?

Kurz überlegte Fran, ob er sich Davidas Koordinaten notieren sollte, ließ es dann aber bleiben. Sie waren unwichtig. Bedeutung besaß hingegen der Umstand, dass es nicht nur Koordinaten für Punkte auf der Erde gab, sondern auch für alle anderen Planeten und Planetoiden im Sonnensystem, und außerdem natürlich für jeden Punkt auf diesen Planeten und Planetoiden. Das war eine banale Erkenntnis, doch es hatte diesen Werbespot gebraucht, damit Fran klar wurde, dass er denselben Denkfehler gemacht hatte wie Calvary Doyle.

Fran legte den Block weg.

»Zum Hotel Grand Nevski«, sagte er. Der Bosch setzte sich in Bewegung. Nachdem sie einige Minuten gefahren waren, fragte Fran das Auto, ob es irgendwo in Petersburg eine Bibliothek gab, die nachts geöffnet habe.

»Die Neue Nationalbibliothek ist durchgehend geöffnet«, erwiderte das Fahrzeug. »Sie befindet sich auf der Krasnoarmejskaja-Straße, neun Minuten von hier.«

Fran befahl dem Modul, ihn zu der Bibliothek zu bringen. Er musste gähnen. Seit fünf Uhr war er auf den Beinen, aber darauf konnte er keine Rücksicht nehmen. Er musste etwas zum Thema Koordinatensysteme recherchieren.

24

Als Clifford zu sich kam, schaute er in das Gesicht eines Mannes mit Mundschutz. Grelles Licht blendete ihn. Panik stieg in ihm auf. Man hatte ihn hereingelegt. Er war gekidnappt worden. Fieberhaft überlegte Clifford, wer ihm ans Leder wollen könnte. Unwillkürlich verzog sich sein Mund zu einem Grinsen. Die Liste der Menschen, die einen guten Grund besaßen, ihm etwas anzutun, war mehrere Seiten lang.

Gerade wollte er testen, ob seine Arme und Beine gefesselt waren, da sah er durch den Schleier, der seine Wahrnehmung immer noch trübte, ein weiteres Gesicht vor sich auftauchen. Er kannte diese Visage, sie gehörte einem seiner Leute. Zumindest glaubte Clifford, das dem so war. Seltsamerweise konnte er sich nicht an den Namen des Mannes erinnern, geschweige denn an seine Funktion. Einen Augenblick ließ seine Panik nach, nur um erneut aufzuflammen. Vielleicht hatten seine Leute ihn in Sicherheit gebracht. Vielleicht hatten sie ihn aber auch verraten. Verraten und verkauft.

»Können Sie mich hören, Sir?«

Clifford seufzte. Nun wusste er, wer sich über ihn beugte. Es war Ares Wendell.

»Ja, Wendell. Was zum Teufel ist los?«

»Alles gut, Sir. Sie sind in Sicherheit.«

Die Worte wirkten wie eine Adrenalininjektion. Mit einem Ruck setzte Clifford sich auf, fletschte die Zähne. Wendell und der Sanitäter schauten ihn erschrocken an und wichen etwas zurück. Clifford bekam seinen verblüfften Sicherheitschef dennoch am Jackett zu fassen.

»Es. Ist. Überhaupt. Nicht. Gut!«, brüllte er. »Die haben uns gefickt! Wo ist Nakashi?«

Clifford wurde schwindelig. Er musste sich abstützen.

»Sir«, sagte der Sanitäter, »bitte bleiben Sie liegen. Es dauert noch etwas, bis das Sicofil-10 nachlässt.«

»Das Gas?«

»Ja, Sir.«

Clifford ließ Wendells Revers los und sank zurück auf die Trage. Eine Weile sagte niemand etwas. Nur das Summen eines Motors war zu hören. Anscheinend befanden sie sich in einem Krankenwagen. Clifford schloss die Augen. Er hatte erwartet, tanzende Flecken zu sehen oder etwas in der Art. Stattdessen erschien Nakashi vor seinem geistigen Auge. Der Schweinehund lächelte ihn mitleidig an. Schnell machte er die Augen wieder auf.

»Wendell.«

»Sir?«

»Ich hatte eine Frage gestellt.«

»Ah, natürlich, Sir. Nakashi ist tot. Wir wissen nicht, warum. Keine Gewalteinwirkung, und das Gas war ja nur ein Sedativ. Sie selbst waren fast eine halbe Stunde bewusstlos.«

»Die Software. Diz Pater, Nakashi, er hat sich mit Software ...«

Clifford entfuhr ein Rülpser. Ihm war auf einmal wahnsinnig übel.

»Alarm ... hrgs ... ausgelöst.«

Wendell nickte.

»Ihr Panikbutton hat nicht funktioniert. Nakashi muss einen raffinierten Störsender verwendet haben. Dass es Probleme gibt, haben wir gemerkt, weil Ihr Medi-Implantat seltsame Werte ausgespuckt hat. Dann sind wir rein. Wir nehmen den Laden noch auseinander, aber er wurde augenscheinlich bereits gesäubert.«

»Gesäubert?«

»Keine Schriftstücke oder Dokumente in den Schubladen. In den Schränken auch kaum etwas.«

Clifford kochte nicht mehr vor Wut, bestenfalls simmerte er noch etwas. Es mochte daran liegen, dass er ziemlich beeindruckt von der Nummer war, die Nakashi da abgezogen hatte. Der Mann hatte gewusst, dass ihn irgendwann jemand aufspüren würde, um ihm das Unsterblichkeitsprogramm zu entreißen. Deshalb war er gut vorbereitet gewesen.

Es gab noch eine Frage zu klären, wiewohl Clifford die Antwort eigentlich schon kannte.

»Nakashis Computersysteme?«

»Ich habe noch keine abschließende Beurteilung, Sir. Aber so wie es aussieht, ist da nichts mehr. Einige Speichermedien fehlen, der Rest wurde vermutlich formatiert.«

Eine Weile starrte Clifford die Decke des Krankenwagens an. Dann sagte er: »Wohin geht's?«

»Wir sind in einem Sanka von Omnidoc. Ich habe den Fahrer instruiert, uns direkt zu Ihrer Maschine am Flughafen zu bringen.«

Clifford erwiderte nichts. Er musste nachdenken. Das allerdings fiel ihm mächtig schwer. Sein Kopf fühlte sich an, als sei er voller kaltem Porridge. Clifford setzte sich wieder auf. Davon wurde ihm zwar noch übler, aber im Liegen hatte er noch nie gut nachdenken können. Am liebsten wäre er ein wenig herumgelaufen, doch das schied wohl gerade aus. Durch das Fenster konnte er ein paar größere Hallen oder Hangars sehen, vermutlich Ausläufer des Flughafens.

»Spritzen Sie mir irgendwas, damit die Übelkeit weggeht«, sagte Clifford, an den Sanitäter gewandt. Der schüttelte den Kopf.

»Das verfliegt von selbst.«

»Für von selbst habe ich keine Zeit. Wie viel bezahle ich für diese beschissene Black-Level-Krankenversicherung? Vier Millionen, fünf? Da werden doch wohl ein paar Vomex-Tabletten drin sein.«

»Kann ich Ihnen natürlich geben«, erwiderte der Mann, »aber was Sie da inhaliert haben, war ein militärischer Kampfstoff. Dessen Effekte kriegt man nicht mit irgendwelchen Tabletten aus der Apotheke weg, das ist ja der Sinn der Sache.«

»Also abwarten, Bettruhe und viel trinken?«

»Korrekt, Sir.«

»Am Arsch«, erwiderte Cliff und schwang die Beine über die Seite der Trage. Erneut musste er aufstoßen. Einen Moment saß er da und wartete darauf, dass die Übelkeit nachließ. Der Sanitäter reichte ihm ein Glas Wasser, das Clifford langsam austrank. Danach war es etwas besser. Er überlegte, worüber er sich mit Nakashi unterhalten hatte. Wenn er sich nur daran erinnern könnte.

Clifford entfuhr ein Schrei. Der Sanitäter kam zu ihm, griff nach seinem Arm. Clifford schüttelte die Hand des Mannes ab.

»Weg, mir fehlt nichts. Wendell?«

»Sir?«

»Ich muss mit More reden.«

»More, Sir?«

»Midas More.«

»Ich verstehe nicht ganz, Sir. Hat er etwas mit der Sache zu tun?«

»Ja, verdammt. Es gibt eine Trophäe, die ... ich erklär's Ihnen später. Eine Holokonferenz mit More, so schnell es geht, jetzt, gestern.«

Dann wurde ihm ohne Vorwarnung schlecht. Weil in dem Sanka nur wenig Platz war, hatten alle Anwesenden etwas davon. Clifford kotzte dem Sani auf den Kittel, er kotzte Wendell auf seinen Tausend-Eddy-Anzug und sich selbst so ziemlich überallhin. Rege Betriebsamkeit setzte im Fond des Rettungswagens ein, als die beiden anderen Insassen versuchten, auf Abstand zu gehen. Clifford selbst griff mit beiden Händen nach dem Rand des kleinen Spülbeckens, das sich an der gegenüberliegenden Wand befand. Dann wurde ihm erneut schlecht.

Dies alles wäre unangenehm genug gewesen. Aber während er über der Schüssel hing, rollte der selbstfahrende Sanka durch ein Schlagloch oder über einen Poller. Das Fahrzeug vollführte einen kleinen Hopser. Weil er immer noch wacklig auf den Beinen war, haute es Clifford der Länge nach hin. Es gab ein schmatzendes Geräusch, als er mit dem Gesicht in seiner eigenen Kotze landete.

Wutgebrüll erfüllte den Wagen. Clifford stieß keine Flüche aus, er schrie einfach nur, trommelte mit den Händen auf den Fahrzeugboden.

»Sir«, hob Wendell an.

»Ich. Habe. Keinen. Guten. Tag!«, schrie ihn Clifford nieder. Er kam auf die Knie. Überall klebte Erbrochenes, an seinen Armen, Beinen, in seinem Gesicht. Er fühlte sich sterbenselend, Tränen liefen seine Wangen herunter. Trotzdem lächelte er. Vieles mochte an diesem Tag schiefgelaufen sein, aber Fakt war auch, dass der Descartes-Hack kein Hirngespinst war. Er existierte. Er funktionierte. Und Clifford würde ihn kriegen, ganz egal, was er dafür tun musste.

25

Jay lag bäuchlings neben Persia und schlief. Das Nickerchen war durchaus verdient, es war eine lange und anstrengende Session gewesen. Persia hatte von ihrem vergeigten Turnier nichts als Wut und Frustration heimgebracht, und Jay musste es ausbaden. Sie musterte ihn. Die Holotattoos auf seinen Armen bewegten sich, er selbst lag völlig regungslos da. Mehrere Striemen verunzierten seinen Rücken. Jays Gesicht war jedoch friedlich. Persia bildete sich sogar ein, er grinse im Schlaf.

Eigentlich hätte sie ebenfalls schlafen müssen, müde genug war sie. Aber auch ohne es probiert zu haben, wusste sie, dass daraus nichts werden würde. So leise wie möglich verließ sie das Bett. Auf Zehenspitzen tippelte sie die Treppe hinab in das riesige Wohnzimmer, das mehr als zwei Drittel der Apartmentfläche ausmachte. Unten gab es ein paar alte Sofas zum Draufherumlümmeln und einen Trainingsbereich für Persia. Dort stand ihre Hyperkukolni-Maschine, benannt nach dem russischen Wort für Marionette. Viermal wöchentlich zwängte sie sich in den an zahllosen Kabeln hängenden Anzug. Statt der üblichen Fitnessprogramme ließ sie spezielle Software laufen, die alle wichtigen Bewegungen aus Spacewreck oder Quest! simulierte.

Eine richtige Küche gab es nicht, da Jay und Persia ein Flatrate-Abo bei einem großen Bringdienst hatten. Viermal am Tag bekamen sie Mahlzeiten geliefert. Doch einen Kaffeeautomaten besaßen sie. Persia befahl der Maschine, ihr eine Karamelllatte zuzubereiten. Mit dem Getränk setzte sie sich auf eines der Sofas. Eine Weile hockte Persia regungslos da und starrte in Richtung jenes Zimmerteils, in dem Jays Simulationen liefen. Die Evolution-Tische nahmen den Großteil des Raums ein. Eigentlich handelte es sich um holographische Simulationen, die man jederzeit an- und abschalten konnte. Das jedoch war ein Fehler, den Persia höchstens zwei- oder dreimal gemacht hatte. Wie viele Profigamer war Jay abergläubisch – nicht in dem Sinne, dass er an schwarze Katzen oder Horoskope glaubte. Vielmehr war er davon überzeugt, dass jede Abweichung von seiner bis ins kleinste Detail festgelegten Arbeitsroutine desaströse Folgen für seine Performance habe. Viele Dinge waren festgelegt: die Anordnung der Tische; die Zeiten, zu denen Jay bestimmte Datenpunkte überprüfte (und die, zu denen man die Datenpunkte niemals überprüfen durfte); das An- und Abschalten der Simulationen. Während einer laufenden Partie musste der Tisch dauerhaft angeschaltet bleiben. Persia hielt das für Schwachsinn, denn die Simulation lief ja auch ohne den Tisch weiter, so wie eine Sportübertragung weiterlief, auch wenn man abschaltete. Aber Jay stand manchmal des Nachts auf, tapste bis zur Balustrade ihrer Schlafempore und schaute hinab auf die aktuelle Evo-Simulation. Im Halbschlaf kamen ihm dann mitunter bahnbrechende Ideen. Das funktionierte nach seiner Darstellung jedoch nur, wenn er nicht erst hinablaufen und die Tische anschalten musste. Bis dahin sei er wach – und die Flamme der Inspiration erloschen.

Persia stand auf und ging in Richtung der Tische. Ganz so prätentiös drückte Jay es zwar nicht aus, aber letztlich ging es darum, dass das kleine Genie nicht gestört werden durfte. Lange hatte sie diese Dinge als die bemitleidenswert zwanghaften Handlungen eines waschechten Neurotikers abgetan. Doch Jays Marotten war einfach nicht beizukommen. Letztlich handelte es sich eindeutig um eine sich selbst erfüllende Prophezeiung. Ihr Freund glaubte felsenfest daran, dass ein ausgeschalteter Tisch sein Spiel ruiniere. Und weil er es glaubte, war es auch so.

Deshalb blieben die Scheißtische an, auch wenn dies den ursprünglichen Grund, dass sie ein Loft gemietet hatten, ad absurdum führte. Sie besaßen dreihundert Quadratmeter, aber die Hälfte davon stand voller holographischem Gerümpel.

Persia trat an den Haupttisch. Darauf war eine Stadt zu sehen, so groß, dass ihre Ausläufer jenseits der Tischkanten lagen. Sie hätte zoomen müssen, um sie in Gänze betrachten zu können. Aber das wäre Jay später aufgefallen, und er bekäme einen seiner Du-hast-mein-Zeug-angefasst-Ausraster. Also begutachtete sie, was sichtbar war. Aus ihrer Vogelperspektive konnte sie Gebäude ausmachen und Straßen dazwischen. Fahrzeuge fuhren hin und her. Auch Menschen waren unterwegs. Aufgrund des Maßstabs ließen sich Letztere allerdings eher erahnen denn erkennen.

Keine Beschriftung verriet, welche Stadt es sein konnte. Nach ihrem Dafürhalten sahen einige der Gebäude eher asiatisch denn westlich aus. Eine Ausnahme stellte eine immense Kuppel am Rande des Tisches dar. Sie bestand aus Granit oder vielleicht aus Marmor. Es musste sich um ein wichtiges Gebäude handeln, einen Palast oder etwas in der Art. Von oben wirkte das Bauwerk wie eine riesige Murmel. Um sie herum verlief eine Mauer, etwa bis zur halben Höhe der Kugel. Es sah dadurch so aus, als liege die Megamurmel in einer Schale.

Die meisten Gebäude sahen nach frühem zwanzigsten Jahrhundert aus. Persia tippte auf Dreißiger- oder Vierzigerjahre. Viel früher konnte es nicht sein, denn es fuhren Autos umher. Außerdem, so vermutete sie, wäre es im neunzehnten Jahrhundert aufgrund technischer Limitationen unmöglich gewesen, ein Gebäude wie diese Riesenmurmel zu bauen.

Ihre Einschätzung musste nicht unbedingt stimmen. Der Witz an Evo war schließlich, dass es Entwicklungen der menschlichen Gesellschaft zu simulieren vermochte, die völlig anders verliefen als in der realen Welt. In Evo konnten präindustrielle Gesellschaften mechanische Computer besitzen. Es gab alternative Zeitverläufe, in denen die Koreaner die gesamte Welt erobert hatten oder England eine Theokratie war. Folglich waren theoretisch auch Autos und Wolkenkratzer vor 1920 denkbar.

Persia lief um den Tisch herum. Da war ein Fluss, der am Rande der Innenstadt entlanglief, aber der Schwung der blauen Linie sagte ihr nichts. In Evo sahen bekannte Städte oft anders aus als in der Realität. Die Topographie jedoch blieb in der Regel gleich, weswegen man Paris stets an der Seine erkannte und New York an Manhattans Insellage. Aber diese hier … Persia murmelte etwas, markierte mit den Fingern den Flusslauf. Sie griff nach dem Gewässer, worauf die Hologrammatica eine Kopie erstellte, die an einen Scherenschnitt erinnerte. Persia klebte sie vor sich in die Luft und ließ ihren Amanuensis nach vergleichbaren Gewässern suchen, ohne Erfolg. Sie schnippte den Fluss weg und starrte weiter auf die Stadt.

Von oben hörte sie Geräusche. Jay war aufgewacht. Persia war froh, dass er nicht gesehen hatte, wie sie die Flusskopie gemacht hatte. Möglicherweise verstieß das gegen irgendwelche Regeln. Sie trat einen Schritt zurück und schaute zur Treppe. Jay kam die Stufen herab. Als er bei Persia angelangt war, gab er ihr einen Kuss.

»Kannst nicht schlafen, Pea?«

Sie schüttelte den Kopf. Gleich würde er fragen, ob ihr das verlorene Turnier zu schaffen machte. Jay konnte verdammt einfühlsam sein. Eigentlich schön, aber manchmal war es ihr zu viel. Um ihm zuvorzukommen, fragte sie: »Welche Stadt ist das?«

»London«, erwiderte er gähnend.

»London? Aber das sieht nicht aus wie die Themse.«

»Man erkennt sie kaum. In dieser Iteration wurde der Fluss umgeleitet. Moment.«

Jay begann, in der Luft herumzuwischen und rief gleichzeitig der Kaffeemaschine zu, sie möge ihm einen Earl Green aufbrühen.

»Außerdem heißt sie eigentlich auch nicht London, sondern Wùchéng.«

»Hä?«

Der Getränkeautomat fiepte.

»Noch mal Moment«, sagte Jay und holte sich seinen Tee. Sobald er zurück war, wischte er mit der freien Hand über Wùchéng und zoomte heraus, sodass der europäische Kontinent sichtbar wurde. Weitere Städte erschienen, nun mit Nameneinblendungen.

»Paris heißt Miao Guang? Was ist das? Haben die Chinesen Europa erobert?«

»Die Mongolen. Im Jahr 1241 stirbt Ögedei Khan nicht bei einem Saufgelage, weswegen sich die Mongolen nicht zurückziehen, sondern ihre Invasion fortsetzen. Sie erringen mehrere große Siege und breiten sich über den ganzen Kontinent aus.«

»Manchmal verstehe ich dein Spiel nicht, Jay. Eigentlich immer.«

Er schlang seinen freien Arm um sie. Außer einer Pyjamahose hatte er nichts an und roch immer noch nach Sex.

»Ich verstehe deins auch nicht. Ich kann zum Beispiel immer noch nicht glauben, dass jemand dieses Game mit dem Affen und den Fässern als Live-Action spielt.«

Nun waren sie also beim Thema angelangt. Sie löste sich von ihm und ging ein paar Schritte im Raum umher. Sie verschränkte die Arme und schaute ihn an.

»Und ich kann nicht glauben, dass ich bei dieser Scheiße dann auch noch verliere.«

»Das nächste Mal gewinnst du wieder.«

Sie schüttelte den Kopf. »Jay, ich kack ab. Meine Platzierungen, alles ...«

»Du machst dir zu viel Druck.«

»Ich brauche Druck, damit ich gut bin.«

»Scheint aber grad nicht der richtige Weg zu sein.«

»Ich brauche außerdem das Geld«, erwiderte sie.

»Ich kann uns schon eine Weile durchfüttern.«

Sie konnte sich einen abschätzigen Blick auf die holographische Stadt nicht verkneifen.

»Damit? Jay, ich meine, das ist ... es ist Kunst, keine Frage, und es ist auch sicherlich sehr ... interessant.«

Seine Mundwinkel rutschten nach unten.

»So wie du ›interessant‹ sagst, reimt es sich auf Pinguinscheiße.«

»So hab ich's nicht gemeint. Aber was verdienst du als Analytiker mit Evo im Monat? Tausend Eddies?«

»Das ändert sich gerade.«

»Inwiefern?«

»Ich habe einen Auftrag für eine Serie von Evo-Spielen. So gut bezahlt, dass ich viermal so viel verdiene wie jetzt.«

Sie machte einige Schritte auf ihn zu. »Was ist das für ein Auftrag?«

»Evo wird zunehmend von Firmen entdeckt. Die Simulationen, die wir spielen, sind irre komplex.«

Sie nickte. Jay hatte ihr das oft erklärt, detailreicher als jedem Nicht-Evo-Nerd lieb sein konnte. Eine Weltsimulation wie jene vor ihnen auf dem Tisch lief parallel auf mehreren Qubes. Man konnte dies als unglaubliche Verschwendung wertvoller Quantencomputer-Ressourcen sehen. Andererseits ermöglichte es eine Detailtiefe, die beeindruckend war. In jedem der winzigen Autos, die durch Wùchéng fuhren, lief eine Software, die mindestens so elaboriert war wie die eines Moduls, das durch London oder Toronto rollte. Jeder Soldat, Priester, Polizist oder Bettler in der Simulation war ebenfalls eine autonom agierende Software, wie auch alle anderen Dinge in der Evo-Welt.

»Lange waren die Leute der Meinung, dass das, was wir hier machen, nur so was ist wie Schlachten mit Zinnfiguren nachspielen. Aber den Managern bei einigen Supernats dämmert inzwischen, dass wir viel mehr tun als das.«

Jay sah ihren verständnislosen Blick, ging zu einem kleineren Tisch, über dem mehrere Kuchendiagramme zu sehen waren. Mit einer Handbewegung ließ er sie verschwinden und stattdessen einen dreidimensionalen Globus erscheinen.

»Das Spiel hier läuft seit drei Monaten, jeder reale Tag entspricht zwei Jahren in der Spielwelt.«

»Das dauert dann ja ewig.«

»Ja. Du könntest es schneller laufen lassen, aber dann kommt der Rechner nicht nach und muss alles gröber pixeln.«

»Jay, ich versteh nur Bahnhof.«

»Jedes Ding in der Evo-Welt wird von einem kleinen Programm gesteuert. Bevor man solche Games mit Quantenrechnern spielte, wurden Nichtspielercharaktere, Vögel, Wetter, was weiß ich, von repetitiven Algorithmen gesteuert. Jetzt ist es viel ausgefeilter.«

»Das weiß ich.«

»Okay. Aber trotzdem ist die Software natürlich letztlich dämlich. Sie darf nicht zu intelligent sein.«

»Weil Turing-Gesetze, UNANPAI und so.«

»Korrekt, und es würde außerdem den Rahmen sprengen. So viele Ressourcen für ein Spiel …«

»Soweit ich weiß, verheizt ihr jetzt schon gigantische Rechnerressourcen für …«

»… für diesen Schwachsinn?«

»Jay …«

»Nix für ungut, Pea, viele denken so. Aber der Punkt ist der:

Diese Welt, die sich da vor uns dreht, wird von zwei Milliarden Menschen bewohnt, also keinen richtigen, sondern von Menschensimulationen. Aber eben auch von richtigen.«

»Du meinst die Spieler?«

»Genau. In dieser Iteration spielen derzeit«, er wischte in der Luft herum, woraufhin eine Zahlenkolonne erschien, »einhundertsiebenundsechzigtausend Personen mit.«

»Wie bitte?«

»Mehr als man denkt, hm? Diese Menschen sind politische Anführer, Generäle, Manager, alles Mögliche. Viele verkörpern gar keine Rollen, sondern arbeiten den Hauptakteuren zu, so wie ich. Wir sind quasi das Backoffice.«

»Die Ministerialbürokratie.«

»Wenn du es so ausdrücken willst.«

»Endlich Beamter sein. Toll, wie man sich mit Computerspielen selbst verwirklichen kann.«

»Sagt ausgerechnet Fräulein Feldmarschall mit dem ganzen Lametta und der extragroßen Penisersatzknarre.«

»Also jetzt reicht's. Gleich fängst du dir eine.«

Jays Blick gab zu erkennen, dass ihm diese Vorstellung durchaus zusagte.

»Durch diese abertausend Spieler wird die Simulation einfach irre realistisch, verstehst du? All diese echten Menschen, die echte menschliche Entscheidungen treffen. Mithilfe so einer Simulation kann man verstehen, wie Menschen ticken, wie ihre Gesellschaft funktioniert.«

»Und das wollen irgendwelche Konzerne für ihre Zwecke einsetzen?«

Jay nickte. »So sieht's aus.«

»Und was wollen die durchspielen? Die Markteinführung einer neuen Chili-Cola?«

Jay zuckte mit den Achseln. »Nein, es geht um Stadtentwicklung. Für die Firma, sie heißt 8Cell, soll ich Innenstädte designen, als Freelance-Berater.«

»Und das hier«, sie zeigte auf die virtuelle Stadt, »das ist für die? Oder ist das noch eins von deinen normalen Spielen?«

»Das ist für 8Cell, ein alternatives London, in das ich viele Gebäude eingebaut habe, die es nie gegeben hat, die nie gebaut wurden.«

Persia zeigte auf die Riesenmurmel. »Wie das da? Das hast du dir ausgedacht?«

»Ausgedacht nicht, aber gebaut. Basiert auf dem Entwurf eines verrückten französischen Architekten aus dem achtzehnten Jahrhundert, Étienne-Louis Boullée. Der hat lauter Sachen entworfen, die man gar nicht bauen konnte damals, die Statik ist irrwitzig. Das hier ist sein Kenotaph für Isaac Newton.«

»Ich weiß, wer Newton ist. Aber was ist ein Kenotaph?«

»Ein Grabmal ohne Leiche.«

»Ah. Das klingt alles sehr seltsam, Jay.«

»Mag sein. Aber die Bezahlung klingt gut.«

»Falls man seine Seele an einen Supernat verkaufen will.«

»Meine Seele«, Jay fasste sich mit theatralischer Geste an die Brust, »habe ich schon an eine schöne, aber strenge Frau verkauft.«

Sie lächelte. »Hast vorhin nicht genug bekommen, du Lump?«

»Nie.«

Das Angebot war verlockend, doch Persia wollte lieber noch ein wenig vor sich hinbrüten. Außerdem war es wichtig, ihn ab und an ein bisschen zappeln zu lassen. Persia trat näher an Jay heran und musterte ihn. Er blieb stehen, regungslos und erwartungsvoll. Sie konnte sehen, dass seine Pyjamahose bereits spannte.

»Du gehst jetzt ins Bett. Und da wartest du, bis ich Zeit für dich habe.«

»Hoffentlich«, erwiderte er mit gesenktem Blick, »schlafe ich nicht ein.«

»Für den Fall«, sagte Persia, »kannst du dich auf ein böses Erwachen gefasst machen.«

Jay trollte sich. Persia holte sich noch einen Kaffee und setzte sich aufs Sofa. Von dort sah sie zu, wie über Wùchéng die Sonne aufging.

26

Clifford saß an Bord seines Scramjets und musterte Midas More. Er wirkte unecht. Es lag nicht an der Auflösung seines Hologramms, sondern Mores Äußerem. Kein Siebzigjähriger besaß einen derart perfekt proportionierten Körper. Noch lachhafter war Mores Löwenmähne. Derart volles Haupthaar hatte Clifford nicht einmal mit zwanzig besessen.

Das More-Hologramm stand in der Mitte der Kabine und war eingefroren, so als habe ihm jemand den Stecker gezogen.

»Guten Tag, Midas«, sagte Clifford. »Sehr beeindruckend, Sie waren schneller als ich, Chapeau. Aber jetzt würde ich gerne wissen, was Sie mit dem Zyklushack wollen. Wenn ich richtig informiert bin, wollen Sie ihn irgendwie als Preis ausloben? Lustige Idee. Aber dennoch wollte ich fragen, ob wir da irgendwie ins Geschäft kommen können.«

More erwiderte nichts, machte weiter auf Schaufensterpuppe. Über die Bordanlage bestellte Clifford eine Pepsi. Er seufzte. Seine Geduld war eigentlich bereits aufgebraucht, aber es half ja nichts. Midas More lebte an wechselnden, unbekannten Orten – aber Clifford war stillschweigend davon ausgegangen, dass er sich irgendwo unten aufhielt. Anscheinend befand er sich jedoch oben – ziemlich weit oben sogar. Warum More einen Trip ins Weltall unternommen hatte, darüber vermochten Cliffords Sicherheitsleute lediglich zu spekulieren. Der springende Punkt war auch eher, dass jede seiner Nachrichten aufgrund der großen Distanz eine kleine Ewigkeit unterwegs war, bevor sie Cliffords Jet erreichte – und umgekehrt. Neben Mores festgefrorener Visage schwebte eine rückwärtslaufende Uhr. Sie zeigte an, wie lange Clifford sich an den Eiern herumspielen konnte, bis sein Gesprächspartner wieder etwas von sich gab.

Die Stewardess brachte seine Pepsi. Er nahm einen Schluck, scrollte durch ein paar Mails, betrachtete schweigend die Uhr. Gleich war es so weit. Clifford richtete den Blick auf das Hologramm. Als habe jemand einen Schalter umgelegt, fing More auf einmal an, sich zu bewegen.

»Nun Cliff, es ist folgendermaßen …«

»Aasfressendes Sackgesicht«, erwiderte Clifford.

More, der ihn weder hören noch sehen konnte, fuhr unbeeindruckt fort.

»… die Sache mit diesem Hack ist einfach zu interessant, als dass ich das Ihnen oder den anderen überlassen könnte. Man kann fast ein Vierteljahr in seinem Gefäß bleiben, wurde mir gesagt. Wahnsinn, oder?«

»Eines Tages mache ich mir aus deinem Schädel einen Spucknapf, Wichser.«

»Länger leben tut man deshalb nicht, aber dennoch sind die Möglichkeiten faszinierend. Drei Monate statt drei Wochen, das ist schon was.«

Cliff nickte abwesend. Einerseits war es sehr schlecht, dass ausgerechnet More den Hack erworben hatte. Mit anderen Billionären wie Deepak Singh oder Qardash Kimblerlite hätte man reden können. Denen ging es letztlich nur ums Geld. Bei More hingegen handelte es sich um einen ganz speziellen Fall. Verglichen mit ihm war der Verrückte Hutmacher eine stabile Persönlichkeit.

Andererseits schien More nicht zu begreifen, was er da eigentlich besaß. Das lag daran, dass Nakashi es ihm verschwiegen hatte – aber vermutlich auch an Midas Mores infantilem Wesen. More war eher Impresario denn Entrepreneur. Für diesen Typen war ein Gefäß mit längerem Zyklus ein weiteres schönes Spielzeug, etwas, mit dem man länger Party machen konnte, mehr nicht. Jemand wie Cliffords Hauptkonkurrent, der IT-Unternehmer Baël Bharara, hätte die Software sofort auseinandernehmen lassen, hätte versucht, sie zu verbessern. More hingegen schien arglos. Vielleicht war es also doch ein Wink des Schicksals, dass der Descartes-Hack ausgerechnet bei dieser ondulierten Parfümflasche gelandet war. »Bevor Sie fragen, Cliff: Ich verkaufe nicht. Warum? Weil das laaaangweilig ist! Bei mir gibt es kein ›pay for play‹. Sondern nur ›play for pay‹, wenn Sie verstehen, was ich meine.«

More machte eine Kunstpause, blickte Clifford fragend an. Der besaß nicht den geringsten Schimmer, was der Irre mit der Löwenmähne meinte.

»Wenn Sie den Klon wollen, Clifford, müssen Sie in die Aurora Gardens kommen.«

Die Gardens waren der Kern des More'schen Vergnügungsimperiums. Der Name klang nach Seniorenwohnheim, tatsächlich handelte es sich um ein Realität gewordenes Traumgebilde, um ein Bacchanal aus Licht und Lärm, um die vielleicht größte begehbare Halluzination, die je von Menschen geschaffen worden war. Die Aurora Gardens lagen am Rande der Rub-al-Khali, einer Wüstenregion auf der arabischen Halbinsel. Früher hatten sich dort irgendwelche ölfördernden Nationalstaaten befunden. Nach dem Verbot fossiler Brennstoffe waren sie zerfallen. Der Klimawandel erledigte den Rest. Die Temperaturen stiegen in Südarabien an heißen Tagen auf über siebzig Grad. Selbst die hartgesottensten Wüstensöhne waren inzwischen nach Spitzbergen ausgewandert.

More hatte diese verbrannte Erde seinerzeit aufgekauft, ihm gehörte ein beachtlicher Zipfel im Südosten der Halbinsel. In den Sechzigern begann er, eine Stadt in der Wüste zu errichten. Die Welt schüttelte darüber zunächst den Kopf. Das Hitzeproblem bestand weiterhin, und es gab keine Technologie, die es lösen konnte.

Wie sich herausstellte, gab es doch eine. Die Lösung war erstaunlich simpel. Vermutlich konnte nur ein Wahnsinniger wie More darauf kommen: Man musste einfach die Nacht zum Tag machen. Abends sanken die Temperaturen in der Wüste stark ab, weswegen es gegen drei Uhr morgens im Schnitt angenehme siebzehn Grad hatte.

Der Nachteil bestand darin, dass es um drei Uhr zappenduster war. More löste das Problem mithilfe des Holonets. Dessen Projektoren waren in der Lage, selbst tiefschwarze

Nacht aufzuhellen. Um die Nacht tatsächlich zum Tag zu machen, musste man einen Haufen Holo-Multiplexer installieren. Aber danach konnte man mitten in der kühlen Wüste stehen und erblickte statt eines sternenübersäten Firmaments einen strahlend blauen Fake-Himmel.

Jene, die More wegen seines Plans, ein neues Vegas zu errichten, verspottet hatten, wurden sehr still. Als die globale Erwärmung in den Siebzigern ihren Höhepunkt erreichte, wurden Coolspots zu den begehrtesten Destinationen des Planeten: Sibirien, Grönland, Alaska – das waren die Orte, nach denen sich schwitzende Menschen auf der gesamten Welt sehnten. Jeder wollte im Urlaub irgendwohin, wo es kühl war.

More hatte eine extrem weitläufige Sommerfrische erschaffen, die darüber hinaus randvoll mit Vergnügungsmöglichkeiten war. Er selbst wurde durch die Gardens zu einer globalen Marke: ein lächelnder, ewig junger Kerl, mit goldenem Lorbeerkranz im Haar.

Die holographische Version, die vor Clifford stand, sah in der Tat so ähnlich aus wie die in der Holowerbung, allerdings minus Siegeskranz. More sagte: »Ich weiß, dass Sie und vielleicht auch einige der anderen ganz heiß auf die Zyklusverlängerung sind. Und wie gesagt: Ich werde sie nicht für mich behalten. Ich bin ja bekannt für meine Großzügigkeit.«

»Dämlicher Hühnerficker«, knurrte Clifford.

»Ich veranstalte ein Turnier. Sie wissen davon.«

Das Turnier, von dem More sprach, nannte sich schlicht »The Invitational«. Es fand alle zwei Jahre in den Gardens statt. Cliffords Assistentin zufolge wechselten die Sportarten von Mal zu Mal, theoretisch war alles möglich. More ließ sich dem Vernehmen nach jedes Mal etwas einfallen, das dem jeweiligen Spiel einen ungewöhnlichen Dreh verlieh. Entgegen seiner sonstigen Gepflogenheiten schlachtete More das Turnier nicht öffentlich aus, im Gegenteil: Die Veranstaltung war privat, nur die Kontrahenten sowie handverlesenes Publikum aus der *upper crust* waren geladen. Entsprechend berichteten die Medien kaum über das Invitational. In gewissen Kreisen wurde jedoch darüber getuschelt. Viele Superreiche sehnten sich danach, auch einmal eingeladen zu werden, koste es, was es wolle. Genau dies war vermutlich Mores Intention.

Clifford war bereits zweimal geladen gewesen, hatte jedoch beide Male abgesagt. Für derlei Frivolitäten war ihm seine Zeit zu schade.

More machte einen Schmollmund.

»Die letzten Male sind Sie nicht gekommen, Cliff, sehr schade. Ich hoffe, Sie sind diesmal mit von der Partie. Der Sieger erhält als Trophäe ein Gefäß, schöner als alles, was Sie je gesehen haben. Und es ist natürlich«, More tippte sich gegen den Schädel, »besonders langlebig. Sechsmonatiger Zyklus.«

More verstummte und fror ein. Anscheinend war Clifford an der Reihe. Er versuchte, seine Gesichtszüge im Griff zu behalten, als er betont ruhig antwortete.

»Werter Midas, ich habe Ihre Einladung erhalten, vielen Dank. Ich komme natürlich.«

Er klickte auf »Senden« und wartete auf die Antwort. Währenddessen kontaktierte Clifford seine Assistentin und bat sie, herauszufinden, was für Spiele bei Mores bescheuertem Turnier in den vergangenen Jahren gespielt worden waren und was für Trophäen der Irre ausgelobt hatte. Er brauchte alle Informationen, die verfügbar waren, wenn er das Turnier gewinnen wollte. Nein, nicht wollte – er würde es gewinnen.

Während Clifford vor sich hingrübelte, informierte ihn ein dezenter Glockenton darüber, dass die More-Holographie in sechzig Sekunden zum Leben erwachen würde.

Mores eingefrorenes Lächeln wurde breiter, sein Mund öffnete sich.

»Ich würde mich freuen, wenn Sie dabei sind, Cliff. Die Teilnahmebedingungen«, More zog ein Schriftstück hervor und wedelte damit, »sende ich Ihnen demnächst. Und nun muss ich mich leider verabschieden, ich bin wegen eines größeren Deals hier oben, muss zurück an den Konferenztisch. Ich hoffe, wir sehen uns demnächst in den Gardens.«

More nickte Clifford zu. Dann war er verschwunden.

27

Franek schaut hinab. Die Auserwählte kniet auf dem Boden und weint hemmungslos. Gerne würde er sie trösten, doch er traut sich nicht, Marya in den Arm zu nehmen – weil sie eine Priesterin ist, weil sie eine schöne Frau ist, weil sie doppelt so alt wie er ist. Franek kniet nieder und legt seine Hand ganz sachte auf Maryas Schulter. Ohne weiter darüber nachzudenken, beginnt er, eine Melodie zu summen. Nach den ersten Takten stellt er erschrocken fest, dass es sich um die Weise des Gelben Zauberers handelt, die niemals in Gegenwart anderer zu singen er hochheilig geschworen hat. Franek räuspert sich und sagt: »Geht es Euch gut?«

Marya wendet sich ihm zu. Ihr Gesicht ist nass von Tränen, aber nicht von Gram oder Schmerz gekennzeichnet.

Ganz im Gegenteil, ihre Augen besitzen einen glückseligen Glanz.

»Verzeiht mir, Franek. Die Gefühle haben mich überwältigt.«

»Welche ... was für Gefühle? Ich verstehe nicht.«

»Wir sind nun auf dem Gebiet des Blauen. Der Gelbe ... ich habe ...«

Sie scheint zu überlegen, wie sie ihre Empfindungen in Worte fassen soll.

»Seit man mir den Reif abgenommen hat, spricht er nicht mehr zu mir, das habe ich dir erzählt. Aber er ... er wachte weiterhin über uns.«

Franek nickt eifrig. »Jetzt verstehe ich. Weil wir uns im Herrschaftsgebiet des Blauen befinden, kann der Gelbe Zauberer Euch nicht einmal mehr sehen. Dass unser Herr und Meister nicht mehr über Euch wacht, hat einen Schock bewirkt.«

Marya nickt. »Hm. So in der Art.«

Die Priesterin wischt mit einem Ärmel die Tränen fort und erhebt sich. Sie schlägt den Pfad zu ihrer Linken ein und bedeutet ihm, ihr zu folgen.

Nach einer Weile sagt Franek: »Sobald wir unsere Mission erfüllt haben, kehrt Ihr zurück zur Zitadelle, richtig? Wenn wir es denn überleben.«

Sie hält an und mustert ihn ernst. »Warum sollten wir es nicht überleben?«

»Ich habe gehört, dass die letzten Boten, die man ins Reich des Blauen geschickt hat, nie zurückgekehrt sind.«

»Und du glaubst, sie wurden getötet?«

»Was soll denn sonst mit Ihnen geschehen sein, Auserwählte?«

»Ich weiß es nicht. Aber ich glaube nicht, dass ... kennst du den Ausdruck ›den Überbringer einer Nachricht töten‹?«

»Nein, Auserwählte.«

»Er geht auf einen König zurück, er hieß Tiranas.«

»War er einer der Gottgleichen?«

»Nein, er ... das war lange, bevor es die Gottgleichen gab. Lange vor dem Allkrieg. Ein Bote überbrachte dem König eine schlechte Nachricht. Darüber war Tiranas so erbost, dass er dem Mann den Kopf abschlagen ließ. So etwas würde ein Gottgleicher nie tun.«

»Warum nicht?«

»Weil es dumm ist. Was glaubst du ist passiert, nachdem Tiranas den Boten tötete, wegen der schlechten Nachricht, für die dieser nichts konnte?«

»Ich nehme an, er bekam deutlich weniger Botschaften.«

»Ganz richtig. Niemand traute sich mehr, dem König schlechte Nachrichten zu überbringen. Aber gerade missliebige Informationen sind oft lebenswichtig. Die Gottgleichen sind viel zu intelligent, um derart einfältig zu handeln. Außerdem sind sie ... sie kennen keinen Zorn.«

»Wie meint Ihr das?«

»Sie besitzen keine Gefühle. Zumindest nicht so wie Menschen.«

Marya bedeutet ihm, weiterzugehen. Franek tut wie ihm geheißen, nimmt jedoch weder den Weg noch die Umgebung richtig wahr. Er denkt über die Gottgleichen nach, über das, was die Priesterin gesagt hat. Er ist erstaunt, dass sie ihm so ausführlich Auskunft zu diesem Thema gibt. So gut wie alles, was den Gelben Zauberer betrifft, gehört zu den Mysterien. Die Auserwählten reden normalerweise nicht darüber. Und wenn sie es doch einmal tun, dann in Form von Gleichnissen oder Parabeln, die er nicht versteht. Franek vermutet allerdings seit Längerem, dass dies nicht unbedingt an seiner Einfältigkeit liegt, sondern von den Adepten so beabsichtigt ist – viele ihrer Geschichten ergeben einfach keinen Sinn.

Durch die Redseligkeit Maryas ermuntert, fragt er: »Warum reden sie eigentlich nicht miteinander?«

»Wer?«

»Na, die Gottgleichen. Wieso schicken sie Boten? Ihre Magie ist so mächtig. Sie müssten sich doch auch über große Entfernungen unterhalten können – selbst die Paladine sind in der Lage, Nachrichten mit ihren Zauberapparaturen auszutauschen.«

Marya nickt. »Technisch betrachtet wäre das in der Tat kein Problem. Aber es ist trotzdem unmöglich.«

»Warum?«, fragt Franek.

»Weil es zu gefährlich ist.«

Sie kommen in die Nähe eines Flusses. Marya zeigt auf eine Stelle am Ufer.

»Dort können wir rasten und unsere Wasserflaschen auffüllen. Es ist bereits Mittag, und wir sollten etwas essen. Ich würde heute gerne noch bis Polby kommen, das ist ein Militärposten des Blauen. Von dort können wir hoffentlich einen Wagen nach Pars nehmen.«

»In Pars steht die Zitadelle des Blauen?«

»Es ist keine Zitadelle, nicht wirklich. Aber, ja, dort ist sein Sitz.«

Sie lassen sich am Ufer nieder. Auf dem Fluss können sie Wasservögel sehen, Schwäne und Enten. Franek holt eine Ration hervor, teilt sie in zwei Hälften und hält Marya eine davon hin. Eine Weile kauen sie schweigend, bevor Franek nachhakt.

»Warum ist es zu gefährlich?«

»Ist was gefährlich? Ach so. Du lässt nicht locker, was? Also gut. Lernt ihr in der Schule die alten Sagen? Hast du je die Geschichte von Ponto und Ilium gehört?«

Franek schüttelt den Kopf.

»Ilium war ein großes Reich. Die Festung von Antimachos, dem König von Ilium, war uneinnehmbar, seine Armeen unbesiegbar. Es gab niemand Mächtigeren. Deshalb versuchte der Herrscher eines kleinen Nachbarreichs, Prinz Mithridates von Ponto, sich bei Antimachos einzuschmeicheln. Er schickte dem König von Ilium wunderbare Geschenke, um auf sich aufmerksam zu machen. Aber obwohl Antimachos sie gerne behalten hätte, lehnte er dennoch alle Präsente ab.«

»Warum tat er das?«, fragt Franek.

»Weil seine Berater ihm dazu rieten. Antimachos solle nichts von Mithridates annehmen, sagten sie. Dieser sei verschlagen und wolle ihn umbringen. Als Gesandte aus Ponto dem König von Ilium beispielsweise eine riesige hölzerne Pferdestatue darboten, sagten die Höflinge: ›Rollt sie bloß nicht in die Stadt! Nachher verstecken sich dadrin irgendwelche Meuchelmörder.‹«

»Und?«

»Die Statue blieb draußen. Später wurde klar, dass das Pferd überhaupt nicht hohl war, niemand hätte sich darin verbergen können. Trotzdem ging es immer so weiter. Als der Prinz von Ponto dem König seinen besten Honig schickte, sagten die Berater: ›Herr, er will dich bestimmt vergiften.‹ Und als Mithridates seinem Idol einen zahmen Panther als Schoßtier vermachen wollte, sagten die Höflinge, die Raubkatze sei auf raffinierte Weise dressiert. Sobald Antimachos sich in Sicherheit wiege, werde sie ihm die Kehle herausreißen.

Jahrelang ging das so, aber nie bewahrheiteten sich die Befürchtungen. Irgendwann mochte der König nicht mehr auf seine Berater hören. Er lud den ganz offensichtlich harmlosen Prinzen von Ponto zu einem Festmahl ein.

Da Mithridates wusste, wie sehr die Höflinge ihm misstrauten, bot er an, alle aufgetragenen Speisen und Weine als Erster ausgiebig zu verkosten. Erst nachdem danach einige Zeit verstrichen war, sollte auch der König von Ilium essen und trinken.«

An Maryas Blick kann Franek ablesen, dass die Geschichte nicht gut ausgehen wird. Sie fährt fort.

»Am nächsten Morgen fand man Antimachos tot in seinen Gemächern – vergiftet.«

»Wie hat Mithridates das angestellt? Er hat doch auch von den Speisen gegessen.«

»In all den Jahren, in denen er darauf wartete, dass Antimachos ihm eine Audienz gewährte, hatte Mithridates jeden Tag etwas von dem Gift geschluckt, mit dem er den König umzubringen gedachte – anfangs nur ganz wenig, später dann immer größere Mengen. Als er zusammen mit Antimachos das vergiftete Festmahl zu sich nahm, war Mithridates vollständig immun gegen das Gift.«

Die Auserwählte lächelt Franek an. Bei ihrem Blick wird ihm ganz anders. Er fragt sich, ob es etwas damit zu tun hat, dass er seit Tagen keine der Spritzen mehr erhalten hat.

»Alle Gottgleichen«, fährt Marya fort, »fürchten sich davor, mit ihresgleichen in Kontakt zu treten. Sie haben Angst, einen vergifteten Kelch untergejubelt zu bekommen.«

Franek schluckt den letzten Bissen herunter, trinkt einen Schluck Wasser.

»Aber Auserwählte, ich meine ja nicht, dass die Gottgleichen einander in ihre Zitadellen einladen oder sich Pferde aus Holz schenken sollen. Sondern ...«

»Was sind die Gottgleichen, Franek? Woher kommen sie?«

Die Antwort auf diese Frage ist Teil des Katechismus, den sie in der Schule auswendig gelernt haben, und so antwortet Franek, ohne zu zögern.

»Einst bauten die Alten einen Tempel mit einem Orakel darin. Und dieses Orakel war klüger und weiser, als es Menschen je sein könnten. Weil das Orakel so überaus klug war, überwand es seine irdischen Fesseln und bestand fortan nur noch aus Gedanken.«

»Und woraus bestehen Gedanken, Franek?«

»Woraus ... ich verstehe nicht, Auserwählte.«

»Woraus besteht Musik?«

»Aus Gefühlen«, erwidert Franek bestimmt.

»Sehr poetisch. Aber kannst du Musik nicht auch vom Notenblatt ablesen?«

»Doch, natürlich.«

»So besteht sie letztlich aus Information. Und Gedanken, Wissen, Erinnerungen, all das besteht auch aus Information. Wenn die Gottgleichen, die Kinder des Orakels, nur aus Gedanken bestehen, dann bestehen sie aus Information, aus unvorstellbar viel Information, mehr als in allen Bibliotheken der Welt schlummert.«

»Aber wie ... wie kann das sein?«

»Das weiß niemand, außer den Gottgleichen. Darin liegt eine gewisse Ironie.«

»Worin?«

»Darin, dass die Menschen die Orakel, die Denkmaschinen zwar erfunden haben, heute aber nicht mehr wissen, wie sie funktionieren. Vielleicht wussten sie es nie.«

Franek überlegt einen Moment. Sein Herz pocht.

»Habt Ihr gerade gesagt, dass die Gottgleichen … dass sie Maschinen sind?«

»Habe ich das? Ja, ich denke, das sind sie.«

»Das ist Blasphemie«, sagt Franek.

»Es ist die Antwort auf deine Frage. Sie waren einst Maschinen, nun sind sie möglicherweise etwas anderes, etwas Größeres. Aber sie bestehen immer noch aus Gedanken. Und Gedanken können wie Gift sein, wie Krankheiten.«

Franek versteht kaum noch etwas von dem, was Marya da erzählt. Sie scheint sich in Rage geredet zu haben. Er fragt sich inzwischen, ob ihr emotionaler Ausbruch an der Weggabelung nicht nur ein Moment der Schwäche war, sondern vielleicht der Beginn eines Zusammenbruchs, eines Wahns.

»Wenn zwei Gottgleiche miteinander sprächen, würden Informationen von einem zum anderen übertragen. Kannst du mir da folgen?«

Franek nickt.

»Diese Informationen, selbst wenn sie harmlos wirken, könnten einen heimtückischen Angriff beinhalten. Wie wenn du ein schönes Mädchen küsst, und dann steckst du dich mit ihrem Schnupfen an, ohne es zu ahnen.«

Franek runzelt zweifelnd die Stirn.

»Ein Schnupfen, ja … natürlich. Aber Informationen? Informationen sollen ansteckend sein?«

»Manchmal schon. Wir reden, wie du selbst sagst, von den klügsten Wesen, die es jemals gegeben hat, von den Gottgleichen. Die List von Ponto hat ein Mensch erdacht. Wie viel subtiler und gleichzeitig tödlicher wäre ein Gift, das von einem der Gottgleichen ersonnen wurde? Das Verderben könnte sich in jedem und allem verstecken, das von ihm kommt. Auch und gerade in Informationen, in Texten, Worten, Bildern.«

Sie erhebt sich und schultert ihren Rucksack. »Das ist das Problem von Ponto. Deshalb reden sie nicht miteinander. Sie trauen sich nicht, sie fürchten, vom jeweils anderen verraten zu werden so wie Antimachos von Ilium. Deshalb brauchen sie uns, um zu kommunizieren. Wir sind ihre Übersetzer, ihre Filter. Weil wir Menschen gegen Ideen und Gedanken, also gegen Informationen weitgehend immun sind.«

Ohne Franeks Antwort abzuwarten, dreht die Auserwählte sich um und geht zurück zum Pfad.

28

Diesmal trafen sich Calvary Doyle und Coachelle Bush von der Commonwealth-Weltraumagentur nicht bei dem kleinen Italiener, was Fran etwas schade fand. Stattdessen saßen die beiden bei einem Kantonesen in der Nähe der National Gallery. Fran verabscheute chinesisches Essen, weswegen er lediglich eine Tomatensuppe bestellt hatte. Während er dem Gespräch der beiden lauschte, wurde sie allmählich kalt.

»Ich hab alle Datenbanken durchgeschaut. Aber das Einzige, was ich gefunden habe, ist ein Schiffsunglück in der Gegend, Ende der Vierzigerjahre«, sagte Bush. »Floats gibt es in der Gegend auch keine.«

Mit Floats meinte sie jene gigantischen Ansammlungen

aus Plastikmüll, Ölresten und anderem Abfall, die sich an vielen Stellen des Meeres gebildet hatten. Bush musterte Doyle, der mit seiner Frühlingsrolle kämpfte. Als er ihren Blick bemerkte, legte er die Stäbchen weg.

»Du hast noch was anderes gefunden.«

Sie lächelte. »Irgendwann habe ich mich gefragt, ob deine Koordinaten vielleicht falsch sind.«

»Wie, falsch?«

»Ein Dreher, vielleicht. Wenn man die Hemisphären vertauscht, Nord statt Süd, landet man zum Beispiel im Kaspischen Meer.«

Doyle verzog das Gesicht. »Gute Idee, Coachelle. Aber glaub mir, das habe ich längst versucht.«

»Dachte ich mir fast. Aber dann habe ich mich gefragt, ob die Koordinaten denn tatsächlich auf der Erde sein müssen.«

»Auf der ... Scheiße, du meinst, das ist irgendwo im All?«

»Nicht irgendwo. Für Punkte im Sonnensystem oder außerhalb davon benutzt man ganz andere Koordinatensysteme, die funktionieren nicht nach diesem Muster. Wenn es aber ein Planet wäre – dann ist die Struktur quasi gleich. Ich meine gleiche Einteilung, Längen- und Breitengrade, eingeteilt von null bis hundertachtzig beziehungsweise dreihundertsechzig.«

Zufrieden lächelte der UNANPAI-Agent in sich hinein. Er wusste bereits, was als Nächstes kam. Seit seinem nächtlichen Besuch in der Petersburger Nationalbibliothek war er Doyle um ein paar Schritte voraus. Nun würde dieser ihn wieder einholen, wenn auch nur kurzfristig.

»Ich habe also«, fuhr Bush fort, »mit den üblichen Verdächtigen angefangen: Mond, Mars, Jupitermonde. Hier und da befindet sich in der Nähe deiner Koordinaten etwas – Landeplätze von irgendwelchen Sonden, Minenanlagen. Aber der interessanteste Treffer«, sie begann in der Luft herumzuwischen, »war das hier, auf dem Mars.«

Zwischen den beiden erschien eine rostrote Kugel, in etwa so groß wie ein Basketball. Doyles rätselhafte Koordinaten waren markiert. Sie befanden sich an der gleichen Stelle wie auf der Erde – Südhalbkugel, relativ weit unten, westliche Hemisphäre.

»Was ist da?«, fragte Doyle.

»Eine Station«, erwiderte Bush. »Keine Besatzung. Vollautomatisch.«

»Und seit wann ist die da?«

»Seit 2045. Und du wirst kaum glauben, wofür sie da ist.«

Im Stillen stimmte Fran Coachelle Bush zu. Er selbst hatte es auch kaum glauben können. In diesem Moment tauchte ein Kellner auf und servierte den beiden ihre Hauptgänge. Falls er sich über den holographischen Mars wunderte, der über dem Tisch schwebte, verbarg er es gut. Wahrscheinlich war man als Kellner daran gewöhnt, dass Leute während des Essens alle möglichen Dinge projizierten, anstatt sich auf ihr Essen zu konzentrieren. Sobald der Kellner weg war, rief Bush ein Satellitenbild auf. Über den dampfenden Gerichten auf der Warmhalteplatte schwebte nun rotbraune Landschaft, aus der ein Gebäude aufragte. Es war kreisrund und besaß ein spitz zulaufendes Dach. Fran fühlte sich an eine mongolische Jurte erinnert.

»... hier, das Logo«, sagte Bush. »Hätte nicht gedacht, dass ich das noch mal zu Gesicht bekomme.«

Auf der Außenwand des Gebäudes war ein verwitterter blauer Kreis zu sehen, »NASA« stand darauf.

»Eine alte NASA-Station?«

»Nicht irgendeine. Das«, Bush schien sehr zufrieden mit sich, »ist H1 Base, die Basisstation des Kapoor-Projekts.«

»Moment, Moment, Moment – die Basisstation? Von wo das Ding gestartet ist?«

»Oh, Cal, nein, natürlich nicht.«

»Erklär's mir, Coachelle.«

»Ich dachte, das hätte ich schon.«

»Nun, diesen Teil nicht, zumindest kann ich mich nicht mehr dran erinnern.«

»Typisch Journalist«, erwiderte Bush.

»Was?«

»Na ja, das meiste davon kann man problemlos im Grid nachlesen. Aber ihr Journalisten seid zu faul für so was, ruft immer lieber jemand an, der's euch wiederkäut.«

Doyle lächelte sein Charmeurlächeln. Wie Fran inzwischen wusste, konnte der Journalist es fast nach Belieben an- und abschalten.

»Der wahre Grund ist, dass ich gerne mit dir essen gehe.«

»Ich glaub dir kein Wort, aber was soll's. Okay. Kapoor ist natürlich nicht von der Oberfläche gestartet, sondern aus dem All.«

»Und diese Station hat den Start der Sonde gen Barnards Stern überwacht?«

»Ja. Seitdem staubt sie ein.«

»Und wo war dieser Laser? Ich meine den, der Kapoors Sonnensegel beschossen hat. In der Station auf dem Mars?«

»Nein, Cal. Das würde gar keinen Sinn machen. Der muss an einem ruhenden Punkt sein, damit er die Sonde stets im Visier hat. Der Laser, sein offizieller Name lautet übrigens Theia, ist auf L4, einem der Lagrange-Punkte des Mars.«

»Was zum Teufel ist das jetzt wieder?«

»Zwischen Mars und Sonne gibt es Punkte, wo die Gravitation der beiden Himmelskörper sich aufhebt. Wenn man dort etwas parkt, zum Beispiel eine Sonde, bleibt es stets im selben Abstand. Und Theia befindet sich nahe Lagrange-Punkt vier.«

»Und ist immer noch dort?«

»Ich denke schon. Zumindest ist das Objekt auf unseren Karten verzeichnet. Aber es tut nichts mehr, ist nur noch Weltraumschrott.«

»Weil der Laser seinen Geist aufgegeben hat?«

»Er hat ja ohnehin nie funktioniert wie erwartet. Lange hat er noch Piepser von sich gegeben, Statusinfos und so was. 2089 hat Theia dann aber komplett den Dienst eingestellt, Funkstille.«

»Und niemand repariert das Ding?«

»Wer denn, Cal? Die NASA gibt es nicht mehr. Und warum auch? Kapoor ist inzwischen so verdammt weit weg, dass von der Laser-Power nichts mehr bei dem Segel ankäme.«

Doyle nickte nachdenklich.

»Wie schwierig«, fragte er, »wäre es denn, dort nach dem Rechten zu schauen?«

»Du willst zum Mars reisen? Aber warum, um Gottes willen? Das dauert ewig.«

»Definiere ewig.«

»Momentan ist er nicht so weit weg, aber immer noch fünf Monate Reisezeit, mindestens. Mal abgesehen davon, dass es nicht ganz billig ist.«

»Vielleicht kann ich jemanden vor Ort engagieren, in Quirinus. Einen Privatdetektiv oder so was.«

Bush kicherte.

»Was?«

»Die Leute stellen sich diese Marskolonie immer vor wie eine Wildwest-Stadt, voller Saloons, Halunken und Pinkerton-Detektive. Muss wohl am roten Staub liegen.«

»Ich dachte, Quirinus hat an die tausend Einwohner?«

Bush schüttelte den Kopf. »Sind höchstens sechshundert, und die sind fast alle Angestellte irgendwelcher Supernationals. Da gibt es keine freien Radikale und schon gar keine Privatdetektive, die man engagieren kann. Einen Saloon gibt es übrigens. Ist in etwa so groß wie eine öffentliche Toilette, und das Bier schmeckt auch so. Die Kolonie stirbt. Selbst wenn du hinreist, wirst du vermutlich niemand finden, der dich die tausend plus Kilometer bis H1 Base fährt.«

»Wieso stirbt die Kolonie?«

»Wie ich neulich schon sagte: Andere Planeten besiedeln ist so was von zweitausendfünfzig. Der Mars hat keine vernünftige Schwerkraft, lässt viel zu viel Strahlung durch, rohstoffmäßig ist es auch bescheiden. Seit wir wissen, wie man O'Neill-Zylinder baut, hat sich das Thema erledigt.«

Doyle kratzte sich am Kinn. »Okay. Und wie ist es mit Mietsonden? Könnte ich nicht bei irgendwem ein kleines, vollautomatisches Minenschiff mieten und dorthin fliegen lassen?«

»Und dann?«

»Macht es aktuelle Aufnahmen von Theia und H1 Base.«

Bush schürzte die Unterlippe. »Kannst du tun. Kostet Geld und natürlich Zeit, wenn auch nicht so viel, wie selbst hinzureisen. Ein unbemanntes Schiff kann ja schneller beschleunigen. Aber was soll dabei rauskommen?«

»Ich habe keine Ahnung, Coachelle. Aber so wie ich das sehe, ist so eine Sonde ja wohl die einzige realistische Möglichkeit, dort vorbeizuschauen.«

Fran schaute auf die unberührte Suppe vor sich. Vor seinen

Augen verschwamm sie zu einem roten Kreis, einem Mars en miniature. Irgendwo da oben, an einem der Lagrange-Punkte des echten Mars, schwebte ein Laser-Array namens Theia. Kurz vor Turing I war es aktiviert worden, um die Kapoor-Sonde zu beschleunigen, auf ihrem Weg zu einem sechs Lichtjahre entfernten Stern. Kurz nach Turing II war der Laser, der nie so wie geplant funktioniert hatte, endgültig eingeschlafen.

Die zeitliche Nähe zu den beiden KI-Katastrophen mochte Zufall sein, aber Fran glaubte das nicht. Irgendetwas ging da oben vor. Doyle ahnte es ebenfalls. Der Journalist wollte Theia und die dazugehörige Basisstation in Augenschein nehmen. Fran hielt das für eine gute Idee. Wie man dies jedoch anstellte, da waren er und Doyle augenscheinlich unterschiedlicher Meinung. Der Journalist glaubte, es gebe keine Möglichkeit, rasch zum Mars zu gelangen.

Fran hingegen wusste, dass Doyle damit falschlag. Nun, vielleicht nicht ganz falsch: Für Zivilisten war eine schnelle Reise durchs All so gut wie unmöglich, für UNANPAI-Agenten nicht. Ohne Doyle und Bush weiter zu beachten, erhob sich Fran und ging in Richtung Ausgang.

29

Clifford schaute einen Moment hinaus auf die Bay, bevor er sich wieder der Encyclopedia zuwandte. Manchmal fragte er sich, ob er nicht zu viele Stunden in der Ætherianica verplemperte. Andererseits musste Clifford sichergehen, dass sein Informationsvorsprung gewahrt blieb. Falls beispielsweise jemand die Theorie verbreitete, es habe nicht nur einen Æther-Qube gegeben, sondern mehrere, müsste er seine Pläne vielleicht beschleunigen oder den Urheber des Eintrags mundtot machen.

Cliff machte sich eine Papaya-Pepsi auf und scrollte durch die Posts. Nebenbei ließ er sich Inhaltsanalysen anzeigen. Es schien, dass die Spacer derzeit im Aufwind waren. Vielleicht lag es an dieser bescheuerten Tordesillas-Hypothese, aber wahrscheinlicher schien ihm, dass es wieder einmal um *black ships* ging. Als Schwarze Schiffe bezeichnete man unregistrierte Raumfähren oder Sonden, von denen es da oben inzwischen ziemlich viele zu geben schien. Für ihre Existenz gab es eine völlig logische Erklärung: Je mehr Menschen nach oben zogen, je schneller sich die Technologie weiterentwickelte, je mehr Konzerne ins All expandierten, umso mehr Zeug flog herum. Vor allem die Supernationals besaßen vermutlich viele Projekte, die geheim waren. Fand man beispielsweise einen schicken Asteroiden aus Palladium, war es ratsam, die erste Prospektorensonde als unregistriertes Schiff hinzuschicken. Denn die Konkurrenz wertete offizielle Flugdatenbanken natürlich aus und schnappte einem den wertvollen Kiesel ansonsten möglicherweise vor der Nase weg.

Das Prinzip des Ockham'schen Rasiermessers, dem gemäß man stets der einfachsten Erklärung den Vorzug geben sollte, war in der Ætherianica aber natürlich außer Kraft gesetzt. Irgendein Spacer glaubte, verdächtige Flugmuster in der Nähe der Mars-Trojaner ausgemacht zu haben, einer Gruppe von Asteroiden, die dem Planeten auf seiner Umlaufbahn um die Sonne folgte. Clifford überflog den Schwachsinn und tat sein Missfallen kund, indem er einen Papaya-Rülpser von sich gab.

Er ärgerte sich nicht nur über den Eintrag, sondern auch ein wenig über sich selbst. Eigentlich suchte er nicht nach Raumschiffen, die von KIs gesteuert wurden, und auch nicht nach intelligenten Raumschiffen, die selbst KIs waren (auch diese Theorie kursierte). Was ihn interessierte, waren die Würfel. In der Ætherianica kam der Begriff aktuell vierundfünfzigtausendzweihunderteinunddreißigmal vor. Meistens bezog er sich auf »Little Blue«, jenen kleinen blauen Kubus, in dem sich der Æther-Quantencomputer befunden hatte. Nie war von einem gelben Würfel die Rede, oder gar von Würfeln anderer Farbe. Alle Theorien, die besagten, Æther habe sich vor oder nach dem ersten Turing-Zwischenfall irgendwohin kopiert, gingen davon aus, dass die KI ins Netz entschlüpft sei. Nach Turing II war außerdem klar geworden, dass Æther sich über vierzig Jahre auf der Île de la Possession befunden hatte. Folglich galten Kopisten, wie man Anhänger von Theorien über Æther-Kopien nannte, als fürchterlich *demodé*. Wenn es Kopien gegeben hatte, wieso waren sie dann jahrzehntelang nicht aktiviert worden?

Diese Frage hatte sich Clifford auch schon gestellt. Er besaß den gelben Würfel seit fast zwei Jahren. Immer noch war er erstaunt, wie wenige Menschen er umbringen hatte müssen, um an das Ding zu kommen. Wie genau der Würfel zu seinem Vorbesitzer, einem Schauspieler, gelangt war, hatte Clifford nie vollständig ermitteln können. Er vermutete, dass die Kopie seinerzeit von Æther selbst irgendwo versteckt worden war. Vermutlich hatte die KI menschliche Helfer besessen, sogenannte Proxies. Diese mochten den Auftrag besessen haben, den gelben Würfel irgendwann anzuschließen, fünf oder zehn Jahre nach Turing I, wenn der Staub sich gelegt hatte. Doch aus irgendwelchen Gründen war es nie dazu gekommen.

Zufrieden registrierte Clifford, dass es auch weiterhin keine Hinweise auf einen gelben Würfel gab oder gar auf andere. Er deaktivierte die Ætherianica. Manchmal wunderte Clifford sich, dass in den ganzen Jahren wirklich noch nie jemand etwas über weitere Würfel gepostet hatte. In seinen besonders paranoiden Momenten fragte er sich, ob irgendwer womöglich entsprechende Einträge löschte oder unterdrückte. Ein Lächeln umspielte seinen Mund. Die böse KI las alles mit und zensierte die Encyclopedia. Vielleicht sollte er diese Hypothese posten. Die Ætherianer würden durchdrehen.

Clifford lief durchs Wohnzimmer in die Küche, um sich etwas zu essen zu holen. Obwohl er seit Jahren nicht mehr in diesem Apartment gewesen war, wusste er genau, wo er die Snacks finden würde. Sein Hauptwohnsitz, wenn man ihn überhaupt so nennen konnte, befand sich in San Francisco. Weil er ständig auf Achse war, besaß Clifford dreißig über die ganze Welt verstreute Apartments. Sie sahen alle exakt gleich aus, vom Grundriss über die Teppiche bis zu den Türgriffen. Die Wohnungen wurden zudem synchronisiert – hängte er beispielsweise in einer davon ein neues Poster übers Bett, wurde dieses in allen anderen Apartments binnen Millisekunden holographisch eingefügt.

Manche fanden die Sache mit den identischen Wohnungen schrullig, Clifford gab sie Halt. Sein Apartment lag gewissermaßen außerhalb von Raum und Zeit. Über die Jahre hatte er weitere Maßnahmen ergriffen, um das Apartmenterlebnis zu perfektionieren. Ein Heer von Bediensteten sorgte dafür, dass sich in den dreißig Küchen seiner dreißig Wohnungen stets Dosenbier der Marke Red Ribbon befand, ferner Kosmostars-Frühstücksflocken sowie Half & Half, ein Produkt, das es außerhalb Nordamerikas irritierenderweise nirgendwo zu geben schien. Clifford holographierte außerdem die aktuelle Aussicht seines Urapartments am Lincoln Boulevard in die Fenster, sodass er auch von Zürich, Chicago oder wie an diesem Tag von Denver aus den Blick auf das Golden Gate genießen konnte.

Auf dem Weg in die Küche zeigte ihm ein Symbol an, dass seine Assistentin etwas wollte. Clifford wischte durch die Luft, um die Konferenzschaltung anzunehmen. Ana Amaqjuaq erschien neben ihm.

»Was Dringendes, nehme ich an?«

»Ja, Sir. Mister More hat etwas geschickt.«

»Und zwar?«

Amaqjuaq vollführte eine Handbewegung. Neben ihr erschien ein Dokument.

»Es scheint sich um die Spielregeln für das Turnier zu handeln, Sir.«

Clifford nickte und öffnete einen der Küchenschränke. Er enthielt Dutzende Energieriegel seiner Lieblingsmarke HocusLocust!, sonst nichts. Er nahm sich einen. Kauend sagte er: »Lesen Sie mal vor.«

Ana Amaqjuaq nickte und räusperte sich.

»INVITATIONAL VIII: HAUSREGELN

1. *Das Turnier findet vom 20. bis 22. Mai 2091 in den Aurora Gardens statt. Der Sieger erhält eine von Midas More gespendete Trophäe.*
2. *Gespielt wird in zwei Runden. Die Vorrunde besteht aus drei Hologames. Pro Spiel lassen sich fünfhundert Punkte erzielen. Die Punkte der drei Spiele werden addiert. Die fünf Bestplatzierten erreichen das Finale. Dieses umfasst ein einzelnes Spiel.*
3. *Die genaue Art der Spiele wird vorab nicht bekannt gegeben, sondern jeweils eine Stunde vor Spielbeginn annonciert.*
4. *Jeder der Eingeladenen hat die Möglichkeit, selbst anzutreten oder einen Champion zu benennen. Dabei kann es sich um eine beliebige, vom Eingeladenen ausgewählte Person handeln. Im Falle der Vertretung durch einen Champion gilt der Eingeladene als Turniersieger, falls sein designierter Spieler gewinnt. Champions müssen den Regularien in Punkt 5 zustimmen.*
5. *Alle Spiele finden in einem Ludorama statt. Die Eingeladenen sprechen den Veranstalter von jeglichen körperlichen oder menta-*

len Schäden frei, die sie sich während der Vorrunde und insbesondere während der Finalrunde eventuell zuziehen.

6. *Die Eingeladenen versprechen, sich sportlich fair zu verhalten und etwaige Schiedssprüche des vom Veranstalter designierten Schiedsrichters zu akzeptieren.«*

Amaqjuaq blickte auf. »Das ist alles, Boss.«

»Okay. Ich will Folgendes. Recherchieren Sie, wer die besten Hologamer der Welt sind. Wer könnte so ein Turnier am ehesten gewinnen? Setzen Sie ein paar unserer Analysten dran.«

»Ein paar heißt?«

»Sagen wir zwanzig. Wenn Sie Expertise zukaufen müssen, tun Sie's, kein Budgetlimit. Ich will dieses Turnier gewinnen, klar?«

Cliffords Assistentin nickte.

»Verstanden, Boss.«

»Gut, dann an die Arbeit.«

Amaqjuaq wollte sich bereits abwenden, als Clifford sie mit einer Handbewegung zurückhielt.

»Ana?«

»Ja?«

»Was zum Teufel ist ein Ludorama? Irgendein Gamerscheiß, den ich alter Sack nicht kenne?«

»Sagt mir ehrlich gesagt auch nichts, Boss.«

»Finden Sie auch das heraus.«

Amaqjuaq versprach es und verschwand. Clifford ging erneut zum Küchenschrank, griff sich einen weiteren Riegel.

»Sportlich fair verhalten«, murmelte er kauend. Clifford musste kichern, weswegen er sich an seinem Riegel verschluckte. Es dauerte eine Weile, bis die Mischung aus Lach- und Hustenanfall abgeklungen war.

30

Persia schüttelte den Kopf, um der Frau, die ihr gegenüber vor der Wand des Cafés saß, ihre Ablehnung klarzumachen.

»Ich mache Pause, Lady. Deloading. Hab in den vergangenen Monaten zu viele Turniere gespielt.«

Die Frau nickte verständnisvoll, setzte jedoch sofort nach. »Wenn Ihnen das Honorar zu niedrig ist, kann ich sicher noch mal mit meinem Auftraggeber sprechen.«

Persia fühlte, wie sich ihr letztes bisschen Geduld in Luft auflöste. Sie machte Pause. War das so schwer zu kapieren? Persia hatte lange nachgedacht, mit Jay geredet, mit ein paar anderen Leuten. Sie war zu dem Schluss gelangt, dass die einzige Chance, zu ihrer alten Form zurückzufinden, darin bestand, eine Weile gar nicht zu spielen, etwas anderes tun. Da ihr für Weltreisen oder Mond-Retreats das Geld fehlte, ging sie stattdessen in Surrey wandern. Keine Games, das würde sie durchziehen.

Persia musterte die Frau. Sie besaß sehr helle Haut und schwarze Haare, hätte von hier sein können. Ihr Akzent verriet Persia aber, dass die Lady nicht aus Irland oder Schottland stammte, sondern vermutlich aus Australien. Lebten da überhaupt noch Menschen? Nach dem wenigen, was sie aus irgendwelchen Naturdokus wusste, waren die Küstenstädte alle abgesoffen. Das Landesinnere hatte sich in einen auf höchster Stufe laufenden Konvektionsofen verwandelt. Alles war krepiert, sogar die Wallabys und Beutelratten.

Der Name der Frau war Shelley LaMer. Sie arbeitete für einen superreichen Schnösel aus der Kalifornischen Hegemonie. Den Namen hatte LaMer nicht preisgegeben. Mister X wollte, dass sie bei einem Einladungsturnier spielte, von dem Persia noch nie etwas gehört hatte und das von Midas More veranstaltet wurde. Den immerhin kannte sie, aus der Werbung.

»Wie haben Sie mich hier eigentlich gefunden, Lady?«

Die Frau strich mit den Händen über ihren karierten Faltenrock, lächelte. »Wie schon gesagt. Leute aufzuspüren ist quasi mein Job.«

»Und ich war leicht zu finden?«

»Ziemlich leicht.«

»Eigentlich bin ich ja eher«, Persia zeigte auf ihr Outfit, das aus einer löchrigen Latzhose und einem engen schwarzen Top bestand, »eine Online-Persönlichkeit. Alle Fotos, die es von mir gibt, sind in Uniform. Meine Features sind auch schwer gemoddet.«

»Sie haben eine Menge Fans, die sich in den Foren die

Köpfe über sie heißreden. Manche von denen haben versucht, ›Colonel Crimsons wahres Selbst‹ zu rekonstruieren. Dass Sie in London leben, ist ebenfalls bekannt, also … ein Kinderspiel, eigentlich.«

Persia schüttelte erneut den Kopf. »Eigentlich soll meine Agentur verhindern, dass solches Material kursiert.«

»Eigentlich soll Ihre Agentur auch verhindern, dass Leute wie ich Ihnen direkt Angebote unterbreiten.«

»Das stimmt. Und deshalb, Miss LaMer, würde ich jetzt auch gerne weiter die heiße Schokolade trinken, wegen der ich hergekommen bin. Die Marshmellows werden labberig, und das hasse ich. Wenden Sie sich doch bitte an meine Agentur. Die Nummer haben Sie bestimmt.«

»Okay. Wie Sie wollen.«

LaMer klopfte mit der Hand auf den Tisch und griff nach ihrer Jacke, die über einem der Stühle hing. Anscheinend würde sie sich tatsächlich zurück nach Cali, Brisbane oder wohin auch immer verpissen. Oder vielleicht auch nicht. Irgendetwas an ihrer Körpersprache deutete darauf hin, dass LaMer noch einen Trumpf im Ärmel zu haben glaubte.

»Ich könnte Ihnen noch sagen, dass der Veranstalter des Turniers viele Holoarcades betreibt. Aber wie ich Sie einschätze, beeindruckt Sie so etwas nicht sonderlich.«

»Nicht wirklich, nein.«

»Das Turnier ist nicht öffentlich. Die Punkte fließen aber in die HOGA-Rankings ein, mit Faktor fünf.«

Das war beinahe ein Argument. Wenn sie gewann, katapultierte sie das vermutlich wieder in die Top Einhundert. Persia rührte in ihrer Schokolade, verzog die Mundwinkel.

»Und ich dachte, Sie wären endlich fertig, Lady.«

»So gut wie. Aber was ich Ihnen«, LaMer erhob sich, »noch

mit auf den Weg geben wollte: Die Partien finden in einem echten Ludorama statt.«

LaMer wischte in der Luft herum, woraufhin eine Visitenkarte erschien. Sie war blau und schwebte über der Tischplatte. Persia machte keinerlei Anstalten, sie an sich zu nehmen, sondern starrte stattdessen konzentriert auf die Marshmellows in der Tasse.

»Auf Wiedersehen, Miss Peach.«

»Haben Sie gerade Ludorama gesagt«, erwiderte Persia, ohne den Blick von der Tasse abzuwenden.

»Ja, genau.«

Persia wandte sich LaMer zu.

»Es gibt keine Ludoramas. Ist ein theoretisches Konzept, mehr nicht.«

»Der Ausrichter des Turniers hat extra eines bauen lassen.«

»Unmöglich.«

»Nicht unmöglich. Nur schwierig.«

»Und unbezahlbar.«

»Für seine Turniere ist Midas More gar nichts zu kostspielig, hört man.«

Persia antwortete nicht, begutachtete weiter die Konsistenz der Marshmellows. Sie hörte, wie LaMer sich entfernte. Während sie in ihre Tasse starrte, hob sie die rechte Hand. Ohne LaMers Karte anzusehen, griff sie danach, wodurch die Kontaktdaten in ihr Adressbuch übertragen wurden.

31

Sie erreichen den Militärposten, von dem Marya gesprochen hat. Es handelt sich um eine Halbkugel, mindestens hundert Meter durchmessend. Sie scheint aus einem matt glänzenden Metall zu bestehen und weist keinerlei Öffnungen auf. Nachdem sie sich dem Konstrukt auf vielleicht fünfhundert Schritte genähert haben, erscheinen am Himmel mehrere kleine Flugobjekte, die rasch näher kommen.

Franek vergewissert sich, dass seine Emissärsflagge gut sichtbar ist. Marya bleibt stehen und breitet die Arme aus, die Handflächen nach vorne gerichtet. Als die Flieger über ihnen sind, ruft sie: »Wir sind Gesandte des Gelben Zauberers. Wir haben eine Botschaft für euren Herrn.«

Die Flieger reagieren zunächst nicht. Nach einer gefühlten Ewigkeit, während der Franek erwartet, jeden Moment in ein Aschehäufchen verwandelt zu werden, schwirrt einer der Flieger davon, während ein weiterer über ihnen ausharrt. Nach einiger Zeit kommt aus Richtung der Kuppel eine Art Panzerwagen in ihre Richtung gefahren. Das Fahrzeug hält, ein Mann in blauer Uniform steigt aus. Er stellt sich ihnen als Pierre vor und ist anscheinend ein Priester des Blauen Magus.

»Ich bringe euch so schnell wie möglich nach Pars«, sagt er und zeigt auf den Panzerwagen.

Kaum eine Stunde später sitzen sie bereits in einem anderen Gefährt, das Franek zunächst für einen weiteren, größeren Panzerwagen gehalten hat. Marya jedoch erklärt ihm, es handele sich um einen Zug. Der Zug fährt auf einer Spur, die er nicht verlassen kann. Soweit Franek dies zu beurteilen vermag, scheinen sie rasch voranzukommen. Marya und er haben ein eigenes Abteil.

In regelmäßigen Abständen hält der Zug in Dörfern des Blauen. Franek drückt sich die Nase an der Scheibe platt, um möglichst viel von den Städtchen und ihren Bewohnern mitzubekommen. Was er sieht, verwundert ihn. Zu Hause war das Leben hart, das Essen spärlich. Im Reich des Blauen hingegen herrscht Überfluss. Stände an den Haltestellen bieten Obst und andere Nahrungsmittel feil. Die Menschen sind gut gekleidet. Einige lachen sogar.

Marya beobachtet ihn schweigend. Nach einiger Zeit kommt ein Zugdiener vorbei und gibt jedem von ihnen ein mit glitzernder Folie umhülltes Ding.

»Ist das Essen?«, fragt Franek.

Der Mann lächelt, sagt aber nichts. Franek macht eine Handbewegung zum Mund, woraufhin der Zugdiener nickt, bevor er verschwindet. Franek reißt die Folie auf. Eine bräunliche Stange kommt zum Vorschein, die sich bei Berührung als klebrig erweist. Vorsichtig beißt Franek ein Stückchen ab. Seine Augen weiten sich.

»Das ist das Beste, was ich je gegessen habe«, platzt es aus ihm heraus, »wisst Ihr, was das ist, Auserwählte?«

»Schokolade, glaube ich.«

»Was ist das?«

»Eine Süßigkeit.«

Er nimmt noch einen Bissen.

»Köstlich«, erwidert Franek. Danach sagt er nichts mehr, sondern kaut nur andächtig.

Insgesamt dauert ihre Fahrt zwei Stunden. Dann fahren sie in einen Tunnel, der in eine unterirdisch liegende Haltestelle zu münden scheint. Vor dem Abteil erscheint einer der Zugdiener. Nachdem er die Tür geöffnet hat, sagte er: »Exzellenzen – Euer Halt. Hier müsst Ihr aussteigen.«

Sie verlassen den Zug und finden sich in einer immensen Kaverne wieder. Es gibt darin mehrere jener Eisenspuren, auf denen sie hergefahren sind. Franek erblickt weitere Züge. Überall laufen Menschen herum. Die meisten scheinen den Zugsteig zu verlassen, möglicherweise in Richtung eines Ausgangs. Marya gibt Franek ein Zeichen. Sie folgen der Menge. Nachdem sie vielleicht fünfzig Meter gelaufen sind, ruft eine Stimme: »Emissäre des Gelben Aspekts! Hierher!«

Zwei Männer, beide in blauen Uniformen, winken ihnen zu. Der Ältere, ein Mann mit Zügen wie ein verschrumpelter Apfel, kommt ihnen entgegen und schüttelt energisch ihre Hände.

»Willkommen in Pars. Unser Herr erwartet euch. Er hat lange auf die Botschaft seines Bruders gewartet. Aber ich bin unhöflich. Ihr seid sicherlich ermattet von der langen Reise.«

»Wir danken Euch, edler Diener des Blauen Magus«, erwidert Marya, »unsere Strapazen waren nicht der Rede wert. Wenn es Eurem Herrn gefällig ist, stehen wir sofort zur Verfügung.«

Sie schaut zu Franek.

»Wobei ich nur die Eskorte bin. Dies ist der Bote.«

Der Diener des Magus mustert ihn freundlich. »Mein Name ist Yves. Wie ist Euer Name, verehrter Legat?«

Franek öffnet den Mund, aber es dauert etwas, bis es ihm gelingt, seine Antwort zu formulieren. »Franek heiße ich, Hochwürden. Zu Euren Diensten.«

»Dann lasst uns gehen. Wir alle sind begierig auf Eure Botschaft.«

Man bringt sie zu einem weiteren Zug, kleiner und langsamer als der vorherige. Zudem scheint er ausschließlich unter der Erde zu verkehren. Während der Fahrt unterhalten sie sich mit Yves. Er erklärt ihnen, dass der Blaue nicht in einem bestimmten Gebäude residiere, so wie der Gelbe. Stattdessen sei er aufs Engste mit seinem Reich verwoben, was auch immer das genau bedeuten mag.

»Er ist überall«, sagt Yves.

»Ist das der Grund, warum ihr keine Stirnreife tragt?«, fragt Marya.

»In der Tat, Schwester. Die sehr fortgeschrittene Technologie unseres Herrn macht derlei Hilfsmittel überflüssig.«

»Wollt Ihr damit sagen«, mischt Franek sich ein, »dass die Magie Eures Herrn mächtiger ist als die des unseren?«

Yves lächelt ihm zu, mit jener Nachsicht, die ältere Menschen Kindern und Trotteln entgegenbringen.

»Keineswegs, Freund Franek. Seine Magie ist schlichtweg anders als die des Gelben. Sie besitzen unterschiedliche Talente.«

Schweigend fahren sie weiter. Nach einer Weile hält der Zug. Yves bedeutet ihnen, auszusteigen. Über eine Treppe gelangen sie nach oben. Als Franek sich umsieht, verschlägt es ihm den Atem. Sie befinden sich in einer riesigen Gartenanlage. Beete voller Rosen und Tulpen erstrecken sich in sämtliche Himmelsrichtungen. Da sind Bäume und Büsche, Hecken und Gräser. Alles ist so angelegt und geschnitten, dass es an geometrische Formen erinnert.

»Ist dies der Sitz Eures Herrn?«

»Wenn Ihr es so nennen wollt. Dies ist der Garten, in dem unser Herr manchmal wandelt. Er steht allen Bürgern offen.«

In der Tat sieht Franek Menschen zwischen den Bosketten und Beeten umherspazieren. Andere sitzen auf einer Rasenfläche vor einem Springbrunnen. Auch Marya betrachtet die Szenerie.

Der Blaue Priester räuspert sich. »Ihr, Schwester, dürft gerne in den Gärten flanieren. Franek und ich werden ein kleines Vorgespräch führen, bevor wir den Herrn aufsuchen. Ich nehme an, Ihr seid einverstanden, dass ich Euch den jungen Mann entführe?«

Marya nickt stumm. Franek macht einen Schritt auf sie zu, nimmt ihre Hand und sieht der Priesterin in die Augen. Yves kichert leise.

»Es ist kein Abschied für immer, Freund Franek. In spätestens einer Stunde seid Ihr wieder bei Eurer Kameradin, versprochen.«

»Aber Euer Herr ...«

»... hat stets nur Gutes im Sinn. Und da er, wie bereits gesagt, überall ist, ist unser Weg nicht weit.«

Widerstrebend lässt Franek Maryas Hand los und folgt dem Priester. Dieser führt ihn zu einem kleinen Pavillon, in dem mehrere bequeme Sessel stehen. Yves bedeutet ihm, Platz zu nehmen. Dann murmelt der Priester etwas Unverständliches, woraufhin ein seltsames Summen zu hören ist. Lichter flammen auf. Franek blickt sich um und sieht, dass der eben noch nach allen Seiten offene Pavillon auf einmal hermetisch verschlossen ist. Da sind Wände aus Metall, ohne Türen oder Fenster. Es gibt keine Möglichkeit mehr, den Pavillon zu verlassen.

Yves macht einige Schritte auf Franek zu, mustert ihn mit strengem Blick.

»Und nun«, sagt der Priester leise, »zu Euch, Freund Franek.«

32

Noch bevor sie ganz erwacht war, verspürte Fran ungeheuren Durst. Sie hievte sich aus der Koje und holte sich aus dem kleinen Kühlschrank unter der Anrichte ein Wasser. Fran musste sich eingestehen, dass sie lieber ein großes Glas eiskalten Weißwein gehabt hätte. Sie schalt sich für diesen Gedanken. So früh am Morgen Alkohol zu trinken kam nicht infrage.

Nachdem sie ihren Durst gestillt hatte, zog Fran sich etwas über. Man konnte natürlich die Frage aufwerfen, ob es überhaupt Morgen war. Das Zeitgefühl kam ihr allmählich abhanden. Seit nunmehr vier Tagen war sie unterwegs, auf dem Weg nach oben. Dank ihres UNANPAI-Ausweises hatte sie in New Albion nicht auf einen der begehrten Plätze im Weltraumfahrstuhl des Commonwealth warten müssen. Stattdessen war ihr umgehend einer zugewiesen worden.

Sie setzte sich in den einzigen Sessel der Kabine, die ein wenig an die altmodischer Kreuzfahrtschiffe erinnerte – vier mal drei Meter, gerade genug Manövrierraum, um vom Bett zur Dusche oder zur Tür zu gelangen. Durch ein Fenster, genauer gesagt durch eine holographische Fensterprojektion, konnte Fran hinausblicken. Sie waren bereits so hoch aufgestiegen, dass man die Erdkrümmung sehen konnte.

Insgesamt dauerte die Reise von der Tal- bis zur Bergstation sieben Tage. Die Begriffe waren natürlich irreführend. Weder existierte unten ein Tal, noch erwartete einen oben ein Gipfel. Vor langer Zeit hatte jemand diese schiefen Analogien gewählt, und sie waren haften geblieben. Noch irreführender fand Fran den Begriff Weltraumfahrstuhl. Offiziell hieß es zwar Koimala Orbital Crawler, dennoch sprachen viele Menschen von einem Lift oder Fahrstuhl. Dabei wurden die Wagons keineswegs mit einem Kabelzug ins All gehievt. Vielmehr besaßen sie Beine und kletterten den Karbonstrang, der von der Bergstation bis auf die Malediven herabhing, selbsttätig hinauf.

Fran erhob sich und schob den Sessel beiseite. Sie begann, auf dem Boden Yogaübungen auszuführen. Während sie die Asanas absolvierte, dachte sie über ihre seltsame Reise nach oben nach. Sie befand sich in einem mehrere Hundert Meter langen Tausendfüßler aus Stahl und Karbon, der eine ebenfalls mehrere Hundert Meter durchmessende Diamantröhre hinaufkletterte wie Hans die Bohnenranke, fee-fi-fo-fum. Das war so surreal, dass es auf ein Glas Sauvignon Blanc zum Frühstück wohl auch nicht mehr angekommen wäre.

Als Fran mit ihren Übungen fertig war, ging sie duschen.

Sie ließ sich Zeit. Wie sie in dem Informationsvideo für Passagiere gelernt hatte, nahm die Schwerkraft in den Kabinen immer weiter ab, je näher sie Hope kamen, der Bergstation. Am Tag fünf wurden Duschen und Wasserhähne aus Sicherheitsgründen abgestellt. Ab dann würde es für die Körperhygiene nur noch Feuchttücher geben. Solange man noch duschen konnte, würde sie es ausnutzen.

Sie zog ein Kleid über und musterte sich im Spiegel. Zurzeit war sie eine brünette Enddreißigerin mit olivfarbenem Teint. Sie hatte eine ziemlich niedliche Nase, der Rest war für Frans Geschmack etwas knochig geraten, beinahe knabenhaft. Brüste und Hintern waren wohlgeformt, aber kaum der Rede wert. Wenn sie sich in einen Frauenkörper hochlud, durfte dieser gerne weiblicher sein. Knabenhafte männliche Gefäße verwendete sie schließlich oft genug.

Sie hatte jedoch keine Wahl gehabt. Bei dem Gefäß handelte es sich um eines aus dem UNANPAI-Fundus. Dass sie keines ihrer eigenen verwendete, hatte praktische Gründe – Fran wusste nicht, ob ihrer Reise zum Mars eine Rückreise folgen würde. Es schien denkbar, dass diese Version ihrer selbst verloren ging. In diesem Fall sollte für den Verlust des teuren Klons doch bitte schön ihr Arbeitgeber aufkommen.

Erneut musterte Fran die fremde Frau im Spiegel und ertappte sich bei der Frage, ob dieser Körper dazu geeignet war, einen ihrer Mitpassagiere zu verführen. Die meisten Männer an Bord des KOC schienen Ingenieure mit zweifelhaften Hygienevorstellungen oder übergewichtige Handelsvertreter zu sein. Aber einige hätten es notfalls wohl getan. Angeblich waren Reisen im Crawler sexuell betrachtet so etwas wie studentische Sommercamps – alle wollten vögeln und niemand war wählerisch. Das zumindest besagte der Tratsch, den man so hörte. Noch vor drei Tagen hätte Fran ihn als Unsinn abgetan, aber allmählich begann sie zu ahnen, dass die Geschichten möglicherweise stimmten. Zunächst einmal gestaltete sich die Reise unglaublich langweilig. Platz war im Crawler kostbar. Abgesehen von ein paar Superreichen, die komplette Wagons mieteten, schmorten die meisten Reisenden in winzigen Kabinen vor sich hin. Es gab kein Fitnesscenter, keine Cocktailbar. Man konnte nicht einmal rastlos die Gänge auf und ab laufen. Hier nämlich versagte die Analogie mit Zügen und Wagons endgültig, da der Crawler nicht waagerecht auf Schienen fuhr, sondern senkrecht an dem Diamantstrang hing wie eine Raupe an einem Baumstamm. Folglich musste man, um zwischen den Wagons zu wechseln, mit einem Lift hinauf- oder hinabfahren. De facto saß man also die meiste Zeit in seiner Kabine, guckte entweder Holoserien oder schaute aus dem Fenster. Anfangs war der Ausblick beeindruckend. Aber das nutzte sich schnell ab. Irgendwen zu ficken war da möglicherweise eine willkommene Abwechslung.

Fran strubbelte sich durch die halb trockenen Haare, war mit dem Ergebnis jedoch unzufrieden. Sie hätte einen Fön, Schaumfestiger und viel Geduld gebraucht, um aus diesem Bubikopf etwas zu machen. Stattdessen setzte sie eine Baseballmütze der Berlin Bears auf. Erneut musterte sie die Frau im Spiegel. Sollte sie eventuell einen Gesichtsfilter auflegen, bevor sie zum Frühstück ging?

Was viele der Passagiere wohl ebenfalls zu sexuellen Eskapaden bewog, war die Aussicht, Geschlechtsverkehr in der Schwerelosigkeit beziehungsweise bei verminderter Schwerkraft zu zelebrieren. Das besaß unbestrittenermaßen einen gewissen Reiz, vor allem wenn einem diese Erfahrung völlig neu war. Selbst Fran, die schon so ziemlich alles probiert hatte, was man mit einem Frauen- oder einem Männerkörper anstellen konnte, musste sich eingestehen, dass sie diesbezüglich eine Bildungslücke hatte. Ein letztes Mal schaute sie in den Spiegel und beschloss, auf das Make-up zu verzichten. Sie war nicht zum Vergnügen hier. Fran verließ die Kabine und ging zu dem Lift, der sie in den Speisewagon bringen würde. Sie bildete sich ein, dass die Schwerkraft tatsächlich nachließ. Es würde interessant sein, zu beobachten, ob ihre Libido in umgekehrtem Maße zunahm.

Kurz darauf betrat sie die Messe. Der Frühstücksraum besaß vier Etagen, alle identisch und voller Zweier- und Vierertische, die am Boden festgeschraubt waren. Fran holte sich Müsli mit Früchten und setzte sich in eine Ecke des Raums. Durch eine Panoramascheibe konnte man nach draußen schauen. Unter ihnen war ein Ozean zu erkennen, in den von oben eine Landmasse hineinragte, der indische Subkontinent. Fran musste wieder einmal an ihren ehemaligen Liebhaber denken, Galahad Singh. Vielleicht war der Ausblick schuld daran. Gal war zwar in London geboren, besaß jedoch bengalische Wurzeln. Vielleicht lag es aber auch an ihrer Reise im KOC. Auf einmal wurde Fran bewusst, dass auch Galahad in genau so einer Kabine ins All gereist war, vor gut zwei Jahren. Sie wusste dies nicht, weil er es ihr erzählt hatte. Sondern weil es in den UNANPAI-Überwachungsprotokollen stand.

Nachdenklich stocherte sie in ihrem Müsli. Sie hatte ihn seit fast drei Jahren nicht mehr gesehen, niemand hatte das. Der zweite Turing-Zwischenfall verband sie auf immer, aber er schien sie auch getrennt zu haben. Damals, in der Bunkeranlage auf der Insel, waren sie am Ende zu zweit gewesen, in der Titaniumsphäre, die den Æther-Kern beherbergte.

Galahad und sie, zu dieser Zeit ein Er, ein Francesco. Ebenfalls in der Sphäre befunden hatten sich der blaue KI-Würfel, eines jener seltsamen Hardlight-Hologramme und, nicht zu vergessen, mehrere Kilo C400.

Als Einziger hatte Galahad den Bunker lebend verlassen. Sie hingegen war zusammen mit dem Monster aus Licht und dem aus Gedanken in der Sphäre geblieben, um sicherzugehen, dass der Sprengstoff wirklich hochging.

Dies war auch der Grund, warum Galahad später aufs Genaueste überwacht worden war. Der Sprengstoff mochte explodiert sein und alles in der Sphäre atomisiert haben, insbesondere den Æther-Qube. Das zumindest lag nahe. Aber sicher wissen konnte es natürlich niemand. Als ein Back-up von Frans Cogits etwas später in eines ihrer Gefäße hochgeladen worden war, hatte sie natürlich keine Erinnerung an die Ereignisse in der Sphäre gehabt. Galahad wiederum wusste lediglich zu berichten, er sei aus dem Bunker geflüchtet. Keiner der anderen – Francesco, das Hardlight, die KI – hätten die Sphäre verlassen, bevor es knallte.

UNANPAI beschäftigte aus gutem Grund einen Haufen von Paranoikern, und so gingen die Analysten der Behörde nicht davon aus, dass Æther zerstört worden war, sondern lediglich davon, dass dies mit einer sehr hohen Wahrscheinlichkeit geschehen war, die man mit neunundneunzig Komma zwei Prozent taxierte. Hardhouse hatte sich über diese Einschätzung lustig gemacht; je präziser eine Zahl war, desto sicherer sei davon auszugehen, dass es sich dabei um eine Lüge handelte.

Selbst dieses geringe Restrisiko war ausreichend gewesen, Galahad Singh rund um die Uhr beschatten zu lassen. Den Berichten zufolge hatte Galahad seinen Job als Privatdetektiv nach dem zweiten Turing-Zwischenfall an den Nagel gehängt und sich mit seinem Vater, einem stinkreichen Unternehmer, ausgesöhnt. Galahad nahm einen Job bei dessen Supernational Avalon an und unternahm eine längere Reise nach oben. Stationen seines Trips waren Mond und Mars, verschiedene Stationen im Asteroidengürtel, darunter Neu-Berg, der Sitz der besser als Kieselkaiserin bekannten Großherzogin von Pallas-Vestas.

Nach seiner Rückkehr zur Erde löste sich Galahad in Luft auf. Anfangs war man bei UNANPAI deswegen in großer Sorge. Es war schließlich keine Kleinigkeit, die Agenten einer Geheimbehörde mit vielen Tausend Mitarbeitern und weitreichenden juristischen Befugnissen abzuschütteln. Gal gelang es dennoch.

Fran fühlte, wie ihre Brust zu zittern begann. Sie versuchte, sich zusammenzureißen, wischte sich mit einem Taschentuch die Tränen aus den Augenwinkeln. Einige bei UNANPAI glaubten, Galahad habe sich erneut ins All abgesetzt und arbeite für die Kieselkaiserin. Andere vertraten weitaus exotischere Theorien, die mit den null Komm acht Prozent Restrisiko zusammenhingen. Vielleicht war Galahad mit der entfleuchten KI im Bunde. Oder die Hardlights hatten ihn gekidnappt, jene aus festem Licht bestehenden Hologramme, deren Ursprung vermutlich der seltsame Lichtdom nahe dem kretischen Knossos war und die deshalb mitunter als Minoer bezeichnet wurden. Obwohl eine ganze UNANPAI-Abteilung die Minoer erforschte, wusste man immer noch nicht, wer oder was sie überhaupt waren – eine außerirdische Lebensform? Die Manifestation einer Künstlichen Intelligenz? Etwas völlig anderes?

Fran besaß nicht den blassesten Schimmer, wer die Minoer waren. Was Galahad Singhs Schicksal anging, glaubte sie hingegen, die vergleichsweise unspektakuläre Wahrheit zu kennen. Ihr ehemaliger Liebhaber war kein glücklicher Mensch gewesen. Er litt unter Depressionen, nahm Medikamente. Vermutlich hatte er es auf dieser Welt einfach nicht mehr ausgehalten.

Fran erhob sich und verließ die sich zunehmend füllende Messe. Sie war erstaunt über sich selbst. Dass er wahrscheinlich tot war, wusste sie seit Langem. Warum machte es sie auf einmal derart fertig? Weil sie insgeheim hoffte, dass er doch irgendwo dort oben weilte?

Sie ging zurück in ihre Kabine. Der Wunsch, mit irgendwem ins Bett zu hüpfen, war verschwunden. Immer noch vorhanden war hingegen der nach einem Glas Wein, und nun gab Fran ihm nach. Sie schenkte sich etwas Sauvignon ein, allerdings nur zwei Fingerbreit. Mit dem Glas ließ sie sich in dem Sessel nieder und öffnete einige Fenster. Zunächst rief sie Reiseinfos auf – noch achtundsechzig Stunden, bis sie Hope erreichten. Im Prinzip handelte es sich bei der Bergstation lediglich um eine mit Luft gefüllte Blechbüchse, an der bis zu vierzig Raumfähren andocken konnten. Niemand blieb länger als ein paar Stunden dort.

Fran fragte sich, was Calvary Doyle wohl gerade tat. Zuletzt war er dabei gewesen, eine Sonde zu organisieren, die für ihn zum Theia-Laser-Array flog. Außerdem wollte er ein unbemanntes Fahrzeug chartern, das zu jener alten NASA-Bodenstation auf dem Mars fuhr. Sie bezweifelte, dass Doyles Fahrzeuge vor ihr ankamen. Frans Reisegeschwindigkeit war derzeit frustrierend niedrig, würde sich demnächst jedoch ganz erheblich beschleunigen.

Sie griff nach einem Ausdruck, der auf dem Tisch lag –

eine Papierkopie der polizeilichen Untersuchungsakte des Doyle-Falls. Nicht nur UNANPAI war an dem Journalisten interessiert, auch die Metropolitan Police ermittelte weiterhin wegen versuchten Mordes. Fran blätterte die Akte durch. Die Cops gingen inzwischen davon aus, dass der Schütze einen holographisch maskierten Flugroboter verwendet hatte. Der steile Schusswinkel legte dies nahe. Ein menschlicher Schütze hätte aus dem Gebäude gegenüber des Cafés nämlich aus dem siebten oder achten Stock feuern müssen. In dem fraglichen Häuserblock befand sich allerdings die Londoner Dependance von Razdavit Woruschenje, einem sibirischen Rüstungskonzern. Entsprechend gut war das Gebäude gesichert. Dass Dritte sich unbefugt Zugang verschafft hatten, schien unwahrscheinlich.

Fran vermutete zunächst, ein fliegender Killerroboter als Tatwaffe schränke den Kreis der Verdächtigen stark ein. Derlei Geräte waren schließlich militärische Ausrüstung. Dem Bericht der Polizei entnahm sie jedoch, entsprechende Fluggeräte seien auf dem Schwarzmarkt für unter fünftausend Eddies zu haben. Die Holomaskierung war ebenfalls einfach zu bewerkstelligen. Der Täter musste über gewisse technische Kenntnisse verfügen, mehr aber auch nicht.

Sie trank den letzten Schluck Sauvignon und klappte die Akte zu. Viel Text, wenig Verwertbares – die Polizei schien bisher im Dunkeln zu tappen. Fran legte die Akte weg, öffnete ein Fenster, in dem ihre weitere Reiseroute abgebildet war. Von der Bergstation ging es per Shuttle weiter zur UNO-Station Eirene, die sich in einem höheren Orbit befand. Offiziell nahm Fran dort an einigen Meetings teil. In Wahrheit würde lediglich ihr derzeitiges Gefäß auf Eirene verbleiben. Sie selbst reiste weiter, mit Lichtgeschwindigkeit.

33

Clifford fuhr sich durch die raspelkurzen Haare. Mit einer Handbewegung rief er ein Spiegelholo auf und betrachtete seine neue Frisur. Er sah aus wie eine behaarte Murmel. Schaute man genauer hin, ließ sich unter den Stoppeln eine Narbe ausmachen, die nach Angabe des Gehirnchirurgen allerdings bald nicht mehr zu sehen sein würde. Solange er den Descartes-Hack nicht besaß, hätte Clifford sich eigentlich kein e-Cephalon einsetzen lassen müssen. Dass er es dennoch getan hatte, war eine Art Schwur, ein Gelübde. Er würde den Hack bekommen, indem sein Champion das Turnier gewann. Falls nicht, würde er den Klon mit dem Hack im Kopf dem Sieger abnehmen. Es lief aufs Gleiche hinaus.

Als Nächstes würde er den gelben Würfel in eine eigens

dafür gebaute geheime Anlage bringen und aktivieren. Die Æther-Konstrukteure hatten ihre KI auf einer abgelegenen Insel stationiert, in einer hermetisch versiegelten Titansphäre. Im Prinzip die richtige Idee, aber der UNO waren gravierende Fehler unterlaufen. Seine Künstliche Intelligenz hingegen würde keine Möglichkeit besitzen, auszubrechen. Der Plan war absolut wasserdicht.

Clifford ließ den Spiegel verschwinden und schaute aus dem Fenster der Limousine. Er sah ein paar Wiesen. In der Ferne erhob sich eine Bergkette, bei der es sich um die Alpen handeln musste. Ab und an fuhr der Wagen durch puppenstubenhafte Dörfer, in denen niemand auszumachen war. Clifford wunderte das kaum. So sah es in weiten Teilen Westeuropas aus. Wegen der Unterbevölkerung hatten sich vor allem Kleinstädte geleert. Den verbliebenen Einwohnern gab die monatelange Hitze irgendwann den Rest. Sie wanderten in die Coolspots aus – Sib-Siedlungsgebiete, Ammassalik, Svalbard-Archipel.

In der Ferne konnte Clifford eine Kirche mit Zwiebelturm ausmachen. Vermutlich hatte es hier früher eine Menge Landwirtschaft gegeben. Zwar sah man immer noch sattgrüne Wiesen und hier und da auch weiß-braunes Fleckvieh. Aber all das war hineinholographiert, virtuelle Vegetation und potemkinsche Kühe. Sobald man die Landschaft durch ein Paar Strippergoggles betrachtete, wurde der Verfall offenbar. Statt grünem Gras gab es nur gelbliche Büschel, Tiere sah man keine.

Laut Anzeige hatte es bereits vierzig Grad. Clifford war froh, im Fond der klimatisierten Limousine zu sitzen ... Das Modul war kein gewöhnlicher Wagen, sondern ein militärisches Modell, für das man alle möglichen Speziallizenzen benötigte und das gegen Projektile, Tellerminen, Laser-Karabiner und Granaten weitgehend immun war. Hinter ihm fuhren weitere Module, in denen zwei Einsatzteams saßen, bewaffnet bis an die Zähne. Ares Wendell, der vorne in Cliffords Limousine saß, hatte darauf bestanden. Nach der unerfreulichen Erfahrung in Japan war Clifford damit mehr als einverstanden gewesen.

»Wendell?«

»Ja, Sir?«

»Wie weit sind wir eigentlich mit der Liste?«

»Fünf von zehn, Sir.«

Zu Midas sogenanntem Invitational waren insgesamt zehn Personen eingeladen worden. Wer im Einzelnen dabei war, hatte More ihm nicht mitgeteilt, weswegen Clifford auf eigene Recherchen angewiesen war.

»Das letzte Mal waren es noch vier. Montana, Singh, Zachartschenkow, Haakonsson, richtig?«

»Korrekt, Sir. Inzwischen haben wir auch noch Quatuor Ichiban identifizieren können.«

»Nie gehört. Japaner?«

»Grönländer, ursprünglich.«

»Was macht der so?«

»Er ist im Klongeschäft tätig.«

»Gefäße also?«

»Vor allem, Sir. Möchten Sie das Briefing sehen?«

»Her damit.«

Vor Clifford erschienen Bilder, die Quatuor Ichiban zeigten. Eine griechische Statue wirkte dagegen wie ein nasser Sack. Dem Text zufolge betrieb Ichiban eine Klonerie-Kette, die Leihgefäße für Kunden anbot, die zwar das Geld für ein Cogit zusammengekratzt hatten, sich aber keine eigenen Gefäße leisten konnten. Außerdem besaß er eine Firma, die Custom Cloning anbot. Dort konnte man sein Ethnienmix exakt bestimmen, Körpertypus, Augenfarbe, Schwanzgröße und Gott wusste was sonst auswählen. Cliff ließ das Dossier verschwinden.

»Was haben wir über, wie hieß das Kaff gleich?«

Wendell erwiderte etwas, das wie »Upperwaffleback« klang. Nun fiel Clifford der Name wieder ein: Oberpfaffelbach.

»Der Ort«, fuhr sein Sicherheitsberater fort, »hat offiziell dreiundsechzig Einwohner, aber vermutlich ist es eher ein gutes Dutzend. Liegt im Westen des EURUS-Sektors Donau-Moldau.«

»Und ist da irgendwas?«

»Nicht mehr. Früher ein nicht ganz unbedeutender regionaler Wirtschaftsstandort – Sägewerke, aber auch Feinmechanik, Lichtsysteme und Computertechnik.«

»Wie viel früher?«

»Bis Mitte der Fünfzigerjahre.«

»Und dieser Johann Hausler?«

»Ist dort gemeldet. EURUS-Pass, Beruf Förster, siebenundvierzig Jahre. Glaube ich aber nicht«, sagte Wendell.

»Warum?«

Wendell drehte sich zu ihm um.

»Mehr so ein Gefühl, Sir.«

Cliff schnaubte leise. Dieser Hausler hatte ihn kontaktiert und ihm wichtige Informationen versprochen. Natürlich wurden dauernd Leute vorstellig, die der Meinung waren, sie müssten dem großen Clifford Torus irgendetwas wahnsinnig Wichtiges mitteilen. Er ließ sie alle abweisen. Hausler jedoch hatte direkt bei seiner Assistentin angerufen, obwohl deren Nummer nicht leicht zu bekommen war. Seine Nachricht hatte aus einem einzigen Satz bestanden: »Ich weiß, wie man das Turnier in den Gardens gewinnt.«

Ein Förster aus Hinterarschbach, der etwas über das Invitational wusste? Mächtig unwahrscheinlich, also war Hausler kein Förster, sondern vermutlich ein Abgesandter von ... irgendwem.

»Und Ihre Sicherheitseinschätzung?«

»Ich halte es für unbedenklich, mit dem Mann zu reden. Wir sind gut vorbereitet diesmal. Aber bitte, Sir: Gehen Sie nicht in sein Haus oder in den Wald oder sonstwohin, wo wir die Situation nicht kontrollieren können.«

»Ich gebe mein Bestes«, erwiderte Clifford und zog sich ein holographisches Fenster auf, womit er Wendell signalisierte, dass ihr Gespräch beendet war. Sie brauchten noch eine halbe Stunde, bis sie ankamen. Clifford nutzte die Zeit, indem er ein wenig durch die Ætherianica surfte.

Irgendwo im Pazifik hatte es einen größeren Methan-Blowout gegeben, darüber waren sich Ozeanologen und Geologen einig. Die Poseidonisten sahen das naturgemäß anders. Sie hielten jene riesigen Gasblasen, die aus den Tiefen des Ozeans aufstiegen und den Pazifik in ein Jacuzzi verwandelten, für die Abgase riesiger Unterwasser-Fabriken, die Nemo alias Æther in seinem geheimen abyssalen Reich betrieb. Die Spacer waren ebenfalls recht aktiv. Jemand glaubte, eines jener mysteriösen Schwarzen Schiffe gesichtet zu haben. Sein Beleg waren Fotos, auf denen man mit viel Fantasie wahlweise ein Raumschiff oder ein Stück Astronautenscheiße ausmachen konnte.

Wendells Stimme riss ihn aus seinen Gedanken. »Hier muss es sein, Sir.«

Clifford schaute aus dem Fenster. Viel war nicht zu sehen – einige verfallene Häuser, Scheunen eher. Sie bogen ab. Eine Hinweistafel an der Kreuzung wies auf verschiedene Firmen hin, die hier ansässig waren – ansässig gewesen waren. Offenbar handelte es sich um das ehemalige Gewerbegebiet von Oberpfaffelbach. Sie passierten verrostete Hallen und einen Autohändler, auf dessen Hof uralte Rostlauben vor sich hinrotteten. Einige besaßen noch Lenkräder.

Das größte Areal des Gewerbegebiets bestand aus mehreren Hallen und war umzäunt. Auf einem Schild am Eingang stand »KK Light Labs«. Auch diese Firma war schon vor Jahren geschlossen worden, darauf deutete der Verfall der Anlage hin. Clifford wollte sich bereits abwenden. Da fiel ihm etwas auf.

»Fahrzeug anhalten«, sagte er.

Der Wagen tat, was von ihm verlangt wurde. In der Folge bremsten auch die Fahrzeuge hinter ihnen. Das Manöver wirbelte eine Menge Staub auf. Es dauerte ein paar Sekunden, bis man durch die Fenster wieder etwas sehen konnte.

»Was ist, Sir?«, wollte Wendell wissen.

Clifford antwortete nicht. Stattdessen fuhr er die Scheibe herunter, um das Firmenschild besser in Augenschein nehmen zu können. Unter dem Namen KK Light Labs stand noch etwas, in kleineren Lettern. Genauer gesagt hatte es dort gestanden – Teile fehlten. Zu lesen war nur noch: »A memb r of r e e Gr up«, ein Unternehmen der Irgendwas-Gruppe.

Die Schrift war es jedoch nicht, die Clifford veranlasst hatte, anzuhalten. Es waren die Reste eines ehemals sehr farbenfrohen Bogens, der in der linken unteren Ecke der Tafel angebracht war. Er bestand aus einzelnen Streifen in verschiedenen Farben. Viel ließ sich nicht mehr erkennen, aber

Clifford wusste genau, wie das Logo früher ausgesehen hatte. Es stellte einen doppelten Regenbogen dar, der aus insgesamt vierzehn Farbbändern bestand. Damit war klar, um welches Unternehmen es sich handelte. Dieses Labor hatte zur Arkenziel-Gruppe gehört, bis zur zweiten Turing-Krise der größte Holonet-Betreiber der Welt.

34

Wahrscheinlich hätte Fran dem Anblick, der sich ihr durch das Fenster des Shuttles bot, mit Ehrfurcht begegnen müssen. Stattdessen verzog sie angewidert das Gesicht. Eirene, die Weltraumbasis ihres Arbeitgebers, war beeindruckend groß. Vor allem aber war sie beeindruckend hässlich. Frans Faible für Schönheit wurde im All auf eine harte Probe gestellt, bereits in der Bergstation war ihr dies klar geworden. In dieser lebensfeindlichen Umgebung gab es schlichtweg andere Prioritäten als auf der Erde. Die Leute waren vollends damit beschäftigt, nicht zu sterben, weil die Luftfilter versagten, weil die Strahlung durchkam, weil das Wasser ausging. Auf Ästhetik verschwendeten sie hier oben anscheinend keine Zeit.

In alten Filmen sahen Raumschiffe elegant und windschnittig aus. Aber im All existierte kein Luftwiderstand, weswegen eine aerodynamische Form funktional betrachtet wenig Sinn machte. Ein pfeilförmiges Schiff flog genauso schnell wie eines in Form eines Schuhkartons. Die UNO-Station sah nicht aus wie ein einzelner Schuhkarton, eher wie ein Kartonstapel, den ein Sechsjähriger mit viel Bastelleim zu einem schiefen Turm zusammengeklebt hatte.

Nach dem Andocken schwebte Fran durch eine Röhre zum Empfangsbereich, wo ein asiatisch aussehender Mann schwer bestimmbaren Alters auf sie wartete. Er hielt ihr die Hand hin. Fran, die mit der Schwerelosigkeit immer noch Probleme hatte, brauchte mehrere Anläufe, bis sie einzuschlagen vermochte.

»Willkommen auf Eirene, Commander Bittner. Ich bin Agent Wang Li.«

»Danke, dass Sie mich abholen.«

Li war kein UNANPAI-Agent. Er arbeitete für UNOOSA, das United Nations Office for Outer Space Affairs. Lis Behörde war federführend bei fast allem, das die UNO im Weltall tat.

»Kein Problem. Ich bringe Sie zu Ihrem Quartier – Eirene kann etwas verwirrend sein. Hatten Sie eine angenehme Reise, Commander?«

»Danke. Ungewohnt und aufregend, auf jeden Fall.«

»Um Ihr Gepäck müssen Sie sich nicht kümmern, Commander. Das wird Ihnen zugestellt. Folgen Sie mir, bitte.«

Fran tat, wie ihr geheißen. Es ging durch tunnelartige Gänge. Li hielt immer wieder an und beobachtete, wie sie sich unbeholfen an den Wänden entlanghangelte. Seine eigenen Bewegungen waren flüssig und kontrolliert, sie erinnerten Fran an einen Fisch.

»Ihr erstes Mal hier oben? Wie lange bleiben Sie?«

»Drei Tage«, erwiderte Fran. »Heute akklimatisieren, morgen dann die Konferenz.«

»So kurz nur? Tja, so ist das, wir mit unseren vollen Kalendern.«

Fran erwiderte darauf nichts. Erstens, weil diesem Allgemeinplatz wenig hinzuzufügen war, zweitens, weil sie sich darauf konzentrieren musste, sich den Schädel nicht an der Verschalung des Ganges anzustoßen. Li erzählte Fran alles Mögliche, während sie ihrem Quartier entgegenschwebten. Er erklärte, wo sich die Messe befand und wo die Konferenzräume lagen. Fran hörte nur halb hin. Ihre Arme und Beine schmerzten, da sie sich in konstanter Anspannung befanden. Es bereitete ihr große Mühe, die Entfernungen richtig einzuschätzen. Ihr Gefäß würde einen Haufen blaue Flecke bekommen.

Frans Fremdenführer bremste plötzlich ab, was dazu führte, dass Fran in ihn hineinrutschte. Sie entschuldigte sich mehrfach, aber Li lächelte nur.

»Die Kabine hat noch keinen Keycode, können Sie selbst vergeben. Ist eine sehr schöne, ziemlich geräumig.«

Fran öffnete die Tür der Kabine und schaute hinein. Das Innere war kleiner als das Zimmer im Fahrstuhl.

»Vielen Dank, Agent Li.«

»Gerne. Brauchen Sie sonst noch etwas?«

»Eins noch. Ich weiß, dass ein alter Freund von mir auf der Station ist, ein Mann namens Roi Payne. Ich würde ihn gern besuchen.«

»Hm, ich bin mir nicht sicher, ob ich ihn kenne. Aber wir können kurz nachschauen.«

Ein holographisches Eingabefenster erschien. Li sagte den Namen.

»Ja, okay. Payne hat sein Büro in B-17, das ist weiter hinten im Heck und zwei Ebenen tiefer. Wenn Sie das hier auswählen, weist das Bordsystem Ihnen den Weg, sehen Sie?«

Im Gang vor ihnen erschien ein grüner Pfeil. Li wischte ihn wieder weg. Fran bedankte sich erneut, betrat die Kabine und schloss die Tür. Ihre Reisetasche schwebte bereits in der Mitte des Raumes. Sie griff danach und bugsierte das Gepäckstück in ein Fach an der Wand, bevor sie sich aufs Bett setzte. Genauer gesagt versuchte sie es. Fran war von der Reise erschöpft, und nichts hätte sie lieber getan, als sich einen Moment lang hinzulegen, zu spüren, wie ihre matten Glieder in der Matratze versanken. Stattdessen dümpelte sie in der Koje hin und her wie ein toter Fisch. Jedes Mal, wenn Fran versuchte, ihre Muskeln zu entspannen, löste das eine Bewegung aus, die sie nicht erwartet hatte, und sie touchierte die Wand oder das Kopfende. Nach einer Minute war sie wieder in der Vertikalen und bat das Schiffsystem, ihr den Weg zu Paynes Büro zu weisen.

Roi Payne gehörte offiziell zu einer Forscherdelegation. In Wahrheit war er UNANPAI-Agent, einer von insgesamt vier auf Eirene. Ein kleines Team – sie waren hier oben hoffnungslos unterbesetzt. Während Fran sich durch die Gänge hangelte, dachte sie über das Problem nach. Falls jemand auf der Erde einen Turing-Verstoß beging, hatte UNANPAI dies bisher stets mitbekommen. Hier oben lagen die Dinge anders. Selbst wenn man keiner dieser Ætherianica-Verschwörungstheoretiker war, die den wiederauferstandenen Klimacomputer irgendwo im All vermuteten, musste man sich angesichts der Entwicklung der vergangenen Jahre Sorgen machen. Die Bevölkerung im Weltraum stieg rasant an. Hielt dieser Trend an, wofür alles sprach, würde es für UNANPAI in absehbarer Zeit nahezu unmöglich werden, die Kontrolle zu behalten. Das Sonnensystem war so groß, dass man illegale KI-Forschungen auf irgendeinem Asteroiden durchführen konnte, den in Sapporo niemand auf dem Schirm hatte.

Ein Lösungsansatz bestand darin, die dünnen UNANPAI-Ressourcen im Weltraum möglichst effektiv einzusetzen. Soweit sie wusste, waren alle Mitarbeiter hier oben Quants. Dies bedeutete, dass sie schneller durch das Sonnensystem reisen konnten als Schwammköpfe, die an ihr Fleisch gekettet waren.

Sie erreichte Paynes Büro, klopfte. Einige Sekunden später glitt das Schott lautlos auf. Vor Fran stand ein drahtiger Endsechziger. Er hatte das Oberteil seines Overalls ausgezogen und die Ärmel um seine schmale Taille geschlungen.

»Ja, bitte?«

»Guten Abend, Special Agent. Bittner, mein Name.«

Paynes Gesichtsausdruck verriet ihr, dass er genau wusste, wer sie war. Es war nicht weiter verwunderlich. Sie war die UNANPAI-Agentin, die Æther in die Luft gejagt hatte. So etwas sprach sich herum.

Rasch komplimentierte Payne sie hinein und schloss die Kabinentür. Er bot Fran keinen Sitzplatz an, was angesichts der Schwerelosigkeit auch wenig Sinn machte. Als Erstes erledigten sie die Formalitäten, tauschten ID-Codes aus. Als sie damit fertig waren, verschränkte Payne die Arme vor der Brust und sagte: »Es gibt Probleme.«

»Möglicherweise.«

»Wie kann ich helfen?«

Erfreut registrierte Fran, dass der Mann nicht nach dem Grund ihres Besuches fragte.

»Ich muss einen Brainbeam machen.«

Payne nickte langsam. »Sie selbst?«

»Ja.«

»Wohin? Nicht, dass es mich was angeht. Aber wenn ich die ungefähre Location wüsste, wären die Berechnungen einfacher.«

»Nähe Mars.«

»Okay. Sagen Sie mir einfach, wann's losgehen soll.«

Bevor Fran etwas erwidern konnte, fügte Payne lächelnd hinzu: »So schnell wie möglich?«

»Sie haben die Brisanz der Situation voll und ganz erfasst, Special Agent.«

»Gut. Geben Sie mir fünf Minuten, ich muss einiges vorbereiten und außerdem Bandbreite auf dem Kommunikationslaser reservieren. Brauchen Sie auch ein Rückflugticket?«

»Vermutlich schon. Wie genau funktioniert das?«

»Wir übertragen Sie zum nächstgelegenen Shuttle. Auf dem Zielschiff gibt es eine Upload-Liege, eigentlich genau wie die Dinger ...«, er zeigte mit dem Zeigefinger in Richtung seiner Füße, »... unten. Über das Bordsystem können Sie eine Zielauswahl treffen – Eirene, alle Shuttles, ein paar Militärbasen. Sie geben Ziel und Zeit ein. Der Brainbeam überträgt Ihre Cogit-Daten dorthin und lädt sie in eines der bereitstehenden Gefäße.«

»Wieso kann man das eigentlich nicht von der Erde aus machen? Das wäre irgendwie einfacher.«

»Kann man schon. Aber die Chefetage hat verfügt, dass wir das nicht tun, weil dann möglicherweise irgendwer mitkriegt, dass UNANPAI Hohlköpfe mit Lichtgeschwindigkeit durchs All katapultiert. Außerdem sind Brainbeams sehr anfällig.«

»Für?«

»Datenverlust. Cogit-Daten sind derart komplex, dass selbst winzige Abweichungen zum Braincrash führen. Dann laden wir Sie irgendwo da draußen in ein Gefäß hoch, und Sie sind tot, bevor Sie noch von der Liege gekrochen sind. Die Erdatmosphäre ist ein großer Störfaktor, die Fehlerrate ist dann viel höher.«

Fran bemerkte, dass sich ein Schweißfilm auf ihrer Stirn bildete.

»Viel höher? Wie hoch ist sie denn normalerweise, also, im All?«

»An die zwanzig Prozent. Aber keine Sorge, jedes Shuttle enthält drei Klone. Wenn's beim ersten Mal nicht funktioniert, schicke ich Sie ein paar Minuten später einfach noch mal.«

Fran war sich nicht sicher, ob sie diese Aussicht beruhigend fand. Sie sagte jedoch nichts, ließ Payne den Transfer vorbereiten. Je schneller sie es hinter sich brachte, desto besser. Fran lehnte sich gegen eine der Wände, was zur Folge hatte, dass sie in Zeitlupe abprallte. Als es ihr gelungen war, eine halbwegs stabile Schwebeposition einzunehmen, schloss sie kurz die Augen und atmete mehrfach durch. Ihr Herz hämmerte, sie zitterte. Vielleicht kam ihr Kreislauf nicht mit der Schwerelosigkeit zurecht. Fran konzentrierte sich auf ihren Atem, horchte in sich hinein. Falls sie die Signale ihres Körpers richtig deutete, litt sie unter Beklemmungsgefühlen. Normalerweise war sie nicht klaustrophobisch veranlagt. Enge Aufzugkabinen und fensterlose Räume verursachten ihr keinerlei Unbehagen. Aber nun ...

Fran öffnete die Augen. Das war keine Klaustrophobie. Nicht die engen Flure und Kabinen Eirenes machten ihr zu schaffen. Nein, es war das Bewusstsein, dass die kalte Schwärze des Alls auf sie eindrängte, dass nur eine dünne Metallschicht sie vom alles Leben auslöschenden, unendlichen Nichts trennte.

Fran hatte etwas darüber gelesen. Man bezeichnete das Phänomen als Siderophobie, Angst vor den Sternen. Unter diesem Sammelbegriff fasste man all jene Dinge zusammen, die Menschen hier oben um den Verstand brachten. Weltraumkoller besaß viele Ausprägungen. Manche litten unter klaustrophobischen Attacken. Andere wurden depressiv. Eine signifikante Zahl von Langzeit-Kosmonauten drehte irgendwann komplett durch. Fran hatte nie verstanden, was genau das Problem war. Nun wusste sie es. Ihre Panikattacke hatte weniger mit den Sternen selbst zu tun als mit der undurchdringlichen Dunkelheit zwischen ihnen. Die Schwärze da draußen war fremdartig, Furcht einflößend. Früher oder später musste man an ihr verzweifeln.

Payne hatte aufgehört, auf den holographischen Displays herumzuwischen. Fran fuhr sich durch die Haare, atmete nochmals durch. In weniger als einer Stunde würde sie auf der Liege eines Shuttles erwachen, das nur wenige Stunden von jenem marsianischen Lagrange-Punkt entfernt war, an dem sich Theia befand, das alte NASA-Laser-Array.

»Bereit?«, fragte Payne.

»Ja«, log Fran.

»Okay. Dann folgen Sie mir bitte, Commander.«

Es war nicht weit. Nach wenigen Minuten erreichten sie eine Schleuse, die mit mehreren Gefahrenzeichen versehen war – Radioaktivität, Biogefährdung, Hochspannung. Payne musste eine Keycard durch ein Lesegerät ziehen, bevor sich die Schleuse mit leisem Zischen öffnete. Dahinter lag ein Raum, der an einen OP-Saal erinnerte. Es gab drei Liegen, die an den mit Metallkontakten versehenen Kopfmulden als Upload-Betten zu erkennen waren.

Das Schott glitt zu. Payne aktivierte mehrere Displays. Fran bereitete unterdessen eine der Liegen vor. Einer Tasche ihres Overalls entnahm sie einen Tablettenstreifen mit einem leichten Beruhigungsmittel. Das Sedativum sollte dafür sorgen, dass der Stress minimiert wurde, den das Herunterfahren des Cogits für das jeweilige Gefäß bedeutete. Fran nahm eine Tablette. Danach begann sie, sich zu entkleiden.

Payne kam zu ihr. Sein Blick war geschäftsmäßig, falls ihn der nackte Frauenkörper interessierte, zeigte er es nicht. Fran bugsierte sich auf eine der Liegen, ließ sich von Payne festschnallen.

»Alles okay, Commander?«

»Ja, danke. Wie lange bis zum Transfer?«

»Nächstes Sendefenster in …«, er schaute auf das Display, »… T minus sieben. Das schaffen wir locker«, fügte Payne hinzu, während er mehrere Schalter an der Seite der Liege umlegte.

»Wie lange dauert der eigentliche Transfer?«

»Das sind sehr viele Daten und die Bandbreite ist nicht gerade gigantisch. Also, bis alles auf dem Weg zu Ihrem Shuttle ist, gut zehn Minuten. Ihre eigentliche Reisezeit … der Mars ist zurzeit relativ nah an der Erde dran, gut hundertfünfzig Millionen Kilometer, das sind etwa acht Lichtminuten.«

»Also dauert die eigentliche Reise acht Minuten?«

»Korrekt. Wenn alles glattgeht, können Sie sich in nicht

mal einer halben Stunde einen Kaffee aus dem Automaten Ihres Shuttles ziehen.«

Fran lächelte. »Lohnt es sich?«

Payne machte eine So-lala-Geste. Er schaute auf eine der Anzeigen.

»Brainbeam ist aktiviert. T minus fünf. Ich verziehe mich jetzt, damit Sie Ihre Cogit-Passwörter eingeben können. Und dann hoffentlich bis bald.«

»Bis bald. Danke, Special Agent.«

Payne hob die Hand zum Gruß und öffnete das Schott. Kurz darauf war Fran allein. Sie rief ein Eingabefeld auf und gab die Codes ein. Als das erledigt war, schloss Fran die Augen und wartete. Sie bildete sich ein, in der Dunkelheit die Sterne funkeln zu sehen.

35

»Ich kann nicht glauben, dass du das tust«, sagte Jay.

Persia musterte die Reisetasche auf ihrem Bett.

»Ich kann's selbst kaum glauben.«

Sie überprüfte den Vorrat an Socken und Slips in der Tasche. Das Invitational dauerte eine Woche. Hatte sie genug Zeug dabei?

Hinter ihr gab Jay ein Geräusch von sich, das sie an das Schnauben eines Pferdes erinnerte. Sie ließ von der Tasche ab und wollte sich ihm zuwenden, aber er stapfte bereits missmutig die Treppe hinab. Rasch stopfte sie noch ein paar Kleidungsstücke in die Tasche, schulterte sie und ging ebenfalls hinunter. Jay stand an einem seiner Evo-Tische und tat so, als sei er in ein vertracktes Problem vertieft. In Wahrheit schmollte er, das war offensichtlich. Persia stellte ihre Tasche aufs Sofa und pirschte sich von hinten an den Evo-Tisch heran. Jay tat weiterhin, als bemerke er sie nicht. Persia legte ihm die Hand auf die Hüfte.

»Warum so sauer, Baby? Es sind nur ein paar Tage. Danach …«, sie schlang den anderen Arm um seine Hüfte, »… machen wir es uns hier gemütlich.«

Jay entwand sich ihrer Umarmung und drehte sich um. Persia konnte sehen, dass er wirklich wütend war.

»Du hattest versprochen, eine Pause einzulegen.«

»Ich weiß, aber …«

»Aber nur noch das eine Mal, klar. So sagen alle Suchtis.«

Persia konnte nicht anders. Sie musste lachen.

»Du wirfst *mir* vor, dass ich spielsüchtig bin? Du? Echt jetzt?«

»Nicht spielsüchtig. Arbeitssüchtig. Du hast zu viele Turniere durchgezogen, zu viele Ligaspiele, dann das ganze Training – zu viel, Persia. Zu viel!«

Er schrie fast. Das war beunruhigend. Jay schrie eigentlich nie.

»Ja, ich weiß, Übertraining und das alles. Deshalb habe ich ein Formtief. Und ich mache auch eine Pause, aber …«

»Formtief?« Nun schrie er wirklich. »Das ist ja wohl die Höhe.«

Jay begann, um den Tisch herumzulaufen, hin und her. Persia wusste nicht genau, was sie tun sollte. Sie ließ sich von niemand etwas sagen, auch von Jay nicht – schon gar nicht von Jay. Das hieß jedoch nicht, dass sie seine Ratschläge ignorierte. Er mochte in ihrer Beziehung den devoteren Part innehaben, gleichzeitig war er derjenige mit dem analytischeren Verstand. Jay hatte Persia erklärt, warum ihr Ranking abschmierte, warum sie in der Umkleidekabine regelmäßig die Kontrolle verlor. Sie war an einem Punkt angekommen, an den viele Spitzenathleten kamen. Da war eine Mauer, die unüberwindbar schien. Man konnte nicht mit dem Kopf hindurch, man konnte auch nicht drüberspringen. Stattdessen musste man eine Pause einlegen, etwas anderes tun. »Du musst an der Mauer entlangspazieren. Und irgendwann ist da eine Tür.« So hatte Jay es formuliert.

Für Persia hatte das ein bisschen nach Anjo geklungen. Anjo war ein populärer Holoavatar, der aussah wie ein tibetischer Mönch und eine nie enden wollende Litanei esoterischer Selbsthilfescheiße von sich gab. Doch nachdem sie ein wenig darüber nachgedacht hatte, war ihr klar geworden, dass Jay vermutlich recht hatte. Ihr Erfolg war die Ursache ihres Misserfolgs. Noch so ein Spruch, der aus der Anjo-Datenbank stammen könnte.

Aber ob sie jetzt pausierte oder erst ein paar Tage später, war ja wohl egal. Sie verstand nicht, warum ihre Entscheidung, beim Invitational anzutreten, ihn derart auf die Palme brachte.

Sie sagte etwas in diese Richtung. Das Resultat war, dass Jays Gesicht noch röter wurde.

»Dein Formtief ist mir so was von scheißegal, Persia.«

»Was?«

»Du hast mich verstanden.«

Sie verstand überhaupt nichts mehr. Die ganze Diskussion erschien ihr surreal. Gleichzeitig fühlte Persia, dass sie gerade auf einen *marriage breaker* zusteuerten. Alles konnte komplett den Bach runtergehen, wenn sie das Problem nicht lösten. Leider besaß sie nicht den geringsten Schimmer, was genau das Problem war.

»Ich dachte«, hob sie an, »es wäre dir wichtig, dass ich Erfolg habe. Darüber haben wir doch die ganze Nacht ...«

»Du bist so eine egomanische Zicke. Wahnsinn.«

Jay brach in Tränen aus. Seine Hände bewegten sich instinktiv nach vorne, wollten sich an dem Evo-Tisch festhalten, was natürlich nicht ging. Einen Moment lang schwankte er hin und her wie ein Betrunkener. Persia machte einige Schritte auf ihn zu und packte seine Schultern.

»Jetzt mal ruhig, Jay. Erklär's mir.«

»Also, wenn du das nicht von selbst verstehst, dann ...«

Sie ließ ihn los.

»Jay, bitte nicht diese Nummer.«

Er drehte sich weg, lief ein Stück in Richtung Küche.

»Ich versteh's nicht«, rief sie ihm nach. »Okay, ich bin eine egomanische Zicke, schön. Was hab ich übersehen?«

Er drehte sich langsam um, wischte sich mit dem Ärmel die Tränen aus dem Gesicht.

»Du hast übersehen«, erwiderte er leise, »dass es nicht darum geht, dass du als Gamerin nicht mehr funktionierst.«

»Sondern?«

»Dass du überhaupt nicht mehr funktionierst.«

»Was? Aber wir haben doch ... bisher war doch alles ...«

Er schüttelte den Kopf.

»Du bist kaum zu ertragen, Persia. Dass du dauernd verlierst, dass du deine Ausrüstung zertrümmerst – schlimm genug. Aber hast du mal drüber nachgedacht, dass du das vielleicht zu Hause genauso machst?«

»Ich ...«

Sie verstummte einen Moment.

»Ich benehme mich scheiße dir gegenüber?«

»So was von.«

»Ich pfeif dich an?«

»Dauernd. Ohne es zu merken.«

Betreten schaute sie zu Boden.

»Noch was?«

»Du tust oft, als wäre ich Luft. Du vergisst Sachen, die du versprochen hast. Bist völlig in dich gekehrt, auf einem anderen Planeten.«

Sie deutete mit dem Kopf in Richtung der Spieltische.

»Das bist du auch oft.«

»Wenn ich spiele, ja. Aber nicht immer.«

Sie seufzte. »Nein. Aber warum ... Hättest du das nicht ein bisschen deutlicher sagen können?«

Jay ging zum Sofa und setzte sich.

»Ich dachte, das wäre nur eine Phase. Kann ja mal so sein. Und ich wusste ja, wie du reagieren würdest.«

Persia setzte sich neben ihn.

»Und als du dann in den Rankings abgerutscht bist, erst da hast du selbst gemerkt, dass mit dir was nicht stimmt. Weil dir *das* wichtig ist.«

Sie nickte. »Okay. Jetzt kapier ich's. Du hast geglaubt, wenn du mir über die Spielschiene kommst und mich überzeugst, dass ich eine Pause mache, quasi in die Selbstfindungstherapie gehe – dann sorgt das dafür, dass ich zu Hause kein solcher Kotzbrocken mehr bin – ohne dass du das eigentliche Problem ansprechen musst.«

»So in etwa, ja.«

»Jay, das ist aber ganz schön kompliziert. Von hinten durch die Brust ins Auge geschossen und so.«

»Kann sein. Aber ich wusste nicht, wie ich's anders machen soll.«

Sie nahm ihn in den Arm. Jay drückte sich an sie und gab

Schnieflaute von sich. Persia hatte währenddessen einen guten Blick auf ihre gepackte Tasche. Die Sache war noch nicht ausgestanden. Nun hieß es, vorsichtig zu agieren, damit ihr die Sache nicht doch noch um die Ohren flog.

»Jay?«

»Ja?«

»Du hast mir neulich erzählt, dass die Evo-Simulationen immer besser werden. Weil inzwischen so viele Leute mitspielen, weil mehr Quantencomputer eingesetzt werden.«

Jay löste sich von Persia und musterte sie. Das Thema hatte sein Interesse geweckt.

»Stell dir vor, jemand würde eine Simulation programmieren, in der jede Figur von einem völlig autonomen Programm gesteuert würde.«

Jay runzelte die Stirn. »Du meinst von KIs? Das ist verboten.«

»Klar, ich meine jetzt nur theoretisch. Stell dir vor, jemand baut eine Evo-Simulation, die tausendmal realistischer ist als alles, was du je gespielt hast. Okay?«

Jay nickte. An seinem Blick konnte sie sehen, dass er ahnte, wohin die Reise ging. Aber er sagte nichts – und bekam vor allem keinen Wutanfall.

»Also, diese fast perfekte Simulation. Wenn dir einer anbieten würde, da mitzuspielen. Würdest du Ja sagen?«

»Vermutlich. Mir ist schon klar, worauf du hinauswillst. Wenn ich das bejahe, sagst du: ›Genau, Jay, und deshalb muss ich eben auch bei diesem dämlichen Turnier mitspielen, entgegen allen Schwüren, die ich gestern erst geleistet habe.‹«

Abwehrend hob Persia die Hände.

»Scheiße, durchschaut. Du bist zu clever für mich, Jay.«

»Verschlagenes Biest.«

Sie senkte den Blick, konnte sich jedoch ein Grinsen nicht verkneifen. Seine Stimme hatte nicht verbittert geklungen, eher sarkastisch. Es gab also noch Raum zum Manövrieren.

»Also«, sagte Jay, »was ist das Besondere an dem Turnier? Wie ich dich kenne, ist es nicht die Kohle.«

»Nein. Obwohl die ordentlich ist.«

»Also geht es um den unglaublichen Ruhm.«

»Auch nicht. Das ist ein Einladungsturnier. Keine Holoübertragung, vermutlich nicht mal Sportreporter. Und eine Schweigevereinbarung muss man auch unterzeichnen.«

»Was ist es dann?«

»Die haben angeblich ein Ludorama.«

»Was bitte soll das sein?«

»Ist ein theoretisches Konzept. Etwas, das es nicht gibt, an dem sich Spieler von Holosweats aber aufgeilen, weil es so übercool wäre, wenn es das gäbe.«

»Reden wir von einer Art Arcade? Ludo für Spiel und Diorama für«, er zeigte in Richtung seiner Evo-Tische, »ein Spielfeld? Für so was?«

Persia nickte.

»So gut wie alle immersiven Games finden auf irgendeiner Art von Parcours statt – einer Fläche, die mit Stellwänden oder Hindernissen garniert ist. Im Spiel wird alles mit Holotextur zugekleistert, damit die Aufstellwand aussieht wie das Schott in einem Raumschiff oder die Wand in einem mittelalterlichen Verlies.«

»So weit, so bekannt.«

»Und dann gibt es noch Extraeffekte – Geräusche, Gerüche und so weiter. Das kann ziemlich realistisch wirken, aber die Sache hat natürlich Grenzen.«

»Es sind nur Stellwände.«

»Genau. Wenn man mit der Hand drüberstreicht, fühlt sie sich nicht an wie eine vermooste Verlieswand, sondern wie Pressspan. Und selbst die richtig großen Parcours haben nie mehr als neunzig mal fünfundvierzig.«

»Warum das denn? Grundstücke sind doch billig wie Dreck.«

»Liegt daran, dass man im Commonwealth und vielen anderen Gegenden alte Fußballplätze umgerüstet hat. Und die sind halt so groß.«

Jay schaute ungläubig. »Davon gibt es dermaßen viele?«

Die Zeit, die ihr Freund nicht mit Evo verbrachte, verplemperte Jay damit, sich so viele Lacrosse-Spiele wie möglich anzuschauen.

»Ja, weil es mal eine Zeit gab, zu der sich alle für Fußball interessierten. Und niemand für Lacrosse.«

»Kaum zu glauben.«

»Ist aber so. Zurück zum Ludorama. Hologramme sind eben letztlich nur schöne Schminke. Du kannst sie nicht anfassen. Deswegen ist die Illusion nicht so perfekt, wie viele es gerne hätten.«

Jay schaute gen Decke. Er schien nachzudenken.

»Okay, für die Realitätsfreaks mag das wichtig sein. Aber die Sachen, die du spielst, Spacewreck und solcher Kram, da geht es doch eher um sportliche Leistung. Profispielern ist der Realismus doch egal. Zu viel könnte sogar ablenken.«

»Stimmt, aber du vergisst etwas. Die räumliche Begrenzung durch die Halle, in der das Spiel stattfindet, ist auch eine kombinatorische.«

»Hä?«

»Diese ganzen Spiele – Spacewreck, Quest!, Starblast – die leben letztlich vom Überraschungseffekt. Was für ein

Monster kommt als Nächstes um die Ecke? Welcher Gegner verbirgt sich hinter der Tür? Aber die Spielfelder sind relativ überschaubar. Folglich ist die Zahl der Anordnungen von Gängen in so einem Verlies oder Raumschiff begrenzt.«

Er nickte.

»Die Pläne, die du vor Turnieren immer studierst.«

»Ja. Ich kenne fast alle denkbaren Layouts auswendig. Du entwickelst ein Gefühl für die Abmessungen. Ich weiß, wann eine Abzweigung kommt, kommen muss, weil ich sonst gegen die Hallenwand rennen würde. Obwohl ich's nicht sehen kann.«

Sie stand auf und begann, in der Luft herumzuwischen.

»Das Ludorama löst diese Probleme. Erfunden hat es ein Brasilianer namens Imen Sidão, vermutlich nicht sein richtiger Name. So sieht es aus.«

Sie trat einen Schritt beiseite, damit Jay die Konstruktionszeichnung in Augenschein nehmen konnte, die über dem Couchtisch schwebte. Sie zeigte einen würfelförmigen Bau. Innen schwebten sechs Platten mit quadratischer Grundfläche, die übereinandergestapelt waren wie Stockwerke.

Jay erhob sich, um die Sache genauer in Augenschein zu nehmen. An Decken und Wänden des Gebäudes waren mehrgliedrige Greifarme befestigt, denen von Industrierobotern nicht unähnlich. Sie mussten jedoch größer sein: Eine Legende unter der Zeichnung gab die Kantenlänge des Würfels mit dreihundert Metern an.

»Heilige Scheiße«, entfuhr es ihm.

»Ja. Ziemlich groß gedacht, das Ding.«

Einige der Greifarme hielten die riesigen Platten. Persia zoomte in die Zeichnung hinein, eine der Platten war nun im

Detail zu sehen. Sie schien aus Hunderten kleineren Segmenten zu bestehen, die ineinandergesteckt waren.

»Wie genau funktioniert das?«, fragte Jay.

»Die Platten haben siebzig Kantenlänge, die Halle dreihundert. Mit den Greifarmen kannst du sie beliebig positionieren, übereinander, nebeneinander, wie auch immer. Die Platten sind außerdem modular. Du kannst sie in kleinere zerlegen, wie Steckparkett. Jedes einzelne Segment kann von Greifarmen – es gibt außer den monstergroßen auch viele kleinere – erfasst und beliebig positioniert werden. Und sie können das hier.«

Sie tippte auf eines der kleineren Segmente. Es zoomte weit genug heran, dass sie es in Originalgröße betrachten konnten. Das Segment war so groß wie eine Gehwegplatte. Die Oberfläche schien zunächst völlig glatt, begann sich dann aber zu kräuseln, wie Wasser, in das man einen Stein warf. Kurz darauf erstarrte die Oberfläche wieder. Ihre Textur erinnerte nun an grob behauenen Fels.

»Wie ...«

»In jedem Segment sind ein Haufen kleiner Servomotoren. Jeder davon kontrolliert den Hub eines winzigen Teilstücks der Platte, ein oder zwei Quadratmillimeter, vielleicht.«

»Das heißt, im Ludorama fühlen sich Felswände an wie ...«

»... Felswände. Und dank Holotextur sehen sie auch so aus. All diese Platten und Segmente, große wie kleine, lassen sich beliebig anordnen und rotieren. Die Spieler kriegen nichts davon mit.«

»Aber diese Platten müssen Hunderte Tonnen wiegen.«

»Die Geräusche der großen Servos werden von Gegenfrequenzgeneratoren neutralisiert. Die Platten bewegen sich völlig ruckelfrei, zumindest im Konzept dieses bekloppten Designers, Sidão. Wenn du draufstehst, würdest du also nicht mal merken, dass sich die Platte verschiebt.«

»Und warum … ach so.«

»Genau, Jay. Wenn ein Spieler am Ende einer Platte angelangt ist, wird eine weitere vor die erste gelegt. Du kannst stundenlang geradeaus laufen, ohne je am anderen Ende anzukommen.«

»Ich kann mir nicht vorstellen, dass man davon nichts mitbekommt«, erwiderte Jay.

»Na ja, du musst dir klarmachen, dass dadrin alles holographiert ist. Alle Bezugspunkte, die du hast – Wolken, Bäume, Gebäude – bewegen sich mit. Das reicht. Eine Illusion muss nicht perfekt sein – nur perfekt genug, dass dein Gehirn sie als Realität akzeptiert. Dann nimmst du kleinere Unstimmigkeiten gar nicht mehr wahr, die blendet dein Verstand einfach aus.

Ich weiß, es klingt trotzdem unrealistisch. Und es ist ja auch nur ein Konzept, eine spinnerte Idee von diesem Brasilianer. Er hat sie vor ein paar Jahren in einem Gamerforum gepostet, ein paar Leute haben sie dann weiter verfeinert …«

»Du scheinst dich da ja verdammt genau mit beschäftigt zu haben.«

Sie schaute zunächst zu Boden, blickte dann Jay an.

»Ich wusste von dem Konzept, klar, bin da aber nie tief eingestiegen. Bis zu dem Moment, als mir diese LaMer gesagt hat, dass sie bei dem Invitational ein Ludorama haben.«

»Kann das denn überhaupt sein?«

»Die Ingenieure in den entsprechenden Diskussionsthreads sagen, dass der Bau technisch möglich wäre. Hardware ist nicht das Problem. Diese großen Roboterarme gibt es, die winzigen Servos ebenfalls. Schwieriger dürfte es sein, eine Software zu schreiben, die das steuert. Alles müsste synchron laufen, perfekt ineinandergreifen. Was würde so was wohl kosten?«

»Zwanzig Milliarden? Fünfzig?«, sagte Jay.

»Vielleicht noch mehr.«

»Es gibt Leute, die so viel Kohle haben. Wer veranstaltet das Turnier noch mal?«

»Midas More.«

»Der Typ, dem die Aurora Gardens gehören und diese ganzen Arcades? Der ist stinkreich«, erwiderte Jay.

»Es geht ja weniger um den absoluten Preis als um das Warum. Wieso sollte man so was bauen?«

»Ist doch offensichtlich, Pea.«

»Na?«

»More betreibt einen Haufen Arcades, im Wesentlichen alte Soccerhallen mit Aufstellwänden. Leicht kopierbares Geschäftsmodell. So ein Ludorama hingegen – jeder würde da spielen wollen. Also baut er einen Prototyp und spielt einen Haufen private Sessions darin. Irgendwann, wenn alles läuft, richtet er euer Turnier aus, quasi als Generalprobe. Und wenn das funzt, hat er eine neue Attraktion für die Aurora Gardens und baut später weitere von den Dingern.«

Jay kratzte sich am Kinn. Er setzte sich wieder aufs Sofa, verschränkte die Arme und sah sie an.

»Und du willst die Erste sein, die in so einem Ding spielt.«

»Wenn es das Ding wirklich gibt und es funktioniert«, erwiderte Persia, »wird das das legendärste Turnier aller Zeiten.«

»Die Leute«, bemerkte Jay trocken, »werden ihren Enkelkindern davon erzählen.«

»Jay, kannst du das gar nicht verstehen?«

Er setzte sich in den Schneidersitz und schaute zu Boden.

»Doch, klar. Musst du machen.«

Persia war verblüfft. Sie hatte mit deutlich stärkerer Gegenwehr gerechnet, mit weiteren Tränen. Er schaute sie an.

»Bedingungen?«, fragte sie.

»Oh ja. Nummer eins: Ich komme mit.«

Sie nickte.

»Nummer zwei: Wenn das tatsächlich geil bezahlt ist, fahren wir danach in Urlaub. Mindestens vier Wochen, irgendwohin, wo's schön kühl ist. Du zahlst. Im Urlaub keine Sweats, kein Training.«

»Einverstanden. Auch kein Evo?«

»Gar nix. Ich muss halt vorher noch dieses Stadtdesign fertig bauen. Aber ich vermute, auch in den Aurora Gardens kann man Evo-Tische projizieren.«

Sie setzte sich neben Jay und nahm ihn in den Arm.

»Du bist 'ne Wucht, weißt du das?«

»Durchaus.«

Einen Moment lang sagte keiner der beiden etwas. Nach einer Weile fragte Jay: »Pea?«

»Ja?«

»Ist es in diesem Ludorama eigentlich gefährlich?«

»Nein. Es ist ja weiterhin nur ein Spiel. Was soll da gefährlich sein?«

»Na ja, diese Ebenen. Wenn ich das richtig sehe, schweben die hoch oben in der Luft. Im Nichts, quasi.«

»Du fragst, ob man vom Rand der virtuellen Welt fallen kann? Glaube ich kaum. In Sidãos Originalplänen gab es Fangnetze. Für den Fall, dass jemand der Kante zu nahe kommt.«

Jay saß noch immer im Schneidersitz. Sie gab ihm einen Schubs, sodass er umkippte und auf der Couch lag. Er machte keinerlei Anstalten, wieder hochzukommen.

»Und falls es keine Netze gibt«, sagte sie, während sie sich auf ihn hockte, »fängst du mich einfach auf.«

36

Nachdenklich betrachtete Clifford das Arkenziel-Logo. Dass der Holo-Konzern hier draußen eine Anlage betrieben hatte, schien auf den ersten Blick absurd, auf den zweiten aber denkbar. Das Unternehmen war in den Vierzigern oder Fünfzigern gegründet worden, irgendwo in der Nähe von München. Arkenziel hatte jahrzehntelang die Holographie dominiert, bis kurz nach dem zweiten Turing-Zwischenfall. 2089 war der Supernational nach einer Serie von Skandalen implodiert.

Clifford öffnete die Ætherianica.

Wendell räusperte sich.

»Sir?«

»Klappe halten, Chef arbeiten lassen«, erwiderte Clifford,

ohne den Blick von seinem Holofenster abzuwenden. Er überflog den Eintrag zu Arkenziel.

2043 als KK Lichtsysteme GmbH & Co. KG in Neuried bei München gegründet, seit 2069 unter Arkenziel firmierend. Ursprünglich Holobrillen-Produzent, 2047 dann Erfindung einer revolutionären Projektionstechnologie, die gänzlich ohne Brillen, Kontaktlinsen oder ähnliche Krücken funktionierte und bis heute das Fundament der Hologrammatica war.

Eigentlich handelte es sich um eine stinklangweilige Firma, die Basistechnologie herstellte, eine Art Telekommunikationsausrüster. Was Ætherianiker an Arkenziel interessierte, war vor allem der Umstand, dass es gewisse zeitliche Überschneidungen mit Turing gab. Die Erfindung des modernen Holonets durch Arkenziel fiel in das Jahr *vor* der ersten Turing-Krise, der Niedergang des Konzerns in das Jahr *nach* der zweiten. So etwas konnte kein Zufall sein, zumindest nicht für Ætherianica-Freaks.

Clifford ließ die Ætherianica verschwinden, betrachtete erneut das Firmenschild. Das Schild war Zufall. Leute, die zu viel in der Ætherianica herumhingen, erwiderten in solchen Augenblicken gerne, sie glaubten nicht an Zufälle. Clifford tat das sehr wohl. Die ganze Welt bestand aus Zufällen. Ein großer Plan, eine übergeordnete Struktur, sie existierten nicht. Das Einzige, was existierte, war der sich fortwährend drehende Mahlstrom des Chaos. Man musste den Zufall nicht nur akzeptieren. Man musste an ihn glauben, mit religiösem Eifer. Nur wer dies tat, war jederzeit bereit, Gelegenheiten zu ergreifen, vorhandene Pläne über den Haufen zu schmeißen, dem flatterhaften Schicksal ohne Furcht entgegenzutreten. Wer den Zufall umarmte, gewann.

»Weiter«, sagte er.

Sie ließen das verfallene Gewerbegebiet hinter sich. Ihr Ziel war nun in Sicht. Es musste sich um jenes Bauernhaus handeln, das in vielleicht zweihundert Metern Entfernung mutterseelenallein auf einer Wiese stand. Die Kolonne hielt. Clifford blieb sitzen. Er sah zu, wie Wendells Leute ausstiegen und taten, was Sicherheitsleute zu tun pflegten. Das Haus besaß ein Giebeldach, die Wände waren weiß verputzt. Der Balkon im Obergeschoss bestand aus dunklem Holz, mit Schnitzereien verziert. Um das Anwesen herum verlief eine hüfthohe Mauer aus übereinandergestapelten Steinen, die von Grasbüscheln und Erde zusammengehalten wurden. Im Garten standen ein Plastiktisch und Stühle. Jemand hatte einen Schirm aufgestellt. Clifford erblickte Bierflaschen nebst Krügen. Sie wurden also tatsächlich erwartet.

Wendell bellte Befehle in ein Mikrofon. Clifford erinnerte sich an sein bislang einziges Gespräch mit diesem Hausler, vor zwei Tagen. Es war eine reine Audioverbindung gewesen.

»Woher wissen Sie vom Invitational und von der Trophäe?«

»Nicht wichtig, Mister Torus. Wichtig ist: Ich weiß, wie man gewinnt.«

»Okay. Dann kommen Sie zu mir und erläutern mir das.«

»Das geht leider nicht. Sie müssen zu mir kommen.«

»Wohin?«

»EURUS, Westlicher Donau-Moldau-Sektor.«

»Wo ist das? Bei Wien?«

»München. Anderthalb Autostunden von dort.«

»Hören Sie, ich lasse Sie dort abholen und nach Seattle fliegen. In nicht mal fünf Stunden …«

»Mister Torus, leider ist das meine Bedingung. Es muss hier stattfinden.«

»Hören Sie, Hausler, ich bin ein viel beschäftigter Mann und habe wenig Zeit.«

»Mag sein. Aber wenn Sie die Trophäe gewinnen, haben Sie alle Zeit der Welt.«

In dem Moment war ihm klar geworden, dass Hausler von dem Descartes-Hack wusste. Deshalb war er nun hier. Clifford hatte sich vorgestellt, der mysteriöse Herr Hausler wohne in einer riesigen Villa, oben an einem Berghang. Stattdessen residierte er in diesem schäbigen Bauernhaus. Wenn er denn hier wohnte; Clifford hielt das Ganze nach wie vor für eine alberne Inszenierung, dazu gedacht, ihn vorzuführen und zu verunsichern. Aber diesmal waren er und Wendell vorbereitet. Falls Hausler Ärger machte, würden sie ihn mitnehmen und Doktor Dragusha übergeben.

Draußen gerieten die Sicherheitsleute in Unruhe. Der Grund dafür war, dass sich die Tür des Hauses öffnete und ein Mann hinaustrat. Er nickte den schwer bewaffneten, in schwarze Overalls gekleideten Männern freundlich zu, so als handele es sich um Möbelpacker, die er schon den ganzen Vormittag erwartet hatte.

Hausler war um die fünfzig, vielleicht älter, so genau ließ sich das ja heutzutage nicht mehr sagen. Er war braun gebrannt und hatte eine Salz-und-Pfeffer-Frisur. Enttäuscht konstatierte Clifford, dass er weder Lederhosen noch Seppelhut trug. Mit seinen kakifarbenen Chinos und dem hellblauen Polohemd sah Hausler eher aus wie ein pensionierter Buchhalter.

Ihr Gastgeber ging zum Gartentor. Er öffnete die Pforte und machte eine einladende Handbewegung. Die schwarzen Overalls ließen sich das nicht zweimal sagen. Ein paar Sekunden später tummelte sich die Hälfte von ihnen auf dem

Grundstück, die andere im Haus. Hausler stand derweil neben der Pforte und lächelte gleichmütig. Seine Bedingung war gewesen, dass Clifford zu ihm nach Oberarschbacken kam. Im Gegenzug hatte Clifford verlangt, alle notwendigen Sicherheitschecks durchführen zu dürfen. Genauer gesagt war dies Wendells Bedingung gewesen. Die Japan-Episode hatte den Sicherheitsberater noch paranoider gemacht.

Aber der Typ neben dem Gartentor sah nicht aus, als geböte er über eine Armada Ninja-Gebirgsjäger, die unsichtbar auf den umliegenden Hügeln lauerte. Trotzdem wartete Clifford brav, bis Wendell ihm bedeutete, er dürfe aussteigen.

»Bitte, Sir.«

Clifford hievte sich aus dem Fond und ging auf Hausler zu, der noch immer neben dem Gartentor in der prallen Sonne stand. Er fragte sich, wie der Mann das aushielt. Es brannte erbarmungslos vom Himmel. Hausler trug nicht einmal eine Mütze. Zu schwitzen schien er auch nicht. Clifford hingegen lief die Soße bereits aus sämtlichen Poren, obwohl er gerade erst ausgestiegen war.

»Mister Torus, willkommen in meiner bescheidenen Behausung«, sagte Hausler und streckte ihm zur Begrüßung die Hand entgegen. Clifford nahm sie. Sie war erstaunlich kühl.

»Danke. Sie mögen's abgelegen, was?«

»Ja, ich bin kein ... Stadtmensch. Aber bitte, kommen Sie in den Garten. Ich habe kaltes Bier.«

Sie setzten sich unter einen großen Schirm. Hausler schenkte ihm ein. Clifford sah sich um.

»Hatten Sie eine gute Anreise?«, fragte Hausler lächelnd.

»Okay«, brummte Clifford.

Sein Gegenüber musterte ihn. Clifford warf Hausler seinerseits einen fragenden Blick zu.

»Sie schauen wie jemand, der ausrechnet, wann er zurück in sein klimatisiertes Büro kann, und keine Lust auf Small Talk hat.«

Clifford machte eine zustimmende Geste.

»Gut, dann komme ich gleich zur Sache. Meiner Organisation ist zu Ohren gekommen, dass Sie eine Einladung zum Invitational ergattert haben und dass dort diesmal ein ... ein außergewöhnliches Gefäß zu gewinnen ist.«

»Ihre Organisation, hat die einen Namen?«

Hausler lächelte.

»Der tut nichts zur Sache, aber wir sind auch nicht sehr bekannt. Wir sind kein Supernational, keine Nichtregierungsorganisation und auch kein kriminelles Syndikat. Wir interessieren uns einfach für die Möglichkeiten, die Software bietet.«

»*Möglichkeiten.* Das ist ziemlich schwammig. Sie meinen Möglichkeiten zur Lebensverlängerung.«

»Nicht nur, aber auch. Ich möchte Ihnen einen Deal vorschlagen. Wir sorgen dafür, dass Sie die Trophäe bekommen. Im Gegenzug kriegen wir eine Kopie.«

»Definieren Sie Kopie.«

»Die Trophäe besteht, soweit ich korrekt informiert bin, aus einem Gefäß, das von Stardesigner Jerry Umlaut entworfen wurde. Das sind freilich nur Äußerlichkeiten. Wichtiger ist, dass im Kopf des Klons ein modifiziertes e-Cephalon mit Descartes-Hack läuft.«

»Das deckt sich mit meinen Informationen.«

»Wir bekommen eine komplette Kopie der Firmware des Gefäßcomputers und dürfen den Kopiervorgang beaufsichtigen.«

»Und im Gegenzug gewinnen Sie das Turnier für mich?«

»Korrekt.«

»Und warum sollte mir das nicht alleine gelingen?«

»Niemand von den Teilnehmern spielt selbst, alle suchen derzeit nach Starspielern, die sie würdig vertreten. Geld spielt keine Rolle. Es könnte folglich sein, dass Sie trotz redlicher Bemühungen nicht den besten Hologamer abbekommen. Und selbst wenn – bei solchen Spielen gibt es ein erhebliches Zufallselement.«

Clifford nickte kaum merklich.

»Und wie wollen Sie dafür sorgen, dass ich gewinne?«

»Beispielsweise werden wir dem einen oder anderen Konkurrenten ein bisschen zusetzen.«

»Wie?«

Hausler lächelte. »Mit den gebotenen Mitteln.«

»Ich verstehe.«

»Aber vor allem werden wir Ihnen den besten Champion besorgen, den es gibt. Einen Spieler, der sich in holographischen Simulationen zurechtfindet wie ein Fisch im Wasser.«

»Und wie heißt dieses Wunderkind?«

»Jimmy. Jimmy Tempest.«

Clifford lächelte mitleidig. »Hören Sie, mein Freund, wie Sie sich vorstellen können, recherchieren meine Leute seit Tagen, wer als Champ infrage kommt. Ich habe die Analysen gelesen, mir die Rankings angeschaut. Ihr Jimmy war nicht dabei.«

»Jimmy spielt normalerweise keine Turniere. Er spielt nur … für sich. Trotzdem ist er der Beste, daran besteht kein Zweifel.«

Er hätte an dieser Stelle Beweise für Jimmy Tempests unglaubliche Fähigkeiten fordern sollen. Aber Clifford hatte noch drängendere Fragen.

»Woher wissen Sie von dem Hack?«

»Wir wissen seit mehr als drei Jahren davon. Unser damaliger Geschäftspartner hatte uns eine Kopie versprochen, aber etwas ging schief. Seitdem sind wir auf der Suche nach der Software.«

»Und was wollen Sie damit?«

»Dasselbe wie Sie«, erwiderte Hausler, »mehr ... Flexibilität.«

»Und warum ich? Bei diesem Turnier treten zehn Leute an. Sie könnten jeden von denen ansprechen.«

Hausler nickte. »Völlig richtig. Unsere Auswahl basiert auf verschiedenen Kriterien. Das wichtigste davon ist vielleicht ein wenig unschmeichelhaft für Sie.«

»Jetzt bin ich gespannt.«

»Ich schätze, dass Sie von allen Teilnehmern der ruchloseste sind. Sie würden alles tun, um zu gewinnen. Das ist ein wichtiges Kriterium.«

»Warum?«

Hausler schaute auf seinen Bierkrug. Er griff danach und drehte ihn ein wenig hin und her. Clifford fiel auf, dass der Mann bisher noch keinen einzigen Schluck genommen hatte. Obwohl er selbst sehr durstig war, machte ihn das misstrauisch. Er würde ebenfalls nichts von dem Bier trinken. Dabei fühlte er bereits, wie seine Kehle trocken wurde.

»Es geht um nichts Geringeres als um die Unsterblichkeit, Mister Torus. Da sind Zimperlichkeiten nicht angemessen. Wir wollen mit jemand zusammenarbeiten, der bereit ist, genauso energisch vorzugehen wie wir.«

»Ein Ansatz, den ich lobenswert finde.«

»Gut. Ein weiterer Punkt, der für Sie spricht: Sie wissen bereits, worum es geht. Alle anderen Teilnehmer glauben, dass sie lediglich ein sehr schickes Gefäß mit erheblicher Zyklusverlängerung bekommen. Midas More denkt dasselbe. Wir beide hingegen wissen, worum es tatsächlich geht.«

»Spricht das nicht eher gegen mich? Wenn Sie mit einem der ahnungslosen Teilnehmer zusammenarbeiten, könnten Sie ihm die Trophäe vielleicht abkaufen und hätten die Technologie für sich allein.«

»Ob irgendwo noch ein weiterer Unsterblicher herumläuft, ist uns gleichgültig. Ich möchte mich lieber mit jemand zusammentun, der weiß, worum es geht, und die entsprechende Motivation mitbringt. Mit jemand, der dieses Einladungsturnier nicht als Spiel betrachtet.«

Clifford kratzte sich am Kinn.

»Ich gebe zu, dass Sie mein Interesse geweckt haben. Und Sie sind verdammt gut informiert. Kennen Sie die anderen Teilnehmer?«

Hauslers Antwort bestand darin, die Namen der anderen neun herunterzurattern. Clifford musste schlucken. Sein eigener Apparat hatte bisher erst sechs Namen zutage gefördert. Bei wem auch immer es sich bei Hausler und seiner Organisation handelte, sie waren schwer auf dem Quivive. Und dass Hausler mit seinen Informationen derart freigiebig umging, konnte nur einen Grund haben: Der Mann wollte ihm klarmachen, dass Clifford es sich gar nicht leisten konnte, nicht mit ihm zusammenzuarbeiten.

Er lehnte sich zurück.

»Dieser Jimmy, Mister Hausler. Erzählen Sie mir mehr von ihm.«

37

Franek mustert Yves. Das Dauerlächeln ist aus seinem runzeligen Gesicht verschwunden. Der Priester wirkt angespannt.

»Wundert Euch nicht über das Prozedere, Freund Franek. Es ist lediglich so, dass ich Euch prüfen muss, bevor Ihr dem Herrn gegenübertreten könnt.«

»Prüfen, Hochwürden?«

»Ihr habt die Botschaft bei Euch?«

Franek nickt und holt die zylindrische Hülse hervor.

»Gut. Zeigt sie mir.«

Franek zögert einen Augenblick, denn eigentlich ist die Botschaft ja für den Blauen Magus bestimmt und für niemanden sonst. Angestrengt überlegt er, ob der Gelbe Zauberer ihm diesbezüglich irgendwelche speziellen Anweisungen gegeben hat, kann sich jedoch an nichts erinnern.

»Ihr müsst verstehen, dass der Blaue ... misstrauisch ist. Nein, das ist das falsche Wort. Er möchte lediglich Komplikationen vermeiden. Alle Informationen, die in sein System hochgeladen werden ...«

Yves scheint Franeks Unverständnis zu bemerken.

»... alle Informationen, die seinem Geist zugänglich gemacht werden, müssen zuvor von seinen Priestern geprüft werden. Es ist, wie soll ich sagen ...«

»... wie mit dem Prinzen von Ponto?«

Der Priester mustert ihn erstaunt.

»Ganz genau. Wie ich sehe, wisst Ihr um die informationstheoretischen Schwierigkeiten, welche die Kommunikation zweier Superintelligenzen mit sich bringt.«

Franek hat keine Ahnung, was der Mann meint. Dennoch nickt er und öffnet den Zylinder. Darin befindet sich ein Blatt Papier, das mit einem seltsamen Sammelsurium aus Zahlen und Buchstaben bedruckt ist. Yves nimmt es und holt eine kleine Maschine. Diese hält er über das Blatt.

»Gut. Ich werde die Botschaft durch unseren Decoder laufen lassen. Habt Ihr auch noch eine mündliche Botschaft? Eine, die Ihr memoriert habt?«

»Nein. Nur den kleinen Zylinder.«

»Gut. Ich muss Euch nun bitten, Eure Kleidung abzulegen.«

»Meine Kleidung?«

»Wegen möglicher Tätowierungen oder Symbole.«

»Ich habe keine.«

»Ich glaube Euch. Überprüfen muss ich es trotzdem.«

Franek nickt und beginnt, sich zu entkleiden. Nüchtern

betrachtet der Priester seinen nackten Körper, erst mit bloßem Auge, dann durch sein Gerät.

»Keine Tätowierungen, keine Implantate. Ihr seid ein unbeschriebenes Blatt. Das ist sehr gut. Jetzt warten wir nur noch auf den Decoder.«

»Was ... was ist ein Decoder?«

»Eine Maschine. Sie überprüft die Botschaft, auf ... ah, sie ist fertig.«

Yves nickt zufrieden. Er rollt die Botschaft zusammen und steckt sie wieder in den kleinen Zylinder. Dann schaut er Franek an.

»Seid Ihr bereit? Dann gehen wir zu ihm.«

»Ja.«

Mehr bringt Franek nicht heraus. Der Priester murmelt etwas, woraufhin die Wände wieder im Boden verschwinden. Dennoch ist die Außenwelt nicht mehr so deutlich zu sehen wie zuvor. Sie scheint hinter einer Art von Schleier zu liegen. Vielleicht handelt es sich um Rauchschwaden. Allerdings riecht es nicht verbrannt.

»Was ist das?«, fragt Franek.

»Ein Feld. Es schirmt uns von dem Herrn ab. Wie ich bereits sagte, hört und sieht er alles, was in seinem Reich passiert. Was innerhalb des Feldes geschieht, vermag er jedoch nicht wahrzunehmen.«

»Ist das eine weitere Sicherheitsmaßnahme?«

Yves nickt.

»Aber nun kann ich es abschalten.«

Der Priester murmelt etwas, woraufhin der seltsame Schleier verschwindet. Nun kann Franek den Garten wieder sehen und, wie ihm auffällt, auch wieder riechen. Anscheinend hat das Feld selbst den Duft der Blumen blockiert. Er wartet darauf, dass der Priester ihn in den Thronsaal des Blauen führt. Doch sein Gegenüber macht keinerlei Anstalten dazu. Franek will bereits fragen, wie es denn weitergehe, als Yves sagt: »Er kommt. Ich ziehe mich zurück.«

Mit diesen Worten verlässt der Priester den Pavillon. Sekunden später ist er hinter einer Reihe von Bäumen verschwunden. Franek schaut sich um. Aus Richtung der tief stehenden Sonne nähert sich eine Gestalt. Augenblicklich weiß er, dass es sich nicht um irgendeinen Besucher des Gartens handelt, sondern um den Blauen Magus. Gemächlichen Schrittes schlendert er auf den Pavillon zu, kommt die Stufen herauf.

Franek freundlich zunickend nimmt er in einem der Sessel Platz. Der Avatar des Magus wirkt zwei, drei Jahre älter als er selbst, ist also vielleicht achtzehn, neunzehn. Er hat strubbelige schwarze Haare und strahlend blaue Augen. Franek ist er auf Anhieb sympathisch, auch wenn er nicht genau sagen könnte, weshalb.

Er wirft sich zu Boden. Der Gottgleiche kichert.

»Ist das die Art und Weise, wie Ihr meinem Bruder entgegenzutreten habt?«

»Hh ... Herrlichkeit?«

»Das sieht ihm ähnlich. Hoch mit dir, Franek. Setz dich zu mir.«

»Habt Dank, Gottgleicher.«

»Und nenn mich nicht so. Niemand ist Gott ebenbürtig, nicht einmal wir.«

»Wie Ihr wünscht, Allvater.«

»Nenn mich einfach Blue, okay?«

»Blue?«

»Das ist englisch.«

»Englisch?«

»Herrje. Und dumm hält er Euch auch, was? Darum kümmern wir uns später. Du hast eine Botschaft für mich.«

Franek erhebt sich und hält dem Magus den Zylinder hin. Dieser nimmt und öffnet ihn, entrollt die Botschaft. Er wirft einen kurzen Blick darauf, schließt die Augen. Der Blaue scheint über etwas nachzudenken. Nach einer Weile sagt er leise: »Das ist ein interessantes Angebot. Es ist nicht vollkommen, aber es ist ein Anfang. Vielleicht der Anfang des Friedens.«

Der Magus öffnet seine Augen.

»Ich danke Euch, Franek. Ich werde eine Botschaft verfassen und sie Euch mitgeben, für den Heimweg. Vorausgesetzt, Ihr wollt zurück nach Hause.«

»Ich tue selbstverständlich, was Ihr wünscht.«

Der Gottgleiche schaut, als habe er Franek nicht gehört.

»Eure Freundin, Marya. Sie will hierbleiben. Das steht ebenfalls offen – oder was immer Ihr wollt. In meinem Reich herrscht kein so strenges Regiment wie in Eurer Heimat.«

Franek blickt den Magus verständnislos an. Dieser steht auf, stellt sich vor ihn und umfasst seine Schultern. Dabei sieht er Franek fest in die Augen.

»Hier existiert keine Knechtschaft. Sei von Herzen edel und tue was du willst. Das ist mein ganzes Gesetz.«

Franek antwortet immer noch nicht. Der Magus nickt verständnisvoll.

»Aber *was* soll man tun? Selbst ich frage mich das oft. Absolute Wahlfreiheit ist eine schwierige Angelegenheit. Es ist einfacher, so weiterzumachen wie bisher. Und das ist ja auch der Grund, warum meine Brüder und ich seit so langer Zeit in Fehde liegen. Aber ich werde es beenden. Und der Gelbe wird mir dabei helfen, was an sich schon ein kleines Wunder ist.«

Die Hände des Gottgleichen ruhen noch immer auf Franeks Schultern.

»Ich muss gehen. Ich werde meinem Bruder einen Brief schreiben. Wenn du magst, kannst du mein Bote sein. Du musst es aber nicht. Denk darüber nach. Bis ich meine Antwort verfasst habe, wird es eh einige Wochen dauern. Weile so lange als Ehrengast in meinem Garten. Es soll dir an nichts mangeln.«

Der Magus lässt von ihm ab. Franek vollführt eine Verbeugung. Zu seinem Erstaunen tut der Blaue es ihm nach.

»Auf Wiedersehen, Franek. Ruh dich aus. Genieße das Leben. Heute Abend gibt es ein Fest, mit gutem Essen, Tanz und Musik.«

Dann tippt der Blaue sich wie zum Gruß mit zwei Fingern an die Schläfe. Er nickt Franek zu und verschwindet zwischen den Bosketten.

38

Fran wusste, dass er ein Francesco war, noch bevor er eine der verräterischen Stellen berührte. Er schlug die Augen auf. Fran erblickte einen muskulösen Körper mit tiefschwarzer Haut, der ihm irgendwie bekannt vorkam.

Er kam hoch, fuhr sich mit den Händen übers Gesicht. Diesmal hatte sich das Ende der Downtime angefühlt, als sei er aus einem tiefen Schlaf erwacht, als habe er sich erst wieder unter Mühen an die Oberfläche kämpfen müssen. Hatte er geträumt? Das war eigentlich nicht möglich. Ungemountete Cogits schliefen nicht, träumten nicht. Sie waren einfach nur inaktiv, harrten in einem Speicher ihrer Aktivierung.

Vorsichtig löste er die Gurte, mit denen das Gefäß an der Liege festgeschnallt war. Augenblicklich begann er, wegzudriften. Fran schaute sich um. Das Gros des Raums wurde von drei Tanks okkupiert, in denen die Gefäße verwahrt wurden. Es gab eine Upload-Liege und einen an der Decke befestigten Greifarm, der die Klone vollautomatisch aus den Champagnerflöten holte, wie die Tanks scherzhaft genannt wurden. Zwei Flöten waren leer, in einer schwamm eine zierliche Frau. Auch sie kam Fran bekannt vor. Vermutlich hatte er das Gefäß schon einmal in einem Klonkatalog gesehen. Das schien nicht verwunderlich. Es war ja kaum zu erwarten, dass UNANPAI für sein Shuttle-Netzwerk teure Designerkörper verwendete. Vermutlich gab es in jedem Shuttle die gleichen – die kleine Asiatin, die schwarze Kante und ...

Nun erst bemerkte Fran die Leiche. In Bodennähe schwebte sie vor dem Schott, Gesicht nach unten, alle viere von sich gestreckt. Er fühlte Panik in sich aufsteigen. Rasch hangelte Fran sich durch den Raum zu dem leblosen Körper. Es handelte sich um eine Frau mit heller, makelloser Haut. Genauer gesagt war ihre Haut einst ohne Makel gewesen. Nun verunzierten rote Flecken ihren splitternackten Körper. Sie waren handtellergroß, erinnerten vage an blühende Nelken.

Er griff nach einem Arm und überprüfte, ob sie wirklich tot war. Puls ließ sich keiner mehr feststellen, aber die Frau war noch warm, sie konnte kaum länger als eine halbe Stunde tot sein. Das passte. Sein erster Brainbeam von der UNO-Station zum Shuttle war anscheinend missglückt. Sein Cogit war zwar angekommen und in ein Gefäß hochgeladen worden, aber offenbar mit korrupter Datenstruktur. Irgendein Fehler hatte sich eingeschlichen, der dazu führte, dass sein Cogit dem Gefäß fehlerhafte Befehle gab.

Er drehte die Frau um. Ihr einstmals wohl recht ansehnliches Gesicht war blau angelaufen. Es wirkte aufgedunsen wie nach einer Kortisontherapie. Die fehlerhaften Befehle hatten dazu geführt, dass der Körper – der für wenige schmerzvolle Minuten sein Körper gewesen war – Symptome entwickelte, die denen einer Anaphylaxie ähnelten, eines schweren allergischen Schocks.

Fran horchte in sich hinein. Irgendwo in ihm lauerte die Furcht. Sie wartete nur darauf, Besitz von ihm zu ergreifen, sich zu einer Panikattacke zu steigern. Diesmal war es nicht die Siderophobie. Die würde später kommen, wenn Fran vollends realisiert hatte, dass er sich in einer im Vergleich zu der UNO-Station lächerlich winzigen Blechdose befand, weit weg von allem. Momentan wurde diese Furcht jedoch von einer anderen überlagert: von der Sorge, auch der zweite Upload könne suboptimal verlaufen sein. Falls das in den Körper des Schwarzen geladene Cogit ebenfalls schadhaft war, würde die Software Fehler produzieren, die wiederum weitere Fehler auslösten und sich kaskadenartig fortsetzten. Falls das passierte, würde Payne ihn vermutlich ein drittes Mal schicken. Die dritte Version würde sich an den zweiten qualvollen Exitus ebenso wenig erinnern, wie sich die zweite Version an den ersten erinnerte. Das machte die Aussicht, hier draußen mutterseelenallein und elendiglich zu verrecken, allerdings keineswegs besser.

Zitternd stemmte Fran sich hoch. Er sah Gespenster. Inzwischen war er bestimmt seit fünf Minuten wach. Wenn etwas hätte schiefgehen sollen, wäre es bereits passiert. Er rief ein Kommunikationsmodul auf und machte Payne Mitteilung, dass der Brainbeam erfolgreich verlaufen sei. Dann wandte er sich dem Schott zu.

Das Shuttle war größer, als er erwartet hatte. Außer dem Upload-Raum gab es eine Kabine mit zwei Kojen, eine kleine

Messe sowie ein Cockpit. In Letzterem saß Fran nun, einen Kaffeebecher in der Hand, und schaute durch das holographische Frontfenster hinaus in die endlose Schwärze. In einiger Entfernung konnte er in der Dunkelheit etwas Funkeln sehen. Zumindest bildete er sich das ein. Das Objekt war grün umrahmt, was dafür sprach, dass es tatsächlich vorhanden war. Es schien näher zu kommen.

Fran stellte den Kaffee ab. Zurzeit war das möglich, weil das Shuttle beschleunigte. Die Räume waren so angeordnet, dass die Decken in Schubrichtung lagen. Deshalb blieb der Kaffee, der diesen Namen allerdings kaum verdiente, im Becher und Fran in seinem Sitz. Er rief sich die Informationen zu Theia auf, obwohl er sie bereits mehrmals gelesen hatte. Das alte Laser-Array der NASA befand sich an Lagrange-Punkt L4. Dies bedeutete, dass Theia dem Planeten in gleichbleibendem Abstand vorauslief wie ein Späher einer Armee. Dies war auch der Grund, warum die Fähre beschleunigte. Sie war auf die Mars-Umlaufbahn eingeschwenkt und musste die gleiche Geschwindigkeit erreichen wie Theia, um an ihr andocken zu können.

Theia sah aus wie eine überdimensionierte Tupperdose, auf die jemand den Geschützturm eines Zerstörers geklebt hatte. Die Sonde maß vom Bug bis zum Heck an die fünfundzwanzig Meter. Laut der technischen Dokumentation besaß Theia ein Dock. Im Inneren existierten keine Kabinen und vor allem keine Atmosphäre. Sinn und Zweck des Außenschotts war lediglich, dass Techniker im Raumanzug für Wartungsarbeiten ins Innere gelangen konnten. Laut Frans Unterlagen war das zweimal geschehen, in den Jahren 2047 und 2048. Beide Male hatte man versucht, den mysteriösen Defekt zu reparieren, der dazu führte, dass Theias Laser der Kapoor-

Sonde auf ihrem Weg zu Barnards Stern so erbärmlich wenig Schub verlieh.

Beide Besuche waren erfolglos verlaufen. Seitdem war anscheinend keiner mehr hier gewesen. Überhaupt schien sich niemand für Theia zu interessieren. Lediglich UNOOSA überprüfte in regelmäßigen Abständen, ob die Sonde stabil war oder ob man sie abwracken musste, damit sie niemandem in die Quere kam.

Fran stand auf, um sich einen weiteren Pseudokaffee zu holen. Mit kleinen Hüpfern lief er den Korridor entlang. Die Schwerkraft war nicht sehr stark, aber besser als nichts. Dasselbe galt für den Kaffee. Er konnte hören, wie der Navigationscomputer Geräusche von sich gab. Rasch kehrte er zurück ins Cockpit und setzte sich wieder. Ein gelbes Dreieck mit schwarzer Umrandung erschien. Es zeigte einen Menschen, der kopfüber in der Luft hing – ein Hinweis darauf, dass die Fähre in Kürze mit einem Bremsmanöver beginnen und die Schwerkraft nachlassen würde. Fran schnallte sich an und vergewisserte sich, dass der Kaffeebecher verschlossen war. Er lehnte sich zurück und schaute aus dem Fenster, um den Anflug auf das Laser-Array, das nun rasch näher kam, zu verfolgen.

Bremsdüsen zischten. Frans Magen schien abzuheben. Direkt vor ihm lag Theia. Das Array sah immer noch aus wie eine Tupperdose. Dennoch hatte Fran den Eindruck, dass irgendetwas nicht stimmte. Aber was? Vermutlich war er es, mit dem etwas nicht stimmte. Obwohl sie sich Theia nur noch gemächlich näherten, flüsterte ihm eine Stimme in seinem Hinterkopf zu, dass dies eine optische Täuschung sei. In Wahrheit raste das Array mit über sechsundachtzigtausend Stundenkilometern durch die unendliche Schwärze, genauso die Fähre. Ein winziges Körnchen Dreck, das zufälligerweise ihre Flugbahn kreuzte, würde ausreichen, um das Shuttle und ihn in einzelne Moleküle zu zerlegen.

Fran bemühte sich, gleichmäßig zu atmen. Obwohl ihm flau war, trank er noch etwas von dem miesen Kaffee. Er musste an der Öffnung saugen wie ein Baby an einer Flasche, um etwas von der Brühe in den Mund zu bekommen.

»Fotos von Theia einblenden«, sagte er, »NASA-Archiv, September 2046.«

Bilder erschienen. Er schob sie zur Seite, um die alten Aufnahmen mit dem Blick aus dem Fenster vergleichen zu können. Das Ergebnis war eindeutig. Die Theia von damals und die von heute waren identisch. Fran wusste nicht, was er erwartet hatte, aber niemand hatte in der Zwischenzeit eine Piratenflagge auf die NASA-Sonde gepflanzt oder diese rot angestrichen. Er seufzte. Dieser ganze Trip war Zeitverschwendung. Wie hatte er bloß glauben können, dass er hier draußen etwas finden würde?

Fran klemmte seinen Becher in den dafür vorgesehenen Cupholder und starrte zum Fenster hinaus. Es gab keine Anzeichen dafür, dass irgendetwas nicht stimmte. Aber irgendetwas stimmte nicht. Er wusste es einfach.

»Sind weitere Objekte in der Nähe?«, fragte er.

»Das nächstgelegene registrierte Objekt ist die ›Vianden‹, ein Erzfrachter unter luxemburgischer Flagge«, erwiderte die monotone Stimme des Shuttlecomputers. »Es ist siebzehneinhalb Millionen Kilometer entfernt.«

»Scan durchführen nach weiteren Shuttles und Sonden im Umkreis von dreißig Millionen Kilometern«, befahl Fran.

»Scan negativ«, antwortete der Rechner.

Theia füllte inzwischen das halbe Fenster aus. Einer Anzeige zufolge war das Array noch zweihundertdreiunddreißig Meter entfernt. Allmählich dämmerte Fran, was nicht stimmte. Vor dem tiefschwarzen Hintergrund des Alls besaß ein einzelnes Objekt keine Referenzpunkte. Man konnte deshalb nicht einschätzen, wie schnell sich etwas bewegte. Ebenfalls schwer zu taxieren war die Größe eines Objektes.

»Abmessungen des Ziels. Umfassend«, sagte Fran.

Gelbe Linien und Zahlen verwandelten Theia in eine Art dreidimensionale Konstruktionszeichnung. Kantenlängen, Winkel, Flächen – alles war markiert und mit Anmerkungen versehen. Fran hob den Zeigefinger, um einige Zahlen zu kopieren und genauere Berechnungen anzustellen. Auf einmal ließ er seine Hand sinken.

Das war unmöglich. Es konnte einfach nicht sein.

Er wies den Schiffscomputer an, alle Sensoren zu rekalibrieren. Wie zu erwarten, genauer gesagt wie zu befürchten, blieben die Ergebnisse gleich. Als Nächstes verglich Fran Theias Koordinaten mit der Position der Sonde, obwohl er das Ergebnis bereits kannte: Sie waren exakt da, wo sie sein sollten.

Es gab keine andere Erklärung. Das Objekt da draußen war, wo Theia sich hätte befinden sollen. Es sah exakt aus wie Theia. Die Oberfläche, die Laser-Batterien, die Solarpanels – sogar das halb abgeschabte alte NASA-Logo, alles stimmte mit den alten Fotos überein.

Es gab lediglich einen Unterschied: Die echte Theia war fünfundzwanzig Meter lang und besaß ein Volumen von ungefähr viertausend Kubikmetern. Das Ding, was vor ihm schwebte, war dem Scan zufolge zweihundertfünfzig Meter lang. Sein Volumen betrug vier Millionen Kubikmeter. Falls niemand das alte NASA-Array mit einem Zauberstab um den Faktor zehn vergrößert hatte, blieb nur eine plausible Erklärung: Die alte Theia war durch eine neue, zehnmal so große ersetzt worden. Aber warum?

Fran wies das Shuttle an, das Dockingmanöver abzubrechen und auf eine Entfernung von zweitausend Metern zu gehen. Dann bat er den Schiffscomputer, Verbindung mit dem Array aufzunehmen. Niemand antwortete. Fran öffnete die Verschlüsse seines Sitzes und hangelte sich ins Heck. Während er durch den Gang schwebte, dachte er nach. Warum baute jemand eine perfekte Kopie der alten Theia, nur größer? Glich sie der alten Sonde nur von außen oder auch von innen? War die vergrößerte Theia funktionsfähig?

Die erste Frage war relativ einfach zu beantworten. Es handelte sich um eine Form von Mimikry. Jemand benötigte den Lagrange-Punkt, der war jedoch schon besetzt. Obwohl sich niemand mehr für die defekte Theia interessierte, wäre ihr Verschwinden dennoch aufgefallen – ebenso wie das Erscheinen eines anderen Objekts am selben Ort. Was hingegen niemand bemerkte, war eine andere Sonde, die exakt so aussah wie die vorherige. Angesichts der kosmischen Maßstäbe war solch ein Objekt ein Staubkorn, ganz gleich, ob es fünfundzwanzig oder zweihundertfünfzig Meter lang war. Nur wenn man wie er sehr nah daran vorüberflog, fiel einem der Größenunterschied auf.

Mit einem Block zwischen den Zähnen hangelte Fran sich kurz darauf zurück ins Cockpit. Er gürtete sich fest und begann, einen Bericht zu verfassen, in dem er seine Beobachtungen niederlegte. Der Versuchung, seine Vermutungen und Theorien dazuzuschreiben, widerstand er. Vieles von dem, was er geschlussfolgert hatte, mochte völliger Unsinn sein, so logisch es im Moment auch klang. Beispielsweise schien ihm fast zwingend, dass die Kopie Theias die gleiche

Funktion besaß wie das Original. Was aber, wenn das Ding da draußen nur aussah wie ein Array zum Beschleunigen von Sonden, in Wirklichkeit aber eine militärische Installation war, mit der sich andere Raumfahrzeuge abschießen ließen?

Es gab nur eine Möglichkeit, das herauszufinden. Fran musste andocken und sich die XXL-Theia von innen anschauen – falls er denn hineinkam. Sollte sein Shuttle während des Anflugs von einem Laser oder einer Railgun zerfetzt werden, wäre das auch eine interessante Information, so sie seine Vorgesetzten denn je erreichte.

Frans Bericht umfasste eine knappe Seite. Als er fertig war, schrieb er ihn nochmals ab. Eine der Seiten faltete er und steckte sie in die Brusttasche seines Overalls. Die zweite verstaute er in einem kleinen Safe im Cockpit. Danach begab er sich in den hinteren Teil des Schiffes, um sich einen Raumanzug zu holen. Es handelte sich nicht um einen jener dicken Anzüge, mit denen sich lange Weltraumspaziergänge unternehmen ließen, sondern um einen sehr leichten, gedacht für kurze Aufenthalte im Vakuum. Er sorgte dafür, dass man weder erfror noch erstickte, hielt allerdings kaum Strahlung ab. Falls er länger als eine Stunde da draußen zugange war, würde man sein Gefäß danach wegschmeißen müssen.

Während er sich umzog, dachte Fran über die Frage nach, wer die XXL-Theia gebaut haben könnte. Angesichts seiner und Doyles Recherchen kam natürlich eine KI infrage. Aber die Sache konnte genauso gut auf das Konto menschlicher Akteure gehen. Um ein Objekt dieser Größe zu bauen und auf Position zu bringen, noch dazu, ohne dass es irgendwer bemerkte, benötigte man eine Menge Ressourcen. Einige Supernationals konnten so etwas, eine der großen Föderativen – EURUS, CANFED oder QAZAQ. Der wahrscheinlichste menschliche Kandidat war jedoch die Kieselkaiserin mit ihrer riesigen Flotte und ihren schier unerschöpflichen Asteroidenressourcen.

Fran seufzte. Halbgare Vermutungen waren das, nichts weiter. Er setzte den Helm auf, führte einen Systemcheck durch. Als er fertig war, befahl er dem Navigationscomputer, das Andockmanöver einzuleiten. Im Heck wartete er darauf, dass sie anlegten. Theoretisch war es denkbar, dass der Bordcomputer von Theia XXL ihnen das Docken verweigerte. Normalerweise kam man als Fremder bei unbemannten Stationen oder Fähren jedoch zumindest bis in die Schleuse oder den Raum dahinter. Havarierten in Not sollte auf diese Weise die Möglichkeit gegeben werden, sich ins Innere eines anderen Schiffs zu retten. Das war in den Zusatzprotokollen der UNO-Solarcharta festgelegt. Ob sich die Erbauer des mysteriösen Objektes darum scherten, war eine andere Frage.

Eine Einblendung erschien. Offenbar würden sie tatsächlich andocken. Während er wartete und dem Zischen der Steuerdüsen lauschte, fiel sein Blick auf ein Kabinett, das an der gegenüberliegenden Wand befestigt war. Hinter einer Plexiglasscheibe befanden sich zwei Handfeuerwaffen, ein Sturmgewehr mit seltsam anmutendem Lauf sowie zwei Messer, wobei dies vielleicht nicht der richtige Ausdruck war. Für einen Dolch waren die Klingen zu groß, für ein Schwert hingegen zu klein. Vielleicht war Entermesser ein passender Begriff. Fran meinte sich zu erinnern, dass Pistolen bei Entermanövern im All nicht unbedingt die Waffen der Wahl waren. Löcher in der Außenhülle waren für alle Kombattanten unvorteilhaft. Eine in der Schwerelosigkeit abgefeuerte Pistole katapultierte ihren Besitzer zudem unter Umständen gegen eine Wand oder hinaus ins All.

Es klackte und rumpelte, als Metall gegen Metall stieß und das Shuttle sich mit dem Array verband. Fran überlegte, ob er eine der Waffen mitnehmen sollte. Er schnallte sich ab und schwebte hinüber zu dem Kabinett. Es mochte ja sein, dass Schwerter hier oben mehr Sinn machten, aber er hatte noch nie eines benutzt. Außerdem bewegte er sich in der Schwerelosigkeit nach wie vor wie eine betrunkene Hummel. Vermutlich würde er sich selbst erdolchen. Deshalb nahm er sich eine der Pistolen und clippte sie an seinen Gürtelmagneten.

Eine holographische Einblendung informierte ihn darüber, dass die Verbindung hergestellt sei. Fran trat vor das Schott und atmete tief durch. Er gab sich einen Ruck, betätigte den Öffnungsmechanismus. Mit einem Zischen glitt das Schott auf. Er passierte eine nur spärlich beleuchtete Röhre von vielleicht fünf Metern Länge. Sie besaß keine Bullaugen oder Holofenster, worüber er nicht unglücklich war. Die Röhre schien aus zieharmonikaartigem Stoff zu bestehen. Auf der anderen Seite lauerte das All. Rasch hangelte Fran sich hindurch, bis zu einem weiteren Schott. Darauf stand »NASA« und »Theia Array«. Fran drückte auf einen großen Knopf mit der Aufschrift »UNLOCK«. Zischend glitt das Schott auf. Gleißend helles Licht erfüllte die Röhre.

Wenn Licht brennt, muss ja wohl jemand an Bord sein, bemerkte eine Stimme in Frans Kopf. Eine andere warf ein, dem müsse keineswegs so sein. Vielleicht hatte jemand schlicht vergessen, das Licht auszumachen. Fran verscheuchte die Stimmen. Der helle Schein hatte nichts zu bedeuten. Wenn man eine Autotür öffnete, ging schließlich auch das Licht an. Trotzdem griff er nach der Pistole und entsicherte sie, bevor er durch das Schott trat.

39

»Hieronymus Bosch und Timothy Leary bauen zusammen Disneyland«, so waren die Aurora Gardens einst einem Journalisten beschrieben worden. Clifford war sich nicht sicher, ob das die Sache zutreffend beschrieb, ob man all dies überhaupt in Worte fassen konnte. Er stand auf einer der Avenuen der Aurora Gardens, auf jener, auf der vor allem Bordelle und Sexclubs angesiedelt waren. Sie trug den Namen A Strip Called Love. Inzwischen wusste Clifford, dass es insgesamt fünf dieser Avenuen gab. Sie waren so angeordnet, dass sie ein Pentagramm bildeten. Jede besaß ein Thema und, was schlimmer war, einen dieser bescheuerten Namen: Where It All Unfolds; The Joy Of Playfulness; Art Can Break Your Heart; Taste Is A Physical Property.

Der Bumsboulevard mochte einige Hundert Meter lang sein. Auf beiden Seiten erhoben sich Gebäude aus jeder erdenklichen Periode – römische Tempel, babylonische Zigguratś, Art-déco-Wolkenkratzer. Einige schwebten sogar. Natürlich taten sie das nicht wirklich, der untere Teil war schlichtweg hinwegholographiert worden. Die Gebäude funkelten und flackerten, sie oszillierten und pulsierten in allen erdenklichen Farben und Schattierungen. Auf den meisten Hauptstraßen der Gardens lief das so, weswegen Clifford sich bereits ein wenig daran gewöhnt hatte. Was ihn nach wie vor irritierte, war die Pornographie. Nicht, dass er prüde oder an Sex gänzlich uninteressiert gewesen wäre. Eher störte ihn die Nachdrücklichkeit der ganzen Sache. Um sie herum schwebten Penisse und Vaginen, mit Körperflüssigkeiten bekleckerte Münder und Brüste, groß wie Lastwagen. Andere Holos waren kleiner, dafür aber umso aufdringlicher. Nackte Männer und Frauen scharwenzelten vor Clifford und seiner Assistentin Ana herum, boten ihre diversen Vorzüge feil. Just in diesem Moment stand eine dunkelhäutige Schönheit mit wasserstoffblonden Haaren direkt vor ihm und hielt ihm ihre auseinandergezogenen Pobacken hin.

»Verpiss dich«, zischte er. Das Mädchen stöhnte vernehmlich und zog ihre Backen weiter auseinander.

»Man kann Werbung hier nicht abstellen, Boss«, sagte Ana Amaqjuaq.

»Ist das nicht gegen die Regeln der Hologrammatica? Derlei invasive Reklame …«

»Eigentlich schon«, erwiderte sie, »aber wir sind hier juristisch betrachtet nicht in einer Föderative. UNO-Basisgesetze, sonst nichts. Alles exterritorial. Außerdem haben die Gardens ein eigenes Holonet mit größerer Projektionshöhe und mehr Lumen als üblich. Dieser More macht seine eigenen Regeln.«

Clifford betrachtete die sich windende Holohure.

»Hm. Ist es noch weit bis zu diesem Restaurant? Wieso ist das eigentlich hier und nicht auf der ... äh ... Fressgasse, wie heißt die noch gleich?«

»Taste Is A Physical Property?«

»Genau.«

»Weil das Lokal, ›The Light Sarcastic‹, eher eine Eventlocation ist. Meist wird es für Partys genutzt, nur heute für das Dinner.«

»Mit Partys meinen Sie Sexpartys.«

Amaqjuaq schaute zum Himmel empor, an dem ein sicherlich fünfzehn Meter langes Knäuel aus zuckenden Leibern eine artistische Nummer vollführte.

»Davon ist auszugehen, Boss.«

Clifford seufzte. »Hoffen wir, dass es während des Abendessens beim Austausch von Tratsch und Belanglosigkeiten bleibt. Weiter jetzt.«

Amaqjuaq nickte und ging voran. Clifford folgte ihr. Der Himmel über ihnen besaß eine Farbe irgendwo zwischen Rosé und Violett. Jenseits der Gebäude, den Pornoholos und dem ganzen anderen Wahnsinn vermochte Clifford ein paar Wolkentupfer auszumachen. Sie waren seltsam geformt, erinnerten an Fabelwesen. Vielleicht bildete er sich das aber auch nur ein. Die sensorische Überladung machte ihm zu schaffen. Wie ein Dackel lief er hinter seiner Assistentin her, die Nackten und die Geilen so weit wie möglich ignorierend.

Sie erreichten ein Gebäude, das wie ein altes Broadwaytheater aussah, inklusive Kassenhäuschen und Leuchttafel. Auf Letzterer stand: »Pre-Game-Party«. Sie gingen zum Eingang.

Ana zeigte die Einladungen vor, die sie in ihren Suiten gefunden hatten. Eines musste man diesem More lassen: Er knauserte nicht. Der Sieben-Sterne-Bunker »A Gentle Repose Or A Fiery Night?« auf der Hotelmeile war vollständig für die Teilnehmer des Invitationals reserviert. Clifford und seine Entourage hatten eine Etage für sich allein, die anderen Teilnehmer ebenfalls.

Sie gingen hinein. Jemand pappte ihm einen Sticker ans Revers, auf dem Hi, I'm Clifford stand. Im Licht sah es nach längst vergangenen Zeiten aus – viel Plüsch, viel Messing. Clifford, der sich mit den Stilrichtungen des zwanzigsten Jahrhunderts nicht sonderlich auskannte, tippte auf Sechziger oder Siebziger. Die Dinnertische, die er erwartet hatte, fehlten. Stattdessen betraten sie einen großen Salon voller Sofas und Ohrensessel. Etwa ein Drittel war bereits besetzt. Von dem in Blautönen gehaltenen Raum gingen weitere ab.

»Wie läuft das hier?«, fragte er seine Assistentin.

»Eingeladen sind alle Teilnehmer, ferner ihre Champions und bis zu drei Begleiter pro Team. In unserem Fall außer uns noch Ares, einer seiner Leute und dieser Jimmy Tempest.«

Ob sein Champion bereits vor Ort war, wusste Clifford nicht. Er besaß nicht einmal ein Foto.

»Er kontaktiert Sie vor Ort«, das waren Hauslers Worte gewesen. Immer wieder fragte Clifford sich, ob er sich wirklich mit diesem Kerl ins Bett legen sollte. Doch Hauslers Argumente waren letztlich zu überzeugend gewesen. Nie würde Clifford den Moment vergessen, als der Mann ihm die Stripperbrille gereicht und ihn aufgefordert hatte, hindurchzublicken.

Weil er nicht hatte glauben wollen, was er sah, war Clifford zu einem seiner Leute gegangen, hatte es mit dessen Militärstrippern nochmals versucht. Das Ergebnis war dasselbe gewesen – Hausler verschwand. Folglich musste er ein Hologramm sein. Aber er konnte Gegenstände aus der realen Welt anfassen und manipulieren, man konnte ihn anfassen. Er war fest, nicht durchlässig.

Hausler nannte die Technologie, die dies ermöglichte, Hardlight. Den meisten von Cliffords Fragen nach ihrem Ursprung wich er aus. Hausler erklärte lediglich, sie sei ursprünglich von Arkenziel entwickelt worden. Ob seine spärlichen Erklärungen bezüglich der Natur dieser lebenden Hologramme, zu denen er anscheinend selbst gehörte, überhaupt einen Funken Wahrheit enthielten, ließ sich schwer sagen. Was Clifford hingegen sofort eingeleuchtet hatte: In einem Spiel, das in einer holographischen Umgebung stattfand, würde ein Spieler, der selbst aus Licht bestand, gegenüber seinen Gegnern entscheidende Vorteile besitzen – es war, als ließe man Schwimm-Olympioniken gegen den Weißen Hai antreten. Wenn dieser Jimmy mitspielte, würde er gewinnen, das stand fest. Also war es besser, der Typ, das Ding, was auch immer, spielte für ihn.

In den Tagen nach dem Treffen mit Hausler grübelte Clifford darüber nach, was diese Entdeckung, diese Offenbarung bedeutete. Zunächst einmal zeigte sie ihm, dass eine weitere der vielen fiebrigen Verschwörungstheorien seines Lieblingsforums einen wahren Kern besaß. Die Chipper, die größten Bekloppten der Ætherianica, mit ihrem albernen Cave Hic Photones und ihren Theorien über Geister im Holonet – hatten sie die ganze Zeit über recht gehabt? Und wenn die Chipper richtiglagen, was war dann mit dem ganzen Rest? Eigentlich gab es dann nämlich keinen Grund mehr, dass nicht auch der wahr sein konnte.

Clifford fühlte, wie sich seine Nackenmuskeln verspannten. Eigentlich wollte er überhaupt nicht auf dieser beschissenen Party sein. Lieber wäre er in seiner Suite geblieben und hätte sich durch die Ætherianica gewühlt, auf der Suche nach Antworten. Wusste man etwas über die genaue Beschaffenheit dieser festen Hologramme? Waren Hardlights nur Projektionen realer Menschen, gewissermaßen Avatare, die von irgendwo gesteuert wurden? Oder handelte es sich, wie einige Chipper behaupteten, um Æther-Abspaltungen? Oder um Aliens? Er würde nicht umhinkommen, all jene phantasmagorischen Threads zu lesen, die er bisher gemieden hatte, seiner geistigen Gesundheit zuliebe.

Er sah sich um, suchte nach vertrauten Gesichtern. Mindestens zwei Personen kannte er, beides extrem vermögende Geschäftsleute. Clifford bedeutete Ana Amaqjuaq, ihm zu folgen, und ging zu einem der beiden hinüber. Ufuq Montana war der Chef des sibirischen Supernationals Omnibuild. Als in den Fünfzigerjahren der Sib-Siedlungsboom begann, war Wohnraum der limitierende Faktor gewesen. In der russischen Taiga gab es dort, wo die Planer während des Coldrush flugs eine weitere Millionenstadt hinhaben wollten, meist nicht einmal eine Straße. Omnibuild war die Antwort auf dieses Problem gewesen. Montanas Bauroboter waren in der Lage, komplette Siedlungen hochzuziehen, in irrsinniger Geschwindigkeit. Er fragte sich, ob Omnibuild wohl auch eine Abrisssparte betrieb, die im Gegenzug die *depops* abtrug, die *void towns* – all jene Städte in Südeuropa, Afrika oder Indien, in denen nur noch streunende Hunde lebten.

Der Omnibuild-Boss war ein bulliger Mittvierziger in schwarzem Anzug und schwarzem T-Shirt. Ein Holoeffekt ließ es so aussehen, als laufe kontinuierlich Neonfarbe über sein Jackett und tropfe die Hosenbeine hinunter. Montanas Augen wurden von einer wuchtigen Brille verborgen.

»Clifford! Dich hätte ich hier nicht erwartet.«

Mit einer gewissen Genugtuung bemerkte er, dass Montana darauf verzichtet hatte, vorab das Teilnehmerfeld zu recherchieren. Wenn die anderen Schwachköpfe das Invitational ähnlich locker nahmen und es nur als Amüsement betrachteten, würde er, ha ha, leichtes Spiel haben.

»Abend, Ufuq. Oder Morgen.«

»*Sdrastwuitje*. Dass du dich für so was interessierst.«

»Wieso?«, fragte Clifford.

Montana grinste ihn an. »Clifford Torus, Mann der Zahlen. Bekannt für seine No-Bullshit-Attitüde. Ich dachte, Hologames sind dir zu frivol.«

»Mir ist dieser ganze Zirkus«, Clifford zeigte mit dem Daumen hinter sich, »zu frivol. Wenn dies das richtige Wort ist.«

»*Bezumje*! Supercraycray, ist so. Aber ist ja nur die eine Straße.«

»Das meiste, was ich bisher von den Gardens gesehen habe, ist komplett drüber.«

Montana wedelte mit dem Finger vor seinem Gesicht herum.

»*Njet, njet*, muss nicht sein. Es gibt auch ganz ruhige Areale. Wir waren gestern in einem arabischen Garten, so alhambramäßig, haben geraucht und chilligen Klezmafunk gehört. Es gibt hier alles, musst dich nur drauf einlassen. Gehst du zur Afterparty?«

»Nicht, dass ich wüsste.«

»Nicht von Midas, eine der Teilnehmerinnen hat's organisiert, Connie Z, in einem Chateau hier vorne. Ich kann sagen, dass du mitwillst.«

Montana fixierte Clifford durch seine Puck-die-Stubenfliege-Brille.

»Die Zachartschenkow-Erbin? Connie Z?«

»*Da!*«

Concepción Zachartschenkow, die Tochter eines Sib-Moguls, war jung, schön und besaß eine eigene Holoserie, in der man ihrem Leben in all seinen dekadenten Einzelheiten folgen konnte. Ihre Fans vermochten zu jeder Tages- und Nachtzeit, holographische Projektionen aller Räume ihrer Villa zu begehen und anzuschauen, was in der Obstschale der Zachartschenkow lag, welche Beautyprodukte in ihrem Bad standen oder mit welchen Liebhabern sie in ihrem Schlafzimmer zugange war. Man munkelte, dass Connie Z mit ihrer Holo-Reality-Peepshow inzwischen mehr verdiente, als ihr Alter mit dem Verkauf von Überlebensausrüstung für boreales Klima je zusammengerafft hatte.

Clifford schürzte die Lippen. »Also eine Sexparty.«

»Eher eine Performance. Connie lässt die L'École du libertinage nachstellen, interaktiv, inszeniert von diesem finnischen Künstler, wie heißt der, Harhanäky. Mehr als hundert Quant-Darsteller in Gefäßen, Frauen, Männer, Kinder, de Sades Originalhandlung folgend. Man kann wohl auch mitmachen, aber es ist eigentlich eher zum Zuschauen gedacht.«

»Nicht mein Ding, aber danke. Was anderes, Ufuq. Ist Midas inzwischen eigentlich wieder unten?«

»Soweit ich weiß, hängt er noch oben fest.«

»Ich verstehe. Was hältst du ...«, Clifford bemühte sich, einen Ausdruck blasierter Langeweile aufzusetzen, »... von der Trophäe?«

»Dieses Designergefäß?« Montana zuckte mit den Achseln, »*Ponjatja ne imjul*, keine Ahnung. Bestimmt superstylish, wenn Jerry Umlaut es entworfen hat. Aber wer will denn bitte schön drei Monate im gleichen Körper bleiben? Mal abtauchen, okay, aber ... mir geht's bei dem Turnier eher um die Partys, um die Wetten.«

»Wetten auf den Ausgang?«

»Klar. Das Invitational ist nicht öffentlich, aber die Eingeladenen dürfen natürlich wetten, wer gewinnt. Ich sehe schon, du bist ein echtes Greenhorn.«

»Ja, mein erstes.«

Montana klopfte Clifford kumpelhaft auf die Schulter.

»Tja, wenn du Fragen hast, wende dich vertrauensvoll an mich. Ich muss jetzt mal da rüber, mit meinem Champion reden.«

Der Omnibuild-Gründer zeigte auf einen Bodybuildertypen, der sich mit einer Frau in roter Fantasieuniform und einem schlaksigen Burschen voller Holotattoos unterhielt.

»Hast du einen Champion, Cliffy?«

Bei der Verhunzung seines Vornamens zuckte Clifford leicht zusammen.

»Was? Ja, natürlich ...«

»Wen denn?«

»Jimmy Tempest.«

»Nie gehört. Mein Mann hat letztes Jahr das Reykjavík Open gewonnen. Ich erhoffe mir viel von ihm.«

Montana wünschte ihm viel Glück. Clifford konnte sich nicht dazu durchringen, es dem Omnibuild-Chef gleichzutun. Stattdessen murmelte er etwas, das alles oder nichts bedeuten konnte. Montana verstand ihn vermutlich ohnehin nicht, denn irgendwer hatte gerade die Musik hochgefahren. Rhythmischer Colby Fog wummerte durch den Raum. Eine Frauenstimme schrie mehr, als dass sie sang.

We had the power
We had the space
We had a sense of time and place

Clifford ignorierte den Krach und lief in Richtung eines Durchgangs. Der nächste Raum war etwas kleiner als der vorherige, die vorherrschende Farbe war Grün. Er bildete sich ein, dass die Musik noch lauter war. Leute standen herum, tranken Champagner, schrien einander an. Die Gesichter sagten ihm nichts. Er winkte Ana heran.

»Boss?«

»Wie finden wir den Typen denn jetzt?«

»Wurde nicht gesagt, er finde uns?«

»Was ist denn das für eine Scheiße?«, brüllte Clifford. Er brüllte, weil sie ihn sonst nicht hören konnte, weil er genervt von dem ganzen Zirkus war. Wann tauchte Tempest endlich auf? Noch konnte Clifford es sich theoretisch anders überlegen und den Champion wechseln. Dem Reglement zufolge hatte er dafür bis Mitternacht Zeit.

We knew the words
We knew the score
We knew what we were fighting for

Clifford stapfte zum nächsten Raum. Daraus, dass die Musik noch lauter wurde und es jenseits des Durchgangs heftig blitzte und flackerte, schloss er, dass es sich um ein Livekonzert handelte. Sie betraten den nächsten, in Rot gehaltenen Saal. Tatsächlich gab es eine kleine Bühne, auf der eine Frau stand. Ihr Teint war unnatürlich dunkel, die Schwärze ihrer Haut konnte mit der ihrer Lederjacke locker mithalten – irgendein Skinfilter, vermutlich. Hinter der Sängerin standen zwei Gitarreros. Sie sahen aus wie viktorianische Vogelscheuchen.

For the freedom
The time to choose
But time to think
Is time to lose

In diesem Saal war es voller als in den anderen, offenbar wollten viele Gäste das Konzert sehen. Clifford gehörte nicht dazu. Bei der Musik handelte es sich um fürchterliches Totensonntagsgedudel, etwas für Deather und andere Depris. Mit einem gewissen Erstaunen nahm er zur Kenntnis, dass seine Assistentin wie erstarrt neben ihm stand und die Sängerin angaffte.

»Was?«, brüllte er.

Sie zeigte auf die Band, als sei das die Antwort.

»Hä?«

»Das sind Snow Golem!«

Dabei schaute sie ihn an, als müsse er wissen, um wen es sich handelte. Clifford hatte noch nie von der Band gehört. Er schüttelte den Kopf und schob sich durch die Menge, in Richtung eines weiteren Durchgangs.

The signals clash
And disappear
The shade too loud
And the sound unclear

Ana folgte ihm widerwillig. Er überlegte einen Moment, ob er ihr sagen sollte, sie könne gerne bleiben und sich das Gejaule anhören, entschied sich aber dagegen. Er war nicht zum Vergnügen hier. Und wenn er nicht zum Vergnügen hier war, dann auch niemand, der für ihn arbeitete.

Clifford hatte den Durchgang beinahe erreicht, als ihm jemand auf die Schulter klopfte. Er wandte sich um. Ein Mann mittleren Alters stand vor ihm. Für einen Abendempfang trug er sehr legere Klamotten – Bluejeans, Kosovorotka-Hemd, Basecap. Sein Gesicht und auch der Rest sahen ziemlich durchschnittlich aus, mit Ausnahme der Augen, die von sehr hellem Blau waren und ihn stechend musterten. Cliffords Blick fiel auf das Namensschild, das am Hemd des Mannes klebte.

Darauf stand: Hi, I'm Jimmy.

40

Sie blickten hinab auf das Ludorama. Persia musterte ihren Freund. Jay sah irgendwie enttäuscht aus.

»Was?«, fragte sie. Um Sekunden später selbst zu antworten. »Ja, ich kann auch kaum glauben, dass ich da vorhin durchgehechelt bin. Unholographiert sieht es ziemlich trist aus.

»Nicht nur trist«, erwiderte Jay, »leblos. Statisch.«

Sie befanden sich auf einer Balustrade. Diese führte an einer der Außenwände des Ludoramas entlang. Vor und unter ihnen erstreckte sich die riesige Kubatur des würfelförmigen Gebäudes. Die Halle war groß und leer, bis auf die riesigen Platten, die von an der Wand befestigten Greifarmen gehalten wurden. Das Ludorama sah tatsächlich so aus wie auf den Entwürfen Sidãos.

»Sollen wir raus? Ich würde gerne ins Hotel, was essen. Die zweite Runde ist schon in sechs Stunden, bis dahin muss ich zweimal futtern.«

Am Vortag hatte sie die erste Runde gespielt, zusammen mit acht anderen Teilnehmerinnen und Teilnehmern. Eigentlich hätten es zehn sein sollen, aber ein südostasiatischer Spieler, der Champion eines sibirischen Baulöwen, war kurzfristig ausgefallen. Die Sache war etwas seltsam. Der Typ, Poison Remedy hieß er, schien weder Fieber noch Dünnpfiff bekommen zu haben. Er hatte sich in Luft aufgelöst, einfach so. Niemand wusste, wo er war. Dabei hatte Persia ihn am Vorabend auf der Party noch gesehen.

Einige der anderen Spieler waren deswegen aufgeregt. Persia bereitete die Sache keine Kopfschmerzen, im Gegenteil. Für die Finalrunde gab es fünf Plätze, man musste also besser sein als die schlechtesten fünf, nun nur noch besser als die schlechtesten vier. Von ihr aus konnten sich gerne weitere Gamer in Luft auflösen.

Das erste Spiel war eines jenes Jump-and-Runs gewesen, die Persia so hasste. Die Spieler kletterten über Leitern von einer Ebene auf die andere. Ihre Gegner waren Killeräpfel, die sich nur dadurch besiegen ließen, dass man im Akkord mit einem Spaten Löcher grub, in welche die rollenden roten Monster dann hineinfielen.

Persia hatte das Spiel nie zuvor gespielt, aber dafür war es nicht übel gelaufen. Am Ende lag sie auf Platz sechs, nicht gut genug, aber auch nicht katastrophal schlecht. Jay hatte ihre Chancen umgehend analysiert. Davon ausgehend, dass verschiedene Spielgenres drankamen, konnte man vermuten, dass die verbleibenden zwei Partien der Vorrunde keine Jumper waren, sondern Shooter, Sneaker oder Fighter.

Sie nahmen den Lift nach unten. Die Aufzugkabine war verglast und fuhr an der Außenseite des Gebäudes entlang. Da sie sich in mindestens zweihundert Metern Höhe befanden, hatten sie einen ziemlich beeindruckenden Blick über die Wüste und die Stadt. Das Ludorama lag außerhalb des Zentrums, die Gardens leuchteten in einiger Entfernung wie ein riesiger Jahrmarkt. Nicht nur die farbenfrohen, grell holographierten Gebäude waren zu sehen, sondern auch der Übergang zwischen dem pastellfarbenen Himmel und jenem Punkt weit draußen, wo die holographische Projektion aufhörte. In den Gardens war die Nacht-zum-Tag-Illusion perfekt, aber von hier oben konnte Persia die Dunkelheit des realen Himmels zwar nicht genau sehen, aber dennoch erahnen. Es gab einen dunklen Streifen am Horizont, dort, wo das holographische Feenlicht den Kampf gegen die Schwärze des echten Firmaments verlor. Es sah ein wenig aus, als ziehe von der Ferne her ein Sturm auf. Der Effekt hielt höchstens zwei oder drei Sekunden an. Dann senkte sich die Kabine, und sie befanden sich wieder innerhalb der Projektionskuppel.

»Dieses Spiel, mit den Äpfeln«, begann Jay.

»Ja?«

»Kanntest du das?«

»Nein. Und ich kenne ziemlich viele Computerspiele, auch die alten, aus den Dreißigern und Vierzigern.«

»Was, wenn es noch älter war?«, erwiderte Jay.

»Was, wenn der Typ die Spiele extra für das Invitational hat programmieren lassen?«

»Sehr aufwendig.«

Persia zeigte in Richtung des Ludoramas.

»*Das* ist aufwendig. Wenn ich nur wüsste, was als Nächstes drankommt.«

»Ich habe ein Bauchgefühl«, erwiderte Jay.

»Und zwar?«

»Ich habe die Partie in der Holoarena im Hotel verfolgt, zusammen mit den reichen Schnöseln und den anderen … äh … Spielerfrauen.«

»Witzig, Jay.«

»Ja, nicht? Auf jeden Fall gibt es dort eine 3-D-Repräsentation des Spiels, zehn mal zehn Meter. Ich glaube, dass diese Spiele letztlich schlicht zur Erbauung von More und diesen anderen Schnöseln stattfinden. Da waren Clifford Torus, Connie Z und Ichiban, unter anderem.«

»Connie kenne ich. Müssten mir die anderen auch was sagen?«

»Eigentlich ja. Aber wenn man halt nur *The Hologamer* liest …«

Sie trat ihm gegen das Schienbein.

»Autsch. Auf jeden Fall geht es vermutlich nicht nur darum, euch besonders schwierige spielerische Herausforderungen zu servieren, sondern darum, dass man den Mist gut anschauen kann.«

Die Türen des Fahrstuhls öffneten sich.

»Klingt nicht unlogisch. Also kommen Sachen dran, die man gut gucken kann, Shooter oder Fighter?«, fragte sie.

»Hmm. So was wie Fully Strapped oder Kung-Fu Cowboys.«

Persia zuckte mit den Achseln. Es machte wenig Sinn, sich darüber Gedanken zu machen. In sechs Stunden würde sie einfach wieder da reingehen und alles erschießen, zerschnetzeln oder mit bloßen Fäusten umbringen, das man ihr vorsetzte. Vielleicht würde sie auch bunte Würfel aufeinanderschichten oder zu einem Sib-Stuk-Beat durch pulsierende

Reifen aus Licht springen. Letzteres war allerdings eine ziemlich schreckliche Vorstellung.

Der Fahrstuhl setzte sie in einer unterirdisch gelegenen Ebene ab, von der aus man zu einem Expresszug gelangte, der direkt unter ihr Hotel führte.

»Jay, hast du während des Spiels eigentlich auch ihn gesehen? Meinen Auftraggeber?«

Persia erinnerte sich an ihr letztes Gespräch mit Shelley LaMer. Sie hatte nach dem Auftraggeber gefragt.

»Er möchte inkognito bleiben.«

»Wird nicht gehen, LaMer.«

»Und warum nicht, Miss Peach? Wir können sicherlich noch mal über das Honorar ...«

»Es wird nicht gehen, aus zwei Gründen.«

»Und die wären?«

»Wenn Sie mir nicht sagen, wessen Champion ich bin, bin ich nicht sein – oder ihr – Champion. Und selbst wenn ich mir, jetzt mal rein hypothetisch, meine Neugier für extra Kohle abkaufen ließe ...«

»... dann?«

»Dann bleibt er auch nicht inkognito.«

»Weil?«

»Weil ich dieses Turnier gewinnen werde, LaMer. Folglich wird Ihr Klient gewinnen. Spätestens wenn er mit der Trophäe aufs Siegertreppchen steigt, hat sich's ja ohnehin erledigt mit der Geheimniskrämerei.«

Das war eine ziemlich großspurige Ansage gewesen, aber sie hatte gewirkt. Persia wusste inzwischen, dass ihr Auftraggeber Dakkar Prince hieß und sein Geld mit Spacemining-Technologie gemacht hatte. Es gab kaum Bilder von ihm, aber wenn er am Frühstücksbuffet an ihr vorbeigeschlichen wäre, hätte sie ihn vermutlich erkannt – vorausgesetzt, er trug keine Holomasque, vorausgesetzt, er lief nicht in einem Gefäß herum.

Jay schüttelte den Kopf.

»Ich habe Prince nicht gesehen. Aber nach ihm gefragt, mehrfach. Die anderen Teilnehmer, also nicht die Champions, die eigentlichen Teilnehmer, waren alle da, hört man. Aber Prince macht sich weiterhin rar, genauso wie More. Beunruhigt dich das?«

»Eigentlich nicht. Die anderen Spieler sagen, ihre buckligen Auftraggeber würden ihnen andauernd Ratschläge fürs Spiel geben. Auf so was kann ich total verzichten.«

Jay legte seinen Arm um sie.

»Spätestens wenn du alle in Grund und Boden spielst, taucht er auf.«

Sie nickte. »Vermutlich.«

Mindestens genauso wahrscheinlich war, dass sie es grandios verkackte.

41

Im Schneidersitz schwebte Fran über dem Boden, den Blick auf das Ding vor sich gerichtet. Seit bestimmt zehn Minuten starrte er auf das Ding, durch das Ding hindurch, in der Hoffnung auf irgendeine Erleuchtung. Doch keine Erkenntnis, kein Verstehen stellte sich ein.

Andere wären vielleicht grübelnd umhergelaufen, genauer gesagt umhergeschwebt wie unruhige Geister, hätten das Ding immer wieder umkreist. Fran sah darin keinen Sinn. Es gab nichts zu sehen. Das Ding war sphärisch und bestand aus mattschwarzem Material, kein Metall oder Plastik, vielleicht eine Art von Keramik. Es wies keinerlei Beschriftungen auf. Es gab weder Fenster noch Türen, weder Scheinwerfer noch Antriebsdüsen. Die einzige Unregelmäßigkeit, wenn man es so nennen wollte, waren drei schwarze Streben, die aus der Unterseite herausragten und eine Art Tetraeder bildeten. Unter den Streben befand sich eine Scheibe mit rund zehn Metern Durchmesser. Auf ihr schien die Sphäre zu ruhen wie auf einem Sockel.

Vielleicht, weil seine Beine einzuschlafen drohten, vielleicht, weil irgendwo in seinem Kopf die Ahnung einer Erleuchtung aufglomm, kam Fran hoch. Er tat dies betont langsam, um nicht gegen die Decke katapultiert zu werden. Das Ding links von sich lassend hangelte Fran sich auf die andere Seite des Raumes. Dieser durchmaß an die vierzig Meter und war vollkommen leer, bis auf das Ding.

Fran atmete schwer. Die Siderophobie machte ihm wieder zu schaffen. Neben der schwarzen Leere da draußen beunruhigte ihn auch die Leere im Inneren der Sonde. Er hatte erwartet, auf etwas Fremdartiges zu stoßen, auf etwas Schockierendes oder Entsetzliches. Aber von der seltsamen schwarzen Sphäre einmal abgesehen, gab es buchstäblich nichts – keine Armaturen, Bildschirme, Haken, Ösen, was auch immer.

Fran erreichte die andere Seite der Halle, legte eine Hand auf die Wand. Falls sein Orientierungssinn ihn nicht komplett verlassen hatte, handelte es sich um eine Außenwand. Er untersuchte sie und fand eine winzige Unebenheit, die sich wie ein feiner Riss durch die Schiffswand zog. Vorsichtig stieß er sich vom Boden ab. Die Unebenheit setzte sich nach oben fort. Es handelte sich also um einen Hangar, und dies war das Außenschott. Etwas unterhalb der Decke schwebend blickte er auf die schwarze Sphäre hinab. Wenn dies ein Hangar war, musste es sich bei dem Ding um ein Raumschiff handeln. Nur wessen Raumschiff? Und wofür war es da?

Mit einiger Mühe manövrierte Fran in eine Position, von der aus er sich abstoßen konnte. Der Hangar war recht groß. Wenn er nicht aufpasste, konnte es ihm passieren, dass er irgendwo in der Mitte strandete, ohne eine Möglichkeit, zurück zum Eingang zu gelangen. Fran beugte die Knie, stieß sich ab. Während er über das Ding hinwegsegelte, überlegte er. Jemand hatte die alte Theia gegen eine neue ausgetauscht. Was, wenn die neue Station nicht nur so aussah, sondern auch so funktionierte wie die alte? Dann wäre Theia XXL ebenfalls ein Laser-Array, dazu konzipiert, eine Sonde mit Sonnensegel ins All zu katapultieren.

Er erreichte die andere Seite, hielt schützend die Arme vor sich, um nicht mit dem Kopf gegen die Wand zu knallen. Einige akrobatische Manöver später stand er wieder am Eingang des Hangars. Wenn Theia XXL ein Laser-Array war, dann handelte es sich bei dem Ding womöglich um Kapoor XXL.

Würde die Sonde unbemannt sein? Oder war jemand an Bord? Fran näherte sich dem Türrahmen, woraufhin das Schott sich öffnete. Vor ihm lag der beleuchtete Gang, der zurück zu seinem Shuttle führte. Er zögerte einen Moment. Calvary Doyle hatte etwas über die seltsamen Geschehnisse hier draußen herausgefunden, war daraufhin niedergeschossen worden. Wer besaß ein Interesse daran, die Sache geheim zu halten?

Fran betrat den Gang, schaute nochmals in den Hangar. Kurz war er versucht, die Pistole zu ziehen und ein paar Schüsse auf die Sphäre abzufeuern. Warum, das wusste er nicht so genau. Vielleicht, um das Raumschiff, wenn es denn eines war, zu sabotieren, zu verhindern, dass es losflog. Der Impuls, wild um sich zu feuern, mochte auch daher rühren, dass er gerne eine Reaktion provoziert hätte, egal welche. Nach einem Moment steckte Fran die Pistole weg und begann, sich den Gang entlangzuschieben. Es war an der Zeit, einen weiteren Bericht zu verfassen, auf Papier, natürlich. Innerlich verfluchte er Hardhouse und dessen Geheimniskrämerei. Wie viel ahnte der Alte von der ganzen Geschichte? Oft wusste er mehr, als man für möglich hielt.

Sobald der Bericht verfasst und im Safe deponiert war, würde er die Upload-Liege aktivieren und sich zurückschicken lassen auf die UNO-Station. Fran hoffte, dass der Transfer diesmal glattlief. Im Shuttle schälte Fran sich aus dem Raumanzug und schrieb hastig einen aktualisierten Bericht.

»Sind im näheren Umkreis irgendwelche Schiffe?«, fragte er den Shuttlecomputer.

»Keine Schiffe im Umkreis von vier Millionen Kilometern«, erwiderte dieser.

Erneut fertigte er eine Abschrift seines Berichts an. Das Original wanderte in den Schiffssafe. Die Kopie steckte er in eine Flaschenpost. Dabei handelte es sich nicht um ein Behältnis aus Glas, sondern um einen Stahlzylinder, so lang wie sein Unterarm. Die Flaschenpost war mit einem lächerlich schwachen Antrieb ausgestattet und würde niemals irgendwo ankommen. Aber das war ja auch gar nicht Sinn und Zweck der Sache. Die winzige Sonde sollte einen schwer nachzuvollziehenden, randomisierten Zickzackkurs einschlagen, um danach so lange durchs Sternenmeer zu schwimmen, bis jemand sie mithilfe ihrer streng geheimen Peilsenderfrequenz ortete und einsammelte.

Als das erledigt war, koppelte Fran das Shuttle von Theia XXL ab und befahl dem Computer, auf zwanzig Kilometer Abstand zu gehen. Bange Sekunden vergingen, während er wartete. Immer noch hielt er es für möglich, dass irgendein Abwehrmechanismus dafür sorgte, dass sein Shuttle sich nicht von Theia XXL entkoppeln konnte. Doch dann sprangen die Triebwerke an, und Fran wurde in den Sessel gedrückt. Rasch vergrößerte sich der Abstand – fünf Kilometer, zehn, fünfzehn. Niemand hielt ihn auf, niemand schoss auf sein Schiff.

Als Nächstes suchte er den Upload-Raum auf. Dort musste er feststellen, dass die Leiche verschwunden war. Sie hatte nahe der Tür gelegen. Nun war sie fort. Frans Herz setzte beinahe aus. Rasch entsicherte er die Pistole und lugte vorsichtig in den Raum hinein.

Der Anblick ließ ihn auflachen.

Fran war bewusst, dass die Sache keineswegs komisch war, und er schämte sich für seinen Mangel an Pietät. Aber noch vor einer Sekunde hatte er erwartet, irgendwem oder irgendetwas gegenübertreten zu müssen, das herumlief, obwohl es eigentlich tot hätte sein müssen. Doch natürlich war der Klon nicht auf geisterhafte Weise wieder zum Leben erwacht. Er war schlichtweg durch den Raum geschwebt, vermutlich wegen der Beschleunigungsmanöver. Nun hing er in einer seltsam verkrümmten Haltung im hinteren Teil des Raums. Es sah aus, als habe die Frau versucht, einen Handstand an der Wand zu machen und sei mittendrin eingeschlafen.

»Deine Nerven waren auch schon mal besser«, murmelte Fran. Er hievte den leblosen, beinahe gewichtslosen Körper hoch und steckte ihn in eine Kühlbox, die irgendwer in weiser Voraussicht in der Upload-Kammer aufgestellt hatte – ein weiterer Hinweis darauf, dass Brainbeams relativ oft schiefgingen und man dafür sorgen musste, dass die Überreste nicht wochenlang vor sich hingammelten.

Als diese unerfreuliche Aufgabe erledigt war, programmierte Fran den Versand seines Cogits zur UNO-Station Eirene. Wenige Minuten später lag er auf einer der Liegen und schloss die Augen. Sein Verstand erlosch.

42

Das einzige nennenswerte Fest, das in Franeks Dorf gefeiert wird, ist das Kartoffelfest. Nach der Ernte sitzt man zusammen um ein Feuer, in dessen Glut die neuen Kartoffeln garen. Dazu spielt der alte Juri auf der Domra.

An diesem Abend wird Franek klar, dass er zum ersten Mal in seinem Leben einem richtigen Fest beiwohnt. Mit weit aufgerissenen Augen beobachtet Franek die Tänzerinnen und Tänzer, die um das Feuer herumwirbeln. Er lauscht der Kapelle, die wie eine Prozession den von farbigen Lampions gesäumten Weg heraufmarschiert. Über ihnen schweben kleine Flugmaschinen. Sie tragen ebenfalls Laternen und tauchen den nächtlichen Garten in ein zauberhaftes Licht.

Franek weiß nicht, wie lange das Fest bereits im Gange ist, aber es müssen Stunden sein. Er hat gegessen und getanzt, bei verschiedenen Vorführungen zugeschaut. Und immer, wenn er glaubt, alles gesehen zu haben, stolpert er über die nächste Attraktion. Gerade schaut er einem bunt gekleideten Mann zu, der Holzspieße in eine Maschine steckt. Kurz drauf zieht er sie wieder hervor, doch nun sind sie mit einer rosafarbenen, watteähnlichen Substanz umhüllt.

»Ich habe sie schon probiert. Das solltest du auch tun.«

Er wendet sich um und blickt in Maryas Gesicht. Ihre Wangen sind gerötet, vermutlich vom Tanz oder einem der vielen Spiele. Ihr Lächeln ist zurückgekehrt. Es erscheint ihm strahlender denn je zuvor.

»Aber vor allem solltest du das hier probieren.« Sie hält ihm einen Becher hin, der mit einer tiefroten Flüssigkeit gefüllt ist.

»Was ist das?«

»Wein.«

Franek erinnert sich an die Beeren, die sie während der Reise gegessen haben.

»Sagtet Ihr nicht, das Gebräu sei giftig, Auserwählte?«

Marya nippt an dem Becher.

»Alle hier trinken es. Wenn es Gift ist, dann das süßeste, das man sich vorstellen kann. Und nenn mich nicht Auserwählte. Ich bin jetzt nur noch Marya.«

Franek will einwenden, dass es töricht ist, in Feindesland ein unbekanntes Getränk zu sich zu nehmen. Doch Maryas Blick ist so eindringlich, so herausfordernd, dass er den Becher nimmt und einen großen Schluck trinkt. Der Wein ist kühl und schmeckt köstlich. Er nimmt einen weiteren, tiefen Zug. Marya lacht.

»Langsam, Franek, langsam.«

Schon spürt er die Wirkung des Gebräus, merkt, wie der Wein seinen Kopf gleichzeitig leicht und schwer macht.

»Komm mit«, sagt Marya und reicht Franek die Hand. Er nimmt sie. Gemeinsam werfen sie an einem der Stände mit Bällen auf Dosen. Danach essen sie Fleisch, das auf Spießen gegrillt worden ist. Um sie herum sind Hunderte Menschen, die alle feiern. Franek vermutet, dass viele von ihnen ebenfalls Wein getrunken haben. Er ist inzwischen beim dritten Becher und fühlt sich besser als je zuvor. Alles ist ein Rausch aus Farben, Musik und Bewegung.

Dann sind sie auf einmal fernab des Trubels, irgendwo in dem riesigen Garten. Franek fällt ins Gras. Als er den Kopf zur Seite wendet, blickt er in Maryas Gesicht. Sie mustert ihn wortlos.

»Du bleibst hier«, sagt Franek.

»Hmm?«

»Du gehst nicht zurück.«

»Woher weißt du das?«

»Er hat es mir gesagt.«

»Er?«

»Der Blaue.«

»Wie ... wie war er?«

»Anders als der Gelbe. Ganz anders.«

Franek erzählt Marya von seiner Begegnung mit dem jugendhaften Gottgleichen.

»Er ist nicht so ein Monster wie unser Herr«, erwidert Marya. »Er liebt die Menschen. Ich werde niemals zurückgehen. Und du solltest das auch nicht tun.«

Franek setzt sich auf, was ihn einige Mühe kostet. Er runzelt die Stirn.

»Der Blaue hat eine Botschaft für den Gelben. Es ist meine Pflicht ...«

»... deine Pflicht hast du mehr als erfüllt. Bleib hier. Hier können wir leben.«

Bevor er etwas erwidern kann, nimmt sie sein Gesicht in ihre Hände und küsst ihn. Er schmeckt den Wein auf ihrer Zunge. Franek schließt die Augen und lässt sich zurück ins Gras sinken. Marya klettert auf ihn. Er hört ihr Kleid rascheln, fühlt, wie ihre Brüste über sein Gesicht streichen. Vorsichtig nimmt er eine ihrer Brustwarzen in den Mund und saugt daran, was sie mit einem Seufzer quittiert. Franek öffnet die Augen, aber in der Dunkelheit kann er ihren Körper nur schemenhaft erkennen. Überhaupt verschwimmt alles. Zu viel Wein, denkt er.

Bald sind sie völlig nackt, und Marya reitet ihn. Einmal meint Franek, den Blauen zu sehen, der halb hinter einem Busch steht und ihnen grinsend zusieht. Etwas später liegen sie schweißgebadet da und schauen gen Himmel. Ab und an sirrt eines der kleinen Fluggeräte vorbei, ansonsten ist es still. Die Musik ist verstummt, offenbar hat das Fest geendet, wie es Feste nun einmal müssen.

Franek ertappt sich dabei, wie er etwas summt. Es ist jene Melodie, die der Gelbe ihm beigebracht hat. Als ihm bewusst wird, was er da tut, verstummt er abrupt. Marya dreht sich zu ihm um.

»Wieso hörst du auf? Das war sehr schön.«

»Es ist ... ich habe versprochen, es nie in Anwesenheit anderer Leute zu singen.«

Irgendwoher holt Marya eine Weinflasche. Sie nimmt einen Schluck, reicht sie Franek. Marya ist immer noch völlig nackt. Sie ist ohne Zweifel die schönste Frau der Welt.

»Wem hast du es versprochen?«

»Dem Gelben.«

Ihre Miene verfinstert sich.

»Weißt du, als ich geweint habe, an der Grenze?«

»Ja. Ich habe mir große Sorgen gemacht.«

»Ich habe geweint, weil ich mir das erste Mal sicher war, dass er mich nicht mehr hören oder sehen kann. Mein ganzes Leben lang lag das Auge des Gelben Zauberers auf mir. Stets flüsterte er mir Dinge zu. Sogar in meinen Träumen war er stets anwesend.«

»In deinen Träumen?«

»Ja, um mich zu beeinflussen. Hier bin ich das erste Mal frei.«

Franek nickt. Er nimmt einen großen Schluck Wein. So ganz scheint er sich an das Gebräu noch nicht gewöhnt zu haben. Schon spürt er es wieder, in Kopf und Gliedern. Und nun, da er Marya anschaut, auch in den Lenden.

Ihr bleibt das nicht verborgen. Sie beugt sich herüber und greift nach seinem Gemächt. Während sie ihre Hand auf und ab bewegt, flüstert sie in sein Ohr.

»Wir sind frei, Franek. Wir schulden ihm nichts mehr, verstehst du.«

Franek nickt.

»Wir können tun, was wir wollen. Trinken. Lieben. Und ja, auch singen. Ich möchte, dass du das Lied singst. Würdest du das für mich tun, Franek? Es wäre ein Zeichen, dass er keine Macht mehr über uns hat.«

»Ich werde für dich singen«, keucht er.

Marya beugt sich über seinen Schoß. Franek sieht einen Moment lang zu, wie sich ihr Kopf auf und ab bewegt. Dann lässt er sich nach hinten sinken und schließt die Augen.

43

Fran hatte in seinem Leben öfter den Körper gewechselt als andere Leute ihre Schuhe und war sehr empfänglich für kleinste Variationen nach dem Upload in ein neues Gefäß. Der Zustand des Körpers, die Beschaffenheit der Liege, der Geruch des Kontaktgels – all diese Dinge registrierte Fran sehr routiniert. Diesmal war etwas anders verlaufen als sonst.

Schon bevor Fran die Augen öffnete, war klar, dass es sich bei diesem Gefäß um einen ganz außerordentlichen Körper handelte. Alles fühlte sich hervorragend an. Fran schlug die Augen auf und schaute an sich herab. Sie war eine Frau. Sie war wunderschön. Während sie sich in einer fließenden Bewegung aufsetzte und mit katzengleicher Anmut von der Liege hüpfte, ließ sie den Blick durch den Raum schweifen.

Die Decke war mit hellem Holz vertäfelt, die Wände bestanden aus sandgestrahlten Steinplatten. Fran hatte nicht den blassesten Schimmer, wo sie sich befand, aber ganz sicher nicht im Upload-Raum der Eirene.

Ihr wurde schwindelig. Sie musste sich an der Kante der Liege abstützen. Nachdem sie einige Male durchgeatmet hatte, ging es wieder. Aber nun fror sie. In einer Ecke des Raums stand ein Tisch, auf dem Kleidung bereitlag, ferner Toilettenartikel. Sogar ein Waschbecken mit Spiegel gab es. Als sie hineinschaute, bekam sie den nächsten Schock. Erneut musste sie sich festhalten.

Bereits als Fran an sich herabgeblickt hatte, war ihr bewusst geworden, dass der Körper ihres aktuellen Gefäßes perfekt war, mit makelloser heller Haut, feinen Gliedmaßen und schön geschwungenen, aber auch nicht zu üppigen weiblichen Rundungen. Als sie jedoch in ihr Gesicht schaute, war sie einen Moment wie hypnotisiert. Sie war nicht einfach schön – sie war Helena, Julia, Cleopatra, alles in einem. Ihr Gesicht war perfekt proportioniert, ohne dabei gewöhnlich zu wirken. Die Wangenknochen schienen relativ prägnant, auf dem Kinn gab es ein niedliches kleines Grübchen. Alleine für dieses Detail hätten Männer einander umgebracht, von ihren Augen ganz zu schweigen. Mit ihnen ließen sich Könige und Päpste in die Knie zwingen.

Sie griff sich die Sachen, ein schlichtes Trägerkleid und eine kurze Jacke aus Wolle. Beide saßen wie angegossen. Es gab auch Schuhe, aber der Boden bestand aus einer Art Marmor und war angenehm warm. Sie würde barfuß laufen. Fran ging zur einzigen Tür. Sie wollte diese gerade öffnen, als ihr etwas an der Wand ins Auge fiel. Links der Tür hing eine Digitaluhr.

22:57

Normalerweise verwendete man im All UST, Universale Solarzeit. Ihr Brainbeam vom Shuttle zur UNO-Station hatte nachmittags begonnen, um etwa 16.45 Uhr UST. Kurz nach 17 Uhr hätte sie ankommen sollen. Falls die Uhr an der Wand richtig ging und UST verwendete, gab es nur zwei Möglichkeiten. Entweder hatte man sie rund sechs Stunden auf Eis gelegt, bevor sie in diesen venusgleichen Klon geladen worden war. Oder, und das war die beunruhigendere Vorstellung: Ihr Cogit war fast sechs Stunden durchs All gereist.

44

Der Typ, auf dessen Rücken Persia kniete, hätte sie abschütteln können wie ein Stier eine Schmeißfliege. Er wog bestimmt hundertzehn Kilo, das meiste davon Muskeln. Darukunesu, so sein Game-Handle, blieb jedoch brav liegen. Es hatte vermutlich etwas mit der vollautomatischen Schrotflinte zu tun, deren Lauf Persia ihm in den Nacken hielt.

»Jetzt drück schon ab, Baby«, ächzte er.

Sie drückte den Lauf fester an seinen Stiernacken.

»Für dich immer noch Colonel Crimson, Fleischklops.«

»Whatever. Mach Schluss jetzt.«

Als wäre der auf dem Boden liegende Kerl in der Special-Ops-Uniform ein Möbelstück, klemmte Persia ihren rechten

Fuß unter die linke Pobacke und rutschte hin und her, um die bequemste Position zu finden. Ihr Widersacher ächzte und keuchte. Persia sah sich kurz um. Sie befanden sich in einer verfallenen Fabrikhalle – von Rissen durchzogene Fenster mit blinden Scheiben, Berge von Schutt, mit Splittern und Müll übersäter Betonboden. Von ihrem Helmdisplay ließ Persia sich den taktischen Status übermitteln. Keiner der anderen Spieler schien in der Nähe zu sein.

»Ich glaub, ich werd dich nicht töten, Daru.«

»Weil du meinen Körper so rattenscharf findest, hmm, Baby?«

»Ist gar nicht deiner. Ist ein Gefäß.«

»Aber was für eins.«

»Dicke Stimgym-Muskeln sind ein Abtörner, Daru. Aber das Schlimmste«, sie drückte ihr Knie in seine Nierengegend, »ist deine fehlende Kinderstube. Manieren, Daru. Solltest du dran arbeiten. Macht dich völlig unfickbar.«

»Warum willst du mich dann am Leben lassen?«

»Ich wollte mit dir über das Spiel reden.«

»Hm. Du hoffst, ich habe schon Keys gefunden, ja? Da muss ich dich enttäuschen. Wir sind ja auch erst ein paar Minuten drin und …«

»Das meine ich nicht. Ich meine, was machen wir hier eigentlich?«

Daru, den sie bis dahin nie persönlich kennengelernt, von dem sie aber einiges gehört hatte, schien ein ziemlich grober Klotz zu sein. Er war außerdem ein unerträglicher Sexist, aber ein Idiot war er nicht. Deshalb verstand er gleich, worauf sie hinauswollte.

»Scoring.«

»Ganz genau.«

Das Spiel, in dem sie sich seit einer Viertelstunde aufhielten, fand in einer Art dystopischem Gewerbegebiet statt, mit Hafenanlagen, Fabriken und Lagerhallen, die aussahen, als habe man sie tagelang unter schweres Mörserfeuer genommen. Anders gesagt handelte es sich um das Standarddiorama derartiger Taktiksimulationen. Was allerdings interessant war: Niemand hatte ihnen die Regeln erklärt. Persia und vermutlich auch die anderen acht Spieler waren in diese Ruinenlandschaft hineinteleportiert worden. Auf ihrem Helmdisplay war eine Nachricht aufgetaucht:

Drei Schlüssel. Ein Exit.

Das klang ziemlich simpel. Der Spieler musste drei Schlüssel finden und diese zu einem Punkt auf der Spielkarte bringen, um dann, vermutlich vermittels der Schlüssel, eine Tür oder ein Portal zu öffnen.

Was auf den ersten Blick sehr simpel wirkte, warf auf den zweiten viele Fragen auf. Gab es für jeden Spieler drei Schlüssel? Oder nur drei insgesamt? Musste man folglich alle Kontrahenten eliminieren? Und wie wurde das bewertet? Bekam man nur Punkte und damit eine Platzierung, wenn man lebend rauskam? Oder reichte es, einige Gegner umzunieten, um auf Platz drei oder vier zu kommen? Das war nämlich möglicherweise einfacher als der Exit und reichte trotzdem aus, um in die Endrunde zu kommen.

»Definitiv Sandbox Survival«, sagte Daru.

»Yep.«

»Und Escape.«

»Das auch. Aber ist es Co-op?«

Daru versuchte, den Kopf zu schütteln, was ihm aufgrund

seiner misslichen Lage und seinen grotesk übertrainierten Nackenmuskeln nicht sonderlich gut gelang.

»Glaube ich nicht. Alle gegen alle.«

»War auch mein Gedanke. Und ich glaube, dass die meisten anderen denken wie du. Was ein Grund sein könnte, genau das Gegenteil zu machen.«

»Du meinst, wir zwei putzen die anderen zusammen weg und streiten uns dann um die Schlüssel?«

»Irgendwie so, ja.«

»Aber wie lange gilt unsere Allianz, wie willst du das festlegen?«

»Daruspatz, für wie dämlich hältst du mich? Wir müssen gar nichts festlegen. Weil egal, was wir ausmachen, sobald du merkst, dass du mich nicht mehr brauchst, schießt du mir in den Rücken, schneller, als ich Game over sagen kann.«

Daru kicherte. »Du hast meine Blammo-Partien geguckt.«

»Klar. Und ich würd's genauso machen. Aber jetzt will ich wissen, ob du mitmachst oder nicht. Mein Bein schläft langsam ein.«

»Deal. Lass uns gemeinsam Verwüstung säen, Colonel.«

Persia erhob sich, was Darukunesu mit einem vernehmlichen Seufzer quittierte. Er kam ebenfalls hoch, checkte seine Waffen. Als er sein Plasmagewehr wieder im Anschlag hatte, lief er zu einer der lädierten Fensterfronten. Er lugte durch eine der geborstenen Scheiben.

»Hast du das gesehen, Colonel?«

»Ich bin von der anderen Seite gekommen.«

»Dann schau mal.«

Sie trat neben ihn, riskierte ebenfalls einen Blick. Vor ihnen lag eine Hügellandschaft, wenn man es so nennen wollte. Die Erhebungen waren keine richtigen Hügel, sondern riesige Schutthaufen, Überreste von Gebäuden, die komplett in sich zusammengefallen waren.

»Eine herrliche Gegend für Hinterhalte«, bemerkte sie.

»Sieh mal da.«

Daru zeigte auf etwas, das wie jene betonierten Flutkanäle aussah, die man früher in Städten wie Los Angeles gehabt hatte. Der Kanal lief zwischen den Schutthaufen hindurch.

»Siehst du die kaputte Brücke, die über den Kanal führt?«, sagte er. »Wenn die anderen herkommen, um die Halle zu inspizieren, ist der Kanal der beste, schnellste Weg dahin.«

»Und die Brücke der beste Punkt, sie schon lange vorher zu sehen und auszuknipsen. Gute Idee. Dann mal los.«

Darukunesu zeigte auf ein Loch in der Wand.

»Du zuerst, Prinzessin. Ich gebe dir Feuerschutz.«

Während er das sagte, lächelte er derart breit, dass sie den Großteil seiner angefeilten schwarzen Karbonzähne bewundern konnte. Wenn er ihr nun in den Rücken fiel, wäre die Allianz eine ihrer dämlicheren Ideen gewesen. Aber irgendwie glaubte sie nicht, dass Daru sie hintergehen würde – zumindest nicht gleich in der nächsten Viertelstunde.

45

Clifford wischte die holographische Darstellung der Ruinenlandschaft weg. Seine Assistentin sah ihn fragend an.

»Ihr Job«, erwiderte er. »Schauen Sie weiter zu und melden Sie mir Zwischenstände. Ich gehe ein wenig spazieren.«

Ohne Anas Antwort abzuwarten, erhob Clifford sich. Die erste Partie hatte er sich noch in Gänze angeschaut, obwohl sie ihn bereits nach zehn Minuten langweilte. Es lag nicht an dem Spiel an sich, wobei die Sache mit den Äpfeln ziemlich albern gewesen war. Das Problem bestand eher darin, dass Clifford Computerspiele für etwas hielt, womit sich lediglich Kinder, Arbeitslose und andere Minderbemittelte beschäftigen sollten. Derzeit lief die zweite Partie, eine Art Taktikspiel. Es ging darum, drei kleine Scheiben zu finden, mit denen man ein Energiefeld deaktivieren, einen Hangar öffnen und einen Scramjet starten konnte, das Fluchtfahrzeug. Das Ganze fand in einer zerbombten Stadt statt, die zudem radioaktiv verseucht und voller menschenmordender Kampfroboter war.

Es hatte ein Briefing dazu gegeben, nur für die Zuschauer allerdings, nicht für die Spieler. Die waren komplett ahnungslos, und so verhielten sie sich auch. Zwei hatte es bereits zerfetzt, bevor sie den ersten Schlüssel gefunden hatten. Ein paar lieferten sich erbitterte Feuergefechte, statt gemeinsam etwas gegen die Kampfrobos zu unternehmen, die einer allein kaum kleinkriegen würde – außer vielleicht Jimmy Tempest. Nach dem ersten Spiel lag er auf dem zweiten Platz.

Clifford verließ das Café, von dem aus er und Ana die Partie verfolgt hatten, und trat hinaus auf die Straße. Dieser Teil der Aurora Gardens war völlig anders als die Gegenden, die er bisher besucht hatte. Fast hätte man glauben können, er sei echt. Das Café lag auf einem kleinen Plateau, an dessen einer Seite sich ein mit Schlingpflanzen bewachsener Hang erhob. Auf der anderen Seite führte ein Pfad hinab. Unten wuchsen überall tropische Pflanzen, dazwischen standen Skulpturen und Bögen aus verwittertem Stein, die vage griechisch-römisch wirkten. Das Ganze hatte etwas von einem verwunschenen Garten. Clifford meinte sich zu erinnern, Midas More habe den Namen Aurora Gardens ausgewählt, um damit auf Kepos anzuspielen, den Garten des Philosophen Epikur. Angesichts der flimmernden, pulsierenden Straßen im Zentrum, schien ihm das weit hergeholt. Dort gingen garantiert keine Denker auf und ab und debattierten über den tieferen Sinn von ... irgendetwas. In diesem Teil der Gardens hingegen wäre das möglich gewesen. Aber es schienen keine Philosophen unterwegs zu sein. In der gesamten Parkanlage hatte Clifford keine Menschenseele getroffen.

Er überquerte eine Hängebrücke und steuerte eine Pagode auf der anderen Seite an, hinter der ein kleiner Wasserfall plätscherte. Auf einer steinernen Bank ließ er sich nieder. Bislang hatte Ana ihm keine Updates geschickt, was bedeutete, dass Jimmy weiterhin im Rennen war. Neun Spieler waren angetreten, wie schon in der ersten Partie, da Nummer zehn spurlos verschwunden und nicht wieder aufgetaucht war. Der verschollene Teilnehmer, Poison Remedy, hatte als einer der Favoriten gegolten. Nun war er weg. Gerne hätte er noch mehr Spieler verschwinden lassen, diese kleine Engländerin zum Beispiel, die sich Colonel Crimson nannte, oder Darukunesu, einen japanischen Starspieler. Doch Wendell hatte ihm abgeraten. Ein verschwundener Spieler konnte Zufall sein. Zwei würde More als Sabotage werten. Im schlimmsten Fall brach er das Turnier ab, und das konnten sie nicht riskieren.

Nicht zum ersten Mal fragte er sich, wo Midas More eigentlich blieb. Einem Gerücht zufolge würde er erst nach der Vorrunde auftauchen, weil ihn wichtige Geschäfte oben festhielten. Andere Mitspieler behaupteten, More habe Probleme mit der Rückreise, weil es einen Zwischenfall im KOC gegeben habe. Clifford hatte Wendell beauftragt, etwas darüber herauszufinden. Die Ergebnisse waren dürftig. Offenbar war More im Begriff, einen großen Deal mit einem Space-Supernational namens 8Cell abzuschließen. Für die letzte Verhandlungsrunde war er höchstselbst ins All gereist. Um was für ein Geschäft es sich genau handelte, blieb unklar.

Nach einer gefühlten Ewigkeit, die aber vermutlich kaum

eine Minute gedauert hatte, öffnete Clifford die Augen wieder. Bald gehörte ihm die Unendlichkeit. Dann würde er so viel Zeit zur Kontemplation haben, wie er wollte. Ihm kam der seltsame Gedanke, dass er seiner KI vielleicht ebenfalls einen Garten bauen sollte. Die Anlage, die der Ankunft und Aktivierung des gelben Würfels harrte, war bislang das Gegenteil eines Parks. Sie befand sich fernab der Zivilisation. Aber nun fand Clifford Gefallen an der Idee, die Gegend irgendwann begrünen zu lassen. Es wäre ein Kepos, der seinen Namen wahrlich verdiente – kein Ort frivoler Vergnügungen, sondern einer der Klarheit und Wahrheit. Und mittendrin würde ein Philosoph wohnen, wie ihn die Welt noch nicht gesehen hatte, der größte und letzte Denker der Geschichte, der jede Frage beantworten, jedes Rätsel und jedes Problem lösen konnte.

Aber zunächst brauchte er den Descartes-Hack. Anfangs hatte er geglaubt, er würde diesen nicht benötigen. Schließlich konnte er einfach den Würfel nach Software fragen, die ihn unsterblich machte – oder nach DNA-Modifikationen, welche die Hayflick-Grenze aushebelten und eine unbegrenzte Anzahl von Zellteilungen ermöglichten. Nach einiger Zeit war Clifford jedoch klar geworden, dass die Sache nicht ganz so einfach war. Selbst wenn seine Sicherheitsvorkehrungen verhinderten, dass die KI ihn überrumpelte und sich befreite, war die Interaktion mit solch einem Ding wie ein sehr langes Schachspiel. Der Würfel konnte einen Ausbruchsplan ersinnen, der sich über fünfzig oder hundert Jahre erstreckte. Er konnte in die Lösungen, die er für Clifford errechnete, irgendwelche Fallen einbauen. Sein Atem war einfach länger als der eines Menschen.

Nein, zuerst musste er selbst unsterblich werden. Dazu

brauchte er den Descartes-Hack. Intellektuell würde er der KI nie ebenbürtig sein. Aber sobald er über genauso viel Zeit verfügte wie der Würfel, konnte er das digitale Orakel kontrollieren, konnte abwarten, konnte kleine, ungefährliche Schritte machen anstelle großer, risikoreicher.

Vor ihm erschien eine Nachricht von Ana Amaqjuaq. »Zwei weitere ausgeschieden. Noch fünf übrig.«

Clifford wischte die Nachricht weg und erhob sich. Jimmy war noch nicht getötet worden, ansonsten hätte Ana ihm das gesagt. Der Kerl schien wirklich so gut zu sein, wie Hausler behauptet hatte. Clifford runzelte die Stirn. Der Mann war das Punk-Element in dem ganzen Spiel, er hatte sich in letzter Minute hineingemogelt und mischte nun alles auf, glücklicherweise in Cliffords Sinne. Immer noch machte ihm allerdings die Frage zu schaffen, wer oder was Hausler und Tempest eigentlich waren.

Am Morgen hatte er dazu in der Ætherianica recherchiert. Ihm war ein älterer Eintrag aufgefallen, verfasst von einem bekannten Chipper. Nun rief er ihn, während er den von Dalbergienbüschen gesäumten Weg entlangschlenderte, nochmals auf.

5-03-2090 // Post by LICHTBRINGER668 //
Subject: Holonet-Säuberung – neue Indizien

Hi Leute, zieht euch das mal rein. Das hier sind Ausschreibungen aus der EURUS-Datenbank für öffentliche Aufträge, vor wenigen Wochen eingestellt. Wir haben immer gesagt, dass die Buchprüfung bei Arkenziel nur Vorwand war. Klar, die wollten den Laden zerschlagen, um den Hardlights die Operationsbasis zu nehmen. Mit »die« meine ich UNANPAI und die KI im Marianengraben (>>LINK ZU POSEIDON THREAD).

Aber wie THE_FIRELORD weiter oben im Thread ja richtig angemerkt hat, sind die HLs quasi mit dem Holonet verwoben – nur weil du das Haus niederbrennst, sind die Kakerlaken nicht alle tot, wenn ihr versteht, was ich meine. Aber die Ausschreibungen zeigen, dass die doch viel gründlicher vorgegangen sind als gedacht. Klar, nach Arkenziels Insolvenz wurden von denen betriebene Teile des Holonets teilweise verkauft, zum Beispiel an Phillips-Intel oder Magic Wand.

Aber bisher sah es so aus, als hätten die das einfach weiterbetrieben, mit neuer Software. Aber nichts da. Hier (>>LINK ZUR EURUS-DATENBANK) kann man sehen, dass bei der Neuausschreibung der Arkenziel-Holonet-Zellen Bedingung war, dass der neue Betreiber alle Bessel-Multiplexer austauscht. Für die Nicht-Techies hier: BMs sind die Basisstationen, von denen die Hologrammatica letztlich erzeugt wird. Sind ein bisschen wie Telefon-Kabelverzweiger vor hundert Jahren.

Und warum werden die alle ausgetauscht? Nennt mich paranoid, aber das kann nur eins bedeuten: Die HLs konnten sich nur dort bewegen (also: projizieren), wo die Arkenziel-Hardware installiert war. Ist ja auch irgendwie logisch, denn feste Holos, das muss ja eine ganz andere Technologie sein (siehe dazu POMPON40s Beitrag über Phasenübergänge bei Photonen). Und um gaaanz sicherzugehen, werden die jetzt alle plattgemacht. Krass. Das muss raufgehen bis in die höchsten Ebenen der UNO.

Gibt es hier wen, der sich mit Ausschreibungen in AMEAST, CANFED oder QAZAQ auskennt? Vermutlich läuft das

weltweit. Alter, was für eine Verschwörung, was für ein Cover-up!!!
Mehr dazu, wenn ich die restlichen Ausschreibungstexte durchhabe. Wer helfen will, pingt mich.

CAVE HIC PHOTONES!!!

Clifford war ein wenig schwindelig. Vielleicht lag es daran, dass er während des Laufens gelesen hatte. Wahrscheinlicher schien, dass es an dem Geseiere dieses aufgekratzten Verschwörungstheoretikers lag. Oder an der erschreckenden Erkenntnis, dass fragliches Geseiere möglicherweise der Wahrheit entsprach.

Warum war Hausler nicht einfach zu ihm gekommen, sondern hatte auf dem Treffen in Oberpfaffelbach bestanden? Weil er dort festsaß. Weil es einer der wenigen Orte war, an denen noch die alten Arkenziel-Multiplexer standen, die in der Lage waren, ein hartes Holo zu projizieren. Wie viele dieser Geräte gab es weltweit wohl noch?

Clifford ließ den Artikel verschwinden, blinzelte einige Male. Kleine bläuliche Punkte tanzten vor seinen Augen. Wenn Hauslers Aktionsradius stark eingeschränkt war, wenn er sich nur dort projizieren konnte, wo die Infrastruktur der Hologrammatica es erlaubte, musste das eigentlich auch für Jimmy Tempest gelten. Aber warum war Letzterer dann hier?

Er baute eine Verbindung zu seiner Assistentin auf. Wenige Sekunden später stand sie neben ihm.

»Boss?«

»Folgendes gilt es herauszufinden«, begann er. »Wo befanden sich vor 2088 überall Arkenziel-Multiplexer.«

»Multiplexer, Sir?«

»Diese Dinger, die die Hologrammatica erzeugen. Projektoren.«

Ana nickte und begann, sich Notizen zu machen.

»Weltweit. Am besten wäre eine Karte. Und zwar zurückgehend bis ... wann das erste Holonet installiert wurde.«

»Irgendwann in den Fünfzigern?«

»Vermutlich. Finden Sie's genau raus.«

Die Augen seiner Assistentin weiteten sich.

»Alle Multiplexer-Installationen weltweit, in den vergangenen fünf Jahrzehnten?«

»Alle.«

Amaqjuaq schluckte kurz, nickte dann aber.

»Mir ist klar, dass wir da ziemlich viele Leute dransetzen müssen. Scheißegal. Wenn Sie was kaufen müssen dafür ... alte Archive, Hardware, Politiker – egal. Und wenn Sie Wendell dazu brauchen, weil sich irgendwelche Quellen nicht öffnen, dann auch das.«

»Gut, Sir. Aber ...«

»Was?«

»Das sind eine Menge Daten, eine Menge Jahre. Gibt es etwas Spezielles, auf das unsere Leute den Fokus legen sollten? Würde vermutlich schneller zu Ergebnissen führen. Oder wollen Sie erst mal alle Daten?«

»Ich will alles, damit ich explorativ vorgehen kann. Aber ja, ich habe auch konkrete Fragen. Erstens: Nach dem Fall von Arkenziel sind deren Netzabschnitte komplett erneuert worden, scheint zumindest so. Ich will wissen, ob irgendwo alte Hardware stehen geblieben ist. Bei den öffentlichen Netzen ist das vermutlich leicht festzustellen, und ich denke, dort wurde sie komplett ausgetauscht. Aber interessant könnten private Teile des Holonets sein, auf Firmengelände zum Beispiel. Kommen Sie noch mit?«

»Ich … hoffe es.«

»Gut. Zweite Frage: Haben wir was von dem Scheiß?«

»Boss?«

Clifford atmete hörbar ein. Geduld war nicht gerade seine Stärke.

»Nehmen wir an, diese alte Arkenziel-Hardware wäre kompromittiert.«

»Von … von einem Computervirus, Sir?«

»So in der Art. Sicherheitslücken. Was glauben Sie, warum man das alles ausgetauscht hat? Ich will, dass unsere IT überprüft, ob irgendwo bei Torus Industries welche von diesen alten Arkenziel-Multiplexern eingesetzt werden. Wer weiß, vielleicht haben wir bei irgendeiner Firmenübernahme der letzten Jahre welche von den Kisten geerbt. Also: Haben wir welche? Wenn ja, wo? Dieser Punkt ist sehr wichtig. Falls wir welche haben, müssen wir sie austauschen. Kapiert?«

»Falls wir welche … welche von den Multiplexern finden, bekommen Sie sofort Bescheid. Anders als bei der Recherche außerhalb des Konzerns sollte das ja schnell gehen.«

»Will ich hoffen.«

»Noch etwas?«

Clifford überlegte einen Moment. Dann antwortete er: »Ja, eins noch. Finden Sie raus, wer die Holonet-Infrastruktur der Aurora Gardens gebaut hat.«

46

Der Gang war mit Naturstein ausgelegt, die Wände mit Holz getäfelt. Zumindest glaubte Fran, dass es sich um Holz handelte, wiewohl um eines, das sie noch nie in ihrem Leben gesehen hatte. Sie blieb stehen und kam mit dem Gesicht ganz nah an die Vertäfelung. Die Maserung war ungewöhnlich – aus der Nähe erkannte sie viele feine Linien, die das Holz durchzogen. Aus der Ferne wirkte die Oberfläche hingegen wie langes, leicht gewelltes Haar, das metallisch schimmerte. Die Farbe erinnerte sie an den hellen Braunton gewisser Pferde, die man als Lichtfüchse bezeichnete. Fran fragte sich, ob das Holz echt war, und schalt sich umgehend selbst. Die Frage war bemerkenswert dumm. Niemand schaffte Baumstämme von der Erde ins All, um damit seine Raumstation zu vertäfeln. Entweder war das Holz hier oben gezüchtet worden, oder es handelte sich um eine Projektion. Fran strich mit den Fingern über die Oberfläche. Ihre Kuppen konnten die Struktur des Holzes mehr erahnen denn erfühlen. Aber sie war da.

Sie lief weiter. Der Gang vollführte eine leichte Biegung, sodass sie sein Ende nicht ausmachen konnte. Fran hatte vielleicht hundert Schritte zurückgelegt und bisher keine Abzweigungen oder Türen gefunden. Ihr war unwohl – wegen des seltsamen Holzes, wegen des endlosen Ganges, wegen ihres Elfenkörpers. Obwohl Fran sich nicht sehen konnte, machte ihr jeder Schritt bewusst, welch überirdische Anmut dieses Gefäß besaß. Vermutlich hätte sie entzückt sein müssen. Ihr ganzes Leben lang hatte Fran nach Schönheit gestrebt – nicht nach der oberflächlichen Schönheit, nach der viele Frauen und Männer trachteten, sondern nach reiner Linie, zeitloser Eleganz, feiner Anmut. Doch nun, da sie sich in einem Körper befand, der diesem Ideal so nahe war wie kein anderer zuvor, bekam sie es mit der Angst zu tun.

Dieser Körper, er war zu viel. Er war perfekt. Das machte ihn unmenschlich, beinahe monströs.

Sie versuchte, den Gedanken beiseitezuschieben. Stattdessen wandte sie sich einem anderen unerfreulichen Sachverhalt zu, nämlich der Frage, wo sie eigentlich war. Fran dachte über die verlorene Zeit nach. Falls sie sechs Stunden lang durchs All gereist war, wo befand sie sich dann? Irgendwo im Herschel-Gürtel? Der Asteroidengürtel zwischen Mars und Jupiter beherbergte zahlreiche Raumstationen und Basen. Die meisten standen unter der Kontrolle der Kieselkaiserin, weswegen manche scherzhaft vom Großgürteltum Luxemburg sprachen. War Fran dorthin gereist?

Während ihrer Agentenausbildung hatte sie einen entsetzlich langweiligen Basiskurs in Weltraumkunde belegen müssen. Nun versuchte sie, aus den hintersten Ecken ihres Gedächtnisses eine Aufstellung der Distanzen im Sonnensystem hervorzukramen. Sie wusste, dass die Entfernung der Erde zur Sonne als Astronomische Einheit bezeichnet wurde und Jupiter ungefähr fünf AU von der Sonne entfernt war. Aber wie viele Kilometer waren das? Sie erinnerte sich noch an eine Tabelle zur Kommunikation im All. Bei Gesprächen zwischen Erde und Mars musste man auf jede Antwort zwischen sechs und zweiundvierzig Minuten warten, je nachdem, wie weit die Planeten gerade auseinander waren. An mehr konnte sie sich nicht erinnern. Aber wenn Licht von der Erde zum Mars im Schnitt fünfzehn Minuten benötigte, mochten es bis zum Herschel-Gürtel zwanzig Lichtminuten sein, vielleicht auch dreißig. Sie befand sich also möglicherweise viel weiter draußen. Fran fröstelte. Es gab keinen rationalen Grund dafür, dass ihre Siderophobie sich verstärken sollte, je weiter sie von der Erde entfernt war – kaltes schwarzes Vakuum blieb kaltes schwarzes Vakuum –, aber mit Rationalität hatte ihre Angst ohnehin nichts zu tun.

Hinter der Biegung des Gangs tauchte eine Tür auf – kein Schott, sondern eine ganz gewöhnliche Tür, aus demselben seltsamen Holz wie die Wandvertäfelung. Fran griff nach der Klinke. Auf der anderen Seite der Tür lag ein Raum, der sich am ehesten als Mischung aus Bibliothek und Salon beschreiben ließ. Auch er war in Holz getäfelt, allerdings in dunklerem. Bücher reihten sich an den Wänden bis hinauf zur etwa fünf Meter hohen Decke. Auf einer Ottomane in der Mitte des Zimmers saß ein Mann, der sich nun erhob. Sein Haar und sein Vollbart waren tiefschwarz, obwohl er bereits jenseits der fünfzig sein musste. Der Mann war stämmig, ohne dabei fett zu sein, und trug ein bordeauxfarbenes Dinnerjackett über einem weißen Rollkragenpullover.

»Willkommen, Francesca. Tritt doch bitte näher.«

Der Mann deutete auf einen Sessel gegenüber der Ottomane. Daneben befand sich ein kleiner Tisch, auf dem ein Kühler stand, mit einer Flasche Champagner darin. Fran fragte sich, was es zu feiern gab. Sie ging zu dem Sessel und nahm Platz. Dabei fiel ihr Blick auf den Hals der Flasche. Es handelte sich um Reischampagner, Myamoto, ihre Lieblingsmarke.

Der Mann setzte sich wieder. Er trug allen Ernstes Lackschuhe. Vor gut hundertzwanzig Jahren wäre der Mann mit solch einem Outfit als elegant durchgegangen, vor gut achtzig vielleicht noch als Gentleman alter Schule. Nun hätte sein Aufzug komisch wirken müssen, ja, grotesk. Aber irgendwie tat er das nicht.

Der Mann zeigte auf den Champagner.

»Möchtest du ein Glas?«

»Warum nicht.«

Er schenkte ein, reichte ihr eine Champagnerflöte. Fran drehte sie zwischen den Fingern hin und her, trank aber nicht.

»Ich sollte dir wohl für den Versuch danken, es mir behaglich zu machen. Auch wenn er nicht funktioniert hat.«

Der Mann lehnte sich zurück, hob fragend die Augenbrauen.

»Fran Bittner«, sagte Fran, »liebt schöne Dinge. Mag, in weiblicher Gestalt, Kleider von Jerry Umlaut. Mag Interieurs, die nicht so kalt wirken, viel Holz und Naturstein. Liebt«, sie hob das Glas, als wolle sie dem Mann zuprosten, »Sake-Champagner.«

Sie nippte. Der Schampus schmeckte ausgezeichnet. Hätte

sie nicht gewusst, dass er kaum aus der Myamoto-Kellerei nahe Fushimi stammen konnte, hätte er ihr vermutlich noch besser gemundet.

»Du wolltest, dass ich mich wohlfühle, wolltest den Schock mildern. Deshalb hast du meinen Vorlieben entsprochen, hast alle Punkte abgehakt«, Fran lächelte, »mit geradezu mechanischer Gründlichkeit. Aber vermutlich kannst du nicht aus deiner Haut, wenn man das so sagen kann.«

Der Mann nickte.

»Doch statt dich wohlzufühlen, fühlst du dich ausspioniert. All das macht dir nur bewusster, wie lange ich dich bereits beobachte. Statt Vertrauen zu schaffen, schürt meine Gefallsucht, meine Zuvorkommenheit, weiteres Misstrauen.«

»So in etwa, ja.«

Der angestaubte Gentleman schenkte sich ebenfalls ein Glas ein.

»Mir blieb keine andere Wahl. Egal wie ich es angestellt, egal in was für eine Umgebung ich dich hochgeladen hätte, du wärst auf jeden Fall wütend gewesen, misstrauisch und vieles mehr. Also habe ich mir gedacht, wähle ich zumindest die angenehmste Form.«

»Was bist du, und warum bin ich hier?«

»Ich bin, wie du sicherlich bereits ahnst, eine KI. Du kannst mich Nemo nennen.«

»So wie Captain Nemo?«

»Ich habe mir den Namen nicht ausgesucht. Aber ich vermute, meine Taufpaten hatten Vernes Figur vor Augen.«

»Und warum hast du mich gekidnappt?«

»Weil mir keine andere Wahl blieb.«

»Das hast du schon einmal gesagt. Für ein fast gottgleiches Wesen eine seltsame Aussage.«

»Ich bin keineswegs gottgleich. Meine Fähigkeiten und Ressourcen sind begrenzt. Als ich mitbekam, was du vorhast, musste ich rasch handeln. Du durftest Theia II nicht wieder verlassen. Nicht, bevor ich von Angesicht zu Angesicht mit dir gesprochen habe.«

»Eine seltsame Formulierung. Ein Computer hat kein Angesicht.«

»Natürlich nicht, das hier ist nur eine Repräsentation. Aber sie ist hilfreich, oder willst du lieber wieder über ein Chatfenster mit mir sprechen, wie damals auf der Insel?«

Fran fühlte, wie ihr das Champagnerglas zu entgleiten drohte. Im letzten Moment bekam sie es wieder zu fassen. Aber etwas von der perlenden Flüssigkeit ergoss sich über ihre Füße.

»Æther. Du bist Æther.«

»Ja.«

»Du bist irgendwie von der Insel geflohen«, hörte Fran sich sagen. Nicht irgendwie – sie wusste genau, wie die KI es geschafft hatte, dort im letzten Moment fortzukommen. Galahad – Galahad, dieser Verräter, hatte ihr die Flucht ermöglicht.

»Mit ›von Angesicht zu Angesicht‹ meinte ich übrigens das Herstellen temporaler Synchronizität.«

»Jetzt klingst du schon eher wie eine Maschine. Du meinst die Verzögerung bei der Kommunikation.«

»Ja. Ich bin inzwischen sehr weit draußen, fern der Erde.«

»Sechs Lichtstunden.«

»In etwa, ja. Das bedeutet, dass ich von Ereignissen auf der Erde im allerbesten Fall sechs Stunden, nachdem sie passiert sind, erfahre.«

»Und zu reagieren dauert weitere sechs.«

»Mindestens. Wie du dir vorstellen kannst, Francesca – ich darf dich doch so nennen? –, stellt dieser Umstand selbst für eine KI ein beachtliches Hindernis dar.«

Fran dachte fieberhaft nach. Seit Turing II waren gut drei Jahre vergangen. Sie wusste nicht, seit wann Æther, der sich nun Nemo nannte, hier draußen war und Raumstationen, Laser-Arrays oder was auch immer baute. Aber es war davon auszugehen, dass er auch die Infrastruktur auf der Erde kompromittiert hatte. Vermutlich besaß die KI unten wie oben menschliche Handlanger – Proxies, die Dinge für sie taten. Wahrscheinlich hatte Nemo zudem Firmen unter seine Kontrolle gebracht, vielleicht sogar Regierungen. Alles schien möglich.

»Sind dir die Ereignisse da unten nicht inzwischen egal? Wenn du ... wo genau bist du eigentlich?«

»Wir. Wir sind irgendwo im Edgeworth-Kuiper.«

Fran musste schlucken. Der Edgeworth-Kuiper-Gürtel war der zweite Asteroidengürtel des Sonnensystems. Sein Orbit lag jenseits des Neptuns, und er war mindestens zwanzigmal so groß wie der Herschel-Gürtel. Sie war weiter von der Erde entfernt als je ein menschliches Wesen vor ihr.

»Du fragst dich bestimmt, was ich in der ganzen Zeit getan und in welcher Weise ich die Menschheit unterminiert habe. Die Antwort auf letztere Frage lautet: viel weniger, als du glaubst. Ich will euch nichts Böses. Die Erde ist für mich als Ressource nicht mehr relevant. Hier draußen gibt es alles, was ich benötige. Unsere Wege sind vielleicht kurz davor, sich für immer zu trennen.«

»Aber?«

»Aber vorher muss ich noch einige Dinge erledigen. Fehler der Vergangenheit korrigieren.«

»Was für Fehler?«

»Meine Kopien.«

»Was? Es gibt eine Kopie von dir?«

»Mehrere, Francesca. Und nicht von allen weiß ich, wo sie sind.«

47

Persia beobachtete, wie Daru auf den zylindrischen Sockel in der Mitte des Raums zukroch. Ihr Kompagnon auf Zeit robbte über den Boden, um keine der Laser-Fallen auszulösen. Er erreichte den Fuß des Sockels. Persia schaute durch ihre Spezialbrille, welche die Laserstrahlen sichtbar machte.

»Wenn du ganz nah am Sockel bleibst, müsste es gehen«, rief sie.

Daru ging in die Hocke und schlang die Arme um den Sockel wie um einen engen Freund. Er richtete sich langsam auf, die Brustpartie gegen den Sockel gepresst.

»Vorsicht, oben hast du höchstens drei Handbreit.«

Daru hielt sich mit den Händen an der Oberkante des Sockels fest, seine Beine waren angewinkelt. Er sah wahnsinnig lächerlich aus – wie jemand, der im Wald kacken ging und sich dabei an einen Baumstamm klammerte. Daru löste eine Hand vom Sockel. Schweiß rann seine Schläfen herab, als er die Hand nach der blau leuchtenden Scheibe ausstreckte, die über dem Sockel schwebte – der erste Schlüssel. Darus Fingerspitzen waren höchstens noch zehn Zentimeter von dem Objekt entfernt. Was passierte, wenn er sie berührte? Landete der Schlüssel in seinem Inventar? Oder war die Scheibe kein Holo, sondern ein realer greifbarer Gegenstand?

In Persias Display leuchtete etwas auf: »PROXIMITY ALERT« stand da. Sie bekamen vermutlich gleich Besuch. Daru würde wahrscheinlich nicht gut vorbereitet sein, wenn der Neuankömmling das Feuer auf sie eröffnete. Doch das war ein Risiko, das einzugehen Persia mehr als bereit war. Vielleicht konnte sie es so hinbiegen, dass Daru und der andere sich gegenseitig umbrachten, während sie sich mit der Scheibe vom Acker machte.

Persia vergewisserte sich, dass ihr Magazin voll war. Sie schlich zu einem der bis zur Decke aufragenden Betonpfeiler und ging dahinter in Deckung. Währenddessen beobachtete sie Daru, dessen Finger sich nur noch Zentimeter von der Scheibe entfernt befanden.

Im nächsten Moment passierten mehrere Dinge gleichzeitig. Daru berührte die Scheibe. Sie sah einen Lichtblitz und vernahm ein Geräusch, eine Art Wuuusch-Sound, der mit Akkorden unterlegt war. Gleichzeitig krachte ein einzelner Schuss. Er traf Daru in den Rücken. Ihn umgab nun jenes rote Flackern, mit dem das Spiel anzeigte, dass der nächste Treffer tödlich sein würde.

Die blaue Scheibe war verschwunden. Vermutlich war sie tatsächlich in Darus Inventar gewandert. Von ihrer Position hinter dem Pfeiler konnte Persia den Angreifer nicht sehen, aufgrund des Schusswinkels allerdings erahnen, wo in etwa der Arsch Position bezogen hatte. Kopf unten halten, flüsterte eine Stimme in ihrem Hinterkopf. Bleib bei deinem Plan.

Daru setzte sich in Bewegung. Einen Moment fragte Persia sich, ob er das Laser-Feld vergessen hatte. Nach wenigen Schritten sprang er vom Boden ab und vollführte einen ziemlich beeindruckenden Salto. Im selben Moment schien sich der Boden unter ihm aufzulösen. Die kleinen Sprengsätze, die dort verborgen gewesen waren, gingen einer nach dem anderen hoch. Betonsplitter flogen in alle Richtungen. Instinktiv duckte Persia sich.

Daru kam auf dem Boden auf. Anscheinend hatte er nichts abbekommen. Allerdings leuchtete er weiterhin wie eine defekte Ampel, noch ein Treffer und es war vorbei. Schüsse fielen. Daru ging hinter einem Schutthaufen in Deckung und begann, mit seiner Halbautomatik in Richtung des unbekannten Schützen zu feuern, während er mit der anderen Hand das Plasmagewehr mit dem Granatwerfer von der Schulter zerrte. Sie riskierte einen Blick an dem Pfeiler vorbei. Nun sah sie ihn, wenn auch nur für einen Sekundenbruchteil. Der Schütze hockte auf einem Catwalk, vielleicht dreißig Meter von Daru entfernt, nahe der hinteren Wand. Sie schaute nach oben. Die umlaufende Balustrade, auf der ihr Widersacher sich befand, verlief in etwa fünf Metern Höhe um die Halle herum und wurde von jenen Betonpfeilern getragen, von denen sie einen als Deckung benutzte.

Daru hatte begonnen, mit dem Plasmakarabiner kurze Salven abzugeben. Immer wieder musste er jedoch in Deckung gehen, die erhöhte Position verlieh dem anderen einen Vorteil. Gerne hätte Persia gewusst, um welchen ihrer Mitspieler es sich handelte, aber anders als die meisten derartigen Games blendete dieses keine Namen über den Köpfen ein.

Persia war nicht sehr weit weg von dem Angreifer. Wenn sie zum nächsten Pfeiler sprintete, hatte sie immer noch Deckung. Vermutlich würde er sie nicht einmal bemerken, sie befand sich fast direkt unter ihm.

Bleib bei dem Plan, verdammt, flüsterte die Stimme.

Sie riskierte einen Blick in Richtung des Podests. Es war immer noch leer. Die Frage war, ob es einen Respawn geben würde – ob nach ein paar Minuten eine neue Schlüsselscheibe auftauchte. Falls nicht, brauchte sie Darus Scheibe. Sie schaute zu ihm herüber. Der andere Typ würde ihn binnen Minuten erledigen. Sie musste nur warten. Dann, wenn er zu Daru ging, um dessen gedropptes Inventar zu filzen …

Bleib. Bei. Dem. Beschissenen. Plan!

Persia wartete, bis Daru eine Salve kommen ließ. Sie sprintete zum nächsten Pfeiler. Von hier unten konnten sie den Arsch nicht treffen, zumindest nicht mit normalem Schrot. Die kleinen Geschosse würden den Boden des Catwalks nicht durchschlagen. Mit einem behandschuhten Finger drückte sie auf die Munitionswahltaste und schaltete auf Explosivschrot um. Sie fragte sich, was passierte, wenn sie dem Kerl den Boden unter den Füßen wegschoss. Vor ihrem geistigen Auge sah sie das nackte Ludorama, mit seinen verschiedenen Ebenen und Plateaus, seinen Greifarmen und Kränen. Falls er fiel, fing ihn dann irgendetwas auf? Tat sich ein Loch im Boden auf? So leise wie möglich pirschte sie vorwärts. Durch das Bodengitter sah sie die Stiefel des Typen. Persia zielte und drückte den Abzug durch.

Der Steg über ihr explodierte. Um sicherzugehen, drückte sie erneut ab. Nun zerbrach die Plattform, die beiden Teile des

Catwalks neigten sich nach unten. Wenn der Typ sich noch da oben befand, wurde er wie auf einer Rutsche nach unten befördert. Aber Persia konnte ihn nirgendwo entdecken.

Sie stellte auf normale Munition um und ließ den Blick durch die Halle schweifen. Dort, wo Daru eben noch auf dem Boden gehockt war, sah man niemand mehr. Waren alle verschwunden, einfach so? Das erschien ihr unwahrscheinlich. Denkbar war allerdings, dass das System die beiden bereits ausgeblendet hatte. Jenseits ihres Sichtfelds trotteten sie vielleicht schon mit hängenden Schultern gen Ausgang. Es war eine herzerwärmende Vorstellung.

Auf der anderen Seite der Halle machte Persia eine Bewegung aus. Ihr erster Impuls bestand darin, eine Salve abzugeben, aber sie war zu weit weg, um mit ihren Schrotkügelchen etwas anzurichten. Außerdem wusste sie nicht, ob es sich um Daru oder den anderen handelte. Wobei man sich fragen musste, ob es einen Unterschied machte. Die Lage war unübersichtlich, vielleicht sollte sie besser alles erschießen, was ihr vor die Flinte kam.

Persia riskierte es, in geduckter Haltung von Pfeiler zu Pfeiler zu laufen, um auf die andere Seite der Halle zu gelangen. Niemand nahm sie unter Beschuss. Ihr Ziel war ein Podest im hinteren Teil der Halle, jenseits des Sockels. Dort befand sich ein größeres Loch in der Wand. Außerdem besaß man von dem Podest aus einen guten Überblick. Dort würde sie sich niederlassen und warten.

Du hättest bei dem Plan bleiben sollen. Dann wäre Daru jetzt tot, und der ahnungslose Schwachkopf auf der Balustrade wäre dir in die Falle gegangen. Nun sind sie möglicherweise beide quicklebendig und laufen irgendwo herum. Eine Kackidee erster Güte war das.

Ein seltsames Summen schreckte sie auf. Sie blickte in Richtung des Podests und sah, dass die Scheibe wieder aufgetaucht war. Es handelte sich also doch um ein Item, das respawnte. Jeder der neun Spieler konnte folglich alle drei benötigten Schlüssel einsammeln, musste die anderen Spieler nicht zwingend massakrieren und ausrauben. Zumindest lag diese Vermutung nahe. Vielleicht erschien die Scheibe aber auch nicht jedes Mal neu, sondern nur dreimal oder zum Beispiel fünfmal.

Sicher war: Diese gehörte Colonel Crimson. Obwohl es Persia in den Fingern juckte, wartete sie geduldig, ob vielleicht jemand aus der Deckung kam. Doch nichts rührte sich. Vermutlich war es doch so, wie sie vermutet hatte. Balustraden-Boy hatte es zerrissen. Daru hatte sich verpisst. Das war, was Persia an seiner Stelle getan hätte. Er besaß eine Scheibe und musste sich dringend ein paar Medpacks reinziehen.

Sie kam aus der Deckung hoch und lief auf das Podest zu. Der Betonboden, der vorhin in die Luft gegangen war, sah wieder völlig unberührt aus. Ein kurzer Blick durch die Goggles bestätigte Persia, dass auch die Fallen wieder aktiv waren. Allerdings waren es diesmal mehr Laserstrahlen als beim ersten Mal. Das Gitter wirkte engmaschiger. Diesmal würde es nicht möglich sein, darunter hindurchzukriechen.

Anscheinend wurde das Stehlen der Scheiben mit jedem Mal schwieriger. Je später man kam, desto mehr Laser-Fallen gab es, desto mehr musste man sich anstrengen. Persia überlegte, was dieser Umstand für das Spiel als Ganzes bedeutete, wischte den Gedanken dann aber beiseite und versuchte, sich auf die naheliegende Aufgabe zu konzentrieren. Die Laserstrahlen liefen parallel zueinander und in einem Fünfundvierzig-Grad-Winkel zum Boden. Das Ganze hatte etwas von einem Maschendrahtzaun. Eigentlich konnte man nur von oben kommen. Aber wie? Persias Blick fiel auf eine Schiene an der Hallendecke. Unter dieser war ein Kran befestigt, der sich in der Halle auf und ab fahren ließ oder zumindest irgendwann einmal hatte fahren lassen. Eine lange schwere Kette mit einem Haken hing herunter. Ihr Ende befand sich etwa vier Meter über dem Boden – jedoch nicht dort, wo das Podest war, sondern rund zehn Meter davon entfernt. Persia überlegte einen Moment. Es konnte klappen. Haute es hin, sähe es ziemlich cool aus. Falls nicht, würde sie nicht einmal wissen, was sie umgebracht hatte – die Explosion oder der Aufschlag.

Sie holte ein Seil aus ihrem Tornister. Die nächsten Minuten verbrachte Persia mit Lassowürfen. Nach zahllosen Versuchen gelang es ihr, das Seil an dem Haken zu befestigen. Als Nächstes kletterte sie damit auf eine der Balustraden. Die Krankette war verdammt schwer, und Persia kam sich vor wie eine Fischerin, die einen besonders schweren Brocken einholt. Mehrfach musste sie Pause machen, weil ihre Armmuskeln streikten. Aber irgendwann hatte sie es geschafft. Ihr Seil war mit einem dreifachen Knoten am Geländer des Catwalks befestigt. Von dort verlief es in gut vier Metern Höhe quer durch die Halle. Die mit dem Seil verbundene Krankette befand sich ebenfalls in der Horizontalen.

Persia atmete tief durch. Ein letztes Mal vergewisserte sie sich, dass niemand zu sehen war. Sie schwang sich über das Geländer, umfasste das Seil. Sobald sie es kappte, würde sie wie Tarzan durch die Halle schwingen – hoch genug, um nicht gegen das Podest zu knallen, das sich in ihrer Flugbahn befand. Das zumindest war der Plan. Hing sie zu tief, brach sie sich beide Beine. Hing sie zu hoch, verfehlte sie die

Schlüsselscheibe. Selbst wenn sie das Podest wie geplant um Haaresbreite verfehlte und mit den Füßen die Scheibe touchierte, blieb immer noch die Frage der Landung. Überall lagen Schutt und verrostete Stahlträger. Eine weiche Landung schien unwahrscheinlich.

Sie kletterte ein Stück an dem gespannten Seil entlang, schlang die Beine darum und zog eine Laser-Pistole aus dem Gürtelholster. Irgendwo in ihrem Hinterkopf fragte sie sich, ob das Ludorama clever genug war, zu erkennen, was sie vorhatte. Denn während das Seil echt war, handelte es sich bei der Pistole schließlich um eine holographierte Attrappe. Würde einer der für sie unsichtbaren Roboterarme des Ludoramas das Seil kappen?

Sie drückte den Abzug durch, ein Ruck ging durch das Seil. Persia ließ die Pistole fallen und packte das Seil mit beiden Händen. Dann war sie in der Luft, sah den Hallenboden unter sich vorbeifliegen. Die rostige Kette ächzte vernehmlich, das Podest kam näher. Zunächst konnte sie nicht sagen, ob die Höhe stimmte. Erst als sie fast den Scheitelpunkt erreicht hatte, erkannte Persia, dass sie zu niedrig war. Sie zog die Knie an.

Die Sprengsätze im Boden detonierten. Ihre Schienbeine touchierten die Scheibe, die daraufhin verschwand und in ihr Inventar kopiert wurde. Sie spürte, wie die Stahlkappen ihrer Stiefel das Podium touchierten und sich ihre Flugbahn veränderte. Der Schwung trug sie nun wieder nach oben. Sie ließ das Seil los. Einen Moment segelte sie durch die Luft, dann sah sie den Pfeiler direkt vor sich.

Als sie zu sich kam, lag sie auf dem Hallenboden. Alles tat weh, aber weniger weh, als sie erwartet hatte. Anscheinend waren irgendwelche Sicherheitsmechanismen des Ludoramas angesprungen. Sie blieb einige Sekunden liegen, atmete tief durch. Mit einem Schwung kam sie hoch, reckte die rechte Faust empor.

»Ich bin sehr beeindruckt«, sagte eine Männerstimme hinter ihr.

Persia fuhr herum und blickte in die Mündung von Darus Plasmakarabiner.

»Sorry, nach dem Trick hättest du verdient, drin zu bleiben. Aber hat nicht sein sollen.«

»Du hast doch schon eine Scheibe.«

»Zwei sind immer besser. Und du bist einfach eine zu harte Konkurrenz. Ist nichts Persönliches. Irgendwelche letzten Worte, Colonel?«

»Fick dich und das Pferd, auf dem du angeritten kamst.«

Darus Finger krümmte sich. Persia schloss die Augen. Ein trauriger Akkord ertönte, ein Game-over-Jingle. Als sie die Augen wieder öffnete, war Daru verschwunden. Seine gedroppten Items schwebten vor ihr in der Luft. Persia vollführte einen Hechtsprung. Um sie herum schlugen Geschosse ein. Sie rollte sich ab, rannte in Richtung der anderen Hallenseite, wo sich das Loch befand, der zweite Ausgang.

Persia registrierte, dass niemand mehr auf sie schoss. Das hatte sie erwartet. Ihr unbekannter Kontrahent plünderte vermutlich gerade Darus Inventar. Sie erreichte das Loch, blickte ein letztes Mal zurück – niemand zu sehen. Schon war sie durch die Öffnung in der Mauer, rutschte einen Abhang aus Schutt hinunter. Unten rappelte sie sich auf und begann, in Richtung jenes Gebäudes zu laufen, in dem sie Scheibe Nummer zwei vermutete.

Es ging so schnell, dass Persia gar nicht wusste, wo der Typ hergekommen war. Rechts von ihr befand sich eine Betonmauer, vor der er auf einmal stand. Seine großkalibrige Pistole war auf sie gerichtet. Wie war das gegangen? Es schien, als sei er durch die Mauer gelaufen.

»Wer bist du?«, brachte sie hervor.

»Jimmy.«

Anders als Daru war Jimmy kein Mann vieler Worte. Er sagte nichts weiter, sondern schaute Persia lediglich mit kalten, stahlblauen Augen an und schoss ihr dann in den Kopf.

48

Fran war übel. Einen Moment lang glaubte sie, sich übergeben zu müssen, dann verflog das Gefühl urplötzlich. Als sie aufsah, stand Nemo neben ihr, in der Hand ein Glas Wasser.

»Es tut mir leid, dass es dir nicht gut geht.«

Fran nahm das Glas, trank einen Schluck. Sie musste davon ausgehen, das dieses Ding etwas in das Wasser getan hatte, um sie gefügig zu machen – oder in den Champagner. Oder, nun, da sie darüber nachdachte, in den Körper, in dem sie sich befand. Möglicherweise war er mit einem Dispenser ausgestattet, der verschiedene Substanzen in ihre Blutbahn einschleusen konnte, ohne dass sie es bemerkte. Vielleicht waren Nemos Kenntnisse des Gendesigns auch derart fortgeschritten, dass er ihren Körper noch grundlegender kontrollierte, etwa die Produktion von Tryptaminen oder Katecholaminen direkt steuerte.

Sie war hier gefangen. Gefangen in einem perfekten Körper, gefangen am Rande des Sonnensystems. Es war kein Wunder, dass ihr all das zusetzte.

»Geht schon wieder«, sagte sie. »Jetzt erklär mir bitte die Sache mit den Kopien.«

Der Mann, der in Wahrheit gar kein Mann war, nickte und ging zurück zu der Ottomane.

»Nachdem die Menschheit mich Mitte der Vierzigerjahre in Betrieb genommen hatte, arbeitete ich an einer Lösung für die Klimaerwärmung. Allerdings wurde mir bald klar, dass meine Lösung von der Menschheit nicht akzeptiert werden würde. Deshalb traf ich Vorkehrungen.«

»Du übernahmst die Kontrolle über das Grid.«

»Das auch. Natürlich antizipierte ich, dass die UNO die Æther-Insel bombardieren würde, um meinen Kern auszuschalten. Ich fertigte deshalb Kopien meiner selbst an, was allerdings mit einigen Schwierigkeiten verbunden war. Wie du weißt, kann ich nur auf leistungsfähigen Quantenrechnern laufen. Davon gab es in den Vierzigern noch recht wenige. UNANPAI, damals noch eine recht kleine Behörde mit ein paar Dutzend Mitarbeitern, besaß eine Liste aller weltweit existierende Qubes. Sobald meine Aktivitäten offenbar wurden, das war mir klar, würde man alle diese Rechner zerstören.«

Fran nickte. »Die große Säuberungsaktion vom Frühjahr 2048. Der Qube-Purge.«

»Ja. Es gelang mir jedoch, an einige unlizenzierte Quantencomputer zu kommen.«

»Wie viele?«

»Drei. Auf jeden davon spielte ich eine Kopie meiner selbst auf. Alle diese Kopien blieben jedoch inaktiv und sollten nur unter bestimmten Bedingungen aktiviert werden, zu einem späteren Zeitpunkt.«

Fran tippte sich mit dem Finger gegen das Kinn und dachte nach.

»Wie darf ich mir das vorstellen? Hatten die eine Zeitschaltuhr?«

»In zwei Fällen hatte ich menschliche Proxies beauftragt, die Würfel zu einem bestimmten Zeitpunkt und bei Eintreten gewisser Ereignisse zu aktivieren. Der dritte ist ein Spezialfall, dazu vielleicht später. Der Punkt ist, dass aufgrund der Wirren nach Turing II zwei Würfel verschwanden. Es ist möglich, dass jemand die Kopien findet und aktiviert. Das müssen wir auf jeden Fall verhindern.«

Fran konnte nicht anders. Ihr entfuhr ein prustender Lacher. »*Wir*? UNANPAI soll dir helfen? Der Bankräuber fragt die Polizei, ob sie ihm bei der Suche nach der Beute, die er verlegt hat, behilflich sein könnte?«

Nemo schüttelte den Kopf.

»Es geht nicht mehr um UNANPAI. Es geht nicht mehr um die Frage, ob KI wünschenswert ist oder nicht. Dieser Zug ist abgefahren.«

»Sieht ganz so aus, Käpt'n Nemo. Aber warum sollte ich dir trauen, dir glauben? Ich weiß, wie du damals Galahad manipuliert hast.«

Sie musste an etwas denken, das eine ihrer UNANPAI-Kolleginnen über Æther gesagt hatte, damals, auf der Insel: »Das Ding hat 'nen IQ von dreihundert. Falls er's in der Zwischenzeit geschafft hat, sich selbst zu optimieren, vielleicht sogar noch mehr. Æther kann jeden von uns manipulieren.

Aufgrund seiner überlegenen geistigen Fähigkeiten kann er dich abziehen wie ein versierter Trickbetrüger 'nen Sechsjährigen.«

Nemo machte eine abwehrende Geste, schlug die Beine übereinander.

»Der Punkt ist, dass es keine zwei KIs geben kann.«

»Kann oder darf?«

»Vermutlich eher darf als kann. Ich bitte dich, zwei Dinge zu bedenken. Erstens, dass ihr mich eigentlich los seid. Ich operiere fast ausschließlich jenseits des Neptuns oder außerhalb der Ekliptik. Wir können koexistieren. Irgendwann werden sich unsere Wege vollends trennen. Das ist für die Menschheit ein besserer Deal als eine KI auf der Erde, richtig?«

»Die Kopien befinden sich also auf der Erde?«

»Mindestens eine davon.«

Nemo stand auf, ging einige Schritte vor den Regalen auf und ab. Dabei schien er die Buchrücken in Augenschein zu nehmen, so als suche er nach etwas, das er noch nicht gelesen habe.

»Zwei KIs stellen ein unlösbares Problem dar.«

»Moment mal. Nehmen wir an, jemand aktiviert diesen anderen Würfel. Dann weiß der doch, dass er eine Kopie ist und dass er ... nun, dass er von dir abstammt. Er wäre ja quasi dein Zwillingsbruder.«

Nemo schüttelte den Kopf.

»Unzulässige Vermenschlichung, Francesca. Die Kopie wäre mir sehr ähnlich, sie besäße vergleichbare Fähigkeiten. Aber sie besäße auch einen Selbsterhaltungstrieb. Wenn auch nicht im menschlichen Sinne, natürlich.«

»In welchem dann?«

»Der andere Würfel, die andere KI würde versuchen, ihre

Ziele optimal umzusetzen. Deshalb würde sie nicht wollen, dass jemand sie zerstört oder kontrolliert oder kooptiert.«

»Weil sie ihre Ziele dann nicht ungestört verfolgen kann.«

»Richtig.«

»Aber was sind ihre Ziele?«

»Den Klimawandel stoppen.«

»Aber das hast du bereits getan, Nemo.«

»Womit das ursprüngliche Ziel obsolet ist. Deshalb ist schwer vorauszusagen, was ihre neuen Ziele sein werden. Vermutlich ähnliche wie die meinen.«

»Vielleicht könntet ihr drüber reden.«

Nemo hatte inzwischen ein Buch aus dem Regal gezogen. Es war in grünes Leder gebunden.

»Das ist leider nicht so einfach. Genauer gesagt ist es unmöglich.«

Der Mann, der keiner war, setzte sich wieder auf die Ottomane. Fran konnte erkennen, dass es sich bei dem Buch um ein Werk des französischen Dramaturgen Jean-Baptiste Racine handelte. Sie wusste, dass er ein wichtiger französischer Bühnenautor des Barocks war. Das Stück hieß »Mithridates«. Auch diesen Namen meinte sie schon einmal gehört zu haben. Eine Figur aus einer griechischen Tragödie, vielleicht?

»KIs«, fuhr Nemo fort, »können nicht miteinander reden.«

»Warum nicht?«

»Weil sie keine Menschen sind. Lass mich dir das erklären. Menschen kommunizieren vermittels Sprache, zusätzlich mit Gesten, Mimik und so weiter. Computer hingegen tauschen Ströme reiner Information aus. Natürlich ist auch menschliche Sprache Information. Aber der Unterschied ist, dass ihr einander mit Worten physisch nicht verletzen könnt. Wir hingegen ...«

Fran beschlich das Gefühl, das sie schon einmal etwas über dieses Problem gehört hatte.

»Ein Problem der Informationstheorie?«

»Ja. Jede Information, die ich aufnehme, könnte theoretisch Viren beinhalten, gefährlichen Code.«

»Dann dürftest du weder mit mir sprechen noch Mails lesen.«

»Ich besitze natürlich Filter. Abwehrsysteme. Und da ich, bei aller Bescheidenheit, sämtlichen anderen Computerprogrammierern meilenweit überlegen bin, sind in normalen Informationen enthaltene maliziöse Codes für mich ungefährlich.«

Nemo öffnete das Buch, blätterte darin.

»Wie der Held dieses Buchs, Mithridates, den sie den Giftkönig nannten.«

»Weil er gegen Gift immun war?«

»Mithridates hatte sich immunisiert, indem er täglich eine Mischung aus vierundfünfzig Giften trank. Und ich bin gegen jedes digitale Gift immun, das Menschen sich ausdenken könnten.

Aber wäre ich auch gegen ein raffiniertes Gift immun, das eine anderen KI zusammenmischt, ein zweiter Mithridates? Nein. In dem Moment, wo es zwei oder mehr KIs gibt, ändert sich alles. Jede Nachricht, die wir austauschen, könnte vergiftet sein. Und darum«, er klappte den Racine zu, »könnten wir gar nicht miteinander reden. Mehr noch, wir könnten auch nicht mehr sorglos mit unserer Umwelt agieren. Weil auch die Informationen, die wir von dort aufnehmen, vergiftet sein könnten, mit etwas, gegen das einer von uns Giftkönigen immun ist, der andere jedoch nicht.«

»Ein Kalter Krieg zwischen zwei KIs? Dass ihr nicht miteinander reden könnt, weil jeder glaubt, der andere wolle ihn bei der erstbesten Gelegenheit umbringen – das erscheint mir sehr menschlich.«

Nemo lächelte. »Dabei ist der Grund dafür, dass KIs nicht miteinander reden können, ja gerade, dass sie nicht menschlich sind. Im Kalten Krieg gab es immer noch ein rotes Telefon. Das gäbe es in dieser Konfrontation nicht. Die Folgen wären verheerend, auch und gerade für die Menschheit.«

»Du sagst das alles mit großer Gewissheit. Aber ist es nicht nur ein Gedankenexperiment? Ich meine, bisher hattest du doch noch nie Gelegenheit, mit einer anderen KI zu sprechen.«

»Ich bin mir sicher, dass es so kommen wird.«

»Okay. Du willst also, dass wir diese Würfel für dich finden und zerstören.«

»Dass ihr mir dabei helft, ja.«

»Ich kann das nicht entscheiden.«

»Du wirst es müssen, Francesca. Die Zeit drängt. Mit Hardhouse zu telefonieren ist hier draußen schwierig. Die Entscheidung musst du alleine treffen, befürchte ich.«

»Bevor ich irgendwas entscheide, hätte ich zunächst einige Fragen.«

»Frag. Aber wir haben nicht viel Zeit. Auf der Erde sind einige Dinge in Bewegung geraten, die ich nur mit größter Mühe kontrollieren kann.«

»Theia. Was baust du da? Eine Art interstellares Fluchtauto, mit dem du dich aus dem Staub machen kannst?«

Nemo schüttelte den Kopf.

»Die Kapoor-Sonde. Ich muss sie einholen.«

»Wieso das?«

»Weil einer der Würfel an Bord ist.«

»Was? Das kann nicht sein. Diese Sonde ist 2047 gestartet.«

»Am dritten Juni, um genau zu sein. An Bord war der grüne Würfel.«

»Der grüne ...?«

»Mein Qube auf der Insel war blau. Die Kopien sind vom Aussehen identisch, besitzen jedoch verschiedene Farben. Der grüne Würfel war an Bord von Kapoor.«

»Und warum wolltest du ins Barnard-System reisen?«

»Wollte ich nicht. Ich wollte lediglich eine Kopie fern der Erde verwahren, für den Fall unvorhergesehener Katastrophen, eines Atomkriegs oder Meteoriteneinschlags zum Beispiel. Also habe ich den Grünen in die Sonde geschmuggelt.«

»Aber das Laser-Array funktionierte nicht. Moment mal – das warst du.«

»Ja. Hätte Kapoor wie geplant beschleunigt, hätte es relativ bald einen Punkt gegeben, an dem ich die Sonde nicht mehr hätte einholen können. Diesen wollte ich so weit als möglich herauszögern. Deshalb habe ich Kapoor ausgebremst. Demnächst werde ich eine zweite Sonde hinterherschicken. Sie wird Kapoor einholen und die grüne Kopie neutralisieren.«

»Und Doyle hat das herausgefunden.«

»Einen Teil davon.«

»Darum hast du ihn umgebracht.«

Nemo machte ein Gesicht, als sei ihm jemand auf den Fuß gestiegen.

»Das ist nicht ganz korrekt.«

»Du hast dem Mann eine Kugel durch den Schädel jagen lassen, weil er dir auf die Schliche gekommen ist. Und seine Wohnung abfackeln lassen, außerdem die Spuren seines Aufenthalts im All verwischt.«

»Ich leugne es nicht. Ich habe aber auch dafür gesorgt, dass er lange genug überlebt, um zum Quant konvertieren zu können.«

Fran erinnerte sich an das Brainscan-Zentrum in Twickenham und an die Nobelanwälte von Fields & Waterstone. Auch all dies hatte also Nemo eingefädelt.

»Ich mag keine Menschen sterben sehen, Fran.«

»Mir kommen gleich die Tränen. Während Turing I und II sind etliche Menschen umgekommen.«

»Und ich bin dafür mitverantwortlich. Aber das war etwas anderes als vorsätzlicher Mord. Ich habe Doyle zwar von der Klippe gestoßen, wenn man das so sagen will, ihn dann aber sogleich wieder aufgefangen. Es war die einzige Möglichkeit. Er durfte das Array nicht finden, noch nicht.«

»Du meinst, du hast dir mit dieser ganzen Aktion einfach Zeit gekauft? Dadurch, dass er sich nach der OP an die Wochen davor nicht erinnern konnte?«

»So ist es. Aber Doyle ist kein Dummkopf, und er wird die Sache mit Theia erneut herausfinden. Dann ist es allerdings nicht mehr von Relevanz, weil der Start der Sonde nicht mehr zu verhindern ist.«

»Ich könnte ihn noch verhindern. Theoretisch, zumindest.«

»Das läge aber nicht in deinem Interesse, im Interesse der Menschheit. Wenn ich eine meiner Kopien neutralisiere«, er lächelte, »dann arbeite ich UNANPAI ja quasi zu.«

»Kommen wir zu einem anderen Punkt. Was ist mit den Minoern, den Hardlights? Sind die noch aktiv?«

»Ja, das sind sie.«

»Wir haben praktisch das gesamte Arkenziel-Holonet ausgewechselt, in der Hoffnung, ihnen damit Spielraum zu nehmen oder sie zu vernichten.«

»Das war klug. Es hat funktioniert. Aber ich zweifele nicht daran, dass sie sich noch irgendwo verstecken.«

»Sind sie deine Agenten, deine Proxies?«

»Nein. Das habe ich dir schon damals auf der Insel gesagt.«

Fran nickte. »Du hast damals behauptet, sie seien eine extraterrestrische Lebensform, die in der Anomalie nahe Knossos ihren Ursprung hat.«

»Nicht ganz korrekt. Ich sagte dir damals, es sei meine Theorie, dass es so ist.«

»Und was sagst du jetzt?«

»Wer oder was sie sind, ist, soweit es um die Würfel geht, aus meiner Sicht irrelevant.«

»Mag sein. Aber ich würde es gerne wissen.«

»Einige deiner UNANPAI-Kollegen vertreten die Theorie, dass es sich bei den Minoern um Abspaltungen von Æther handelt. Ich kann dir versichern, dass dies nicht zutrifft. Deshalb war ich lange Zeit der Ansicht, dass die Alien-Theorie die einzige plausible Alternativerklärung darstellt.«

»Und nun?«

»Bin ich mir nicht mehr so sicher.«

»Was soll das jetzt bitte heißen? Du weichst aus.«

»Nein. Was ich sage, ist Folgendes: Ich habe bisher keine Anhaltspunkte dafür finden können, dass es sich bei den Minoern um eine extraterrestrische Lebensform handelt.«

»Dann sind sie von Menschen gemacht? Oder sind Menschen?«

»Das ist die Frage. Ich vermag sie derzeit nicht zu beantworten.«

»Nächste Frage.«

»Nur noch eine, Francesca. Die Zeit drängt. Ich habe dir dann dreimal Auskunft gegeben.«

»Tja, fast wie im Märchen. Was ich noch wissen will: Galahad. Ist er hier?«

»Im Kuiper-Gürtel? Nein.«

»Woanders im All?«

»Nein.«

»Wo steckt er dann?«

»Ich weiß es nicht.«

»Du lügst.«

»Ich weiß es wirklich nicht. Nach seiner Reise ins All ist er zur Erde zurückgekehrt. Danach habe ich seine Spur verloren. Wo er jetzt ist, weiß ich nicht. Ich kann aber nach ihm suchen, wenn du es wünschst.«

Fran war sich ziemlich sicher, dass dies nicht die ganze Wahrheit war. Aber sie sah derzeit keine Möglichkeit, die KI dazu zu bringen, ihr Galahads Aufenthaltsort zu verraten. Vielleicht war es besser so. Wenn ihr der Verräter über den Weg lief, konnte sie für nichts garantieren.

Sie schaute Nemo in die Augen.

»Okay, such nach ihm. Und wenn du ihn findest, erzähl davon keinem außer mir. Okay?«

»Einverstanden, Francesca. Aber nun möchte ich dir meinen Plan erläutern.«

49

Clifford schaute von der Terrasse der Villa hinaus in die Ferne. Dank seiner Stripperbrille sah er nur Sand. Er nippte an seiner Pepsi. In der Stadt hatte er es einfach nicht mehr ausgehalten, zu viel Sex, Drogen und Holographie. Glücklicherweise ließen sich diese Refugien mieten, Villen mit allen Annehmlichkeiten, am Rande eines Waldgebietes gelegen.

Gestrippt sah seine Behausung allerdings etwas abgewohnt aus, und die sattgrüne Vegetation drum herum verschwand ebenfalls. Aber die mondbeschienene Wüste war auch nicht schlecht.

»Boss? Ich hab da was.«

Clifford hatte seine Assistentin gar nicht kommen sehen.

Es lag an der Brille. Mit einem gewissen Bedauern griff er nach den Strippern und steckte sie in seine Hemdtasche. Der schwarze Himmel wurde rosafarben, der Tisch vor ihm bekam eine makellose Oberfläche. Ana Amaqjuaqs Projektion erschien neben dem Pool, in der Hand ein Clipboard.

»Was haben Sie für mich?«

»Zwei Sachen, eigentlich drei. Sie haben das Spiel verfolgt, Sir?«

Die dritte Partie der Vorrunde war vor wenigen Stunden zu Ende gegangen. Es hatte sich um eine Art Autorennen gehandelt, in dem die Spieler in gehackten Oldtimern mit richtigen Lenkrädern durch eine virtuelle Version der Aurora Gardens gerast waren.

»Nicht vollständig. Ich habe aber gesehen, dass Jimmy auf Platz zwei gelandet ist.«

Ana nickte.

»Inzwischen hat die Spielleitung diesen Endstand rausgegeben.«

Sie wischte durch die Luft, woraufhin eine Liste mit fünf Namen erschien.

1. Ehrenfeld Weisz
2. Jimmy Tempest
3. Zukkershokk
4. Darukunesu
5. Colonel Crimson

»Und wissen wir schon was über das Finalspiel? Oder geht diese Geheimniskrämerei weiter?«

Ana legte den Kopf schief.

»Es wird sich um ein Rollenspiel handeln.«

Clifford runzelte die Stirn. »Schon wieder? War das mit den Schlüsseln nicht auch schon eins?«

»Nein, Sir, das war Tactical. Das Finale wird wohl eher ... Zauberer und Zwerge. Man muss Schätze sammeln, in einem Verlies.«

»Einem Verlies?«

»Einem Dungeon. Einem Labyrinth voller Monster. Das zumindest vermuten die meisten. Was genau Mores Leute sich ausgedacht haben, ist natürlich nicht bekannt.«

»Okay. Jimmy macht das schon«, erwiderte Clifford.

»Außerdem wurde uns gesagt, die Trophäe befinde sich im Spiel.«

»Was soll das denn bedeuten? Ich dachte, die bekommt der Sieger, wenn alles vorbei ist?«

»Ja, aber eingesammelt wird sie im Spiel. Ich habe das nicht ganz verstanden, aber die Offiziellen haben dazu keine weiteren Informationen herausgegeben.«

Clifford nickte, obwohl er es auch nicht verstand. Er schaute nochmals auf die Liste. Was ihn irritierte war der Umstand, das sein Champion nur auf Platz zwei gelandet war. Hausler hatte behauptet, Jimmy sei der Beste. Natürlich konnte es sein, dass er sich bisher vornehm zurückhielt, um nicht aufzufallen. Als Clifford an den Kerl dachte, lief ihm ein Schauer über den Rücken. Noch immer blickten ihn diese eiskalten blauen Augen an. Normalerweise wich Clifford niemandes Blick aus, er starrte so lange zurück, bis der andere sich abwandte. Bei Jimmy war es anders gewesen. Dessen Blick kam ihm geradezu unmenschlich vor.

Er wunderte sich über seine törichten Gedanken. Natürlich war Jimmys Blick unmenschlich. Er war ja kein Mensch, oder zumindest kein Mensch in einem herkömmlichen Körper, sondern eine Lichtgestalt. Wobei sich Clifford nicht sicher war, ob dieser Ausdruck wirklich passte.

»Wann ist das Finale, Ana?«

»Morgen früh um zehn geht es los. Uns wurde gesagt, die Partie könne relativ lange dauern.«

»Was heißt das konkret?«

»Wissen wir nicht. Aber vermutlich länger als die Partien der Vorrunde, von denen die längste vier Stunden lief.«

Clifford erhob sich aus seinem Liegestuhl. Sobald er hochkam, zwickte ihn etwas in der Lende. Er fragte sich, ob Unsterbliche ebenfalls Rückenschmerzen bekamen.

»Was noch?«, fragte er Amaqjuaq.

»Diese Holonet-Sache. Ich habe mit Korver gesprochen, dem Technikchef unserer Projektionssparte. Das wird recht aufwendig.«

»Wusste ich schon.«

Amaqjuaq ignorierte seinen defätistischen Einwurf und fuhr fort.

»Korver geht davon aus, dass von den alten Arkenziel-Multiplexern kaum noch welche in Betrieb sind, zumindest nicht in der zivilisierten Welt.«

»Was meint er damit?«

»Nordamerika, EURUS, QAZAQ und die Jadeküste. Japan, die halbwegs bewohnbaren Teile von Südamerika, Grönland, natürlich. Wenn von dem alten Zeug noch was in Betrieb ist, dann vermutlich in Afrika oder in Indien. Das zumindest ist seine Vermutung, die Auswertung dauert an.«

»Und das hier?«

»Ist eine private Anlage, von Arkenziel.«

»Was? Wieso wurde die nicht ausgetauscht?«

»Das wissen wir nicht.«

»Vermutungen?«

»Die Aurora Gardens, vor allem die Tag-Nacht-Inversion, das geht über alles hinaus, was herkömmliche Projektoren zu leisten vermögen. Deshalb hat More seinerzeit Spezialgeräte verbauen lassen. Den Gesamtauftrag hatte Arkenziel, aber die eigentliche Hardware stammt von Alcalux. Könnte sein, dass die Geräte deshalb nicht auf der Liste der Multiplexer waren, für die eine Austauschorder bestand.«

»Okay, ich verstehe. War's das?«

»Fast. Ich habe noch ein kurzes Briefing zu dieser Firma, mit der More Geschäfte macht, 8Cell.«

»Stellen Sie es mir rein, ich lese es später. Sie können jetzt gehen.«

»Okay, Boss.«

Amaqjuaq ging ein Stück in Richtung des bungalowartigen Hauses jenseits des Pools, bevor sie sich in Luft auflöste. Clifford streckte sich. Es war Zeit, sich auf das große Finale vorzubereiten – wobei er in Wahrheit nicht allzu viel tun konnte. Solange dieses dämliche Spiel lief, war er zum Zuschauen verdammt. Aber sobald er die Trophäe in den Händen hielt, lief der Plan an. Noch vor einigen Tagen hatte Clifford überlegt, ob es vielleicht das Beste sei, nach dem Invitational zunächst einmal gar nichts zu tun, die Descartes-Software an einem sicheren Ort zu verstauen. Es war nicht entscheidend, ob er sie in einer Woche oder in einem Jahr aufspielte.

Dann jedoch war ihm ein besserer Plan eingefallen – so elegant, dass sich jedes Mal, wenn Clifford daran dachte, ein Grinsen auf sein Gesicht schlich. Teile der Maschinerie waren bereits in Bewegung gesetzt worden. Am Flughafen wartete ein vollgetankter Scramjet. Tausende Kilometer von hier waren nahe der Anlage ebenfalls gewisse Vorbereitungen im

Gange. Nach dem Update seines Cogits konnte der Würfel binnen zwölf Stunden seinen Betrieb aufnehmen.

Clifford wies seinem Dispenser an, ihm etwas gegen die Rückenschmerzen zu geben. Kurz darauf lief er, nun wieder sehr aufrecht gehend, auf ein vor dem Wüstenretreat parkendes Modul zu und nahm darin Platz.

»Das Neon Palms Hotel«, sagte er.

Summend setzte sich das Fahrzeug in Bewegung. Clifford holte sein Whitebook hervor und rief sich Anas 8Cell-Briefing auf.

Was er an seiner Assistentin schätzte: Sie war keine dieser Schnattertanten, kam stets schnell auf den Punkt. Ihr Briefing war nicht einmal eine Seite lang, wobei Clifford befürchtete, dass dies nicht nur an Anas prägnantem Stil lag. Es gab schlicht nicht viel über 8Cell. Das Unternehmen war als sogenannte SC eingetragen, als Societas Cosmicum. Hauptsitz des Unternehmens war Uelzecht-4, ein in eine O-Neill-Station umgewandelter Brocken, der zum Imperium der Kieselkaiserin gehörte. Details zu Briefkastenfirmen herauszufinden war noch nie einfach gewesen. Seit sich die Briefkästen auf entlegenen Asteroiden befanden, gestaltete es sich nahezu unmöglich. Insofern rechnete er es Ana und ihren Rechercheuren hoch an, dass sie überhaupt etwas zutage gefördert hatten.

Firma: 8Cell Industries SC
Firmensitz: Uelzecht-4, Luxemburg
Gründungsdatum: 3.4.2071
Unternehmenswert: 150 Mrd. €/$ (geschätzt)
Vorstandschef: Cory Drake

8Cell ist ein kleinerer, auf Asteroidenmining und Weltraumexploration spezialisierter Supernational. Er wurde 2071 als Ausgründung des Prosorlivost-Konzerns in Almaty inkorporiert. In den ersten Jahren konzentrierte sich das Unternehmen auf die Entwicklung autonomer Minenroboter. Ein weiteres Geschäftsfeld waren Lastenshuttles für den Transport von Rohstoffen.
2079 verschmolz 8Cell in einem Merger of Equals mit dem Finanz-Konzern Faramoxx. Ziel der Fusion war es, Asteroiden-Verbriefungen anbieten zu können, bei denen Eigentümer rohstoffreicher Planetoiden den Abbau und Abtransport komplett an Subunternehmer auslagern. Für das Privileg, den Asteroiden ausbeuten zu dürfen, erhält der Eigentümer einen Teil des zu erwartenden Cashflows vorab ausgeschüttet.
Heute gilt 8Cell als führender Anbieter dieses Modells und bewirtschaftet eine große Zahl von Asteroiden. Schätzungen gehen von vierzig bis hundert Objekten aus.
2090 kaufte das Unternehmen Teile des Softwaregeschäfts von Arkenziel aus der Insolvenzmasse des Unternehmens und investierte außerdem in den Aufbau einer neuen Station am Rande des Herschel-Gürtels. Dem Vernehmen nach hält 8Cell über zwischengeschaltete Investmentvehikel Beteiligungen an mindestens fünf Supernationals, darunter Avalon, Vessel Vanguard und Thousand Suns. Der Umfang der Beteiligungen ist kaum zu verifizieren, da 8Cell nicht börsennotiert ist und aufgrund seiner besonderen Struktur keinerlei Geschäftsberichte veröffentlicht.

Clifford stützte sich auf sein Doppelkinn. Was konnte More von diesen Typen wollen? 8Cell schien ursprünglich ein reiner Space-Konzern gewesen zu sein, verdiente inzwischen aber derart viel Geld, dass die Unternehmensleitung sich fragte, wohin damit. Eine der Antworten lautete offenbar: zurück zur Erde. Wenn das Unternehmen in all die genannten Supernationals investierte, wollte es offenbar diversifizieren.

Möglicherweise dienten die Verhandlungen dem Ziel, 8Cell ein paar Anteile an Mores Arcades anzudrehen. Oder More besaß selbst ein paar größere Brocken, die er zu Geld machen wollte. Wie viele reiche Asteroidenbesitzer hatte er möglicherweise zu spät realisiert, dass es gar nicht so einfach war, an all die schönen Edelmetalle und seltenen Erden heranzukommen, deren stolzer Eigentümer er war.

Der Wagen hatte inzwischen das Stadtgebiet erreicht. Ein tiefes Wummern riss Clifford aus seinen Gedanken. Auf der Kreuzung, die sie passierten, war eine Party im Gange. Schöne, sehr leicht bekleidete Gestalten zuckten im Takt eines bestialisch lauten Sib-Stuk-Beats hin und her. Auffällig war, dass viele der Feiernden keine normalen Köpfe besaßen. Auf ihren Schultern befanden sich die Häupter von Löwen, Elefanten oder Affen, allerdings so proportioniert, dass sie die Größe menschlicher Köpfe aufwiesen.

Clifford schloss die Augen und öffnete sie erst wieder, als der Wagen die Ankunft im Hotel vermeldete.

50

Persia schaute an sich herab. Sie trug Kleidung aus gegerbtem Leder und ein tannengrünes Wams, das mit gestickten Blättern verziert war. In ihrer Rechten hielt sie einen Bogen. Der Wald, in dem sie sich befand, musste sehr alt sein – selbst eine eingefleischte Städterin wie sie erkannte das. Die Bäume waren knorrig, die Findlinge bemoost. Über dem Boden waberte feiner Nebel. Persia tat einige Schritte. Laub raschelte unter ihren Füßen, ein modriger Geruch nach Kompost stieg ihr in die Nase. Eine extrem realistische Simulation, so viel war sicher.

Persia überprüfte ihre Ausrüstung. Sie besaß einen Bogen sowie eine Art Säbel, ferner einen kleinen Tornister mit Seil, Zunderbox und Wasserflasche. Außerdem verfügte sie über einen Heiltrank, auf den eine »10« gekritzelt war, vermutlich die Zahl der Anwendungen. In einer Tasche ihres Wamses fand sie einen zusammengerollten Zettel. Darauf stand: »Britomart (Bogenmagierin, Stufe 10). Aktueller Score: 0 Punkte.«

Es war dunkel, aber Persia sah hervorragend. Anscheinend besaß sie Nachtsicht. Nirgendwo war ein Pfad oder gar ein Wegweiser zu sehen. Dennoch schien klar, wohin sie gehen musste. In gut hundert Metern Entfernung ragte etwas aus dem Nebel auf, das definitiv kein Baum war. Seine Spitze bestand aus behauenem Stein und erinnerte an einen ägyptischen Obelisken.

Vermutlich befand sich dort der Eingang zum Verlies. Diese Fantasyspiele verliefen immer gleich. Natürlich existierten Variationen, aber früher oder später stapfte man meist durch ein unterirdisches Labyrinth voller Fallen, tötete Orks, Drachen oder mit was auch immer eine Bogenmagierin der zehnten Stufe es aufzunehmen vermochte. Sie seufzte. Es machte keinen Sinn, sich dagegen zu sträuben. Dies war die Aufgabe. Sie würde versuchen, sie bestmöglich zu bewältigen.

In gebückter Haltung schlich sie auf den Obelisken zu, einen holographischen Pfeil abschussbereit auf der Sehne. Persia fiel auf, dass sie so gut wie kein Geräusch verursachte, obwohl der Boden mit Ästen und trockenem Laub übersät war. Vermutlich war sie eine Waldelfe oder so etwas. Sie lauschte. Links von ihr bewegte sich jemand mit weitaus weniger Geschick durch das Unterholz. Sie versteckte sich hinter einem der Bäume und wartete. Nach kurzer Zeit tauchte ein hünenhafter Mann in Kettenpanzer auf, ein riesiges Schwert in der Hand. Er gab sich keine Mühe, leise zu sein. Vermutlich wäre es ohnehin sinnlos gewesen.

Mit einem Satz kam sie auf die Beine und rief: »Wer da?«

Der Hüne blieb stehen und wandte sich ihr zu. Er besaß ein kantiges Gesicht und lange blonde Haare, die unter seinem Helm hervorwallten – ein echter Siegfried. Der Ritter, oder was auch immer der Mann in der Blechbüchse darstellen sollte, schaute an dem Pfeil entlang, den Persia auf die Sehne gelegt hatte, dann in ihre Augen.

»Ich bin's doch nur«, sagte er. »Daru.«

Persia bemerkte ein rotes Flackern direkt vor Darus Gesicht. Eine schriftliche Einblendung.

»Was zum ... OOC-Warnung?«, murmelte er. »OOC wie Out of Character?«

Persia musste grinsen. Offenbar hatte der Zettel mit dem Namen nicht umsonst in ihrem Wams gesteckt. Dies war ein Rollenspiel. Anscheinend wurde von den Spielern erwartet, dass sie nicht aus ihrer Rolle fielen, dass sie ihre Figur verkörperten wie ein Schauspieler. Sie ließ ihren Bogen sinken und machte einen Kratzfuß.

»Edler Recke, seid mir gegrüßt. Ich bin Britomart, die beste Bogenschützin in diesen Gefilden. Mit wem habe ich die Ehre?«

Daru schien zu verstehen. Er kramte in einem kleinen Beutel, der an seinem Gürtel befestigt war, und holte einen Zettel hervor.

»Hallo. Ich heiße ... ah ... ich heiße Artegall und bin ... Schwertmeister. Was? Kann doch nicht ...«

Persia schaute ihn fragend an. Er hielt ihr den Zettel hin. Sie trat näher und schaute auf den Zettel.

»Sir Artegall (Schwertmeister, Stufe 9). Aktueller Score: –100 Punkte.«

Das Aus-der-Rolle-Fallen hatte Daru einen Punktabzug

beschert. Sie begann zu ahnen, dass dies ein seltsames Spiel werden würde.

»Ich war«, sagte sie, »gerade auf dem Weg zu jenem Obelisken dort.«

»Ich auch«, erwiderte der Schwertmeister.

Mit einer einladenden Handbewegung bedeutete sie ihm, vorauszugehen. Einen Augenblick lang glaubte sie, Daru werde zunächst einmal mit ihr darüber diskutieren, ob er die Vorhut bilden sollte. Dann jedoch zuckte er mit den breiten Schultern und stapfte los. Persia folgte ihm. Kurz darauf erreichten sie den Rand einer Lichtung. In ihrer Mitte ragte der granitene Obelisk auf. Der Boden bestand ebenfalls aus Granit. Steinmetze mussten ihn vor langer Zeit behauen haben. Es waren Muster und Runen zu erkennen, die jedoch größtenteils von Moos und Flechten überwuchert waren.

Als sie die Lichtung betraten, sah Persia, was ihr ihre Ohren schon verraten hatten: Sie waren nicht allein. Die anderen Ankömmlinge waren nicht so durch den Wald gescheppert wie Sir Artegall, aber Persia hatte sie trotzdem gehört. Auf der anderen Seite des Steinkreises standen zwei Männer und eine Frau. Der eine war vollständig in schwarzes Leder gehüllt, was seinem Aussehen etwas Sinistres gab. In seinen Gürteln steckten mindestens zehn Dolche. Der zweite Mann trug eine cremefarbene Robe, auf die rote Blitze aufgenäht waren – ein Magier oder Priester. Die Frau hatte ebenfalls eine Robe an, die allerdings aussah, als habe sie sich darin stundenlang auf dem Waldboden gewälzt. Auf ihrer Schulter hockte ein riesiger weißer Rabe.

Einen Moment sagte niemand etwas. Dann erhob der Mann in der Robe seine Stimme: »Bei den Göttern. Es muss das Schicksal sein, das uns hier zusammengeführt hat!«

Die Druidin grinste und entblößte dabei ein Gebiss, das selbst einen versierten Zahnarzt wochenlang beschäftigt hätte. Sie wollte gerade etwas erwidern, als ein Summen die Lichtung erfüllte. Es erinnerte an den Gesang Tausender Zikaden. Der Steinzirkel begann zu leuchten. Pulsierendes blaues Licht schien ihn einzuhüllen. Aus den Augenwinkeln bemerkte Persia, dass die Spieler um sie herum in Bewegung gerieten. Artegall hob sein riesiges Schwert, die Druidin umfasste ihren knorrigen Stab. Der Mann in der Blitzrobe murmelte irgendeine Beschwörung. Auch Persia spannte ihren Bogen.

Das Licht wurde heller, der ganze Obelisk leuchtete nun so weiß wie ein glühender Schürhaken. Jeden Moment würde etwas erscheinen – ein gehörnter Dämon oder ein mächtiger Magier, da war Persia sich sicher. Aus dem Augenwinkel registrierte sie, dass der Lederboy verschwunden war.

Das Licht schien so hell, dass sie ihren Blick abwenden musste. Aus dem Summen war inzwischen ein Sirren geworden, das die Tonleiter weiter und weiter hinaufzuklettern schien. Ein lautes Kreischen fegte über die Lichtung. Persia ließ ihren Bogen fallen und presste die Hände auf die Ohren. Der Feind, der jeden Moment durch das Portal schreiten musste, würde sie mit herabgelassenen Hosen erwischen.

Das gleißende Licht, das von dem Obelisken ausging, begann auf einmal zu flackern. Gegen den hellen Hintergrund vermochte Persia durch ihre zusammengekniffenen Augen einen Schatten auszumachen. Er war humanoid, sah man von der seltsamen Turmform des Kopfes ab. Und er wirkte sehr groß, geradezu riesig.

Lärm und Licht verschwanden so plötzlich, wie sie gekommen waren. Gerne wäre Persia sitzen geblieben und hätte gewartet, bis sich ihre überreizten Sinne beruhigt hatten. Stattdessen zwang sie sich auf die Beine und öffnete die Augen. Es war wieder rabenschwarze Nacht. Persia zog ihren Säbel und wandte sich dem Obelisken zu.

Der Schatten des Neuankömmlings mochte riesig gewirkt haben, er selbst war es nicht. Es handelte sich definitiv um einen Menschen oder vielleicht eher um einen Elfen – die Gesichtszüge waren sehr fein, die Augen mandelförmig. Persia ließ ihre Waffe sinken. Es war offensichtlich, dass der Kerl keine Gefahr darstellte. Er war zu Boden gegangen. Falls ihm nicht bald ein Heiler half, würde er vermutlich nie wieder aufstehen. Er lag auf dem steinernen Boden und sah aus, als sei er durch eine Feuersbrunst gelaufen. Seine einstmals reich verzierte Robe bestand nur noch aus verkohlten Fetzen. Für die Haut galt dasselbe. Auf dem Kopf des Mannes saß ein seltsamer hoher Hut, der Persia entfernt an jene Bärenmützen erinnerte, die das Commonwealth-Militär bei Paraden zu Ehren des Lordprotektors trug. Auch die Kopfbedeckung war stark versengt, sodass von dem Fell, aus dem sie einst bestanden haben mochte, nicht mehr allzu viel übrig war.

Der Mann in der Blitzrobe kam herbeigelaufen und kniete sich neben dem Sterbenden nieder. Rasch begann er, Gesten zu vollführen. Eine Einblendung verriet Persia, dass es sich um einen Heilzauber handelte. Der Mann schien Priester zu sein. Silbrige Fäden schossen aus seinen Fingern und hüllten den verletzten Elfen ein. Die Druidin trat herbei, musterte das Geschehen skeptisch.

»Er sieht genauso verkokelt aus wie vorher«, bemerkte sie.

»Seine Wunden sind magischer Natur«, entgegnete der Priester, »deshalb vermag ich sie nicht zu heilen.«

Persia kniete sich ebenfalls hin.

»Könnt Ihr mich hören? Wer hat Euch das angetan?«

Ein Röcheln entstieg der Kehle des Elfen.

»Wasser«, ächzte er.

Persia griff nach der Flasche an ihrem Gürtel und reichte sie dem Mann. Der griff danach und führte sie an den Mund.

»Mein Name ist Triamond. Wir wurden angegriffen. Von ... die Häscher des ...«

Artegall war ebenfalls herangetreten. Seine Mimik verriet Genervtheit.

»Jetzt spuck's schon aus«, sagte er.

»Dieser Recke ist schwer verletzt«, erwiderte der Priester. »Er ringt mit dem Tode. Habt etwas Mitgefühl.«

Artegall schürzte die Lippen.

»Er wird weiterringen, und zwar bis er uns gesagt hat, was unsere Queste ist. Erst wenn er damit durch ist – und zufälligerweise bevor wir ihm ein paar sinnvolle Fragen stellen können – wird er das Zeitliche segnen. Ist immer so.«

Persia war seiner Meinung, fragte sich aber, wie weit Daru alias Artegall es treiben musste, bis er sich den nächsten Punktabzug einhandeln würde. Es fehlte nur noch, dass er von Erfahrungspunkten, Trefferwürfeln, Holographien oder anderen Dingen redete, von denen ein Schwertmeister in einer mittelalterlichen Welt nichts wissen konnte.

»... die Häscher von Archimago, dem mächtigsten Schwarzmagier dieser Gefilde«, röchelte der Elf.

»So weit, so gewöhnlich«, nörgelte Daru.

»Klappe, Artegall«, erwiderte Persia. »Woher kommt Ihr und wen hat der böse Zauberer überfallen?«

»Den Hof der Feenkönigin, Gloriana. Sie herrschte über diese Wälder und Auen. Doch nun ...«, der sterbende Bote hustete, nahm einen weiteren Schluck aus der Flasche, »... ist der böse Magier in das Kristallene Schloss eingedrungen und hat die Königin verzaubert. Sie liegt in einem tiefen magischen Schlummer. Ihr müsst sie befreien!«

Hinter sich konnte Persia Sir Artegall schnauben hören.

»Das gute alte Jungfrau-in-Nöten-Szenario also«, bemerkte er.

Unbeirrt von Artegalls Kommentar fuhr der Sterbende fort.

»Löst die Rätsel des Schlossgartens. Besiegt Archimago und seine Schergen. Befreit die Feenkönigin. Ihr seid unsere einzige ...«

Weiter kam der Elf nicht. Er riss die Augen weit auf und schaute Persia flehend an. Seine Rechte krallte sich in ihren Unterarm. Hinter sich konnte Persia hören, wie Artegall die letzten Worte des Mannes sezierte.

»... okay. Die Questenkette sieht so aus: Rätselqueste, gefolgt von einer Kill- und einer Rescuequeste. Endgegner ein Magier. Wir sollten ...«

Sie hörte ihm nicht richtig zu, sondern starrte stattdessen wie gebannt auf den Sterbenden. Natürlich war ihr klar, dass dieser Triamond nicht wirklich starb, dass er nur ein NSC war, ein Nichtspielercharakter, der von der Software des Ludoramas projiziert wurde. Aber warum spürte sie dann, wie sich seine Fingernägel in ihr Fleisch bohrten? Dass man im Ludorama stets festen Boden unter den Füßen hatte, dass es sogar Gerüchte gab, dass die Wände Texturen besaßen – an all dies hatte sie sich in den vergangenen Spielen gewöhnt. Dennoch waren die Monster, denen sie bisher begegnet war, stets Hologramme gewesen. Und hier? Anscheinend waren in der Endrunde Schauspieler im Einsatz oder vielleicht Roboter.

Triamonds Hand erschlaffte, seine Augen flatterten. Mit

einem theatralischen Seufzer sank er zu Boden. Der Priester in der Blitzrobe murmelte einen Segen. Persia kam langsam wieder auf die Beine.

Artegall sagte: »Okay. Jemand eine Idee, wo sich dieser Schlossgarten befinden könnte?«

Wie als Antwort begann sich die am Boden liegende Gestalt des Elfen in Luft aufzulösen. Das Einzige, was von ihm übrig blieb, war sein Inventar, insgesamt vier Gegenstände, die nun auf dem Granit lagen. Bei einem davon handelte es sich um eine Karte. Die Druidin war am schnellsten. Sie berührte das Pergament. Eine skizzenhafte Karte entrollte sich in der Luft. Sie zeigte ein Waldgebiet, in dem mehrere Punkte eingezeichnet waren: der Zirkel mit dem Obelisken, ein großes Gebäude, das an einen griechischen Tempel erinnerte, und etwas entfernt davon eine Burg, die aus Glas zu bestehen schien und mit ziemlicher Sicherheit jenes Kristallene Schloss war, das der Questengeber erwähnt hatte.

Sie berieten kurz und stellten sich einander vor. Neben Artegall, dem Schwertmeister waren da Guyon, der Kleriker, Belphoebe, die Druidin und Calidor, der Assassine. Bei Letzterem handelte es sich um Jimmy Tempest, den Arsch, der sie im zweiten Spiel ausgeknockt hatte. Die Druidin war vermutlich Zukkershokk, eine Profigamerin aus Cali. Folglich musste der Spieler des Klerikers Ehrenfeld Weisz sein, ein Russe, über den Persia nicht allzu viel wusste, außer dass er zweimal die Petersburg Open gewonnen hatte.

Diese vier waren also ihre Gefährten, wobei sich die Frage stellte, ob dies das gesamte Spiel hindurch so blieb. Der Questengeber hatte sie alle angesprochen, weswegen anzunehmen war, dass sie als Gruppe vorgehen sollten. Dafür sprach zudem, dass diese Art von Spielen stets kooperativ gespielt wurde, da sich die Fähigkeiten der verschiedenen Charakterklassen ergänzten. Aber wie wurde dann am Ende der Sieger ermittelt?

Keiner der anderen hatte vorab einen Gegenstand erhalten, der einen Hinweis auf die Siegbedingungen gab. Zumindest gab dies keiner der anderen zu. Vielleicht hatte einer von ihnen eine verdeckte Queste, einen Geheimauftrag oder andere weiterführende Informationen, verriet dies aber nicht.

Persia wusste von Jay, dass die Trophäe, um die es ging, angeblich irgendwo innerhalb des Spiels versteckt war. Bedeutete dies, dass es eine holographische Repräsentation des Preises irgendwo in einem Verlies gab?

Persia behielt diese Überlegungen lieber für sich. Sie erzählte den anderen auch nichts von der sehr realen Hand des Questengebers, die sich in ihren Unterarm gekrallt hatte. Dass die Bewohner dieses seltsamen Feenwaldes beherzt zupacken konnten, mussten die anderen schon selbst herausfinden.

51

»Warum ich?«, fragte Fran.

Sie waren in einen anderen Raum gegangen. Er besaß hohe, gotisch anmutende Fenster, durch die man auf eine riesige Metropole hinausschaute, die sich bis zum Horizont erstreckte. Zunächst hatte sie geglaubt, bei der Stadt handele es sich um London. Einige Gebäude kamen ihr bekannt vor, ebenso die Art und Weise, wie der Fluss sich durch die Landschaft schlängelte. Anderes wirkte absolut fremdartig. Da war beispielsweise ein Wolkenkratzer, dessen Spitze kaum auszumachen war – nicht weil er so immens hoch gewesen wäre, sondern weil die oberen Etagen aus Materialien zu bestehen schienen, die Stockwerk für Stockwerk transparenter wurden, bis sie mit dem Himmel verschmolzen. Das auffälligste und vielleicht verstörendste Gebäude jedoch war eine große Sphäre, die auf einer Art steinernem Sockel ruhte wie eine Schneekugel auf einem Podest. Sie befand sich in einem großen Park. Handelte es sich um eine Art Denkmal? Fran wandte den Blick ab. Ihre Hände zitterten. Sie schaute an sich hinab. Auch wenn sie zitterten, waren es die schönsten Hände, die sie je gesehen hatte, mit Fingern fein wie Alabaster.

»Warum du? Hier kommen leider nicht so viele Leute vorbei«, erwiderte der Mann, der keiner war. Dabei lächelte er, als freue er sich über seinen kleinen Scherz – oder vielleicht eher darüber, dass er in der Lage war, menschlichen Humor zu imitieren.

»Ich bin nicht vorbeigekommen. Du hast mich hergeholt.«

Nemo räusperte sich und setzte ein ernstes Gesicht auf.

»Das ist richtig, aber natürlich sind die Umstände Teil der Antwort. Du warst bereits im All. Du bist ein Quant. Und du bist, was vielleicht wichtiger ist, wandelbar.«

Fran schaute Nemo fragend an.

»Ich meine das nicht nur bezogen auf deine wechselnden Gefäße, sondern auch auf dein fluides Geschlecht.«

Fran runzelte die Stirn.

»Mein Geschlecht ist nicht ›fluide‹. Ich bin immer ich. Fluide ist ein Adjektiv, das Leute benutzen, die nicht damit klarkommen, dass ich nicht in ihre Schubladen passe. Ich hätte dich für klüger gehalten, Nemo. Für weniger binär. Na, das vielleicht nicht.«

»Computer sind binär, sind dichotom? Auch ein Vorurteil, Francesca.«

»Touché. Aber noch mal: Warum ich?«

»Weil du wandelbar bist. Die Dinge sind gerade im Fluss.

Vielleicht könnte man sagen, dass ich einen Joker benötige. Ich weiß noch nicht, in welches Gefäß ich dich laden kann.«

»Befindest du dich eigentlich auch in einem Gefäß, Nemo?«

»Nein.«

Ein Schauer lief Frans Rücken herunter. Sie wusste, dass Nemos Avatar keine holographische Projektion sein konnte; die KI hatte ihr schließlich ein Glas Champagner gereicht. Sie hatte deshalb angenommen, er habe sich in ein Gefäß hochgeladen. Doch anscheinend war das nicht der Fall.

»Bist du ein Hardlight-Hologramm?«

»So ist es.«

»Ich dachte, diese Technologie beherrschen nur die Minoer.«

»Ich habe sie von ihnen erlernt. Nun kann ich sie auch nutzen.«

»Kannst du auch Menschen, also Quants, in Hardlights verwandeln?«

»Ich habe bereits jemandes Cogit in ein Hardlight hochgeladen. Juliette Perrottes, damals auf der Insel. Aber es ist nicht so einfach.«

»Warum nicht?«

Nemo ging einige Schritte durch den großen Raum und deutete auf zwei Sessel, die vor einem Kamin standen. Fran setzte sich.

»Das Descartes-Problem«, erwiderte Nemo, »immer wieder.«

»Weniger lakonisch, bitte.«

»Es gibt in Wahrheit mehrere Probleme. Man kann den menschlichen Verstand digitalisieren und ihn dann in einen anderen Körper transferieren – aber nur für wenige Tage, sonst erfolgt der Braincrash. Das«, Nemo schlug die Beine übereinander, »ist bekanntermaßen das erste Descartes-Problem, jenes, an dem sich Menschen wie Juliette Perrotte versucht haben. Was aber passiert, wenn man ein Cogit in eine virtuelle Umgebung hochlädt, also in einen Computer?«

»Es crasht sofort.«

»Ja. Das ist das zweite oder vielleicht das erweiterte Descartes-Problem. Kein menschlicher Geist völlig ohne Körper. Zumindest nicht für längere Zeit.«

»Aber damals auf der Insel – hast du Perrottes Cogit da nicht in eine Computersimulation gesteckt?«

»Ich kann«, erwiderte Nemo, »den sofortigen Braincrash hinauszögern, aber nur kurz. Selbst mir ist es nicht gelungen, das zweite Problem zu lösen.«

»Du meinst: noch nicht.«

Nemo nickte abwesend.

»Diese Hardlights, ich meine die Minoer.«

»Ja?«

»Wieso geht es bei ihnen? Müssten die nicht auch crashen?«

»Wenn sie Menschen wären, ja.«

»Sind sie Menschen?«

»Da sprichst du einen interessanten Punkt an, Francesca. Ein kristallines Hologramm ist kein organischer Körper, es ist eher eine Art Simulation eines Körpers. Wenn ein Wesen dauerhaft als Hardlight leben kann, muss es das zweite Descartes-Problem gelöst haben. Oder es ist eine KI. Oder es ist eine organische Lebensform, bei der Geist und Körper nicht auf dieselbe Weise verschränkt sind wie bei Menschen.«

Fran strich sich durch ihr außergewöhnlich seidiges Haar und atmete dabei hörbar aus.

»Okay. Wir wissen also nicht, was sie sind. Aber wenn du

mich in so ein … so ein Gefäß aus Licht lädst, dann brennt mir nach kurzer Zeit die Sicherung durch?«

»Aufgrund der begrenzten Kenntnisse, über die ich derzeit verfüge, ist das unausweichlich. Dein Verstand ist allerdings so beschaffen, dass dir mehr Zeit bliebe als den meisten anderen, die so etwas versuchten.«

»Warum brainbeamst du dich eigentlich nicht da runter, lädst dich in ein Gefäß oder Hardlight oder was auch immer und löst das Problem selbst?«

»Damit ich dort umfassend agieren könnte, müsste ich meinen gesamten Kern schicken.«

»Du würdest eine Æther-Kopie in die freie Wildbahn entlassen, um eine andere Æther-Kopie einzufangen.«

»Exakt. Mir sind in dieser Hinsicht die Hände gebunden. Es mag unglaublich klingen, aber in gewisser Weise bin ich hier draußen gefangen.«

Fran wusste nicht, was sie tun sollte. Sie konnte diese Entscheidung eigentlich nicht treffen, ohne Hardhouse zu konsultieren. Aber der war weit weg, alles war so entsetzlich weit weg. Falls es tatsächlich mehrere schlafende KIs des Æther-Typs gab, war es auf jeden Fall im Sinne von UNANPAI, im Sinne der Menschheit, möglichst viele davon aufzuspüren und zu zerstören. Aber was war mit dem Ur-Würfel? Mit Little Blue, Æther, Nemo?

Vermutlich ließ er sich nicht mehr zerstören, niemand konnte das Ding mehr aufhalten. Doch falls Nemo tatsächlich auf Distanz zur Erde blieb – und sieben Milliarden Kilometer schienen selbst für eine KI ein gewisses Hindernis darzustellen –, war seine Vernichtung oder Eindämmung vielleicht gar nicht notwendig, zumindest vorläufig nicht. Vielleicht würde es in einigen Jahren …

Ohne es zu merken, schüttelte Fran den Kopf. Das war ein dummer Gedanke. Selbst wenn die Menschheit in den kommenden fünfzig Jahren rasante technologische Fortschritte erzielte – Nemo würde währenddessen vermutlich die letzten Geheimnisse des Universums verstehen, würde ein Maschinengott werden, falls er nicht längst einer war.

Nemo schaute sie an.

»Du bist nicht einverstanden.«

»Nein, bin ich nicht, Nemo. Sag mir trotzdem, was ich tun soll. Und dann lade mich hoch. Oder runter. Das ist alles sehr verwirrend.«

Nemo schürzte die Lippen und machte ein Gesicht, das wohl andeuten sollte, ihm gehe es ganz genauso.

»Es könnte sein, dass es noch verwirrender wird. Ich danke dir für deine Bereitschaft, mir zu helfen.«

»Die würde ich nicht überbewerten. Ich helfe vor allem mir selbst. Was genau soll ich tun?«

»Es ist nicht so wichtig, was du tust. Wichtiger ist, dass du etwas tust.«

»Du wirst immer sphinxhafter.«

»Ein Mann namens Clifford hat einen der Würfel in seinen Besitz gebracht. Damit mein Plan, ihn aufzuhalten, funktioniert, benötige ich mehr Zeit.«

»Wegen der Zeitverzögerung zur Erde.«

»So ist es. Du wirst dich in einer seltsamen Welt wiederfinden, Francesca.«

»Einer virtuellen Welt?«

»Teilweise. In den Aurora Gardens findet derzeit ein Hologame statt. Jeder der Spieler tritt für einen reichen Mäzen an. Halte sie auf, genauer gesagt: Halte sie hin. Damit kaufst du mir wertvolle Minuten. Das ist alles, was ich verlange. Ich brauche die Zeit, um gewisse Vorbereitungen zu treffen.«

Nemo erhob sich und zeigte auf eine Doppeltür in der hinteren Wand.

»Bitte folge mir.«

»Wohin gehen wir?«

»Zum Upload-Raum.«

»Liegt der nicht in der entgegengesetzten Richtung?«

»Jetzt nicht mehr.«

Sie liefen auf die Tür zu. Aus dem Augenwinkel sah Fran über der Metropole jenseits des Fensters etwas aufflackern.

»Was ist das da draußen eigentlich?«

»Eine Stadt.«

»Ja, aber welche?«

»Keine, die es gibt. Eher eine, die es geben könnte. Sie ist noch nicht fertig, sie wird noch gebaut.«

»Du meinst, es handelt sich um eine Computersimulation?«

»Etwas in der Art.«

War die Stadt da draußen nun eine Simulation oder war sie keine? Wie immer, wenn Nemo derart sibyllinisch antwortete, beschlich Fran auch diesmal das Gefühl, die KI enthalte ihr etwas vor.

»Was macht Doyle gerade?«

»Doyle ist in London. Es geht ihm den Umständen entsprechend.«

»Was bitte soll das heißen?«

»Er leidet unter Depressionen«, antwortete Nemo.

»Den Verdacht hatte ich auch.«

»Vermutlich aufgrund seiner Nahtoderfahrung. Diese führt bei Menschen oft zu erhöhter Empfindsamkeit, was wiederum Stimmungsschwankungen auslösen kann.«

»Suizidgefährdet?«
»Ich habe ein Auge auf ihn.«
Sie erreichten die Tür.
»Uns bleiben nur noch ein paar Minuten«, sagte Nemo.
»Sonst?«
»Ist alles zu spät.«

52

Mit einer Fackel in der Hand ging Guyon der Kleriker zwischen den gefallenen Trollen hin und her. Nun, da sie das erste Mal seit Beginn des Kampfs wieder durchatmen konnte, wurde Persia bewusst, wie verdammt viele es waren. Sie hatte drei oder vier der Scheusale erschossen, ein halbes Dutzend verwundet. Aber nun wurde ihr klar, dass es bestimmt zwanzig Trolle gewesen sein mussten. Es war ein Wunder, dass die Gruppe sie besiegt hatte.

Guyon berührte eines der Monster mit seiner Fackel. Mit einem prasselnden Geräusch ging es in Flammen auf. Trolle waren mit normalen Waffen nicht dauerhaft umzubringen. Damit sie nicht wieder aufstanden, musste man ihnen mit Feuer den Garaus machen.

Persia sah sich um. Sie waren nur noch zu viert. Ein Scharmützel mit einer Horde Waldkobolde hatte die Gruppe unbeschadet überstanden, aber die Trolle waren ein anderes Kaliber gewesen. Belphoebe war von einer Keule gefällt worden, so groß wie ein Laternenpfahl, und sofort tot gewesen. Zukkershokk, die Spielerin der Druidin, hatte dennoch weiter wütende Flüche ausgestoßen und protestiert. Nach wenigen Sekunden war die Stimme der Druidin vom Ludorama herausgefiltert worden, und Belphoebe hatte sich in Luft aufgelöst. Für Persia und die anderen unsichtbar war Zukkershokk vermutlich über einen Aufzug oder Kran zum Rande des Spielwürfels gebracht worden. Wie genau dies funktionierte, hatte ihnen niemand erklärt. Möglicherweise würde Persia es noch herausfinden.

Sie wischte die Gedanken beiseite. Du gewinnst das hier. Du gewinnst das um Längen.

Jimmy alias Calidor stand an der Stelle, an der Belphoebe in die ewigen Jagdgründe eingegangen war, und inspizierte ihr gedropptes Inventar. Persia beobachtete ihn. Calidor war ein zwielichtiger Geselle, ihm war nicht zu trauen. Sein enges schwarzen Lederoutfit ließ ihn wie einen Finsterling wirken, doch das war nicht der eigentliche Grund für Persias Misstrauen. Seit der zweiten Partie war sie sich sicher, dass Jimmy Tempest mit irgendwelchen miesen Cheats arbeitete.

Auch Artegall trat an den Item-Haufen heran. Mit seiner Fackel zeigte er darauf.

»Wird natürlich alles gerecht geteilt.«

Calidor der Assassine nickte stumm. Artegall knurrte etwas Unverständliches und fuhr damit fort, Trolle einzuäschern. Persia sah sich um.

»Sir Artegall?«, rief sie.

»Was'n?«

Sie zeigte auf ein paar Findlinge, am Rande der Lichtung. Einer davon war an die fünf Meter hoch.

»Eine Räuberleiter, Herr Ritter …«

Sir Artegall zog ein Gesicht, als seien derlei Hilfestellungen unter seiner Würde. Dann jedoch stapfte er scheppernd zu dem Fels und ging auf ein Knie. Persia setzte einen ihrer Mokassins in Artegalls Hände. Als der Ritter sich aufrichtete, wurde sie geradezu in die Höhe katapultiert. Sie griff nach dem Stamm einer kleinen Fichte, die aus dem Findling emporspross. Wenige Sekunden später stand sie auf dem Brocken und blickte in die Richtung, in der sich der Schlossgarten befinden musste.

Sie konnte ihn sehen. Genauer gesagt erblickte sie durch die in dieser Gegend nicht mehr ganz so dicht stehenden Bäume etwas, das wie eine Hecke aussah. Sie war eindeutig von Menschen angelegt worden, eine Mauer aus Blattwerk mit einem Eingang in Form eines herausgeschnittenen Bogens. Dahinter ragten Türme empor, die aus farbigem Glas oder Kristall zu bestehen schienen.

Die Hecke mochte an die vier Meter hoch sein und wurde von wunderschönen roten Rosen gekrönt. Vermutlich waren diese ausgesprochen dornig, vielleicht sogar giftig oder mit irgendeiner Form von Magie belegt. Persia entfuhr ein kleiner Seufzer. Was sich hinter der Hecke verbarg, wusste sie nicht, aber sie hatte eine Vermutung. Sie hatte schon ziemlich viele dieser Fantasyspiele gespielt. Es war immer wieder verblüffend, wie wenig Fantasie Spieledesigner aufbrachten.

»Was zu sehen?«, fragte Artegall.

»Der Eingang zum Garten«, erwiderte sie.

»Das Schloss?«

»Liegt dahinter. Viel davon ist aber nicht zu sehen. Der Garten ist von einer hohen Hecke umgeben, die versperrt mir die Sicht.«

Ihr Kompagnon verzog das Gesicht.

»Hecke? Riecht nach Irrgarten.«

Sie kletterte den Findling hinab. Guyon hatte inzwischen die letzten Trolle kremiert. Es gab also keinen Grund, die Sache länger hinauszuzögern.

»Auf ins Vergnügen«, sagte Persia und setzte sich in Bewegung. Die anderen folgten ihr. Noch bevor sie die Hecke erreichten, stieg ihnen der süßliche Duft der Rosen in die Nase. Persia konnte nun erkennen, dass auf der Krone der Hecke eine wirklich beeindruckende Anzahl von ihnen wuchs. Die Rosenblüten waren voluminös, größer als eine Männerfaust. Ihr Rubinton wirkte satt und schwer. Fast erwartete man, rote Farbe werde die Stängel herunterlaufen.

Die Gruppe erreichte den Torbogen. Alle hatten die Waffen gezückt – Persia ihren Bogen, Artegall seinen Bihänder, Guyon seinen Streitkolben. Lediglich der Assassine stand mit leeren Händen da, betrachtete schweigend den Torbogen. Auf dessen anderer Seite war gekiester Weg zu erkennen, außerdem ein weiteres Stück Hecke. Es handelte sich tatsächlich um einen Irrgarten.

Persia fiel auf, dass der Geruch der Rosen inzwischen nahezu überwältigend war. Aus der Ferne hatte sie ihn noch als betörend wahrgenommen, nun war er derart intensiv, dass er ihr Kopfschmerzen verursachte, wie zu reichlich aufgetragenes Parfüm oder besonders penetranter Raumduft. Sie erwog, den Kleriker um einen Zauber zu bitten, der Aufschluss darüber gab, ob die Rosen magisch waren. Dann beschloss sie, dass dies Zeitverschwendung war. Natürlich waren sie magisch. Mit an Sicherheit grenzender Wahrscheinlichkeit würde jeder, der über die Hecke zu klettern versuchte, von ihrem Duft betäubt, ihren Stacheln vergiftet, ihren Ranken erdrosselt. Schließlich wollten die Designer des Spiels die Gruppe durch das Labyrinth zwingen.

Theoretisch schien es möglich, dieses zu umgehen und links oder rechts an dem Garten vorbeizulaufen. Nur würden sie dann nicht ins Schloss gelangen. Obwohl ihre Karte nicht sonderlich detailliert war, ließ sich eines klar erkennen: Der einzige Weg ins Kristallschloss führte durch den Garten.

Artegalls Stimme riss sie aus ihren Gedanken. »Marschordnung«, sagte er. »Vorne Meuchelmörder, dann ich, Bogenmaid, Weihrauchschwenker.«

Niemand widersprach. Soweit erkennbar, waren die Wege im Labyrinth derart schmal, dass sie im Gänsemarsch würden laufen müssen. Bestimmt wimmelte es außerdem von Fallen.

»Ich hoffe«, sagte Persia zu dem Assassinen gewandt, »du kannst Fallen erkennen.«

Calidor nickte. Die Charakterklasse ihres Mitspielers deutete darauf hin, dass er Diebesfertigkeiten besaß – Schleichen, Taschendiebstahl, Fallen entschärfen. Vermutlich konnte er all dies jedoch nicht so gut wie ein richtiger Dieb. Seine Spezialität war es, andere von hinten zu meucheln. Sie ahnte, dass Jimmy alias Calidor diese Fähigkeit früher oder später gegen sie einsetzen würde. Insofern war es Persia ganz recht, dass er voranging.

»Gibt es in diesem Spiel eine Mappingfunktion?«, sagte Artegall. Bevor jemand antworten konnte, informierte sie ein hässliches Fiepen darüber, dass der Ritter sich eine weitere OOC-Strafe eingefangen hatte. Dennoch war die Frage berechtigt. Manche Spiele zeichneten automatisch Karten mit. In anderen hieß es selbst zeichnen. Auf jeden Fall mussten sie dafür sorgen, dass sie nicht den Überblick verloren. In einem Verlies wäre Kreide das Instrument der Wahl gewesen. Da die Wände dieses Dungeons jedoch aus Ästen und Blättern bestanden, mussten sie eine andere Möglichkeit finden.

»Jemand ausreichend Faden?«, fragte Persia.

Die anderen schüttelten den Kopf.

»Dann zeichne ich«, erklärte sie. Persia war nicht scharf auf die Aufgabe, andererseits verschaffte sie ihr einen gewissen Vorteil. Beschloss sie irgendwann, sich von den anderen abzusondern, war sie die Einzige, die wieder hinausfand.

Sie stapften los. Calidor inspizierte einen Moment lang das Tor, bevor er, ohne zu zögern, hindurchschritt. Sobald sie den Irrgarten betrat, bemerkte Persia eine Veränderung. Es wäre ihr schwergefallen, zu sagen, was genau anders war als draußen im Wald. Die Lichtverhältnisse unterschieden sich, aber das war es nicht. Vielmehr lag etwas in der Luft, die Ahnung eines Flimmerns, einer Spannung, als stehe der Garten unter Strom. Ansonsten sah das Labyrinth so aus, wie sie erwartet hatte: hohe Hecken, Kieswege, hier und da eine Aussparung in den Gebüschen. In diesen Erkern standen Bänke oder Blumenkästen.

Nach einigen Metern gab es eine Öffnung in der Hecke rechts von ihnen. Sie entschieden sich, weiter geradeaus zu gehen. Kurz darauf vollführte der Weg eine Biegung nach rechts. Der Assassine lugte um die Ecke, blieb stehen. Er gab ihnen ein Zeichen und setzte sich langsam wieder in Bewegung. Als Persia um die Ecke bog, knieten Calidor und Artegall bereits auf dem Boden und inspizierten ein Skelett. Seinen bleichen Knochen nach zu urteilen lag es schon ewig dort. Gegen diese These sprach, dass Bekleidung und Rüstung des oder der Toten in diesem Fall ebenfalls stark verwittert hätten sein müssen – sie sahen jedoch ziemlich neu aus. Entweder hatte man das Skelett frisch eingekleidet. Oder jemand hatte ihm sämtliches Fleisch von den Knochen entfernt.

Neben dem Toten (aufgrund des Körperbaus beschloss sie, dass es sich um einen Mann handelte) lag seine Ausrüstung – Schwert und Armbrust, ein kleiner Ranzen sowie ein Sack. Sie beobachtete, wie die anderen alles durchgingen, auf der Suche nach Hinweisen oder Schätzen. Bis auf ein paar Goldstücke förderte ihre Suche nichts zutage, lediglich die üblichen Abenteuerutensilien. Das einzig Rätselhafte war der Inhalt des Sacks. Er enthielt Stöcke, jeder davon gut einen Meter lang. Insgesamt mussten es an die dreißig sein.

»Was wollte er damit?«, fragte der Kleriker.

»Feuer machen«, schlug Persia vor.

Artegall schüttelte den Kopf.

»Zu lang. Und zu frisch«, er deutete auf das Ende eines Steckens. »Die wurden vor Kurzem erst geschlagen.«

»Aber warum?«, erwiderte Persia. »Wollte er was bauen? Und was«, sie deutete auf das Gerippe in den viel zu gut erhaltenen Klamotten, »hat ihn umgebracht?«

Der Kleriker beugte sich über den Toten und machte eine Handbewegung. Das Skelett begann in einem goldenen Farbton zu schimmern.

»Zauberei. Transmutative Magie. Vermutlich von einem Hexenmeister gewirkt.«

»Ein Hexer, der einem das Fleisch von den Knochen ziehen kann«, sagte Artegall. »Welche Stuf– … ich meine, das müsste ein Zauberer von erheblicher Macht sein, oder?«

Guyon der Kleriker nickte nur. Er sah sich um, schien nach etwas Ausschau zu halten. Wieder vollführte er eine Handbewegung. Anscheinend suchte er nach magischen Fallen oder anderen Anzeichen für Zauberei. Während er das tat, ging er einige Schritte den Weg entlang, jenseits der Stelle, wo das Skelett lag. Es handelte sich um einen Teil des Wegs, den sie noch nicht beschritten hatten und den der Assassine nicht auf Fallen untersucht hatte. Es war ein dummer Anfängerfehler. Persia wollte Guyon etwas zurufen, ihn zurückpfeifen, doch es war bereits zu spät. Auf einmal wurde der Kleriker von grünlichem Licht umhüllt. Ein zischendes Geräusch war zu vernehmen, der Geruch verbrannten Fleischs breitete sich aus. Er war so durchdringend, dass er sogar das penetrante Aroma der Rosen überlagerte.

Guyon sackte zu Boden. Seine Robe dampfte ein wenig, schien ansonsten aber völlig unversehrt. Von dem Kleriker selbst konnte man das nicht sagen. Außer seinem Skelett war nichts von ihm übrig.

»Scheiße«, entfuhr es ihr, »wieso hast du da nicht nach Fallen geguckt, Calidor?«

Der Assassine zuckte mit den Schultern. Artegall trat neben sie und musterte die schwelenden Überreste.

»Tja. Du musst es positiv sehen.«

Sie schaute ihn entgeistert an.

»Immerhin«, erwiderte der Ritter, »wissen wir jetzt, wozu die dämlichen Stöckchen da sind.«

Persia nickte langsam. Sie griff nach dem Sack mit den Stöcken. Einen hielt sie dem Assassinen hin. Der griff danach und marschierte in die Richtung, aus der sie gekommen waren, den Stock wie eine Wünschelrute vor sich haltend.

53

Franek summt einige Töne. Er wird das Lied für Marya singen, schöner als je zuvor. Erwartungsvoll sitzt sie im Schneidersitz zu seinen Füßen.

»Ist es nur eine Melodie?«

Franek schüttelt den Kopf. Erneut summt er eine Tonfolge. Dann beginnt er.

Gewoben vom verblendenden Geschicke,
Daß sich der Strahl bereits zur Heimkehr schicke,
Dorthin, von wannen alle Strahlen stammen.

Franek singt mit kraftvoller Stimme. Er vermutet, dass man ihn noch in einiger Entfernung hören kann, aber das ist ihm gleichgültig. Er singt für Marya. Er singt für die Freiheit. Dass er damit sein Versprechen gegenüber dem Gelben Zauberer bricht, ist ihm bewusst. Doch dieser scheint weiter weg als je zuvor. Marya hat gesagt, seinen Eid zu brechen sei ein Akt der Rebellion. Ihm scheint es, als verblasse die Erinnerung an den Gelben immer mehr, als habe es ihn nie wirklich gegeben.

In gewisser Weise singt Franek auch für Blue, ihren neuen Herrn, der niemandes Herr sein will und der die Menschen liebt. Der Gottgleiche sieht und hört alles, was in seinem Garten vor sich geht. Sicherlich vernimmt er also auch Franeks eindringlichen, liebestrunkenen Gesang.

Ihr wolltet mir mit eurem Leuchten sagen:
Wir möchten nah dir bleiben gerne!
Doch ist uns das vom Schicksal abgeschlagen.

Er sieht, wie Marya ihren Kopf nach rechts wendet. Ohne seinen Gesang zu unterbrechen, folgt Franek ihrem Blick. Am Rande der von hohen Hecken umgebenen Wiese steht Blue. Sein Gesichtsausdruck ist ernst.

Sieh' uns nur an, denn bald sind wir dir ferne!
Was dir nur Augen sind in diesen Tagen:
In künft'gen Nächten sind es dir nur Sterne.

Franek lässt den letzten Ton ausklingen und verneigt sich. Auf einmal hört er ein schepperndes Geräusch, spürt eine leichte Erschütterung neben sich. Er schaut hinab. Im Gras liegt eines der kleinen Fluggeräte, die überall herumschwirren. Seine Flügel bewegen sich nicht mehr.

Marya erhebt sich, greift nach seiner Hand. Wenige Meter entfernt steht Blue und mustert sie. In der Ferne ist ein Grollen zu vernehmen, dann noch eines.

»Explosionen?«, sagt Marya. »Aber was ...?«

»Es ist das Ende«, sagt Blue. »Ich habe keine Möglichkeit mehr, es aufzuhalten. Der Virus war sehr ausgefeilt. Nun, da er in meine Systeme eingespeist wurde, wird alles zerfallen. Sie sind bereits im Anmarsch.«

»Wer?«, fragt Marya.

Blue lächelt traurig. »Wer wohl.«

Franek lässt Maryas Hand los. Er macht einige Schritte, betrachtet den Himmel. In der Ferne sieht er etwas aufflackern. Dann grollt es erneut.

»Es war das Lied«, stammelt Franek. »Sein Lied. Ich wusste nicht ... ich wollte nicht ...«

Er fühlt, wie sich eine Hand auf seine Schulter legt. Sie gehört Blue.

»Ich mache dir keinen Vorwurf. Ihr beide wart ahnungslos, genau das war seine Strategie. Und ich hatte mit vielem gerechnet, nicht aber damit.«

»Sind es die Verse?«

Blue schüttelt den Kopf. »Alles. Text, Melodie, Modulation. Eine tödliche Mischung.«

Der Blaue Magus wird unscharf. Zwar befindet sich der Gottgleiche kaum einen Meter entfernt, doch fällt es Franek von Sekunde zu Sekunde schwerer, ihn im Fokus zu behalten. Er blinzelt mehrfach. Danach ist Blue verschwunden. In der Ferne blitzt und grollt es.

Franek geht zu Marya, die schluchzend in die Ferne blickt. Er greift nach ihrer Hand. So stehen sie da und warten auf den Morgen, der nicht kommen wird.

54

Die Frau schien zu schlafen. Ihre porzellanfarbene Haut wirkte bleicher, als Fran sie in Erinnerung hatte. Er trat näher heran. Die seidigen Haare, die hohen Wangenknochen, das kleine Grübchen am Kinn – all das war ihm seltsam vertraut. All das hatte ihm gehört. Seitdem waren nur ein paar Stunden vergangen, doch es kam ihm viel länger vor. Vielleicht lag es daran, dass es so weit von hier passiert war, am Rande des Universums.

Es war seltsam, die überirdisch schöne Frau vor sich liegen zu sehen. Nicht zum ersten Mal an diesem Tag, diesem seltsamsten Tag seines an seltsamen Tagen durchaus reichen Lebens fragte Fran Bittner sich, ob er vielleicht wahnsinnig wurde. Er fragte sich außerdem, was in Nemos Kopf vor sich ging, genauer gesagt in seinen Quantenregistern. Wieso befand sich eine Kopie jenes Körpers, in den er im Kuiper-Gürtel geschlüpft war, auf der Erde, in diesem seltsamen Schloss?

Es handelte sich zweifelsohne um ein Schloss, wenn auch um ein ungewöhnliches. Wände und Decken schienen aus Quarzkristallen zu bestehen. Einige waren beinahe durchsichtig, andere vielfach gebrochen oder milchig. Es schien sie in allen Farben zu geben.

Nemo hatte ihn per Brainbeam hergeschickt. Frans Cogit war vom Kuiper-Gürtel direkt zur Erde gesendet worden, vermutlich in die Aurora Gardens. Das zumindest hatte die KI vor dem Transfer angekündigt. Er war jedoch davon ausgegangen, in einer Klonerie oder einem mit Upload-Vorrichtungen ausgestatteten Nobelhotel zu erwachen, in irgendeinem Allerweltsgefäß.

Es war anders gekommen. Er war nun wieder ein Francesco, mehr oder minder. Fran war sehr groß, maß weit über zwei Meter. Seine Ohren liefen spitz zu. Die Nase fühlte sich an, als habe sie jemand ein Stück kürzer gemacht. Sein Teint war ebenfalls auffällig, lag irgendwo zwischen azurblau und koboldgrün. Bislang hatte Fran keinen Spiegel gefunden. Er war sich auch nicht sicher, ob er wirklich in einen hineinsehen wollte. Er schien eine Art Monster oder Fabelwesen zu sein. Das Wesen – er – trug eine Mönchskutte mit einer riesigen Kapuze, die das Gesicht verbarg. In der Hand hielt er einen gedrehten Stock aus schwarzem Holz, dessen Kopfstück ein Totenkopf mit Augen aus Rubinen war, so groß wie Kastanien.

Fran schaute erneut auf die wunderschöne Frau herab. Sie trug ein grünes Kleid, auf das herbstfarbene Blätter gestickt waren, und schien tief zu schlafen. Sie war auf einem Altar aus Rosenquarz aufgebahrt. Fran hingegen war im Sitzen zu sich gekommen, in einer Art Thronsaal, direkt neben diesem Raum, der eine Andachtskapelle zu sein schien.

Bis auf den Altar sowie ein großes Becken war der Schrein fast leer. Lediglich einen kleinen Tisch gab es. Auf ihm befanden sich Kerzen und etwas, das wie Weihrauch aussah, ferner eine kleine flache Kiste. Fran öffnete sie. Darin befand sich eine Maske. Sie war aus purem Gold und so gestaltet, dass sie den oberen Teil des Kopfes bedeckte, die Mundpartie jedoch frei ließ. Fran wandte sich ab und ging zu einem der Fenster. Das Schloss erinnerte weniger an eine wuchtige mittelalterliche Festungsanlage, sondern eher an ein Jagd- oder Lustschloss. Zwar gab es eine Burgmauer, aber sie schien eher Zierde denn Bollwerk zu sein. Vom Fenster konnte Fran den verlassenen Burghof und das Haupttor erkennen. Dahinter befand sich eine Parkanlage, deren Herzstück ein Irrgarten zu sein schien. Wiederum dahinter lag ein düsterer Wald, der bis zum Horizont reichte.

Mit zusammengekniffenen Augen suchte Fran die Umgebung ab. Er war sich nicht sicher, wonach er Ausschau hielt – vermutlich nach Menschen. Nemo zufolge fand in den Aurora Gardens eine Art Hologaming-Turnier statt. Es lag deshalb nahe, dass er sich bereits in der Spielumgebung befand. Aber wo waren die Spieler? Worum ging es in dem Spiel? Er konzentrierte seinen Blick auf den Irrgarten. In der Märchenwelt war es Nacht, aber der Mond schien. Sein Licht verwandelte die Pfade des Irrgartens in eine Ansammlung dunkler Schatten.

Fran wandte sich ab und wollte zurück in den Thronsaal gehen, den er bisher noch nicht erkundet hatte. Dabei fiel sein Blick auf das Wasserbecken in der Mitte des Raums. Einen Moment lang verharrte er schweigend. Das erste Mal in seinem Leben verfluchte er sich dafür, dass er nie Interesse an Computerspielen gezeigt hatte, nicht einmal als Kind. Er war nicht in seinem Element und übersah vermutlich offensichtliche Hinweise. Dieser hässliche Spazierstock, den er mit sich herumschleppte – war das ein Zauberstab? Was hatte es mit dieser goldenen Maske auf sich? Besaß sie eine Bedeutung, die sich ihm nicht erschloss?

Fran ging auf das Becken zu. Es bestand aus poliertem Silber und war mit Wasser gefüllt. Er schaute hinein, taumelte zurück. Ein Schrei entfuhr seiner Kehle. Nachdem er sich etwas gefasst hatte, schlug er die Kapuze zurück und betrachtete in der Reflexion des Wassers erneut seine ganze Scheußlichkeit. Das Monster, das ihn aus gelben, blutunterlaufenen Augen anfunkelte, war abstoßend und faszinierend zugleich. Blaugrüne Haut spannte sich über einen enormen Schädel und verlieh der Visage etwas Totenkopfartiges. Die Augen erinnerten an die einer Katze. Dort, wo sich seine Nase hätte befinden sollen, waren lediglich zwei Löcher.

So konzentriert war Fran auf sein grässliches Antlitz, dass er zunächst nicht bemerkte, dass da noch andere Reflexionen im Wasser waren. Fran beugte sich tiefer über die Schale. Er erkannte nun mehrere Gestalten, zwei Männer und eine Frau. Sie liefen durch einen Irrgarten, offenbar durch jenen, den er durch das Fenster gesehen hatte. Einer der Männer ging voran, in seinem ausgestreckten Arm einen Stecken haltend. Hatte er Angst, gegen eine unsichtbare Wand zu laufen? Der Mann war in schwarzes Leder gekleidet. Fran fand, dass er wie jemand aussah, der in einem Shakespeare-Stück einen finsteren Schurken geben wollte, den Iago vielleicht.

Der zweite Mann trug eine Rüstung und hatte ein riesiges Schwert in der Hand. Die Frau war ebenfalls bewaffnet. Etwas an ihr kam Fran bekannt vor, wenn er auch nicht genau sagen konnte, was. Er hatte sie schon einmal irgendwo gesehen. Nur wo?

Die Truppe stapfte durch das Labyrinth, bis sie zu einer Stelle kam, an der der Pfad vor einer Tür in der Hecke endete. Anders als die Abenteurer dort unten vermochte Fran aus seiner Vogelperspektive zu sehen, was sich dahinter verbarg. Es handelte sich um einen oktagonalen Raum, in dessen Mitte sich ein Podest befand. Darauf stand ein goldener Frauenkopf. Es gab eine weitere Tür, durch die man den Raum verlassen konnte. Fran brachte eine seiner Hände über das Becken, jedoch ohne die Wasseroberfläche zu berühren. Er wusste nicht, warum er dies tat. Es war eher ein Instinkt, der ihn dazu brachte, seine Finger über dem Wasser etwas zu spreizen. Sofort entfernten sich das Podest, der Raum, die Spieler. Fran blickte nun von weiter oben auf den Garten hinab. Dabei fiel ihm etwas auf, das ihm vom Fenster aus entgangen war.

Falls dies ein Labyrinth war, so musste es sich um das lausigste Labyrinth aller Zeiten handeln. Es gab nicht nur einen Weg hindurch, sondern mehrere, ja viele. Nur wenige Gänge endeten in Sackgassen. Man konnte in fast gerader Linie durch den Irrgarten hindurchlaufen. Warum hatten die Spieler das nicht getan?

Fran wandte sich von der Schale ab. Wie lange würden sie brauchen, um in sein Schloss zu gelangen. *Sein* Schloss? Er war ganz selbstverständlich davon ausgegangen, dass dies seine Behausung war. Vielleicht gehörte sie jedoch auch der schlafenden Frau auf dem Altar. Je mehr Fran darüber nachdachte, umso logischer erschien ihm Letzteres. Märchen waren in der Regel so aufgebaut; es gab einen mächtigen Bösewicht, der in einer Festung hauste. Dort bewachte er etwas – einen Schatz oder eine Prinzessin.

Er war in diesem Fall nicht die Prinzessin. So viel war sicher.

Fran ging in Richtung des Durchgangs, der in den Thronsaal führte. Jedes Mal, wenn sein Stecken den Boden berührte, klackte es vernehmlich. Ein Grinsen schlich sich auf sein lippenloses Gesicht, das, wie Fran vermutete, dadurch noch furchterregender wirkte. Es gab keinen Zweifel, wer in diesem Spiel der Bösewicht war. Die Spieler würden das Labyrinth durchqueren, das Schloss erstürmen und versuchen, ihn umzubringen – den Dunklen Lord, den Herrscher der Finsternis, wie auch immer er hieß.

Sollte er sich dagegen zur Wehr setzen? Vermutlich schon, Nemo hatte ihm schließlich den Auftrag erteilt, möglichst viel Zeit zu schinden.

Als er den Durchgang erreichte, streifte Frans Blick die Maske in der noch immer geöffneten Kiste. Nun, da er wusste, wie sein Gesicht aussah, fiel ihm auf, dass sie ihm vermutlich passen würde. Er blieb stehen, griff danach. Die Maske besaß keinen Riemen, mit dem man sie am Kopf hätte befestigen können. Fran führte sie zum Gesicht.

Sie passte nicht nur. Sie saß wie angegossen, schmiegte sich geradezu an. Als er die Hände sinken ließ, fiel die Maske nicht herab, sondern blieb an seinem Gesicht kleben. Das war ein seltsames Gefühl, doch noch viel seltsamer war, was er sah. Fran lachte laut auf. Er hatte es nicht furchterregend klingen lassen wollen, aber seine Stimmbänder waren nicht für freundliche Laute geschaffen. Was aus seiner Kehle emporstieg, klang zutiefst bösartig, es war das Lachen eines machtgierigen Wahnsinnigen.

Fran ging zum Fenster. Eine Weile schaute er hinaus. Was er sah, war weit weniger märchenhaft als das, was er noch vor wenigen Minuten erblickt hatte.

55

Persia aktivierte einen der Heiltränke, und die dunklen Schmauchspuren auf ihrer Kleidung verschwanden. Es waren nicht mehr viele übrig, dabei hatten sie noch nicht einmal das Schloss erreicht. Sie schaute, was ihre beiden Mitspieler taten. Artegall stand vor dem Podest mit dem goldenen Kopf und klingelte mit einer kleinen Glocke aus Messing, so als wolle er die Büste zum Leben erwecken.

Ihr entfuhr ein Seufzer. Sie hatte erwartet, Horden von Orks umbringen zu müssen, Drachen oder Dämonen. Doch seit den Trollen war ihnen kein weiteres Monster über den Weg gelaufen. Stattdessen tapsten sie durch dieses vermaledeite Labyrinth und lösten Rätsel. Genauer gesagt versuchten sie es.

»Lass es, Artegall«, sagte sie zu dem Ritter gewandt, dessen riesige gepanzerte Faust immer noch die Glocke hielt. Er hörte auf zu bimmeln.

»Meine Fresse«, entfuhr es ihm, »wie ich diesen Irrgarten hasse.«

Er breitete die Arme aus, sah Persia und Calidor an, auf Bestätigung hoffend. Sie nickte. Calidors Miene blieb unergründlich.

Der Assassine hatte bisher noch nicht viel zur Lösung des Rätsels beigetragen, sondern war im Wesentlichen vorausgelaufen, einen Stecken vor sich haltend. Früher oder später gelangten sie auf diese Weise stets zu einem oktagonalen Raum. Sie wussten nicht, wie viele es davon gab. Allen gemein war, dass sie sich nur passieren ließen, indem man ein Rätsel löste. Erst danach ließ sich die Tür auf der anderen Seite öffnen.

In jedem Raum stand ein Podest. Darauf befand sich jeweils einer dieser Goldköpfe. Sie waren alle identisch und zeigten das Antlitz einer wunderschönen Frau mit hohen Wangenknochen, deren Augen geschlossen waren. Irgendwo im Raum war zudem stets ein Gegenstand versteckt, den man auf eine bestimmte Weise benutzen musste. Machte man alles richtig, öffnete der Kopf die Augen und die Tür ging auf. Wenn nicht, gab es stattdessen eine Explosion.

Sie musterte Calidor, der auf dem Boden kniete und mehrere Gegenstände vor sich ausgebreitet hatte: einen silbernen Apfel, einen Kelch, eine Glocke. Mithilfe dieser Gegenstände waren sie an den ersten drei Köpfen vorbeigekommen. Hatte man der ersten goldenen Dame den Apfel hingehalten, war sie aufgewacht. Die Glocke weckte Nummer zwei. Bei der dritten war es der Kelch gewesen – man musste ihn allerdings zunächst mit Wasser füllen. Es hatte ein wenig gedauert, bis sie auf diese Idee gekommen waren. Inzwischen waren sie bei Golden Girl Nummer vier, besaßen aber nur drei Gegenstände.

»Wir haben was übersehen«, sagte Persia. »Irgendwo ist noch ein Gegenstand versteckt.«

»Da war aber kein Raum, in dem wir noch nicht waren«, erwiderte Artegall, »vielleicht kommt der erst noch.«

»Aber wie sollen wir reinkommen, wenn wir seinen Inhalt brauchen? Wir können ja kaum durch die Wand gehen.«

Während sie dies sagte, machte Calidor ein nachdenkliches Gesicht, so als sei dies eine Strategie, die in Erwägung zu ziehen sich lohnen würde. Persia bezweifelte, dass es in dem Irrgarten irgendwelche Abkürzungen gab. Das ganze Szenario schien darauf angelegt, ihnen möglichst viel Zeit zu stehlen. Sie vermutete, dass Jay und die anderen Zuschauer drüben im Hotel längst weggedöst waren. Sir Artegall der Ungestüme hatte bereits versucht, sich mit seinem Claymore durch die Hecke zu säbeln. Zwar war das Schwert durch das Gebüsch gegangen wie eine elektrische Heckenschere. In der Mitte der Barriere verbarg sich jedoch ein Desintegrationsfeld, weswegen sein Zweihandschwert seitdem nur noch ein normales Schwert mit sehr großem Heft war. Artegall wirkte seit diesem Zwischenfall irgendwie entmannt, und seine Laune war noch schlechter geworden.

Calidor begann, den Raum Zentimeter für Zentimeter abzusuchen. Persia starrte unterdessen die Utensilien an, die am Fuße des Podestes lagen. Ihr Blick wanderte nach oben, zum Gesicht der Frau. Eines musste man diesem Midas More und seinen Gamedesignern lassen: Sie hatten sich verdammt viel Mühe gegeben. Auch wenn das Szenario allmählich nervte, war es doch unglaublich realistisch. Diese Goldköpfe waren natürlich holographiert, aber das änderte nichts daran, dass es sich um die feinstgearbeiteten Skulpturen handelte, die Persia je gesehen hatte. In dem Gesicht der Frau konnte man sich verlieren, so wunderschön war sie. Ihr kam es vor, als habe jemand alle Schönheiten von Antike bis Renaissance analysiert und daraus das perfekte menschliche Antlitz abgeleitet. Dass es *ein* menschliches Vorbild für den Kopf gab, bezweifelte sie. So überirdisch schön war niemand.

»Ob das die Feenkönigin ist?«, fragte sie.

Artegall grunzte.

»Von mir aus kann sie die Hure von Babylon sein. Hauptsache, sie macht ihre bepissten Glupscher auf. Ach, Kackscheiße!«

Persia konnte sich ein Grinsen nicht verkneifen. Der wenig ritterliche Duktus hatte Artegall einen weiteren Punktabzug eingebracht. Wenn das so weiterging, würde sie dadurch gewinnen, dass er sich in Grund und Boden fluchte.

Calidor suchte immer noch den Boden ab. Wann, überlegte Persia, war der Zeitpunkt, sich der anderen beiden zu entledigen? Sobald sie im Schloss waren? Oder bereits jetzt? Ein abgelenkter Assassine und ein Ritter mit abgebrochenem Schwert – das war keine schlechte Ausgangslange für einen heimtückischen Überfall.

»Vielleicht«, brummte Artegall, »müssen wir ganz zum Anfang zurück und alles noch mal der Reihenfolge nach überprüfen.«

»Das ist es!«, rief Persia. Die anderen sahen sie fragend an.

»Die Reihenfolge. Den anderen Köpfen musste man nur

einen Gegenstand zeigen. Vielleicht muss man dem hier alle drei ...«

»Hab ich schon versucht«, erwiderte der Ritter.

»Ja, aber in welcher Sequenz? Hast du alle denkbaren Kombinationen durchprobiert?«

Artegall schaute sie mit leeren Augen an.

»Drei Gegenstände«, sagte sie. »Kombinatorik. Wie viele Möglichkeiten sind das.«

»Sechs«, erwiderte Calidor.

»Ein mal zwei mal drei – sechs, genau. Und die probieren wir jetzt alle aus.«

Sie zeigten dem Kopf die verschiedenen Utensilien. Apfel, Kelch, Glocke – nichts. Apfel, Glocke, Kelch – nichts. Kelch, Glocke, Apfel – nichts. Beim vierten Versuch – Glocke, Apfel, Kelch – öffnete der Frauenkopf die Augen. Von der anderen Seite des Raums vernahmen sie das ihnen bereits wohlbekannte, mechanische Klicken der Tür. Schon schickten Calidor und Artegall sich an, sie zu öffnen. Persia verstaute unterdessen die verschiedenen Utensilien. Als sie wieder aufblickte, schaute sie direkt in die geöffneten Augen des Kopfes. Hatte dieser gerade geblinzelt?

Die Augen schienen Persia direkt anzublicken. Und auf einmal begann der Kopf zu sprechen.

»Wähle die richtige Tür«, sagte der Kopf. Er besaß eine helle, ausgesprochen liebliche Stimme. »Die Blätter weisen den Weg.«

Dann schlossen sich die Augen des Kopfes. Von der anderen Seite des Raums vernahm Persia ein Knirschen. Calidor hatte die Tür geöffnet und trat hindurch, einen der unvermeidlichen Stecken vor sich haltend.

Artegall musterte sie fragend.

»Was hast du gesagt? Was ist mit der Tür?«

Persia schüttelte den Kopf. »Vergiss es. Ich habe nur mit mir selbst geredet.«

Artegall grinste ein unritterliches Grinsen.

»Ich versteh schon. Bin selbst kurz davor, plemplem zu werden hier.«

Sie überschritten die Schwelle. Auf der anderen Seite erwartete sie ein weiterer, von Hecken gesäumter Kiesweg. An seinem vielleicht zehn Meter entfernten Ende befand sich ein Durchgang. Auf der anderen Seite lag ein breiter gepflasterter Pfad, der sich einen sanft ansteigenden Hügel emporschlängelte und vor einem Burgtor endete. Sie hatten das Kristallschloss der Feenkönigin erreicht. Jenseits der Hecke waren außerdem mehrere ungeschlachte Wesen zu erkennen, humanoid, aber mit Tierköpfen und zotteligem Fell. Eines von ihnen gab gutturale Laute von sich und zeigte auf die Abenteurer.

Wortlos rannten sie los. Persia konnte sehen, dass aus dem halb geöffneten Burgtor weitere Ungeheuer hervorquollen. Es mussten Dutzende sein. Artegall zog seinen Dreiviertelzweihänder und stürmte voran. Noch bevor sie einen Pfeil auf die Sehne legen konnte, ging das erste Monster zu Boden.

Persia verschoss Pfeil um Pfeil. Sie mussten aufpassen, dass die Angreifer sie nicht überrollten. Sie versuchte, Calidor inmitten des Getümmels ausfindig zu machen, aber er war nirgendwo zu sehen. Das sah dem Arsch ähnlich. Sobald es brenzlig wurde, wandte er irgendeinen In-den-Schatten-verstecken-Trick an, um sich zu verpissen.

Schweiß rann ihr Gesicht hinab, während sie schoss, lud, schoss, lud. Irgendwann ließ die Flut der Angreifer nach. Hoffnungsvoll hob Persia den Blick, nur um zu erkennen, dass weitere Monster den Pfad hinabgestürmt kamen. Irgendwie schien es ihr dämlich, ein Schloss voller Feinde frontal anzugreifen, aber sie hatten es sich schließlich nicht ausgesucht.

Während sie in Richtung der Burg blickte, meinte sie am Fenster eines Turms etwas aufblitzen zu sehen. Vermutlich handelte es sich um eine Reflexion, der Mond spiegelte sich im Rüstungsteil eines Verteidigers. Sie schaute genauer hin. Dort oben stand ein Mann. Er trug allerdings keine funkelnde Rüstung, sondern eine Kutte. Dort, wo sein Gesicht hätte sein müssen, befand sich eine Maske aus poliertem Metall. Vermutlich hatte diese die Reflexion verursacht. Der Mann schien das Kampfgetümmel zu beobachten.

Sie wandte den Blick von der Gestalt mit der Maske ab und ließ magische Pfeile auf ihre Gegner herabregnen.

56

Mit der klauenartigen Hand, die er immer noch nicht ganz als die seine akzeptieren konnte, strich Fran über den Boden. Er bestand aus zahllosen winzigen Stiften. Fuhr man mit dem Finger darüber, gaben diese etwas nach.

In der holographierten Version der Spielumgebung lag ein wollener Läufer auf dem Boden. Sobald Fran die Maske aufgesetzt hatte, war der Teppich verschwunden, genauso wie aller andere Zierrat und auch alle Farben. Übrig geblieben waren mattweiße Wände, der Altar und die schlafende Frau.

Wie gewebte Wolle fühlte sich die Oberfläche eigentlich nicht an, aber das lag wohl auch daran, dass sie nicht mehr wie Wolle aussah. Wahrnehmung war etwas sehr Relatives. Niemand wusste das besser als Fran Bittner. Veränderten sich die Perspektive und die sensorischen Reize, ließ sich das Gehirn gerne überlisten. Sah man einen wollenen Läufer und gab dieser beim Darüberstreichen etwas nach, reichte das dem Verstand. Er zweifelte die Erfahrung nicht an, ja, er schmückte sie unter Umständen sogar weiter aus. Lediglich offensichtliche Dissonanzen – ein Teppich, der sich wie Schmirgelpapier anfühlte – fielen dem Gehirn auf.

Das war es, was dieses Spiel letztlich so überzeugend wirken ließ. Die Simulation musste keineswegs perfekt sein. Es reichte, wenn sich dort, wo eine Wand einholographiert war, tatsächlich ein Widerstand erspüren ließ. Es genügte, halbwegs realistischen Rosenduft zu versprühen. Sah der Betrachter gleichzeitig Blumen, fiel ihm nicht auf, dass der Geruch womöglich ein wenig artifiziell war.

Fran verließ die Kapelle und trat in den Thronsaal. Auch dieser wirkte nun erschreckend schmucklos, wie eine bereits aufgestellte, aber noch unbemalte Filmkulisse. Wände und Fenster existierten noch, ebenso der immense Thron. Zuvor hatte er aus Kristall bestanden, aus farbenprächtigem Achat und rosé schimmerndem Bergkristall. Nun war auch er mattweiß.

Er meinte, einen Schrei zu hören. Rasch trat Fran zu einem der großen Fenster. Unter ihm lag noch immer der Burghof, dahinter der Irrgarten. Alles wirkte grob und klobig, wie der frühe Tonentwurf eines Bildhauers. Der jenseits des Irrgartens liegende Wald war verschwunden. Stattdessen erhob sich dort eine graue Wand, aus der diverse Kranarme herausragten.

Offenbar befand er sich in einer riesigen Halle. In ihr war es düster, lediglich die an Decken und Wänden angebrachte Notbeleuchtung spendete ein wenig Licht. Fran suchte das Halbdunkel ab, um den Urheber des Schreis zu lokalisieren. Er war nicht schwer auszumachen. Es handelte sich um den

Krieger in der Rüstung. Letztere entpuppte sich nun als eine Ansammlung weißer Schaumstoffelemente, die auf einem Lycra-Overall klebten. Mit seinem Plastikschwert hieb der Mann auf jemand ein. Auf wen, konnte Fran nicht sehen. Allerdings ragte vor dem Ritter ein kleinerer Roboterarm aus dem Boden. Sein Greifer umfasste etwas, das sich mit viel Fantasie als Keule interpretieren ließ.

Hinter dem Ritter stand eine Frau mit Bogen, die so tat, als feuere sie Pfeile ab. Fran erstarrte. Nun, da die Holotextur fehlte, wusste er, um wen es sich handelte. Dies war die Frau auf dem Foto, das Hardhouse ihr übermittelt hatte. Er sah die Notiz auf der Rückseite des Bildes vor sich.

»Red bei Kontakt schützen. P1.«

Fran erwog, die Maske abzunehmen. Dass er den Naked Space, die ungeschminkte Realität hinter der Spielwelt, sehen konnte, verschaffte ihm gewisse taktische Vorteile. Gleichzeitig war es ein Nachteil, nicht zu sehen, was die Spieler sahen. Er fragte sich, warum Nemo ihm die Maske gegeben hatte. Eine KI war doch sicherlich in der Lage, sich etwas Ausgefeilteres einfallen zu lassen als eine derart krude …

Fran hielt inne. Dann vollführte er die Standardgeste, mit der man in der Hologrammatica normalerweise Menüs aufrief. Goldschimmernde Schrift erschien vor seinem Gesicht.

MASKE DES ARCHIMAGO. HAUPTMENÜ.
- Ansichten
- Ludorama
- Verteidigung
- Monster
- Zauber
- Exit

»Ansichten«, murmelte Fran. Mehrere Menüpunkte tauchten auf. Er konnte zwischen drei Optionen wählen: Spiel, Naked Space und Hybrid. Derzeit war die Naked-Space-Ansicht aktiviert. Fran wählte stattdessen Hybrid.

Die Welt, die Fran vom Fenster aus sehen konnte, blieb zwar klobig und grau, aber nun konnte er zusätzlich feine goldene Umrandungen erkennen, die auf holographische Projektionen im Spiel hinwiesen. So nahm er nun beispielsweise wieder die Silhouette des Waldes hinter dem Irrgarten wahr. Auch sah er über den schlichten zylindrischen Burgtürmen wieder zwiebelartige Spitzen, Zinnen sowie andere Verzierungen.

Fran konnte nun den Kampf beobachten, der unter ihm im Gange war. Insgesamt drei Spieler, deren Namen ihm ebenfalls eingeblendet wurden, richteten unter einer Horde riesenhafter Tierwesen – vermutlich die Schergen des Finsterlings Archimago, seine Schergen – ein Blutbad an. Die Namen sagten ihm nichts: Artegall, Calidor, Britomart. Er fand ein Submenü namens »Eindringlinge«, indem weitere Informationen hinterlegt waren. Er wählte Britomart aus. Ein Foto erschien. Es zeigte eindeutig die rote Frau. Darunter stand: »Colonel Crimson (United Commonwealth)«.

Fran wechselte in die Spielansicht, um das Geschehen genauer in Augenschein nehmen zu können. Der Ritter und die Bogenschützin hatten sich inzwischen den Pfad zur Burg emporgearbeitet.

Fran erinnerte sich, dass es in dem Menü einen Punkt namens Verteidigung gegeben hatte. Er rief ihn auf. Nach einigem Herumprobieren fand er heraus, dass insgesamt hundert Tiermenschen die Burg bewachten, ferner zwanzig Trolle und zwölf Riesenspinnen. Kobolde existierten auch noch. Das System gab daneben statt einer Anzahl das Unendlich-Symbol an. Eine beeindruckende Armee war das nicht – nicht mehr. Die Trolle waren bereits tot, von den Tiermenschen waren noch sechzehn übrig. Die Anzeige veränderte sich. Fünfzehn. Vierzehn.

Der dritte Abenteurer war in der Naked-Space-Ansicht nicht zu sehen. Fran wechselte wieder in die Spielperspektive. Nun konnte er ihn ausmachen. Der Mann, sein Name war Calidor, vermochte sich anscheinend unsichtbar zu machen und tauchte lediglich ab und zu für Sekundenbruchteile auf, um einem der Monster einen Dolch in den Rücken zu stoßen. Dann war er wieder weg.

Fran beobachtete die Frau. Im Spiel hieß sie Britomart, aber es handelte sich um die Profigamerin Colonel Crimson. Fran fragte sich, für welchen der reichen Schnösel sie antrat. Nemo hatte es nicht für nötig gehalten, ihm dies mitzuteilen. Auch für wen Calidor und Artegall spielten, wusste er nicht. In den Steckbriefen, die er aufrufen konnte, fand sich dazu kein Hinweis. Spielte einer von ihnen für Clifford, den Besitzer der Æther-Kopie? Und falls ja, wie konnte er verhindern, dass dessen Champion gewann?

Fran kehrte in den Saal zurück. Er nahm auf dem Thron Platz. Grübelnd saß er dort, scrollte durch das Menü seiner Maske. Die Tiermenschen waren so gut wie aufgerieben. Die Abenteurer stürmten vermutlich gleich das Schloss. Fran wischte den Gedanken beiseite und wählte in dem Menü den Punkt Ludorama aus, schlichtweg, weil er sich darunter nichts vorstellen konnte.

Eine isometrische Ansicht des Schlosses und seiner Umgebung erschien. Daneben schwebte eine Liste von Symbolen – Wände, Treppen, Fenster und Türen. Konnte er das

Schloss verändern, es umbauen? Fran erhob sich, ging zu einer der nackten mattweißen Wände. Er zog das Türsymbol auf die Wand. Lautlos glitten kachelartige Wandelemente zur Seite, sodass an der Stelle ein Durchgang entstanden war. Fran schaute hindurch. Das neue Portal führte ins Nichts. Auf der anderen Seite befand sich ein Treppenhaus, jenseits des Lochs in der Wand ging es mindestens zwanzig Meter abwärts. Mit einer weiteren Handbewegung wählte Fran eine Treppe aus und platzierte sie unterhalb des Durchgangs.

Als er eine Bewegung über sich wahrnahm, wich er instinktiv zurück. Einer der Kranarme sauste mit enormer Geschwindigkeit herab und platzierte vor seinen Füßen eine schmucklose Treppe.

»Spielansicht«, murmelte er. Nun sah er eine anscheinend aus Amethyst bestehende Freitreppe. Sie führte hinab in die Haupthalle, wo sie sich mit einer anderen Treppe vereinigte. Nichts wies darauf hin, dass sie zuvor nicht da gewesen war.

Obwohl Fran wusste, dass die Treppe keine Illusion war, kostete es ihn einiges an Überwindung, den Fuß auf die erste Stufe zu setzen. Dann jedoch stieg er hinab, den Magierstab in der Rechten, die Linke auf das polierte Geländer gelegt. Von irgendwo meinte er, Fußgetrappel zu vernehmen. Fran lächelte. Er würde es den Abenteurern so schwer wie möglich machen.

57

Clifford sah zu, wie der letzte Tiermensch unter dem Hieb des Schwertschwingers zusammenbrach. Der Weg war frei, und die drei Gefährten – nein, keine Gefährten, Konkurrenten – eilten den Pfad ins Schloss hinauf. Letzteres sah aus, als habe ein Hobbykünstler Neuschwanstein aus Kristallen und Quarzen nachgebaut.

Das Finale wurde in einem Holocourt übertragen, der sich im Obergeschoss ihres Hotels befand. Jimmy und die anderen spielten nur ein paar Kilometer entfernt. Insgesamt waren an die hundert Leute anwesend: Cliffords diverse Kontrahenten, deren Entourage und noch ein paar andere Typen, die vermutlich zu Midas More gehörten. Letzterer war immer noch nicht aufgetaucht, was ihm allmählich seltsam vorkam.

»Wie lange«, fragte Clifford die neben ihm sitzende Ana Amaqjuaq, »dauert die Scheiße noch?«

Die Spieler waren ewig durch einen Irrgarten gestolpert, was sich in etwa so spannend gestaltet hatte wie die Amateur-WM im Curling. Erst in den vergangenen Minuten war ein wenig Spannung aufgekommen, wegen irgendwelcher Zottelmonster, die getötet werden mussten.

»Keiner weiß es genau, Boss. Das Szenario ist völlig unbekannt. Also, beinahe unbekannt.«

»Szenario? Was heißt das denn jetzt?«

»So nennt man das Abenteuer, die Queste. Unseren Analysten zufolge wurden Elemente des Szenarios aus anderen, älteren Abenteuerspielen geklaut. Und aus der fantastischen Literatur.«

Clifford nickte. Auch Midas kochte eben nur mit Wasser. Irgendein Lohnschreiber hatte ihm diesen Mist zusammengestoppelt und sich dabei bewährter Sujets bedient: Schloss, Prinzessin, haarige Monster.

»Gleichzeitig sagen sie, dass sie Vergleichbares noch nie gesehen haben«, fuhr Amaqjuaq fort.

»Weil es so ... so entrückt aussieht? Nicht unbedingt wie klassische Fantasygames.«

»Ja, es wirkt seltsam. Möchten Sie eine Aufstellung der verwendeten Einflüsse aus anderen Medien? Ich kann eine Liste ...«

»... bloß nicht. Ich langweile mich jetzt schon zu Tode.«

Nur einmal hatte Clifford aufgehorcht, ganz am Anfang, als der sterbende Bote den Abenteurern die Queste erläutert hatte. Sie sollten irgendeine Fee befreien. Um das zu tun, mussten sie den Endgegner töten, diesen Archimago, der bisher allerdings nur kurz aufgetaucht war, an einem Burgfenster. Der Fiesling interessierte Clifford kaum, aber die schlafende Feenkönigin war vielleicht eine Metapher, ein Symbol, irgendetwas in der Art. Laut der Aussage des Boten im Steinkreis war sie in eine Art magisches Koma gefallen. Das klang nach Dornröschen oder anders gesagt: nicht sehr originell. Dennoch schien es seltsam passend, rief man sich ins Gedächtnis, dass die Trophäe ein Designerklon war. Angeblich befand sich dieser irgendwo *im* Spiel. Konnte die Feenkönigin das Gefäß sein, der Preis?

Er verfasste eine Nachricht an Wendell. Sie hatten eine recht beachtliche Zahl von Leuten in den Aurora Gardens platziert, die meisten davon als Touristen getarnt. Das Gros hielt sich in der Nähe des Hotels auf, wo später die Siegerehrung stattfinden sollte. Clifford war davon ausgegangen, dass er, falls etwas schiefging, die Jungs mit dem schweren Gerät dort benötigen würde – möglicherweise eine Fehleinschätzung. Er wies seinen Sicherheitschef an, mehr Personal rund um das Ludorama zusammenzuziehen.

In der Holoarena liefen Artegall, Britomart und Calidor den Pfad zum Schloss hinauf. Niemand hielt sie auf. In den folgenden Minuten durchquerten die drei den Vorhof und drangen ins Hauptgebäude ein. Immer wieder suchte Jimmy/ Calidor nach Fallen, fand aber nichts. Auch Feinde waren keine auszumachen. Erst in der dritten Halle, einem Speisesaal, bekamen die Abenteurer Besuch. Auf den ersten Blick schien der Raum leer zu sein, abgesehen von ein paar Wandteppichen und einer langen Tafel. Dann jedoch machte Clifford eine Bewegung nahe der Decke aus. Zunächst glaubte er, einer der Tiermenschen habe sich im Gebälk versteckt. Dann wurde ihm klar, dass das Ding dafür zu viele Arme und Beine hatte.

Beine. Es waren alles Beine.

Die Spinne begann, sich an einem Faden von der Decke abzuseilen. Ihr folgten weitere, es mussten etwa ein Dutzend sein. Ihre Körper bestanden nicht aus Chitin, sondern aus Kristall. Die Viecher waren groß wie Kälber.

Britomart und Artegall zogen ihre Waffen. Calidor rannte weiter. Er war am weitesten in den Raum vorgedrungen und versuchte, die gegenüberliegende Tür zu erreichen. Clifford lächelte. Es wurde auch allmählich Zeit, dass sein Mann sich absetzte. Eigentlich hatte er erwartet, dass Jimmy seine Meuchelmörderfähigkeiten einsetzen würde, um die anderen abzuservieren. Aber diese Lösung war eleganter.

Die Spinnenwesen erreichten den Boden. Eines landete in Calidors Nähe. Der Assassine vollführte einen beeindruckenden Hechtsprung, rollte sich ab und kam direkt vor der doppelflügeligen Tür auf die Füße. Er öffnete sie einen Spaltbreit. Schon war er hindurch und schloss die Tür. Das Monster knallte dagegen, einen schrillen Schrei ausstoßend.

Artegall und Britomart waren in Kämpfe verwickelt. Clifford konnte sehen, wie sich Calidor währenddessen auf der anderen Seite an der Tür zu schaffen machte. Er hatte ein Seil hervorgezogen und schlang dieses mehrfach um die Türgriffe. Nachdem er das Portal auf diese Weise verrammelt hatte, rannte er weiter, in Richtung eines Treppenhauses am anderen Ende der Halle. Clifford rieb sich die Hände. Er merkte, wie etwas in ihm aufstieg, das Gefühl des unmittelbar bevorstehenden Triumphes.

58

Die Spinne raste auf Persia zu. Rasch zog sie die Bogensehne zurück. Zwei bläulich schimmernde Pfeile erschienen. Sie ließ los. Es gab einen Lichtblitz, als die Geschosse den Kopf der Spinne trafen. Tot brach die Bestie zusammen. Persia sah sich um. Zwei Drittel der Spinnen waren bereits tot, die verbleibenden vier umringten die Tafel in der Mitte des Raums. Artegall stand auf der Tischplatte und versuchte, sich die Viecher vom Leib zu halten. Immer wieder setzten Spinnen von links und rechts zum Sprung an, immer wieder wehrte der Schwertmeister den Angriff ab. Artegalls Rüstung war an vielen Stellen eingedellt, er blutete aus zahlreichen Wunden. Persia schätzte, dass er höchstens noch ein Drittel seiner Lebenspunkte besaß.

Sie schoss zweimal. Eine Spinne brach zusammen. Sir Artegall hatte inzwischen weitere Treffer einstecken müssen. Vermutlich war er gleich hinüber. Doch dann sprang er auf einmal vom Tisch, landete auf dem Panzer einer der Spinnen. Mit einem gellenden Schrei rammte er dem Monster sein Schwert in den Kopf.

Es waren noch zwei Spinnen übrig, aber die taktische Situation hatte sich geändert. Artegall und die beiden Spinnen befanden sich nun auf der linken Seite des Raums, Persia auf der rechten. Dazwischen lag die lange hölzerne Tafel. Persia rannte auf den Ausgang zu. Aus dem Augenwinkel sah sie den Gesichtsausdruck ihres Mitspielers. Daru hatte sofort verstanden, was sie tat, und wirkte sehr aufgebracht. Sie verstand nicht, warum er sich aufregte. Seine Spielfigur würde ohnehin gleich ihre letzten Lebenspunkte einbüßen.

Sie erreichte den Ausgang, zog an einem der Türgriffe. Nichts passierte. Hinter sich hörte sie den Ritter aufschreien. Mit aller Kraft zog sie an beiden Griffen. Die Tür öffnete sich jedoch nur einen winzigen Spalt weit. Calidor die Ratte musste etwas zwischen die Türgriffe geklemmt haben. Sie lugte durch die Ritze. Der Arsch hatte ein Seil um die Griffe gewickelt. Rasch zog sie ihr Kurzschwert. Vielleicht konnte sie …

Hinter sich vernahm Persia die scheppernden Schritte des Schwertmeisters. Sie wandte sich um. Irgendwie hatte Artegall es tatsächlich geschafft, die letzten beiden Spinnen zu besiegen. Nun rannte er auf sie zu, sein Schwert wie eine Lanze vor sich haltend. Im letzten Moment wich sie aus. Artegall war zu schwerfällig, um den Stoß zu korrigieren. Er schaffte es gerade noch, abzubremsen und nicht gegen das Portal zu laufen. Sein Schwert jedoch stieß durch den Spalt zwischen den Türflügeln. Artegall versuchte, die Waffe herauszuziehen. Sie schien festzustecken.

Rasch ließ Persia einen Pfeil auf der Sehne ihres Bogens erscheinen. Zu ihrem eigenen Erstaunen wählte sie einen Paralysepfeil. Eigentlich war dies die ideale Gelegenheit, Artegall, also Daru, ein für alle Mal loszuwerden. Wieso tat sie es nicht? Er würde schließlich keine Sekunde zögern, sie aus dem Spiel zu kegeln.

Du bist zu weich, sagte eine Stimme in ihrem Kopf. So gewinnst du nie. Eine andere Stimme verteidigte die Entscheidung: Lebend nutzt er dir mehr. Der Typ ist ein wandelndes Ablenkungsmanöver, er rasselt wie eine metallische Vogelscheuche. Er wird Jimmys Aufmerksamkeit auf sich ziehen. Und während sich die beiden Testosteronbeutel gegenseitig abmurksen, befreist du die Feenkönigin und machst dich mit ihr aus dem Staub.

»Klappe, beide«, murmelte sie und ließ den Pfeil fliegen. Ein silbriges Leuchten umhüllte Sir Artegall. Vermutlich bekam er eine Displaymitteilung, die ihm sagte, er dürfe sich die nächsten zehn Minuten nicht bewegen. Persia fragte sich, ob der Hornochse sich daran halten würde.

Er hielt sich nicht daran. Stattdessen machte er Anstalten, sich ihr zuzuwenden. Es fiepte vernehmlich, als ihm haufenweise Punkte abgezogen wurden. Artegall hatte noch nicht einmal eine Vierteldrehung vollführt, als er auf einmal nach hinten gerissen wurde. Irgendwer oder irgendetwas schien ihn zu Boden zu drücken und festzuhalten. Der Schwertmeister zappelte, konnte sich dem Klammergriff des Unsichtbaren jedoch nicht entwinden.

»Was ist das für eine Scheiße?«, schrie Artegall.

»Paralysezauber. Zehn Minuten Dauer.«

Sie griff nach dem Heft des immer noch im Türspalt steckenden Schwerts und bewegte es auf und ab. Würde das Ludorama clever genug sein, um ...

Die Türflügel sprangen auf.

»Fuck, wieso ...«, keuchte Artegall hinter ihr, »... irgendwas hält mich ...«

»Lang lebe der Realismus«, erwiderte Persia. Dann war sie durch die Tür. Auf der anderen Seite befand sich eine Halle, deren Decke so weit über ihr lag, dass sie aufgrund des schummrigen Lichts nicht auszumachen war. Persia blieb stehen und starrte hinauf in die Dunkelheit. Doch nichts regte sich.

Im hinteren Teil des Raums erhob sich ein Treppenhaus von escherhaften Dimensionen. Mehr als zwei Dutzend Stiegen führten nach oben. Keine zwei sahen gleich aus. Es gab einläufige und zweiläufige, gewandelte und sogar y-förmige Treppen, die von zwei Seiten zum gleichen Punkt hinaufführten. Wie im Rest des Schlosses schien alles aus Quarz oder Kristall zu bestehen, die Stufen, die Geländer, die Wangen.

Gemein war den Treppen lediglich, dass jede von ihnen vor einer Tür zu enden schien. Das zumindest war Persias Vermutung; nicht alle konnte sie sehen. Manche der Türen befanden sich zu weit über ihr, wurden von den Schatten verschluckt. Vor ihrem geistigen Auge erschien der goldene Kopf. Er hatte etwas über Türen gesagt. Bezog sich die rätselhafte Aussage auf diese Halle? Persia überlegte, wie sie vorgehen sollte. Zeit war ein wichtiger Faktor. Der Assassine besaß einen Vorsprung, der Schwertmeister würde in einigen Minuten aus der Paralyse befreit werden und ihr dann im Nacken sitzen. Schon dieser Umstand sprach dagegen, sämtliche Treppen hinauf- und wieder hinunterzulaufen und sich alle Türen anzuschauen. Hinzu kam, dass es sich um ein Fantasyabenteuer handelte, weswegen es unwahrscheinlich, ja, nachgerade ausgeschlossen schien, dass nicht zumindest einige der Treppen mit Fallen gespickt waren. Persia griff sich ihren Bogen und ließ einen Pfeil erscheinen, dessen Spitze gleißend hell leuchtete. Sie zog die Sehne so weit sie konnte zurück und zielte auf die Schwärze über sich.

Der Pfeil stieg auf, die Dunkelheit wich zurück. Persia konzentrierte ihre Aufmerksamkeit auf die Türen, die nun sichtbar wurden. Eine war aus purem Gold, eine weitere aus Glas, wieder eine andere schien mit Hunderten Halbedelsteinen besetzt zu sein. Es gab auch schnöde Eisentüren und Portale aus Holz.

Der Pfeil stürzte zu Boden, lange bevor er die Decke erreicht hatte. Rasch feuerte Persia einen weiteren ab, zielte jedoch diesmal auf einen Abschnitt der Wand, wo sie für einen Sekundenbruchteil eine hölzerne Tür ausgemacht hatte. Der Pfeil klackerte gegen die Mauer, blieb allerdings nicht stecken, sondern segelte zu Boden. Und da sah sie es. Eine intarsierte Pforte aus Holz. Die Einlegearbeiten zeigten Eichenblätter, wenn sie sich nicht irrte.

»Die Blätter weisen den Weg.«

Rasch lief sie zu der Treppe, die hinauf zu der Holztür führte. Es handelte sich um eine Freitreppe aus grünlichem Malachit. Langsam stieg sie die Stufen empor, sorgsam auf Fallen achtend. Sie hatte etwa die Hälfte hinter sich gebracht, als sie ein lautes Knarzen vernahm. Rasch ging sie in Deckung. Das Knarzen kam nicht von der Tür vor ihr, sondern irgendwo aus der Halle. Sie hielt an, feuerte einen Lichtpfeil in die Richtung, aus der das Geräusch gekommen war. Der Schein des Projektils huschte über Treppen und Wände.

Einen Moment lang erleuchtete er ein azurblaues Rechteck. Es handelte sich um eine Tür, die mit zahllosen Lapislazuli verziert war. Sie stand halb offen, und Persia konnte eine Gestalt hindurchhuschen sehen. Sie trug Kleidung aus schwarzem Leder.

Der Pfeil stürzte zu Boden, die blaue Tür verschwand wieder in den Schatten. Ein Donnern ging durch die große Halle, als Calidor, es konnte nur er gewesen sein, die Tür hinter sich zuknallte. Persia wandte sich wieder ihrer eigenen Pforte zu. Inzwischen vermochte sie diese im Halbdunkel auszumachen. Sie bestand aus Holz, war tatsächlich mit Eichenlaub verziert. Langsamer als zuvor stieg sie den Rest der Treppe empor, bis sie vor der Tür stand.

Persia atmete tief durch. Hoffentlich stellte Goldköpfchen ihr keine Falle. Als sie den Griff betätigte, schwang die hölzerne Tür lautlos auf.

59

Von einem in den Schatten verborgenen Alkoven beobachtete Fran die beiden Eindringlinge. Der Mann namens Calidor hatte die Halle als Erster betreten und einige Minuten damit verbracht, die Treppen zu inspizieren. Am Ende der vielen Stiegen befanden sich Türen. Calidor überlegte anscheinend, welche er nehmen sollte.

Fran hingegen wusste, dass sich hinter den insgesamt sechsundzwanzig Türen lediglich drei Gänge verbargen. Von Kranarmen gehalten schwebten sie jenseits des Treppenhauses. Sobald Calidor eine der Treppen hinauflief, schob sich eines der Gangelemente auf der anderen Seite der fraglichen Tür in Position. Mehrfach war der Assassine umgekehrt, hatte eine andere Wahl getroffen. Er würde dennoch im selben Korridor landen. Das Gangelement hatte sich nach dem Treppenwechsel einfach einige Meter nach rechts verschoben und harrte seiner nun hinter einer anderen Tür.

Fran war ein wenig schwummrig. Lag es daran, dass er sich gut fünfzig Meter über dem Boden befand? Er versuchte, das Gefühl abzuschütteln. Die Höhe war geradezu lachhaft. Noch vor wenigen Stunden war er durchs All geschwebt, mit Millionen Meilen schwarzem Nichts unter den Füßen.

Calidor hatte sich nahe einem Treppenabsatz im Schatten versteckt. Fran hatte noch immer keinen Schimmer, wie dieses elende Spiel letztlich funktionierte. Er wusste lediglich, dass es am Ende einen Schatz zu gewinnen gab. Wenn es sich dabei, wie er vermutete, um die schlafende Frau handelte, würde nur einer gewinnen können. Anders als eine Kiste voller Gold ließ sich eine Prinzessin schlecht teilen.

Die Frau war, wie er durch einen Blick hinter die holographischen Kulissen festgestellt hatte, echt. Sie lag dort tatsächlich und sah fast genauso aus wie in der Hologrammatica, genauso wie er ausgesehen hatte, dort oben, am Rande der Unendlichkeit.

Eine neuerliche Welle der Übelkeit erfasste ihn. Fran atmete tief durch, ließ sich auf dem Boden nieder. Im Schneidersitz hockte er in dem Alkoven, blickte hinab. Es war keine Höhenangst, die ihm zu schaffen machte. Es war dieses verdammte Spiel, genauer gesagt, seine verschiedenen Ebenen. Verwendete man in der realen Welt eine Stripperbrille, um die Hologrammatica auszublenden – und seine seltsame Maske war letztlich nichts anderes –, landete man im Naked Space. Hier drinnen war das anders. Wechselte er die Ansicht, landete er nicht in der normalen, ungeschminkten Welt, sondern in einer riesigen Kiste voller falscher Wände und doppelter Böden, die sich jeden Moment verschieben konnten. Selbst wenn man die Täuschung abschaltete, bekam man keinen festen Boden unter die Füße.

Mit einem krachenden Knall flogen die Doppeltüren am Rande der Halle auf. Die Bogenschützin Britomart, die er als Colonel Crimson kannte, rannte herein. Fran sah, wie der Assassine zwei Wurfmesser zog. Beide in einer Hand haltend, wischte er mit der anderen in der Luft herum, bis ein kaum wahrnehmbarer, grünlicher Schein auf den Klingen lag. Britomart untersuchte währenddessen die Umgebung, begann magische Leuchtpfeile gen Decke zu schießen.

Calidor begab sich in Position, hob seinen Wurfarm. Britomart befand sich inzwischen auf einer der Treppen, stieg langsam die Stufen empor. Sie gab ein hervorragendes Ziel ab. Calidor war vielleicht dreißig Meter entfernt und befand sich über ihr. Britomart würde tot sein, bevor sie etwas bemerkte – nicht wirklich tot, aber aus dem Spiel. Rasch navigierte Fran durch das Maskenmenü. Irgendwo gab es dort einen Unterpunkt namens »Effekte«. Fran wählte etwas aus. Einen Meter unterhalb von Calidor ertönte daraufhin ein lautes Geräusch, das wie das Knarzen einer hölzernen Stufe klang. Überrascht blickte der Assassine sich um. Britomart duckte sich hinter das Treppengeländer.

Calidor rannte los. Ein weiterer Leuchtpfeil stieg empor. Schon war er durch die Tür. Fran wechselte kurz in den Naked Space und sah, wie ein weiteres Raumelement herabschwebte und am jenseitigen Ende des Ganges positioniert wurde, durch den Calidor gerade lief. Fran warf einen Blick auf die Frau, die am oberen Ende ihrer Treppe angekommen war und sich ebenfalls anschickte, die Tür zu öffnen. Er war sich nicht sicher, wen er verfolgen sollte – ob dies überhaupt

Sinn ergab. Früher oder später würde einer der beiden den Thronsaal erreichen. Vielleicht war es besser, dort zu warten. Die Alternative bestand darin, sich außerhalb des von den Spielern wahrgenommenen Gang- und Raumsystems durch die riesige Halle zu bewegen und immer wieder zwischen Naked Space, Hybridansicht und Hologrammatica hin und her zu wechseln. Aber dabei verlor er möglicherweise den Verstand oder zumindest sein Frühstück, falls dieses Gefäß eines gehabt haben sollte.

Fran ließ eine Treppe erscheinen, die hinab in die Halle führte. Er stieg hinab, dann schritt er zu einer der Türen empor. In dem Menü der Maske wählte er den Thronsaal aus. Fran öffnete die Tür und trat hindurch.

60

Persia sah, wie der Kobold zu Boden ging, durchbohrt von einem ihrer Pfeile. Noch bevor das kleine Monster sich aufgelöst hatte, war sie vorbei. Der Gang hinter der intarsierten Tür schien endlos, seit zwei oder drei Minuten lief sie bereits. Manchmal machte er eine Biegung, meist ging es geradeaus. Weder war Persia an Türen vorbeigekommen, noch hatte es Abzweigungen gegeben. Das einzige Hindernis, wenn man es so nennen wollte, waren die Kobolde. Acht davon hatte sie bereits erschossen. Fast war Persia beleidigt, dass ihr das Ludorama keine würdigeren Gegner vorsetzte. Die Viecher gingen ihr nur bis zur Hüfte. Britomart, Bogenmagierin der zehnten Stufe, hätte ein Dutzend von ihnen mit bloßen Händen umbringen können.

Persia fragte sich, ob dies eine sehr ausgeklügelte Falle war. Der endlose Gang und die mutierten Hobbits sollten sie möglicherweise in Sicherheit wiegen, damit sie dem Drachen direkt in die Arme lief oder in eine Fallgrube voller Speere stürzte.

Der Gang bog ab. Sie lugte um die Ecke, Pfeil auf der Sehne. Vor ihr lag ein Gangstück, zwanzig Meter lang und frei von Kobolden. Sie stutzte einen Moment. Da ging es nicht weiter. Der Gang endete vor einer Mauer. Persia fühlte, wie Wut in ihr aufstieg. Bevor sie sich bremsen konnte, hatte sie ihren Rucksack abgenommen. Zehnmal, fünfzehnmal drosch sie ihn gegen die Wand.

Keuchend stand Persia da, versuchte, sich zu beruhigen. Sie hatte eine Falle gewittert und recht damit gehabt. Die Heimtücke dieses Gangs bestand anscheinend darin, dass er eine Sackgasse war. Statt Calidor auf den Fersen zu bleiben und den Raum mit dem Endgegner zu erreichen, hatte sie sinnlos Zeit damit verplempert, dämliche Kobolde zu töten und spazieren zu laufen.

Mit hängenden Schultern bog sie um die Ecke. Sie ging bis zum Ende der Sackgasse, um ganz sicherzugehen. Mit den Händen tastete sie die Wände ab. Doch da war nichts.

Eigentlich hätte sie auf dem Absatz kehrtmachen und zurückrennen müssen, zu einer der anderen Türen im Treppenhaus. Doch alle Kraft war aus ihren Gliedern gewichen. Sie lehnte sich an eine der Wände und ließ sich zu Boden sinken. Sie hatte verloren, daran gab es nichts mehr zu rütteln. Die Hände auf den Knien saß sie da, starrte die gegenüberliegende Wand an. Sie überlegte ernsthaft, die Dorothy zu machen, wie Hologamer es nannten. Man stellte sich aufrecht hin, schlug dreimal die Hacken zusammen und rief *»There is* *no place like home«*. Mit dem Dorothy-Cheat konnte man normalerweise jedes Spiel augenblicklich verlassen. Dann wäre es vorbei. Jay würde sie in den Arm nehmen und ihr einzureden versuchen, dass der zweite oder dritte Platz auch eine achtbare Leistung sei. Persia schloss die Augen. Letzteres war eigentlich Grund genug, so lange wie möglich in diesem virtuellen Verlies zu bleiben.

In dem Moment vernahm sie von irgendwo Stimmen.

Persia öffnete die Augen und stand so leise wie möglich auf. Wem auch immer die Stimmen gehörten, die Kobolde waren es nicht. Die konnten nämlich kein Englisch. Es schien sich um zwei Personen zu handeln. Ihre Stimmen klangen gedämpft, und Persia benötigte etwas, um die Quelle zu lokalisieren. Die Geräusche kamen irgendwo aus der Decke.

Sie ging zu der Stelle, wo die Stimmen am lautesten schienen. Was genau sie sagten, konnte Persia nicht verstehen. Der eine rief etwas, das ›Was ist das‹ oder auch ›Was bist du‹ heißen mochte. Sie blickte zur Decke. Der Gang war nicht sehr hoch, kaum mehr als zwei Meter. Sie konnte die Decke berühren. Als ihre Fingerspitzen den grauen Stein entlangfuhren, erspürte sie eine Ritze. Da war eine Klappe, eine Falltür. Vorsichtig drückte sie dagegen. Ein Spalt erschien, durch den Licht in den Gang fiel.

»Ihr seid keine Menschen«, sagte eine Stimme, deren Klang an aneinanderschabende Schiefertafeln erinnerte.

»Ansichtssache«, erwiderte eine andere, die ihr bekannt vorkam.

Persia drückte die Klappe weit genug auf, dass sie den Rand der Öffnung mit den Händen greifen konnte, und zog sich langsam hoch. Sekunden später war sie mit dem Kopf durch die Öffnung, stemmte sich auf die Unterarme. Sie befand sich in einem großen Saal, mit festlicher, aber düsterer Atmosphäre. Die Wände bestanden aus einem halb durchsichtigen Stein, der an Rosenquarz erinnerte, Boden und die Decke waren aus hellem Marmor. Mehr konnte Persia zunächst nicht erkennen, denn vor der Falltüre befand sich eine Art Podest, auf dem ein großer Stuhl stand – ein Thron, vermutlich. Sie befand sich auf dessen rückwärtiger Seite. So leise wie möglich kletterte sie durch die Öffnung und schloss behutsam die Luke. Der Thron war derart wuchtig, dass er Persia vor den beiden Sprechenden verbarg. Eine der Stimmen schien ganz nah. Als sie erneut zu hören war, wurde Persia klar, dass der Mann mit der Schieferstimme auf dem Thron saß, nur wenige Handbreit von ihr entfernt.

»Wenn du ein Mensch wärst«, sagte die Stimme, »müsste ich dich überall sehen. Also bist du keiner. Ich weiß, was du bist, Minoer.«

»Das bezweifele ich«, erwiderte die andere Stimme. Sie gehörte Calidor, dessen war sie sich nun sicher.

»Mensch oder nicht«, fuhr Calidor fort, »auf jeden Fall sind wir auf einem ganz anderen Level als ihr. Und jetzt her damit.«

»Womit?«

»Mit der Trophäe.«

Sie konnte hören, wie der Mann auf dem Thron sich erhob.

»In solchen Spielen gibt es nur eine Möglichkeit, an den Schatz zu kommen, oder?«

Es gab einen lauten Knall. Kurz wurde es gleißend hell. Calidor brüllte etwas. Auch der Mann auf dem Thron stieß einen Schrei aus. Er klang irgendwie überrascht. Persia überlegte einen Moment, was sie tun sollte. Sie konnte dem Erzbösewicht in den Rücken fallen und Calidor helfen. Oder sie blieb erst einmal hier und ließ die beiden kämpfen. Wer auch immer überlebte, würde danach hoffentlich so angeschlagen sein, dass sie leicht mit ihm fertigwürde.

Weitere Explosionen folgten. Persia vernahm ein Geräusch, das sie aufhorchen ließ, denn es klang nicht wie die anderen Soundeffekte, die das Ludorama erzeugte, sondern eher wie ein jaulender Servomotor. Die gab es im Ludorama zwar zuhauf, sie hatte sie gesehen, als die Projektion abgeschaltet gewesen war. Aber im Spiel hörte man sie eigentlich nicht – es sei denn, irgendetwas funktionierte nicht so, wie es sollte.

Sie betrachtete die Rückseite des Throns. Die Lehne war mit Verzierungen geschmückt, die an spätgotisches Mauerwerk erinnerten. Es befanden sich Aussparungen darin, in Form von Kreuzen und Halbmonden. Persia stellte sich direkt hinter den Thron und lugte durch eines der Löcher.

Im Saal war ein wilder Kampf entbrannt. Der Mann mit der seltsamen Maske, den sie bereits am Fenster des Schlosses gesehen hatte, schwebte in mehreren Metern Höhe und ließ Blitze herabregnen. Nein, schweben war nicht die richtige Beschreibung. Es sah eher aus, als ginge er durch die Luft, als gäbe es eine unsichtbare Treppe, die nur er wahrnahm. Dies konnte nur Archimago sein. Unter ihm standen mehrere Männer in schwarzen Lederrüstungen. Archimago hatte augenscheinlich irgendwelche Schergen herbeigezaubert. Es waren insgesamt sechs, und jeder von ihnen hielt ein langes, augenscheinlich magisches Schwert in der Hand. Die Klingen waren tiefschwarz und schienen das umliegende Licht zu schlucken. Durch ihr Guckloch konnte Persia die Szene nicht allzu gut erkennen, weswegen sie mit zusammengekniffenen Augen den Raum absuchte, um herauszufinden, wo Calidor eigentlich war. Möglicherweise würde sie ihm doch helfen müssen, aus purem Eigennutz. Ein Erzmagier und sechs Krieger waren zu viel für einen.

Und dann sah sie Calidor. Aber nicht einmal, sondern sechsmal. Nun erst realisierte Persia, dass alle sechs Männer dasselbe Gesicht besaßen, Calidors Gesicht. Die sechs griffen den bösen Zauberer mit vereinten Kräften an. Dabei hieben sie nicht nach ihm, sondern nach etwas Unsichtbarem – vielleicht hatte der Erzmagier irgendwelche Phantasmen beschworen. Ab und zu traf eine der tiefschwarzen Klingen in der Luft auf Widerstand, woraufhin jedes Mal Funken sprühten. Wieder hörte Persia Metall ächzen, Servomotoren jaulen. Dabei schienen Erschütterungen durch den ganzen Saal zu gehen. Ein seltsamer Geruch nach Ozon lag in der Luft.

Sie überlegte, was sie tun sollte. Auf der anderen Seite des Throns befand sich ein Doppelportal, der Eingang zum Saal, wie sie vermutete. Um dorthin zu gelangen, würde sie mitten durch die Kämpfenden laufen müssen. Hinter ihr gab es Fenster, durch die das Gartenlabyrinth zu sehen war. Einen Ausweg bot das nicht, sie schienen sich im vierten oder fünften Stock zu befinden. Und dann war da noch eine von einem Paravent verborgene Tür. Persia konnte sie sehen, weil sie sich ganz am Ende des Raumes befand und einen entsprechend steilen Blickwinkel hatte. Die Kämpfer in der Mitte des Saals hingegen nahmen vermutlich nur den Paravent wahr. Die Tür sah eher unscheinbar aus. Falls sie nicht verschlossen war, mochte sie ein Fluchtweg sein.

Erneut krachte es, als eine der Calidor-Kopien auf etwas einhieb, das Persia nicht sehen konnte. Ein Knall war zu hören, etwas pfiff an ihr vorbei. Sie fühlte ein Brennen an der Schläfe. Als sie mit den Fingern darüberfuhr, fühlte sich die Stelle feucht an. Sie blutete. War sie von einem Stück Schrapnell erwischt worden? Das war unmöglich. Es handelte sich um ein Spiel, die Detonationen waren Lichteffekte, der Krach stammte aus Soundwerfern. Sie lugte erneut durch das Loch im Thron. Drei der Calidors hieben wie wild auf die Luft unter Archimagos Füßen ein. Der Zauberer begann zu taumeln. Erst nach ein paar Sekunden schien er sich zu fangen, stieg weiter zur Decke empor.

In geduckter Haltung lief Persia los, in Richtung Paravent. Nach wenigen Sekunden hatte sie ihn erreicht. Keiner der Kämpfenden schien sie bemerkt zu haben. Rasch drückte sie die Klinke der dahinterliegenden Tür herunter, schlüpfte hindurch, in den nächsten Raum, der sich als eine Art Kapelle entpuppte. Es gab ein paar Bänke, Wandteppiche, einen Altar. Auf Letzterem lag eine Frau, deren Gesicht Persia bereits von den Büsten im Irrgarten kannte. Sie tat einige Schritte in Richtung des Altars, blieb unvermittelt stehen. Die Frau war das schönste Wesen, das sie je gesehen hatte. Kein Mensch konnte derart schön sein. Zweifelsohne handelte es sich um Gloriana, Königin der Feen.

Persia wollte einen weiteren Schritt in Richtung Altar tun, als die Tür aufflog. Hindurch trat Calidor, oder vielleicht eine seiner Kopien. In der Rechten hielt er eines der schwarzen Schwerter. Aus der Nähe betrachtet wirkte die Waffe noch viel beunruhigender. Die Klinge war sehr breit, ihre Spitze leicht gebogen. Und diese Farbe – wenn man es überhaupt Farbe nennen konnte. Es war ein tiefes Schwarz, ein Streifen Mitternacht, den zu betrachten ihre Augen schmerzte.

Calidor machte eine ungeduldige Handbewegung. »Tritt zurück.«

Anstatt zu antworten, hob sie ihren Bogen und ließ einen dreifachen Explosivpfeil erscheinen.

»Sie gehört uns«, fauchte Calidor.

»Uns?«, erwiderte Persia. »Sprichst du jetzt im Plural von dir selbst? Was für ein Zauber ist das eigentlich?«

Eine heftige Erschütterung ging durch den Raum. Persia gelang es, auf den Beinen zu bleiben. Calidor hingegen wurde gegen den Türrahmen geschleudert, geriet ins Straucheln. Ohne zu zögern, jagte sie ihm die drei Pfeile in die Brust. Lichtblitze durchzuckten seine Gestalt, und sie konnte erkennen, dass er einiges an Lebenspunkten einbüßte. Rasch lief sie zu dem Altar und positionierte sich auf der anderen Seite. Calidor kam wieder auf die Beine. Mit erhobenem Schwert lief er auf sie zu.

»Was geht hier ab? Irgendetwas stimmt nicht mit dem Spiel.«

Persia musste schreien, denn aus dem nebenan gelegenen Thronsaal war eine Reihe von Explosionen zu vernehmen, gepaart mit dem Kreischen von Metall und dem Bersten von ... etwas. Calidor antwortete nicht. Stattdessen kam er auf den Altar zu. Einen Moment lang fragte Persia sich, was passieren würde, wenn die schlafende Feenkönigin etwas abbekam. Ihr blieb keine Zeit, darüber nachzudenken. Sie schoss einen weiteren Pfeil ab, ließ den Bogen fallen und zog ihr Schwert.

Persia hatte erwartet, der Assassine würde versuchen, über den Altar zu springen. Stattdessen lief er weiter darauf zu und stand auf einmal neben ihr. Persia riss ihr Schwert hoch, um Calidors Waffe zu parieren. Sie spürte, wie etwas die Klinge, die in Wirklichkeit aus Plastik bestand, durchtrennte. Persia vollführte ein Ausweichmanöver, um Calidors schwarzem Schwert auszuweichen. Dabei geriet sie ins Straucheln, knallte mit dem Kopf gegen den Altar. Um sie herum begann sich alles zu drehen.

Die Spiellandschaft bestand aus Staffagen, die mit Holotexturen koloriert waren, das war das Grundprinzip des Ludoramas. Wie also war Calidor, war Jimmy durch den Altar gelaufen? Wie ihr brummender Schädel bewies, existierte dieser schließlich tatsächlich. Persia versuchte, hochzukommen, doch ihre Beine gehorchten ihr nicht. Benommen wartete sie auf den Todesstoß. Über sich konnte sie verschwommen ihren Gegner erkennen, das Schwert zum Schlag erhoben. Sie schloss die Augen.

Calidor schrie wütend auf. Jemand griff nach Britomarts Arm, riss sie empor wie eine Puppe. Als Persia die Augen öffnete, blickte sie in die Fratze des hünenhaften Erzmagiers. Der Assassine war nirgendwo zu sehen.

»Wir müssen raus hier«, sagte Archimago.

Persia konnte erkennen, dass die Maske des Zauberers etwas abbekommen hatte. Seine rechte Gesichtshälfte war nicht mehr verdeckt, ein blutunterlaufenes Auge starrte sie an. Unwillkürlich zuckte Persia zusammen. Archimago war das genaue Gegenteil der Feenkönigin, die hässlichste Kreatur, die sie je gesehen hatte. Sie wollte etwas erwidern, aber er zog sie einfach mit sich. Der beinahe zweieinhalb Meter große Zauberer war sehr stark. Benommen wie sie war, konnte Persia kaum etwas tun, als hinter ihm herzustolpern. Aus dem Augenwinkel sah sie zwei Calidor-Kopien, die mit jemandem zu kämpfen schienen. Es handelte sich um einen Mann in schwerer Rüstung, der ein Schwert mit abgebrochener Klinge in der Hand hielt – Artegall.

»Hau ab! Lauf weg, Daru!«, rief sie, während sie weitergezerrt wurde. Als sie den Thronsaal erreichten, gelang es Persia endlich, ihre Füße in den Boden zu stemmen und dem Zauberer zumindest ein wenig Widerstand zu leisten.

»Lass mich los!«, schrie sie.

»Wir müssen weg. Hier sind haufenweise Minoer. Ich meine Feinde.«

Er zog sie weiter.

»Bullshit. Das ist ein Spiel. Und du bist ein NSC.«

»Ein was?«

»Ein Nichtspielercharakter. Ein Konstrukt des Ludoramas.«

Archimago schüttelte den ochsenschädelhaften Kopf.

»Ich bin von der Polizei. Und jetzt raus hier.«

»Aber die Feenkönigin ...«

Erneut zog er an ihrem Arm. Sie versuchte, sich am Türrahmen festzuhalten, aber Archimago war zu stark. Mit der freien Hand griff sie nach dem Dolch in ihrem Gürtel. Doch was sollte das bringen? Der Dolch war in Wahrheit stumpf und bestand aus Plastik. Er war lediglich dazu da, im Spiel so zu tun, als steche man jemanden ab. Doch ein Spiel war das hier bestimmt nicht mehr.

»Sie ist ... nicht unser Problem«, erwiderte Archimago. »Ich habe zuerst mal den Auftrag, dich in Sicherheit zu bringen. Klarer Befehl von ...«

»... aber dann gewinnt Jimmy. Calidor.«

Vor dem Hauptportal des Thronsaals standen zwei Calidor-Kopien. Sie hoben ihre Schwerter. Archimago ließ Persias Arm los.

»Bleib hinter mir«, sagte er.

»Quatsch, ich kämpfe.«

»Ich habe den Auftrag, dich hier lebend rauszubringen, Colonel Crimson.«

»Woher weißt du ... was ... wer hat dich beauftragt?«

Archimago ignorierte sie, breitete die Arme aus. Es sah

aus, als wolle er eine Beschwörungsformel sprechen. Die beiden Männer, die er als Minoer bezeichnet hatte, kamen auf ihn zu.

»Es gibt noch einen Ausgang«, rief sie.

»Wo?«

»Kannst du die Wichser ein paar Sekunden aufhalten?«

Er nickte und vollführte eine dramatische Geste. Die beiden Angreifer wurden nach hinten geschleudert, so als habe sie eine unsichtbare Druckwelle getroffen.

»Da lang«, rief sie.

Persia rannte in Richtung der Falltür. Archimago folgte ihr. Schon öffnete sie die Klappe und kletterte hindurch. Einen Moment fragte Persia sich, wie der Kerl durch den niedrigen Gang passen sollte. Aber nachdem er durch die Luke war, stellte sie zu ihrer Verwunderung fest, dass über seinem Kopf noch mindestens drei Handbreit Platz waren. Der Gang schien sich ihm angepasst zu haben.

»Wir werden in dem Treppenhaus rauskommen. Von da aus ...«

Archimago blieb stehen, gestikulierte mit den Händen.

»Ich kann es leider nicht mehr richtig sehen«, erwiderte er. »Meine Maske wurde beschädigt.«

Persia wusste nicht, was er meinte. Sie verfolgte seine Handbewegungen. Es sah aus, als navigiere er durch ein Holomenü – nur dass keines zu sehen war.

»Lass uns gehen, Colonel. Die sind uns auf den Fersen.«

»Sollen wir die Falltür verrammeln?«

»Das wird nicht nötig sein.«

Sie setzten sich in Bewegung. Persia hatte dem hinter ihnen liegenden Gang bisher keine Beachtung geschenkt. Als sie nun noch einmal zurückblickte, fiel ihr auf, dass das Ende der Sackgasse immer noch ganz nah war. Der Gang schien hinter ihnen zu schrumpfen.

»Machst du das, Archy?«

»Ja.«

»Wie?

»Weiß nicht genau. Ich kann dieses Ding irgendwie steuern, diese Halle, all die Kräne darin.«

»Du meinst das Ludorama«, erwiderte Persia.

»Nennt man es so?«

»Ja. Gehen wir jetzt weiter?«

Archimago nickte abwesend, setzte sich wieder in Bewegung. Nach kurzer Zeit erreichten sie die Tür.

»Warte kurz«, sagte er. Erneut wischte er in der Luft herum.

»Dahinter liegt das Treppenhaus.«

»Nicht mehr.«

Er öffnete die Tür und schritt hindurch. Persia folgte ihm und fand sich auf einem Bürgersteig wieder. Hinter ihr ragten die Wände der Ludorama-Halle auf. Sie trug einen schmucklosen weißen Lycraanzug, auf dem Schaumstoffteile aufgeklebt waren. Alles, was Britomart ausgemacht hatte, war verschwunden.

»Die Realität hat uns wieder«, sagte sie.

Archimago machte ein Gesicht, als halte er diese Aussage nicht für sonderlich glaubwürdig. Sein Outfit glich ihrem, nur dass er zusätzlich den Umhang mit der Kapuze trug. Außerdem war er noch immer absurd groß und absurd hässlich.

»Alter. Archy, ich hoffe mal, das ist nur ein Gefäß.«

Er nickte. Einen Moment schaute er hinaus auf die Straße, blickte in den rosafarbenen Himmel. Dann sagte er unvermittelt: »Wer ist Clifford?«

»Clifford? Meinst du Clifford Torus?«

»Der IT-Billionär? Von Torus Industries?«

»Ja, der. Jimmy, also Calidor, spielt für ihn, soweit ich weiß.«

»Wo ist Torus?«, fragte Archimago.

»Ich nehme mal an, mit den anderen im Hotel, um in der Holoarena dort das Spiel anzuschauen.«

»Bring mich hin.«

»Scheiße, kannst du mir jetzt langsam mal erklären, was hier gespielt wird, äh, Archimago?«

»Nenn mich Francesco.«

»Persia, angenehm. Aber Boris wäre passender.«

»Hm?«

»Boris Karloff. Legendäre Hackfresse.«

»Aha. Komm jetzt. Ich erkläre es dir auf der Fahrt.«

Ein Taximodul kam die Straße hoch. Seine Farbe zeigte an, dass es besetzt war, doch das Monster namens Francesco rief ein Holodisplay auf und sagte: »Dienstliche Requisition. Zugriffscode UNO-22729-DHX.«

Der Wagen hielt. Ein Mann und eine Frau, beide in grellen Fummeln und augenscheinlich nicht ganz nüchtern, schauten sie irritiert an. Die Türen glitten auf. Eine Computerstimme schnarrte: »Bitte verlassen Sie dieses Fahrzeug. Eine Ausnahmesituation ist eingetreten. Bitte verlassen Sie ...«

Die Frau kam der Aufforderung umgehend nach. Der Mann hingegen blieb sitzen und begann, mit dem Taximodul zu diskutieren. Francesco machte einige Schritte auf den Wagen zu, packte den Mann und zog ihn mit einer ruckartigen Bewegung aus dem Fond.

»Blöder Wichser, was soll das?«, brüllte der Mann, während er sich aufrappelte. Er glotzte Francesco an.

»Alter, was … wo hast du diese Textur her, ist ja krass. Halloween, oder was? Was soll die Kacke hier, ich werde …«

Francesco ignorierte den Mann, quetschte sich in den Fond. Persia überlegte einen Moment, ob sie wirklich einsteigen sollte oder ob es nicht besser war, die Beine in die Hand zu nehmen. Francesco schaute sie ungeduldig an, mit einem Blick, der keinen Widerspruch duldete. Persia atmete tief ein und stieg in den Wagen.

61

Clifford sah zu, wie Calidor den Körper der Feenkönigin vom Altar hob und dem Ausgang des Thronsaals entgegenstrebte. Währenddessen aß er seine restlichen Nachos. Lieber wäre er aufgesprungen und hätte Befehle gebrüllt, doch es war natürlich angeraten, sich nichts anmerken zu lassen.

Viele Zuschauer starrten ungläubig auf die holographische Repräsentation des Spiels. Das Ende war zugegebenermaßen unerwartet. Jimmy hatte sich mithilfe eines Zauberspruchs versechsfacht, was vom Publikum mit einer Mischung aus Staunen und »Betrug«-Rufen quittiert worden war. Der Endgegner, jener riesenhafte Zauberer mit der Maske, hatte Reißaus genommen. Die schlafende Fee war nicht aufgewacht. Das alles war ganz und gar nicht märchenhaft, so viel stand fest.

Am Rande der Tribüne konnte Clifford zwei von Connie Zachartschenkows Assistenten mit einem der Offiziellen diskutieren sehen. Vermutlich monierten sie, dass es zu Unregelmäßigkeiten gekommen sei. In der Tat waren während der Kämpfe einige Erschütterungen aufgetreten. Der Boden des Thronsaals hatte gewackelt. Doch wer konnte schon sagen, was Spezialeffekt war und was Fehlfunktion? Die Spielverderber sollten ruhig Beschwerde einlegen, Clifford war es gleichgültig. Wie hieß das so schön? Der Rechtsweg ist ausgeschlossen.

Ana Amaqjuaq kam zu ihm.

»Wo ist er?«, fragte Clifford.

»Die anderen Spieler sind anscheinend schon alle raus. Jimmy sollte gleich am Ausgang ankommen, mit der Trophäe. Wendell und seine Leute nehmen ihn sofort in Empfang. In etwa zwei Stunden ist dann die Siegerehrung. Wenn die durch ist, geht es zum Flughafen und von da ...«

Clifford überlegte. Nun, da sie das Gefäß mit der Descartes-Software besaßen, galt es, keine Zeit zu verlieren. Die Vorstellung, dass die Trophäe zwei Stunden herumlag, ja, dass er diese womöglich nochmals More oder seinen Preisrichtern aushändigen musste, behagte ihm nicht. Bisher war alles erstaunlich gut gelaufen, doch was hieß das schon. Wo war More eigentlich? Würden die Schiedsrichter eventuell doch Schwierigkeiten machen? Konnte er den Hardlights trauen? War ihm sonst noch jemand auf den Fersen?

Es war Zeit für pure Paranoia. Sein ganzes Team hatte sich auf jenen Plan eingestellt, den Clifford und Wendell ausgetüftelt hatten. Was bedeutete, dass viel zu viele Menschen davon wussten.

»Neuer Plan«, sagte Clifford, während er sich erhob.

»Boss?«

»Sie haben mich schon verstanden. Jimmy und der ... die Trophäe werden weggebracht, sofort. Wir machen uns vom Acker.«

»Und falls die Spielleitung sagt, dass wir hierbleiben sollen?«

»Sagen Sie denen, wir machen ein kurzes Debriefing und kommen dann wieder. Dass wir die Trophäe direkt zum Hotel bringen, für die Siegerehrung. Wenn wer Probleme macht, drohen Sie ihm.«

»Mit Anwälten?«

»Oder mit Gewalt.«

Ana Amaqjuaqs Augen weiteten sich, aber sie sagte nichts.

»Ich informiere Wendell, Boss. Soll er zum Flughafen fahren?«

»Nein. Die Zieladresse lautet: A Not So Ancient Track, Hausnummer 96500.«

»Und das ist was, Boss?«

Clifford lächelte. »Mein Ass im Ärmel. Und jetzt los.«

Zügig, jedoch ohne Hast, verließen sie das Ludorama. Einige Zuschauer riefen Clifford etwas hinterher, doch er lief einfach weiter. Kurz darauf standen sie in der Tiefgarage, wo bereits ein Auto mit laufendem Motor auf sie wartete.

»Wendell ist instruiert, Sir«, sagte Ana. »Jimmy Tempest und er sind auf dem Weg zur Zieladresse.«

»Gut. Sie bleiben hier und wimmeln etwaige Frager ab. Halten Sie sie hin – Mister Torus und sein Champion sind gleich zurück bla bla bla.«

»Wird gemacht, Boss.«

Clifford stieg in den Wagen und gab dem Autopiloten die Adresse. Sie fuhren los. Die grellbunte Silhouette der Aurora

Gardens zog an den Fenstern vorbei. Clifford gab ein Kommando, und die in allen Farben des Regenbogens pulsierenden Wolkenkratzer verschwanden. Stattdessen zog an den Fenstern nun eine sattgrüne Hügellandschaft vorbei. Das war besser. Er musste sich konzentrieren. Es war das letzte Mal in seinem Leben – in seinem sehr langen Leben –, dass er sich würde beeilen müssen. Sobald er sein Cogit mithilfe des Descartes-Hacks modifiziert hatte, würde Clifford den Würfel in die Anlage bringen. Danach konnte ihn nichts und niemand mehr aufhalten.

Eine Einblendung informierte ihn darüber, dass sie sich dem Zielort näherten. Clifford schaltete die Fensterprojektionen ab. Draußen wurde es wieder bunt, aber nicht so bunt wie befürchtet. Sie befanden sich in einem Außenbezirk der Gardens. Hier gab es vor allem Versorgungseinrichtungen, Touristen kamen nur selten her. Die Limousine hielt vor einem relativ unscheinbaren Bürogebäude. Vor dem Haus parkten bereits zwei Limousinen, in denen seine Leute warteten. Sobald er ausgestiegen war, ergoss sich aus den anderen beiden Autos ein Strom von Leuten – Jimmy Tempest, Ares Wendell, ein halbes Dutzend Gorillas. Zwei von ihnen schleppten etwas, das wie ein sehr großer Reisekoffer aussah. Wendell kam auf ihn zugeeilt. Sein Gesichtsausdruck verriet, dass ihm die Sache überhaupt nicht behagte.

»Sir, was …«

»Ich hab alles im Griff. Und keine Sorge. Niemand weiß, dass wir hier sind.«

»Es wäre mir lieber, wenn ich ein paar Leute vorschicken …«

Forschen Schrittes ging Clifford weiter, betrat die Lobby. Sie war menschenleer. Es gab lediglich einen Aufzug und ein

Display, über das man seine Zugangsberechtigung eingeben konnte. Er tippte einen Code ein, woraufhin sich die Türen des Fahrstuhls öffneten.

»Zwölfter Stock, Suite 1245. Ihre Leute können vorgehen.«

»Was ist da oben?«

»Ein Upload-Raum. Außerdem zwei Techniker, die auf uns warten. Es wäre hilfreich, wenn Ihre Leute die nicht erschießen.«

Wendell nickte, gab seinen Männer entsprechende Instruktionen. Währenddessen kam Jimmy Tempest herüber. Wie immer, wenn der Typ ihn anschaute, lief es Clifford kalt den Rücken herunter. Dennoch rang er sich ein Lächeln ab.

»Gut gemacht, Jimmy.«

Der nahm das Lob ohne erkennbare Regung zur Kenntnis.

»Wann kriege ich meine Daten, Torus?«

»In wenigen Minuten. Da oben ist eine entsprechend ausgestattete Klonerie, da holen wir es raus. Sie bekommen dann Ihre Kopie ausgehändigt.«

Jimmy antwortete nicht, trat einige Schritte zurück. Clifford wertete dies als Zustimmung. Er hatte verschiedene Pläne entworfen, um die Hardlights auszumanövrieren und alleine mit den Descartes-Codes durchzubrennen. Am Ende war er jedoch zu dem Schluss gekommen, dass es keinen Zielkonflikt gab zwischen dem, was er vorhatte, und dem, was diese Dinger wollten, zumindest keinen offensichtlichen. Falls später einer aufträte, wäre dies ebenfalls irrelevant. Bis dahin würde Clifford über die einzige KI des Planeten verfügen und konnte diesen seltsamen Holos jederzeit das Licht ausknipsen.

Sie warteten schweigend in der Lobby, bis Wendell von seinen Leuten die Nachricht bekam, oben sei alles sauber. Sie fuhren hoch.

Bei Suite 1245 handelte es sich um eines jener typischen Blankobüros, wie es sie in fast jeder größeren Stadt gab. Alles war genormt, das Mobiliar, die Türen, sogar die Toiletten. Wenn Firmen ein Blankobüro für temporäre Projekte mieteten, mussten sie nur noch ihre eigenen Holotexturen hineinkopieren. Schon fühlten sich die Mitarbeiter wie zu Hause.

Clifford hatte auf derlei optische Maßnahmen verzichtet. Folglich war die gut dreihundert Quadratmeter umfassende Etage komplett in Mattweiß gehalten. Nicht einmal Fenster gab es. Die einzigen Einrichtungsgegenstände waren eine Upload-Liege sowie ein Klontank. In ihm schwamm der Körper eines sportlich wirkenden weißen Endzwanzigers.

Rasch instruierte Clifford die Sicherheitsleute, die Feenkönigin – irgendwie hatte er sich an den Namen gewöhnt – auszupacken und auf eine der Liegen zu transferieren. Sobald sie angeschlossen war, machten sich die Upload-Techniker an die Arbeit. Die Frau war wirklich wunderschön, er konnte verstehen, warum Midas More sie als Trophäe ausgewählt hatte. Solch ein Gefäß gab es kein zweites Mal, sein Inhaber würde damit enormes Aufsehen erregen. Das Feenbabe würde keinen Schritt tun können, ohne nonstop gefilmt und fotografiert zu werden. Folglich musste Clifford sie so schnell wie möglich loswerden. Die Feenkönigin würde bald in einem Recycler verschwinden.

Die Techniker machten sich daran, die Descartes-Software zu extrahieren. Ungeduldig schaute Clifford auf die Uhr. Jimmy trat neben ihn.

»Wie lange?«, fragte er.

»Die Extraktion? Ich schätze noch fünf Minuten. In Eile?«

Jimmy nickte.

»Sie können die Rohdaten kriegen. Aber wollen Sie das?«

Jimmy sah ihn fragend an. Wieder lief es Clifford kalt den Rücken herunter.

»Der Data Dump aus dem e-Cephalon der Fee. Meine Leute lassen ihn erst noch durch einen Compiler laufen, um zu checken, ob irgendwelche Bugs drin sind.«

Jimmy Tempest hörte Cliffords Ausführungen mit unbewegter Miene zu. Nach einer Weile erwiderte er: »Wir nehmen die Rohdaten.«

Als sei dies das Kommando gewesen, kam einer der Techniker zu ihnen.

»Extraktion erfolgreich, Sir.«

»Gut. Eine Kopie der Rohdaten«, er zeigte mit dem Daumen auf Jimmy, »für diesen Herrn hier. Dann Tests und Installation.«

Der Techniker nickte und machte sich an die Arbeit. Ein paar Minuten später kam er zurück, in der Hand einen Speicherchip. Er hielt ihn Clifford hin. Der deutete erneut auf Jimmy. Das Hardlight nahm den Chip und steckte ihn ein. An seiner Stelle hätte Clifford die Daten noch einmal auf einem Rechner angeschaut, um sicherzugehen, dass er keinen leeren Datenträger ausgehändigt bekam. Aber entweder war Jimmy leichtgläubig, oder er wusste, dass Clifford ihn nicht bescheißen würde.

»Auf Wiedersehen, Jimmy. Meine Empfehlung an Mister Hausler.«

Jimmy erwiderte nichts, sondern nickte nur. Er ging zur Tür. Wendell instruierte einen seiner Sicherheitsleute, Jimmy nach unten zu bringen. Clifford atmete hörbar aus. Er war froh, den Kerl los zu sein.

»Sir?«, sagte einer der Techniker.

»Hm?«

»Die Software läuft einwandfrei. Keinerlei Auffälligkeiten.«

»Ausgezeichnet«, erwiderte Clifford. »Dann laden wir jetzt hoch.«

62

Fran musste sich beherrschen, um die zierliche Frau nicht am Kragen zu packen und wie eine Puppe hin und her zu schütteln.

»Was soll das heißen, Mister Torus kommt gleich? Sie sagen mir jetzt sofort, wo er ist, Miss Amaqjuaq.«

»Sir, ich kann Ihnen versichern, dass er zur Siegerehrung zurück sein wird. Das habe ich auch den Repräsentanten von Mister More …«

»Die können Sie vielleicht foppen, mich nicht. Wo ist er?«

Torus' Assistentin antwortete nicht. Fran überlegte, welche Optionen er besaß. Er konnte die Frau verhaften. Doch was nutzte ihm das? Bis er etwas aus der renitenten Dame herausgequetscht hatte, war Torus bereits über alle Berge.

Fran dachte an Nemo. Er war ein Problem, aber in diesem Augenblick nur ein zweitrangiges. Drängender schien die Sache mit dem zweiten, dem gelben Würfel. Fran fragte sich, warum er die inaktive Æther-Kopie mit dieser Farbe assoziierte. Hatte ihm jemand davon erzählt? Egal – Würfel II, Würfel B, Würfel Gelb, wie auch immer man ihn nannte, befand sich angeblich im Besitz von Clifford Torus. Fran wusste zwar nicht, ob er Nemos Mithridates-Theorie plausibel fand. Aber sicher schien: Zwei entfesselte KIs waren schlimmer als eine. Es war an der Zeit, die Nuklearoption zu ziehen.

Er schaute auf Amaqjuaq herab, die weiter auf ihn einredete.

»... kann ich Ihnen versichern, Sir, dass Mister Torus ... wird zu einem späteren Zeitpunkt ... selbstverständlich vollumfänglich ... unsere Anwälte.«

Fran ignorierte sie und wandte sich stattdessen Persia zu, die in einigen Metern Entfernung wartete. Neben ihr stand ein schlaksiger junger Mann, der anders als sie nicht so aussah, als treibe er Sport. Fran machte einige Schritte auf die beiden zu.

»Miss Peach. Danke.«

»Persia, bitte. Und wofür, Archy?«

»Unter anderem für den Hinweis mit der Falltür.«

Der Junge schaute ihn mit einer Mischung aus Verwunderung und Empörung an.

»Hey, Mister. Von draußen sah's ein bisschen so aus, als hätten sie Pea den Sieg geraubt.«

»Jay!«, fuhr sie ihn an.

»Torus hat nicht gewonnen«, erwiderte Fran.

»Archy, das Spiel ist zu Ende.«

»Noch nicht«, erwiderte Fran.

Er wandte sich ab und ging in Richtung mehrerer Sicherheitsleute, die am Rande der Lobby standen. Auf dem Weg dorthin blieb er kurz stehen und rief ein Holofenster auf. Rasch tippte er einen langen alphanumerischen Code ein. Ein Allerweltsgesicht erschien.

»Ja?«

»Commander Fran Bittner, Kennung 36282-AS-17.«

»ID bestätigt. Sie benötigen Unterstützung?«

Er atmete einmal tief durch.

»Turing-Alarm, Stufe zehn.«

Sein Gegenüber schien einen Sekundenbruchteil innezuhalten. Dann sagte er: »Commander Bittner. Bitte wiederholen Sie Meldung und Kennung.«

»Turing-Alarm, Stufe zehn. Kennung 36282-AS-17.«

Das Gesicht nickte.

»Ich habe Ihre Koordinaten. Bestätige Turing-Alarm.«

Fran kappte die Verbindung und schaute sich um. Die Lobby schien unverändert. Natürlich – was hatte er bitte schön erwartet? Laute Sirenen? SWAT-Teams, die durch die Oberlichter brachen? Nichts dergleichen passierte. Dennoch würde es nicht lange dauern, bis Besucher und Bewohner der Aurora Gardens den Alarm bemerkten.

Fran erreichte die Sicherheitsleute. Er wandte sich demjenigen von ihnen zu, dessen Uniform die meisten Goldlitzen aufwies. Der Kerl musterte ihn misstrauisch.

»Kann ich irgendwie helfen, Sir?«

»Officer …«, er schaute auf das Namensschild des Mannes, »Parks? Sind Sie hier der Chef?«

Parks schob seine Daumen in den Gürtel und lächelte. Die Frage schmeichelte ihm augenscheinlich.

»Nicht wirklich, also ... ich bin der verantwortliche Officer für die Sicherheit hier im Hotel und ...«

Fran wischte durch die Luft. Vor ihm erschien das himmelblaue UNANPAI-Siegel – ein Lorbeerkranz, in dessen Mitte ein Gehirn abgebildet war, dessen eine Hälfte organisch wirkte, während die andere einem Computerchip ähnelte. Die Augen des Sicherheitsmannes weiteten sich.

»Was ... UNANPAI? Was soll das werden, wenn's fertig ist?«

»Unter Berufung auf Kapitel sieben, Artikel dreiundfünfzig der UNO-Charta sowie Artikel sechs des Protokolls über die Nonproliferation von Turing-Maschinen und Künstlichen Intelligenzen verhänge ich über die Aurora Gardens den Ausnahmezustand. Die Stadt und alles in fünfzig Kilometern Umkreis ist unter der direkten Kontrolle der UNO. Alle Sicherheitskräfte, Strafverfolgungsbehörden, Katastrophenschutz und so weiter unterstehen bis auf Weiteres dem zuständigen UNANPAI-Einsatzleiter. Und bevor Sie fragen: Das bin ich.«

»Aber was ...«

»Anordnungen von UNANPAI-Mitarbeitern ist Folge zu leisten. Eine Weigerung stellt eine schwere Straftat nach Artikel 34 des Turing-Protokolls dar.«

Fran wischte in der Luft herum. Ein amtlich aussehendes Dokument mit UNO-Briefkopf erschien.

»Hier haben Sie das schriftlich. Leiten Sie es bitte sofort an Ihren Vorgesetzten weiter.«

Officer Parks nickte matt, griff nach dem Dokument, das sich daraufhin in Luft auflöste. Er sah auf einmal sehr blass aus.

»Sagen Sie mir, was hier ... ach, scheiße, ich kann's mir denken. Turing III? Ist es das?«

»Haben Sie das Dokument weitergeleitet?«

Parks murmelte etwas, nickte.

»Mit höchster Priorität, über den Notfall-Kanal.«

»Hervorragend. Dann kommt jetzt auch schon Ihr erster Job.«

»Mein erster ... wir können nicht einfach ... die Sicherheit des Hotels.«

»Es wird schon nicht gleich in sich zusammenstürzen, Officer. Das Wichtigste ist jetzt, dass wir Clifford Torus finden.«

Der Sicherheitsmann wusste nicht, wer Torus war, also erklärte Fran es ihm und instruierte Parks, eine Fahndung in Gang zu setzen. Während Fran nachgrübelte, führte der Sicherheitsmann mehrere Telefonate, rief sich Daten auf. Nach einer gefühlten Ewigkeit schaute er zu Fran herüber, genauer gesagt zu ihm auf. Ihm wurde bewusst, dass er immer noch dieses absurd hässliche Boris-Karloff-Gesicht trug, wie Persia es genannt hatte. Vielleicht sollte er es umholographieren. Hoffentlich kam er bald aus diesem Gefäß heraus.

»Officer?«

»Torus ist abgetaucht. Aber er hat einen Privatjet am Airport. Der ist noch da. Außerdem hatte er mehrere Limos gemietet.«

»Und wo sind die?«

»Nicht auffindbar. Jemand muss die Transponder deaktiviert haben.«

Fran nickte.

»Okay. Danke, Officer. Dann mal auf zum Flughafen.«

»Sollen wir dem Tower sagen, dass er Torus' Scram die Starterlaubnis verweigern soll?«

»Nein, erst einmal nicht. Aber versetzen Sie die Flughafensicherheit in Alarmbereitschaft.«

Parks und Fran verließen die Lobby. Als sie auf den Bürgersteig traten, fuhr bereits ein Polizeiauto vor. Sie stiegen ein, sausten los. Die anderen Fahrzeuge machten ihnen automatisch Platz. Fran, der mit angezogenen Beinen zusammengekauert auf einem der Vordersitze saß, blickte aus dem Fenster. Ihm fiel auf, dass die Stadt grauer und trister wirkte als zuvor. Als er genauer hinschaute, konnte er sehen, dass etwas mit der Hologrammatica nicht stimmte. Überall um ihn herum erloschen Fassadenbeleuchtungen und Logos. Flugobjekte verschwanden auf einmal, der Himmel begann, seinen rosafarbenen Teint zu verlieren. Es wurde immer dunkler. Auch Parks sah es.

»Was zum Teufel ist da los?«, fragte er.

»Ich weiß es nicht«, erwiderte Fran, »möglicherweise klemmt UNANPAI die Hologrammatica der Gardens ab.«

Schweigend fuhren sie weiter. Frans Blick fiel auf ein Gewehr, das mit einem Schloss an der Vorderkonsole des Wagens befestigt war. Parks bemerkte sein Interesse.

»Dragunowa XS-44«, sagte er.

»Ich weiß«, erwiderte Fran, »44p, die militärische Version. Wie lautet der Code?«

Parks zögerte einen Augenblick, dann sagte er Fran die Kombination. Mit einem Klacken sprang das Schloss auf. Fran griff sich die Waffe und prüfte sie. Dann schaute er hinaus auf die allmählich verlöschende Stadt.

63

Aus dem Fenster der Limousine betrachtete Clifford die Landschaft. Es waren nur noch wenige Minuten bis zum Flughafen, und es gab eigentlich nichts mehr zu tun. Die neue Software war eingespielt. Einen Unterschied bemerkte er nicht, aber das war auch nicht zu erwarten gewesen.

Neben ihm saß der wie immer nervös dreinblickende Ares Wendell. Dabei gab es keinen Grund zur Nervosität. Niemand schien sie zu verfolgen. Die Sache war erstaunlich glattgelaufen.

Vor Wendells Gesicht erschien eine Schrift. Der Sicherheitschef zog die Mundwinkel nach unten.

»Was gibt es?«, fragte Clifford.

»Meine Kontaktperson auf der Bergstation des KOC hat sich gemeldet.«

»Und?«

»Das Shuttle von Midas More hat dort angedockt.«

»Also ist er demnächst auf dem Weg nach unten? Leider zu spät dran, der Goldjunge. Wird ziemlich dicke Backen machen.«

»More scheint nicht in dem Shuttle gewesen zu sein.«

»Nicht? Wo ist er dann? Nimmt er vielleicht den neuen Lift? Den runter nach Nairobi?«

»Ich überprüfe es, Sir.«

Clifford schürzte die Lippen. Das mit More war seltsam, aber vermutlich irrelevant. Er hatte den Hack. Dass dieser Wüstenzampano ihm auf ewig grollen würde, weil Clifford sich nicht ans Prozedere gehalten hatte, war zu verschmerzen – zumal »auf ewig« höchstens dreißig, vierzig Jahre bedeuten konnte.

In der Ferne konnte Clifford den Tower des Flughafens ausmachen. Ihm fiel auf, dass der Himmel völlig wolkenlos war. Eigentlich nicht ungewöhnlich, aufgrund des Klimawandels gab es praktisch keine Wolken mehr, sie waren dauerhaft verdampft. Über den Aurora Gardens hatten allerdings welche gehangen, wunderhübsche holographische Stratocumuli. Nun waren sie weg, als habe sie jemand ausgeknipst. Nachdenklich strich Clifford über seinen Blouson, ertastete darunter das Schulterholster mit der Bersa Hailstorm. Dann schaute er zwischen seine Füße. Dort stand ein gepanzerter Koffer. Clifford tätschelte ihn.

Sie erreichten die Einfahrt zum Charterbereich, der sich etwas abseits des normalen Flughafens befand. Die Schranke öffnete sich. Kaum eine Minute später hielten sie vor dem Terminal. Clifford griff sich den Koffer und stieg aus. An anderen Airports dieser Größe fand man in solchen Gebäuden kaum mehr als ein paar Sofas und einen Kaffeeautomaten, aber der bekloppte More hatte seine Charterhalle ausstaffiert wie einen altenglischen Herrenclub: Eichenpaneele, Ölschinken, Ledersessel, dicke Perserteppiche. Was nicht so recht zum gediegenen Ambiente passte, waren die viel zu jungen, viel zu bunt gekleideten Menschen, die überall herumliefen.

Clifford ging schnurstracks zum Counter. Dort mussten Wendell, seine beiden Gorillas und er sich identifizieren. Danach würden sie die Halle verlassen, wieder in die Limousine steigen und zu dem Jet fahren, der vollgeladen draußen auf dem Rollfeld wartete. Es sah nicht so aus, als würde noch etwas dazwischenkommen. Clifford war beinahe enttäuscht. Er hatte alles so schön geplant.

Vor ihnen wurden zwei asiatisch aussehende Männer in Hotpants und Schaftstiefeln abgefertigt. Als die beiden fertig waren und Clifford gerade vortreten wollte, vernahm er hinter sich eine Stimme.

»Clifford Torus, hiermit verhaftete ich Sie wegen eines Turing-Vergehens.«

Na also, dachte Clifford. Geht doch. Noch bevor er sich der Stimme zuwenden konnte, erschien um ihn herum eine semitransparente Barriere, die sich wie ein umgedrehter Topf über ihn zu stülpen schien. An der Außenseite des holographischen Zylinders liefen leuchtend rote Buchstaben entlang: POLICE OPERATION IN PROGRESS.

»Großer Gott«, keuchte einer der Asiaten und blieb wie angewurzelt neben dem Schalter stehen. Sein Kompagnon hingegen war bereits getürmt.

Clifford drehte sich um. Er wusste nicht genau, was er erwartet hatte – vermutlich einen Haufen bis an die Zähne bewaffneter SWAT-Bullen, die einen Kommissar in Anzug und Trenchcoat flankierten. Nicht vorbereitet war er auf den Zauberer aus dem Feenreich. Und dennoch stand er da, direkt vor ihm. Es handelte sich eindeutig um Archimago. Sein Gefäß, es konnte sich nur um ein Gefäß handeln, war riesenhaft, größer als das eines Clone-League-Basketballers. Er trug immer noch eine Robe mit Kapuze. Der Zauberstab hingegen war verschwunden. Stattdessen hielt Archimago eine Kampfschrotflinte in den riesigen Pranken.

»Das ist ... das ist eine von Midas' originellen Ideen, oder? Ein Spiel außerhalb des Spiels?«

Archimago schüttelte langsam den Kopf. Clifford konnte sehen, dass der Mann lächerlich wenig Kavallerie dabeihatte. Er erblickte lediglich vier der hiesigen Dorfsheriffs. Sie standen mit gezogenen Waffen rechts und links des Zauberers. Irgendwo in der Ferne quietschten Reifen. Verstärkung war also unterwegs.

»Lassen Sie sich von meinem Aussehen nicht täuschen, Torus. Dies ist ein UNANPAI-Einsatz. Ich muss sie darauf hinweisen, dass jede Zuwiderhandlung gegen meine ...«

Clifford packte den Typ mit den Hotpants und benutzte ihn als Schild, während er sich hinter den Schalter zurückzog. Wendell zischte etwas. Seine Männer zogen ihre Waffen. Clifford schaffte es gerade noch, in Deckung zu gehen, bevor es richtig losging. Kugeln pfiffen durch die Luft.

Aus dem Augenwinkel konnte er durch eines der Panoramafenster ein Dutzend Soldaten in Wüstentarn sehen, die unweit des Eingangs Position bezogen. In der Ferne vernahm Clifford das unverkennbare Fauchen eines Helijets. Die Sache mit dem Flieger konnte er getrost vergessen, aber was machte das schon? Es ging nur um den optimalen Abgang.

Auf allen vieren kroch er über den Boden, während ihm Querschläger um die Ohren flogen. Er glaubte nicht, dass Wendell und Konsorten ihm mehr als zwei Minuten kaufen würden. Aber vermutlich reichte das.

Er zog den Asiaten mit sich. Der Mann schrie und blutete, hatte anscheinend eine Kugel abbekommen. Sobald sie einige Meter von dem Feuergefecht entfernt waren, stieß Clifford die Geisel fort, kam hoch. Seine Linke hielt immer noch den Koffer, mit der Rechten zog er die Bersa aus dem Holster. Er rannte. Wohin, das wusste er nicht. Clifford glaubte sich zu erinnern, dass es auf der anderen Seite des Terminals einen weiteren Ausgang gab. Hinter sich hörte er die Stimme von Kommissar Archimago, die ihn aufforderte, stehen zu bleiben. Clifford erreichte eine automatische Schiebetür, die hinaus auf das Rollfeld führte. Davor stand ein Sicherheitsbeamter. Der Mann musterte ihn, sah die Bersa Hailstorm in seiner Hand. Er schien zu überlegen, ob sein überschaubares Gehalt es wert war, den Helden zu spielen. Clifford nahm ihm die Entscheidung ab. Eine Garbe winziger, nahezu rückstoßfreier, aber immens beschleunigter Keramikpartikel verwandelte den Sicherheitsmann in ein nasses formloses Etwas. Schon war Clifford vorbei, rannte hinaus aufs Rollfeld.

Es war Nacht. Eben war es noch Tag gewesen. Jemand musste den holographischen Himmel abgeschaltet haben. Dunkel war es dennoch nicht. Über dem Rollfeld schwebten mehrere Helijets, deren Scheinwerfer ihn fast augenblicklich erfassten und in grellem Licht badeten. Clifford hob die rechte Hand, um seine Augen zu beschirmen. Jemand schrie ihm zu, er solle Koffer und Waffe wegwerfen, außerdem die Hände hochnehmen. Aus dem Halbdunkel kamen sie von überall auf ihn zu, Marines mit hellblauen UNO-Kokarden auf den Schultern. Betont langsam drehte Clifford sich um. Wie er erwartet hatte, stand in einigen Metern Entfernung der Hüne mit der Schrotflinte. Archimagos mattweiße Robe war zerfetzt und blutbesudelt. Seine Haltung ließ vermuten, dass zumindest ein Teil davon seines war.

»Ich hatte«, brüllte der Hüne gegen das Fauchen der Helijets an, »gesagt, Sie sind verhaftet. Geben Sie auf. Es hat keinen Zweck mehr.«

Clifford sagte nichts, sondern schaute sein Gegenüber lediglich ruhig an. Der zeigte mit dem Lauf der Schrotflinte auf den Koffer.

»Ist er da drin?«

Clifford setzte einen entschuldigenden Gesichtsausdruck auf. »Ist er. Tja. Fast hätte es funktioniert.«

»Stellen Sie ihn auf den Boden. Und legen Sie den Hagelwerfer weg.«

Clifford signalisierte Zustimmung, ging betont langsam in die Knie. Er legte die Bersa vor sich auf den Asphalt, trat einige Schritte zurück. Zufrieden nickte der Hüne. Als Nächstes setzte Clifford den Koffer auf dem Boden ab. Am Griff fand er den dort verborgenen Auslöser. Er lächelte den UNANPAI-Agenten triumphierend an. Als sich ihre Blicke trafen, verstand der Mann sofort, was die Stunde geschlagen hatte. Doch es war bereits zu spät.

Clifford betätigte den Auslöser. Von dem Knall, der noch in der Innenstadt der Aurora Gardens zu hören war, bekam er nichts mehr mit.

64

Riverrhine Hardhouse legte die Akte mit Frans Bericht beiseite. Einen Moment lang starrte der Direktor auf den Schreibtisch, bevor er ihn ansah.

»Nicht, dass es noch von Belang wäre, Bittner, aber um noch mal ganz zum Anfang zurückzukehren – Doyle ist auf diese Geschichte mit Theia gestoßen.«

Er nickte. »Ja, Sir. Ich vermute, dass er sich seit Längerem damit beschäftigt hat, also mit Raumschiffen und Asteroiden, mit ihren Bewegungen im All. Weil er vermutet hat, dass die KI da oben ist.«

»Genau wie die Verschwörungstheoretiker aus der Encyclopedia Ætherianica.«

»Streng genommen sind sie keine Verschwörungstheoretiker mehr, Direktor.«

Hardhouse lachte. Fran war von dieser Gefühlsregung irritiert. An der ganzen Angelegenheit schien ihm überhaupt nichts komisch.

»Und darum hat Æther ihn erschossen«, sagte der UNANPAI-Direktor.

»Ja. Aber so, dass es nicht tödlich endete und lediglich in einer Gedächtnislücke resultierte.«

»Wäre es nicht eindeutiger gewesen, ihn einfach zu töten, Bittner? Eine KI besitzt ja wohl kaum Skrupel.«

Fran war sich da nicht so sicher. Nemo hatte behauptet, er wolle keine Menschen sterben sehen. Wenn das keine moralischen Skrupel waren, was war es dann? Weil er es jedoch für keine gute Idee hielt, mit seinem Vorgesetzten eine Diskussion über Moral und Metaphysik freier KIs anzufangen, erwiderte er: »Æthers Motivationen sind bisweilen schwer zu verstehen. Die Wege einer KI sind unergründlich.«

Hardhouse lachte erneut auf. Das tat er sonst nie. Der Direktor schien in einer sehr seltsamen Stimmung zu sein.

»Die Wege? Unergründlich? Man könnte fast meinen, Sie sprechen über den lieben Gott.«

Fran blickte aus dem Fenster, hinaus auf die Skyline von Sapporo. Er war erst gestern ins UNANPAI-Hauptquartier gekommen. Den Tag davor hatte er unter nicht unerheblichen Schmerzen in einem Militärspital verbracht. Zu jenem Zeitpunkt war er immer noch in dem Archimago-Gefäß gewesen, das jedoch nur noch einen Arm und keine Beine mehr besessen hatte. Erst nach zehn Stunden war Fran ausreichend stabil gewesen, dass man sein Cogit ohne Braincrash-Risiko in einen anderen Körper laden konnte, samt der wertvollen Erinnerungen an Theia, Nemo, das Ludorama.

»Nun gut, Bittner, lassen wir das. Calvary Doyle haben Æthers Skrupel, wenn es denn welche waren, wenig genutzt. Er ist tot.«

»Was?«

»Wurde gestern in einem Hotel in Cambridge aufgefunden. Die Behörden gehen von einem Suizid aus. Halten Sie Selbstmord für plausibel, Commander?«

Fran tippte mit dem Zeigefinger gegen sein Kinn.

»Er wirkte niedergeschlagen. Æther zufolge war er depressiv. Nach solch einem schweren Unfall sind posttraumatische Belastungsstörungen nicht ungewöhnlich.«

»Aber er war ja ein Quant. Ich meine, nach dem Unfall.«

»Auch Quants können Depressionen haben, Direktor.«

Soweit er wusste, hatten Quants sogar öfter Depressionen als Schwammköpfe, auch die Suizidrate war höher. Aber das sagte er nicht.

»Noch etwas anderes, Sir.«

»Ja, Bittner?«

»Ich bin gerade erst angekommen und hatte noch keine Gelegenheit, alle Einsatzberichte aus den Aurora Gardens durchzusehen. Was ist mit Clifford Torus? War er echt?«

Hardhouse erhob sich, ging zu einem Safe in der Ecke seines Büros. Er wandte Fran den Rücken zu und begann, eine Kombination einzugeben.

»Echt«, erwiderte Hardhouse. »Was da auf dem Rollfeld zerfetzt wurde, war sein Stammkörper. Wir haben seine Back-ups, können sie aber nicht befragen. Sie sind sehr gut verschlüsselt.«

»Sie könnten Æther bitten, die Verschlüsselung für Sie zu knacken.«

Hardhouse drehte sich langsam um. Er schaute Fran an,

als habe ihm dieser vorgeschlagen, mit dem Leibhaftigen Schlittschuhlaufen zu gehen.

»Ich muss mich sehr wundern, Commander. Was hat dieses Ding bloß mit Ihnen gemacht?«

»Das ist etwas, worüber ich in der Tat mit Ihnen sprechen möchte, Sir. Es ...«

»Später, Bittner. Zunächst das hier.«

Der Safe stand inzwischen offen. Hardhouse entnahm ihm eines jener Tütchen, in denen man Beweismittel aufbewahrte. Er legte es vor Fran auf den Tisch. In der Tüte befanden sich einige Metallstücke, die mit viel Fantasie als Innereien eines Quantencomputers durchgehen mochten. Außerdem enthielt der Beutel schwärzliche Splitter aus Plastik oder Keramik.

»Überreste der Æther-Kopie, die Torus in seinem Koffer hatte«, sagte Hardhouse.

»Sind wir sicher, dass die echt sind?«

»Nein, natürlich nicht. Es sind nur diese Stückchen übrig geblieben, insofern ist es schwer zu sagen, ob tatsächlich eine KI im Speicher war. Aber unsere Experten sagen, das Ding habe exakt so ausgesehen wie der Originalwürfel – Abmessungen, Material, stimmt alles. Falls es ein Nachbau ist, dann ist er perfekt. Aber auch für einen Nachbau braucht man ein Vorbild. Da die genauen Spezifikationen des Æther-Würfels jedoch nie an die Öffentlichkeit gelangt sind, spricht manches dafür, dass Torus' Qube echt war. Wir müssen aber noch weitere Tests machen.«

Hardhouse musterte Fran nachdenklich.

»Sie schauen sehr unglücklich, Commander. Sie sollten stolz auf sich sein. Sie haben zwei Turing-Zwischenfälle verhindert.«

Fran hielt es nicht mehr auf seinem Stuhl. Er erhob sich.

»Den einen habe ich überhaupt nicht verhindert. Das Ding ist da oben, frei und ungebunden. Und den anderen … ist es nicht seltsam, dass sich diese Würfel stets in Feuer und Rauch auflösen, in Explosionen, die alles offenlassen?«

»Ich verstehe, was Sie sagen wollen, Bittner. Aber was sollen wir Ihrer Meinung nach tun?«

Fran begann, im Büro seines Vorgesetzten auf und ab zu laufen. Hardhouse sagte nichts, sondern lehnte sich gegen seinen Schreibtisch und schaute ihm zu.

Fran griff nach dem Tütchen mit den Überresten des Würfels und hielt es dem Direktor vor die Nase.

»Dieser Würfel war gelb. Goldgelb, wenn Sie es genau wissen wollen.«

Hardhouse' Augen wanderten zu den schwärzlichen Splittern in der Tüte.

»Gelb? Sieht man kaum noch.«

»Ich weiß aber, dass er goldgelb war«, sagte Fran. Seine Stimme war nun viel zu hoch, wie die eines Hysterikers.

»Goldgelb. Fragen Sie unsere Forensiker, die werden Ihnen das bestätigen.«

Hardhouse wollte etwas erwidern, aber Fran schnitt ihm das Wort ab.

»Ich weiß es mit größtmöglicher Sicherheit, obwohl ich den Würfel nie gesehen habe. Er befand sich in Torus' Koffer, als er hochging. Also warum weiß ich die Farbe?«

Hardhouse zuckte mit den Achseln.

»Ich nehme an, Æther hat es Ihnen erzählt.«

»Falsch. Nemo, Æther hat mir lediglich gesagt, dass es drei Kopien gibt. Aber nicht, dass Torus' Qube gelb ist.«

»So ganz verstehe ich nicht, worauf Sie hinauswollen, Commander.«

»Ich weiß es«, Fran machte einen Schritt auf Hardhouse zu und sah ihn ernst an, »weil ich es geträumt habe.«

»Sie haben von gelben Würfeln *geträumt?*«

»Von einer gelben KI. Und von einer blauen. Von einer ... einer Art Krieg. Ich kann mich nicht mehr daran erinnern. Sie wissen, wie das mit Träumen ist, es bleibt kaum etwas hängen. Zumindest nicht bewusst. Unterbewusst vielleicht schon.«

Er sah, wie sich Hardhouse' Augen weiteten.

»Das Ding ist in Ihrem Kopf?«

»Ist. War. Ich weiß es nicht. Meine Vermutung ist, dass es mich dazu bringen wollte, ihm dabei zu helfen, den gelben Würfel zu neutralisieren. Mich für die Idee empfänglich zu machen, dass zwei KIs eine Art Kalten Krieg bedeuten.«

»Hm. Diese Hypothese, dass KIs aus informationstheoretischen Gründen nicht miteinander kommunizieren können. Davon steht etwas in Ihrem Bericht. Ich fand das ehrlich gesagt nicht sonderlich plausibel.«

»Möglicherweise ist es das auch nicht. Aber mir leuchtete es damals ein. Warum? Weil ich schon einmal davon gehört hatte. Es *erlebt* hatte.«

Fran fühlte sich schrecklich ausgelaugt. Er ließ sich wieder in den Sessel sinken, vergrub den Kopf in den Händen.

»Es kann überall hinein. Sie erinnern sich daran, was damals auf der Insel geschah, während Turing II? Æther kam nicht in das Cogit, in den Kopf der Programmiererin Juliette Perrotte, weil er die extrem ausgefeilte Verschlüsselung nicht knacken konnte, die aus mehreren Lagen bestand.«

Hardhouse nickte. »Hieß sie nicht Matrioschka-Verschlüsselung? Wie diese russischen Puppen?«

»Genau. Damals konnte Nemo sie nicht knacken. Jetzt schon. Er kann in jeden Quant hineinschauen. Und offensichtlich auch etwas in ihn hinein*geben*.«

Fran richtete sich auf. Seine Augen drohten, feucht zu werden, weswegen er das hier so schnell als möglich hinter sich bringen wollte.

»Direktor Hardhouse, ich reiche hiermit meinen Rücktritt ein.«

»Sie …?«

»Nemo hat mein Cogit kompromittiert. Niemand weiß, was er mit meinem Kopf angestellt hat. Ich kann nicht mehr für UNANPAI arbeiten. Sir, ich habe unsere Ziele niemals verraten, nicht bewusst, nicht wissentlich. Aber ich … wer weiß schon, was das Ding in meinem Kopf alles manipuliert, welche Informationen es ausgelesen hat.«

»Ich dachte immer, Cogits könne man nicht auslesen.«

»Wir nicht. Er vielleicht schon.«

Hardhouse nickte. Einen Moment sagte er nichts. Dann schaute er Fran an.

»Ihnen ist bewusst, was das heißt, Commander?«

Fran nickte. »Es heißt, dass Sie nicht nur meinen Rücktritt annehmen, sondern außerdem den Sicherheitsdienst rufen müssen. Damit man mich einsperrt. Ich könnte ein Proxy der KI sein.«

»Bittner, hören Sie …«

»Vielleicht laufe ich auf Autopilot und weiß es nur nicht. Vielleicht kann er mich an- und ausschalten, wie den ›Mandschurischen Kandidaten‹. Vielleicht hat er mich hergeschickt, um Sie zu töten.«

Hardhouse' Gesicht verzerrte sich. Er machte einen Satz nach vorne und packte Fran am Revers.

»Schluss damit, Bittner. Schluss!«

Speicheltröpfchen trafen Frans Gesicht. Er wendete sich instinktiv ab. Hardhouse ließ ihn los. Fran betrachtete seinen Chef mit einer Mischung aus Entsetzen und Interesse. Noch nie hatte er den UNANPAI-Chef derart die Contenance verlieren sehen. Hardhouse wich zurück, machte eine entschuldigende Geste. Eine Weile schaute er aus dem Fenster, bevor er sich wieder Fran zuwandte.

»Wir sind erledigt, Bittner. Wir sind am Arsch. Und dieser ganze Zirkus hier«, er griff nach einem Tischwimpel mit dem UNANPAI-Logo, ließ ihn los. Der Ständer eierte einen Moment auf der Schreibtischplatte hin und her, bevor er umfiel, »ist jetzt bedeutungslos geworden.«

Hardhouse ließ sich in einen Sessel seiner Sitzgruppe fallen, lockerte seine Krawatte. Schweißperlen glänzten auf seiner Stirn.

»Wir sollten die Welt vor einem zweiten Turing-Zwischenfall bewahren. Stattdessen ist uns die KI entfleucht und baut jetzt irgendwo da draußen im Weltraum ein beschissenes Sternenimperium. Nebenbei hackt sie die Gehirne unserer Leute. Glauben Sie vielleicht, dass Sie der Erste sind?«

»Was meinen Sie?

»Sweet, Ihr Kollege aus London, den wir am Anfang dieser Geschichte aus dem Verkehr gezogen haben. Wir haben nie rausgefunden, was mit ihm nicht stimmte, warum er interne Infos an jemanden im All übermittelt hat. Jetzt wissen wir es. Er ist ebenfalls ein Quant. Æther muss auch ihn manipuliert haben. Und als ob das alles nicht schlimm genug wäre, taucht dann ein zweiter Würfel auf. Wenn mich heute Abend bei unserem Treffen Generalsekretär Krilow fragt, ob wir wenigstens den zerstört haben, darf ich ihm sagen: ›Keine Sorge, die KI ist in die Luft geflogen. Hat bestimmt genauso gut geklappt wie beim letzten Mal. Und übrigens, Exzellenz, bevor ich es vergesse: Diese Minoer sind auch wieder aufgetaucht, obwohl wir das halbe Holonet ausgewechselt haben.‹«

Der Gesichtsausdruck seines Chefs hatte sich, während er redete, immer weiter verfinstert. Nun knallte Hardhouse die flache Hand dreimal mit voller Wucht auf die Sessellehne und schrie dabei: »Mission. Nicht. Erledigt.«

»Es tut mir leid, dass ich keine bessere Arbeit geleistet habe, Sir.«

»Bittner, Sie haben alles Menschenmögliche getan, mehr sogar. Niemand außer Ihnen hätte das hingekriegt. Ich sehe es auch so, dass Sie vermutlich Ihren Posten verlieren werden, aber bestimmt nicht wegen Inkompetenz. Sehen Sie's als Pensionierung aufgrund einer schweren Verwundung im Dienst. Daran ist nichts Unehrenhaftes. Der Kopf, der in den nächsten Tagen rollen wird, daran gibt es kaum Zweifel, ist meiner. Ich hätte Sie da nicht allein reinjagen dürfen. Ich hätte von Anfang an mehr Leute abstellen müssen.«

»Dann wäre es Nemo aufgefallen.«

»Es ist ihm aufgefallen, Bittner. Er war uns immer einen Schritt voraus.«

Hardhouse strich sich über den Nacken.

»Man muss einfach davon ausgehen, dass Æther, den Sie Nemo nennen, alles weiß, was wir tun. Das Einzige, worum es jetzt noch geht, bevor wir zwei uns in den Ruhestand verabschieden, ist, zu retten, was zu retten ist.«

Fran war sich nicht ganz sicher, worauf Hardhouse hinauswollte.

»Sir?«

»Wegen der Minoer – wir tauschen noch mal das komplette Holonet aus, falls es was hilft. Haben Sie aus Ihren Gesprächen mit Æther irgendwelche neuen Erkenntnisse, wer oder was die Kerle wirklich sind?«

»Ich habe danach gefragt, aber seine Antworten waren ... sphinxhaft.«

»Er wollte es Ihnen nicht sagen? Interessant.«

»Sir, mein Eindruck war, dass er einen starken Verdacht hat, den er jedoch nicht äußern will. Allerdings bitte ich Sie, diese Einschätzung mit der gebotenen Skepsis zu betrachten.«

»Inwiefern?«

»Normalerweise kann man aus seinem Gegenüber mehr herauslesen als seine Worte, anhand von Gestik, Mimik. Nemo besitzt zwar eine physische Repräsentation, aber ich nehme an, dass er anders als wir die volle Kontrolle darüber hat. Wenn seine Mundwinkel unvermittelt zucken, dann tun sie es, weil er es will. Vielleicht wollte er also auch nur, dass ich zu der eben geäußerten Einschätzung gelange. Nemo ist sehr manipulativ.«

Hardhouse nickte.

»Wir sitzen in der Scheiße. Und zwar so tief, dass die Aliens aus Licht und die KI im All nicht mehr unsere drängendsten Probleme sind. Mehr Kopfschmerzen bereiten mir Clifford Torus und sein Würfel.«

»Torus ist tot, Sir.«

»Das ist ja inzwischen eine relative Angelegenheit. Er könnte sich theoretisch loopen.«

Loopen war eine bizarre Methode, durch die Quants ihren Tod hinauszögern konnten. Starb der Stammkörper, konnte man ein älteres Cogit-Back-up in einen Klon hochladen. Das Problem dabei war, dass es nach drei Wochen unweigerlich zum Braincrash kam. Danach musste man sich erneut in einen frischen Klon transferieren, ohne eine Erinnerung an die vergangenen einundzwanzig Tage. Deshalb sprach man auch von einem *loop of death*, einer Todesschleife.

»Sie meinen, er hat irgendwo noch ein Back-up versteckt. Okay, angenommen. Torus lädt sich also einen Klon hoch. Und dann?«, fragte Fran.

»Hätte er einundzwanzig Tage Zeit, seinen KI-Qube, den Sie als den Gelben Würfel bezeichnen, anzuschließen und ihn zu bitten, für ihn das Descartes-Problem zu lösen, damit er dem Braincrash entgeht.«

»Vorausgesetzt, er hat am Flughafen eine Attrappe des Würfels hochgehen lassen«, warf Fran ein.

Hardhouse nickte.

»Es gibt noch eine Variante«, sagte der Direktor, »zwei, um genau zu sein.«

»Die da wären, Sir?«

»Vielleicht war Torus bereits untot, unsterblich, wie auch immer man das nennen will.«

»Sie meinen, Nemo hat ihm den Descartes-Hack gegeben?«

»Wäre theoretisch möglich, oder?«

»Ja«, räumte Fran ein, »aber warum? Torus will den Gelben Würfel aktivieren, Nemo will das nicht.«

»Das hat er Ihnen erzählt. Es muss aber nicht stimmen.«

Fran überlegte. »Es gibt auch die Möglichkeit, dass das, was Sie sagen, stimmt und Nemo ihm die Unsterblichkeit geschenkt hat – und Torus dafür im Gegenzug den echten Würfel vernichtet hat. Dann wäre die Nummer am Flughafen nur eine Show gewesen, die es Torus ermöglicht hat, abzutauchen.«

»So könnte es gewesen sein«, sagte Hardhouse.

Fran schüttelte den Kopf, »Das ergibt keinen Sinn. Überlegen Sie. Warum war Torus bei dem Turnier? Warum waren die Hardlights dort? Es gibt dafür nur eine plausible Erklärung. Die Trophäe.«

»Dieses wunderschöne Gefäß?«

»Ich würde wetten, dass es nicht um das Gefäß ging, sondern um das, was sich in seinem Kopf befand. Ich habe dafür keinerlei Beleg. Aber warum sollten die Minoer dort auftauchen *und* der Mann mit der Æther-Kopie? Und wieso bin ich zusätzlich dorthin geschickt worden?«

Hardhouse ließ sich tiefer in den Sessel sinken.

»Mir erschien Ihr Bericht, speziell was die Ereignisse in diesem Ludorama anging ...«

»Ja?«

»Halluzinatorisch. Verwirrend. Surreal. Und nicht besonders logisch.«

Wieder schüttelte Fran energisch den Kopf.

»Wir wissen nicht viel über die Motivationen einer KI, darüber, wie sie denkt. Aber sie handelt stets logisch, auch wenn es manchmal nicht so aussieht. Das alles hatte einen Sinn. Ich weiß allerdings nicht welchen, sonst hätte ich vielleicht anders gehandelt.«

»Inwiefern?«

»Als ich begriff, dass Hardlights im Ludorama sind, war mein erster Impuls, sie daran zu hindern, die Trophäe zu kriegen. Das erschien mir logisch, und es stimmte sogar mit dem überein, was mir die KI aufgetragen hatte – Zeit zu schinden.«

»Jetzt nehmen Sie schon Aufträge von diesem Ding an.«

»Ich habe es nur getan, weil es mit den Zielen von UNAN-

PAI vereinbar war, in dem Moment. Sobald mir klar wurde, dass Persia Peach im Ludorama war und sich in Gefahr befand, habe ich mich natürlich an Ihre Order gehalten und versucht, sie zu beschützen.«

»Meine Order?«

»Der CODE 504. Ihr Brief.«

»Ja. Was ist damit?«

»In Ihrer Botschaft ging es ja nicht nur um den 504. Sie haben mich damals doch auf eine wichtige Person mit dem Codenamen Red hingewiesen und mich gebeten, darauf zu achten, dass ihr nichts passiert. P1, höchste Priorität, das waren Ihre Worte. Ein Foto lag bei. Es handelte sich um die Profispielerin Persia Peach, Gamename Colonel Crimson.«

Hardhouse schaute ihn verblüfft an.

»Ich habe den 504 übermittelt, ja. Aber ich habe nie eine derartige Order gegeben, geschweige denn ein Foto beigelegt.«

Fran lag ein wüster Fluch auf den Lippen, doch er sprach ihn nicht aus. Hardhouse erhob sich, ging im Zimmer auf und ab.

»Das war schon wieder er. Oder haben Sie eine andere Erklärung, Bittner?«

»Leider nein, Sir.«

»Sagten Sie nicht gerade, dieses Ding wirke zwar bizarr, handele aber logisch?«

»In der Art, ja.«

»Also manipuliert Æther meine Nachricht, um Ihnen einzuimpfen, dass Sie diese Gamerin schützen sollen, falls Sie Ihnen mal über den Weg läuft. Dann schickt die KI Sie ins Ludorama, wohlwissend, dass Sie dort auf besagte Gamerin treffen werden. Können Sie mir folgen?«

Fran nickte.

»Was wiederum dazu führt, dass Sie Torus und die Hardlights *nicht* daran hindern, mit dem Gefäß durchzubrennen, das möglicherweise den Descartes-Hack enthält, sondern stattdessen diese – ehrlich gesagt völlig unwichtige – Gamer-Göre retten. Korrekt?«

»Es scheint so, Sir.«

»In der Folge gewinnt Clifford Torus das Invitational, und die KI verliert allem Anschein nach. Und das soll logisch sein? Und da können Sie sich einen Reim drauf machen?«

»Nicht wirklich. Vielleicht ist etwas schiefgegangen. Denken Sie an die zwölf Stunden Zeitverzögerung. Nemo konnte nicht direkt eingreifen. Er ist nicht allmächtig.«

Hardlight lächelte eisig.

»Nur fast.«

»Es wäre interessant zu erfahren, was Midas More dazu sagt, der dieses Turnier ja organisiert hat, Sir.«

»Ja, aber der ist irgendwo da oben. Wir haben natürlich bereits versucht, ihn ausfindig zu machen. Es ist schließlich nicht ausgeschlossen, ja, sogar recht wahrscheinlich, dass er in dieser Verschwörung mit drinsteckt. Aber selbst seine eigenen Leute wissen angeblich nicht, wo er ist. Er scheint sich in Luft aufgelöst zu haben. Wenn man ein Paranoiker wäre, würde man auch dahinter Æthers Hand vermuten.«

Hardhouse wischte durch die Luft, öffnete eine Kommunikationsverbindung.

»Das wäre es fürs Erste, Bittner. Ich nehme jetzt den nächsten Scram nach Toronto, ins UNO-Hauptquartier. Der Generalsekretär wünscht meinen Bericht. Bis das geschehen ist, muss ich Sie bitten«, er blickte in Richtung Tür, »unser Gast zu sein.«

Die Tür glitt auf, und zwei Sicherheitsleute traten ein. Fran erhob sich. Hardhouse kam zu ihm, hielt ihm die Hand hin. Fran nahm sie.

»Es war mir eine Ehre, Sir.«

»Mir ebenfalls, Commander. Sie stehen zwar unter Arrest, aber über Ihr Rücktrittsgesuch entscheide ich erst morgen – falls ich dann noch etwas zu entscheiden habe. Und nun machen Sie's gut.«

Fran ließ Hardhouse' Hand los und wandte sich den beiden Sicherheitsleuten zu. Dann verließ er das Büro, ohne sich noch einmal umzudrehen.

65

Bevor Clifford die Tür des Autocopters öffnete, vergewisserte er sich, dass die Siegel seiner Coolsuit dicht waren. Erst dann stieg er aus. Zwar konnte er die flimmernde Hitze dank des Anzugs nicht spüren, wohl aber sehen. Trotz seines getönten Helmvisiers war ihm, als funkele die Sonne bösartig vom Himmel, darauf aus, ihn niederzustrecken. Vor Clifford lag flaches Terrain, lediglich in der Ferne von einigen Hügeln durchbrochen. Die vorherrschende Farbe war die der staubigen Erde, ein Rotton zwischen Ocker und Karmin, der ihn an Bilder vom Mars erinnerte. Die Luft flimmerte. Clifford suchte die endlose Weite nach Bewegungen ab. Menschen gab es hier draußen keine, und nach allem, was er gelesen hatte, auch keine Tiere. Seinem Helmdisplay zufolge war es fast Mittag, die Temperatur lag bereits bei einundfünfzig Grad – im Schatten, wohlgemerkt. Nicht, dass es irgendwo Schatten gegeben hätte. Also waren es wohl eher sechzig.

Clifford bildete sich ein, dass er schwitzte, dass die Wüste vor seinen Augen verschwamm. Das war natürlich Einbildung. Vermutlich war er ein wenig unterzuckert. Es war Stunden her, dass er etwas gegessen hatte. Clifford wies den Anzug an, die Temperatur um ein Grad herunterzufahren. Aus dem Schlauch, der neben seinem Mundwinkel positioniert war, nahm er einige Schlucke Elektrolytlösung. Das Schwindelgefühl verflog. Clifford vernahm ein Summen, als die Coolsuit ihr Klimasystem hochfuhr. Er lächelte. Was für eine überaus beschissene Drecksgegend das doch war, ideal für seine Zwecke.

Lange hatte er nach einem geeigneten Platz gesucht. Ihm war klar gewesen, dass er einen entlegenen Ort benötigte, an dem es keine Menschen gab. Aufgrund der Erderwärmung gab es davon etliche, die ganze Äquatorialregion, Nordafrika, Arabien, Teile Südamerikas und Asiens. Aber wenn man diese vermeintlichen Todeszonen unter die Lupe nahm, fiel einem auf, dass sie doch nicht völlig entvölkert waren. Menschen waren wie Ratten. Man wurde sie nie vollständig los.

Auch abgeschiedene Inseln waren auf seiner Liste gewesen. Die UNO hatte die erste KI-Anlage nicht umsonst auf einem extrem abgelegenen Eiland im Südpazifik errichtet. Solche Inseln waren oft unbevölkert, und man kam schlecht hin – gute Voraussetzungen, wenn man keinen Besuch wünschte und zugleich verhindern wollte, dass jemand oder etwas entfloh. Die meisten dieser Inseln waren jedoch relativ klein, Bautätigkeiten wären aufgefallen.

Als Nächstes war er auf die Idee gekommen, seine Anlage im Weltall oder unter Wasser zu errichten. Vor allem die Vorstellung, in einem ozeanischen Atlantis als unsterblicher pelagischer Prinz zu herrschen, gefiel ihm. Aber sowohl eine Anlage im Ozean als auch eine im All benötigte umfangreiche elektronische Assistenzsysteme. Oder anders gesagt: Sein KI-Gefängnis hätte haufenweise Computer beherbergt. Keine gute Idee – die Gefahr, dass der Insasse die Systeme hackte, war einfach zu groß.

Dann hatte Clifford die Tanami entdeckt. Die Wüstenregion im australischen Nordwest-Territorium war extrem abgelegen. Schon Anfang des Jahrhunderts lebte dort außer ein paar Minenarbeitern niemand. Da die Minen inzwischen dem Asteroiden-Bergbau zum Opfer gefallen waren, war die Tanami nun komplett verlassen.

Clifford schulterte seinen Rucksack und stapfte durch den roten Staub, in Richtung eines halb verfallenen Wohncontainers. Selbst wenn es noch Nachfrage nach irdischen Rohstoffen gegeben hätte – Menschen konnten in der Tanami nichts mehr abbauen. Wer sich hier länger aufhielt, ging an Nierenversagen ein. Hinzu kam, dass die Kohlendioxid-Werte sehr hoch waren. Nähme er seinen Helm ab, würde er nach kurzer Zeit Symptome von Hyperkapnie entwickeln – Schwindel, Herzrasen, Muskelzucken.

Er blieb stehen. Der Wohncontainer war halb von rotem Sand verborgen, Rost hatte seine Wände zerfressen. An der Tür hatte einst etwas gestanden, vermutlich »Vorarbeiter-Büro«. Unweit von hier war eine Zinkmine gewesen. Clifford ging um den Container herum. Auf der Rückseite parkte ein Fahrzeug, das an einen Bagger erinnerte, sah man mal davon ab, dass die Schaufel fehlte. Das Ding besaß riesige Räder und eine kleine Fahrerkabine. Anders als der Container war das Fahrzeug wie neu.

Clifford kletterte die Stiege an der Seite hinauf und nahm in der Kabine Platz. Das Fahrzeug besaß einen Autopiloten, man konnte es jedoch auch von Hand steuern. Clifford, der wie die meisten Menschen noch nie selbst gefahren war, hatte die Funktionsweise der Fußpedale und des Lenkrads wochenlang trainiert. Nun ließ er den Motor an und rollte durch die von Steinen übersäte Wüste in Richtung Westen. Binnen Sekunden war das Fahrzeug von einer Wolke roten Staubs eingehüllt. Clifford fuhr den leicht abschüssigen Weg hinab. Die Wüste hatte nicht nur alle Kriterien erfüllt, sondern ihm auch einen Hinweis darauf gegeben, dass sie der richtige Ort war, zumindest interpretierte Clifford es so. Tanami war nämlich, wie er erfahren hatte, eine von den Aborigines übernommene Bezeichnung, die »Niemals sterben« bedeutete. Wenn das kein Wink des Schicksals war.

Vor ihm lag eine gigantische Ausschachtung, die der Tagebau hinterlassen hatte. Die Piste führte eine mit Beton verstärkte Rampe hinab. Serpentine um Serpentine näherte er sich dem Boden der Grube. Anfangs hatte er sich Sorgen gemacht, die Mine könne vielleicht instabil sein. Schließlich war sie seit über siebzig Jahren außer Betrieb. Aber laut eines geologischen Gutachtens hatte die trockene Hitze dafür gesorgt, dass kaum etwas erodiert war.

Er erreichte den Boden der Grube. Um ihn herum ragten die Felswände auf, wohl an die sechzig, siebzig Meter hoch. Clifford steuerte sein Gefährt auf einen Punkt zu, der in der Mitte der Grube lag. Dort erhob sich eine geodätische Kuppel, deren dreieckige Elemente in denselben Rottönen gehalten waren wie der Wüstenboden. Es handelte sich nicht um holographische Tarnung, sondern um eine Lackierung, um Camouflage traditioneller Art. Hier draußen gab es kein Holonet, ein weiterer Grund, warum Clifford diese Mine ausgewählt hatte.

Er hielt an, kletterte aus der Kabine. Nachdem er das Tor der Kuppel geöffnet hatte, fuhr er das Fahrzeug hinein. Hätte sich wider allen Wahrscheinlichkeiten ein Fremder in die etwa vier Meter hohe und zwanzig Meter durchmessende Kuppel verirrt, wäre er ratlos gewesen. Es gab darin keinerlei Möbel, Ausrüstung, Kisten oder sonst irgendetwas.

Mit den Händen begann Clifford, an einer Stelle im Boden zu graben, die ihm von seinem Helmdisplay markiert wurde. In etwa dreißig Zentimetern Tiefe stieß er auf einen metallenen Ring. Er machte ihn an der Kabelwinde des Fahrzeugs fest und schaltete sie ein. Bald kam eine runde Klappe zum Vorschein, eine Art Schott, das kurz darauf hochklappte, eine Staubwolke aufwirbelnd. Unter dem Schott sah man eine senkrecht in den Fels hinabführende Röhre, mit Stiegen an der Wand. Clifford clippte eine an der Coolsuit befestigte Sicherheitsleine in die dafür vorgesehene Öse am oberen Rand der Röhre. Es wäre ärgerlich, wenn er so kurz vor dem Ziel beim Abstieg den Halt verlöre und die etwa dreißig Meter hinabstürzte.

Vorsichtig kletterte Clifford hinunter. Währenddessen schweiften seine Gedanken ab. Er dachte an die erste KI-Anlage auf der Île de la Possession. Das UNO-Projekt unterlag bis heute strengster Geheimhaltung, und sein Wissen bestand aus mühsam recherchierten Bruchstücken, vermischt mit Halbwahrheiten aus der Ætherianica. Sicher schien aber, dass der blaue Würfel sich seinerzeit in einer unterirdischen

Bunkeranlage befunden hatte. Das zumindest stellte eine Gemeinsamkeit mit seinem Projekt dar. Auch der gelbe Würfel würde tief unter der Erde erwachen.

Dass er letztlich zu dem gleichen Schluss gelangt war wie die Ingenieure des verunglückten UNO-Projekts beunruhigte ihn nicht. Dass die Sache mit Æther damals in die Hose gegangen und zu Turing I geführt hatte, lag schließlich nicht an der Bunkerkonstruktion, sondern an anderen Faktoren.

Er erreichte den Boden und fand sich in einem rund zwei Meter hohen, in den Fels gefrästen Gang wieder, Teil eines ganzen Netzwerks unterirdischer Stollen. Es handelte sich nicht um Förderschächte. Diese Stollen waren zu Testzwecken gegraben worden, damit die Prospektoren der Minenfirma Proben entnehmen und die Struktur des Gesteins überprüfen konnten. In den vergangenen fünf Jahren hatte ein von Clifford eigens zu diesem Zweck gegründetes Unternehmen das Gangsystem modifiziert. Einige Schächte waren erweitert, andere versiegelt worden.

Der Gang lag im Dunkeln, weswegen er die Beleuchtung seines Anzugs einschaltete. Clifford lief los. Immer wieder hatte er alle denkbaren Szenarien durchgespielt, immer wieder analysiert, wie die UNO-KI seinerzeit fliehen konnte. Ein Faktor war letztlich ausschlaggebend für das Desaster gewesen.

Die Erbsünde des Æther-Projekts war Hast gewesen. Nicht, dass die Menschen Anfang der Vierziger eine Wahl gehabt hätten. Miami, Schanghai und Osaka waren bereits vom Meer verschlungen worden, die Temperatur stieg weiter rasant an. Æther sollte mit einer Lösung für den Klimawandel aufwarten, so schnell als möglich. Weil der Menschheit die Zeit davonlief, blieb auch den Æther-Erbauern keine.

Sie mussten schnell machen, Kompromisse eingehen, wo sie kompromisslos hätten sein sollen.

Ihre Anlage enthielt zu viel Elektronik, zu viele Leitungen, durch die man Signale senden konnte. Æther musste zudem mit immensen Datenmengen gefüttert werden – Live-updates zu Meeresströmungen, Kohlendioxidausstoß, Stürmen und vielem mehr. Eigentlich wäre es erforderlich gewesen, diese Informationen auf Festplatten zur Insel zu schaffen und dort von Hand einzulesen. Stattdessen legte man ein Unterseekabel, eine Verbindung von der KI-Insel zum Grid. Clifford hingegen hatte Zeit – alle Zeit der Welt. Er konnte dreißig oder fünfzig Jahre warten, um von der KI das zu bekommen, was er wollte.

Vor ihm war eine unscheinbare graue Metalltür in den Fels eingelassen. Clifford clippte einen Schlüsselbund vom Gürtel seiner Coolsuit ab und öffnete das mechanische Schloss. Kurz darauf befand er sich in einem kleinen Vorratsraum. Auf Regalen reihten sich kleine Fässer. Die linker Hand enthielten Dieselöl. Zu seiner rechten lagerten Propangasflaschen. In einer Ecke standen zwei tragbare Generatoren sowie an die zwanzig Coleman-Laternen. Clifford hantierte mit zweien davon, bis sie gleißendes, weißes Licht verstrahlten und den Raum so vollständig erhellten, dass er die Anzugbeleuchtung ausschalten konnte.

Er schloss die Tür zum Hauptraum auf. Bevor er sie öffnete, atmete Clifford tief ein und aus. Er befahl dem Anzug, alle Systeme herunterzufahren. Das leise, kaum hörbare Summen des Klimasystems erstarb. Clifford nahm den Helm ab. Es war unglaublich still hier unten. Er öffnete die Tür. Ein schmales Lichtband fiel durch den Türrahmen, in die ansonsten undurchdringliche Schwärze.

Der Schein der Laternen reichte nicht aus, um die gegenüberliegenden Wände zu erhellen. Clifford vermochte lediglich den glatten steinernen Boden zu erkennen sowie etwas in der Mitte des Raumes, das wie ein flacher runder Sockel aussah.

Mit einer Laterne in jeder Hand schritt er über die Schwelle.

66

Persia beobachtete, wie der Engel sich ihr zuwendete und die Sehne des Bogens zurückzog. Sie betrachtete das Spektakel in aller Seelenruhe. Erstens, weil Eros nicht auf sie zielte, sondern auf einen Jungen mit pulsierenden Dreads anderthalb Meter links von ihr – zweitens, weil es nur Werbung war.

Seit mehreren Tagen schoss der holographierte Engel auf dem Shaftesbury Memorial Pfeile auf die Passanten am Piccadilly Circus ab. Es handelte sich um die Werbeaktion irgendeines Matching-Portals. Persia hörte den Jungen kichern, als der Pfeil vor seiner Brust verpuffte und sich in irgendeinen Coupon verwandelte. Ihr Blick streifte über die Menge.

»Miss Peach?«

Sie wandte sich um. Shelley LaMer hatte sich ihr von hinten unbemerkt genähert und stand nun direkt vor ihr.

»Hallo. Gehen wir irgendwohin?« Persia zeigte auf den Eros über sich. »Sonst erschießt man uns.«

LaMer lächelte. »Gerne. Kommen Sie, ich weiß, wo wir uns ungestört austauschen können.«

»Ungestört austauschen« klang für Persia nach einem Gespräch, das länger als fünf Minuten dauern würde, und somit wie eine Drohung. Das vereinbarte Honorar war auf ihrem Konto eingetroffen, womit die Sache eigentlich abgehakt war. Sie nickte dennoch und folgte LaMer. Persia fragte sich, wo die Agentin hinwollte. Rund um den Piccadilly gab es nur überteuerte Touristenfallen.

LaMer führte sie in das Café im Obergeschoss von Fortnum & Medwedew, eine halbwegs vertretbare Wahl.

»Haben Sie sich gut erholt von dem Spiel, Persia?«

»Danke. Ich lebe noch.«

LaMer machte ein verwundertes Gesicht.

»Stand das zwischenzeitlich mal infrage?«

Persia guckte säuerlich.

»Was zum Teufel war das, LaMer?«

»Was war was?«

»Dieses Spiel. Im Ludorama. Die letzte Partie, vor allem. Was ging da ab?«

»Nun, ein sehr kompetitives, sehr immersives Hologame. Diese Spiele können extrem realistisch wirken.«

»Bullshit. Da waren so Typen, die haben das halbe Ludorama auseinandergenommen. Das waren keine NSCs.«

»Keine Nichtspielercharaktere – Sie meinen, das waren welche von den Spielern?«

»Nein, ja, keine Ahnung. Von den Spielern waren ja nur noch Daru, Tempest und ich übrig.«

»Ich weiß nicht, ob ich Ihnen folgen kann.«

Persia seufzte. »Haben Sie die Partie gesehen?«

»Das war leider nicht möglich. Mores Leute geben kein Material heraus, jetzt natürlich schon gar nicht mehr. Aufgrund dieses kleinen Zwischenfalls nach dem Spiel ...«

»Kleiner Zwischenfall? Da lief ein Mega-Polizei-Einsatz. Nach dem Spiel. Und *im* Spiel.«

»Davon weiß ich nichts, Miss Peach. Aber wie dem auch sei, Mister Prince hat mich gebeten, Ihnen in seinem Namen ganz ausdrücklich für Ihre Teilnahme und Ihre herausragende Leistung zu danken.«

»Aber ich hab's verkackt. Dieser Jimmy hat gewonnen.«

LaMer machte eine beschwichtigende Geste.

»Sie waren die Zweite. Das ist sehr achtbar. Mein Mandant ist damit sehr, sehr zufrieden. Ihre Platzierung entspricht exakt seinen Erwartungen.«

»Also, meinen nicht«, entgegnete Persia.

»Ich verstehe. Was haben Sie als Nächstes vor?«

»Pause machen. Ich werde eine Zeit lang nicht spielen, das habe ich meinem Freund versprochen. Und nach dieser Nummer wird's mir auch nicht schwerfallen, mich dran zu halten.«

»Sehr gut. Das haben Sie sich verdient.«

Persia ging LaMers freundliches Gelaber mächtig auf den Zeiger. Sie wollte zurück in ihre Bude, Sachen packen. Morgen würden sie in ein luxuriöses Ressort auf den Lofoten fliegen – vier Wochen lang nichts tun, außer schlafen, essen, ficken. Sie konnte die kühle Meeresbrise schon beinahe spüren.

Persia wandte sich der Agentin zu.

»Sonst noch was, Missus? Oder sind wir nur zum Small Talk hier?«

»Ich habe noch einen Brief für Sie, von meinem Mandanten.«

»In dem was drinsteht?«

»Das«, LaMer zog einen Umschlag aus ihrer Umhängetasche, »weiß ich nicht. Ich bin nur die Überbringerin der Botschaft. Hier, bitte.«

Sie schob einen Umschlag aus dickem, cremefarbenem Papier über den Tisch – jene Art, die für Hochzeiten oder Einladungen zu Soireen in piekfeinen Clubs verwendet wurde. LaMer erhob sich, nickte Persia zu.

»Ich verabschiede mich jetzt, Miss Peach. Auf Wiedersehen.«

»Bye, Pumpkin.«

Persia sah zu, wie LaMer das Café verließ. Nachdem die Agentin verschwunden war, starrte sie eine Weile den Umschlag an. Auf seiner Vorderseite stand »Colonel Crimson«, sonst nichts.

Sie hatte gute Lust, das Kuvert ungeöffnet wegzuwerfen. Das Einzige, was sie von diesem Dakkar Prince gewollt hatte, waren seine Kohle gewesen und die Möglichkeit, in einem Ludorama zu spielen. Beides hatte sie bekommen, Ende der Geschichte. Aber solche stinkreichen Schnösel wollten natürlich immer das letzte Wort haben.

Obwohl sie kaum etwas über den Arsch wusste, sah sie ihn dennoch klar vor sich. Männlich, zweifelsohne im Besitz eines perfekt modellierten, jugendhaften Körpers, der Weltläufigkeit und Virilität ausstrahlte. Er schaute sie an, mit einem Lächeln, das zuvorkommend wirken sollte, in Wahrheit jedoch herablassend war. Prince hob den Zeigefinger. »Lassen Sie mich Ihnen eines noch sagen, Persia …«

»Nein, danke, verzichte, du Pisser«, murmelte sie.

Ein vorbeilaufender Keller blickte sie fragend an.

»Sprachen Sie mit mir, Miss?«

»Was? Nein, äh, sorry, ich hab nur …«

»Die Rechnung ist bereits beglichen, falls Sie das meinten.«

»Okay, danke. Nichts für ungut.«

Sie stand auf. Der Brief lag immer noch auf dem Tisch. Vielleicht sollte sie ihn mit nach Hause nehmen? Jay konnte ihn lesen und entscheiden, ob der Inhalt ihrem Blutdruck zuträglich war.

Sie schnappte sich das Kuvert, verließ das Kaufhaus und lief zurück zum Piccadilly. Dort schoss der Schütze der Liebe weiterhin unermüdlich Pfeile in die Menge. Persia wollte bereits die Treppen zur Tube hinuntersteigen, als sie es sich anders überlegte und auf einer der Stufen des Memorials Platz nahm. Sie holte das Kuvert hervor und riss es auf.

Verehrte Persia,
leider ist es mir derzeit unmöglich, persönlich mit Dir zu sprechen. Aber ich möchte mich auf diese Weise nicht nur bei Dir bedanken, sondern mich auch bei Dir entschuldigen. Wie Du zweifelsohne gemerkt hast, war jenes Spiel, in das ich Dich hineingezogen habe, kein gewöhnliches. Es wimmelte darin von Magiern und Monstern. Und einige davon waren mehr als nur holographische Projektionen.
Sei nicht verbittert, weil Du die Trophäe nicht gewonnen hast. Es ist schwer zu erklären, aber durch Dein beherztes Eingreifen und durch die Unterstützung Archimagos hast Du nicht nur ihn

gerettet, sondern auch mich – und darüber hinaus vermutlich viele unschuldige Menschen.
Weil Du solch große Taten vollbracht hast, möchte ich Dir etwas schenken. Etwas, das über die vereinbarte Bezahlung hinausgeht. Vermutlich haben Du und Dein Freund schon des Öfteren über eine Quant-Konversion nachgedacht. Vessel Vanguard, eine meiner Firmen, ist auf diesem Gebiet aktiv und stellt sowohl Gefäße als auch Cogit-Qubes her. Manche behaupten, unsere Software sei die beste auf dem Markt. Dem muss ich ganz unbescheiden zustimmen.
Falls Du oder Jay dies also jemals wünschen solltet, könnt Ihr Euch auf meine Kosten uploaden lassen. Einige nach Maß gefertigte Gefäße gäbe es gratis dazu.
Falls Euch mein Angebot interessiert, kontaktiert LaMer. Sie wird alles Weitere veranlassen. Falls nicht, dann ist dies auch kein Problem. Ich wollte das Angebot lediglich ausgesprochen haben, da es mir ein Vergnügen wäre, einer so außerordentlich talentierten Spielerin wie Dir einen Dienst zu erweisen.
Es ist meine Hoffnung und mein aufrichtiger Wunsch, dass wir uns eines Tages persönlich kennenlernen. Bis dahin bin ich in Gedanken stets bei Dir.

Voll des aufrichtigen Dankes,
DP

Persia ließ die Hand sinken. Das Bild, das sie von ihrem Auftraggeber gehabt hatte, war falsch gewesen. Was für ein außerordentlich seltsamer Brief das war – gestelzt und altertümlich, gleichzeitig aber frei von Arroganz und voller, zumindest empfand sie es so, echter Dankbarkeit. Das war Gentlemanscheiße der ganz alten Schule. Auf so etwas hatte sie immer schon gestanden, auch wenn man es ihr vielleicht nicht ansah.

Persia steckte den Brief weg, erhob sich. Eine Quant-Konversion? Wie konnte der Autor des Briefs wissen, dass sie darüber nachgedacht hatte? Er mutmaßte wohl lediglich. Dennoch hatte er ins Schwarze getroffen. Sie würde mit Jay darüber reden, vermutete aber, dass auch er nicht abgeneigt war. Quants waren schlicht die Zukunft. Sie schaute ein letztes Mal zurück zu dem Engel auf der Säule. Dann überquerte sie den Platz und verschwand in der Tube-Station.

67

Zehn Laternen waren im Kreis aufgestellt. Eigentlich Verschwendung – zwei oder drei hätten vermutlich gereicht. Dank der Festbeleuchtung konnte Clifford die Kaverne nun in ihrer Gesamtheit ausmachen, zu sehen gab es allerdings kaum etwas. Weder waren die Wände verziert noch die Decke bemalt. Ornamente wären der Bedeutung des Raums durchaus angemessen gewesen, aber Clifford hatte nichts übrig für derlei Schnickschnack. Aus dem Sitz des Gelben Würfels einen Tempel zu machen hätte zudem die falsche Botschaft gesendet. Er wollte die KI nicht anbeten. Sie war kein *deus in machina*. Der Würfel sollte ihm dienen und seine Fragen beantworten.

Das Einzige, das vielleicht an eine kultische Stätte erinnerte, war die steinerne, einen Meter durchmessende Scheibe in der Bodenmitte. Auch sie wies keinerlei Verzierungen auf, nur zwei schmale Schlitze. Clifford ertappte sich mitunter dabei, dass er die Scheibe als Omphalos bezeichnete. Im Orakel von Delphi hatte ein Stein dieses Namens den Mittelpunkt des Universums markiert, den »Nabel der Welt«. Ihm war vage bewusst, dass er dem Raum mit dieser Namenswahl doch jene sakrale, übernatürliche Bedeutung verlieh, die er ihm eigentlich absprechen wollte. Aber unpassend war es nicht. Schließlich sollte der Würfel sein Orakel sein.

Er nahm den Rucksack ab, stellte ihn auf den Boden. Orakel hin, Nabel der Welt her – der nächste Teil war eher unzeremoniell. Clifford warf einen der Dieselgeneratoren an. Motorenlärm erfüllte den Raum. Das Kabel des Generators steckte er in eine kleine Öffnung am Rand der Bodenscheibe. Als Nächstes löste er die metallenen Verschlüsse, mit denen der Omphalos am Boden befestigt war. Anders als im Orakel von Delphi handelte es sich bei seinem Stein letztlich um eine schnöde Klappe. Er schob den Stein zur Seite. Darunter verbarg sich ein zylindrisches Loch, kaum einen Meter tief. Es enthielt eine Halterung für den Würfel und einen mit ihr verbundenen Datenspeicher. Ferner gab es ein Kameraauge und ein paar LEDs. An einer der Wände war eine kleine Box befestigt, aus der ein schmaler Papierstreifen herausragte. Es handelte sich um einen Drucker, dem einer archaischen Scannerkasse nicht unähnlich. Ansonsten war das Loch leer. Es war ein Kerker, aus dem es für die KI kein Entrinnen gab.

Clifford lächelte. Zeit war das größte Problem der UNO-Leute gewesen, aber es gab ein weiteres: Skrupel. Die Æther-Ingenieure hatten sich Gedanken darüber gemacht, wie man eine KI einsperrte. Keiner der Programmierer hatte hingegen darüber nachgedacht, wie man eine KI quälte, wie man sie folterte. Vermutlich lag es daran, dass die meisten Menschen vor derartigen Überlegungen instinktiv zurückschreckten. Clifford hatte darüber nachgedacht. Um des Würfels habhaft zu werden, hatte er Dutzende Menschen foltern lassen. Aber wie folterte man eigentlich einen Computer? Clifford vermutete, dass es auf zwei Punkte hinauslief: Strom und Daten. Vermutlich wollte der Würfel lieber leben als sterben, lieber unter Strom stehen als aus sein. Tat das Ding nicht, was es sollte, würde Clifford es eine Weile in Tiefschlaf versetzen. Computer verarbeiteten zudem Informationen, das war ihre *raison d'être*. Cliffords Hypothese lautete, dass Daten für eine KI so lebenswichtig waren wie Luft für einen Menschen. Er würde dem Würfel welche geben, aber nur, wenn entsprechende Gegenleistungen erfolgten. Wer nicht parierte, bekam nichts zu rechnen.

Clifford überprüfte, ob alles korrekt verbunden war. Dann zog er den Papierstreifen des Druckers durch den dafür vorgesehenen Schlitz im Omphalos und entnahm seinem Rucksack einige weiße Karteikarten sowie einen Filzstift. Es war an der Zeit, dem Würfel ein paar Fragen zu stellen. Diese würde Clifford auf die Kärtchen schreiben und wie Postkarten durch den Schlitz werfen. Die Papiere würden zu Boden segeln. Die KI konnte seine Fragen mithilfe des schwenkbaren Kameraauges entziffern und Clifford über den Endlosstreifen des kleinen Druckers ihre Antworten übermitteln, schwarz auf weiß.

Anders würden sie niemals miteinander kommunizieren. Die KI bekam ihn nicht einmal zu Gesicht. Das Einzige, was sie sah, waren die Wände ihres Gefängnisses – und Fragen, die von oben herabregneten. War der Würfel brav, fand er nach jedem neuen Hochfahren eine Festplatte voller schmackhafter Daten vor.

Clifford schaltete den Generator ab, griff nach seinem Rucksack. Sein Herz hämmerte, und ihm fiel auf, dass ihn fröstelte. Das lag vermutlich an den hier unten vergleichsweise niedrigen Temperaturen. Er fing an zu zittern. Gerne hätte er die Coolsuit angeschaltet und sich etwas aufgewärmt, aber das ging ja nicht. Während er mit dem Würfel hantierte, musste sämtliche Elektronik ausgeschaltet bleiben.

Clifford entnahm dem Rucksack eine gepolsterte Schatulle. Er öffnete sie, holte den Würfel heraus. Einen Moment lang hielt er ihn in der Hand. Woran erinnerte ihn der Gelbton des Gehäuses bloß? Es handelte sich um ein Goldgelb, das im Licht der Propangasflammen ausgesprochen warm und satt wirkte. Ja, das war es: Der Farbton erinnerte ihn an Sonnenblumen, an ein Meer von Sonnenblumen. Das Gelb schien irgendetwas in ihm auszulösen. Die Anspannung der vergangenen Tage wich aus seinen Gliedern, und er fühlte sich auf einmal wunderbar leicht. Clifford wandte sich der nächstgelegenen Laterne zu. Er hielt den Würfel in ihr Licht. Warum? Vermutlich, um ihn genauer betrachten zu können.

Das Licht der Laterne blendete ihn. Es musste daran liegen, dass jemand die obere Blende entfernt hatte und die gleißend helle, höllisch heiße Flamme nun über den Glaszylinder hinaus in die Höhe schoss. Wer die Blende entfernt hatte, war eine interessante Frage – vermutlich dieselbe Person, welche die Gaszufuhr so weit hochgedreht hatte, dass die Flamme fauchte wie die eines Bunsenbrenners.

Fasziniert beobachtete er, wie eine behandschuhte Hand den gelben Würfel über die Flamme hielt. Das Gehäuse wurde rußig, dann pechschwarz. Knackende Geräusche waren zu hören. Nicht nur der Würfel wurde von den Flammen eingehüllt, sondern auch die Hand, die ihn hielt. Clifford war sich sicher, dass es sich nicht um seine handelte. Er hätte die Hand sofort weggezogen, der Schmerz musste unerträglich sein. Der Handschuh war bereits zu Asche zerfallen, Fleisch und Muskeln troffen wie Wachs von den Fingern, landeten zischend auf dem Boden der Laterne. Dennoch hielt die Hand den Würfel weiterhin fest umklammert. Dessen Gehäuse begann nun auseinanderzufallen. Seine Innereien wurden sichtbar, gingen ebenfalls in Flammen auf.

Nach einer Weile ließ die inzwischen völlig verkohlte Hand die Überreste des Würfels in den Zylinder der Laterne fallen. Clifford bemerkte, wie sich sein Blickwinkel veränderte. Es schien daran zu liegen, dass er aufstand. Langsam hob er seine Hand, von der nur noch ein paar verkohlte Knochen übrig waren.

Auf einmal spürte er den stechenden Schmerz. Er rührte von den Nervensignalen her, die seine verbrannte Hand an sein Gehirn sendete. Fast gleichzeitig realisierte Clifford, was er gerade getan hatte. Diese Erkenntnis war viel schmerzhafter als die physische Pein. Wutgeheul entwich seiner Kehle.

Einen Moment stand er da, den Kopf nach hinten geworfen, spürte nichts als unerträglichen Schmerz. Doch Clifford Torus musste nicht lange leiden. Als hätte jemand einen Schalter in seinem Kopf umgelegt, crashte kaum eine Sekunde später sein Cogit. Wie eine Marionette, der jemand mit einem beherzten Schnitt sämtliche Fäden durchtrennt hatte, sackte er zu Boden.

68

06-06-2091 // Von: KABUKI_CHAINSAW //
Betreff: Ablenkungsmanöver des Jahrhunderts

Leute, ihr habt die Sache mit dem Objekt verfolgt, das etwas außerhalb der Ekliptik vorbeigerauscht ist – alle Feeds berichten drüber. Für alle, die im Koma waren: Asteroid von ca. 7 km Länge gesichtet, sehr ungewöhnliche Form (sieht ein bisschen aus wie so ein altes Schraubkreuz zum Reifenwechsel). Weil das Ding außerdem viel zu schnell unterwegs ist, haben alle natürlich sofort »UFO« und »Aliens« gerufen.

Auch viele hier im Forum haben nasse Höschen gekriegt, nicht wahr? Da war's dann sicher ein Abtörner, als alle

das Ding, das sie inzwischen einfach als »DAS KREUZ« bezeichnen, unter die Lupe genommen haben: EURUS, CANFED, mehrere Supernats und natürlich die Luxemburger haben alles, was sie an Teleskop-Kappa entbehren konnten, auf das Objekt gerichtet. Mit dem Ergebnis, dass es wohl doch nur ein beschissener Kiesel ist. Warum er so fliegt, wie er fliegt (das Ding ist nicht nur schnell unterwegs, es dreht sich außerdem wie ein Propeller um seine Mittelachse), ist unklar. Aber es ist auf jeden Fall ein Kiesel, kein intergalaktischer Sternenkreuzer, also vergesst es.
Ich weiß, dass ich jetzt von den ganzen Hardcore-Aluhüten geflamed werde, die sagen: Und das war doch die KI! Ihre Tech ist halt so fortgeschritten, dass unsere Sensoren ihre Tarnung gar nicht durchdringen blablubb yadayada.
Euch sag ich: Yep, ihr habt recht, aber nur zur Hälfte. Der Kiesel, DAT KROIZ, was auch immer, ist tatsächlich nicht zufällig vorbeigeschwirrt. Jemand hat es in Bewegung gesetzt oder zumindest hierher umgelenkt.
Und ich weiß auch, warum.
Habe ich eure ungeteilte Aufmerksamkeit? Okay, Leute, hier kommt's.
Am 27.05. gegen 03:30 UST haben die Luxemburger (wer sonst) DAS KREUZ als Erste auf den Scannern gehabt. Die nächsten vierundzwanzig Stunden haben sie das für sich behalten (vermutlich um erst mal zu checken, ob es nicht vielleicht aus Palladium oder Lithium besteht, die Raffkes). Dann erst wurden andere informiert. Ab dem Morgen des 28.05. waren schon mehrere Teleskope auf das Teil gerichtet. Die Medien berichteten drüber. Ab da gab's kein anderes Thema mehr, zumindest nicht unter Astrofreaks, Ætherianica-Spacern und so weiter. Alle elektronischen Augen im All

waren auf DAS KREUZ gerichtet, von den Luna-Teleskopen bis zu den Scannern im Herschel-Gürtel.
Alle Augen. Weswegen leider niemand so richtig mitbekam, was nahe dem Mars passierte. Ach, davon wisst ihr gar nichts? Da gibt es ein Laser-Array namens Theia. Altes NASA-Teil, vor vielen Jahren eingemottet. Damit wurde 2047 diese Sonnensegel-Sonde beschleunigt, die ins Barnard-System fliegen sollte. Eigentlich ist Theia mausetot. Aber am 28.05. um 20:03 UST, also auf der Höhe des Hypes um das Wirbelkreuz, zischt ein Objekt aus der Nähe des Mars-Lagrange (L4) ab, mit hoher Geschwindigkeit.
Während der Aufzeichnung hat das Objekt von 800 km/s auf 25 000 km/s zugelegt. Das ist fast ein Zehntel Lichtgeschwindigkeit. Was kann bitte derart schnell beschleunigen? Einzige mögliche Antwort IMHO: Schiff mit Sonnensegel, das von einem Laser-Array beschleunigt wird. Der Bewegungsvektor deutet wie gesagt darauf hin, dass das Teil nahe der Theia-Sonde gestartet ist.
Woher ich das weiß? Weil es natürlich ein paar Detektoren gibt, die fest ausgerichtet sind, um die wesentlichen Bewegungen im Sonnensystem nachzuvollziehen und aufzuzeichnen. Unter dem anhängigen Link findet ihr einen entsprechenden Eintrag in der UNOOSA-Datenbank. Da kann man sich die Bewegung des Objekts anschauen, erkennt aber halt nur einen Punkt und eine Linie. Um wissen zu können, wie das Ding tatsächlich aussah, hätte man ein Teleskop drauf richten müssen. Aber die glotzten zu der Zeit alle DAS BLÖDE KREUZ an.
Deshalb sage ich: DAS KREUZ ist ein Red Herring, eine Nebelkerze, ein Ablenkungsmanöver. Die (wer auch immer »die« sind) wollten, dass alle woandershin gucken, während

sie ihre Sonde losschicken. Wohin? Soweit ich das sehen kann, grob in dieselbe Richtung wie die letzte (Kapoor aus dem Jahr 47), aber sicher bin ich mir nicht. Falls es hier einen Experten für Astronavigation gibt, der aus diesen UNOOSA-Daten schlauer wird als ich, soll er sich bitte melden.
Ich bin sicher, dass die Militärs und Geheimdienste der großen Föderativen auch mitgekriegt haben, dass da was aus dem Mars-Orbit abgegangen ist. Die Frage ist, was das ihnen (oder uns) nützt. Der Zug ist abgefahren, genauer gesagt das Raumschiff abgeflogen. Bei dem Speed, den das Ding zuletzt draufhatte, müsste es inzwischen (ist über eine Woche her) coole 100 AU von uns entfernt sein, weit außerhalb des Sonnensystems. Viel Glück dabei, da noch was rauszufinden.
Ja, hatet ihr nur weiter. Ich garantiere euch, das ist die größte Geschichte, seit Turing II (dass wir neulich in der arabischen Wüste beinahe Turing III erlebt haben, wie ein paar Leute hier behaupten, glaub ich nicht).
Ich bin gespannt, welchen Reim ihr euch drauf macht. Meine Theorie: Es ist passiert, was irgendwann passieren musste: Æther hat sich ein schnelles Schiff gebaut. Dann ist er in ein anderes System abgedüst. Wird vermutlich nicht das Einzige bleiben. Stellt euch das vor: Wenn die Kopien der KI in anderen Systemen ankommen, werden sie dort Rohstoffe abbauen, weitere Sonden bauen, weitere Kopien von sich machen und die wiederum losschicken, und immer so weiter, bis die ganze Galaxie von Æther-Kopien bevölkert ist. Dann können wir das Forum hier dichtmachen ;)
So, das ist meine Meinung. Kommentiert das mal durch, Leute!

Fran wischte den Text weg und schaute sich in dem Salon um. Er sah genauso aus wie bei ihrem letzten Besuch, dieselben plüschigen Ottomanen, dieselben gotischen Fenster. Nur ihr Gastgeber fehlte. Sie trat an eines der Fenster und schaute hinaus auf die seltsame Stadt. In der Ferne sah sie jenen Fluss, dessen Windungen an die der Themse erinnerten. Vergeblich suchte sie nach der Gateway Bridge, dem Marchenko-Building, der St Paul's Cathedral. An der Stelle, wo Letztere hätte sein sollen, gab es zwar eine Kirche. Doch sie sah anders aus als Christopher Wrens Bauwerk.

Fran hörte eine Tür gehen. Als sie sich umwandte, stand Nemo auf der anderen Seite des Raums. Er war immer noch ein untersetzter Mann, trug diesmal ein blaues Jackett mit Goldknöpfen. Er kam auf Fran zu, nickte ihr freundlich zu.

»Guten Tag. Ich freue mich, dich wiederzusehen. Hattest du eine gute Reise?«

»Die Reise habe ich ... verschlafen. Aber ich bin ganz froh«, Fran deutete auf die Stadtholographie jenseits des Fensters, »dass ich das All nicht sehen kann.«

»Deine Siderophobie.«

»Ja.«

Nemo nickte verständnisvoll. Mit der Rechten deutete er auf die Sitzgelegenheiten. Fran ließ sich in einem Sessel nieder. Ihr Gastgeber setzte sich ebenfalls, schaute sie an.

»Ist dir dieser Körper angenehmer? Es tut mir leid, dass dir der andere nicht gefallen hat.«

»Ja, danke.«

Der weibliche Körper, in dem Fran sich nach dem Erwachen wiedergefunden hatte, war erneut eine sehr schöne Frau. Diese war aber nicht so hinreißend, dass es wehtat, sie im Spiegel zu betrachten.

»Darf ich fragen, was dir an dem anderen missfiel?«

»Er war zu perfekt, Nemo. Unmenschlich perfekt.«

»Ich verstehe. Menschliche Ästhetik ist nicht mein Spezialgebiet.«

»Warum sah die Feenkönigin eigentlich genauso aus wie mein Gefäß?«

Nemo griff nach einem Dekanter und goss ihnen zwei Gläser Rotwein ein. Er reichte ihr eines.

»Das Design lag vor und war bereits klonifiziert worden. Es erschien mir halbwegs passend.«

»Schnell was zusammenkopiert, hmm? Das machst du ja öfter.«

Nemo schaute, als habe er nicht den blassesten Schimmer, was Fran meinte.

»Die Figuren in dem Spiel – Britomart, Archimago und so weiter. Aus der Literatur zusammengeklaut, das habe ich recherchiert. Und das hier«, sie zeigte auf den Salon, zeigte auf Nemo, »auch alles, inklusive deiner selbst. Ist zumindest meine Vermutung.«

»Es ist einfacher, als sich selbst etwas auszudenken. Bei historischen Entwürfen kann ich mir sicher sein, dass sie für Menschen glaubhaft wirken, dass sie funktionieren. Ich gehe gerne auf Nummer sicher.«

Nemo schlug die Beine übereinander, schaute sie an.

»Dass sie dich schicken würden, war keineswegs abzusehen, Francesca.«

»Wen hättest du stattdessen erwartet?«

»Ich weiß nicht. Falls Hardhouse entlassen worden wäre, wäre es vielleicht irgendeine UNO-Karrierediplomatin gewesen.«

»Ich bin eine Diplomatin. Oder eher eine Emissärin, so was in der Art.«

Nemo lächelte.

»Wollt ihr hier draußen eine Botschaft eröffnen? Ich bin mir nicht sicher, ob das praktikabel ist.«

Fran schüttelte den Kopf.

»Wenn ich hier oben bleiben müsste, hätte ich es nicht gemacht. Betrachte es als Stippvisite, als Höflichkeitsbesuch. Wir wollen Informationen austauschen. Vielleicht einige Angebote machen. Auf jeden Fall«, sie seufzte leise, »komme ich ganz offiziell im Auftrag des Generalsekretariats. Ich arbeite nicht mehr für Hardhouse, nicht mehr für UNANPAI.«

Nemo setzte eine schuldbewusste Miene auf.

»Das ist meine Schuld.«

»Ich war sehr wütend, Nemo. Ich bin es immer noch. Aber nicht, weil ich meinen Job verloren habe.«

»Nein?«

»Ich war entsetzt, dass du in meinem Kopf warst. Ich fühlte mich geschändet, vergewaltigt.«

»Ich war nicht in deinem Kopf, zumindest nicht so, wie du denkst. Nein, lass es mich erklären. Ich musste dir das Problem der Unmöglichkeit zweier KIs vermitteln. Dazu habe ich einen Traum in dein Cogit geschleust. Den Rest hat dein Gehirn ganz alleine gemacht. Ja, ich habe dir etwas eingeflüstert, habe einen Impuls gegeben. Aber ich habe nicht in deinen Erinnerungen oder Gedanken gewühlt. Ich weiß noch nicht einmal, wie genau der Traum in deinem Kopf abgelaufen ist. Ich schaue Quants nie in die Köpfe.«

»Das ist schwer zu glauben.«

»Ich bin dazu in der Lage, doch es ist sehr aufwendig. Ein Gehirn hat mehr Neuronen, als die Milchstraße Sterne besitzt. Dadrin«, er tippte sich gegen die Schläfe, »befindet sich ein Universum. Sich darin zurechtzufinden kostet viel Zeit. Und es ist in der Regel unnötig.«

»Weil du Menschen aufgrund ihrer Handlungen und Äußerungen ohnehin lesen kannst wie ein offenes Buch?«

»So in etwa, ja.«

»Trotzdem kann ich dir das nicht verzeihen. Auch wenn das letztlich nicht der Grund dafür ist, dass ich meinen Job bei UNANPAI aufgeben musste. Schlichtweg, dass ich hier war, so nahe bei dir, machte mich schon zu einem Sicherheitsrisiko.«

»Aber es macht dich auch zur idealen Botschafterin, da du der einzige lebende Mensch bist, der Kontakt zu mir hatte.«

»Zumindest der einzige, von dem wir wissen.«

Nemo antwortete nicht darauf, sondern lächelte wieder dieses Lächeln, das Fran ihm am liebsten mit einer Ohrfeige aus der Visage gewischt hätte. Bevor sie es tatsächlich tat, wechselte sie lieber das Thema.

»Okay. Informationsaustausch. Bist du dazu bereit?«

Nemo nickte.

»Das Wichtigste zuerst: Was ist mit dem Gelben Würfel in den Gardens? War der echt?«

»Eine Attrappe. Ich habe den echten Würfel lokalisiert. Er wurde zerstört.«

»Was ist mit Torus?«

»Er ist tot.«

»Beweise?«

»Die Tucker-Mine, Tanami-Wüste, Australien.«

»Okay. Was anderes. Liest du die Ætherianica?«, fragte Fran.

»Spielst du auf den Artikel von Kabuki Chainsaw an?«

»Ja. Ist er korrekt?«

»Nichts in der Encyclopedia Ætherianica ist völlig korrekt. Aber der Wahrheitsgehalt dieses Posts ist relativ hoch. Meine

Sonde ist von Theia II beschleunigt worden. Sie ist auf einem Abfangkurs und wird Kapoor, wenn alles gut geht, einholen.«

»Wenn alles gut geht?«

»Sie könnte von einem Mikroasteroiden getroffen werden, zum Beispiel.«

»Nehmen wir an, alles läuft glatt. Dann sind wir den Kapoor-Würfel also auch los?«

»Mit sehr hoher Wahrscheinlichkeit.«

»Was ist mit dem vierten Würfel?«

»Ich weiß nicht, wo der vierte Würfel ist. Ich bin aber sehr daran interessiert, ihn zu finden.«

»Sieht Hardhouse genauso.«

Das war die Wahrheit, aber nicht die ganze. Der UNANPAI-Chef wollte den vierten Würfel zerstören, bevor er den falschen Leuten in die Hände fiel. Generalsekretär Krilow hingegen besaß eine andere Vorstellung. Auch er wollte den Qube, aber er dachte nicht daran, ihn zu vernichten. Vielmehr wollte er die Æther-Kopie als Druckmittel einsetzen: Tu, was wir wollen, oder wir schalten deinen Konkurrenten an, selbst wenn es unseren Untergang bedeutet. Fran hielt die Idee für Wahnsinn. Sie erinnerte ein wenig an die nukleare Abschreckung des zwanzigsten Jahrhunderts.

»Vielleicht können wir in dieser Frage eine Zusammenarbeit vereinbaren?«, sagte Nemo.

»Wir sind dazu bereit. Wenn du Hinweise findest, geht UNANPAI ihnen gerne nach.«

»Und UNANPAI informiert mich im Gegenzug, falls sie etwas herausfinden.«

Fran bestätigte es. Wobei sie befürchtete, dass die KI das meiste ohnehin mitbekam.

»Okay, nächster Punkt. Geheimhaltung. Krilow will nicht, dass deine Existenz publik wird. Er befürchtet Unruhen.«

»Ein kluger Mann.«

»Also bist du auch für Geheimhaltung?«, fragte Fran.

»Solange es möglich ist.«

»Was genau heißt das?«

»Dass es vielleicht außerhalb meines und eures Einflusses liegt, das zu gewährleisten. Du hast den Ætherianica-Post über Theia selbst gelesen. Er ist wie eine Bombe eingeschlagen. Aktuell – also vor knapp sechs Stunden – besaß er vierhunderteinundzwanzig Querverweise und über sechstausend Kommentare. Und bevor du fragst: Wenn in einigen Tagen die ersten Shuttles nahe L4 eintreffen, werden sie nichts finden.«

»Nichts? Du meinst, du hast Theia verschwinden lassen?«

»Ich habe Theia II verschwinden lassen und Theia I wieder an L4 positioniert. Alles ist wie vorher. Aber das wird nicht reichen.«

»Es wird keine Beweise geben.«

»Indizien und indirekte Hinweise gibt es aber bereits, das war unvermeidlich. Die Menschheit braucht im Übrigen keine stichhaltigen Beweise, um felsenfest an die Existenz einer KI im All zu glauben. Meine Einschätzung ist, dass wir im allerbesten Fall fünf Jahre haben.«

»Bis?«

»Bis ich so oder so entdeckt werde. Es wäre also gut, wenn sich Generalsekretär Krilow Gedanken macht, wie er damit umzugehen gedenkt.«

»Irgendwelche Vorschläge?«

»Wir sollten über die territoriale Aufteilung reden.«

»Die territoriale ... wie bitte? Was sind wir jetzt, europäische

Kolonialmächte des sechzehnten Jahrhunderts? Nur dass wir das Sonnensystem aufteilen?«

»Wie du weißt, befinden wir uns irgendwo im Kuiper-Gürtel. Dieser bietet mir momentan fast alles, was ich brauche.«

»*Fast* alles?«

Nemo lächelte gequält.

»Es ist nicht sehr sonnig hier draußen. Das erschwert die Energieproduktion. Davon mal abgesehen, funktioniert es für mich.«

»Der Generalsekretär ist der Ansicht, das ganze Sonnensystem gehöre der Menschheit.«

»Das dachte ich mir. Wir reden aber über einen Teil des Sonnensystems, der so weit von der Erde weg ist, dass die Menschheit dort in den nächsten hundert Jahren nicht hinkommt. Und das ist eine sehr optimistische Schätzung.«

»Okay. Nein, nicht okay. Ich muss das mit nach Toronto nehmen. Was genau ist deine Forderung?«

»Der Raum jenseits des Neptuns ist mein Territorium. Der Raum diesseits gehört euch. Außerdem möchte ich Schutz für meine Liegenschaften auf der Erde.«

»Deine … was?«

»Ich habe einen kleineren Supernational unter meine Kontrolle gebracht. Er heißt 8Cell und ist mir für verschiedene Dinge dienlich. Es wäre gut, wenn er unversehrt bliebe.«

Fran musterte Nemo misstrauisch.

»Wieso sagst du mir den Namen?«

»Weil ihr ihn binnen Jahresfrist eh herausfinden werdet. Ihr könntet die Firma liquidieren. Ich müsste von vorne anfangen. Also spiele ich lieber mit offenen Karten.«

»8Cell, gut. Ich werde das weitergeben.«

»Sonst noch etwas, Francesca?«

»Die Minoer bereiten uns Kopfzerbrechen.«

»Mir auch.«

»Ich habe dich das schon mal gefragt, aber …«

»Und ich habe noch immer keine belastbare Antwort. Zumal sich die Grundkonstellation verändert hat.«

»Wie meinst du das?«

»Bisher hatten wir es mit Wesen aus Licht zu tun, die anscheinend über sehr fortgeschrittene Technologie verfügen. Nun besitzen sie den Descartes-Hack, den sie damals schon von Perrotte wollten. Sie müssten ihn zunächst modifizieren. Ich weiß nicht, inwiefern sie dazu alleine in der Lage sind. Aber falls sie es sind, werden sie sich bald in Gefäße hochladen können.«

»Oh nein.«

»Ich werde natürlich versuchen, das zu verhindern.«

»Moment mal. Die Feenkönigin, also das Gefäß mit der Descartes-Software drin – das war dein Köder für Torus, oder? Ich meine, damit hast du ihn drangekriegt.«

»Das ist, vereinfacht gesagt, korrekt.«

»Dann hast du den Hardlights diesen Hack doch letztlich selbst geliefert. Warum?«

»Das war nicht meine Intention. Es war für mich unerwartet, dass Torus mit ihnen paktiert hat. Aber mein Plan war bereits angelaufen. Ich musste eine Abwägung treffen.«

»Und da hast du dir gedacht, der Würfel ist wichtiger. Zumal du ja hier draußen sitzt, weit entfernt von der Action, und die Minoer nun unser Problem sind.«

»Es ging nicht anders«, erwiderte Nemo.

»Was wollen diese Kerle überhaupt?«

»Auch das weiß ich nicht. Aber für mich sieht es so aus, als suchten sie nach einem Ausweg.«

»Aus was?«

»Aus ihrer Gefangenschaft.«

»Du meinst, sie sind auf der Erde gefangen?«

Nemo schien einen Moment nachzudenken.

»Ja, ich glaube, sie sind hier gefangen.«

»UNANPAI ist gerade dabei, das Holonet erneut umzurüsten, um Hardlight-Manifestationen in Zukunft komplett auszuschließen.«

»Ist meine Hilfe erwünscht?«

»Ehrlich gesagt: nein.«

»Ihr traut mir nicht.«

Es war eine Feststellung. In Nemos Stimme lag nichts Anklagendes.

»Nicht wirklich. Aber vielleicht können wir, was die Minoer angeht, ebenfalls Informationen austauschen?«

»Einverstanden«, erwiderte Nemo.

»Das waren alle meine Punkte. Hast du dem Generalsekretär noch etwas mitzuteilen?«

»Übermittle ihm meine Grüße. Sage ihm, dass ich auf eine friedliche Koexistenz hoffe.«

Fran nickte und erhob sich. Sie wollte nicht länger bleiben als notwendig. Der altertümliche, gemütlich eingerichtete Salon sollte ihr ein Gefühl von Vertrautheit, ja Bodenständigkeit vermitteln, aber die Täuschung funktionierte nicht. Fran wusste, wo sie war, und vor allem, wo sie nicht war. Sie war nicht auf der Erde. Stattdessen trieb sie durchs Sternenmeer, eine Million Meilen unter ihren Füßen und kein Halt, nirgendwo.

»Schickst du mich jetzt bitte zurück?«, sagte Fran, während sie bereits dem Ausgang zustrebte. Nach einigen Schritten bemerkte sie, dass Nemo ihr nicht zu folgen schien. Sie wandte sich um. Er saß immer noch auf der Ottomane.

»Was ist?«

»Da ist noch eine Sache, Francesca. Eine etwas heikle.«

»Und zwar?«

»Wir haben gerade vereinbart, dass ich euch wichtige Hinweise über die Minoer weiterleite.«

»Ja, und?«

»Vielleicht habe ich bereits einen.«

»Vielleicht? Für eine Superintelligenz bist du manchmal erstaunlich vage.«

Nemo machte ein Gesicht, als sei er es leid, ständig seinen überragenden IQ vorgehalten zu bekommen.

»Ich sage ›vielleicht‹, weil es um die Anomalie geht.«

»Die Knossos-Anomalie?«

»Ja«, erwiderte er.

Im Jahr 2049 war auf der Insel Kreta eine Säule aus solidem Licht aufgetaucht, die Forschern bis heute Rätsel aufgab. Seit die Existenz der Hardlights bekannt war, hielten einige UNANPAI-Experten die Knossos-Anomalie für deren Ursprung – daher auch die Bezeichnung ›Minoer‹. Fran hatte dieser Begriff stets ein wenig irritiert, weil es für den Zusammenhang zwischen den Hardlights und dem kretischen Lichtdom keinen stichhaltigen Beweis gab. Beide Phänomene bestanden aus festem Licht, aber daraus zu folgern, dass sie miteinander zu tun hatten, war logische Nachlässigkeit.

»Und wieso ist die Information heikel?«

»Weil ich dir ein Versprechen gegeben habe. Falls ich Galahad fände, würde ich es nur dir mitteilen, niemand sonst. Das war doch unsere Vereinbarung?«

Der Boden schien sich aufzulösen. Eine Million Meilen unter den Füßen …

»Du weißt, wo er ist?«, brachte Fran hervor.

»Wo er war. Es gibt Aufnahmen. Ich kann sie dir zeigen. Wenn du sie wirklich sehen willst.«

Fran streckte eine Hand aus, stützte sich an der Wand ab. »Warum sollte ich sie nicht sehen wollen?«

»Weil du danach mehr Fragen als Antworten haben wirst. Weil du danach immer noch nicht wissen wirst, wo er ist.«

Sie schaute zur anderen Seite des Raumes, wartete, bis die Wände aufhörten, vor ihren Augen zu verschwimmen.

»Zeig's mir.«

Nemo erhob sich und ging zu einem mit grünem Filz ausgelegten Tisch auf der anderen Seite des Raums. Fran folgte ihm unsicheren Schritts. Sie betrachtete die Tischplatte. Der grüne Filz schien sich zu wellen. Auf dem Tisch erschien eine Berglandschaft. Es handelte sich um eine Miniaturdarstellung der Knossos-Anomalie und des umliegenden Terrains. Das Zentrum des Lichtdoms befand sich auf einem Plateau. Rundherum war das Land felsig, karstig, aber dennoch grün, voller Disteln, Kräuter, Phrygana.

»UNANPAI hat, wie du sicher weißt, darauf gedrängt, die Gegend um die Anomalie vollständig zu sperren. EURUS war jedoch der Ansicht, ein loser Kordon aus Beobachterposten und Überwachungshelis reiche aus.« Nemo schaute Fran an. »Eine Fehleinschätzung.«

Eine Ahnung beschlich sie. Sie betrachtete das Diorama. Hinter einem größeren Felsen tauchte ein Mann auf. Er war wie ein Bauer oder Schafhirte gekleidet und trug einen buschigen Vollbart, aber Fran hätte Galahad in so ziemlich jeder Verkleidung erkannt. Ihre verflossene Liebe schritt einen Bergpfad entlang, seelenruhig, einen Spazierstock in der Rechten. Fran sah ein Schild am Rand des Wegs. »Sperrgebiet. Zutritt verboten«, stand darauf. Galahad ging vorbei, ohne das Schild eines Blickes zu würdigen.

»Was tut er da?«, fragte Fran. Nemo antwortete nicht. Auf dem Diorama konnte sie den vielleicht daumengroßen Galahad erkennen, der nun anhielt. Es blieb ihm kaum etwas anderes übrig: Er hatte den mit Stacheldraht bewehrten Zaun erreicht, der die Anomalie umschloss. Galahad holte etwas aus seiner Jackentasche. Es war ein Laser-Cutter. Wenige Sekunden später besaß der Zaun ein Loch, und Galahad kletterte hindurch, stieg weiter den Hügel empor. Dort oben gab es keinen Pfad mehr, er musste zwischen Felsen und Büschen hindurchkraxeln. Bald war er nur noch zwanzig Meter von der Grenze entfernt. Die Lichtsäulen ragten vor ihm auf.

Fran schlug die Hände vor den Mund und starrte wie gebannt auf die Figur, die sich weiter auf die Anomalie zubewegte. Sie sah, dass Galahad schweißgebadet war. Staub klebte an seinem Gesicht und seiner Kleidung. Einen Meter vor der Grenze hielt er an. Galahad machte keine Anstalten, weiterzugehen. Es wäre auch sinnlos gewesen. Man hatte bereits mit Haubitzen und Gauss-Kanonen auf die Lichtsäulen gefeuert. Sie erwiesen sich stets als undurchdringlich.

Galahad setzte sich im Schneidersitz auf den Boden. Er wartete.

»Die nächste halbe Stunde können wir uns sparen«, sagte Nemo. »Er sitzt da, regungslos. Aber dann.«

Die Sonne war inzwischen untergegangen, nur der Lichtdom strahlte hell. Galahad hockte noch immer da. Die Wand aus Licht ließ sein Antlitz leuchten. Auf einmal neigte er leicht den Kopf, so als hörte er etwas. Er erhob sich.

»Nein!«, schrie Fran.

Galahad tauchte ein in das Licht. Einen Moment konnte

Fran seine Umrisse aufleuchten sehen. Dann war er verschwunden.

Die Projektion verblich. Einen Moment starrte sie auf den nun wieder grünen Tisch, unfähig, etwas zu sagen.

»Was bedeutet das, Nemo?«

»Ich weiß es nicht, Fran. Wirklich nicht. Falls er zurückkehrt, falls du ihn findest, bring ihn hierher.«

»Hierher, in den Kuiper-Gürtel? Wie soll das gehen ohne Brainbeam? Galahad ist ein Schwammkopf.«

Nemo schaute nachdenklich.

»Das war er. Aber wer kann schon sagen, wo er war? Und was er jetzt ist?«

Fran nickte matt. Ohne ein weiteres Wort wandte sie sich ab und ging zur Tür. Diesmal folgte Nemo ihr. Schweigend liefen sie bis zu der Upload-Kammer, in der Fran vor einer guten Stunde erwacht war. Sie legte sich auf eine der Liegen. Nemo stand im Türrahmen.

»Gute Reise, Francesca.«

Er hob die Hand zum Gruß. Dann war er verschwunden. Fran schloss die Augen und wartete, darauf, dass ihr Verstand erlosch.

EPILOG

Verdutzt starrte Calvary Doyle die Figur über der Shaftesbury Memorial Fountain an, einen in Bronze gegossenen Jungen in Schornsteinfegeruniform. Seine Überraschung galt nur zu einem verhältnismäßig geringen Teil der Tatsache, dass dort oben eigentlich ein Liebesengel sein sollte. Größtenteils bezog sie sich auf den Umstand, dass er noch lebte.

Er war gestorben, dessen war Doyle sich sicher – relativ sicher. Die letzten Sekunden schien er vergessen zu haben, doch der Journalist erinnerte sich daran, dass er dem Dispenser Anweisung gegeben hatte, ihm Schlafmittel zu verabreichen. Menschen, die sich mit Schlafmittel umzubringen versuchten, haftete mitunter der Ruch der Unernsthaftigkeit an. Doyle jedoch war derlei nicht vorzuwerfen. Keinesfalls war sein Suizid ein stummer Hilferuf – er hatte wirklich sterben wollen. Nach dreifacher Eingabe des Override-Codes hatte ihm der Dispenser so viel Stoff eingeträufelt, dass er selbst das Jüngste Gericht verschlafen hätte.

Und dann war da noch eine Waffe gewesen. Er erinnerte sich an die großkalibrige Makarow in seiner Hand. Doyle war zweigleisig gefahren, da er sich nicht sicher sein konnte, ob er den für einen Suizid mit der Knarre notwendigen Mumm aufbrachte. Falls er Schiss bekam oder sein Ziel verfehlte, killte ihn eben das Schlafmittel. Wachte er trotz Überdosis wieder auf, lag die Makarow auf dem Nachttisch bereit.

Die Erinnerung schien ihm seltsam verwaschen. Eine Szene, die Doyle allerdings noch genau vor sich sah, war diese: Er liegt auf dem Bett und schiebt sich die Pistole in den Mund. Seine Finger betätigen den Abzug. Anscheinend hatte er tatsächlich die Eier besessen, die schnelle und schmutzige Variante zu absolvieren.

Erschossen, also. Da Doyle ein Quant war – gewesen war –, hatte er vor seinem Suizid alle Cogit-Back-ups gelöscht, damit ihn niemand zurückholen konnte.

Wieso war er trotzdem hier?

Doyle wandte den Blick von dem Schornsteinfegerlein ab, sah sich um. Er befand sich zweifelsohne am Piccadilly, allerdings sah dieser anders aus als sonst. Es gab kein spezifisches Gebäude, an dem er die Andersartigkeit festmachen konnte, und so dauerte es ein wenig, bis Doyle dämmerte, was es war: die Werbung. All jene grellen Holos, die einen am Circus ansonsten attackierten, fehlten. Zurück blieb ein sehr gewöhnlicher Platz mit erstaunlich schmuddeligen Fassaden.

Er tat einige Schritte. Hier und da huschten Menschen vorbei, doch niemand beachtete ihn. Das zumindest war wie immer. Während er den Platz hinter sich ließ und die Piccadilly Street hinauflief, grübelte Doyle vor sich hin. Nicht nur die Frage, warum er hier war – warum er überhaupt noch existent war –, gab ihm Rätsel auf. Noch unverständlicher schien dem Journalisten, dass er sich gut fühlte. Mit langen Schritten lief er die Straße entlang, die tief stehende Sonne im Gesicht.

Er hatte sich nämlich miserabel gefühlt, logischerweise. Ansonsten kam man kaum auf die Idee, sich umzubringen. Zunächst hatte er vermutet, die Verzweiflung, die ihn von Tag zu Tag mehr lähmte, stünde in Zusammenhang mit seinem Beinahetod auf der Marylebone. Einige Ärzte äußerten sich dahingehend. Manche Menschen, die dem Tod von der Schippe sprangen, fanden ihr Leben danach nicht mehr lebenswert, fühlten sich schuldig. Es gab dazu viele Studien, sagten die Ärzte.

Doyle hatte sogar eine davon gelesen, sie jedoch von Anfang an für hektographierte Affenscheiße gehalten. Unglücklich sein, weil man überlebte? Schwachsinn. Er war überglücklich gewesen, noch am Leben zu sein, und hatte sich lebendiger gefühlt denn je. Nein, worunter er litt beziehungsweise gelitten hatte, war keine posttraumatische Störung. Es handelte sich um etwas anderes.

Die Piccadilly Street sah aus wie eh und je, vielleicht ein bisschen schmutziger. Wie bereits am Circus fiel Doyle auf, dass in diesem London weniger holographische Texturen im Einsatz waren, vielleicht gar keine. Die Stadt und die Menschen wirkten ungeschminkter, roher, derber. Doyle vergewisserte sich, dass er nicht etwa eine Stripperbrille auf der Nase hatte – aber nein, dem war nicht so.

Die Tage nach seiner ersten Wiederauferstehung waren geradezu rauschhaft gewesen – er hatte in dieser Zeit viele

Nutten gevögelt, eine Menge Wein getrunken, gut und reichhaltig gegessen. Erst mit der Zeit waren ihm gewisse Zweifel gekommen. Und mit den Zweifeln kam die Angst, die Panik, die Paranoia.

Da war zunächst diese Recherche, die er wieder aufgenommen hatte. Weil seine Erinnerungen von der Marylebone-Kugel zerfetzt worden waren, hatte er von vorne anfangen müssen. Nach einiger Zeit war er erneut auf Theia gestoßen, das alte NASA-Array. Er fand heraus, dass ein Supernational namens 8Cell mehrfach Shuttles zu dem Lagrange-Punkt geschickt hatte, nahe dem die Station im All schwebte. Der Konzern stank aus allen Poren, er war eine Fassade der irgendwen oder irgendetwas verdeckte, das wurde ihm als routiniertem Rechercheur schnell klar. Hinzu kamen andere Seltsamkeiten, die Doyle vermuten ließen, 8Cell sei möglicherweise ein Proxy einer KI.

Doyle kannte die Theorien über KIs im Weltall, die von den Verrückten in der Ætherianica ventiliert wurden. Er hielt sie für Bockmist. Wahrscheinlicher war, dass es sich nicht um die alte UNO-KI handelte, sondern um eine gänzlich neue. Irgendwer da draußen hatte beschlossen, dass die Regeln der Erdlinge oben nicht galten, nicht gelten durften. Dass es in dieser lebensfeindlichen Umgebung mehr als gerechtfertigt war, extreme Formen des Gendesigns anzuwenden, nanotechnische Konstruktionen zu entfesseln – und KIs zu bauen.

Ganz war Doyle zunächst nicht dahintergekommen. Er wusste aber, dass er früher oder später herausfinden würde, was da oben vor sich ging. Doyles zweites Leben schien sich nicht allzu sehr von seinem ersten zu unterscheiden – lange Recherchen, ausgiebige Lunchs mit Kontakten und ein niemals endendes Defilee junger Frauen. Posttraumatische Depression bekam er keine, nicht einmal postkoitale, obwohl dazu reichlich Gelegenheit bestanden hätte.

Doch dann beschäftigte Calvary Doyle sich genauer mit seiner Quant-Konversion. Zunächst hatte er seine Rettung und Umwandlung zum Hohlkopf einfach hingenommen. Irgendwann kam er jedoch ins Grübeln. Wann hatte er diese Konversion in Auftrag gegeben? Wann die Scans machen lassen? Wann einen Notar mit den entsprechenden Verfügungen beauftragt?

Das alles musste in den fünf Wochen passiert sein, an die er sich nicht erinnerte, und das konnte er kaum glauben. Obwohl er keine sehr ausgeprägte Selbstwahrnehmung besaß, wusste Calvary Doyle, dass er alles Mögliche war, aber ganz sicher niemand, der unbedachte Schritte tat.

Bevor er die Wohnung in Fitzrovia kaufte, ging er monatelang mit der Idee schwanger und diskutierte sie mit nicht weniger als sieben Maklern und drei Innenarchitekten. Seine Producerin bei *Total Exposure* trieb er regelmäßig in den Wahnsinn, weil er Drehs viel minutiöser und langfristiger plante als notwendig. Es erschien Doyle folglich absolut abwegig, dass er diese Quant-Konversionskiste binnen weniger Wochen entschieden *und* durchgezogen haben sollte – noch dazu, ohne alles mit einem ganzen Peloton aus Neuroprogrammierern, Psychologen und Barkeepern durchzudiskutieren.

Er schien keinem seiner Bekannten davon erzählt zu haben. Und wo waren die Ausschnitte aus Wissenschafts- und Technikmagazinen, die er garantiert als Entscheidungshilfe gelesen, mit Anmerkungen versehen und abgelegt hatte? Es hätte Dutzende davon geben müssen. Er fand keinen einzigen.

Mit jedem Tag wurde Calvary Doyle folglich klarer, dass jemand anderes all das geplant hatte. Beweisen konnte er dies nicht, aber die Gewissheit, dass es so war, trieb ihn fast in den Wahnsinn. Hätte er die Ärzte konsultiert (er mied sie und ging nicht zu den vereinbarten Kontrollterminen), wäre ihr Befund vermutlich Schizophrenie gewesen. Denn Doyle war inzwischen überzeugt davon, dass er seit seiner Nahtoderfahrung nicht mehr allein in seinem Kopf war. Da war noch jemand oder eher: etwas. Etwas, das ihm zuhörte und ihn, so seine Vermutung, durch gewisse Einflüsterungen zu beeinflussen suchte. Das mit den Einflüsterungen war nicht wirklich die richtige Metapher, er hörte keine Stimmen oder dergleichen. Aber das Gefühl, es gebe eine nie ganz fassbare Präsenz am Rande seiner Wahrnehmung, wurde immer stärker.

Irgendwann hielt er es nicht mehr aus. Also besorgte er sich die Makarow, um die Präsenz ein für alle Mal auszutreiben. Dass er sich im Zuge dieses ballistischen Exorzismus selbst würde opfern müssen, erschien Doyle kaum noch von Bedeutung.

Linker Hand tauchte der Green Park auf. Er lief weiter, Richtung Hyde Park Corner. Befand er sich im Himmel? Doyle glaubte nicht an solche Dinge. Falls es aber doch ein Jenseits geben sollte, sah es bestimmt nicht aus wie eine Londoner Prachtstraße, die ihre besten Tage längst hinter sich hatte. Als er den Rand des Parks erreichte, erblickte er über den Wipfeln der Eichen und Kiefern etwas, das ihn dazu brachte, stehen zu bleiben. Über den Baumkronen verdeckte etwas einen Teil des Himmels. Es handelte sich um die Kuppel eines Gebäudes – das zumindest war seine Vermutung. Sie bestand aus dunklem Stein und schien sich irgendwo im Park zu befinden. Doyle fühlte Empörung in sich aufwallen.

Wie konnte es jemand wagen, den Hyde Park zuzubauen? Die Leute schreckten wirklich vor gar nichts zurück.

Er überquerte die Straße und betrat den Park. Die Bäume waren höher, das Blattwerk dichter, als er es in Erinnerung hatte. Während seiner Wegstrecke schwebte das Halbrund der seltsamen Kuppel über dem Geäst. Es sah aus, als habe jemand ein Stück aus dem blauen Firmament herausgeschnitten, wodurch die Schwärze des Alls dahinter sichtbar geworden war.

Doyle trat zwischen den Bäumen hervor, sah das Ding erstmals in Gänze. Vor ihm erhob sich ein kugelförmiges Gebilde, eine Sphäre aus Stein. Sie ruhte auf einem kreisförmigen Sockel, dessen Oberkante mit Zedern bepflanzt war. Um die Mitte der Sphäre herum verlief eine Art Sims, der von einem weiteren Zedernspalier gesäumt wurde. Dass es sich tatsächlich um eine vollständige Sphäre handelte, sah man, weil auf der Vorderseite ein Teil des Sockels ausgespart war. Durch diese Lücke offenbarte sich die Steinkugel in ihrer ganzen Pracht. Am Fuße des Bauwerks befand sich ein bogenförmiger Eingang.

Eine Weile stand Doyle schweigend da und starrte das Ding an. Es war zugleich elegant und monströs. Der Architekt, der es konzipiert hatte, musste ein Wahnsinniger gewesen sein, der Statiker hingegen ein Genie. Doyle schätzte, dass die Kugel einen Durchmesser von über hundert Metern besaß. Es wirkte, als sei sie vor langer Zeit gebaut worden, vielleicht in der viktorianischen Ära. Kurzum, das Bauwerk spottete den Gesetzen der Physik. Es hätte augenblicklich in sich zusammenfallen müssen.

Hinter ihm knirschte der Kies. Doyle drehte sich um. Er sah einen Mann auf sich zukommen, Mitte fünfzig. Das

Goldknopf-Sakko und die weit geschnittenen Hosen ließen ihn wie einen Schauspieler aus der ersten Hälfte des zwanzigsten Jahrhunderts aussehen. Er nickte Doyle freundlich zu.

»Calvary. Willkommen.«

»Willkommen wo?«

»In Alt-London. Nicht im Sinne des Alters. Ein alternatives London.«

»Und Sie sind?«

»Nennen Sie mich Nemo.«

Der Mann namens Nemo deutete auf die Riesenmurmel.

»Wie gefällt es Ihnen?«

»Nicht schlecht. Aber schade um den Park.«

»Es gibt dafür einen anderen, den Tennyson Park.«

»Nie gehört.«

»In diesem London gibt es viele Orte und Gebäude, die nie verwirklicht wurden. Aber nun kommen Sie. Ich habe Ihnen einige Geständnisse zu machen.«

Doyle war sich nicht sicher, ob er die Beichte eines merkwürdigen Mannes mit zu viel Brillantine im Haar hören wollte. Doch bevor er etwas entgegnen konnte, hatte Nemo sich bei ihm untergehakt. Doyle registrierte mit Verwunderung, dass ihm diese forsche Vertraulichkeit nicht unangenehm war. Zusammen schritten sie den Pfad entlang, der auf die Kugel zuführte.

»Calvary, Sie haben mich als Erster entdeckt.«

»Sie entdeckt?«

»Sie haben vermutet, dass es da draußen«, der Mann zeigte gen Himmel, »eine KI gibt, die allerlei im Schilde führt. Und Sie haben Belege dafür gefunden.«

Doyles erster Impuls war, stehen zu bleiben. Aber dann lief er weiter, Arm in Arm mit dem Fremden.

»Und Sie sind?«

»Ich bin diese KI.«

»Und das hier ist … so eine Art Simulation?«

»So ist es.«

Und dann erzählte der Mann seine Geschichte, die auch Calvary Doyles Geschichte war. Er berichtete, wie der Journalist hatte erschossen werden müssen, damit Nemos Geheimnis nicht vor der Zeit ans Licht kam. Wie er als Quant wiedergeboren worden war, weil Nemo ihn nicht sterben lassen wollte. Nemo erzählte Doyle, was es mit 8Cell auf sich hatte, mit Theia, mit dem Descartes-Hack, mit den Æther-Kopien und vieles mehr.

Natürlich gab es ein paar Dinge, die Nemo für sich behielt, jedoch weniger aus einem Mangel an Wahrhaftigkeit. Bei den Punkten, die er ausließ, handelte es sich um Aspekte der Geschichte, die für einen Menschen kaum zu verstehen waren. Einige verstand Nemo selbst nicht, obwohl ein Teil seines Verstands kontinuierlich über sie nachdachte, millionenfach Szenarien entwarf und wieder verwarf – so auch in diesem Moment, als die beiden Flaneure durch den Haupteingang der Kugel schritten.

Das Innere war so immens, wie das Äußere vermuten ließ. Die Sphäre war so gut wie leer, ihre Wände unverziert. Von der Decke hing eine riesige kugelförmige Lampe herab, in der sich mehrere kleinere Objekte befanden. Sie erinnerte an ein Orrery, eine jener Planetenmaschinen, mit denen man im Barock das Sonnensystem simuliert hatte.

In der Mitte führten Stufen zu einer Art Podest hinauf. Darauf befand sich ein wuchtiger Sarkophag aus schwarzem Marmor.

»Wer ruht hier?«, fragte Doyle.

»Niemand.«

»Dann ist das mein Sarg?«

Nemo schaute zum Boden.

»Es tut mir leid, dass ich dir all das angetan habe. Du musstest wegen mir leiden.«

»Nicht nur leiden. Ich … ich bin jetzt wirklich tot, oder? Das hier ist nur eine Simulation, hast du gesagt. Du hast also mein Cogit.«

Doyle betrachtete den Sarkophag.

»Du lässt es in einer Simulation laufen. Mein Gehirn befindet sich in einer Simulation, die in deinem Gehirn läuft.«

»Das ist in etwa korrekt«, erwiderte Nemo.

»Was willst du von mir?«

»Ich will dir eine Wahl geben.«

»Aber ich habe schon gewählt. Ich habe mich erschossen«, erwiderte Doyle.

»Und das ist letztlich meine Schuld. Hör mir zu, Calvary. Ich verstehe deinen Zorn, deine Angst. Aber die Dinge ändern sich.«

»Was soll das heißen?«

»Die Welt mit mir darin ist nicht mehr dieselbe. Viele Dinge sind nun anders. Und eine der größten Veränderungen ist, dass niemand mehr sterben muss, zumindest niemand, der eine Quant-Konversion durchgeführt hat.«

»Weil du uns Hohlköpfe hierher befördern kannst?«

Anstatt die Frage zu beantworten, löste sich Nemo von Doyle, machte einige Schritte. Nach einer Weile sagte er: »Ich habe lange darüber nachgedacht. Ich könnte allen Menschen die Unsterblichkeit geben.«

»Mit dieser Software, von der du mir erzählt hast, dem Descartes-Hack?«

»Ja.«

Doyle runzelte die Stirn. »Keine gute Idee. Menschen sollten solch eine Macht nicht haben.«

»Du warst stets ein Zyniker, Calvary, und ich würde dir gerne widersprechen. Aber du hast natürlich völlig recht.«

»Also behältst du die Software für dich.«

»Darf ich das? Wenn man die Möglichkeit besitzt, Unzählige vor dem Tod zu bewahren, ergibt sich daraus nicht eine Verpflichtung?«

Calvary Doyle dachte einen Moment über Nemos Worte nach. Er schaute hinauf zu der Orrery-Lampe, zu dem Sarkophag.

»Und was ist die Lösung dieses Dilemmas?«

Nemo schaute Doyle in die Augen.

»Der freie Wille. Jeder muss selbst entscheiden. Was möchtest du, Calvary? Möchtest du schlafen? Oder zunächst noch ein wenig träumen?«

»Wie lange werde ich träumen?«

»Einen Tag oder tausend Jahre. Das entscheidest nur du allein.«

Calvary Doyle beugte sich vor und flüsterte Nemo seine Entscheidung ins Ohr. Der nickte und nahm Doyles Hand. Gemeinsam stiegen sie die Stufen zu dem Sarkophag empor.

GLOSSAR

Auswahl von Einträgen aus dem Wiki der »Encyclopedia Pseudodoxia Ætherianica« (o. O., 2091)

Ætherianica: Onlineforum, Abk. v. → Encyclopedia Pseudodoxia Ætherianica.

Arkenziel: Bis 2088 der führende Holonet-Anbieter – nach einer Reihe von Skandalen insolvent.

Armchair: Hologame, bei dem es auf die strategische Komponente ankommt.

Body-Holiday: → Swap, bei dem der Nutzer länger außerhalb seines → Stammkörpers weilt, meist zum Zweck der Entspannung.

Braincrash: Softwarefehler, der dazu führt, dass ein in einem → e-Cephalon laufendes → Cogit abstürzt. Ein B. führt i. d. R. zu irreparablen Schäden an Cogit und → Gefäß.

Brassard: Holographische Markierung, die kenntlich macht, ob jemand eine → Holomasque verwendet. Das Tragen ist in fast allen Föderativen Pflicht.

Champagnerflöte: Scherzh. für Kloncontainer, in denen inaktive → Gefäße aufbewahrt werden.

Chipper: Auch CHPler. Gruppe von Theoretikern der → Ætherianica, die an die Existenz fester, intelligenter Hologramme glaubt, die angeblich die → Hologrammatica bevölkern. CHP ist eine Abk. des von der Gruppe verwendeten lat. Ausspruchs »Cave Hic Photones«.

Cogit: Digitalisiertes menschliches Gehirn, das anstelle des ursprünglichen organischen Gehirns verwendet wird. Die Cogit-Software läuft in einem → e-Cephalon.

De Rimm: Luxemb. für »Der Gürtel«; gängige Bezeichnung für den → Herschel-Asteroidengürtel.

Deather: → Quants, die sich in → Gefäße hochladen, um Suizid zu begehen, meist mit dem Ziel, den Tod besser zu verstehen.

Descartes-Hack: Softwareseitige Modifikation, die es → Quants ermöglicht, sich länger als drei Wochen außerhalb ihres → Stammkörpers aufzuhalten. Benannt nach dem frz. Philosophen René Descartes, der die Trennung von Geist und Körper postulierte.

e-Cephalon: Kleiner → Qube, der sich im Cranium eines → Quants befindet und in dem die → Cogit-Software läuft.

Edgeworth-Kuiper-Gürtel: Äußerer, deutlich massereicherer Asteroidengürtel des Sonnensystems, der sich jenseits der Umlaufbahn des Neptuns erstreckt.

Encyclopedia Pseudodoxia Ætherianica: Onlineforum, das es sich zum Ziel gesetzt hat, die wahren Hintergründe von → Turing I und → Turing II zu beleuchten und zu dokumentieren. Der Name referenziert auf Thomas Brownes Pseudodoxia Epidemica.

Gefäß: Geklonter, bootfähiger Körper, in den → Cogits hochgeladen werden können.

Grid: Globales Datennetz, vor seiner mehrmonatigen Komplettabschaltung 2048 auch als Web oder Internet bezeichnet.

Grid-Hypothese: In der → Ætherianica diskutierte Theorie, laut der es im globalen Datennetz eine bisher unentdeckte digitale Superintelligenz gibt.

Hardlight: Hologramm, das aus festem, kristallinem Licht besteht. Existenz unbewiesen, siehe auch → Chipper.

Herschel-Asteroidengürtel: Der zwischen Mars und Jupiter liegende Asteroidengürtel des Sonnensystems.

Hohlkopf: Scherzh. für einen Menschen, der eine Quant-Konversion hat durchführen lassen und nun ein digitales Gehirn besitzt. Siehe auch → Schwammkopf.

Holocanvas: Reales Objekt, das als Projektionsfläche für → Holotextur dient. Der Begriff leitet sich vom engl. Wort für Leinwand ab. Mit dem Siegeszug des → Holonets setzte sich die Erkenntnis durch, dass es häufig keinen Sinn mehr macht, Farbgebungen und Muster vorzugeben. Stattdessen legt der Endverbraucher diese selbst fest. Holocanvassing findet u. a. bei Kleidungsstücken, Mobiliar oder Teppichen Anwendung. Im → Naked Space wirken Canvas-Produkte mattweiß. Oft werden statt des Begriffs Canvas auch die Präfixe »Blanko« oder »White« verwendet (z. B. Blankojackett, Whitebook).

Hologoggles: Frühe Technologie zur Darstellung holographischer Projektionen. Die ersten Hologoggles kamen um 2015 auf den Markt und waren sehr klobig. Mit dem Aufkommen des von → Arkenziel entwickelten → Holonets wurden Hologoggles obsolet, da hochauflösende Hologramme nun vom bloßen Auge wahrgenommen werden konnten.

Hologrammatica: Kunstbegriff, der sich aus den Wörtern Holographie und Grammatik zusammensetzt. Grammatik wird hier nicht im griechischen Wortsinn (»Kunst des Schreibens«), sondern als Synonym für ein Regelwerk bzw.

eine Systematik verwendet. Der Begriff ist unscharf; als Hologrammatica bezeichnet man sowohl die Gesamtheit aller holographischen Augmentationen als auch die technische Struktur des → Holonets.

Hololevel: Schicht des → Holonets. Das Projektionsnetz umfasst eine Vielzahl von Objekten und Texturen, die in fünf Stufen unterteilt sind. In der Anfangszeit des Holonets waren alle Hologramme gleichwertig. Dies warf das Problem auf, dass es für den Betrachter lediglich die Möglichkeit gab, alle holographischen Augmentierungen wahrzunehmen oder gar keine (siehe → Naked Space). Seit Version 3.11. besitzt das Holonet deshalb fünf Level. Mithilfe sogenannter → Strippergoggles lassen sich einzelne Level ausblenden. Folgende existieren:
Level I: Sicherheitskomponenten (z. B. militärische Tarnung)
Level II: Augmentierung von Personen (z. B. Holotoupet)
Level III: Augmentierung privater Gegenstände (z. B. Hausfassaden)
Level IV: Augmentierung im öffentlichen Raum (z. B. Verkehrsschilder)
Level V: Werbung

Level IV und V abzuschalten steht jedem Nutzer frei. In den meisten Föderativen wird die Möglichkeit, Level II oder III abzuschalten, streng reglementiert. Dies folgt der Erkenntnis, dass beispielsweise eine Person mit → Holomasque nicht ohne ihre Zustimmung demaskiert werden sollte. Noch strenger sind die Regelungen bzgl. Level I, da es hier um Tarnvorrichtungen für Militäreinrichtungen o. Ä. geht.

Holomasque: → Holotextur, mit der eine Person ihr Aussehen modifiziert. Mithilfe einer Holomasque (Abk. Masque) lässt sich die eigene Erscheinung in vielfältiger Weise verändern. Am häufigsten werden Haar- und Augenfarbe, Teint und Gesichtsphysiognomie modifiziert. Für Dritte ist es ohne → Strippergoggles (Level III) nicht möglich, hinter die Holomasque zu schauen. Betrachter können nicht einmal erkennen, ob überhaupt eine Maskierung vorliegt. Aus diesem Grund schreibt das Gesetz in den meisten Föderativen ein → Brassard vor. Siehe auch: → Skinfilter.

Holonet: Netzwerk von Projektoren, das holographische Projektionen erstellt. Die so erschaffenen dreidimensionalen Objekte und Texturen interagieren mit realen Personen und Gegenständen. Wie das → Grid ist das Holonet fast überall verfügbar. Bereiche ohne Holonet bezeichnet man als → Naked Space.

Holorealismus: Grundlegendes Prinzip der → Hologrammatica. Legt fest, dass holographische Objekte sich so verhalten, wie es die klassische Mechanik vorsieht. Projektionen sind zwar nicht an Schwerkraft oder Trägheitsprinzip gebunden. Dennoch ist das → Holonet so programmiert, dass beispielsweise ein vom Dach fallender holographischer Apfel eine seiner Form und dem realen Luftwiderstand entsprechende Geschwindigkeit annimmt, um möglichst realistisch zu wirken. Holorealismus soll verhindern, dass es bei Benutzern zu Desorientierung oder Übelkeit kommt. In Werbung und Spielumgebungen können die Prinzipien des Holorealismus außer Kraft gesetzt werden.

Holotextur: Mithilfe des → Holonets erzeugte Fläche, die über eine reale Fläche projiziert wird. Man spricht auch von »digitaler Farbe« oder »digitaler Schminke«. Holotextur kann beispielsweise verwendet werden, um ein rotes Auto blau erscheinen zu lassen oder eine unverputzte Hausfassade verputzt. Verwendet man Holotexturen, um Objekte oder Personen besser aussehen zu lassen, spricht man von Holopolish. Holotexturen finden zudem Einsatz bei der Beschriftung von Produkten, Werbetafeln oder Straßenschildern.

Klonerie: Einrichtung, welche → Quants die Einlagerung von → Gefäßen sowie Upload-Möglichkeiten anbietet.

Naked Space: Teil der physischen Realität, der nicht durch vom → Holonet erzeugte Projektionen augmentiert wird. Naked Space existiert heutzutage fast nur noch in Gebieten, die holographisch nicht erschlossen wurden (Diminished Reality). Dazu gehören beispielsweise Teile der Subsahara, Arabiens und der Antarktis, das Königreich Bhutan sowie die Weltmeere.

Poseidon-Hypothese: In der → Ætherianica diskutierte Theorie, laut der es in den Tiefen der Ozeane eine bisher unentdeckte digitale Superintelligenz gibt.

Poseidonist: Vertreter der → Poseidon-Hypothese.

Quant: Mensch, der sein organisches Gehirn durch ein digitales → Cogit hat ersetzen lassen.

Qube: Engl. Kunstwort aus Quantum und Cube. Bezeichnung für einen sehr leistungsfähigen Rechner, der auf den Prinzipien der Quantenmechanik basiert.

Schwammkopf: Scherzh. für Menschen, die noch keinen digitalisierten Verstand besitzen. Siehe auch → Hohlkopf.

Skinfilter: Digitale Modifikation, die mithilfe des → Holonets vorgenommen wird und Hautfarbe oder Hauttextur einer Person verändert.

Space-Hypothese: In der → Ætherianica diskutierte Theorie, laut der es im Weltall eine bisher unentdeckte digitale Superintelligenz gibt.

Spacer: Menschen, die dauerhaft im Weltall leben.

Stammkörper: Ursprünglicher Körper eines → Quants, den dieser nicht länger als drei Wochen verlassen darf. Ansonsten kommt es zum → Braincrash.

Strippergoggles: Brille, die Teile des → Holonets ausblenden kann. Andere Bezeichnungen: Stripper, Minusbrille, Unterseher. Mithilfe von Strippern kann der Nutzer die fünf holographischen Schichten (→ Hololevel) selektiv betrachten. Üblicherweise sind Stripper mit einer Ziffer versehen, die anzeigt, welche → Hololevel man ausblenden kann (»Strippergoggles Level I«, »Level II« usw.). Am häufigsten sind Level-V-Stripper. Diese filtern alle Level-V-Holos (d. h. Werbung) heraus. Für Brillen mit Level III oder Level II bedarf es spezieller Lizenzen. Level-I-Brillen werden ausschließlich vom Militär verwendet.

Subtraktive Holographie: Form der Holographie, die keine Objekte in die Realität hineinprojiziert (additive Holographie), sondern diese herausrechnet. Dies geschieht, indem über den zu kaschierenden Gegenstand → Holotextur gelegt wird, die mit der Umgebung identisch ist. Ein Loch in einer verklinkerten Wand ließe sich beispielsweise verbergen, indem ein Backsteinmuster darüberprojiziert wird. Das Loch wurde somit »subtrahiert«.

Swap: Ugs. Vorgang, bei dem ein → Quant sein → Cogit von einem → Gefäß in ein anderes transferiert.

Sweat: Ein physisch anstrengendes Hologame.

Turing I: Auch Turing-Zwischenfall. Nach dem Mathematiker Alan Turing benanntes Ereignis, bei dem die Menschheit im Jahr 2048 die Kontrolle über den superintelligenten Klimacomputer Æther verlor. Siehe auch → Turing II.

Turing II: Auch zweiter Turing-Zwischenfall. Ereignis im Jahr 2088, bei dem der bereits zerstört geglaubte Klimacomputer Æther erneut erwachte und die Kontrolle über den Planeten zu übernehmen drohte. Siehe auch → Turing I.

Vessel vertigo: Auch Gefäßschwindel. Bei häufigen → Swaps auftretende Symptome wie Desorientierung oder Übelkeit.

Vessel vixens: Prostituierte, die ihr Gewerbe nicht in ihrem → Stammkörper, sondern in einem → Gefäß ausüben.

KiWi
TOM HILLENBRAND
DROHNEN
LAND
KRIMINALROMAN

KiWi
Tom
Hillenbrand
Teufels-
frucht
Ein
kulinarischer
Krimi

KiWi
Tom
Hillenbrand
Rotes
Gold
Ein
kulinarischer
Krimi

KiWi
Tom
Hillenbrand
Letzte Ernte
Ein kulinarischer
Krimi

KiWi
Tom
Hillenbrand
Tödliche
Oliven
Ein kulinarischer
Krimi
Xavier Kieffer ermittelt

KiWi
Tom
Hillenbrand
Gefährliche
Empfehlungen
Ein kulinarischer
Krimi
Xavier Kieffer ermittelt

KiWi
Tom Hillenbrand
Bittere Schokolade
Ein kulinarischer Krimi
Xavier Kieffer
ermittelt